태권브이와 시바견

태권브이와 시바견

오희 장편소설

고즈넉이엔티
GOZKNOCK ENT

태권브이와 시바견 2

초판 1쇄 발행 2017년 8월 21일

지은이 오희
펴낸이 배선아
펴낸곳 (주)고즈넉이엔티

출판등록 2017년 3월 13일 제2017-000022호
주소 서울시 강서구 공항대로 649 제성빌딩 303호
대표전화 02-6269-8166 **팩스** 02-6166-9199
이메일 gozknock@naver.com

ISBN 979-11-88504-06-0 04810
979-11-88504-04-6 (세트)

차례

7장

그래서 나는 네가 미워졌어

-오늘 오전, 관악산에서 실족사로 추정되는 시신이 발견되었습니다. 사망자는 일산 소재지의 폐차장에서 일용직으로 근무하던 주 씨로, 한 달 전부터 행방이 묘연했던 것으로…. 최초 목격자 변 씨의 신고로 발견되었으며…. 소방서에서는 봄철 산행에 안전사고 주의를 당부….

브이는 홀로 켜져 있는 TV를 껐다. 침실로 들어서자 박연은 아직 단잠 중이었다. 침대에 엎어져 죽은 듯 잠들어 있는 박연을 보며 영범이 고개를 가로저었다. 오늘 스케줄 가기 전에 강 대표한테 얼굴도장 찍고 가야 한다고 누누이 말했으나, 배우님은 오늘도 늑장을 부릴 셈인 듯했다.

브이는 자포자기에 빠진 얼굴로 서 있는 영범을 대신해 침대로 다가갔다.

"박연 씨, 일어나요. 오늘 대표님께서 우리 둘 다 오라고…."

흔들어 깨우려는 브이의 손을 커다란 손이 순식간에 낚아챘다. 브이의 몸이 공중으로 붕 떠올랐다가 너른 가슴팍으로 풀썩 떨어졌다. 브이는 박연의 품에 얼굴이 파묻힌 채로 눈만 끔벅거렸다.

박연은 제 품으로 엎어진 브이를 안고 나지막이 속삭였다.

“딱 3일만…. 3일 동안 너만 안고 있었으면 좋겠다. 다 귀찮아….”

퍼석하게 갈라지는 목소리를 가만히 듣고 있던 브이가 걱정스런 얼굴로 물었다.

“많이 피곤해요?”

“아니.”

박연은 대답과는 정반대로 피곤해 죽겠는지 퉁퉁 부은 눈을 뜨지 못하고 있었다. 브이는 잠에 취해 있는 얼굴을 물끄러미 바라보다가 입을 열었다.

“씻겨줄까?”

잔뜩 부은 눈이 번쩍 뜨였다. 박연은 뻑뻑한 눈을 세게 감았다 뜨고 브이를 보았다. 대단한 말을 뱉어놓고 태연했다.

얘, 또 무기 나왔네. 치명적이게 순진한 눈빛.

브이는 박연의 등골을 짜릿하게 만든 눈빛으로 한 번 더 쐐기를 박았다.

“내가 씻겨줄게.”

“그건 안 돼.”

단호하게 말했지만 이내 브이를 향한 눈빛이 흔들렸다. 박연은 뒷목을 주무르며 작게 중얼거렸다.

“…안 될걸? 아니 뭐… 절대 안 되는 건 아니지만….”

점점 단호함을 잃어가는 박연을 지켜보던 브이가 씨익 웃었다.

브이의 손에 이끌려 욕실로 들어왔다. 하지만 그 안에서 벌어지는 일은 박연의 상상과는 많이 달랐다. 박연은 브이가 목에 둘러놓은 수건을 만지작거렸다.

“씻겨준다더니 겨우 면도?”

못마땅한 표정으로 욕조에 걸터앉아 있는 박연의 모습은 스물일곱이 아니라 그냥 일곱 살 먹은 어린애처럼 보였다. 브이가 키득거리며 박연의 턱에 쉐이빙폼을 고루 펴 발랐다. 그리고는 잠깐의 머뭇거림도 없이 면도기로 턱선을 따라 말끔하게 긁어냈다. 턱에 하얗게 거품을 묻힌 박연은 제 앞을 서성이며 면도 중인 브이를 빤히 올려다보았다.

"어떤 놈이야? 이거 처음 하는 솜씨가 아닌데?"

"말하지 마요. 다쳐."

턱 밑을 스치는 서늘한 감촉을 느낀 박연이 더 캐물으려는 입을 얌전히 닫았다. 브이는 고분고분 얼굴을 대주고 있는 박연을 내려다보며 말했다.

"우리 아빠요."

어떤 놈이냐 물었는데 돌아오는 대답이 아버지라고 하니, 박연은 발끈해서 물었던 게 머쓱해졌다. 브이가 박연의 턱을 잡아 올렸다.

"작년에 아빠가 오른손을 다쳤었거든요. 그래서 얼마 동안은 내가 대신 해드렸어요."

"아… 그랬어?"

박연이 멋쩍게 호응했다. 현수의 이야기가 나오니 자연스레 빚 걱정이 떠오른 브이가 시무룩하게 얼굴을 굳혔다.

아냐, 딴생각하지 말자.

브이는 커다란 눈에 힘을 주고 면도기를 다잡았다. 거품이 묻은 턱 끝을 잡고 조심스럽게 면도날을 세웠다. 슥슥, 거품을 걷어내며 면도 중인 브이를 올려다보는 박연의 시선이 어느 순간부터 멍하게 풀어졌다.

박연은 무엇에 취한 사람처럼 눈꺼풀을 느리게 깜박였다. 눈앞의 여자는 최선을 다해 집중하고 있다. 고작 박연을 들여다보는 일에. 여린 미간을 찌푸리고, 익숙하지 않은 쉐이빙폼의 냄새가 거슬리는 듯 이따금 코끝을 찡긋거리면서. 입술은 작게 벌어졌고, 숨결이 고스란히 얼굴로 와 닿았다. 순간 눈앞이 아찔해지는 것을 느꼈다. 목덜미로 흘러내린 머리칼에 손가락을 끼워 넣고 입을 맞추고 싶어졌다. 달큰한 숨을 뱉는 입술을 입술로 틀어막고 사랑한다고 속삭여주고 싶었다. 눈앞의 여자는 자신을 바라봐주는 것만으로도 충분히 사랑스러워서 아찔한 상상을 하도록 만든다. 곧잘. 자주.

코앞에 드리워진 브이의 얼굴을 빤히 들여다보던 박연이 나지막이 읊조렸다.

"너랑 하고 싶어."

면도를 하던 손이 멈췄다. 브이는 그제야 자신을 향한 뜨거운 시선을 알아차렸다. 오로지 면도에만 몰두하고 있던 브이가 어느새 진지해진 박연의 눈을 바라보았다.

박연은 면도기를 든 손을 잡았다.

"맛있다고 소문난 집에 네 손잡고 밥 먹으러 가고 싶고. 내 생일에 갔던 남이섬도 다시 가보고 싶어."

브이가 별거 아니라는 듯이 웃었다.

"해요, 그럼."

"너랑 맨날 자고 싶어. 야한 것도 더 많이 하고 싶어."

브이의 얼굴에 웃음이 가셨다. 대신에 당황스러운 표정으로 변했다. 커다란 눈을 빠르게 끔벅였다.

"갑, 갑자기 무슨 말을…."

박연은 당황해하는 얼굴을 보며 미간에 힘을 주었다. 덩달아 브이의 손을 감싸 쥔 손에도 힘이 들어갔다.

모든 스킨십의 속도를 브이에게 맞췄다. 처음이라 무섭다고 또 도망갈까 봐. 자는 것도, 자고 나서도 조심스러웠다. 그런데 이제 더는 못 참겠다.

"이젠 내 속도대로 갈 거야."

단단히 마음을 먹은 듯한 얼굴을 보며 브이는 심장이 거세게 뛰는 것을 느꼈다. 이젠 봐주지 않고 뛰겠다는 남자가 무섭기는커녕 한없이 믿음직하고 사랑스러웠다. 심장 뛰는 소리가 온몸을 울릴 정도로.

박연은 힘주어 잡은 브이의 손을 끌어다 입술에 가져갔다. 브이의 손끝에 입을 맞춘 채 중얼거렸다.

"네 손 잡고 네 보폭 맞춰서 천천히 걸었는데… 나 이젠 뛸 거야."

시선을 들어 브이를 올려다보았다. 그리고는 마저 경고했다.

"지금 잡은 내 손, 더 꽉 잡아. 안 놓치게."

브이는 저도 모르게 고개를 끄덕였다. 자신을 바라보는 두 눈을 마주한 순간, 브이는 아무리 빨라도 포기하지 않고 어디까지라도 함께 뛸 수 있을 것 같았다.

목에 두르고 있던 수건을 끌러낸 박연이 얼굴에 묻은 거품을 훔쳐냈다. 그리고는 곧장 브이의 손을 끌어당겼다. 욕조에 걸터앉은 박연이 제 다리에 브이를 주저앉혔다. 눈만 깜박이고 있는 얼굴을 바라보다가 입술을 포개었다. 비스듬히 맞물린 입술이 처음부터 아랫입술을 세게 빨아당겼다. 브이는 눈을 감으며 박연의 목에 팔을 둘렀다. 세상에서 가장 사랑스러운 경고였다.

민형은 TV 앞을 떠나지 못했다. 리모컨을 쥔 두 손이 파르르 떨고 있었다. 뉴스는 끝난 지 오래였지만 민형의 머릿속에서는 끊임없이 되감기 되고 있었다. 한 달 전 실종된 일산 폐차장 일용직 주 씨. 눈 밑이 퀭한 얼굴은 폐차장에서 봤던 절름발이를 떠올렸다. TV에 나온 실족사로 추정된다는 시신이 주태호일 것인가.

민형의 눈이 가늘어졌다. 블랙박스 영상을 보냈던 폐차장의 주태호는 절름발이였다. 눈에 띌 정도로 다리를 심하게 저는 사람이 일산에서 서울까지 와서 혼자 등산을 하다가 실족사를 당했다? 그럴 수가 있나? 확인해봐야 한다.

아니야. 수사 중일지도 모른다. 괜히 찾아갔다가 의심만 받을 수 있다. 하지만 수사 중에 영상을 발견하기라도 한다면….

민형의 얼굴이 신경질적으로 일그러졌다.

"그 새끼는 왜 죽고 난리야…. 왜 다들 날 가만 놔두지 못해 안달인데…!"

악을 지르며 리모컨을 거칠게 집어던졌다. 바깥까지 들려오는 괴성에 민형의 매니저가 막 열어젖히려던 손잡이를 놓았다. 매니저는 오피스텔 현관문 앞에 서서 머리를 긁적였다.

"저 자식 또 지랄이네. 저런 놈 아니었는데 요즘 왜 저러지?"

인성 좋기로 소문난 배우 이민형은 요즘 들어 전혀 다른 사람처럼 구는 횟수가 날이 갈수록 빈번해졌다. 매니저는 알 수 없다는 듯이 고개를 갸웃거렸다.

같은 시각, 민형만큼이나 주태호의 죽음에 흥분한 사람이 있었다. 강대표였다.

"김 사장, 그 돈을 받고 일을 어떻게 이런 식으로 처리해? 그 업계도 입소문 아니야? 장사 접고 싶어?"

목소리는 작았지만 어투에는 감출 수 없는 흥분이 묻어 있었다. 강 대표는 대표실 창밖을 확인하듯 한 번 쳐다보았다. 귓가에 붙인 핸드폰 너머로 청부업체 김 사장의 목소리가 들려왔다.

-우리 애가 확실하게 묻었는데 산짐승이 파헤친 걸 어쩌겠어. 대표님이 직접 만나봐서 알잖아. 내가 소개시켜준 애, 어중이떠중이 그런 거

아니야.

강 대표는 타는 입술을 축이며 핸드폰을 반대쪽으로 바꿔 들었다.

-차라리 잘된 거야. 실종으로 처리되는 것보단 실족사가 자연스럽지 않아? 어차피 무연고야. 누가 봐도 실족사인데 무연고 시신을 가지고 수사를 하겠어, 부검을 하겠어? 대한민국 경찰들 보기보다 바빠, 대표님.

능청을 떠는 김 사장의 목소리에 강 대표는 험한 말이 터져 나오려는 입술을 꽉 깨물었다. 그때 창밖으로 나란히 걸어오는 박연과 브이가 보였다. 강 대표가 서둘러 말했다.

"이번 일 잘못돼서 내 발목 잡으면, 김 사장 당신은 발목이 아니라 목이 날아갈 줄 알어."

강 대표가 통화종료 버튼을 누르자마자 대표실 문이 열렸다. 검붉어진 얼굴로 씩씩대던 강 대표가 애써 얼굴색을 바꾸며 자리에서 일어섰다.

"눈 뜨자마자 오랬더니 이제서 와?"

"빅엔터 직원들도 9시 출근인데 어떻게 눈 뜨자마자 와요."

"너도 내 직원이야. 빅엔터 소속배우."

자연스럽게 소파에 앉는 박연을 보며 강 대표도 상석에 앉았다. 박연의 옆자리에 앉은 브이가 강 대표에게 꾸벅 고개를 숙였다.

"기자 붙은 거 알고 있어?"

"맨날 붙는 기자 얘기하자고 이 아침부터 불렀어요?"

박연은 대수롭지 않다는 듯이 다리를 꼬며 투덜거렸다. 빅엔터 직원이 대표실 문을 열고 들어왔다. 강 대표는 잠시 기다렸다가 직원이 세 사람의 앞에 찻잔을 내려놓고 사라지자 입을 열었다.

"트루스토리라고 연예 전문 온라인 신문사인데, H신문사라고 알 거야. 네 음주운전 제일 먼저 터트린 곳."

박연은 '음주운전'이라는 단어에 얼굴을 구겼다. 강 대표가 말을 이어갔다.

“거기서 특종 잘 잡던 기자 둘이 회사 나와서 차린 게 트루스토리야. 다 걸고 직접 차린 신문사인데 지금 특종에 얼마나 혈안이 돼 있겠냐. 그것들이 새 타깃으로 널 찍었다더라.”

“연예인과 기자의 공생관계란….”

박연이 골치 아프다는 듯이 혀를 차며 고개를 가로저었다. 강 대표는 박연의 옆에 앉아 이야기를 듣고 있는 브이에게 시선을 던졌다.

“혀 차고 넘길 일이 아니야. 타깃은 박연인데, 문제는 이쪽으로 붙었다는 거야. 권브이 씨, 요즘 따라다니는 놈들 없었습니까?”

브이는 강 대표의 물음에 집 앞까지 따라왔던 흰색 SUV를 떠올렸다. 브이의 안색을 살핀 박연이 그제야 심각한 표정을 했다. 박연은 브이를 돌아보며 걱정스럽게 물었다.

“뭐가 있었어? 언제?”

강 대표가 눈을 가늘게 뜨고 박연을 보았다. 두 사람을 함께 마주하는 것은 쇼윈도 연애를 제안했을 때 이후 처음이었다. 두 사람이 풍기는 분위기가 그때와는 사뭇 달랐다. 특히나 박연은 마치….

“두 사람이 많이 가까워졌네?”

박연은 브이와 의식적으로 떨어져 앉으며 소파 팔걸이에 턱을 괴었다.

“애인 행세를 4개월이나 했는데 그 정도면 생판 남도 친해질 시간이야. 더구나 얘랑 나는 인도에서 쌓은 동지애가 있는데. 이래봬도 우리가 생사를 같이한 사이예요.”

태연하게 말하는 박연을 흘끔 쳐다본 브이가 옆에서 열심히 고개를 끄덕였다.

“새끼, 이빨 까기는. 넌 배우 안 했으면 선수했을 거야.”

“이 양반이 누굴 호빠로 둔갑시켜.”

강 대표는 피식 웃으며 브이를 보았다.

"두 사람, 계약 사이인 거 들키지 않도록 권브이 씨는 앞으로 조심하고. 넌 요즘 드라마 찍느라 사고 칠 시간 없고."

자리에서 일어난 강 대표가 앞에 놓인 탁자를 짚고 브이에게 손을 뻗었다. 브이와 가볍게 악수를 나눈 강 대표가 손을 거두며 찻잔을 쳤다.

실수를 가장한 의도적인 손놀림에 찻잔이 엎어지며 뜨거운 찻물이 브이의 바지를 적셨다. 뜨겁게 젖어드는 찻물을 털어내며 브이가 벌떡 일어섰다. 덩달아 일어선 박연이 브이의 바지를 급히 털었다.

"괜찮아?"

"괜찮아요."

"데인 거 아니야? 병원 갈래? 일단 화장실로 가서 바지부터 벗자. 얼음이라도 대고 있어. 내가 코디한테 남는 옷 있나 알아볼게."

브이의 손목을 끌어 잡고 대표실을 나가려던 박연이 강 대표를 보았다. 의미심장한 표정으로 서 있는 강 대표를 보자 박연은 당황스러움으로 얼굴이 화끈거렸다.

저 인간, 일부러….

눈치 빠른 늙은 여우는 자신을 교활한 방법으로 시험했다. 브이와의 관계를 강 대표에게 단번에 들킨 듯했다. 인상을 구긴 박연이 잡고 있는 브이의 손목을 끌어당겨 대표실을 나갔다.

대표실에 홀로 남겨진 강 대표가 표정을 굳히고 중얼거렸다.

"이것들 봐라…. 이 새끼나 저 새끼나 뒤통수칠 생각만 하고 앉았네?"

빅엔터를 굴러가게 만드는 가장 큰 상품, 박연과 이민형을 겨냥한 혼잣말이었다.

길가에 쪼그리고 앉은 브이가 지면과 같은 높이에 달린 반쪽짜리 창문을 연신 두드렸다.

"아저씨! 최 관장님!"

여느 때와 같이 이른 아침부터 최 관장의 집을 찾았다. 공복에 아침 운동으로 시작되던 브이의 일상은 최 관장의 집을 찾아와 문을 두드리는 것으로 바뀌었다.

한 번 더 두드리려는 순간, 반지하 방의 문이 벌컥 열렸다. 견디다 못한 최 관장이 슬리퍼를 끌고 나와 대뜸 소리쳤다.

"도장도, 집도 다 잃고 마누라까지 사라졌어. 나도 피해자라고! 그 자식 어디 있는지 나도 알고 싶다니까?"

브이가 담벼락 틈사이로 반지하방을 내려다보며 대답했다.

"그러니까 제가 찾아보겠다구요. 그 사람에 대해서 아는 거 전부 말해주시면 제가 찾을 거예요, 꼭!"

아침저녁으로 찾아와 창문을 두드려대는 브이에게 시달리던 최 관장이 결국 대문을 열고 나왔다.

"하, 참. 네가 네 아빠보다 더하다. 꿈에도 나오겠어."

최 관장은 주섬주섬 핸드폰을 꺼내 브이에게 내밀었다. 브이가 받아든 핸드폰 화면에는 최 관장과 함께 사진을 찍은 남자의 얼굴이 크게 확대되어있었다. 최 관장이 남자를 가리키며 말했다.

"한국 이름은 한구영. 중국에서는 '라이 한'으로 불린다고 하더라."

브이는 서둘러 사진을 자신의 핸드폰으로 전송시켰다.

"한인무술협회장을 맡아서 한인들 사이에서 발이 넓지만 사실 어머니가 중국인이라 중국인 인맥이 진짜지. 이 새끼, 벌써 중국으로 떴을 거야. 중국에는 '꽌시'라는 문화가 있단 말이야. 한마디로 인맥인데, 꽌시만 돈독하게 다져놓으면 한구영 같은 놈 숨겨주는 건 일도 아닐 거야."

핸드폰에서 눈을 떼지 못하던 브이가 최 관장을 돌아보며 물었다.

"다른 갈 만한 곳은요?"

"내가 다 가봤어. 네 아빠도 벌써 다 가봤을 거다."

"그래도 알려주세요."

최 관장은 끈질기게 묻는 브이를 귀찮은 얼굴로 쳐다보았다. 브이는 쉽사리 물러날 기미가 없었다. 결국 최 관장이 생각할 것도 없다는 듯이 답했다.

"출국을 안 했다면 있을 곳은 한 군데지. 여기도 내가 가보긴 했는데, 한 번 가봐."

브이는 최 관장이 알려준 곳으로 곧장 향했다. 그가 알려준 곳은 멀지 않았다. 대림동이었다. 대림역 12번 출구 앞에서 크게 심호흡을 하고 발걸음을 떼었다. 한 손에는 최 관장으로부터 받은 사진을 화면 가득 띄워 놓은 핸드폰을 쥐고 사주 경계를 늦추지 않았다.

라이 한. 한구영은 상처를 꿰맸던 흔적 때문에 왼쪽 눈썹 반절이 나지 않았다. 코가 크고 얇고 사나운 눈매. 말려들어간 입술. 까무잡잡한 피부. 짧은 스포츠머리.

라이 한의 얼굴 생김새를 상기시키며 대림동 일대를 둘러보기 시작했다. 중국인들이 모여 사는 12번 출구 일대는 한자가 적힌 간판이 심심치 않게 보였다. 중국 안마. 면요리 음식점. 노래방. 직업소개소. 국제 여행사. 화장품가게. 부동산. 양꼬치집. 환전소. 일렬로 끝없이 이어진 거리를 걸었다. 지나다니는 행인들의 얼굴을 살피며 핸드폰을 들이밀었다. 상가건물을 드나들다 쫓겨나기도 했다. 그러나 라이 한은 찾을 순 없었다.

12번 출구에서부터 길목 끝까지, 500m가 되는 거리를 수십 번 왕복했지만 끝내 라이 한을 아는 사람도, 라이 한도 보이지 않았다.

어느덧 어둠이 깔리고 거리는 화려한 불빛이 수놓기 시작했다. 어두워지자 12번 출구 일대는 새로운 옷을 입었다. 거리로 쏟아져 나온 중국인들의 시선 때문에 브이는 대한민국에 있으면서도 도리어 이방인이 된 기분이 들었다.

한 끼도 먹지 못한 채 돌아다닌 브이가 중국인 행인들의 눈총을 받으며 12번 출구 앞에 주저앉았다. 쭈그리고 앉아 두 무릎 사이에 고개를 파묻었다. 허탈함과 심란함이 동시에 밀려들었다. 막막한 마음에 손에 쥔 핸드폰만 만지작거렸다. 그때 손 안에서 진동이 울렸다. 핸드폰 화면에는 라이 한의 사진 대신 박연의 이름이 나타났다.

통화버튼을 누르자마자 귓가에 다정한 목소리가 울렸다.

-어디야?

오늘 하루 성과도 없이 고생만 했다. 도망가버린 채무자를 단번에 찾을 거라 기대하지는 않았지만 울적해지는 건 어쩔 수 없었다. 이런 상황에서 박연의 목소리를 들으니 브이는 괜스레 눈물이 핑 돌았다. 어리광부리는 성격이 아니면서도 이 남자 앞에서는 툭하면 웃음이 나고, 툭하면 눈물이 나기 일쑤다.

브이는 메이는 목구멍에 힘을 주고 말했다.

“박연 씨는 어디예요? 일은 끝났어요?”

-응, 너 보러 도장 갔다가 그냥 집으로 가는 길. 지금 어디 있어? 내가 갈게.

더 다정했다간 속수무책으로 술술 불어버릴 것만 같았다. ‘나 오늘 이래서 힘들었고, 나 이만큼 힘들었어.’라고. 절대 안 된다. 얼른 고개를 저은 브이가 코를 훌쩍 들이마시고 말했다.

“내가 박연 씨 집으로 갈게요. 얼굴 보고 싶어.”

브이와 통화를 끝낸 박연은 드레스룸 안을 서성였다. 휘파람을 불며 전신 거울 속 얼굴을 들여다보았다. 만반의 준비는 하되, 프리하게 보여야 한다.

박연은 몸을 이리저리 돌려보다가 셔츠 단추를 하나 풀어보았다. 목선이 보이도록 셔츠 깃을 젖혔다. 그래도 뭔가 부족한 듯 못마땅한 표정을 지었다. 셔츠 소매를 걷어붙였다. 힘줄이 불거져 나온 팔이 드러나자 만족스럽게 고개를 끄덕였다. 마지막으로, 스케줄을 마치고 온 탓에 잘 정리되어 있는 머리칼을 일부러 부스스하게 흩트렸다.

'네 손 잡고 네 보폭 맞춰서 천천히 걸었는데, 나 이젠 뛸 거야.'

브이에게 던졌던 선전포고를 떠올린 박연이 거울 속 자신을 향해 낮게 뇌까렸다.

"뛰어보자."

도발적인 눈빛을 발사하는 거울 속 자신에게 진지한 얼굴로 칭찬을 건넸다.

"겁나 잘생겼어."

드레스룸을 뛰어나온 박연은 콧노래를 부르며 침실 정리에 나섰다. 시트를 정리하고 침대 위에 향수를 뿌렸다. 침실 조명을 끄고 무드등을 켰다. 때마침 초인종이 울렸다.

"왔다, 왔어…."

급히 침실 상태를 체크하고 현관으로 달려 나갔다. 벽에 기대어 잠시 숨을 고르고 비디오폰 화면을 보았다. 화면 속에는 브이가 커다란 눈을 굴리며 대꾸를 기다리고 있었다.

"귀여워."

피시식 새어나오는 웃음을 꾹 참고 대문 열림 버튼을 누르려던 박연이 일순간 정색했다. 미간을 구기고 비디오폰 화면 가까이로 얼굴을 가져갔다. 브이와 어깨동무한 얼굴은 소연이었다. 그리고 그 옆에는 '1+1'

상품처럼 정 피디가 함께였다.

비디오폰 화면을 노려보는 박연의 눈에서 불이 튀었다.

"빌어먹을 방송국 놈들."

박연은 현관 수납장문을 열어 골프채를 집어 들었다. 브이가 어떻게 저들과 함께 온 것인지는 중요치 않았다. 지금 이 순간 박연에게 중요한 것은 불과 1분 전까지 머릿속을 가득 채우고 있던 이러저러한 야한 상상들을 실현시키는 일이었다. 오늘 수컷 박연의 뜀박질을 방해하는 사람은 그 누가 됐건 가만두지 않는다.

4번 아이언이 정 피디와 소연의 앞을 척 가로막았다. 브이를 따라 대문 안으로 들어서려던 두 사람이 얼굴 앞에 드리워진 골프채를 내려다보았다.

박연이 브이를 향해 물었다.

"세 사람이 어떻게 같이 왔어?"

"이 앞에서 만났어요."

브이의 대답을 들은 박연이 눈을 치뜨고 정 피디와 소연을 노려보았다. 초대한 건 권브이 하나인데 불청객이 둘이나 붙었다. 수컷의 계획에 차질이 생겼다. 박연이 브이를 등 뒤로 끌어당겼다. 그리고는 여전히 정 피디와 소연에게 골프채를 겨눈 채 물었다.

"두 분은 이 시간에 무슨 용건이죠?"

분명 존댓말이었으나 존대하는 억양은 전혀 느껴지지 않았다. 소연이 어금니를 꽉 깨물고 영업용 미소를 지으며 답했다.

"전원일기요. 구두계약을 하셔놓고 전화를 안 받으시면 어떡하죠? 이렇게 찾아오는 수밖에."

박연은 지난날, 브이의 화를 풀어주겠답시고 CBC방송국까지 찾아간 일을 기억해냈다. 정 피디의 예능을 출연하는 대신 브이와의 화해를 도우라는 은밀한 거래를 했었다. 소극장의 악몽을 떠올린 박연은 못마땅한 듯 이맛살을 구겼다.

"회사로 연락하면 되지 않나? 왜 이 시간에 여기까지?"

"빅엔터 측에서는 박연 씨가 절대 그럴 리 없다면서 우리 예능을 불허하겠다고 하던데요?"

소연은 웃는 얼굴로 맹공격을 퍼부었다.

"우리가 나눈 구두계약이 서로 오고 간 게 있는데 이제 와서 이러시면 곤란하죠."

소연의 시선이 브이에게 향했다. 박연은 등 뒤에 숨긴 브이를 더욱 가리고 섰다.

브이의 화를 더 돋우었던 소극장 이벤트 따위는 박연의 연애사에 다시는 기억하고 싶지 않은 흑역사로 남아 있었다. 수치스러운 기억을 브이의 앞에서 까발리고 싶진 않았다. 등 뒤에 세운 브이를 흘끔 쳐다본 박연이 하는 수 없이 길을 터주었다. 소연은 콧노래를 흥얼거리며 박연의 대문을 사뿐히 넘었다.

정 피디가 사온 치킨과 맥주로 야식파티가 벌어졌다. 집주인은 전혀 신이 나지 않는 반강제적 파티였다. 박연이 불만 가득한 얼굴로 앉아 있는 동안 브이는 맥주를 쉬지 않고 들이켰다.

정 피디가 박연에게 '전원일기'라는 새 프로그램이 얼마나 재미있는 예능이 될지에 대해 설명을 했다. 소연 역시 옆에서 맞장구를 치며 거들었다.

"그러니까 지금 박연 씨만 출연을 확정 지어주면 바로 편성 받아서 당장이라도 촬영에 들어갈 수 있는 거죠."

박연은 듣는 둥 마는 둥 턱을 괴었다. 그 곁에서 빈 캔을 내려놓은 브이가 치킨에는 손도 대지 않고 새 캔을 땄다. 온종일 밥을 굶어가며 거리를 쏘다녔으면서도 허기가 느껴지지 않았다. 그냥 술이 고팠다.

꽤 오랜 시간 동안 전원일기의 콘셉트와 기획의도, 배우 박연에게 불어넣어줄 시너지 효과 등에 대한 설명이 이어졌다. 그리고 마침내 새 프로그램에 대해 열변을 토하던 정 피디와 소연은 상사를 향한 악담과 본인들의 신세한탄을 쏟아내기 시작했다. 잔뜩 술에 취한 두 사람은 언젠가 멋지게 사표를 내던질 날을 고대하며 서로를 부둥켜안았다.

드디어 불청객들이 맛이 갔다. 박연은 굶주린 한 마리의 수컷으로서 본연의 목적을 잊지 않고 있었다. 취한 방송국 놈들의 동태를 살핀 박연이 슬쩍 옆을 보았다. 고개를 한껏 젖히고 맥주를 마셔대는 브이의 옆얼굴이 보였다.

박연은 큼큼, 괜한 헛기침을 해보았다. 양팔을 번갈아 들어가며 냄새도 체크했다. 은은한 향수냄새가 기분 좋게 콧속을 파고들었다. 방송국 놈들만 빼면 모든 것이 완벽했다. 박연이 마음 놓고 브이를 돌아보았다.

마지막 남은 캔까지 모두 비워낸 브이가 취기가 올라 불그스름해진 뺨을 문질렀다. 깊게 한숨을 쉬고 옆얼굴로 느껴지는 시선을 따라 고개를 돌렸다. 턱을 괴고 앉아 저를 바라보는 박연의 눈빛이 한없이 다정했다. 다정한 눈을 보자 역 앞에서 통화를 할 때처럼 또 울컥했다. 브이는 앙다문 입술을 비죽 내밀었다.

터지려는 울음을 참는 어린애처럼 박연의 목을 덥석 끌어안았다. 박연은 갑작스럽게 안겨드는 브이를 자연스럽게 마주 안았다. 브이가 어깨에 얼굴을 파묻고 크게 숨을 들이마셨다. 익숙한 향기가 느껴졌다. 눈시울이 뜨끈하게 젖어들었다.

"아, 좋다…."

운동을 하며 힘든 내색을 감추는 일에 익숙한 브이는 힘들다는 말 대신 '좋다' 한마디를 겨우 뱉었다. 그 말을 제대로 알아들을 리 없는 박연은 부드럽게 웃으며 브이의 등을 쓸어주었다.

"나도 좋아."

나지막하게 속삭인 박연이 끌어안고 있던 브이를 품에서 떼어냈다.

"따라와. 보여주고 싶은 게 있어."

박연이 어리둥절한 표정으로 앉아 있는 브이의 손을 잡아끌었다. 서로를 부둥켜안고 주정을 부리던 정 피디와 소연은 어느새 단단히 곯아떨어져 있었다. 박연은 잠든 두 사람이 깨지 않도록 브이의 손을 잡고 몰래 집을 빠져나왔다.

박연이 브이를 데려간 곳은 옥상이었다. 박연의 집을 자주 왔지만 옥상에 올라온 것은 처음이었다. 두 사람은 인조잔디가 깔린 옥상을 가로질러 옥탑 앞에 섰다. 박연이 옥탑 문에 붙은 도어록의 비밀번호를 눌렀다. 문이 열리자 전혀 생각지 못한 공간이 나타났다.

좁은 옥탑방에는 원형 러그 한 장이 깔려 있었다. 벽면을 따라 진열되어 있는 피규어와 조립된 블록, 정교한 프라모델. 남자라면 누구나 소년이었을 시절, 한 번쯤 꿈꿔볼 법한 방이었다.

"나만의 비밀 공간."

불을 켜지 않은 방으로 달빛이 들어왔다. 브이가 달빛을 따라 고개를 들었다. 유리로 만든 천장으로 밤하늘이 고스란히 내다보였다.

옥탑 문을 닫은 박연이 브이의 손을 끌어당겼다. 두 사람은 러그 위에 나란히 누웠다.

"음주운전 터지고 인도 가기 전까지 거의 여기서 지냈어."

눈앞으로 쏟아질 듯 펼쳐진 밤하늘을 올려다보던 브이가 고개를 돌려 박연을 보았다. 박연은 유리창 너머로 보이는 서울의 밤하늘에 시선을 고정한 채 말을 이어갔다.

"여기 오면 내가 연기를 하기 전에, 아무것도 몰랐던 어린애로 돌아간 기분이 들거든."

"돌아가고 싶어요?"

"연기가 좋지만, 좋아도 지치는 순간은 찾아오니까…."

하늘만 올려다보던 박연이 브이를 돌아보았다.

"밤에 이렇게 누워 있으면 꼭 우주에 있는 것 같아. 별은 잘 안 보이지만."

박연을 바라보던 브이가 정면으로 올려다 보이는 밤하늘을 보았다. 우주다. 까맣고, 별이 없는. 초조하게 낯선 거리를 수없이 헤매느라 바짝 날이 서 있던 마음이 몽글몽글 풀어지기 시작했다. 그때, 우주 속으로 반짝이는 별 하나가 불쑥 들어왔다. 하늘만 올려다보던 브이는 눈앞에 드리워진 박연의 얼굴을 가만히 들여다보았다.

러그 위에 누운 브이를 향해 박연이 천천히 고개를 숙였다. 코끝이 스치며 입술이 맞닿았다. 윗입술부터 살며시 물어오는 키스를 받으며 브이가 눈을 감았다. 종일 긴장해 있던 몸이 이제야 안정을 되찾는 듯했다. 몽글몽글 풀어졌던 마음은 익숙하게 가슴을 어루만지는 손길을 받으며 부드럽게 흘러넘쳤다.

박연은 벌어진 입술을 부드럽게 깨물며 옷 속으로 파고든 손을 움직였다. 따뜻하게 뛰고 있는 가슴이 기분 좋게 만져졌다. 둘만의 우주에서 더 뜨거워지고 싶은 욕구가 점점 강해졌다. 거추장스러운 모든 것을 전부 벗어던지고 어서 빨리 부드럽고 따뜻한 몸을 안고 싶었다.

옷가지를 헤치며 가슴을 움켜쥐던 손이 납작한 배로 미끄러져 내려갔다. 그 순간 머릿속에서, 가슴속에서 묵직하게 똬리를 틀고 앉아 브이를 답답하고 울적하게 만들고 있던 생각들이 순식간에 날아가 버렸다.

박연이란 남자는 늘 그랬다. 언제나 불쑥 나타나 다른 생각은 못하도록 만들었다. 때론 엉뚱한 말로, 때로는 다정한 눈빛으로. 박연과 함께 보낸 시간을 돌이켜보면 평범한 일상에서 벗어난 일투성이였다. 이 남자와 함께 있으면 아무런 걱정도, 고민도 할 수가 없다. 그저 가슴이 떨리는 수밖에는 없다. 브이는 모든 고민과 걱정을 잠시 잊고 박연의 목에 매달렸다.

박연은 품에 얼굴을 묻으며 안겨드는 브이를 떨어트리고 입을 맞췄다. 거칠게 입안을 파고들어오는 움직임에 브이의 턱이 높이 들렸다. 러그에 누운 브이의 위에 올라탄 박연이 입을 맞추며 납작한 아랫배를 맴돌던 손으로 버클을 풀었다.

뜨거운 혀를 섞던 브이의 목구멍에서 짧은 신음이 흘러나왔다. 길고 마른 손가락들이 브이를 자극했다. 브이는 제 모든 것을 삼킬 것처럼 입술을 크게 베어 무는 박연을 더 이상 감당하기 어려웠다. 턱 밑까지 차오른 숨을 뱉으며 고개를 돌렸다.

박연이 다시 턱을 잡아 돌렸다. 거친 숨을 뱉는 입을 틀어막았다. 그러나 이번에는 힘들어하는 브이를 달래듯 부드럽게 입술을 핥았다. 브이는 긴장이 풀려버렸던 몸이 다시 긴장하는 것을 느꼈다. 박연의 손이 닿는 하반신이 바짝 날을 세우며 가늘게 떨렸다.

정성스럽게 입을 맞추던 박연이 입술을 떼고 브이의 얼굴을 내려다보았다.

"우주로 데려가줄게…."

브이는 밭은 숨을 뱉으며 잘 떠지지 않는 눈꺼풀을 들어올렸다. 작게 입술을 벙끗거렸다. 그러나 목소리가 나오지 않았다. 말해주고 싶었다. 이미 우주에 있다고. 이미 눈앞에는 별이 있고 눈을 뜰 수 없을 만큼 빛나고 있었다. 브이에게 박연이란 남자는 처음 봤을 때처럼 항상 빛나는 별이었다.

브이는 손을 들어 올려 박연의 뺨을 감싸 쥐었다. 브이의 깊숙한 우주를 찾아 헤매던 박연이 제 뺨을 어루만지는 손을 잡았다. 브이의 두 팔목을 그러쥐고 허리를 붙였다. 달아오른 서로의 하반신이 맞붙었다. 박연은 풀어헤쳐놓은 브이의 하반신을 부드럽지만 강하게 제 앞섶으로 눌렀다. 자신의 아래에서 움칠거리는 브이를 내려다보았다. 등골이 오싹하도록 사랑스러웠다. 박연이 흐트러진 머리칼에 손가락을 꽂아 넣고 다시 입을 맞췄다.

군살 없이 매끄럽게 들어간 허리를 뒤에서 끌어안았다. 세게 당겨 안으면 안을수록 브이의 안으로 더 깊고 아찔하게 들어갔다. 러그에 얼굴을 파묻은 브이가 등 뒤로 들려오는 낮고 무거운 신음소리를 들으며 눈을 감았다.

이제 걷지 않고 뛰겠다던 선전포고가 그냥 해본 말은 아니었는지 박연은 오늘따라 쉴 틈 없이 몰아붙였다. 브이는 종일 고단했던 몸이 제대로 따라주지 않는데도 박연을 따라가려 무던히 애를 썼다.

'지금 잡은 내 손, 더 꽉 잡아. 안 놓치게.'

놓치고 싶지 않았다. 이 남자가 데려다주는 곳은 어디라도 따라가고 싶었다. 박연이 보여주는 것은 전부 보고 싶다. 박연이 주는 것은 전부 받고 싶다. 박연이 알려주는 것은 전부 느끼고 싶다.

땀이 배어나온 몸이 서로에게 달라붙었다. 머리 위로 쏟아지는 달빛을 받아 하얗게 빛나는 몸이 유연하게 뒤엉켜들었다. 까맣기만 하던 우주는 어느새 별들로 가득했다.

얼굴로 쏟아지는 햇살을 이기지 못하고 눈을 떴다. 습관처럼 몸을 뒤척이려던 박연이 동작을 멈추고 품을 내려다보았다. 아무것도 걸치지 않은 몸이 제 품에 얌전히 안겨 있었다. 박연은 제 팔을 베고 잠든 브이를 가만히 바라보았다.

햇살이 부서져 내린 머리칼을 건드리던 손가락이 동그란 어깨를 따라 조심스럽게 내려왔다. 옅게 코까지 골아가며 깊이 잠든 브이가 혹여나 깰까 팔뚝 위를 지나는 손끝이 가늘게 떨렸다.

팔꿈치를 지난 손가락이 지난 밤 격렬하게 끌어안고 휘저었던 허리를 톡 건드렸다. 곤히 자던 브이가 뒤척이며 품을 파고들었다. 박연은 쓸어내리듯 엉덩이와 허벅지를 훑은 후에야 손을 거두었다.

고개를 숙여 품에 안겨 있는 작은 머리통에 입을 맞췄다. 그리고는 아이를 재우듯 조심스러운 손길로 어깨를 토닥였다.

박연은 아침이라 낮게 잠긴 목소리로 중얼거렸다.

“이걸 어떡하면 좋냐….”

이렇게 좋으면 어떻게 해야 되는 거야. 안으면 안을수록 좋아서. 보면 볼수록 보고 싶어서. 이런 건 처음이라 어떻게 해야 할지 모르겠다.

밤새 굳게 닫혀 있던 대문이 열렸다. 박연이 헐렁하게 입은 조거팬츠 주머니에 두 손을 꽂아 넣었다. 그리고는 대문을 돌아보며 얼굴을 잔뜩 찌푸렸다.

“아 진짜 보내기 싫은데.”

“아이구, 그래쪄요?”

뒤이어 대문을 나온 브이가 까치발을 들고 박연의 머리를 쓰다듬었다. 박연은 자신을 놀리듯 어린애 취급을 하는 브이를 콱 끌어안았다. 눈치 없는 방송국 놈들은 감히 연예인 집에서 술을 떡이 되도록 마시고 늦잠을 자는 중인데. 진짜 보내기 싫다.

박연은 브이의 허리를 끌어안고 목덜미에 장난스럽게 입술을 파묻었다. 브이가 주변을 살피며 버둥거렸다.

“아, 잠깐만! 간지러워요!”

한적한 골목에 아침부터 깨가 쏟아지는 두 남녀의 웃음소리가 울렸다. 그 모습을 차 안에서 지켜보던 강 기자가 알 수 없다는 듯이 고개를 저었다.

"박연이 대체 왜 사채까지 쓰는 여자를 만나는 거지?"

"그러게. 나도 영 이해가 안 간다."

김 기자가 동조했다. 특종을 건지기 위해 브이의 뒤를 따라다니며 최관장까지 조사했다. 두 사람은 브이에게 사채 빚이 있다는 사실을 확인했다.

톱스타 박연이 만나는 여자가 사채를 쓰는 여자더라. 이것만으로도 이미 그들이 원하던 특종은 잡은 셈이었다. 그러나 두 사람은 기사를 내지 않았다. 기자의 감이었다.

강 기자는 담배를 찾으며 중얼거렸다.

"아직 터트리긴 이르지. 확실히 뭔가가 더 있어. 아마 엄청날 거야."

강 기자가 담배를 입에 물며 알 수 없는 미소를 지었다.

폐차장 사무실에서 강력부 형사들이 나왔다. 폐차장 사장과 인사를 나눈 형사들은 대화를 나누며 차에 올라탔다.

폐차장 건너편 길가에 세워둔 차 안에서 숨을 죽이던 민형이 브레이크를 풀었다. 민형의 차가 폐차장을 벗어나는 형사들의 차를 자연스럽게 따라붙었다.

뉴스에 나왔던 시신이 주태호가 맞는지 확인하기 위해 며칠 동안 폐차장을 맴돌았다. 그리고 오늘, 폐차장을 찾은 형사들을 우연히 맞닥뜨렸다. 형사들이 폐차장을 찾아왔다면 산에서 발견된 시신은 주태호가 맞다는 말이 되었다. 형사들의 차량을 쫓으며 운전 중인 민형의 손이 떨렸다.

수사는 어떻게 진행되고 있는 걸까. 단순 실족사로 끝나진 않을 모양인 건가. 폐차장 사장의 진술로 그가 절름발이였다는 것을 알게 됐을 것이다. 그렇다면 경찰들도 자신과 같은 의구심을 품기 시작하지 않았을까. 다리를 저는 놈이 왜 그 밤에 혼자 산을 탔지?

민형은 땀이 배어나온 손으로 핸들을 꽉 쥐었다. 주태호의 물건들을 정리하다가 블랙박스 영상을 찾아내게 될지도 모른다. 아니, 분명히 그럴 것이다. 영상을 찾아야 한다.

두 눈을 부릅뜨고 형사들의 차를 쫓아 도착한 곳은 허름한 주택단지였다. 형사들은 더 이상 차량의 진입이 어려운 주택가 골목을 걷기 시작했다. 민형도 모자를 눌러쓰고 차에서 내렸다. 미로 같은 골목을 지나고 언덕길을 올랐다. 건장한 형사들도 숨이 찰 정도로 가파른 계단을 오르고 나서야 목적지에 도달했다.

담벼락에 몸을 숨긴 민형은 단칸방 앞에서 집주인과 이야기를 나누는 형사들을 조용히 지켜보았다. 이내 형사들은 집주인과 함께 안으로 들어섰다. 아마도 그들이 들어선 단칸방은 주태호의 거처인 듯했다.

새까만 어둠이 앉은 밤, 민형은 주태호의 집을 다시 찾았다. 낮에 왔던 길을 그대로 걸었다. 언덕을 오르고 가파른 계단을 마저 올랐다. 그리고 마침내 형사들이 집주인과 대화를 나누던 문 앞에 섰다.

가죽재킷 주머니에서 꺼낸 비닐봉지를 운동화발에 덧씌웠다. 매듭을 단단히 묶고 손에는 가죽장갑을 꼈다. 블랙박스 영상은 분명 집에 있을 것이다. 경찰들보다 먼저 찾아야 한다. 민형은 떨리는 시선으로 닫혀 있는 문을 보았다. 민형은 어둠 속에서 주위를 살폈다.

단칸방의 벽을 따라 걸음을 옮기던 민형이 욕실에 붙어 있는 작은 문을 밀어 열었다. 마른 체형의 민형이 통과하기에는 충분했다.

욕실을 통해 주태호의 단칸방으로 진입한 민형은 너저분한 방을 뒤지기 시작했다. 흐트러진 홑이불과 몇 벌 되지 않는 옷가지들. 합판을 덧대어 만든 단출한 서랍장. 각종 약이 담긴 박스. 물건을 뒤엎으며 뒤지는 손길은 시간이 지날수록 다급해졌다. 그러나 어디에도 민형의 모습이 찍힌 블랙박스는 보이지 않았다.

"씨발, 어디에 둔 거야."

떨리는 목소리로 욕을 지껄였다. 그때였다. 잠긴 방문 손잡이가 덜컥거렸다. 바깥에서 누군가가 문을 열기 위한 시도 중인 듯했다. 민형은 재빨리 욕실로 숨어들었다. 간발의 차이로 방문이 열렸다. 어둠 속에서 주태호의 방으로 침입한 남자는 민형처럼 모자를 눌러쓰고 가죽재킷을 입고 있었다.

문틈으로 언뜻 보이는 얼굴을 자세히 살폈다. 유난히 깡마른 얼굴은 모자 아래로 불툭 튀어나온 광대의 윤곽이 그대로 드러났다.

남자는 방 한가운데 서서 주위를 천천히 둘러보았다. 민형처럼 무엇을 찾기 위해 온 것처럼 보이지는 않았다.

욕실 문 뒤에 숨은 민형이 눈을 굴렸다.

뭐하는 새끼지?

방을 천천히 돌아보며 확인을 마친 남자가 불현듯 욕실 방향으로 몸을 틀었다. 어둠 속에서 민형의 눈이 커다래졌다. 남자는 거침없이 욕실 가까이로 다가왔다. 민형이 문 뒤에 등을 바짝 붙이고 섰다.

성큼성큼 다가온 남자는 욕실 문 바로 앞에서 걸음을 멈췄다. 갑자기 울린 핸드폰 덕분이었다. 남자가 품에서 핸드폰을 꺼내들었다. 남자는 핸드폰 화면에 나타난 강 대표의 번호를 확인하고는 통화버튼을 눌렀다.

"지금 주태호 집에 왔습니다. 예, 수색한다고 해도 경찰 눈에 띌만한 물건은 없는 것 같습니다."

강 대표의 사주를 받은 청부업자는 통화를 하며 주태호의 방을 나갔다. 욕실에 남겨진 민형은 긴 안도의 한숨을 내쉬며 머리를 굴렸다.

누구지? 뭘 찾는 거지? 경찰 눈에 띌 만한 물건이란 건 뭐야?

죽은 주태호의 집에 이 시각, 수상한 차림으로 침입한 남자. 평범한 방문자는 아니었다. 분명 민형 자신처럼 어떤 목적을 가진 자였다. 주태호랑 무슨 연관이 있는 걸까. 통화 내용을 미루어보아 전화를 건 사람의 지시를 받고 움직이고 있는 듯했다. 뉴스를 보며 느꼈던 의구심은 이제 강한 확신이 되었다.

주태호는 단순한 실족사가 아니다. 분명 방금 사라진 남자와 통화를 한 사람, 두 명 모두 주태호의 죽음과 관련이 있다.

민형이 미간을 좁혔다. 대체 누구와 통화를 한 걸까. 블랙박스 영상은 어디에 있는 걸까….

브이는 걸음을 옮기며 크림빵을 크게 한 입 베어 물었다. 양 볼이 동그랗게 부풀도록 빵을 입 안 가득 우물거리면서도 두 눈으로는 연신 주위를 살폈다.

오늘도 역시 대림역 12번 출구를 찾았다. 최 관장에게서 라이 한의 사진을 얻은 뒤로는 눈만 뜨면 이곳으로 달려왔다. 처음에는 낯설고 무섭기만 하던 중국인들의 시선이 이젠 아무렇지 않아졌다. 라이 한을 찾아 헤매는 날이 길어질수록 준비성도 철저해졌다.

브이가 손에 든 우유팩을 입으로 가져갔다. 시간을 아끼기 위해 끼니는 들고 다니면서 때웠다. 빈 우유팩을 길가 쓰레기통으로 집어던진 브이가 옷소매로 입가를 훔치며 커다란 눈에 힘을 주었다. 동그란 눈이 더욱 커지며 매섭게 빛났다.

내가 꼭 잡고 만다.

집에서 싸온 먹을거리가 든 크로스백을 옆으로 단단히 메고 힘차게 발걸음을 옮겼다. 그때 오토바이 한 대가 브이의 곁을 느린 속도로 지나쳤다. 찰나의 순간, 브이는 오토바이 뒷자리에 올라앉은 얼굴을 캐치했다. 반쪽 눈썹. 큰 코. 까만 피부. 스포츠머리.

"라이 한…."

브이가 홱 뒤를 돌았다. 라이 한을 태운 오토바이가 유유히 골목 샛길로 사라지고 있었다. 브이는 잠깐의 망설임도 없이 오토바이가 사라진 골목을 향해 뜀박질을 시작했다.

앞만 보고 달리던 브이가 다리에 급제동을 걸었다. 한의원과 면요리집 사잇골목으로 들어가는 오토바이 뒤꽁무니가 보였다. 라이 한이 타고 있는 오토바이를 쫓아 골목 안으로 들어섰다. 화물운송 전단지가 붙은 골목길을 내달렸다. 브이가 아랫입술을 질끈 깨물었다.

놓치면 안 돼. 잡아야 돼.

빠른 속도로 골목을 빠져나왔다. 노점상에 몰려 있던 중국인들이 눈 깜짝할 새에 바람을 일으키며 지나가는 브이를 돌아보며 알 수 없는 야유를 보냈다. 야유 소리를 들은 라이 한이 뒤를 흘끔 돌아보았다. 이를 악물고 쫓아오는 브이를 발견한 라이 한은 인상을 썼다.

[저건 뭐야? 왜 따라오는 거야? 더 빨리 달려!]

라이 한이 오토바이를 운전 중인 남자에게 소리치자 오토바이의 속도가 눈에 띄게 높아졌다. 라이 한 일행이 본격적으로 달아나기 시작했다.

이래서는 못 따라잡아.

브이가 빠르게 주위를 두리번거렸다. 여행사 건물 외벽을 따라 붙어 있는 철제계단을 올랐다. 2층으로 올라온 브이가 철체난간에서 같은 높이의 반대편 건물 담벼락으로 뛰어내렸다. 오토바이를 앞질러 한 발 먼저 다음 골목에서 길을 가로막을 셈이었다. 담벼락을 내려와 다음 골목을 향해 몸을 트는 찰나, 직업소개소 건물을 나오던 남자들과 정면으로 부딪쳤다. 브이는 제 덩치의 배는 되는 남자들로부터 힘없이 튕겨져 나갔다.

"아윽…."

브이는 시멘트 바닥에 찧은 무릎을 움켜쥐었다. 직업소개소를 나온 남자들은 부딪친 어깨를 털고 무심하게 브이를 지나갔다. 절뚝거리며 다음 골목으로 들어섰다. 그러나 라이 한의 오토바이는 이미 보이지 않았다.

잡을 수 있었는데…. 바보 같이 왜 넘어져서….

답답하고 아쉬운 마음에 커다란 눈에는 금세 눈물이 글썽였다. 멍하니 서 있던 브이가 허탈한 걸음을 애써 돌렸다.

절뚝거리며 걸음을 옮기던 운동화 발이 도장 앞에서 멈췄다. 곧장 집으로 돌아가 아빠의 얼굴을 마주하기에는 마음만 아플 것 같았다.

도장 앞에는 기범이 서 있었다. 쉬는 날도 아닌데 도장이 닫혀 있는 이유를 모르겠단 표정이었다. 고개를 갸웃거리던 기범이 브이를 발견했다.

"어디 다녀와? 도장은 왜 닫고?"

브이는 빚 문제를 전혀 모르고 있는 기범에게 어디부터 설명해야 할지 몰라 눈만 굴렸다.

"다쳤어?"

기범의 시선이 브이의 다리에 향해 있었다. 브이가 어색하게 웃어보였다.

매트를 깔고 도장에 마주 앉았다. 기범에게 현수의 보증 이야기를 털어놓은 뒤였다. 바짓단을 무릎 위까지 걷어 올린 브이를 보며 기범은 꽤 무섭게 인상을 썼다.

"왜 나한테 말을 안 했어?"

"너한테 말한다고 달라지는 것도 아닌데 뭘."

"또 누가 알아?"

"너밖에 몰라."

소독약을 깨진 무릎 위에 두드렸다. 쓰라린 통증에 브이가 얼굴을 찌푸렸다. 기범은 조심스러운 손길로 연고를 바르며 물었다.

"박연한테는 말 안 하려고?"

"말해서 뭐해."

말하는 게 낫지 않겠냐는 말이 목구멍까지 올라왔지만 기범은 끝내 말을 삼켰다. 그 대신 상처에 밴드를 붙여주며 말했다.

"앞으로 도장은 내가 볼게."

눈을 동그랗게 뜬 브이가 손을 저었다.

"아냐, 그러지 마. 이제 슬슬 일자리도 알아볼 거라면서. 그리고… 너한테 수고비도 못 준단 말이야."

민망한 얼굴로 기범의 눈치를 살폈다. 기범은 피식 웃으며 브이의 머리를 쓰다듬었다.

"수고비 대신 밥이나 해줘. 혼자 사니까 먹는 거 부실해서 어지럽더라."

기범의 손을 쳐낸 브이가 멋쩍게 웃었다. 기범이 약상자를 정리하며 말했다.

"그동안 그것도 모르고 아저씨한테 꼬박꼬박 알바비 받아갔는데, 맘에 걸리네…. 일찍 말해줬으면 이럴 일 없잖아."

"그건 당연히 받아야 되는 돈이지."

바짓단을 내리며 대수롭지 않게 말하는 브이를 기범이 말없이 바라보았다. 어릴 적부터 현수와 브이를 지켜봐왔다. 무엇이든 혼자 해내려는 게 버릇이 되어버린 부녀였다. 다른 사람들은 이해하지 못하겠지만 기범만큼은 그들의 마음을 이해했다. 운동을 해서인지 기범이 생각하기에 자신 역시 답답한 부녀와 같은 부류였다.

운동은 혼자만의 싸움이었다. 그러다 보니 어느새 모든 일을 혼자서 감내하고 해결하는 것이 익숙해져 버렸다. 그래서 지금 브이가 얼마나 힘이 들지, 얼마나 내색하지 않으려 참고 있는지, 또 왜 그럴 수밖에 없는지 모든 것을 마음으로 이해했다.

같은 부류라서. 혹은 오래 지켜봐왔기 때문에. 오랜 친구니까. 오랜 짝사랑 상대니까.

기범은 말없이 브이의 어깨를 두드려주었다. 힘내라는 손길을 충분히 알아들은 듯은 브이가 고개를 끄덕이며 웃어 보였다.

서울 모처 카페에서 인터뷰가 진행되었다. 인터넷 매거진에 실릴 인터뷰였다. 민형은 대략 1시간 동안 진행된 인터뷰의 마지막 질문까지 성실하게 답변을 끝마쳤다. 인터뷰 태도가 좋기로 소문난 배우 이민형다웠다. 기자의 얼굴에도 만족스러운 미소가 번졌다. 기자는 먼저 자리를 일어서는 민형에게 손을 내밀며 말했다.

"인터뷰했던 것처럼 다음에 정말 식사 한 번 해요. 인터뷰만 그렇게 하신 거 아니죠?"

"아, 물론이죠. 매번 좋은 기사 써주시잖아요."

민형이 웃으며 손을 맞잡았다.

"그나저나 민형 씨, 우리 잡지 좋은 데라고 박연 씨한테 말 좀 전해줘요."

웃고 있던 민형의 눈가가 움칠거렸다. 미세한 표정 변화를 눈치 채지 못한 듯 기자는 장난스러운 얼굴로 말했다.

"박연 씨한테 인터뷰 몇 번이나 요청했는데 계속 캔슬되네. 우리 편집장님이 정말 팬인데. 그래도 난 민형 씨 팬이에요."

눈가를 떨던 민형이 더 활짝 웃으며 고개를 끄덕였다. 그때 기자의 핸드폰 벨이 울렸다. 기자는 등을 돌리며 회사에서 걸려온 전화를 받았다.

민형은 잠시 카페 안을 둘러보았다. 빈 카운터와 등을 돌리고 통화중인 기자를 차례로 확인했다. 어디에도 민형에게 시선을 줄 만한 사람은 없었다.

민형이 앞에 놓인 커피 잔을 들어올렸다. 그리고는 차갑게 식은 커피를 기자의 노트북에 서슴없이 들이부었다. 닫히지 않은 노트북 자판으로 갈색액체가 스며드는 모습을 멀뚱히 쳐다보았다.

통화를 마친 기자가 뒤를 돌았다. 민형이 급하게 냅킨으로 기자의 노트북을 닦았다.

"어후, 죄송해요. 실수로 커피를 쏟아버려서…."

허둥지둥 노트북을 닦는 민형에게로 다가온 기자의 얼굴에는 짜증이 그득했다. 어찌할 바를 모르고 머리만 쓸어 넘기는 기자에게 민형이 고개를 꾸벅 숙였다.

"제가 새 노트북으로 보내드리겠습니다. 이 노트북도 수리 맡겨서 내용 손실 없도록 할게요. 정말 죄송해요, 기자님."

"그렇게까지…."

기자가 노트북을 다시 들여다보았다. 5년째 쓰고 있는 노후한 노트북은 민형이 쏟은 커피가 아니래도 이미 자판이 누렇게 때가 타 있었다. 흘끔 민형을 쳐다본 기자가 못이기는 척 고개를 끄덕였다.

"그럼 새 걸로 부탁드려요. 수리는 내가 할게요. 안에 기삿거리도 있고 남이 보는 건 좀 그렇네."

머리를 긁적이며 웃는 기자에게 인사를 하고 카페를 나왔다. 도로변으로 나온 민형이 손짓하자, 차를 대기시켜놓고 있던 매니저가 한달음에 달려왔다.

"요즘 제일 좋은 노트북 한 대만 저 기자 앞으로 보내. 헤드폰이랑 이것저것 챙겨서."

민형이 피곤한 얼굴로 차에 올라탔다. 새 노트북을 받고 나면, 기자는 이민형이란 사람이 참 괜찮은 놈이더라며 떠들고 다닐 것이다.

운전석에 오른 매니저가 뒷좌석을 돌아보며 말했다.

"회사로 가겠습니다. 드라마 DVD에 들어갈 포토카드에 사인해주셔야 된대요."

"그래, 얼른 끝내자. 너도 오늘 일찍 퇴근해야지."

민형이 부드러운 목소리로 대답했다. 그러나 운전대를 잡은 매니저의 표정은 좋지 않았다. 조금 전 카페 창문으로 보았던 민형의 모습이 자꾸 머릿속에서 반복되었다. 기자의 노트북에 커피를 들이붓던 무표정한 얼굴은 이미 본 적 있는 얼굴이었다. 언젠가 박연과 교제 중인 권브이를 찾아갔을 때. 카페에서 대화를 나누는 모습을 몰래 촬영하라고 지시하던 때와 흡사한 얼굴이었다. 차가운 독기가 서린 모습.

매니저는 빅엔터로 차를 몰며 몸을 떨었다. 배우 이민형의 타이틀에 어울리지 않게 최근 들어 선뜩한 얼굴을 보이는 횟수가 잦았다. 잘못 봤겠지. 피곤해서 그렇겠지. 기분 안 좋은 일이 있을 테지. 그러나 그것들이 반복될수록 헷갈리기 시작했다. 원래 저런 놈인가?

매니저가 기분 나쁜 생각에 사로잡힌 동안 민형을 태운 차는 어느새 빅엔터 앞에 도착했다. 차에서 내리려던 민형이 잠시 동작을 멈추고 차창을 내다보았다. 민형의 눈동자가 빅엔터의 건물을 나온 남자를 따라 굴러갔다.

검은 모자. 눈에 띄는 마른 얼굴형. 주태호의 집을 찾았던 밤. 어둠 속이었지만 분명 그곳에서 본 얼굴이었다. 민형은 자신의 기억력과 눈썰미를 믿었다. 사람 좋은 배우로 불리기 위해 스태프들은 물론 단역배우들의 얼굴과 이름을 익히고, 다음에 만났을 때 먼저 알은체를 해야 했다. 그런 이유로 민형은 한 번 본 얼굴은 절대 잊어버리지 않는 능력을 지니게 되었다.

남자는 건널목을 건너 민형의 시야에서 사라졌다. 차에서 내린 민형이 빅엔터로 들어섰다. 민형은 출입구에 있는 데스크로 다가갔다.

"방금 나가신 분…. 무슨 용건으로 오신 거죠?"

데스크에 앉아 있던 빅엔터 여직원이 대수롭지 않게 답했다.

"대표님 찾아오셨어요. 저번에도 오셨었는데?"

강 대표? 민형의 두 눈이 흔들렸다. 민형은 주태호의 집에 숨어들었다가 엿들었던 남자의 통화 내용을 떠올렸다.

'지금 주태호 집에 왔습니다. 예, 수색한다고 해도 경찰 눈에 띌 만한 물건은 없는 것 같습니다.'

분명 주태호의 죽음과 연관이 있는 남자다. 그런 남자가 강 대표를 주기적으로 찾아온다? 의문에 둘러싸여 있던 민형의 눈이 불현듯 빛났다. 주태호의 죽음과 연관된 두 사람. 수상한 남자와 그의 통화 상대. 주태호가 강 대표한테도 영상을 보냈다면 모든 이야기가 자연스럽게 이어진다.

그날 밤, 남자와 통화한 사람은 강 대표다. 민형이 떨리는 주먹을 불끈 쥐었다. 블랙박스 영상은 강 대표한테 있다.

'컷!'하는 소리와 함께 박연은 여배우에게서 떨어져나갔다. 별 감흥 없는 표정의 박연이 스태프들에게 수고했다는 의미로 박수를 보냈다. 방금 전까지 흩날리는 벚꽃잎 아래서 애절한 키스 신을 만들어내고 있던 남자라고는 믿기지 않았다.

오늘 찍을 촬영을 모두 끝마친 박연이 스태프들 사이로 빠져나왔다. 영범은 박연에게 테이크아웃 커피부터 건넸다.

"형님, 피곤하시죠? 수고하셨어요. 집으로 바로 모실게요."

"아니, 브이 보러 갈 거야."

커피 컵을 받아든 박연이 졸음 가득한 눈을 하고서 답했다. 한창 좋을 때지. 사랑이 보약이지. 영범이 뿔테 너머로 작은 눈을 음흉하게 뜨고 웃었다. 박연은 얼굴을 구기고 영범의 볼을 꼬집었다.

"오영범, 요거, 요거. 머리에 똥만 찼어?"

"아아아…!"

아픈 소리를 내는 영범의 볼을 더욱 꽉 잡았다.

두 사람이 촬영장 근처에 세워둔 밴 앞에 도착했을 때 생각지 못한 방문객을 만났다. 박연과 영범은 밴 앞에서 수줍은 미소를 짓고 있는 여자를 빤히 쳐다보았다. 여자는 조금 전 키스 신을 찍은 상대 여배우였다. 여배우는 각종 언론매체에서 극찬 받은 청순한 미소를 지으며 말을 붙여왔다.

"선배님, 서울로 올라가실 거죠?"

"어."

"아까 보니까 점심 거르시던데. 배 안 고프세요? 저랑 식사하실래요?"

"아니."

너무나 단호했다. 영범은 당황한 듯 어색하게 웃는 여배우의 눈치를 살폈다. 그러나 박연은 개의치 않는 듯 영범을 돌아보며 소리쳤다.

"야, 얼른 문 열어."

영범이 그제야 밴으로 달려갔다. 스르륵, 밴의 문이 열렸다. 밴에 올라타려던 박연이 잠시 멈춰 서서 여배우를 물끄러미 바라보았다. 틈을 놓치지 않고 여배우는 최대한 눈을 동그랗게 뜨고 순진무구한 표정으로 깜박였다. 박연이 커다란 손으로 여배우의 어깨를 가볍게 쥐었다. 짙은 눈썹이 치켜 올라갔다.

"나올래? 나 타야 되는데."

무언가를 잔뜩 기대하고 있던 여배우의 얼굴이 순식간에 일그러졌다. '청순계보를 잇는 신흥대세'로 불리는 얼굴은 자존심이 있는 대로 상한 듯 새빨갛게 달아올랐다.

무섭다. 우리 브이는 얼굴 빨개지면 귀엽던데.

박연은 두 손으로 여배우의 어깨를 쥐고 살며시 옆으로 옮겨놓았다. 반강제적으로 비켜난 여배우에게 손을 들어 보이고는 밴에 올라탔다.

밴의 문이 닫히자마자 핸드폰을 꺼내들었다. 영상통화를 하기 위해 박연은 콧노래를 흥얼거리며 브이의 전화번호를 눌렀다. 신호음이 이어지는 동안 핸드폰을 얼굴 높이로 들어올렸다. 곧 통화가 연결된 핸드폰 화면에 브이의 얼굴이 나타났다.

운전석에 앉은 영범은 여배우를 상대할 때와는 전혀 다른 목소리와 눈빛을 장착하는 박연의 모습을 실시간으로 구경했다.

박연이 들뜬 목소리로 말했다.

"한 시간 뒤에 도착할 거야. 집 앞으로 나와."

그러나 핸드폰 화면 속 브이는 한참 뜸을 들이다가 마지못한 사람처럼 대답했다.

-나 오늘은 좀….

박연이 코웃음을 쳤다.

"태권브이, 야한 생각하지 마. 나도 피곤하거든? 얼굴만 보자."

-아니, 그게 아니라….

그때 머뭇거리는 브이의 뒤로 남자들이 무리지어 지나가는 게 보였다. 순간 박연의 눈이 가늘어졌다. 머리가 빠르게 굴러갔다.

재 지금 어디지? 도장은 아닌데? 집도 아니고….

"너 지금 어디야?"

-어… 잘 안 들려….

핸드폰 화면이 어둡게 변하더니 붉고 노란 불빛이 브이의 얼굴을 비췄다.

"너 거기 어디냐고. 조명이 왜 그래?"

잘만 나오던 화면이 조금씩 끊기기 시작했다. 주위가 시끄러운 탓에 브이의 목소리도 잘 들리지 않았다. 박연은 두 손으로 꼭 잡은 핸드폰에 대고 소리쳤다.

"이 시간에 지금 어디 있는 거야? 음악소리는 뭐야?"

화면 속에서 무어라 대답하는 브이의 목소리가 소음과 뒤섞였다. 눈을 부릅뜬 박연이 핸드폰으로 귀를 가져갔다. 쿵짝쿵짝. 깨져서 들리긴 하지만 분명 음악소리였다.

어디 있는데 이렇게 음악을 크게 틀어놨어? 박연의 눈동자가 격하게 좌우로 흔들렸다. 이내 귓가로 브이의 목소리가 다시 들려왔다.

-바쁘니까 그만 끊어요!

영상통화는 그대로 끊겼다. 박연은 핸드폰을 넋이 나간 표정으로 쳐다보았다. 눈을 몇 번 끔벅이다가 운전석에 앉아 있는 영범을 보았다.

"방금 음악소리 아니니? 나만 들었니?"

"저도 들은 것 같은데요?"

영범도 심각한 표정으로 답했다. 박연이 어이없다는 듯이 피식 웃으며 도리질 쳤다.

"아, 아니야. 우리 브이는 어둡고, 조명이 막 현란하게 돌아가고 음악이 크게 나오는 그런 곳에 갈 리가 없어. 걔가 왜 이 시간에 그런 데를 가?"

"브이 누님 클럽 가신 거 맞는 것 같은데요?"

다시 통화버튼을 누르려던 박연이 영범을 매섭게 노려보았다. 경솔한 주둥이에게 경고의 눈빛을 보낸 박연이 버튼을 눌렀다. 그러나 이번에는 신호음만 길게 이어질 뿐 끝내 연결되지 않았다.

"뭐야 권브이…. 왜 안 받아?"

여배우에게 도도함을 유지하던 얼굴이 금세 울상으로 일그러졌다. 박연은 불안한 눈으로 여전히 통화연결을 시도 중인 핸드폰만 내려다보았다. 핸드폰을 쥔 두 손이 달달 떨렸다.

대림역 주변의 술집에서 라이 한에 관한 새로운 정보를 얻었다. 며칠 동안 눈만 뜨면 대림역으로 달려가 밤늦도록 수소문을 하고 다닌 보람이 있었다. 술집 사장이 알려준 대로 라이 한의 지인이 운영한다는 콜라텍을 뒤졌다. 그러나 몇 달 전 주인이었던 라이 한은 물론, 라이 한의 지인도 만나지 못했다.

터덜터덜 지친 걸음으로 동네 어귀로 들어서자 벌써 밤 12시가 넘어 있었다. 깜박이는 가로등 아래를 지나 집 앞에 도착했다. 평소처럼 대문을 열려던 브이가 뒤를 돌아보았다. 익숙한 모양새의 밴 한 대가 골목에 주차되어 있었다.

조심스럽게 검은 밴으로 다가가 검게 썬팅된 창문에 얼굴을 붙였다. 안을 들여다보려고 아무리 인상을 써도 보이지 않았다. 브이가 창을 똑똑 두드렸다. 그러자 창문 대신 밴의 문이 열렸다.

느린 속도로 문이 열린 밴 안에는 박연이 반대편 차창에 머리를 괴고 앉아 있었다. 박연은 브이를 향해 검지를 까닥까닥 움직였다.

컴 온. 비언어적 표현을 이해한 브이가 순순히 밴에 올라탔다. 박연의 옆 좌석에 앉은 브이가 문을 닫으며 말했다.

"여태 기다린 거예요? 오늘 못 본다니까…."

"어디 갔다 이제 와?"

브이의 말허리를 자른 박연이 표정 변화 없는 얼굴로 물었다. 브이는 박연을 돌아보았다. 미간에 굵게 자리 잡은 주름이 심상치 않아 보였다. 아빠에게 보증을 서게 만들고 사라진 라이 한을 찾으러 다녔다는 말은 할 수 없었다.

브이가 더듬더듬 입을 열었다.

"뭐, 볼일 있어서 그냥 여기저기…."

"무슨 볼일?"

가짜 용건을 다 지어내기도 전에 득달같이 물어왔다. 눈을 굴리며 고민하던 브이가 박연을 향해 배시시 웃었다.

"안 피곤해요? 집에 그만 가지?"

코너에 몰리자 맨 정신에는 부려본 적 없는 애교 섞인 목소리가 튀어나왔다. 영 재능이 없는 콧소리를 내려니 진땀이 났다. 그러나 박연의 얼굴은 냉담하기 그지없었다. 브이는 얌전히 고개를 숙이고 말했다.

"그게 실은, 우리 아빠요. 아빠의, 친한 관장님의, 아는 분의, 형님이 콜라텍을 개업했다길래 아빠 대신 인사 다녀왔어요."

"콜라텍?"

과연 거짓말에 속아줄까 가슴 졸이고 있던 브이가 고개를 번쩍 들고 답했다.

"응! 어르신들 춤추러 다니는 곳이요. 요즘 아빠가 몸이 안 좋잖아요. 그래서 내가 갔어요. 어르신들 계시니까 박연 씨 전화를 받을 수가 없었어요.”

거짓말은 한 번 물꼬를 트자 술술 터져 나왔다. 박연이 눈을 가늘게 뜨고 브이를 쳐다보았다.

확실히 권브이가 클럽 다니는 애는 아니지.

실은 집 앞에서 브이를 기다리는 동안 소연에게 확인 전화를 했다. 소연은 방송국에서 회의 중이었다. 소연과 같이 간 게 아니라면 브이 혼자 클럽을 갔을 리도 만무했다. 아까 들은 음악소리도 지금 생각해보니 클럽음악이라기에는 너무 뽕삘이었다. 박연은 고개를 주억거리다가 다시 예리한 눈빛으로 브이를 보았다.

“진짜야?”

브이가 쉬지 않고 고개를 세차게 끄덕였다. 브이를 향해 미심쩍은 눈빛을 보내던 눈이 이번에는 야속함을 담았다.

“아무리 자리가 어려웠어도 그렇지. 왜 전화를 안 받아? 사람 애간장을 있는 대로 태우고.”

브이가 미안한 얼굴로 머리를 긁적이며 웃었다. 그런 브이를 쏘아보던 박연이 브이가 앉은 좌석을 단번에 뒤로 젖혔다. 덜컥, 소리를 내며 넘어가버린 시트와 함께 순식간에 누워버린 브이가 박연을 올려다보았다. 브이는 놀란 어깨를 움츠리고 커다란 눈을 굴렸다.

“지금… 뭐해요?”

“내가 전화 안 받고 잠수 타는 거, 그거 사람 미치게 만드는 거라고 했지?”

박연이 브이가 누운 시트를 짚고 올라탔다. 어둠속에서 브이를 내려다보는 박연의 눈이 능글맞게 빛났다.

“잘못했어, 안 했어?”

“했네….”

브이가 무엇에 홀린 듯 고분고분 답했다. 그때 커다란 손이 브이의 두 팔을 단번에 머리 위로 휘어잡았다. 두 팔을 제압당한 채 박연의 아래 깔린 브이가 마른침을 꿀꺽 소리가 나도록 삼켰다. 거짓말을 한 게 마음에 걸려 단호하게 밀쳐내지는 못하고 대신에 기어들어가는 목소리로 웅얼거렸다.

"잘못은 했는데… 나 그만 가면 안 되나…?"

"싫어. 안 보내줄 거야."

능글맞던 눈빛이 어느새 진지했다. 브이는 자신을 뚫어지게 쳐다보는 박연의 시선에 얼굴이 빨갛게 달아올랐다.

"너 혼내줄 거야."

나지막이 속삭인 박연이 입술을 덮쳐왔다. 두 팔목을 움직이지 못하도록 꽉 누르는 손아귀 힘은 예고 없이 덮쳐온 입술만큼이나 다소 강압적이었다. 비좁은 차 안에서 평소와는 다른 키스가 시작되었다.

입을 맞추며 머리 위로 결박하듯 잡은 브이의 팔목에 체중을 실었다. 커다란 손에 눌린 흰 팔목에 붉은 손자국이 번졌다.

숨이 막힐 정도로 입술을 빈틈없이 삼키던 박연이 떨어져나갔다. 브이의 이마에 반듯한 이마가 맞닿았다. 뜨거운 숨을 몰아쉬는 브이를 내려다보던 박연은 고개를 비스듬히 숙였다. 입술이 다시 키스를 할 것처럼 다가갔다. 가까워지는 입술을 지켜보던 브이가 눈을 감으며 입을 벌렸다. 그러나 간지럽게 스치기만 할 뿐, 잠시 끊어졌던 키스는 다시 이어지지 않았다. 브이가 감았던 눈을 뜨고 박연을 보았다. 자신을 향해 내리깔린 눈가에 옅은 미소가 번져 있었다.

민망함을 느낀 브이가 작게 벌렸던 입을 도로 다물었다. 그러자 박연이 기다렸다는 듯이 다물린 입술을 거칠게 빨아들였다. 아랫입술을 입속으로 삼키기 무섭게 뜨거운 혀가 윗입술로 옮겨갔다. 정신없이 쏟아지는 입맞춤을 따라가려는 듯 브이의 입술이 자연스레 벌어졌다. 그 순간, 키스를 퍼붓던 박연은 또다시 뒤로 물러섰다.

그 뒤로도 몇 번이나 브이가 격렬한 키스에 호응할라치면 박연은 뒤로 빠져버렸다. 브이는 애만 태우고 달아나버리는 박연을 쏘아보았다. 두 팔을 제압한 자세와 완력. 애를 태우는 키스까지. 브이는 마치 박연이 자신의 우위에 있는 듯이 느껴졌다.

'너 혼내줄 거야.'

브이는 키스를 하기 전 박연이 했던 말을 떠올렸다. 처음 겪어보는 분위기. 그 속에서 나누는 키스는 단지 키스만으로도 기분을 이상하게 만들었다. 싫은 듯 좋다. 팔목을 조이는 힘이 무서우면서도 떨린다. 생경한 감정을 느낀 브이의 눈에 긴장감이 감돌았다.

박연은 긴장한 얼굴을 내려다보며 낮은 목소리로 중얼거렸다.

"너만 생각하면… 내가 이런 기분이야…."

혼내줄 거라고 했지만 혼내는 것이 아니다. 가르쳐주고 있다. 네가 눈에 안 보여도, 보여도 나는 이만큼 애가 탄다고. 나는 이만큼 미친다고.

브이를 쳐다보던 박연이 입술을 부드럽게 끌어올렸다. 미소가 번진 입술이 맞대고 있던 이마를 꾹 눌렀다. 동시에 브이의 팔목을 결박하고 있던 손아귀에 힘이 스르륵 풀렸다. 이마를 지나 콧등을 타고 내려온 입술이 브이의 입술을 찾아들었다. 평상시의 다정한 키스로 돌아와 있었다.

박연이 입술을 간지럽게 건드리며 손을 끌어 잡았다. 그리고는 브이의 손을 제 바지춤으로 가져갔다. 화들짝 놀란 브이가 손을 움츠리고 버텼다.

"영범 씨 오면 어떡해요…."

"영범이는 안 와."

낮은 목소리와 눈빛이 단호했다. 박연은 브이의 눈을 바라보며 바지 버클을 내렸다. 자리를 비운 영범이 언제 돌아올지 몰랐다. 집 앞이니 누가 지나갈지도 몰랐다. 브이의 시선이 불안하게 흔들렸다. 그러나 브이는 일말의 흔들림도 없이 자신의 눈을 들여다보는 박연의 눈빛에 꼼짝없이 압도당했다.

브이는 박연과 눈을 맞춘 채 벌어진 앞섶을 뒤적였다. 이내 손바닥으로 박연의 열기가 뜨겁게 옮겨왔다. 브이는 단단하게 응축된 열기 덩어리를 어설프게 그러쥐었다. 그리고는 박연을 휘감은 손가락을 움직였다.

브이의 손길은 간지러울 정도로 느리고 조심스러웠다. 열심히 자신을 어루만지는 손길을 가만히 받아주던 박연이 브이의 옆통수에 얼굴을 파묻었다. 박연에게서 느껴지는 뜨거운 체온이 브이의 목덜미로 훅 끼쳐왔다. 이전보다 가라앉은 목소리가 브이의 귓가에 울렸다.

"더 세게 해도 돼…."

커다란 손이 브이의 손등을 감싸 쥐었다. 가르쳐주듯 혹은 시범을 보이듯 박연은 브이의 손을 잡고 함께 움직였다. 곧 박연이 낮은 숨소리를 터트리며 브이의 머리칼에 처박고 있던 얼굴을 들었다. 브이는 박연에게 손을 맡긴 채, 코가 스칠 정도로 가까이에 있는 얼굴을 바라보았다.

눈앞의 박연은 반듯한 이마를 일그러트리고 이따금 눈 밑을 떨었다. 흥분감에 젖은 두 눈은 어둠 속에서도 희게 빛났다. 브이의 손에 힘이 들어가면 가늘게 벌어진 입술 사이로 묵직한 숨이 터졌다. 브이는 제 손 안에서 녹아나는 박연을 보니 그렇잖아도 이상하던 기분이 더욱 이상해졌다. 아니, 야릇해졌다.

이 남자도 날 예뻐해줄 때 이런 기분일까. 나도 저런 얼굴이었을까. 저토록 야하고 사랑스러운….

브이의 눈을 뚫어지게 쳐다보고 있던 박연이 참을성이 바닥난 사람처럼 급하게 입술을 겹쳤다. 젖은 입술이 뜨겁게 달라붙었다. 서로 포개어진 손의 움직임이 빨라졌다. 맞물린 입술 사이로 터져 나오는 박연의 숨소리도 점점 거칠어졌다.

금세 뜨거운 열기로 뒤덮인 밴 위에 밤벚꽃이 꽃잎을 떨어뜨렸다. 바람이 불 때마다 차 지붕에 벚꽃잎이 하얗게 쌓여갔다.

"너 예능 나간다고 했다며?"

소파에 털썩 주저앉은 박연이 강 대표를 돌아보았다. 강 대표는 책상 앞에 앉아 CBC방송국 측에서 보내온 출연계약서를 들여다보고 있었다. 박연은 되레 턱을 쳐들고 뻔뻔한 얼굴로 말했다.

"내 연차에 하고 싶은 프로그램도 맘대로 못 골라요?"

"네가 언제부터 예능 나가기를 좋아했다고."

대꾸할 말이 없어진 박연은 떨떠름한 표정을 지었다. 강 대표가 계약서를 내려놓고 박연을 보았다.

"권브이 때문이야? 여기 조연출이 권브이 친구라며."

"무슨 소리 하는 거예요?"

얼굴을 찌푸리고 잡아떼는 박연의 반응에 강 대표는 도리어 피식 웃음을 터트렸다.

"이제 대중 반응도 돌아왔겠다, 복귀작 촬영도 끝났겠다. 네가 예능에 기어나갈 이유가 뭐야?"

"내가 이렇게 대중들한테 호감을 산 게 다 정 피디님 덕이잖아요. 그러니까 상부상조로…."

"자서 그래?"

강 대표가 박연의 말허리를 끊고 물었다. 박연은 벙찐 얼굴로 강 대표를 쳐다보았다. 강 대표는 표정 변화 없이 덤덤했다.

"자기만 한 거야, 진짜 빠진 거야?"

지난번에 브이에게 뜨거운 차를 쏟아가며 시험해보더니 확실히 눈치를 챈 모양이었다. 박연은 입을 다물고 강 대표의 시선을 피했다. 책상에 앉아 있던 강 대표가 대꾸 없이 앉아 있는 박연의 곁으로 걸어왔다. 강 대표는 맞은편에 다리를 꼬고 앉았다.

"적당히 해. 권브이랑 계약만료 3개월 남았어."

"이런 얘기 그만합시다."

박연이 자리에서 일어섰다.

"너 나랑은 1년 넘게 남았다? 그동안 내가 곱게 데리고 있었지? 말년에 뺑이치기 싫으면 잘 생각해."

"하, 무서워라. 뭐, 행사라도 돌리게요?"

일부러 코웃음을 치며 받아치다 강 대표를 빤히 쳐다보았다. 제 눈을 응시하는 강 대표의 눈빛은 먹잇감을 정한 맹수처럼 조금도 흐트러질 기미가 보이지 않았다. 박연이 먼저 강 대표의 눈을 피했다. 대표실 문을 향해 성큼성큼 걸음을 옮겼다.

강 대표는 멀어지는 발소리를 들으며 말했다.

"가출한 애들이 왜 집에 못 돌아오는 줄 알아? 원래 오래 놀면 집에 돌아오기 싫어지는 거야. 그러다가 나중엔 돌아오고 싶어도 못 돌아와. 길바닥에서 온갖 고생 다하다가 그냥 그렇게 가는 거야."

박연은 나가려던 걸음을 멈춰 섰다. 문손잡이를 잡은 손에 힘이 들어갔다. 강 대표는 문 앞에 서 있는 박연의 등에 대고 말했다.

"적당히 놀고 끝내."

강 대표의 말이 끝나기 무섭게 박연이 문을 벌컥 열어젖혔다.

대표실에서 강 대표와 껄끄러운 대화를 나눈 박연은 곧장 삼성동 소재의 컨벤션센터로 향했다. 영범이 태워온 브이와 함께였다. 박연의 복귀작인 연작 드라마 〈사랑이렷다〉의 제작발표회 때문에 오랜만에 동반 스케줄이 잡혔다. 컨벤션센터에 도착한 박연은 밴 안에서 브이와 잠시 시간을 보냈다.

강 대표이 말이 머릿속에서 떠나지 않았다. 이렇게 될 줄 이미 알고 있었다. 그래서 브이와의 관계를 송 실장에게도 숨겼던 건데. 결국은 이렇게 되어버렸다. 이렇게 강 대표마저 알게 되었고, 이렇게 싫은 소리를 들어버렸다.

박연이 미간에 주름을 잡은 채 강 대표와의 대화를 곱씹을 동안, 브이는 멍하니 앉아 보증 빚을 걱정 중이었다.

변제일이 지났으나 사채업자들은 아직 어떤 움직임도 보이지 않았다. 뉴스 같은 걸 보면 집으로 찾아오거나 협박 같은 걸 하던데…. 원금을 얼추 갚을 테니 변제 기한을 늘려달라는 말이 과연 그들에게 통할지 걱정스러웠다.

두 사람이 서로 아무런 말도 없이 앉아 있는 동안 제작발표회가 열릴 컨퍼런스룸에 다녀온 영범이 밴의 문을 열었다.

"내리세요, 두 분."

같은 공간에서 서로 다른 근심에 싸인 두 사람은 영범의 에스코트를 받아 제작발표회장으로 향했다.

박연을 비롯한 드라마 출연 배우들은 컨퍼런스룸의 무대 뒤에서 입장을 기다렸다. 각종 언론매체에서 나온 기자들이 컨퍼런스룸의 테이블을 채우고 있었다. 노트북과 카메라를 장착하고 실시간으로 기사를 작성할 준비를 하는 중이었다.

무대 너머로 보이는 수십 명의 기자단을 확인한 브이가 경직된 박연의 손을 잡아왔다.

"긴장돼요?"

브이를 흘끔 돌아본 박연이 작게 대답했다.

"조금. 오랜만이라."

브이는 언젠가 광고 촬영을 위해 스키장에 함께 갔던 일을 떠올렸다.

'이번에 계약한 광고. 그거 촬영할 때 같이 가. 웃기게 긴장되네.'

브이는 박연을 올려다보며 말했다.

"박연 씨 같은 사람이 긴장한다고 할 때마다 안 믿겨요."

"남들한테 보여주기 싫어서 참는 거야."

그러나 이 여자 앞에서는 참거나 숨길 필요가 없다. 이미 있는 그대로의 제 모습을 알고 있다. 흘끔 브이를 쳐다본 박연이 브이의 입술에 짧게 입을 맞췄다. 갑작스러운 입맞춤에 놀란 브이가 황급히 주위를 두리번거렸다. 다행히 무대에 가려져 기자들 눈에는 띄지 않은 모양이었다. 기자들 대신에 박연에게 식사를 거절당한 여배우가 세모눈을 뜨고 브이를 노려보고 있었다. 그러나 박연은 전혀 신경 쓰지 않는 듯 장난스럽게 웃으며 말했다.

"파이팅 뽀뽀."

한 번 더 입을 맞춘 박연이 제작발표회 사회자의 소개 멘트에 맞춰 무대로 올랐다. 얼굴이 빨개진 브이가 멀리서 무대를 지켜보았다. 그때 브이 곁으로 송 실장과 영범이 다가왔다. 영범이 밖에서 사온 음료를 브이에게 건넸다.

기자들이 앉아 있는 컨퍼런스룸을 둘러본 송 실장이 얼굴을 찌푸렸다. 기자단 사이에 앉아있는 트루스토리의 강 기자와 김 기자 때문이었다.

"저것들은 어떻게 들어왔지? 안 불렀는데."

씩씩거리는 송 실장의 시선을 따라 브이가 목을 길게 빼고 제작발표회장을 둘러보았다. 강 기자 김 기자로 추정되는 남녀가 보였다.

저 사람들이 집 앞까지 쫓아왔던 흰색 SUV였구나.

영범은 음료를 홀짝이며 브이에게 속삭였다.

"연이 형님 복귀작이잖아요. 좋은 기사만 나가야 돼서 국내 제작발표회는 일부러 소규모로 여는 거거든요. 일종의 언플용 제발회죠. 중국에서 엄청나게 크게 연대요."

영범이 이번에는 송 실장에게 소곤거렸다.

"실장님, 우리 회사랑 우호관계인 매체만 불렀다고 하지 않으셨어요? 트루스토리는 출입허가증도 발부 안 됐을 텐데 어떻게 저기 앉아 있죠?"

"낸들 아냐? 하여간 기자놈님들 끈질기셔."

송 실장은 못 당하겠다는 듯이 도리질치며 혀를 찼다.

무대 위의 상황과는 별개로 제작발표회는 감독과 작가, 출연진들의 인사로 순조롭게 시작되었다. 감독과 작가의 제작의도와 간단한 드라마 소개가 이어졌다. 출연진들 사이에 서서 경청 중인 박연에게 브이가 따뜻한 시선을 보냈다. 그와는 반대로 조금 더 뜨겁고 날카로운 시선이 브이에게 향했다. 기자석에 앉은 강 기자는 브이에게서 눈을 떼지 않았다.

배우 박연의 복귀작 제작발표회의 기사를 작성하는 척 열심히 카메라를 들고 사진을 찍었지만 그것은 위장용이었다. 트루스토리의 본목적은 브이를 밀착 조사하는 것이었다.

무대 뒤로 언뜻언뜻 보이는 브이를 주시하던 강 기자가 자리에서 슬며시 일어섰다. 가방을 챙겨든 강 기자가 노트북을 두드리며 기사를 작성 중인 김 기자에게 말했다.

"권브이는 내가 맡을 테니까 넌 기사 마저 써."

강 기자는 김 기자의 어깨를 두드리고 서둘러 컨퍼런스룸을 나왔다.

점심시간, 강 대표가 자리를 비운 사이에 민형이 대표실을 찾았다. 들어오자마자 복도를 비추고 있는 대표실 유리창을 블라인드로 가렸다. 문을 걸어 잠그고 책상부터 뒤지기 시작했다.

분명 블랙박스 영상은 강 대표의 손에 있다. 대표실에 없다면 자택에 있을 것이다. 블랙박스를 자택에 숨겨놓았다면 되찾기가 번거로워질 것이다.

이곳에 있어야 하는데….

강 대표의 책상 서랍과 책장을 빠르게 둘러보았다. 그러나 블랙박스로 추정되는 물건은 나오지 않았다. 금세 식은땀으로 얼굴이 젖은 민형이 문을 흘끔거리며 책상 아래를 들여다보았다. 책상 아래 놓인 파란색 금고가 눈에 띄었다. 강 대표의 금고는 비밀번호를 입력해야 열리는 디지털 형식이었다.

비밀번호를 또 어떻게 알아내…!

민형은 'Close'란 빨간 글씨가 깜박이는 금고를 신경질적으로 내리쳤다.

핸드타월로 젖은 손을 닦아낸 브이가 거울을 들여다보았다. 그녀는 앞머리를 만지작거리는 것으로 단장을 마쳤다. 화장실을 나와 컨퍼런스룸으로 돌아가려는 브이의 발걸음이 우뚝 멈춰 섰다. 무언가를 찾는 듯 두리번거리면서 걸어오고 있는 여자는 송 실장이 지목했던 트루스토리의 강 기자였다.

마주치면 안 되는데…. 어어? 지금 이쪽으로 오는 거야?

어깨를 잔뜩 움츠린 브이가 두 손으로 황급히 얼굴을 가렸다. 게걸음으로 강 기자의 시선에서 벗어난 브이가 화장실 벽을 보고 섰다.

얼굴을 가리고 벽에 붙어 있는 브이의 등 뒤로 강 기자가 지나갔다.

강 기자는 짜증스럽게 머리칼을 쓸어 넘겼다. 사라진 브이를 찾아 복도를 뒤졌다. 그러나 브이는 어디에도 보이지 않았다. 분명히 밖으로 나온 것 같은데. 두리번거리던 강 기자가 화장실 팻말을 발견했다. 혹시 화장실에….

그냥 지나치려던 발걸음을 화장실 방향으로 틀었다. 강 기자는 화장실 벽 앞에 얼굴을 처박고 있던 브이의 곁을 무심히 지나쳤다. 강 기자가 화장실로 들어가자마자 브이는 몸을 돌려 빠른 걸음을 걷기 시작했다.

빅엔터 대표실에서 들었던 말을 기억했다.

'지금 특종에 얼마나 혈안이 돼 있겠냐. 두 사람, 계약 사이인 거 들키지 않도록 권브이 씨는 앞으로 조심하고.'

브이는 컨퍼런스룸에서 기사를 작성하고 있어야 할 강 기자가 두리번거리며 돌아다니는 모양새가 아무래도 자신을 찾고 있는 듯했다.

괜히 마주쳤다가 말실수라도 하면 큰일이다. 어서 빨리 제작발표회장으로 돌아가야 해. 돌아가기만 하면 실장님도 계시니까 함부로 접근은 못하겠지.

빠르게 걷는 걸음은 이제 경보에 가까웠다. 그때, 화장실을 모두 뒤진 강 기자가 밖으로 나왔다. 유독 빠른 걸음으로 복도를 걷고 있는 뒷모습이 눈에 들어왔다. 수상한 기운을 감지한 강 기자가 뒤를 쫓으며 외쳤다.

"저기요, 잠시만요!"

등 뒤에서 저를 부르는 것이 명백한 목소리가 들려오자, 브이의 보폭이 더욱 커졌다. 먼발치에 고지가 보였다. 브이는 컨퍼런스룸 입구에 시선을 고정하고 이제는 대놓고 달렸다. 목적지가 금세 가까워졌다. 브이의 얼굴에 안도의 미소가 피어오르려는 찰나, 컨퍼런스룸 입구에서 김 기자가 나왔다.

브이가 달음박질을 급히 멈추고 뒤를 돌아보았다. 뒤에서는 강 기자가, 앞에서는 김 기자가 거리를 좁혀오고 있었다. 진퇴양난의 순간, 브이의 눈이 옆으로 돌아갔다. 컨퍼런스룸 바로 옆 세미나실 문 앞에 고양이 인형탈이 주인 없이 머리만 나동그라져 있었다. 세미나실에서 열리고 있는 반려동물 관련 행사의 마스코트인 듯했다.

브이는 알바생이 벗어놓고 사라진 고양이 인형탈을 집어 들었다. 급한 대로 고양이탈을 머리에 쏙 끼워 넣고 보았다.

달려온 강 기자와 김 기자가 탈을 뒤집어쓴 브이를 에워쌌다.

"권브이 씨 되시죠?"

김 기자의 물음에 고양이 얼굴이 절레절레 도리질을 쳤다. 어이없어하는 김 기자를 대신해 강 기자가 브이의 팔목을 잡았다.

"이러지 마시고 저희랑 잠깐 말씀 좀 나눠요."

동시에 김 기자가 브이의 뒤에서 인형탈에 손을 댔다. 브이가 머리에 쓴 인형탈을 사수하기 위해 버텼다.

브이는 한 손으로 머리에 쓴 고양이탈을 붙들고 도리도리 고개를 흔들었다. 고양이탈을 쉽게 뺏기지 않는 브이의 힘에 놀란 김 기자가 이를 악물고 말했다.

"맞으시잖아요. 유치하게 왜 이러십니까?"

브이가 혼자서 두 사람을 상대하는 데 한계에 도달했을 때 쾅, 소리와 함께 컨퍼런스룸의 문이 열렸다. 등 뒤로 쉴 새 없이 터지는 눈부신 플래시 세례를 받으며 박연이 걸어 나왔다. 뚜벅뚜벅 다가온 구둣발이 세 사람 앞에 멈춰 섰다.

박연은 고양이탈을 쥐고 있는 김 기자의 손을 떼어냈다. 브이의 팔목을 잡고 있는 강 기자의 손도 마저 밀어냈다.

인형탈 속에 숨은 브이가 숨구멍 밖으로 보이는 박연을 올려다보았다. 말끔하게 정장을 빼어 입은 모습이 오늘 열린 제작발표회의 주인공다웠다.

말없이 고양이탈을 내려다보던 박연이 별안간 브이를 두 팔로 안아 올렸다. 브이가 순간 벗겨질 뻔한 고양이탈을 두 손으로 얼른 붙들었다.

브이를 안아든 박연이 트루스토리의 기자들을 향해 말했다.

"이 길냥이는 내가 주워갑니다."

박연의 뒤를 따라 나온 송 실장과 영범이 경호하듯 기자들을 막아섰다. 브이를 안은 박연은 플래시 세례를 받으며 엘리베이터에 올랐다. 네 사람을 실은 엘리베이터 문이 닫혔다. 번쩍이는 플래시와 웅성임이 사라졌다.

박연이 안고 있던 브이를 내려놓았다. 브이는 여전히 고양이탈을 쓴 채 박연을 올려다보았다.

"난 줄 어떻게 알았어요?"

박연이 웃고 있는 고양이를 흘끔 내려다보았다.

"얼굴 안 보인다고 내가 널 못 알아보겠어?"

"대단한 사람이네요…."

브이가 고개를 주억거리며 진지하게 감탄했다. 박연은 브이의 엉뚱한 모습에 미간을 찡그리며 웃었다.

"칭찬은 고마운데, 그만 벗지?"

브이는 그제야 깨달은 듯 머리에 쓰고 있던 탈을 벗었다. 커다란 손이 헝클어진 머리칼을 정리해주었다.

함께 엘리베이터에 탄 송 실장이 두 사람을 돌아보며 말했다.

"그나저나 대놓고 들이댈 줄은 몰랐네. 뭔가 믿는 구석이 있으니까 저러는 건데…. 도대체 무슨 냄새를 맡은 거야?"

턱을 문지르며 추리에 들어간 송 실장을 따라 영범도 심각한 표정을 지었다. 덩달아 브이도 턱을 괴었다. 엘리베이터 안의 네 사람 중 유일하게 박연만이 픽 코웃음을 쳤다.

"있긴 뭐가 있어. 우리 관계는 여기 넷. 그리고 강 대표밖에 모르는데 기자들이 뭘 어떻게 알아?"

심각하던 나머지 세 사람이 동시에 고개를 갸웃거렸다. 간이 큰 거야, 아니면 걱정이 없는 거야? 무표정하게 엘리베이터 문만 쳐다보고 있는 옆얼굴을 빤히 올려다보던 브이가 고개를 저었다. 둘 다 아니다.

'남들한테 보여주기 싫어서 참는 거야.'

박연이 했던 말을 떠올린 브이가 말없이 손을 잡았다. 앞만 보고 있던 박연이 자신의 손을 잡아오는 브이를 향해 시선을 내리깔았다. 태권브이는 참 묵묵히도 위로를 해온다. 그러나 그 어떤 위로보다도 따뜻하다. 박연은 손바닥을 파고든 따뜻한 손을 힘을 주어 맞잡았다.

한중합작 연작드라마 '사랑이렷다' 제작발표회 성황리에 개최. 박연, 의문의 고양이탈 안고 퇴장.

"고양이탈…."

연예 기사 헤드라인을 읽던 얼굴이 발그레해졌다. 브이는 들여다보던 핸드폰을 도복 주머니에 넣고 도장으로 가는 계단을 올랐다. 도장 문 앞에는 웬 꼬마 남자애가 기웃거리고 있었다. 복도에 서서 유리문 너머를 구경 중인 꼬마 남자애의 곁으로 다가갔다.

"너 연다슈퍼 꼬마지?"

꼬마 남자애가 브이를 돌아보았다. 쌍꺼풀이 크게 진 눈이 브이만큼이나 커다랬다. 꼬마 남자애는 까무잡잡한 피부 때문에 더욱 개구지게 보였다.

꼬마 남자애는 커다란 눈으로 브이를 멀뚱멀뚱 쳐다보았다. 브이가 쭈그리고 앉아 키를 낮췄다.

"여기서 뭐해?"

"나도 태권도 잘하는데."

꼬마 남자애는 유리문 너머를 흘끔 쳐다보며 정권 찌르기 동작을 흉내 내었다. 브이가 꼬마 남자애의 시선을 따라 유리문 안을 들여다보았다. 기범이 초등부 원생들을 가르치는 중이었다. 브이는 꼬마 남자애를 돌아보며 물었다.

"너 이름이 뭐야?"

"나는 박유다인데요."

목소리 톤이 꽤 야무졌다.

"몇 살이야?"

이번에는 대답대신 손가락 다섯 개를 브이에게 펼쳐보였다. 곰곰이 생각하더니 2초 뒤에 손가락 하나를 더 가져다 붙였다.

"아, 여섯 살 됐구나?"

브이는 손목에 끼우고 있던 비닐봉지에서 크림빵을 꺼내들었다.

"이거 먹을래?"

커다란 눈동자가 빵 봉지를 보며 물었다.

"그거 우리 집에서 샀어요?"

"응, 먹어."

어서 받으라는 듯이 빵 봉지를 흔들자 유다가 고개를 절레절레 저었다.

자기네 슈퍼에서 파는 거라 질렸나?

브이가 빵 봉지를 거두고 유다의 작은 얼굴을 빤히 쳐다보며 물었다.

"아빠한테 말씀드리고 왔어? 태권도 구경하고 올게요, 하고 온 거야?"

브이의 물음에 유다가 대답을 못하고 눈만 굴렸다. 그때 기범이 도장

문을 열고 나왔다. 기범의 등장에 유다가 후다닥 복도를 달려 도망갔다. 기범은 계단을 내려가 사라지는 유다를 보더니 피식 웃었다.

"쟤 또 왔네."

"자주 와?"

"넌 요즘 보증 서게 만든 놈 잡으러 다닌다고 자리 비워서 모르겠다. 일주일에 두세 번 정도 문밖에서 구경하고 가고 그래."

기범이 대수롭지 않게 대답했다. 기범에게 간식이 든 비닐봉지를 건네는데 때마침 도복 주머니에서 브이의 핸드폰이 울렸다. 발신자는 박연이었다. 기범은 간식을 들고 도장으로 들어가고 브이는 복도에서 전화를 받았다.

-종로에서 인터뷰 있어서 거기 가고 있어.

전화를 받자마자 보고부터 해온다. 브이는 핸드폰 너머에서 들려오는 다정한 목소리를 들으며 복도 벽에 등을 기대어 섰다.

-이따 잠깐 얼굴 볼래?

"응, 좋아요…."

수줍게 대답한 브이가 운동화 끝으로 바닥을 툭툭 차며 웃었다.

브이와 박연은 서울 도심의 야경이 내다보이는 프렌치 레스토랑 창가 자리에 앉았다. 레스토랑의 실내 디자인은 아무것도 모르는 브이가 보아도 근사했다. 프랑스의 유명한 인테리어 디자이너가 베르사유 궁전의 비밀정원을 모티브로 디자인한 공간이었다.

브이는 맞은편에 앉아 있는 박연을 보았다.

"이런 데 올 줄 알았으면 옷을 좀…."

"뭐 어때. 나도 편하게 입고 왔는데."

브이는 티셔츠에 코치재킷을 입은 편한 차림의 박연을 보았다.

일부러 저러고 왔다. 나한테 맞춰 입고 왔어.

브이의 얼굴이 시무룩해졌다. 잠깐 온다길래 오늘도 바빠서 얼굴만 보고 돌아갈 줄 알았다. 이런 근사한 곳으로 올 줄 알았으면 옷장을 뒤져서 그나마 가장 예쁜 옷을 입었을 텐데….

시무룩하게 앞자리에 앉아 있는 브이를 지켜보던 박연이 말했다.

"입술도 발랐네. 뭘 더 꾸미려고."

브이가 집을 나오기 전에 급히 립스틱을 바른 입술을 가렸다. 박연이 끌끌 웃었다. 민망함으로 인해 얼굴이 빨개진 브이가 얼른 화제를 돌렸다.

"근데 갑자기 이런 덴 왜 왔어요?"

"나 모레 중국 가잖아."

'연이 형님 복귀작이잖아요. 중국에서 엄청나게 크게 연대요.'

브이는 제작발표회에서 영범에게 들었던 말을 기억했다. 중국에서 열릴 제작발표회 때문에 출국할 예정이라고 했다.

박연이 야경이 펼쳐진 창밖을 돌아보았다.

"며칠 못 볼 텐데 가기 전에 데이트 해야지. 그동안 드라마 찍는다고 얼굴도 자주 못 보고. 평소에는 얼굴 팔린다고 못 돌아다니고."

창밖을 향했던 시선이 브이에게 돌아왔다. 박연이 턱을 괴고 말했다.

"나 차지 마라?"

장난스럽게 말하는 박연을 보며 브이가 웃음을 터트렸다. 박연은 돌연 테이블에 가슴팍이 붙을 정도로 자세를 낮추고 브이에게 속삭였다.

"여기 미슐랭 별도 단 곳이야. 많이 먹어. 너 먹는 거 엄청 좋아하잖아."

"내가 언제 그랬다구…."

놀리듯 웃고 있는 박연에게 눈을 흘겼다.

차올랐던 숨을 고르며 박연은 브이에게서 빠져나왔다. 조금 전까지 격렬하게 흔들리던 호텔 침대가 조용히 기울었다. 박연은 브이의 마른 등에 가슴팍을 붙였다. 품에 가두듯 뒤에서 허리를 안았다. 땀에 젖은 어깨에 입술을 묻고 중얼거렸다.

"아까 했던 말…. 장난으로 한 말 아니야."

뒤에서 들리는 나른한 목소리에 브이가 몸을 돌려 누웠다. 등 뒤의 박연을 마주 안았다.

"나 차지 마."

진지한 표정으로 생뚱맞은 말을 꺼내는 박연을 보며 브이는 웃을 듯 말 듯한 표정을 지었다.

"왜 갑자기 그런 말을 하는데?"

브이의 물음에 박연은 시선을 내리깔았다. 대답하기를 주저하는 표정이 어린애처럼 보였다. 브이는 조용히 손을 들어 판판한 뺨을 손끝으로 어루만졌다. 박연이 제 얼굴을 만지작거리는 브이의 손을 잡았다.

"누굴 이런 식으로 좋아해본 적 없어. 난 이젠 너 없으면 안 돼. 그러니까 넌 나 버리면 안 돼…."

'분명히 나를 사랑해주고, 서로를 사랑했던 사람들인데 정말 차갑게 돌아서더라.'

언젠가 박연이 해주었던 말이 불현듯 떠올랐다.

'누굴 진심으로 좋아하고, 그 마음을 책임지고…. 그런 거 자신이 없어.'

브이의 눈동자가 어린애 같은 얼굴을 천천히 훑어보았다. 박연도 브이에게 눈을 맞추고 나지막이 말했다.

"날 이렇게 만드는 네가… 무섭고 좋아."

낮게 떨리는 고백이었다. 브이는 진심을 속삭이는 입술에 입을 맞췄다. 먼저 키스를 해오는 입술을 삼킨 박연이 브이의 손에 깍지를 끼워 넣었다. 포개어진 서로의 가슴에 기분 좋게 떨리는 감정이 벅차올랐다.

박연은 떨어져 나온 지 얼마 되지 않은 브이의 품을 다시 파고들었다.

빅엔터의 대표실은 강 대표가 박연과 함께 중국으로 출국한 탓에 비어 있었다. 늦은 밤, 검은 그림자가 대표실 문을 따고 들어왔다. 망설임 없이 강 대표의 책상으로 걸어가는 이는 민형이었다.

민형은 대형 화분 앞에 무릎을 꿇고 앉았다. 책상 아래 놓인 파란 금고가 가장 잘 보이는 대각선 위치였다. 머릿속에서 몇 번이나 이미지트레이닝을 반복한 순간이었다. 민형의 움직임은 제 상상 속에서처럼 빠르고 군더더기 없이 정확했다.

갈래갈래 우뚝 솟아 있는 스투키의 푸른 잎 사이에 소형 카메라를 놓고 전원을 켰다. 민형의 핸드폰 화면에 파란 금고가 나타났다. 촬영 중인 화면이 실시간으로 민형의 핸드폰에 전송되었다. 인터넷 검색만으로도 이정도 몰카는 손쉽게 구할 수 있었다.

어둠 속에서 두 눈을 매섭게 치켜뜬 민형은 치밀하게 카메라 각도를 맞추었다. 이제 자신이 할 일은 중국에서 돌아온 강 대표가 금고의 비밀번호를 누르는 순간을 기다리는 것뿐이었다.

은밀한 작업을 마친 민형은 유유히 대표실을 빠져나왔다.

중국의 각종 채널에서 나온 취재기자들을 뚫고 차량에 올라탔다. 제작발표회장까지 찾아온 중국 팬들을 위해 차창 밖으로 손을 흔들어주는 것으로 제작발표회 스케줄이 끝이 났다. 이제는 상해 팬미팅을 소화하기 위해 이동해야 했다. 이외에도 2박 3일간의 일정이 빼곡했다.

박연은 좌석시트에 몸을 늘어트리고 눈을 감았다. 피로한 눈꺼풀을 닫고 곧 잠들 것처럼 앉아 있던 박연이 핸드폰을 들여다보았다. 브이와 함께 찍은 사진이 핸드폰 화면에 나타났다.

보고 싶다. 사랑스럽게 한 품에 꼭 들어차는 작은 몸을 끌어안고 아무 생각 없이 푹 자고 싶다.

박연이 팬미팅 장소로 이동하는 시각, 브이는 모든 수업이 끝난 도장에 남아 문 닫을 준비를 하는 중이었다. 매트를 정리하고 바닥을 닦기 위해 대걸레질을 시작하려는 찰나, 도장 문이 열렸다. 감색 정장을 말쑥하게 차려입은 남자가 도장을 두리번거리며 들어섰다. 40대 초반으로 보이는 남자는 도장에 혼자 남아 있는 브이를 보더니 깍듯하게 허리를 숙여 인사했다.

"아이고, 안녕하십니까?"

웃으며 다가온 남자가 재킷 품에서 꺼낸 명함을 내밀었다.

"변 이사입니다."

'총알대출 머니머니 변창모 이사'라 쓰인 명함을 받아든 브이가 남자에게서 한 걸음 물러섰다. 자신을 변 이사라 소개한 남자는 사채업자였다. 변 이사는 거울로 둘러싸인 도장을 돌아보며 웃었다.

"이야, 태권도장이 좋으시네."

"돈 때문에 오신 거죠?"

벽에 걸어둔 펀치백에 대고 복싱이라도 하듯이 잽을 날려보던 변 이사가 브이를 보았다.

"국가대표도 하셨다며. 나라를 위해서 국위선양하신 분이 나 같은 소상공인 돈 떼어먹으면 안 되지. 안 그래요?"

변 이사는 웃는 얼굴과 공손한 말투로 대하고 있었지만 브이는 그에게서 억압적인 태도를 느꼈다. 언젠가 사채업자가 찾아올 것이라 예감은 했지만 막상 맞닥뜨리니 당황스러웠다. 브이가 떨리는 손으로 마대자루를 꽉 쥐고 변 이사를 향해 말했다.

"우리가 빌린 게 아니라 보증을 서서…. 그러니까 채무자를 찾고 있는데…."

"그러니까 보증 뜻이 뭐예요? 인터넷에다가 검색을 해보면, 채무자가 채무를 이행하지 아니할 경우에 채무자를 대신하여 채무를 이행할 것을 부담하는 일이라고 나오거든요? 내가 똑 소리 나게 외웠지."

변 이사가 제 암기력에 만족한 듯 흐뭇하게 웃었다. 그러나 웃는 얼굴은 곧 무표정하게 굳었다.

"변제일 넘었죠? 이번 주 내에 못 갚으면 통장부터 압류 들어갈 거예요잉."

브이가 다급하게 말했다.

"이달 말에 보증금 뺄 거구요, 그러면 원금은 얼추 갚을 수 있…!"

"내가 이달 말이라고 했어요? 이번 주라고 했죠? 이번 주예요."

브이의 말을 끊은 변 이사의 눈빛이 매섭게 빛났다. 정색하고 서 있는 변 이사 앞으로 한 걸음 다가선 브이가 최대한 눈을 피하지 않으려 애쓰며 말했다.

"집주인 아주머니가 보증금을 그렇게 빨리는 못 빼주신다고…."

"그건 내 알 바 아니고."

무표정하게 받아친 얼굴이 씨익 웃으며 손을 들어 보였다.

"내가 좀 바쁜 사람이라 이만 갑니다. 아, 나도 태권도나 배울까 봐. 태권도 잘하면 무서울 게 없어. 돈도 안 갚구 연예인도 사귀고, 그죠?"

박연을 겨냥한 '연예인'이란 말에 브이가 미간을 찡그렸다. 그 나잇대 여자답지 않게 겁먹지 않은 것처럼 굴던 브이가 처음으로 흔들리는 표정을 보였다. 변 이사는 눈에 띄게 표정 변화를 보이는 브이에게 농담이나 하듯 말했다.

"못 갚겠으면 돈 많은 애인한테 갚아달라구 하면 되겠네? 기둥서방은 그럴 때 쓰는 거지."

마대자루를 쥔 브이의 손이 부들부들 떨렸다. 변 이사는 능청스럽게 고개를 갸웃거렸다.

"근데 참 희한하네? 톱스타가 왜 사채 쓰는 여자를 만날까? 무슨 매력이야? 뭐, 어떤 매력이 있으니까 만나겠지. 그 매력 좀 잘 어필해서 톱스타 애인한테 돈을 받아와요. 그러면 우리가 다시 볼 일도 없을 텐데."

"이봐요."

그만하라는 의미로 변 이사를 불렀다. 그러나 변 이사는 빙긋 웃으며 말했다.

"아가씨가 안 하면, 내가 할라고. 톱스타 애인한테 돈 받는 거."

브이의 커다란 눈이 또다시 흔들렸다. 웃고 있던 변 이사가 바지주머니에 두 손을 꽂아 넣고 브이를 빤히 쳐다보았다. 한참 동안 브이를 향해 예리한 눈빛을 보내던 변 이사는 이내 눈치 챘다는 듯이 말했다.

"애인이 아가씨 사채 있는 거 모르지? 알면 안 되잖아?"

심장이 미친 듯이 뛰고 다리가 후들거렸다. 브이는 마른침을 꿀꺽 삼켰다. 긴장한 얼굴로 서 있는 브이를 향해 변 이사는 입술을 한쪽으로 올리고 덤덤한 목소리로 말했다.

"우리 잘합시다잉? 이번 주까지야, 이번 주."

변 이사가 쐐기를 박고 돌아섰다. 도장 문을 열고 나가려던 구둣발이 우뚝 멈췄다. 도장 문을 반쯤 열고 선 변 이사가 브이를 돌아보았다.

"아. 오늘은 내가 초면이라 점잖게 굴었는데. 뭐, 테레비에서 많이 봤죠? 다음번에는 그런 거 해줄 거야. 현실이 테레비보다 무섭다는 거 알려줄라고."

혀를 굴려 입으로 딱, 소리를 낸 변 이사는 교태라도 부리듯 브이를 향해 한쪽 눈을 찡긋 감았다.

"표정 보니까 모르는 것 같아서."

변 이사가 콧노래를 흥얼거리며 도장을 떠났다. 브이는 그제야 후들거리는 무릎을 굽히고 주저앉았다. 말로만 듣던 사채 협박. 남들한테만 일어나는 일인줄 알았다.

'아가씨가 안 하면, 내가 할라고. 톱스타 애인한테 돈 받는 거.'

사채업자의 말을 떠올린 브이는 불안하게 떨리는 커다란 눈을 질끈 감았다.

브이는 이른 아침부터 라이 한을 잡기 위해 만반의 준비를 했다. 크로스백을 옆으로 둘러멘 브이가 대문을 나섰다.

이틀 전 변 이사의 방문은 브이에게 더 이상 시간이 없다는 것을 다시금 상기시켰다. 사채 중에서도 질이 좋지 않은 사채를 쓴 것을 보면 라이 한은 애초에 자신이 갚을 생각을 하지 않은 듯했다. 더 괘씸하고 화가 났다.

보증금과 선수 시절 모아둔 대회 우승 포상금으로 원금을 얼추 갚고 나면, 남은 원금과 이자를 포함해 빚은 1억 남짓 남게 된다. 라이 한을 잡더라도 그가 갚을 능력이 없다면 결국 보증을 선 현수가 갚아야 하겠지만, 브이는 할 수 있는 데까지는 최대한 노력해볼 심산이었다. 운동을 하며 배운 이치였다. 노력하면 분명 보상이 온다고.

아직 해가 다 뜨지 않은 이른 아침부터 대문을 나서는 브이를 박연이 먼저 발견했다. 인천공항에서 브이네 집 앞으로 한달음에 달려온 참이었다. 기자들에게 알린 것보다 입국 시간을 당겨 한국으로 돌아왔다. 피로한 심신이 플래시 세례에 노출되는 것을 피하기 위해 연예인들이 비일비재하게 쓰는 술수였다.

박연은 손목에 찬 시계를 확인했다. 브이의 일과 시작이 아침 운동이라지만 지금은 아침 운동을 나가기에도 아직 이른 시간이었다. 복장을 보니 운동을 가는 것도 아니었다.

뭐가 어찌되었든 한 시간이라도 일찍 얼굴을 보니 마냥 좋다. 그는 운전석에서 잠들어 있는 영범을 두고 차에서 내렸다.

브이는 박연의 등장을 눈치 채지 못하고, 서서히 밝아오는 골목을 걷는 일에만 집중하고 있었다.

얼마나 보고 싶었는지. 얼마나 안고 싶었는지. 발소리를 죽인 박연이 브이의 등 뒤로 살금살금 다가갔다.

브이는 고개를 숙이고 바닥만 내려다보며 걸었다. 머리는 복잡하고 마음은 무거웠다. 무작정 눈을 뜨자마자 현수 몰래 집을 나왔지만 당장 어디에 가서 라이 한의 행방을 쫓아야 할지 고민스러웠다.

브이가 심란한 얼굴로 깊은 한숨을 내쉬는데, 뒤에서 불쑥 튀어나온 커다란 손이 입을 틀어막았다. 동시에 단단한 팔이 브이의 어깨를 제압하듯 끌어안았다. 브이의 눈이 크게 벌어졌다. 브이는 짧은 찰나, 갑자기 나타나 자신을 등 뒤에서 끌어안은 괴한의 정체를 짐작했다.

'다음번에는 그런 거 해줄 거야. 현실이 테레비보다 무섭다는 거 알려줄라고.'

자신을 향해 웃던 변 이사의 얼굴이 뇌리를 스쳐지나갔다. 브이의 눈이 비장하게 가늘어졌다.

누가 겁먹을 줄 알고?

브이는 제 입을 틀어막은 손을 턱, 잡았다. 그와 함께 어깨를 안은 팔의 옷소매를 단단히 틀어쥐었다.

"보고 싶었어."

등 뒤의 낯선 괴한이 귓가에 속삭이는 동시에, 브이가 허리를 돌리며 힘차게 바닥으로 그를 메쳤다. 브이를 등 뒤에서 안고 있던 박연의 몸이 눈 깜짝할 새에 공중으로 떠올랐다. 그 순간 박연은 하늘을 나는 경험을 했다. 살면서 다시는 못할, 또는 하고 싶지 않은 짜릿한 경험이었다.

철퍽! 둔탁한 소리와 함께 바닥으로 내쳐졌다. 브이가 손을 털고 야무진 표정으로 괴한을 내려다보았다.

"한 주먹거리도 안 되는, 어머머…."

브이가 눈을 동그랗게 떴다. 차가운 시멘트 바닥에 웅크리고 누운 이는 괴한이 아니라 박연이었다. 바닥에 엎어진 채 어깨와 옆구리를 붙든 박연이 브이를 올려다보았다. 박연은 떨리는 목소리로 물었다.

"윽… 너 유도도 했니?"

"어떡해! 괜찮아요?"

브이가 뒤늦게 팔짝 뛰며 박연을 부축했다.

"아아아…."

브이에게 몸을 기대고 자리에서 엉거주춤 일어서던 박연이 앓는 소리를 내었다.

두 사람은 현수가 깨지 않도록 발소리를 죽이고 브이의 방으로 들어왔다. 브이가 미안하다며 파스라도 붙여주겠다고 성화를 부린 탓이었다.

브이의 침대에 앉은 박연이 입고 있던 셔츠 단추를 하나씩 풀었다. 셔츠를 어깨 뒤로 벗어젖히는 동작을 본 브이의 동공이 확장되었다. 어깨와 팔, 가슴. 그리고 복근까지. 마른 근육들이 일제히 브이에게 안부 인사를 전했다.

안녕? 오랜만이지?

브이가 목울대를 움직여 꿀꺽 침을 삼켰다.

뭐, 뭐야? 이거 환청이야?

당황한 브이가 눈을 세게 감았다 떴다. 그러나 움칠거리는 근육들은 아직 인사가 끝나지 않은 듯했다. 또다시 브이에게 말을 걸어왔다.

오랜만인데 쓰다듬어줄래? 너 우리 만지는 거 좋아하잖아?

셔츠를 벗어내는 박연에게서 재빨리 시선을 돌렸다.

사실이긴 하지만 그렇게까지 밝히진 않아…!

브이는 눈 둘 곳으로 모르고 엄한 천장만 올려다보았다.

박연이 옆으로 돌아앉았다. 파스를 붙이기 편하게 자세를 취해주었다. 메치기를 당하는 순간 근육이 놀란 모양이었다. 어깨와 옆구리가 뻐근했다. 그러나 어쩐 일인지 파스를 붙여주겠다던 브이는 잠잠하기만 했다. 박연이 브이를 흘깃 쳐다보았다.

"뭐해? 안 붙여?"

손에 든 파스를 만지작거리며 천장만 올려다보던 브이가 그제야 정신을 차리고 박연의 옆에 앉았다. 차가운 패드가 달라붙자 어깨가 움칠거렸다. 브이는 괜스레 큼큼, 목청을 가다듬으며 말했다.

"미안해요. 박연 씨인 줄 몰랐어요."

박연이 흘끔 브이를 쳐다보았다.

"서운하다? 나는 네 얼굴이 안 보여도 너인 줄 딱 아는데."

"미안하다구요."

"그리고 씨씨는 이제 그만하지?"

단단한 어깨에 패드를 반듯하게 붙이던 브이가 미간을 좁혔다. 옆을 보이고 앉아 있던 박연이 브이를 돌아보고 앉았다.

"저번처럼 연아, 해봐. 연아아."

한쪽 콧구멍을 손가락으로 막은 박연이 콧소리를 냈다. 기범의 자취방에 이삿짐을 옮기던 날, 술이 알딸딸하게 올라 보기 드문 애교를 부렸던 브이를 흉내 내는 중이었다. 브이가 피식 웃음을 터트렸다.

"내가 언제 그랬어요."

새 파스패드를 뜯는 브이를 보며 박연이 팔을 들었다. 파스를 붙이기 쉽도록 순순히 옆구리를 내보이면서도 호칭에 대한 미련이 남았는지 넌지시 다시 말을 꺼냈다.

"아니면 뭐…. 여보, 당신, 자기도 클래식해서 괜찮아. 개인적인 선호도는 오빠가 제일 높은 편이지."

"오빠아?"

박연의 옆구리에 파스를 붙인 브이가 눈이 가늘게 떴다.

"네가 누나라고 불러봐."

"뭐?"

박연은 뭘 잘못 들었나 싶은 표정으로 반문했다. 브이가 대답했다.

"나이는 내가 더 많잖아."

브이를 빤히 쳐다보던 박연이 고개를 돌렸다.

"넌 말도 안 되는 말을 뭐 이렇게 섹시하게 하냐? 사람 심쿵하게."

박연은 어이없다는 듯이 웃으며 벗었던 셔츠를 주워 입었다. 단추를 잠그면서도 입에서는 픽 실없는 웃음소리가 새어나왔다. 박연의 태도에 브이가 눈을 새치름하게 뜨고 따져 물었다.

"나더러 오빠라고 부르라는 게 더 어이없지 않아요?"

"야, 태권브이."

"왜요."

"누난 내 여자니까. 너라고 부를게. 이건 이 지구상에 존재하는 연하남들의 마지막 자존심이야."

뭘 모른다는 표정이었다. 그런 박연을 향해 브이는 당당하게 턱을 치켜들고 말했다.

"거긴 누나, 하고 난 연아, 하자."

"거기? 자기도 아니고 거기?"

따지듯 물었지만 웃을 듯 말 듯한 박연의 얼굴에는 애정이 가득했다. 브이는 자신을 사랑스럽게 쳐다보며 반문하는 박연을 향해 배시시 미소를 지었다. 박연은 단추를 잠그다 말고 브이의 머리를 쓰다듬었다. 한없이 다정한 눈빛과 함께 그리웠던 목소리가 나지막이 말했다.

"보고 싶었어."

"나두요…."

브이는 머리를 쓰다듬는 손길을 받으며 고개를 끄덕였다.

"드라마 찍을 땐 바빠서 며칠씩 못 보고 그랬는데 이번엔 겨우 2박 3일인데도 돌겠어. 네가 내 눈 안 보이는 데 있다고 생각하니까 못 견디겠더라."

머리칼을 만지던 손이 내려와 브이의 손등에 포개어졌다.

"항상 내 옆에 있어."

브이는 말없이 박연의 눈을 마주보았다. 다정하게 젖은 눈동자가 브이를 애틋하게 바라보고 있었다.

"내 손 닿는 데. 내 눈 보이는 데. 마음만 먹으면 언제든지 달려가서 보고, 안고 할 수 있게 가까이…."

온몸으로 진심을 전하고 있다. 온몸으로 진심이 느껴진다. 브이는 묵직하게 전해져오는 진심에 감히 고개도 끄덕이지 못하고 박연의 눈만 바라보았다. 비스듬히 기울어진 얼굴이 가까이 다가왔다. 브이는 반항할 수 없는 주문에 걸린 것처럼 꼼짝하지 못했다. 다가온 입술이 브이에게 입을 맞췄다. 꼼짝 않던 브이는 그제야 스르륵 눈을 감았다. 깊고 따뜻한 키스였다. 견디기 힘들었다던 2박 3일간의 그리움을 해소하기 위해 서두를 법도 한데, 그러기에는 아깝다는 듯이 맞물린 입술은 천천히 입맞춤을 이어갔다.

아직 해가 다 뜨지 않은 이른 아침, 날이 환하게 밝을 때까지. 브이의 방 안에 서로의 입술이 닿았다 떨어지는 소리가 애틋하게 울렸다.

차에서 내린 영범이 서울 도심에 위치한 고급 오피스텔을 올려다보았다. 송 실장에게 듣기로는 이 오피스텔의 1702호가 전 여사의 소유라 들었다. 1702호는 전 여사가 제주도에 마음을 빼앗긴 지 얼마 되지 않았을 때 박연이 그녀의 명의로 구입해준 방이었다. 1702호에 세를 놓고 다달이 들어오는 월세를 용돈으로 쓰시라는 효심이란 명분 아래, 그녀를 서울에 붙들어놓기 위한 용도였다. 관리해야 할 공간이라도 생기면 서울에 붙어 있지 않을까 싶었다. 그러나 박연의 계산과는 달리, 월세는 전 여사의 제주도 생활의 생활비 역할을 톡톡히 해주게 되었다.

영범이 박연의 뒤를 따라 오피스텔 건물 안으로 들어섰다. 엘리베이터를 타고 17층으로 올라가며 영범이 물었다.

"근데 형님. 왜 갑자기 거처를 여기로 옮기신다는 거예요?"

영범은 영 이해가 되지 않는 얼굴이었다. 아무리 고급 오피스텔이라지만 지금 박연이 지내고 있는 자택에 비하면 좁기도 좁거니와 이웃들의 시선이 불필요하게 많았다. 영범은 며칠 전, 아침 운동을 다녀오는 길에 갑자기 심각한 얼굴로 집을 옮겨야겠다고 말하던 박연을 떠올렸다. 그냥 하는 말인 줄 알았는데 진짜였다니. 영범은 평소 변덕이 죽 끓듯 하는 배우님이 오늘은 아침부터 변덕이 도졌나 싶었다.

엘리베이터가 17층에 멈췄다. 박연은 1702호가 아닌 1703호 앞에 섰다. 1702호 앞에 선 영범이 1703호 앞에 서 있는 박연을 돌아보았다.

"형님, 이쪽이요."

박연은 보란 듯이 영범에게 시선을 고정한 채 도어록의 비밀번호를 입력했다. 도어록의 잠금해제를 알리는 전자음이 경쾌하게 울리며 1703호의 문이 열렸다. 뿔테안경 너머 작은 눈이 동그랗게 커졌다. 영범이 1702호와 1703호를 번갈아 가리키며 중얼거렸다.

"형님, 설마… 옆집도 사셨어요?"

"산 건 아니고, 월세로 얻었어."

"아니 대체 왜요? 이미 있는데 그 옆집에 세는 왜 드셨어요?"

박연은 대꾸 없이 1703호로 들어갔다. 1703호는 전에 쓰던 세입자의 흔적이 느껴지지 않을 정도로 깔끔하게 정리되어 있었다. 박연의 입가에 부드러운 미소가 만족스럽게 피어올랐다.

원래 가지고 있던 1702호 바로 옆방을 월세로 얻었다. 전 여사는 제주도에 내려가 올라올 생각을 않으니, 전 여사에게 주었던 1702호는 제가 들어오고 1703호는 브이가 들어오면 딱 맞았다.

'항상 내 옆에 있어. 내 손 닿는 데. 내 눈 보이는 데. 마음만 먹으면 언제든지 달려가서 보고, 안고 할 수 있게 가까이.'

빈말이 아니었다. 말이 나온 김에 실행에 옮길 생각이었다. 시간이 날 때마다 브이의 집을 찾아가고, 브이가 찾아오고. 이젠 그것도 너무 멀다. 바로 옆에 두고 싶었다. 마음 같아선 같이 살고 싶지만 유명 배우의 동거설에 브이가 휩싸여봤자 좋을 게 없었다.

옆집으로 만족해야지.

박연은 브이에게 이 엄청난 계획을 어떻게 알려야 할지 머릿속으로 그려보았다. 고백부터 화해의 이벤트까지. 이벤트라면 단 한 번도 멋들어지게 성공한 적이 없지만 이번만큼은 감동적인 이벤트가 될 것이었다.

넌 여기. 난 저기. 아침에 눈 뜨자마자 매일 얼굴 보고, 밥도 같이 먹고, 늦게까지 내 방에서 영화도 보고, 네 방에서 수다도 떨고. 서로 외출하면 언제쯤 돌아올지 기다려도 보고. 엘리베이터 소리가 나는지, 문 열리는 소리가 들리는지 귀도 기울여보면서 그렇게 살자.

깜짝 놀랄 것이다. 그렇잖아도 큰 눈을 동그랗게 뜨고 얼굴이 새빨개져서는.

망상을 펼치며 자꾸만 웃음이 새어나오려는 입술을 움칠거렸다. 잘 참는가 싶던 박연이 결국 무너졌다. 두 팔을 벌리고 기쁨에 몸부림치며 포효했다. 그런 박연을 지켜보던 영범이 혀를 차며 고개를 가로저었다. 변덕이 끓다 못해 미쳤나 보네.

오피스텔을 둘러보고 집으로 돌아온 박연이 정원을 지나다 말고 발걸음을 멈췄다. 정원등 아래서 반짝이고 있는 것은 반지였다. 브이에게 처음 고백하던 날 사라져버렸던 그 반지였다.

박연은 조명 아래 떨어져 있는 반지를 주워들었다.

그렇게 찾아도 없더니.

여성용 반지를 만지작거리는 박연의 얼굴에 미소가 번졌다.

신기하다. 브이를 향한 마음이 길을 잃고 헤맬 때는 감쪽같이 사라져 보이지 않았는데, 브이를 향한 감정이 진심이 되자 거짓말처럼 눈앞에 나타났다.

박연은 이번에는 잃어버리거나 놓치지 않도록 반지를 손에 꽉 움켜쥐었다. 회사에서 준 협찬용 커플링은 이제 빼버리고 이 반지를 끼워주어야겠다. 그리고 말해야겠다.

내 옆에 있어 줘.

어둠이 내려앉은 대표실 안으로 발을 들인 민형이 문을 잠갔다. 화분에 숨겨두었던 초소형 카메라를 수거한 민형은 파란색 금고 앞에 자세를 낮추고 앉았다. 몰카에는 디지털금고의 비밀번호를 누르는 강 대표의 모습이 정확히 찍혔다. 민형은 미리 익혀두었던 여섯 자리의 비밀번호를 거침없이 눌렀다.

삑, 하는 소리와 함께 'Close'라 쓰인 빨간 글씨가 'Open'으로 바뀌었다. 어둠 속에서 민형의 눈꺼풀이 가늘게 떨렸다. 조심스럽게 금고 문을 열었다.

금고 안 선반부터 뒤졌다. 도장과 열쇠들을 더듬어보다가 선반 아래를 들여다보았다. 서류들만 있을 뿐 블랙박스 영상으로 추정되는 것은 보이지 않았다.

젠장…!

민형의 얼굴이 일그러졌다. 없다. 없어. 분명 죽은 주태호가 갖고 있던 걸 강 대표가 가로챘을 텐데…. 그날의 사고 장면이 들어 있는 메모리칩은 어디에도 보이지 않았다. 자택에 가져다놓은 것일까. 자택에 침입해 영상을 찾아내는 것은 불가능에 가까웠다. 어떻게 해야 할까.

짧은 찰나 머리를 굴리던 민형이 서류들을 뒤적이기 시작했다. 약점이 될 만한 것이라도 갖고 있자. 거래를 하면 영상을 돌려받을 수 있다. 어둠 속에서 서류 내용을 훑었다. 강 대표의 약점이 될 만한, 거래에서 자신이 우위에 설 수 있을 만한 강력한 카드를 찾아야 했다.

금고를 뒤지던 민형이 잠긴 대표실 문을 흘끔 쳐다보고는 비스듬히 세워져 있는 서류봉투를 마지막으로 꺼내들었다. 서류봉투를 열고 안에 든 종잇장을 펼쳤다. 두 장의 종이는 각서와 계약서였다.

'8개월간 타인의 앞에서 연인 사이로 지낼 것을 합의하고 이행함에 상호 협력… 내용에 따라 계약을 체결하고 성실히 계약을 이행할 것이

며 각서내용과 위배되는 행위를 할 때에는 어떠한 조치도 감수….'

"이건…."

계약서 내용을 빠르게 훑어 내린 눈동자가 서명란으로 향했다.

"권브이…."

선명하게 쓰여 있는 이름을 확인한 민형의 입술이 비뚤게 올라갔다.

이런 거였어?

민형은 고개를 숙이고 어깨가 들썩이도록 웃었다. 어둠 속에서 낮은 웃음소리가 끅끅, 울렸다.

민형은 와인글라스를 한 손에 들고 TV의 볼륨을 키웠다. TV 화면에는 드라마 속 박연이 열연 중이었다. 자신의 앞길 막는 새끼는 누가 됐든 치워버리겠노라 다짐했다. 그것이 박연이 되었건, 강 대표가 되었건. 둘을 한꺼번에 엿 먹일 아주 좋은 방법이었다. 이 정도는 살짝 겁만 주는 것이다. 그동안 자신을 힘들게 만든 벌이다. 얼마나 너그러운 처사인지.

TV 앞을 서성이며 와인을 한 모금 넘긴 민형이 테이블로 걸어왔다. 테이블에 놓인 노트북으로 이메일에 로그인을 했다. 수신 메일주소에 트루스토리의 메일주소를 입력했다. 메일에 여타 내용은 적지 않고 각서와 계약서를 찍은 사진파일을 첨부했다.

TV 화면 속 박연이 자신을 처치하러 온 상대 조직원들을 향해 말했다.

-니들이 아무리 날뛰어도 변하는 건 아무것도 없어.

민형이 TV 속 박연을 보며 말했다.

"아니, 모든 게 변할 거야."

낮게 중얼거린 민형은 망설임 없이 전송 버튼을 눌렀다.

아침부터 울리는 핸드폰 벨소리가 유난히 날카롭게 들렸다. 아침 햇살이 들어오는 도장을 쓸고 닦던 브이가 도복 주머니에서 핸드폰을 꺼냈다. 송 실장의 전화였다. 스케줄이 있을 때면 영범을 통해서나 연락이 오곤 했다. 송 실장이 아침부터 브이에게 전화를 하는 일은 극히 드물었다.

고개를 갸웃거리며 핸드폰을 귓가로 가져갔다.

"실장님, 무슨 일이세요?"

-브이 씨 지금 어디에요?

목소리에 다급함이 묻어 있었다. 브이도 덩달아 서둘러 대답했다.

"도장이요. 왜 그러세요?"

-기사 못 봤어요?

"기사요?"

-브이 씨, 지금 난리 났어요. 일단 밖으로 나오지 말고 도장에 꼼짝 말고 있어요. 다시 연락할게요.

전화가 뚝 끊겼다. 브이는 핸드폰을 만지작거리다가 조심스러운 발걸음으로 창가에 다가섰다.

분명 출근할 때까지만 해도 없던 기자들이 도장 앞 골목을 점거하고 있었다. 브이는 목덜미가 선뜩해지는 것을 느꼈다. 손에 쥔 핸드폰을 내려다보았다. 불길함을 느낀 손가락이 잔뜩 굳어버려 잘 움직여지지 않았다. 가까스로 핸드폰으로 인터넷에 접속했다. 아니나 다를까, 포털사이트 화면에 실시간 검색어 순위가 모두 박연과 브이의 이름으로 도배되어 있었다.

오늘 아침 9시에 최초로 올라온 연예 기사를 클릭했다. 트루스토리에서 작성한 기사는 지금으로부터 약 15분 전에 올라온 것이었다.

'배우 박연, 연애계약서 유출… 대중 기만 그 진실은?'

기사 타이틀을 확인하는 순간 핸드폰이 바닥으로 떨어졌다. 브이는 거세지는 심장박동과 함께 덜덜 떨리는 손을 움츠렸다. 그때 도장 문이 벌컥 열렸다. 동시에 뛰어 들어온 소연과 기범이 거친 숨을 몰아쉬며 물었다.

"괜찮아?"

오랜 친구들의 얼굴을 보자마자 브이는 탁 풀려버린 다리를 주체하지 못하고 주저앉았다.

송 실장은 말없이 앉아 있는 박연의 앞을 쉬지 않고 서성거렸다. 쉬지 않고 누군가와 통화를 했다. 소파에 앉은 박연은 그런 송 실장만 멀거니 올려다보았다. 기시감이 들었다. 그때와 같았다. 술에서 깨어나 보니 자신은 음주음전을 한 새끼가 되어 있었고, 송 실장은 지금처럼 울 것 같은 표정으로 바쁘게 움직였다. 오늘도 역시 아침에 눈을 떠보니 모든 일은 이미 벌어져 있었다. 모든 이야기의 중심에는 자신이 서 있는데, 정작 당사자인 자신은 영문도 모른 채 그 어떤 것도 할 수 없었다.

박연은 미간을 찌푸리며 두 손을 맞잡았다. 기도라도 하는 것처럼 두 손을 그러쥐고 묵묵히 앉아서 송 실장의 통화가 끝나기를 기다렸다.

통화를 끝낸 송 실장이 타는 속을 주체하지 못하고 애꿎은 머리를 헝클어트렸다. 그는 푹 한숨을 한 번 내쉬고는 박연을 돌아보았다.

"지금 바로 입장표명 기사 나갈 거야."

박연이 한참 만에 입을 열었다.

"뭐라고 낼 건데?"

"계약은 사실이지만 지금은 진정으로 사랑하는 사이라고 낼까 봐? 당연히 사실무근이라고 내야지."

송 실장이 또다시 울리는 핸드폰을 쥐고 잔뜩 열이 받은 얼굴로 말했다.

"계약서가 어떻게 트루스토리로 들어갔는지, 그거 뿌린 놈부터 찾아낼 거야. 대체 어떤 새끼야…."

송 실장을 올려다보던 박연이 벌떡 일어섰다. 송 실장은 무턱대고 현관으로 나가려는 박연을 가까스로 막아섰다.

"어디 가, 인마!"

"브이한테 가봐야지."

"정신 똑바로 안 차려!"

버럭 소리친 송 실장이 박연을 끌어다 소파에 앉혔다.

"너 오늘 집에서 한 발짝도 못 나가. 알 만한 새끼가 왜 이래? 안 그래도 정신없어 죽겠구만."

"걔 지금 놀랐을 거 아냐!"

"거기도 기자 쫙 깔렸을 텐데 네가 가봤자 브이 씨한테 도움 안 돼."

저를 가로막는 송 실장을 밀치고 일어서려던 박연이 도로 주저앉았다. 블랙아웃이 되듯 눈앞이 깜깜해졌다. 까마득한 낭떠러지 앞에 서 있는 기분이었다. 눈을 지르감은 박연이 이마에 핏대가 서도록 인상을 썼다.

시간이 얼마 흐르지 않아 송 실장의 말처럼 인터넷에는 사실무근이라는 반박기사가 도배되었다. 영역싸움을 하듯 연애계약서 사진이 함께 기재된 트루스토리의 기사는 검색순위가 뒤로 밀려났다.

'유포된 계약서는 가짜', '사실무근', '황당', '허위사실 유포 강경대응' 등의 단어들로 짜인 기사 타이틀을 둘러보던 박연이 댓글을 확인했다.

'진짜임? 만약 계약서가 진짜면 대박 아님?'

'요즘 박연이 다시 잘나가려니까 안티들이 별 걸 다 조작한다, 쯧쯧.'

빅엔터의 강력한 입장표명에 인터넷 여론 역시 갑론을박 중이었다. 그러나 대부분의 여론은, 신원을 밝히지 않은 빅엔터 관계자가 트루스토리에 제공한 계약서는 신빙성이 없다는 쪽으로 흘러가고 있었다. 내부자 제보에 의한 트루스토리의 기사는 대중들이 계약서의 진위 여부를 가리는 데 충분한 역할을 하지 못한 듯했다. 이대로라면 황당한 해프닝으로 넘어갈 수도 있을 듯 보였다. 그러나 여론을 살피는 박연의 얼굴은 여전히 어두웠다. 처음 기사를 접했을 때보다야 차분했지만 얼굴에 드리운 근심은 어쩔 수 없었다.

핸드폰에서 익숙한 번호를 찾아 눌렀다. 통화가 연결되자마자 걱정스러운 목소리가 들려왔다.

-괜찮아요?

귓가에 브이의 목소리가 들리자 비로소 조금이나마 안심이 되었다. 박연은 바짝 타들어가던 입술을 축이며 가라앉은 목소리로 물었다.

"넌 괜찮아?"

-지금 도장에 있어요. 밖에 기자들이 있어서….

"혼자?"

-소연이랑 기범이가 와줬어요.

"…다행이네."

순간 울컥 목이 메었다. 자신이야 연예인이니 남들 입에 오르내리는 게 업이라지만 브이는 무슨 잘못인가 싶었다. 일이 이 지경이 됐는데 찾아가 놀란 가슴을 진정시켜주지는 못할 망정 겨우 핸드폰이나 붙들고 통화 중인 제 자신이 끔찍이 한심스러웠다. 17년 배우인생을 걸어오며 사건사고 터지고, 터트리는 일을 한두 번 겪는 것도 아닌데 겪어도, 겪어도 덤덤해지지가 않는다. 이번에는 더욱이.

브이를 향한 미안함 때문이었다. 브이가 보고 있기라도 한 것처럼 박연은 뜨거워지는 눈시울을 감추기 위해 눈에 힘을 주었다.

"미안해. 내가 옆에 있어야 하는데…."

-뭐가 미안해요. 계약서에 도장 찍은 건 난데…. 이렇게 유출될 줄은 아무도 몰랐잖아요. 근데 정말 괜찮아요?

박연은 도리어 저를 걱정해오는 브이의 목소리를 들으며 최대한 덤덤한 척 말했다.

"반박기사는 계속 나갈 거야. 혹시라도 모르는 번호로 전화 오면 받지 말고. 누가 찾아와서 물어보면 그냥 모른다고 해."

브이는 대답하는 대신 고개를 끄덕였다. 핸드폰 너머의 낮은 목소리가 다정히 불렀다.

-브이야.

송 실장의 전화를 받은 후로 머릿속을 떠나지 않던 얼굴이 마치 눈앞에 있는 듯했다. 브이는 귓전을 울리는 목소리가 불러낸 박연의 환영을 멍하니 올려다보았다. 자신을 다정하게 바라보는 눈동자가 꼭 진짜 같았다. 조금 더 선명해지기를 바라며 핸드폰을 더욱 꼭 붙들었다. 브이의 앞으로 천천히 다가온 박연의 환영이 허리를 숙였다. 브이의 귓가로 얼굴을 기울인 박연의 환영은 나지막이 속삭였다.

-걱정 안 시킬게. 내가 다 해결할게.

브이의 커다란 눈에 눈물이 고였다. 눈을 꾹 감았다 떴다. 전화가 끊기는 동시에 눈앞에 나타났던 환영도 사라졌다. 귓바퀴 언저리에 남은 목소리의 잔음(殘音)도 희미하게 사라졌다. 브이는 그 순간, 인도에서 만난 라훌 일행들에 의해 감금되었던 때를 떠올렸다.

'지겨워! 이 모양 이 꼴인 내가 지긋지긋해 죽겠다고…!'

어린애처럼 울음을 참으며 소리치던 박연의 얼굴이 떠올랐다. 그때처럼 지금 역시 자책하며 괴로워하고 있진 않을지 걱정이 되었다.

'남들한테 보여주기 싫어서 참는 거야.'

무섭고 두려우면서 다른 사람들에게 들키지 않으려 또 혼자서 안간힘으로 참고 있진 않을지. 전화가 끊긴 핸드폰만 만지작거리고 서 있는 브이를 흘끔거리던 소연이 궁금증을 참지 못하고 물었다.

"박연이 뭐래? 나한테 미안하다고 안 하디? 우리 프로그램은 어쩔…."

박연을 섭외한 예능프로그램의 촬영 걱정부터 하는 소연의 입을 기범이 틀어막았다. 브이의 낯빛이 어두워졌다. 걱정스러운 얼굴로 도장 밖의 기자들을 살폈다. 진을 치고 앉아있는 폼이 쉽게 돌아가지는 않을 모양이었다.

브이는 창가에 미끄러지듯 주저앉았다. 무릎을 가슴으로 끌어 모으고 앉아 두 팔에 얼굴을 파묻었다. 눈을 감고 걱정스러운 이름만 되뇌었다. 연아….

트루스토리의 사무실에 딸깍딸깍 마우스를 클릭하는 소리가 울렸다. 강 기자는 인터넷에 퍼진 자신들의 기사와 대중들의 반응을 살피는 중이었다. 의문의 제보자에게서 이메일을 통해 얻게 된 계약서의 실체를 보자마자 이번 기사는 대박이다 싶었다. 음주운전으로 물의를 일으키며 잠시 주춤하긴 했지만 잘나가는 배우께서 사채까지 있는 여자를 만나는 이유가 그제야 설명되었다. 이미지 메이킹을 위한 전 국가대표와의 연애계약. 얼마나 자극적이고 흥미로운 사실인지.

그런데 트루스토리의 의도와는 달리 인터넷 여론은 빅엔터의 반박기사로 인해 계약서의 신빙성을 의심하고 있었다.

담배를 입에 문 강 기자가 모니터를 노려보며 중얼거렸다.

"어쭈, 잡아뗀다 이거지? 지금쯤 발발 기어도 모자랄 텐데 전화도 없고."

오후 4시를 가리키고 있는 벽시계를 올려다본 강 기자가 건너편 책상에 앉아 있는 김 기자를 향해 말했다.

"이럴 줄 알고 보험 들어놨지. 다음 거 터트리자."

"오케이."

오더를 받은 김 기자가 미리 써둔 기사를 업데이트했다.

'권 양, 사채설? 은퇴 후 사채 빚 변제 위해 계약했나? 계약서 진실 의혹 반나절 만에 다시 불거져….'

"이건 또 뭐야? 트루스토리 이 새끼들이!"

강 대표의 얼굴이 푸르게 변했다. 핏대를 세우고 몸을 떨었다. 유출된 계약서를 보고 당황하긴 했지만 일개 온라인 신문사치고는 특종을 터트리는 배짱이 제법이라고 박수를 쳐줄 생각이었다. 그런데 이것들이 머리를 써? 제까짓 것들이 감히 어디에 덤벼들어?

눈을 굴리던 강 대표가 분노를 주체하지 못하고 주먹으로 책상을 내려쳤다.

빅엔터가 어떻게 세운 회사인데…!

빰을 푸들푸들 떨며 사무실 전화기를 집어 들었다.

"알아봐! 권브이 그게 진짜 사채를 썼는지 알아보라고!"

수화기를 내려놓고 씨근대던 강 대표는 좋은 수가 생각난 사람처럼 일순간 눈빛을 희번득하게 빛냈다.

잠깐…. 이렇게 되면….

"브이한테 가봐야겠다니까!"

송 실장에 영범까지 합세해 박연의 다리를 매달리듯 잡았다.

"일단 좀 잠잠해질 때까지…."

박연이 송 실장의 말허리를 단칼에 잘랐다.

"음주운전한 새끼가 연애로 호감도 올려놨는데 그 연애도 가짜였어. 지금 이게 잠잠해질 걸로 보여?"

송 실장은 속이 타는 얼굴로 박연만 바라보았다. 박연은 팔에 매달린 영범을 뿌리치고 소리쳤다.

"사람들이 지금 뭐라고 떠드는 줄 알아? 브이가 빚 갚으려고 나랑 계약했대. 걔 돈 때문에 그러는 애 아니잖아. 사람들이 오해하잖아! 다 내가… 우리가 부탁한 건데!"

"알았으니까 진정 좀 해."

박연은 달래기 위해 다가오는 송 실장의 손을 매몰차게 쳐냈다. 송 실장을 노려보는 눈빛이 사납게 변했다.

"한 번만 더 막으면 나 내일 기자회견 할 거야."

황당한 얼굴로 서 있는 송 실장을 향해 경고의 눈빛을 보낸 박연이 영범의 뒷덜미를 잡았다. 박연은 저 대신 운전을 해야 하는 영범을 끌고 그대로 현관문을 박차고 나갔다.

차고에 세워둔 차에 올라탔다. 영범이 운전대를 잡았다. 보조석에 앉은 박연이 창틀에 머리를 기대었다. 머릿속은 온통 브이였다. 계약서가 유출된 것만으로도 많이 놀랐을 것이다.

거기다 사채는 또 뭐야….

새롭게 뜬 기사 내용이 마음을 더욱 심란하게 만들었다.

차고의 자동셔터가 올라갔다. 브이네 집으로 차를 출발시키기 위해 액셀러레이터를 밟은 영범이 당황한 얼굴로 급정거를 했다. 집 앞 골목을 메운 기자들이 카메라를 들이대며 앞길을 막아섰다. 앞 유리로 들여다보이는 박연을 찍기 위해 혈안이 된 기자들의 플래시 세례가 쏟아졌다. 인상을 찌푸린 박연이 손을 들어 얼굴을 가렸다. 브이에게 달려가기는커녕 차고 앞에서 꼼짝 못하고 차 안에 갇힌 꼴이 되어버렸다.

카메라를 피해 고개를 돌린 박연은 꽉 다문 잇새로 나지막하게 욕설을 지껄였다. 예나 지금이나 변함없이 한심스럽기 짝이 없는 제 자신을 향한 것이었다.

그 시각, 브이는 소연과 기범이 돌아간 도장에 홀로 남았다. 불도 켜지 않은 채 매트 위에 웅크려 앉았다. 대중들의 관심은 '연애계약서가 정말 존재했는가'에서 은퇴한 전 국가대표 선수의 사채 빚으로 포커스가 옮겨갔다.

현수가 과로로 쓰러지면서도 브이에게만큼은 감추고 싶어 안간힘을 썼던 사채 빚이 세상 모든 사람들에게 공개되었다. 브이가 박연에게조차 알리고 싶지 않았던 일이 이렇게 알려졌다.

덜컥 겁이 났다. 인터넷 속의 기사와 댓글들은 우린 마음만 먹으면 너의 모든 것을 알 수 있다고 비웃는 듯했다. 손가락질과 비웃음 속에서 어느새 브이는 빚 때문에 박연과 부당한 일을 꾸민 사람이 되어있었다.

'나 있는 데가 원래 이래. 사람 아픈 거 즐겨. 사람이 아프면 걱정을 해야 되는데 막 떠벌리고 부풀리고. 이 바닥 취향이 원래 이상해.'

브이는 언젠가 덤덤한 얼굴로 말하던 박연이 떠올랐다. 걱정되고 보고 싶은 얼굴을 떠올리자 서러움과 미안함이 앞 다투어 몰려들었다.

'빚 있는 은퇴한 운동선수 데려다 이미지메이킹 했네.'

'진정한 상부상조.'

스치듯 보았던 댓글이 머릿속에 남아 브이를 괴롭혔다. 현수의 사채 보증이 박연과 이런 식으로 엮일 줄은 몰랐다. 브이는 자신의 개인적인 빚 문제 때문에 박연이 더욱 곤란해진 것 같아 마음이 쓰였다.

발치에 던져둔 핸드폰이 울렸다. 발신자 번호에 소연의 전화번호가 떴지만 받지 않았다. 금세 문자메시지가 도착했다.

'사채는 또 무슨 말이야? 진짜야?'

메시지를 확인한 브이가 눈을 감았다. 그때 도장 문이 열렸다. 안으로 들어서는 인기척에 브이가 자리에서 벌떡 일어섰다. 혹여나 무단으로 침입한 기자인가 싶었다. 그러나 어두운 도장을 두리번거리는 이는 기자가 아닌 강 대표였다.

강 대표와 도장 사무실에 마주 앉았다. 종이컵에 탄 믹스커피를 흘끔 내려다본 강 대표는 가타부타 다른 말없이 본론부터 꺼냈다.

"기사 터진 거 보고 여기저기 알아봤는데, 진짜로 사채 빚이 있던데?"

강 대표의 맞은편에 앉은 브이가 조용히 고개만 끄덕였다. 강 대표가 종이컵을 들어 믹스커피를 한 모금 마셨다. 영 입맛에 맞지 않는지 인상을 쓰며 물었다.

"연이는 알고 있었어요?"

"아뇨."

"그래, 빚이 한 1억 남았던데 연이가 알았으면 그깟 거 진작 갚아줬겠지."

잘못을 저지른 아이처럼 고개를 숙이고 있던 브이가 미간을 찌푸리며 강 대표를 보았다. 알았대도 갚게 놔두지 않았을 것이다. 현수가 보증을 잘못 선 탓에 생겨난 빚이고 박연과는 아무런 상관이 없었다. 박연이 다 갚아줬을 거란 강 대표의 말이 브이의 자존심을 건드렸다. 사랑하는 사람에게 힘든 내색도 하지 못하고 빚 문제를 애써 감춰온 제 마음을 무시하는 듯이 들렸다.

그리고 '그깟 거'라니. 아빠와 자신은 집 보증금까지 빼고 도장에서 먹고 자야 할 판인데 누군가에게는 그깟 게 되는구나 싶었다.

강 대표는 달라진 눈빛으로 자신을 당돌하게 쳐다보는 브이의 눈을 보며 고개를 저었다. 일이 이 사태까지 왔는데 상황파악 못하고.

속생각과는 다르게 강 대표는 부러 난처한 얼굴을 해보였다.

“계약서만 유출됐으면 사실무근이라고 잡아떼면 되는데 사채 때문에 골치 아프게 됐어요. 사채 빚이 있는 게 사실이니까 계약관계도 사실일 거라는 추측에 무게가 실려버려서 연이가 곤란해졌단 말입니다.”

박연의 이야기에 브이의 눈빛이 수그러들었다. 강 대표는 턱을 문지르며 안타깝다는 목소리를 내었다.

“권브이 씨가 우리한테 미리 귀띔을 해줬으면 우리도 대책이 있었을 건데…. 이건 뭐 속수무책으로 당해버렸네.”

브이는 조용히 시선을 떨구었다. 계획대로 기가 꺾인 브이를 확인한 강 대표가 마지막으로 한 번 더 몰아세웠다.

“사람들이 지금 권브이 씨가 빚 때문에 우리랑 그런 계약을 했다고 떠드는 건 알고 있죠?”

브이가 대꾸 없이 고개만 끄덕였다. 사무실에 잠시간 침묵이 흘렀다. 흔들림 없는 시선으로 브이를 주시하던 강 대표가 무섭도록 냉정한 표정으로 말했다.

“계속 그렇게 믿게 합시다.”

“네?”

말의 의도를 알아듣지 못한 브이가 고개를 들고 강 대표를 쳐다보았다. 어느새 180도 달라져 있는 얼굴은 일말의 죄책감이나 망설이는 기미도 보이지 않았다. 강 대표가 또박또박 말했다.

“1억 줄 테니까 꽃뱀해줘요.”

브이의 눈이 크게 흔들렸다. 제대로 듣긴 한 건지, 이해를 한 게 맞는지 확신이 서지 않는 얼굴이었다. 그런 브이에게 강 대표가 쐐기를 박았다.

"사채 빚이 있는 건 맞다. 그러나 박연과 계약 같은 건 없었다. 박연은 아무것도 모르고, 내가 일부러 접근했다."

듣고 있으면서도 듣는 즉시 말소리들이 머리 밖으로 빠져나가는 기분이었다. 브이가 더듬더듬 물었다.

"대체 무슨 말씀을… 하시는 거예요?"

"계약 얘기 빼고는 다 맞는 말이잖아요. 사채 빚은 있고. 박연은 몰랐고. 맞는 말하고 1억 받으면 엄청난 이득이지."

사무실 소파에 등을 기대며 다리를 꼬고 앉는 강 대표의 모습은 염치란 없어보였다. 강 대표가 브이의 눈을 똑바로 쳐다보며 말했다.

"사채업자가 사채 빚을 빌미로 권브이 씨한테 꽃뱀 역할을 시켰다, 그걸로 합의 봅시다."

말도 안 되는 제안을 하면서도 태연하기 그지없는 강 대표를 브이는 도무지 믿기지 않는다는 듯이 보았다.

"계약서 쓸 때 주겠다는 1억 안 받았지? 그거 지금 받는다 생각해요. 그걸로 빚 갚고 계약도 종료합시다."

뻔뻔한 목소리였다. 브이는 떨리는 턱에 힘을 주고 간신히 대답했다.

"전 그런 사람 아니에요."

"그런 사람? 꽃뱀 아닌 거 압니다. 그냥 역할극이야."

"안 해요, 그런 역할극."

순간 날카로워진 눈동자가 브이를 빤히 쳐다보았다. 브이의 머릿속, 가슴속까지 전부 들여다보고 있는 듯한 시선이었다. 한동안 말없이 브이를 응시하던 강 대표가 의외로 싱겁게 물러났다.

"그래, 혹시나 해서 온 거니까. 그럼 이만 일어납니다."

강 대표는 미련 없이 자리를 떴다. 사무실을 나가는 뒷모습을 보며 브이가 인상을 썼다.

뭐야, 대체?

상상도 못할 말을 내뱉더니 순순히 돌아가는 모습이 영 찜찜했다. 브이는 얼굴 앞으로 쏟아진 머리칼을 쓸어 넘기며 깊은 한숨을 내쉬었다. 별 소릴 다 들었다고 생각한 순간, 커다란 눈이 금세 뜨뜻하게 젖어들었다.

'1억 줄 테니까 꽃뱀해줘요.'

'맞는 말하고 1억 받으면 엄청난 이득이지.'

강 대표가 쏟아내고 간 말들이 브이의 눈시울을 자극했다. 수치스럽고 자존심이 상했다. 왜 이런 말까지 들어야 하는지 서럽고 억울했다. 브이는 뜨겁게 젖어든 눈가를 도복 소매로 거칠게 문질러 닦았다. 빚을 진 건 순전히 도망가버린 라이 한 때문이었다. 기사를 터트린 건 기자들이었다.

"근데 내가 왜…. 내가 뭘 잘못했다구…."

울먹이며 중얼거리던 브이가 눈물을 참기 위해 고개를 흔들었다. 울음을 눌러 삼킨 목구멍이 복숭아씨라도 걸린 것처럼 아프게 메어왔다.

브이가 홀로 눈물을 달래는 동안, 도장을 나온 강 대표는 차에 올라탔다. 시동을 켜지 않은 운전석에 앉아 핸드폰을 꺼내어 어디론가 전화를 걸었다.

"알바 풀어. 물타기 시작해."

짤막하게 통화를 끝낸 강 대표가 차를 몰아 도장 앞을 빠져나갔다.

브이는 강 대표가 돌아가고 난 후 한참이 지나서야 도장을 나왔다. 터벅터벅 힘없는 발걸음으로 동네 골목에 들어섰을 때, 브이를 기다리며 집 앞을 배회하던 박연과 마주쳤다. 불 꺼진 방 창문을 올려다보던 박연은 골목에 우두커니 선 브이를 돌아보았다. 핏발이 선 눈동자가 뜨겁게 떨렸다.

오늘 하루, 혼자 감당하기 힘들었을 텐데 이제야 찾아왔다. 기자들에게 둘러싸여 바보처럼 꼼짝 못하다가 이제 겨우.

앞으로 다가온 박연이 브이를 와락, 품에 안았다. 종일 보고 싶고 걱정되던 브이를 끌어안고 조심스럽게 등을 쓸어내렸다. 부드러운 머리칼에 얼굴을 파묻고 낮게 울먹였다.

“나 못났다 정말…. 자기 여자… 하나 못 지키고….”

브이는 불안한 듯 자꾸 더 세게 안는 박연의 팔을 다독이며 물었다.

“이렇게 돌아다녀도 되는 거예요?”

박연은 품에 안았던 브이를 떼어내고 작은 얼굴을 두 손으로 감싸 쥐었다. 떨리는 눈동자가 브이의 얼굴을 찬찬히 들여다보았다.

“괜찮아? 힘들었지?”

걱정스럽게 물어오는 박연을 올려다보며 브이가 고개만 끄덕였다. 하루 동안 걱정하고 마음 졸인 것은 비단 박연만이 아니었다. 브이는 그립고 안쓰러운 얼굴을 마주하자 가슴속에서 뜨거운 것이 울컥 북받쳐 오르는 것을 느꼈다. 종일 혼자서 꾹꾹 눌러 참았던 두려움과 불안함이었다. 도장에서 겨우겨우 참고 견뎌낸 울음이 박연의 얼굴을 보자 금방이라도 서럽게 터져 나올 것만 같았다.

박연은 커다란 눈에 힘을 주고 울음을 참고 있는 브이의 뺨을 만지며 물었다.

“여태 도장에 있었던 거야?”

브이가 다시 고개를 끄덕였다. 박연이 나지막이 말했다.

“미안해. 나 때문에 없는 말까지 나오게 만들고…. 사채가 다 뭐야….”

브이는 메이는 목을 가다듬었다. 자신의 얼굴을 쥐고 있는 박연의 손을 내리고 답했다.

"없는 말 아니에요."

이해가 가지 않은 얼굴을 하고 있는 박연에게 브이가 자초지종을 설명했다.

"아빠가 보증을 잘못 섰어요. 아는 분이 사채를 쓰고 도망가버렸어요. 나, 사채 빚 있는 거 맞아요…."

박연은 반쯤 돌아서서 브이에게 들은 말을 되새겨보았다. 인터넷에서 떠드는 브이의 사채설은 허위기사인 줄로만 알았다. 미간을 찌푸린 박연이 브이를 돌아보며 물었다.

"왜 말 안 했어?"

"말해봤자 좋은 얘기도 아니고…."

박연이 흥분한 기색으로 브이의 말을 가로채며 언성을 높였다.

"그래도 나한테 말을 했어야지. 그걸 혼자서 끙끙 앓았어? 그동안 난 아무것도 모르고 바보처럼…!"

바보처럼 오피스텔에서 같이 살 생각이나 했다. 한심하게 철없이, 속없이. 혼자 고민했을 브이를 생각하니 속상한 동시에 부끄러워졌다.

한심한 새끼. 병신 같이….

모든 일을 이 지경까지 몰고 온 건 전부 자신이었다. 아무 잘못 없는 브이를 사람들 입에 오르내리게 만든 것도. 브이가 계약서에 도장을 찍게 만든 것도. 애초에 하지도 않은 음주운전을 뒤집어쓴 것도. 전부 자신이 바보 같아서였다. 박연의 치부를 정확히 건드렸다. 한심한 제 자신. 그것을 깨닫게 만드는 것. 민형이 박연을 욱하게 만들기 위해 자주 건드리던 취약점이었다.

박연은 오기에 치기가 더해져 괜히 더 큰소리를 내었다.

"내가 그렇게 못 미더웠어? 얼만데? 그 빚이라는 게 얼마냐고."

브이는 당장 해결할 것처럼 묻는 박연을 빤히 보았다. 유난히 고된 하루 끝에 재회한 연인을 바라보던 눈빛이 낮게 가라앉았다. 브이가 굳은 표정으로 되물었다.

"얼마면요? 갚아주기라도 하려구요?"

"내가 너한테 그까짓 것도 못해줄까 봐?"

그까짓 것….

'연이가 알았으면 그깟 거 진작 갚아줬겠지.'

브이에게 수치심을 주었던 강 대표의 목소리가 귓전에 울렸다. 얼굴을 일그러트린 브이가 소리쳤다.

"왜 말 안 했냐구요? 이럴까 봐. 당신한테는 쉬운 돈인데 나한테는 아니니까. 내가 진 빚도 아닌데, 내 남자한테 빚 생겼다고 말하기 자존심 상하니까."

박연은 격앙된 목소리로 말하는 브이를 보고서야 아차 싶었다. 해명하기 위해 한 발 다가서자 브이가 뒤로 물러섰다.

"대체 얼마나 잘나서 이렇게 큰돈을 서로 갚아주겠다는 거야? 내가 돈 때문에 당신 만난 거라구? 내가 왜 돈 때문에 마음을 팔아? 나 그런 사람 아니라구요. 내가 왜 그런 말을 들어야 되는데…!"

박연이 착잡한 얼굴로 브이의 팔을 잡았다.

"그런 뜻이 아니라…. 아냐, 내가 미안해. 미안해 브이야."

"내가 알아서 갚아요."

박연의 손을 뿌리치고 돌아섰다. 갚아주겠다는 말뜻이 그런 의도가 아니라는 걸 알고 있었다. 알면서도 화풀이를 했다. 오늘 하루 동안 느꼈던 감정들을 박연에게 쏟아냈다. 라이 한을 찾으며 쌓였던 피로감. 기사가 터진 후 걱정스럽고 불안하던 마음. 강 대표에게 상한 자존심까지.

못났어, 권브이….

대문을 열고 들어온 브이가 마당에 주저앉아 흐느껴 울었다. 대문 밖에 남겨진 박연은 커다란 손바닥으로 이마를 덮었다. 고개를 쳐들고 얼굴을 신경질적으로 찌푸렸다.

박연…. 넌 왜 매번 이것밖에 안 되냐….

제자리를 서성이던 운동화 발이 애꿎은 바닥을 거칠게 걷어찼다.

연예 프로그램에서는 오늘 하루 만에 일어난 박연의 계약연애에 대해 집중보도했다. 안마의자에 앉아 TV를 시청 중인 민형이 코미디 영화라도 관람하듯 이따금씩 큭큭 웃음을 터트렸다.

보도자료로 쓰인 박연의 사진이 TV 화면을 가득 채웠다. 민형은 안마의자 옆에 놓인 탁자를 더듬으며 중얼거렸다.

"한심한 새끼."

탁자에 놓인 접시에서 팝콘을 한 움큼 집어 들었다. TV에 시선을 고정한 채 잔뜩 집중한 민형이 팝콘을 와작와작 씹어 삼켰다.

핸드폰을 쥔 손이 부들부들 떨렸다. 브이는 아침에 일어나자마자 침대에 앉아 인터넷부터 확인했다. 떨리는 가슴을 부여잡고 심호흡을 몇 번이나 했는지 몰랐다. 보기 싫지만 봐야 했다. 사채설이 터진 이후 어떻게 흘러가는지 확인해야 했다. 브이는 믿기 힘든 표정으로 핸드폰 화면만 쳐다보았다.

'빅엔터에서 강경 대응하는 거 보면 박연은 진짜 몰랐을 수도….'

'여자가 빚 갚으려고 작정하고 접근한 거 아닌가?'

'저는 사채업자가 의심스러워요.'

'요즘 조폭들이 텐프로 애들하고 짜고 연예인들 돈 뜯어먹는다던데…. 내가 보기엔 비슷한 케이스인 듯.'

'계약서는 솔직히 진짜인지 가짜인지 알 수 없다. 여기서 팩트는 여자 쪽에 사채 빚이 있다는 것.'

하룻밤 사이에 브이는 이미 꽃뱀으로 확정이 나 있었다. 그리고 박연은 꽃뱀에게 코가 꿰어버린 불행한 남자배우가 되어 있었다.

브이는 댓글을 하나씩 확인했다. 모두 새벽 시간대에 동시 다발적으로 달린 댓글들이었다. 밤새 달린 댓글들이 오늘 아침까지 인터넷 여론을 주도하고 있었다.

지난 밤, 도장을 찾아왔던 강 대표가 떠올랐다.

'사채업자가 사채 빚을 빌미로 권브이 씨한테 꽃뱀 역할을 시킨 걸로 합의 봅시다.'

강 대표가 제안했던 그대로였다. 강 대표가 무슨 짓을 했다는 생각이 강하게 들었다. 브이로서는 상상도 할 수 없는 말도 안 되는 말들을 아무렇지 않게 쏟아내고는 순순히 돌아가는 게 이상하다 했다.

어떻게 이런 짓을…. 내가 분명히 안 한다고 했는데…!

핸드폰을 노려보며 환멸감에 몸을 떨던 브이가 방을 박차고 나왔다. 곧장 빅엔터로 향했다. 빅엔터의 여직원이 브이를 막아섰다.

"이러시면 안 돼요!"

건장한 남직원이 브이의 팔을 잡았지만 힘으로는 도통 당해낼 수가 없었다. 있는 힘껏 남직원을 뿌리친 브이가 대표실 문을 걷어차듯 열었다. 문이 발칵 열린 대표실에는 전혀 생각지 못한 인물이 앉아 있었다. 상석에 앉은 강 대표 옆에서 차를 마시던 변 이사는 브이의 등장에 씩 웃었다.

"아유, 오셨어요?"

브이는 너스레를 떨며 말하는 변 이사와 강 대표를 번갈아보았다. 강 대표의 손짓을 본 빅엔터 직원들이 돌아갔다. 브이는 강 대표와 변 이사 앞으로 걸어와 커다란 눈을 부릅떴다.

"지금 뭐하시는 거예요? 분명히 꽃뱀 역할극 같은 거 안 한다고 했잖아요! 그리고 당신은 왜 여기에 있어?"

따지는 브이에게 변 이사가 떽, 소리를 냈다.

"새치기하지 말고 번호표부터 뽑아요. 누군 시간이 남아돌아서 이 아침부터 발걸음한 줄 아나."

브이를 흘겨본 변 이사가 입고 있는 정장 재킷을 여미며 옷매무새를 가다듬었다. 그리고는 강 대표를 돌아보며 정색하고 말했다.

"그래서 아까 얘기를 어디까지 해죠? 아, 그렇지! 그러니까 빚 갚으라고 했더니 하루아침에 선량한 사람을 꽃뱀 포주로 만들어버리고. 아따, 씨발 명예훼손으로 확 고소해버릴까…!"

버럭, 소리를 친 변 이사가 별안간 너털웃음을 지었다.

"그럴까 하다가 겨우 참았어요. 내가 배운 사람이잖아. 사이버대학은 나왔거든요."

강 대표는 변 이사의 이야기를 들으며 차를 홀짝 들이켰다. 여유로운 얼굴로 찻잔을 내려놓은 강 대표가 아직 서 있는 브이를 올려다보았다.

"권브이 씨, 자리에 앉죠?"

브이는 변 이사에게서 시선을 떼지 않은 채 소파에 앉으며 말했다.

"난 안 하겠다고 말했어요. 인터넷에 댓글들, 대표님 짓이죠?"

밤새 여론을 조장한 댓글들. 그것들의 정체에 대해 묻는 브이를 빤히 쳐다보던 강 대표가 짝, 손뼉을 쳤다. 이제 정리를 해보자는 신호였다. 브이와 변 이사를 차례로 돌아보며 말했다.

"두 분 모두에게 심려 끼친 점에 대해 죄송하게 생각합니다. 그에 대한 보상으로 권브이 씨에게는 빚진 1억을 우리가 대신 갚아드리고, 변 이사님께는 정신적 피해보상으로 플러스알파를 드리면 되겠습니까?"

"말이 참 잘 통하시네. 나는 오케이."

변 이사는 씩 웃으며 강 대표를 향해 검지와 엄지를 붙여보였다. 아무렇지 않게 말도 안 되는 제안을 수락하는 변 이사를 돌아본 브이가 다급하게 팔을 붙들었다.

"안 돼요! 제가 갚을 거예요. 제발 제가 갚게 해주세요."

변 이사가 싸늘하게 얼굴을 굳히고 말했다.

"너는 발언권이 없어요, 아가씨. 내가 너한테 받아야 할 돈을 대표님께서 갚아주겠다는데 왜 네가 '안 돼요'예요? 이럴 땐 받을 사람이 정하는 거지요?"

변 이사는 팔을 붙든 브이의 손을 억지로 떨어트렸다. 브이가 말을 잇지 못하고 앉아 있는데 대표실 문이 또 한 번 발칵 열렸다. 직원들의 만류를 뿌리치고 대표실 안으로 난입한 이는 박연의 모친, 전 여사였다.

머리에 선글라스를 얹고 성큼성큼 들어온 전 여사가 대뜸 소리쳤다.

"강 대표! 나랑 얘기 좀… 뭐야? 마침 여기 있네!"

소파에 앉아 있는 브이를 발견한 전 여사의 얼굴이 새빨갛게 달아올랐다. 전 여사가 브이에게 눈을 번뜩이며 달려들었다.

"이 기집애가…!"

손바닥으로 앉아 있는 브이의 옆머리를 내려쳤다.

"우리 아들 어쩔 거야? 너 때문에 드라마랑 영화 못 찍으면 어쩔 거냐구! 중국에서도 난리라는데 어쩔 거야! 다시 돈 좀 버나 했는데 우리 연이 앞길에 훼방을 놔? 내가 너 데리고 소개까지 시키고 다녔는데 네가 어떻게 이래? 내가 지금 얼마나 쪽팔린 줄 알아?"

전 여사는 언젠가 서울에 올라와 자신의 모임에 무턱대고 브이를 데려갔던 일을 말하며 얼굴을 붉혔다.

"그 여편네들이 지금쯤 얼마나 나를 비웃고 있을지, 그 생각만 하면 내가 치가 떨린다구!"

브이는 전 여사에게 얻어맞은 머리를 감싸 쥐었다. 순식간에 일어난 일이라 얼떨떨했다. 막무가내로 레스토랑에 끌고 가서 옆자리에 앉혀놓긴 했지만 나쁘거나 무서운 사람은 아니라고 생각했다. 그날 만났던 전 여사는 지금 눈앞의 여자와 아예 다른 사람처럼 느꼈다.

그날 박연과 나눴던 대화가 불현듯 떠올랐다.

'드라마 속에 나오는 무서운 시어머니 스타일도 아니던데 뭐하려고 날아왔어요?'

'네가 몰라서 그래. 전 여사 무서운 사람이야.'

눈을 뒤집고 브이에게 달려드는 전 여사는 자신의 얼굴에 먹칠을 한 것에 대해 더 화가 난 듯 보였다. 전 여사가 앉아 있는 브이의 멱살을 잡아채고 흔들었다. 강 대표는 그런 전 여사를 적당히 방관했다.

넋이 나간 듯 전 여사가 밀치는 대로 서 있는 브이를 구경하던 변 이사가 손을 들어보였다.

"워후, 난 먼저 가봐야겠네? 대표님, 플러스 알파에 대해서는 우리끼리 또 논의를 합시다잉?"

변 이사는 휘파람을 불며 대표실을 유유히 빠져나갔다. 그 틈을 타서 송 실장이 대표실 안으로 뛰어 들어왔다. 문밖에서 소리만 엿듣고 있던 영범이 발을 동동 구리며 박연에게 다급하게 문자메시지를 보냈다.

송 실장과 함께 들어온 직원들이 전 여사를 끌고 나갔다. 전 여사는 끌려 나가면서도 발버둥을 치며 브이에게 온갖 악담을 퍼부었다.

강 대표는 한바탕 소란이 일어난 대표실을 둘러보았다. 브이가 헝클어진 머리칼과 옷매무새도 정리하지 않고 멍하니 서 있었다.

"잘 봤어요? 이제 좀 알겠습니까? 권브이 씨가 잘 따라와주면 여러 사람이 마음 놓을 수 있습니다."

충격을 받은 얼굴로 서 있는 브이에게 끝까지 강제적으로 합의점을 찾아내는 강 대표의 행동에 송 실장이 인상을 찌푸렸다. 우두커니 선 브이의 팔을 당겼다. 대표실을 나와 빈 사무실로 브이를 데려갔다. 밖으로 소리가 새어나가지 않도록 문을 단단히 걸어 잠근 뒤에야 브이를 돌아보았다.

살면서 처음 겪어보는 경험에 넋이 나간 듯 서 있던 브이의 얼굴이 서서히 붉어졌다. 코끝과 눈 밑이 새빨갛게 달아올랐다. 브이는 눈물이 고인 커다란 눈으로 송 실장을 보았다.

송 실장이 조용히 무릎을 꿇었다.

"사람 같지도 않은 부탁인 거 아는데 한 번만… 브이 씨가 참아줘요. 덮어줘요."

브이의 눈에서 굵은 눈물방울이 툭 떨어졌다. 송 실장은 차마 브이의 얼굴을 똑바로 보지 못하고 고개를 푹 숙인 채 말했다.

"연이 이번에 찍은 드라마…. 브이 씨 친구가 한다는 프로그램도…. 앞으로 찍을 영화들…. 남은 배우 인생…. 이미지메이킹 하려고 계약서 쓰고 연애하는 척했다는 거 알려지면 다시는 재기 못해요. 그거 들킬까 봐 브이 씨한테 꽃뱀 이미지 덮어씌웠다는 거 알려지면… 그냥 끝이에요."

브이는 연신 뺨으로 흐르는 눈물을 문질러 닦았다. 지지 않으려고, 참아보려고 해도 입술 사이로 흐느낌이 터져 나왔다.

송 실장은 눈을 질끈 감고 말했다.

"그리고 내 인생도 생각해줘요. 박연이란 배우. 내 청춘이에요. 내 경력이고, 내 재산이고, 내 인생이에요."

"나는요?"

흐느끼며 되묻는 브이의 물음에 송 실장이 굳게 입을 다물었다.

"내 인생은요? 어떻게 실장님까지…. 어떻게 사람들이 이렇게까지…."

차마 말을 잇지 못했다. 브이는 무릎을 꿇어앉은 송 실장을 두고 사무실을 나왔다. 눈물로 젖은 뺨을 열심히 훔쳐 닦았다. 그러나 금세 눈물이 시야를 뿌옇게 흐렸다.

비틀거리는 걸음으로 빅엔터 건물을 나왔다. 빅엔터 건물 앞에는 수많은 팬들이 웅성거리고 있었다. 권브이가 빅엔터에 나타났다는 소문이 금세 퍼진 듯 브이가 빅엔터에 들어설 때만 해도 보이지 않던 팬들이 대기 중이었다.

빅엔터를 나오는 브이를 향해 한 소녀 팬이 소리 질렀다.

"우리 오빠한테 꼬리치고 돈 뜯어내니까 좋냐?"

힘차게 날아온 날계란이 브이의 뺨을 때렸다. 비릿한 날계란이 주르륵 흘러내렸다. 다른 곳에서는 밀가루 폭탄이 날아들었다. 날계란을 맞은 얼굴에 밀가루를 하얗게 뒤집어썼다.

"공식행사 다 따라다닐 때부터 재수 없었어!"

"이민형이랑 박연 사이에서 문어다리 걸친 것도 진짜지?"

강 대표의 물타기 계획이 성공한 듯했다. 악을 지르며 날계란을 던지는 팬들에게는 그동안의 찌라시들마저 기정사실이 되어 있었다. 브이는 얼이 빠진 얼굴로 날아드는 날계란과 밀가루를 맞고만 있었다. 후들거리는 다리가 쉽게 움직여지지 않았다.

그때 택시 한 대가 끼익, 소리를 내며 빅엔터 앞에 급정거했다. 택시에서 내린 박연이 팬들을 밀치고 브이 앞으로 달려갔다. 팬들이 던진 날계란과 밀가루는 브이의 앞을 가로막은 박연의 등과 뒤통수로 쏟아졌다.

눈도 깜박이지 못한 채 멍하니 서 있던 브이가 고개를 들어 박연을 올려다보았다. 박연은 금방이라도 울음을 터트릴 것처럼 붉게 충혈 된 눈으로 브이를 내려다보고 있었다.

차마 어떤 말도 꺼내지 못하고 박연은 더러워진 브이의 얼굴을 옷소매로 닦아내기 시작했다. 옷소매를 늘려 브이의 얼굴을 닦아내는 손이 가늘게 떨렸다. 마음처럼 잘 닦이지 않는 얼굴 근처를 맴돌며 어찌할 바를 모르던 손이 브이의 양 어깨를 쥐었다.

조심스럽게 브이를 품에 안았다. 흐느끼는 너른 가슴이 브이에게 고스란히 느껴졌다. 박연은 북받쳐 오르는 울음으로 인해 자꾸 일그러지는 얼굴에 힘을 주었다. 그는 등으로 날아드는 날계란 세례가 잠잠해질 때까지 브이를 안고 서 있었다.

곧 건물에서 뛰어나온 빅엔터 직원들이 흥분한 팬들을 막아섰다. 송실장의 지시로 영범은 두 사람을 태우고 무작정 자리를 떴다. 두 사람을 실은 차량은 박연의 집으로 향했다.

각방 욕실에서 씻고 나온 박연과 브이가 소파에 나란히 앉았다. 영범은 서먹하게 앉아 있는 두 사람을 지켜보다가 눈치껏 밖으로 나가버렸다.

박연이 구급상자를 열었다. 날계란을 정면으로 맞은 브이의 뺨에는 푸릇한 멍 자국과 함께 긁힌 생채기가 생겨 있었다. 면봉에 연고를 짜낸 박연은 미안하고 안쓰러운 눈길로 브이를 바라보았다.

"얼굴 봐."

나지막한 목소리에도 브이는 고개를 돌리지 않았다. 결국 박연이 브이의 턱을 쥐고 돌렸다. 상처 위에 면봉을 두드려 약을 펴 발랐다.

빅엔터에서 집으로 오는 내내, 그리고 지금까지도 눈을 마주치지 않는 브이를 물끄러미 들여다보던 박연이 무겁게 입을 열었다.

"회사는 왜 갔어? 강 대표 만나러? 무슨 얘기했어?"

브이는 그제야 내리깔려있던 시선을 들어 박연을 보았다. 걱정스럽게 바라보는 눈빛이 다정했다.

강 대표가 브이에게 어떤 제안을 했는지. 대표실에서 강 대표와 변 이사가 어떤 이야기를 나눴는지 박연은 아무것도 알지 못했다. 알지 못했으면 좋겠다. 브이가 별일 아니라는 듯 고개를 저었다.

"앞으로 어떻게 되는 건지 궁금해서요."

"내가 알아보면 됐잖아. 왜 혼자 위험하게…."

박연은 속상하고 미안한 마음에 길어지는 말을 겨우 끊어냈다. 대신 브이의 젖은 머리칼을 쓰다듬었다.

"엄마도 왔었다며. 영범이한테 연락 받고 알았어. 엄마가 나쁘게 안 했어? 전 여사 성격에 그냥 있진 않았을 건데…."

브이는 말없이 박연의 얼굴만 바라보았다. 자신을 바라보는 눈앞의 남자는 너무도 다정한데, 그 얼굴을 보고 있자니 아이러니하게도 귓가에는 폭풍처럼 휘몰아치던 모욕적인 말들이 맴돌았다.

'브이 씨가 참아줘요. 덮어줘요.'

'너 때문에 드라마랑 영화 못 찍으면 어쩔 거냐구!'

무릎을 꿇고 부탁하던 송 실장의 목소리부터 전 여사의 고함소리까지. 전 여사를 떠올리자 브이는 그녀에게 맞은 머리가 얼얼하다는 것을 이제야 깨달았다. 동시에 지금 제 꼴이 얼마나 볼품없는지 자각했다. 날계란을 뒤집어쓰고 서 있던 몰골이 얼마나 비참했을지. 넋 나간 사람처럼 앉아 있는 지금 얼굴은 또 얼마나 보기 사나울지…. 이 남자에게는 보이고 싶지 않다.

브이가 젖은 머리칼을 쓸어 넘기는 박연의 손을 밀어냈다.

"그만 갈게요."

"같이 나가. 데려다줄게."

팔을 잡으며 일어서는 박연을 눌러 앉혔다.

"난 괜찮으니까 그냥 보내줘요. 당신 얼굴 마주하기에는 지금 내 기분이 너무 비참해."

잡으려는 박연을 두고 서둘러 집을 나왔다. 정원을 서성이던 영범이 브이의 뒤를 따라붙었다.

"여사님이 손찌검하신 건 형님한테 말씀 안 드렸어요. 누님 자존심 상하실까 봐…. 제가 바래다 드릴게요!"

브이는 금방이라도 차고로 달려갈 듯 구는 영범에게 고개를 저어보이고 대문을 나왔다.

브이의 머리맡에 놓인 핸드폰이 울어댔다. 아침부터 도장회원들과 원생 학부모들의 항의 전화가 빗발치고 있었다. 아직 사태를 모르는 현수가 이른 아침부터 라이 한을 찾아 나선 터라 집에는 브이뿐이었다.

박연의 집에서 돌아오고, 새아침이 밝아올 때까지 방구석 침대에 처박혀 아무것도 먹지 않았다. 이틀 사이에 겪은 일들이 하도 어마어마해서 그런지 손가락 하나 까딱일 기운이 남아있지 않았다.

시체처럼 늘어져 누워 천장만 올려다보았다.

운동을 하면서 남들보다는 강인한 정신력을 가졌다고 생각했다. 그러나 갑작스러운 사채 빚부터 쉴 새 없이 터지는 기사와 험악한 댓글들. 문제가 생겨버리자 약속이라도 한 듯 일제히 등을 돌리는 사람들. 아무리 강인한 정신력의 브이라도 감당하기 힘들었다.

'1억 줄 테니까 꽃뱀 해줘요.'

'너는 발언권이 없어요, 아가씨. 이럴 땐 받을 사람이 정하는 거지요?'

'브이 씨가 참아줘요. 덮어줘요.'

다들 자신만 입 다물면 된다고 말한다. 그러면 모두 편해질 수 있다고 말한다. 침대에 누운 브이의 눈가가 시큰하게 젖어들었다. 이미 부을 대로 부어 있는 눈두덩이 더욱 빨갛게 달아올랐다.

이제 인터넷은 박연을 향한 동정론이 완벽하게 지배하고 있었다. 강 대표가 쓴 댓글알바가 불을 지피고, 박연의 팬들이 여론 형성에 불쏘시개 역할을 했다. 그동안 화제가 되었던 순간들은 재해석되며 당사자인 브이도 알지 못하는 갖가지 의미들이 부여되었다. 박연의 생일에 함께 갔던 남이섬에서 팬들에게 찍힌 사진. 드라마 속 한 장면 같다며 부러움을 샀던 스키장 리프트 사고 영상. 박연의 인터뷰 내용들. 기부 커플로 불렸던 연탄 봉사와 바자회 이력….

두 사람이 함께했던 추억들은 박연의 순정이 어떻게 이용당했는지를 보여주는 증거가 되는 동시에, 그를 측은하게 만드는 촉매제 역할을 했다.

브이는 시시각각 변하는 사람들의 눈초리가 무서웠다. 그들은 브이는 상상도 못할 기가 막힌 이야기를 아무렇지 않게 툭 뱉어내고, 되새기고, 씹어댔다. 우르르 몰려들어 경쟁이라도 하듯이 더 자극적이게, 더 그럴싸하게 떠들었다.

어깨를 떨며 이불 속으로 파고들었다. 눈을 감자 눈물이 차오른 눈꺼풀 안에 그리운 얼굴이 선명하게 떠올랐다. 보고 싶으면서도 보고 싶지 않은 얼굴. 보고 싶지 않을수록 더 그리워지는 얼굴이었다. 결국 잇새로 참고 있던 흐느낌이 새어나왔다.

강인한 정신력도, 체력도 바닥나버렸다. 처음 겪어보는 감정들 속에서 난파당한 작은 배처럼, 무섭고 막막한 마음을 주체하지 못하고 엉엉 우는 수밖에 없었다.

소파에 엎어져 잠이 들어 있던 박연은 몸을 흔들어 깨우는 기척에 눈을 떴다. 새끼손가락에서 반쯤 들어가다 만 반지부터 눈에 들어왔다. 브이에게 고백하던 날 잃어버렸던 그 반지였다. 밤새 술을 마시며 만지작거리다 손가락에 끼운 채 잠이 든 모양이었다.

반지를 다시 찾아냈을 때만 해도 브이와의 미래를 상상하며 행복감에 젖어 있었다. 오래된 일처럼 느껴졌다.

쓰린 속을 움켜쥐고 소파에 일어나 앉았다. 박연은 소파 아래 널브러져 있는 빈병을 정리하는 송 실장에게 낮게 중얼거렸다.

"그냥 가…."

"해장국 끓일까?"

"나가라고…!"

소리를 지른 박연이 손을 들어 눈가를 가렸다. 이마에 핏대가 서도록 이를 악물고 참고 있지만 분명히 울고 있었다.

송 실장은 일부러 더욱 덤덤하게 말했다.

"드라마 중국 일정 올스톱 됐다. 재계약했던 의류모델 건도 일단은 위약금 물어주고 해지될 것 같아. 브랜드 이미지에 타격이 크대나 뭐래나."

"너무 싫어."

술병을 한곳으로 세워둔 송 실장은 착잡한 얼굴로 박연의 곁에 앉았다. 떨리고 있는 너른 어깨를 손으로 격려하듯 두드렸다.

"내가 너무 싫어. 한심하고 찌질한 박연이 진짜 너무 싫다…."

박연은 어깨만큼이나 떨리는 목소리로 울먹였다.

"브이는 무슨 죄야. 나 때문에 괜히…. 어제 회사 앞에서 걔가 그러고 서 있는데… 내가 할 수 있는 게 아무것도 없는 거야, 형."

송 실장은 어제 날계란 세례를 맞던 브이를 떠올리는 박연을 보며 가슴이 답답해지고 울렁거리는 것을 느꼈다. 죄책감이었다.

'사람 같지도 않은 부탁인 거 아는데 한 번만 브이 씨가 참아줘요. 덮어줘요.'

한없이 악마 같았던 제 자신이 떠올랐다. 송 실장은 박연에게 어떤 위로의 말도 하지 못했다. 그럴 자격이 없었다.

박연이 송 실장을 돌아보았다. 빨갛게 충혈 된 눈동자가 간절했다.

"형이 도와줘."

"내가 뭘 어떻게 해…."

송 실장은 간절한 시선을 애써 피했다.

"몰라. 나도 모르겠어. 근데 도와주라…."

박연이 손을 잡아왔다. 송 실장의 눈빛이 흔들렸다. 철이 없다고 느껴질 정도로 자존심이 세서 음주운전으로 사고를 쳐놓고도 이런 적이 없었다. 애원이든, 부탁이든. 제 마음속은 무섭고 불안할지라도 이렇게 솔직하게 매달리는 것은 처음이었다. 철부지면서도 철이 일찍 들어버려서 아무렇지 않은 척 구는 것에 더 익숙한 놈인데….

죄책감이 더욱 가중되었다. 가슴은 더욱 답답하게 옥죄어왔다. 송 실장은 박연에게 잡힌 손을 빼내며 말했다.

"내가 말했잖아. 두 사람 편 못 들어준다고."

'이것만 알아둬. 난 나중에 두 사람 편 못 들어준다, 어?'

계약이 아닌 실제로 교제하는 사이임을 밝힌 박연과 브이에게 했던 말이었다. 박연의 눈매가 가늘어졌다. 송 실장을 향한 두 눈에는 배신감과 야속함이 깃들어 있었다. 자리에서 벌떡 일어난 박연이 소리쳤다.

"형도 강 대표랑 똑같냐? 난 형한테 돈벌이 그것뿐이야?"

박연의 목소리가 양심을 푹 쑤신 순간, 송 실장이 자리를 박차고 일어섰다. 그리고는 죄책감을 외면하려 꽉 움켜쥐고 있던 주먹을 박연의 턱으로 휘둘렀다. 턱을 얻어맞은 박연은 마치 누군가에게 맞기를 바라기라도 했던 것처럼 소파에 드러누워 꿈쩍하지 않았다.

송 실장은 자기 자신에게 말하듯 외쳤다.

"너랑 알아온 세월이 얼만데 내가 겨우 그딴 마음으로 널…!"

그러나 곧 말문이 막혔다. 어제 브이에게 했던 말이 귓전에서 메아리치고 있었다.

'내 인생도 생각해줘요. 박연이란 배우. 내 청춘이에요. 내 경력이고, 내 재산이고, 내 인생이에요.'

송 실장은 차마 말을 다 끝맺지 못하고 성난 발걸음으로 돌아섰다. 박연의 턱을 후려친 손이 바들바들 떨리고 있었다. 스스로에게 욕을 지껄이며 정원을 걸어 나왔다.

"송현우…. 너 겨우 이런 새끼였냐…."

방송국은 방송국대로 난리가 났다. 만고 끝에 박연과 출연계약까지 마쳤는데 이제와 엎어지게 생겼으니 나흘 동안의 밤샘회의도 무리는 아니었다.

나흘 동안 시시각각 변하던 여론이 최종적으로 '박연은 잘못이 없고, 불쌍한 피해자'라고 굳혀가는 분위기가 되자, 정 피디는 프로그램 제작을 그대로 진행하자 주장했다. 당연히 예능국 CP와 예능국장의 반대가 거셌다. 그러나 정 피디는 박연 섭외의 뜻을 굽힐 생각이 없는지 출연자 선택은 피디의 권한이라며 외로운 싸움 중이었다.

소연은 박연을 섭외할 당시 인도의 의리 운운하던 정 피디를 떠올렸다. 그게 빈말이 아니었던 듯싶었다. 당연히 소연은 제 친한 친구를 하루아침에 꽃뱀으로 만들어버린 박연과의 출연계약을 반대 하는 쪽이었다.

포장된 죽을 손에 들고 문밖을 서성이던 소연이 조심스럽게 방문을 열었다. 침대에 웅크리고 누워 있는 브이가 보였다.

"브이야, 죽이라도 먹자."

최대한 달래는 목소리로 침대 곁에 다가온 소연은 미동도 않는 브이를 보며 속상한 마음을 터트렸다.

"며칠 동안 제대로 먹지도 않고 이게 뭐야. 이럴 거면 당장 입장 밝히자. 내가 기자 소개시켜줄게."

당장이라도 아는 연예부 기자에게 전화를 돌릴 것처럼 말하는 소연의 성화에 브이가 일어나 앉았다. 나흘 새 핼쑥해진 얼굴이 보기 안쓰러울 정도였다. 빨갛게 부어 있는 눈을 보며 소연이 침대에 걸터앉았다.

"꽃뱀 같은 게 아니라, 계약한 사이라고 말하자. 사람들 너무 웃기잖아. 계약서는 진짜인지 아닌지 모른다고 믿지도 않으면서 네가 꽃뱀인 건 철썩 같이 믿어. 증거도 없는데 그냥 빚 좀 있다는 것만으로 추측하고 확신하고."

흥분해서 말하는 소연을 가만히 보던 브이가 갈라진 목소리로 물었다.

"계약한 사이라는 걸 밝히면 질타 안 받을까?"

"브이야."

"그런 계약을 했다는 거 자체가 잘못한 거야. 밝히나 마나 사람들은 똑같아. 똑같이 욕하고…. 똑같이 비웃어…."

소연이 답답한 얼굴을 했다.

"권브이! 기범이 얘기 들어보니 도장도 소문나서 일반회원들이고, 애들이고 다 안 나온댄다. 상황이 이런데 뭐라도 해야 될 거 아냐."

"방송가 사람들은 뭐래?"

"뭐?"

"박연 씨에 대해서…."

커다란 눈에 눈물이 글썽한 모습을 보니 속상한 마음에 소연의 눈에도 눈물이 차올랐다.

"처음 좋아해본 남자에, 한창 좋을 때 주변 상황으로 인해 힘들어진 사이. 하도 드라마틱해서 감성적으로 변하는가 본데, 아무리 그래도 이 상황에서 그 남자 걱정이 되니, 넌?"

소연은 이해할 수 없다는 표정을 지었다.

지금 누구 때문에 이 고생 중인데…!

바보 같은 제 친구를 빤히 쳐다보던 소연이 한숨을 쉬며 말했다.

"재기하나 싶었는데 줄줄이 계약해지 됐다고 말 많지."

"계약해지 됐어? 어떤 거?"

"최근에 한중합작으로 제작한 드라마. 의류 브랜드 모델. 우리 프로그램도 간당간당하고."

브이는 제작발표회에서 긴장하던 박연의 모습을 떠올렸다.

그거 잠도 못 자고 찍은 건데….

소연은 더 시무룩해진 브이를 흘끔거리며 말했다.

"다 자기 탓이야. 이런 말도 안 되는 계약 같은 걸 왜 했는데? 처음부터 기자들 앞에서 너랑 사귀는 사이라고 멋대로 말해서 시작된 거잖아. 너 듣기 서운할지 몰라도 난 내 친구 이렇게 만든 놈 용납 안 돼."

속상한 마음을 토로하는 소연의 목소리가 점차 희미해졌다. 브이는 송 실장이 했던 이야기를 되새겼다.

'이미지메이킹 하려고 계약서 쓰고 연애하는 척했다는 거 알려지면 다시는 재기 못해요. 그거 들킬까 봐 브이 씨한테 꽃뱀 이미지 덮어씌웠다는 거 알려지면 그냥 끝이에요.'

그때 핸드폰이 울렸다. 또 도장 회원의 전화거나 박연일 거라 생각했다. 빅엔터에서 날계란 세례를 맞은 날, 그렇게 헤어진 뒤 박연에게는 쉬지 않고 연락이 왔다. 모두 받지 않았다. 그러나 브이에게 전화를 건 사람은 송 실장이었다. 브이는 가만두지 않겠다고 난리를 피우는 소연을 남겨두고 집 앞으로 나왔다.

집 앞 골목에서 송 실장이 브이를 기다리고 있었다. 수척해진 브이의 얼굴을 본 송 실장은 머리부터 숙였다.

"정정기사 내겠습니다."

송 실장은 굽혔던 허리를 펴고 브이를 보았다.

"계약은 사실 아니다. 브이 씨한테 빚이 있는 건 맞지만 꽃뱀은 아니다. 그런데 일이 이렇게 돼버리는 바람에 그 충격으로 두 사람은 헤어지게 되었다."

"네?"

생각지 못한 이야기에 브이가 의미를 되물었다.

"대표님이 원하는 건 박연이란 배우의 재기 가능성을 열어두는 거였어요. 측은한 이미지로라도. 연이를 아무것도 모르고 휩쓸린 불쌍한 순정남으로 포장하기 위해서 브이 씨한테 그런… 이미지를 덧씌운 거예요."

여론 형성에 강 대표의 검은 손이 움직였다는 건 브이도 다음날 바로 알아차렸다. 그리고 그의 뜻대로 지금 박연은 둘도 없는 불쌍한 순정남이 되어 있었다. 하지만 '충격으로 두 사람은 헤어지게 되었다'는 대목은 이해가 가지 않았다.

송 실장은 여전히 어리둥절한 표정으로 서 있는 브이에게 나흘 동안 자신이 강구해온 최선의 방법에 대해 설명했다.

"이렇게 기사를 내도 믿을 사람만 믿고 안 믿을 사람은 안 믿을 겁니다. 하지만 현재로는 브이 씨의 이미지 훼손이 가장 적은 방법은 이 방법뿐인 것 같아요."

송 실장이 다시 한 번 고개를 숙였다.

"꽃뱀으로 있어 달라 했던 건 정말 미안합니다. 내 입장만, 연이 입장만 생각하느라 잠깐 미쳤나 봐요. 그래도 끝까지 내 입장, 연이 입장 포기 못합니다. 이번에 알았는데 내가 이렇게까지 이기적인 사람이더라구요."

양심고백 이후 송 실장의 목소리가 눈에 띄게 떨려왔다.

"그런 내가 브이 씨를 위해서 할 수 있는 최선의 선택이 이거예요. 두 사람 헤어지는 걸로… 덮읍시다. 이렇게 해야 그나마 브이 씨도 이미지 타격이 적을 거예요."

송 실장의 이야기를 듣고 서 있는 브이의 눈이 잘게 떨렸다. 혼란스러워 하는 얼굴을 알아차렸으면서도 송 실장은 이야기를 멈추지 않았다.

"지금 인터넷상에 만연하게 퍼져 있는 브이 씨에 관한 악담, 루머, 증거도 없는 헛소문. 그거 강 대표는 절대 정정 안 해요. 내버려두는 거예요. 그렇게 믿도록."

송 실장의 목소리에 힘이 실렸다.

"그러니까 그거라도 정정하자구요. 꽃뱀 아니라고만 말하면 대중들은 계속 물고 늘어져요. 거기에 '결국 헤어졌습니다'라는 마침표만 찍어주면 대중들 관심 다른 곳으로 금방 옮겨갈 겁니다. 대중들이 원래 그래요. 불같이 달려들었다가도 볼 장 다본 일에는 언제 그랬냐는 듯이 시들해져요."

부은 눈가가 다시 축축하게 젖어들었다. 브이는 흘러내리는 눈물을 손으로 닦아냈다.

"대표님이 원했던 대로 연이 이미지 불쌍하게 끌고 가면서 브이 씨 억울한 건 벗자는 거예요. 그럼 대표님도 방해는 안 할 거예요."

마지막 말을 건네는 송 실장은 죄인처럼 차마 시선을 들지 못했다.

"연이 위해서, 브이 씨 위해서. 브이 씨 얼굴도 알려졌는데 이대로는 안 되잖아요. 회사 앞에서 당한 일만 해도…. 그리고 브이 씨 아버님을 위해서도 이게 최선이에요."

현수의 이야기가 나오자마자 브이는 자리에 주저앉았다. 골목에 웅크리고 앉아 흐느껴 울었다. 최선의 방법이라는 송 실장의 말처럼 남은 선택지가 이것 하나뿐이라는 생각이 무섭도록 강하게 들었다.

누군가 잘근잘근 밟아대는 듯 욱신거리는 가슴을 두드렸다. 아무리 가슴을 치고 울어봐도 목구멍을 묵직하게 누르고 있는 이름이 나오지 않았다.

연아, 연아.

차마 입 밖으로 토해내지 못하고 가슴속으로만 되뇌었다.

강 대표는 연애계약서 기사가 터지기 전 일주일 동안의 CCTV를 모두 돌려보았다. 대표실 안에는 CCTV가 존재하지 않았지만 늦은 밤, 빅엔터를 찾은 방문객의 모습은 건물 입구에서부터 복도까지 행적이 고스란히 찍혀 있었다.

모자를 눌러쓰고 큰 점퍼를 입어 체형을 가렸지만 걸음걸이만 보아도 강 대표는 알 수 있었다. 엔터테인먼트의 대표라는 자리는 수많은 연습생들과 배우들을 관리하는 자리였다. 그 사람의 걸음걸이, 손짓, 몸짓의 태만 보아도 누구인지 쉽게 분간할 수 있었다.

강 대표는 혼잣말을 중얼거렸다.

"개새끼가 냄새를 맡았구나?"

한밤중에 회사에 들어와 대표실을 뒤진 걸 보면 무언가를 알아차린 것이 확실했다.

블랙박스 영상이 나한테 있다는 걸 알게 된 걸까. 아니면 주태호 죽음의 진실까지도 알고 있는 걸까.

강 대표의 눈이 가늘어졌다. 민형이 어디까지 알고 있는지를 알지 못하는 이상 계약서를 유출시킨 것에 대한 보복은 선불리 할 수 없었다.

"네가 아주 나를 제대로 엿 먹이는구나…."

강 대표는 CCTV 정지화면을 보며 재미있다는 듯이 웃고 있었지만 눈은 전혀 웃지 않았다.

박연은 오늘도 브이의 방 창문을 올려다보며 전화를 걸었다. 매일 찾아와도 얼굴 한 번 보여주지를 않는다. 전화를 걸어도 받지 않았다. 억지로 문을 열고 들어가 얼굴을 보고 싶어도 그러지 못했다. 미안한 마음에 감히 그러지 못했다.

오늘도 역시 통화 연결음만 길게 이어졌다. 단념하고 돌아서던 그때, 생각지 못하게 대문이 열렸다.

박연은 며칠 만에 만나는 브이를 멍하니 바라보았다. 신기루처럼 믿기지가 않는데, 그 와중에도 수척해진 얼굴이 안쓰러워서 눈시울부터 뜨겁게 달아올랐다. 브이의 앞으로 다가가 이를 악물고 말했다.

"기자회견 할 거야."

브이는 말없이 박연을 올려다보았다.

"계약서 사실이라고 밝힐 거야. 우리 사랑하는 사이라고…."

브이가 무표정한 얼굴로 박연의 말을 가로챘다.

"그걸 누가 믿어?"

박연은 생각지 못한 브이의 반응에 당황해 입을 다물었다. 눈물로 젖어든 눈이 브이만 멍하니 바라보았다. 브이는 떨리는 주먹을 꽉 움켜쥐고 말했다.

"말하고 나면요? 사람들한테 거짓말했다고 손가락질 받을 거예요? 이미지 위해서 가짜 연애질한 놈이라는 꼬리표 달 거예요?"

박연은 브이의 시선을 피하며 답했다.

"상관없어."

"상관있어. 그러면서 우리가 계속 만날 수 있을 것 같아요?"

박연이 브이를 돌아보며 소리쳤다.

"그럼 나보고 어떡하라는 거야! 이대로 너 말도 안 되는 의심받는 거 보고만 있으라고?"

부릅뜬 눈에 답답함과 미안함이 뒤섞여 있었다. 씩씩거리는 숨소리마저 떨리고 있었다. 브이는 온몸에 악이 받쳐있는 박연을 향해 더욱 냉담한 목소리로 물었다.

"우리가 애초에 왜 말도 안 되는 계약관계로 엮이게 됐는지 잊었어요?"

박연의 눈이 흔들렸다. 브이와의 연애계약은 시사회장에서 말실수로 시작되었다. 제가 기분 내키는 대로 뱉어버리는 바람에 그것을 수습하기 위해 여기까지 왔다.

브이는 흔들리는 눈동자를 보며 말했다.

"생각나는 대로 행동하는 것 좀 그만해요. 대책도 없으면서 기자회견 같은 거 하지 말라구요."

"대책도 없으면서?"

되물은 박연은 허공을 보며 마른세수를 했다. 떨리는 입술을 깨물고 북받쳐 오른 숨을 골랐다. 울음기가 섞인 숨을 내뱉는 박연을 보며 브이는 순간 울컥하려는 마음을 다잡았다.

결국 감정을 추스르지 못한 박연이 격앙된 목소리로 말했다.

"난 널 위해서…! 내 딴에는 다 포기하고 너만…! 내가 기자회견 하겠다는 게 무슨 뜻인지 몰라? 배우 인생 다 포기하고 널 선택하겠다는 거야. 그런데도 이게 생각나는 대로 행동하는 거야? 대책도 없이 구는 거야?"

진심을 다해 묻는데도 아무런 대답도 하지 않는 브이를 향해 따져 물었다.

"그럼 사람들이 저렇게 떠들게 놔둬? 넌 대체 뭘 어떻게 하고 싶은데!"

"헤어져요."

주변 공기가 일순간 싸늘해지며 고요해졌다. 언성을 높이던 박연이 말하는 법을 잊은 것처럼 빈 입술만 벙끗거렸다. 무슨 말을 들은 건지. 제가 들은 말이 무슨 뜻인지 이해하려는 듯 박연은 멍한 얼굴로 눈꺼풀만 재차 깜박였다. 고여 있던 눈물이 마른 뺨에 떨어져 내렸다.

작은 얼굴을 잔뜩 일그러트린 브이가 울먹이며 말했다.

"그만해요, 우리…."

벌어진 입술 사이로 헛웃음이 터져 나왔다. 박연은 뒷목을 주무르며 제자리를 서성였다. 당황해서 입에서는 어이없는 웃음만 터져 나오는데, 두 눈가는 자꾸만 뜨겁게 젖어들었다. 농담이 아니라는 걸 알기 때문이었다. 권브이가 헤어지잔 말을 함부로 뱉을 여자가 아니라는 걸 너무도 잘 알아서.

상황을 받아들이려는 듯 한동안 말이 없던 박연이 긴 침묵 끝에 브이를 보았다. 낮은 울먹임이 섞인 목소리로 입을 열었다.

"미안해. 내가 잘못했어."

박연은 눈물이 가득 고인 눈으로 제 잘못부터 고했다. 브이는 어린애

같은 얼굴을 보는 순간 가슴 한가운데가 무너져 내리는 것을 느꼈다. 한때 가슴에서 꽃향기가 나게 만들었던 사랑은 이제 전혀 다른 얼굴을 했다. 브이의 가슴을 악랄하게도 짓이겨 밟았다. 더 아프라고. 더 독해지라고.

브이가 고개를 숙이고 옷소매로 눈물을 훔쳐 닦았다. 박연은 그런 브이에게 차마 손도 뻗지 못하고 제 이마만 문질렀다. 손을 잡았다간 뿌리치고 멀어질 것만 같았다. 그러면 헤어지잔 말이 정말로 현실감이 들 것 같아서 도무지 잡을 수가 없었다.

“기자회견 안 할게. 생각 없이 안 굴게. 근데 헤어지는 건 아니야. 너 힘든 거 아는데…. 내가 힘들게 했고… 그리고….”

생각나는 대로 둘러댔다. 더듬거리는 입술은 말을 제대로 잇지 못했다. 당장이라도 달려가 벌 받는 어린애처럼 서 있는 박연을 끌어안고 머리를 쓰다듬어주고 싶었다. 괜찮다고, 다 괜찮을 거라고. 그러나 브이는 송 실장의 말을 떠올리며 마음을 다잡았다.

‘결국 헤어졌습니다, 라는 마침표만 찍어주면 대중들 관심 다른 곳으로 금방 옮겨갈 겁니다. 연이 위해서, 브이 씨 위해서. 이게 최선이에요.’

박연이 머뭇거리는 틈에 브이가 재빨리 입을 열었다.

“당신 잘못 아니야. 무서워서 그래.”

박연은 저를 야속하게 쳐다보는 브이의 눈을 마주했다. 브이가 박연의 눈을 똑바로 응시하며 말했다.

“당신 만나는 거 무서워.”

날계란과 밀가루를 맞고 엉망으로 서 있던 브이의 모습이 눈앞에 어른거렸다. 박연은 할 말이 없어진 입술을 턱이 떨리도록 꽉 깨물었다.

“사람들이 나한테 손가락질하는 것도 무섭고, 또 누가 어디서 날 공격할까 봐, 따라다니고 있을까 봐…. 다 무서워. 그냥… 당신 옆이 무서워졌어."

또 이렇게 일을 망치고 만다. 등신같이. 아무런 말도 하지 못하고 브이만 쳐다보던 박연이 한 걸음 다가왔다. 커다란 손이 브이의 손을 살며시 그러쥐었다. 박연은 겨우 잡은 손을 끌어당겼다. 그리웠던 작은 몸을 품에 안았다. 떨리는 호흡으로 숨을 크게 들이마신 박연이 낮게 중얼거렸다.

"차라리 나한테 질렸다고 해. 내가 못나고 찌질해서. 막상 만나보니까 별거 아니라서. …그럼 내가 뭐라도 해볼 수 있잖아."

어깨가 움츠러들도록 박연은 두 팔로 브이를 더욱 꽉 끌어안았다.

"근데… 나랑 같이 있는 게 무섭다고 하면…. 나더러 널 어떻게 잡으라고…."

울먹임이 옅게 묻어나는 목소리를 들은 브이가 눈을 질끈 감았다. 가까스로 참고 있던 울음이 금방이라도 터질 듯했다.

어떡하지…. 못 참겠어. 더는 못 참겠다. 말하고 싶다. 당신만 있으면 무서울 건 없다고. 다만 당신이 다칠까 봐, 아플까 봐, 그게 걱정이 된다고 말해주고 싶다.

브이가 자꾸 벅차오르는 가슴을 더 이상 견디지 못하고 박연의 허리를 마주 안으려는 찰나였다. 성큼성큼 다가온 기범이 박연의 어깨를 돌려세웠다.

"그럼 잡지 마, 새끼야!"

악을 지르며 박연의 얼굴로 주먹을 휘둘렀다. 둔탁한 소리와 함께 얼굴이 돌아간 박연이 바닥에 넘어졌다. 기범이 박연의 멱살을 쥐고 일으켜 세웠다. 거침없이 두 번째 주먹을 날리며 소리쳤다.

"네가 지킨다며!"

갑작스러운 기범의 주먹질에도 박연은 브이만 보았다. 브이는 휘청거리는 박연을 안쓰럽게 바라보았다.

기범이 주먹을 다시 높이 치켜들었다.

"애가 얼마나 힘들어했는지 알아?"

"기범아…!"

"놔!"

달려들어 저를 말리는 브이를 뿌리쳤다. 브이가 힘없이 뒤로 밀려나는 찰나 박연과 눈이 마주쳤다. 희망의 끈을 놓지 않은 시선이 고스란히 느껴졌다.

우리 헤어지는 거 아니지? 그냥 힘들어서 한 말이지? 안 갈 거지?

브이는 저를 향해 끈질기게, 간절하게 물어오는 시선을 피해 고개를 돌렸다. 송 실장의 말처럼 박연에게도, 자신에게도 이것이 최선이리라. 독하게 먹은 마음만큼 세게 깨문 아랫입술이 아파왔다.

박연은 시선을 피해버린 브이를 보며 넋이 나간 얼굴을 했다. 믿기지 않는 얼굴이었다. 그런 박연을 향해 기범이 이를 악물고 말했다.

"네가 조금이라도 괜찮은 놈이면, 진심으로 브이를 생각하는 놈이면… 브이한테 못 매달려. 지금 이 꼴이 누구 때문에 일어났는데? 이렇게 매달리는 자체가 넌…!"

기범은 허공으로 치켜든 주먹을 내려치는 대신 박연의 멱살을 던지듯 놓았다. 그리고는 바닥에 넘어진 채 브이만 보고 있는 박연에게 분노에 찬 목소리를 뱉었다.

"개선의 여지가 없는 개새끼라는 증거야."

기범은 우두커니 서 있는 브이를 데리고 집으로 들어갔다. 대문이 닫히자마자 브이는 제 어깨를 감싸고 있는 기범의 손을 밀어내고 곧장 방으로 향했다. 침대에 엎어져 조금 전 보았던 박연처럼 어린애같이 얼굴을 일그러트리고 울음을 터트렸다.

불 꺼진 방 안에서 며칠간 가까스로 참아냈던 설움을 쏟아내기 시작했다. 그러자 이제야, 목구멍에 걸려서 나오지 않던 이름이 토해져 나왔다.

"연아… 연아…!"

베개를 끌어안고 어린애처럼 울부짖었다. 자신을 바라봐주던 다정한 눈. 어루만져주던 따뜻한 손. 안아주던 너른 품. 자신을 채웠던 박연의 모든 것들이 서러운 울음과 함께 모두 빠져나가고 있었다. 사라지고 있었다.

'지금 잡은 내 손, 더 꽉 잡아. 안 놓치게.'

박연의 목소리를 떠올리며 브이는 아프게 고개를 저었다. 놓쳤다. 놓아버렸다. 질끈 감은 눈에서 눈물이 쉴 새 없이 흘러나왔다.

'사랑해, 브이야.'

"사랑해요…. 나도 사랑해…."

제대로 몇 번 전해본 적 없는 사랑을 뒤늦게야 울먹였다.

정신없이 울기만 하던 브이는 서둘러 송 실장에게 전화를 걸었다. 떨리는 손을 재촉했다. 전화가 연결되자마자 흐느껴 울며 말했다.

"실장님, 헤어졌어요. 실장님이 시키신 대로 했어요. 그러니까 연이… 연이 부탁 좀 드릴게요…."

시간이 더 지나버리면 이 말을 할 자신이 없었다. 끊긴 핸드폰을 붙들고 베개에 얼굴을 파묻었다. 금세 베갯잇이 뜨겁게 젖어들었다.

방문 밖에 선 기범이 노크를 하려던 손을 내렸다. 울음소리가 어찌나 서러운지. 이름을 부르는 목소리가 얼마나 애타는지. 기범은 브이의 방문 밖에 웅크리고 앉아 끅끅 흐느껴 우는 소리를 가만히 들었다.

'워너비 커플, 꽃뱀 마녀사냥 끝에 결별'

브이가 소연의 품에서 나와 현수에게 달려갔다. 현수와 웃으며 대화를 하는 브이를 멀찍이서 지켜보던 소연이 조용히 중얼거렸다.

"은퇴할 때보다 더 걱정되네…."

택시가 브이의 집 앞에서 급정거를 했다. 택시에서 내린 박연은 브이의 집 대문을 두드렸다. 잠겨 있어야 할 문이 힘없이 열렸다. 그때 브이네가 떠난 자리를 마저 정리하던 집주인이 안으로 들어서려는 박연을 알은체해왔다.

"무슨 일이에요?"

"아, 여기…."

박연이 말을 다 꺼내기도 전에 집주인이 답했다.

"이 집에 사람 없어요. 방금 보증금 받고 집 뺐어요."

"집을 나갔다고요?"

"테레비 나오는 탤런트 아니에요? 그럼 그쪽이 더 잘 아시겠구만. 사정이 딱해서 나도 부랴부랴 보증금 마련하느라 힘들었어요. 이 집 딸이 그럴 사람이 아닌데 테레비에서는…."

박연은 집주인의 이야기를 다 듣지도 않고 도장을 향해 달리기 시작했다. 집에서 멀지 않은 도장까지, 쉬지 않고 골목을 내달렸다.

"브이야…. 브이야…. 권브이…."

턱밑까지 숨이 차오르도록 달리면서도 브이의 이름을 쉬지 않고 중얼거렸다. 제 스스로에게 거는 주문과 같았다. 늦지 않았을 거다. 거기 있을 거다. 떠나지 않을 거다. 바람이 담긴 중얼거림이었다.

급히 달려오는 발소리가 울렸다. 도장 차량에서 마지막 짐을 내리던 브이가 동작을 멈추고 돌아보았다. 땀에 젖은 머리칼과 물기 어린 두 눈. 뱉은 숨을 토해내는 입술. 크게 오르내리는 어깨. 떨고 있는 손. 브이는 눈앞에 나타난 박연을 천천히 훑어보았다.

한달음에 달려온 것과는 달리, 박연은 느린 걸음으로 브이의 앞으로 다가갔다. 박연이 무어라 입을 떼기도 전에 브이가 먼저 차갑게 물었다.

"왜 왔어요?"

"너랑 안 헤어질 거야. 우리 안 헤어져."

박연이 두 눈을 똑바로 쳐다보고 말하는 순간, 브이는 가슴이 철렁했다. 심장이 발밑에 뚝 떨어지는 줄 알았다. 박연에게 헤어지자 말했을 때에도 갑자기 나타난 기범이 주먹을 휘두르지 않았다면 브이는 박연을 끌어안고 울었을 것이다. 그러나 언제까지 흔들릴 수는 없었다. 마음을 더욱 독하게 먹어야 했다. 그게 최선이니까.

한 걸음 더 다가오려는 박연에게 브이가 미간을 구기고 소리쳤다.

"왜 사람을 이렇게 끝까지 비참하게 만들어요? 내 입으로 말하기 자존심 상해서 말 안 하려고 했는데…!"

브이에게 다가가려던 박연이 자리에 우뚝 멈춰 섰다. 브이는 제 얼굴만 보고 있는 박연을 향해 눈을 치떴다. 커다란 눈망울에 눈물이 그렁그렁 고였다.

"당신 만나기 무섭다는 건 핑계야."

"뭐?"

떨리는 목소리로 되묻는 박연을 똑바로 쳐다본 브이가 힘주어 말했다.

"당신 대표가 빚 갚아줬어. 그래서 나 당신 못 만나."

"내가 갚아주는 건 싫다고 했으면서… 대표한테 돈을 받았다고? 네가?"

박연은 전혀 믿지 않는 얼굴이었다.

"거짓말하지 마. 너 지금 나 밀어내려고 그러는 거잖아. 나 이해 하나도 안 돼. 아무리 생각해도 이해가 안 간다고!"

답답한 마음에 소리를 지르는 박연의 눈에서 먼저 눈물이 떨어져 내렸다. 박연이 울음기 섞인 숨을 거칠게 뱉어내며 말했다.

"힘들고 무서운 거 알아. 근데 내가 아는 넌…! 그런 이유로 날 떠날 애 아니야. 나랑 헤어지려는 진짜 이유가 뭔데!"

"내가 그런 애더라구요."

브이의 말은 더 이상 듣지 않겠다는 듯이 박연이 고개를 저으며 다가섰다.

"나 버리지 말라고 했잖아."

'누굴 이런 식으로 좋아해본 적 없어. 난 이젠 너 없으면 안 돼. 그러니까 넌 나 버리면 안 돼.'

언젠가 침대에서 애틋하게 속삭이던 목소리를 떠올린 브이가 흠칫 몸을 떨며 뒤로 물러났다. 그러나 박연은 다시 한 걸음 다가왔다.

"나 더 좋은 남자로 만들어준다고 했잖아…."

'네가 가르쳐줘. 배울게. 네가 좋은 남자로 만들어줘.'

브이는 귓가에 맴도는 목소리를 떨쳐내려 도리질 쳤다. 그러나 박연은 차갑게 돌아서는 주인의 등 뒤를 쫓는 개처럼 반걸음 더 다가왔다.

"네가 가르쳐주기로 했잖아…."

"가라구…!"

이를 악문 브이가 주먹으로 박연의 가슴을 밀쳐냈다. 박연은 제 가슴팍을 밀쳐내는 주먹질을 받아내며 울먹였다.

"지금 난…. 너 없으면 안 된단 말이야…."

매달리는 박연에게서 떨어져 나온 브이가 크게 숨을 들이마셨다. 울음을 참느라 붉어진 얼굴을 하고 박연을 보았다. 최대한 담담해 보이려 안간힘을 썼다. 한참 만에 흐느낌을 잠재운 브이가 낮게 억눌린 목소리로 말했다.

"못 믿겠으면 대표님한테 직접 물어봐요."

말을 마친 브이가 왼손을 더듬었다. 빅엔터에서 받았던 커플링을 우악스럽게 빼냈다. 브이는 이별에 쐐기를 박듯 커플링을 박연의 눈앞에 던졌다. 날카로운 소리를 내며 바닥으로 떨어진 커플링이 두 사람 사이를 굴러갔다. 박연은 믿기지 않는 얼굴로 떨어진 커플링을 주워들었다.

브이는 말없이 반지만 만지작거리는 박연을 두고 도장으로 들어가버렸다. 다리가 후들거려 금방이라도 주저앉을 것만 같았다.

빅엔터의 대표실 문이 쾅, 소리를 내며 열렸다. 책상에 앉아 집무를 보던 강 대표가 문을 돌아보았다. 한눈에 보아도 위험해 보이는 박연의 등장을 예상했다는 듯이 태연히 지켜보았다.

대표실 안으로 들어온 박연은 강 대표의 책상 앞에 서서 본론부터 꺼냈다.

"권브이한테 돈 줬어요?"

강 대표가 짧게 고개를 끄덕였다.

"왜!"

박연이 책상을 내려치며 위협적으로 소리쳤다. 자리에서 일어선 강 대표가 바지주머니에 손을 넣고 박연을 보았다.

"왜 줬는지가 중요하냐? 받았다는 게 중요한 거야."

박연의 눈빛이 크게 흔들렸다.

"그럴 사람 아닌 것 같지? 범법자 지인이라는 사람들 인터뷰 봐라. 하나같이 그럴 사람으로 안 보였다고 해."

강 대표의 시선이 고개를 숙이고 서 있는 박연을 천천히 훑었다. 콱 틀어쥔 주먹이 눈에 띄게 떨고 있었다. 강 대표는 낮은 어조로 말했다. 조언 내지는 경고였다.

"우리 같은 연예계 종사자들만 연기하고 사는 줄 아니? 세상 사람들 다 연기하고 살아. 민낯은 아무도 모르는 거야."

강 대표의 목소리를 들으며 박연은 두 눈을 힘주어 감았다. 사랑한다고 말하던 사람이 차갑게 돌아서는 상황. 낯설지 않았다. 자신의 아버지가 제게 그랬듯이.

…너도 나를 버렸어?

굳게 닫은 눈꺼풀 아래로 굵은 눈물방울이 떨어졌다.

죽은 듯 늘어져 있던 손가락이 꿈틀거렸다. 박연은 소파에 엎어진 채 눈을 떴다. 어둠에 잠긴 거실을 둘러보았다. 빈 술병들로 어질러진 바닥을 보고서야 조금 전까지 제 몸을 따스하게 어루만지던 손길이 술김에 꾼 꿈이었음을 깨달았다.

술에 취하고, 술기운을 빌어 브이의 꿈을 꾸고, 잠시 행복에 겨워하다가 눈을 뜬 뒤에야 현실을 자각하는 끔찍한 순간을 며칠 째 반복 중이었다.

무거운 몸을 일으켜 앉았다. 머리가 물 먹은 솜처럼 무거웠다. 묵직한 두통을 호소하는 머리를 붙잡고 눈을 깜박여보았다. 정신이 들기를 기다렸다는 듯이 뜨거운 눈물줄기가 콧잔등을 타고 흘렀다.

박연은 고개를 숙이고 앉아 두 손바닥으로 얼굴을 덮었다. 마르지도 않고 뜨겁게 젖어드는 눈가를 손바닥으로 꾹꾹 눌렀다.

혼잣말을 중얼거리는 박연의 목소리가 적막한 거실을 울렸다.

"술 깨자마자 우냐…."

까칠하게 상해버린 얼굴을 몇 번 문지르다 일어섰다. 욕실로 향하는 발끝에 빈 술병이 아무렇게나 채였다. 비틀거리며 욕실에 들어서자 거울 속 제 얼굴이 먼저 비쳤다. 볼품없는 모습이었다.

그때 차가운 눈으로 자신을 향해 말하던 브이의 목소리가 불현듯 귓가에 울렸다.

'당신 대표가 빚 갚아줬어. 그래서 나 당신 못 만나.'

브이의 목소리 위에 강 대표의 음성이 덧입혀졌다.

'받았다는 게 중요한 거야.'

거울 속 얼굴을 멍하니 바라보던 박연의 주먹이 부들부들 떨렸다. 그것도 몰랐냐는 듯이 쳐다보던 강 대표의 얼굴이 거울 속에 나타났다.

'그럴 사람 아닌 것 같지?'

비웃음이 담긴 강 대표의 얼굴은 곧 브이의 얼굴로 바뀌었다. 거울 속 브이는 냉담한 미소를 띠우고 박연을 향해 말했다.

'내가 그런 애더라구요.'

거울을 노려보던 박연의 얼굴이 순식간에 일그러졌다. 욕실 선반에 놓인 화장품들을 잡히는 대로 집어던졌다. 그리고도 분이 풀리지 않는 듯이 악을 지르며 주먹을 내질렀다.

"왜!"

금이 간 거울 유리를 향해 정확히 휘두른 주먹에서 붉은 피가 흘러내렸다.

'사람이 이렇게 따뜻할 수도 있구나. 그래서 나 같은 놈까지 따뜻하게 만들기도 하는구나. 너 만나고 알았다.'

브이를 안고 속삭이던 제 모습이 유리 파편에 비쳤다. 박연은 바닥으로 쏟아진 거울 조각들을 내려다보며 소리쳤다.

"병신 같은 새끼…!"

'날 이렇게 만드는 네가 무섭고 좋아.'

아무것도 모르고 좋다고 떠들기만 했다. 바보처럼 너를 안고, 또 안고. 네가 무슨 생각을 하고 있는지, 네 마음이 어디로 가고 있는지 알지도 못하면서 뭐가 그렇게 좋다고…. 저를 버리려는 줄도 모르고.

붉은 핏방울이 찢어진 주먹을 타고 발등으로 톡톡 떨어졌다.

'웬만하면 얼굴 보이지 마라. 보고 싶지 않다.'

어린 저를 떠나던 아버지의 목소리가 가슴을 후볐다. 끝까지 붙잡던 자신을 밀어내고 차갑게 돌아서던 아버지의 뒷모습을 떠올린 박연이 흔들리는 눈을 치켜떴다. 결국 이번에도 형편없이 버려졌다.

또 이 모양 이 꼴이다. 지긋지긋하게. 너를 만나 달라졌다고, 나도 달라질 수 있다고 생각했는데….

거울 깨지는 소리가 문밖까지 날카롭게 울렸다. 아무래도 상태가 영 위험한 배우님을 감시하라는 송 실장의 지시로 문밖을 서성이던 영범이 화들짝 놀랐다. 난장판이 된 욕실을 발견한 영범이 울먹이며 달려들었다.

"형, 형님!"

울부짖는 박연을 영범이 뒤에서 끌어안았다. 술을 얼마나 마셨는지 머리가 어찔할 정도로 술 냄새가 풍겨왔다. 영범은 손아귀에서 벗어나려 발버둥치는 박연을 더욱 세게 안았다.

"지긋지긋하다고…!"

박연은 붉어진 얼굴에 핏대가 서도록 악을 질렀다. 계속되는 고함소리에 영범과 함께 보초를 서던 신입 매니저들이 뒤늦게 뛰어 들어왔다. 피 범벅이 된 손에 찬 물수건을 둘렀다.

깨진 유리 조각과 핏방울들로 어지러운 욕실 한가운데에 서서 씨근거리던 박연이 고단한 숨을 탁 뱉어냈다. 온몸에 힘이 빠져나갔다. 휘청거리는 순간 커다란 키가 뒤로 넘어갔다. 영범이 재빨리 쓰러지는 박연을 붙들어 안았다.

영범이 박연을 들쳐 업고 정원을 가로질렀다.

"브이야…. 권브이…."

박연은 응급실로 향하는 차 안에서도 연신 한 사람의 이름만 중얼거렸다. 긴 악몽 속을 헤매는 사람처럼 감긴 눈이 뜨겁게 떨렸다.

'배우 박연으로 추정되는 사진, 누리꾼 통해 SNS 일파만파'

'한밤중 응급실행, 왜?'

'실연 충격으로 자살기도 의혹'

송 실장은 인상을 팍 쓰고, 인터넷에 올라온 기사들을 빠르게 넘겼다. 지난 새벽, 영범에게 업혀 응급실에 들어가는 박연을 찍은 사진이 인터넷에 퍼지며 기사화되었다. 박연은 하루아침에 실연의 상처로 자해까지 벌인 세상에 둘도 없는 순정남이 되어있었다.

송 실장은 침대에 누워 있는 박연을 돌아보았다. 핏기 없이 하얀 얼굴은 붕대가 감긴 오른손이 아닌 왼손을 내려다보고 있었다. 박연의 손가락에는 아직 커플링이 빛나고 있었다.

송 실장은 부러 핀잔 섞인 목소리를 냈다.

"주먹이라도 깨지니까 속이 시원하냐?"

박연이 더 듣기 싫다는 듯 이불을 머리 위로 뒤집어썼다. 이불 속에 누워 고요하기만 한 핸드폰을 노려보았다.

안 온다. 전화도, 문자도. 기사를 봤을 텐데.

신경질적으로 눈을 감았다. 이불 속에서 꼼짝 않는 박연을 착잡한 표정으로 지켜보던 송 실장이 방을 나왔다.

테라스로 나온 송 실장은 담배를 꺼내어 물며 브이에게 전화를 걸었다. 통화버튼을 누르자마자 기다렸다는 듯이 전화가 연결되었다.

-브이 씨, 기사 보고 놀랐죠?

브이가 귓가에 붙인 핸드폰을 두 손으로 꼭 붙들었다. 그리고는 아침부터 정신을 멍하게 만들었던 박연의 기사에 대해 묻기 시작했다.

"많이 다친 거예요? 기사에서는 몇 바늘이나 꿰맸다고 하던데…. 사진 보니까 피도 막 나고, 또…."

-기사가 과장되게 났어요. 그냥 손 좀 다친 거예요.

"실장님, 연이 지금 병원에 있는 거예요? 어디 병원이에요?"

브이는 당장이라도 병원으로 찾아갈 것처럼 도장 사무실을 나왔다. 그런 브이의 모습이 보이기라도 하는 듯 핸드폰 너머의 송 실장이 단호하게 말했다.

-오지 마세요.

도장 밖으로 뛰어나가려던 걸음을 멈춘 브이가 멍하게 눈을 깜박였다. 이내 당황한 얼굴로 중얼거렸다.

"아, 그게… 걱정이 돼서 저도 모르게…."

-브이 씨도 힘들게 마음먹은 거잖아요. 앞으로 연이 소식 듣게 되더라도 오늘처럼 참아주세요. 고맙고 미안해요. 그만 끊을게요.

통화가 끊긴 핸드폰을 귓가에서 내렸다. 도장 문을 도로 닫는 브이의 코끝이 금세 빨갛게 물들었다. 커다란 눈망울에 눈물이 차올랐다. 도장 앞까지 찾아와 매달리던 박연의 마지막 모습이 눈앞에 어른거렸다.

'지금 난 너 없으면 안 된단 말이야.'

울먹이는 목소리를 떠올린 브이가 메인 목소리로 웅얼거렸다.

"나도 그래애…."

보고 싶고, 걱정되고, 미안한데 곁에 없으니 아무것도 해줄 수가 없다.

눈물이 번진 눈가를 문질러 닦으며 돌아서는 그때, 현수가 도장으로 들어섰다. 재빨리 코를 훌쩍인 브이가 울음기를 감추고 현수를 돌아보았다.

"아빠, 아침부터 어디 다녀와요?"

웃으며 묻는 브이에게 대꾸하는 대신, 현수는 텅 비어 있는 도장을 둘러보았다. 주말 낮이면 일반회원들은 물론 초등부 수업이 한창이어야 했다. 그러나 브이의 사채 관련 기사가 터지면서 뚝 끊긴 회원들의 발걸음은 쉽게 돌아오지 않았다. 그나마 다행인 것은 아직까지 현수는 자신의 사채 빚이 동네에 소문나는 바람에 회원들의 발걸음이 뜸한 줄로만 알고 있다는 것이었다. 하나뿐인 제 딸이 사채 빚 때문에 전 국민에게 꽃뱀으로 오해를 받았다는 사실까지 알게 되면, 금방이라도 또 쓰러질지 모를 일이었다.

한참 동안 말없이 도장을 천천히 돌아보던 현수가 담담한 표정으로 입을 열었다.

"도장 처분하려고 알아보고 오는 길이야. 빚 먼저 갚을 수 있는 만큼 갚아야지."

평생 해온 도장을 정리하겠다는 얼굴이 하도 담담해서 브이를 더욱 속상하게 만들었다. 도장만큼은 지키고 싶었다. 이곳에 현수의 태권도 인생이 다 들어 있었다. 브이 역시 현수를 따라 도장을 드나들며 태권도를 시작했으니 브이의 추억도 도장 곳곳에 묻어 있었다.

조금 전 겨우 감췄던 눈물이 브이의 두 눈가에 그렁그렁 맺혔다. 현수는 애써 담담한 자신 대신 눈물을 보이는 브이의 머리를 쓰다듬으며 말했다.

"아빠는 괜찮아. 근데 사채업자들이 너무 조용한 게 마음에 걸린다."

훌쩍이며 눈물을 훔치던 브이가 눈을 동그랗게 떴다. 변 이사가 강 대표에게 돈을 받기로 한 사실을 모르는 현수로서는 이상하게 생각할 법도 했다.

브이가 고개를 저으며 둘러댔다.

“내, 내가 갚는다고 했어요.”

현수가 놀란 얼굴로 브이를 돌아보았다.

“사채업자들이 널 찾아왔어?”

“딱 한 번이요! 다른 일을 해서라도 꼭 갚겠다고 말했더니 이젠 안 오나 봐요.”

브이가 둘러대며 화제를 돌렸다.

“도, 도장도 정리하니까 내일부터는 일자리 알아봐야겠어요.”

말까지 더듬거리는 브이를 눈치 채지 못했는지 현수가 겸연쩍은 얼굴을 했다.

“못난 아빠 때문에 우리 딸이 고생이다. 아빠도 도장 정리 되는 대로 공사판이라도 뛸게.”

현수가 두 눈에 의지를 불어넣었다. 하나뿐인 딸을 엄마 없이 국가대표로 키워내지 않았던가. 딸의 속을 썩이는 일은 이제 그만 해야 했다. 정신 차리고 이 난관을 극복하고, 아빠로서 강인하고 듬직한 모습을 보여줘야 했다.

도장 정리와 함께 새로이 마음가짐을 다잡은 현수는 브이를 끌어안았다.

“멋지게 다시 일어서는 모습, 아빠가 먼저 보여줄게.”

브이는 많이 여려진 아빠의 품에 안겨 조용히 고개를 끄덕였다.

집을 비우고 도장으로 거처를 옮긴 후 매일 아침, 도장 바닥에 깔아둔

훈련용 매트에서 눈을 뜨는 것이 일과가 되었다. 브이는 어느덧 어깨 길이를 넘은 머리칼을 질끈 묶고 일찍이 도장을 나섰다. 현수에게 말했던 것처럼 일자리를 구하기 위해서였다.

강 대표 돈으로 사채 빚을 갚게 되면 난 정말로 꽃뱀이 되는 거야. 내 힘으로 내가 갚아야 돼.

브이는 전의를 불태우는 얼굴로 당당하게 걸음을 옮겼다. 변 이사는 강 대표에게 받겠다고 했지만 무슨 수를 써서라도 꼭 제 손으로 갚아야 했다. 그래야 박연에게도 부끄럽지 않을 수 있었다.

구직시장에 뛰어든 브이가 가장 먼저 찾은 곳은 옆 동네의 다른 태권도장들이었다. 젊은 남자 관장은 이력서와 브이를 번갈아보았다.

"경력은 좋으신데…."

국가대표까지 지냈던 브이의 경력은 견줄 데가 없었지만 관장은 탐탁지 않은 얼굴로 턱을 문질렀다. 결국 관장이 이력서를 돌려주며 말했다.

"솔직히 인터넷이랑 TV에 난리였잖아요. 루머라고 판명 났지만 결국 그 소문 때문에 본인 도장도 문 닫으셨다면서요. 그런 분이 우리 도장에서 일하시겠다고 하면 저희로서는 고용하기 어렵죠."

브이는 박연과 관련된 꽃뱀 루머 이야기를 꺼내는 관장에게 더 부탁해볼 엄두도 내지 못했다. 고개를 꾸벅 숙이고 돌아섰다.

근처 태권도장들을 순회한 브이가 다음으로 향한 곳은 급여가 세다는 물류창고였다. 그러나 물류창고는 더욱 만만치 않았다. 창고반장은 이력서도 받아주지 않고 손부터 내저었다.

"여긴 힘쓰는 데야. 여자는 안 구해!"

"제가 오랫동안 운동을 해서 힘 좀 써요!"

"에이, 여자는 안 써!"

더 들을 필요도 없다는 듯이 소리친 창고반장이 머리 높이까지 화물이 쌓인 수레를 밀며 바쁘게 지나갔다. 브이는 호기롭게 들어선 물류창고에서도 돌아서야 했다.

물류창고에서 쫓겨난 뒤로는 식당을 찾았다. 길 건너에 2호점이 있을 정도로 손님이 붐비는 큰 식당에는 여자 직원들이 심심치 않게 보였다.

식당 사장은 카운터에 턱을 괴고 서서 이력서를 가만히 들여다보았다.

"주방은 베테랑 이모님들이 맡고 계시고…. 29살 여자라…."

브이를 흘끗 쳐다본 사장이 고개를 갸웃거리며 말했다.

"이게 나이가…. 어리고 예쁜 대학생 애들이 얼마나 빠릿빠릿하게 일을 잘하는데. 우리가 29살 권브이 씨를 왜 써야 되지?"

"성실하게 하겠습니다!"

브이가 씩씩하게 소리치며 허리를 숙였다. 사장은 난감한 표정을 지었다. 그때 식당 홀을 정리하던 여자 알바생이 다가와 사장의 귓가에 무어라 속닥거렸다. 그러자 사장이 눈을 씰룩이며 브이를 위아래로 훑었다.

브이가 여자 알바생과 사장의 눈치를 살폈다.

"최근에 안 좋은 일로 얼굴이 알려졌어요?"

"아, 그게 어떻게 된 거냐면요…."

브이가 해명을 하기도 전에 여자 알바생이 나섰다.

"잡아뗄 생각하지 마세요. 제가 연이 오빠 팬질만 5년째거든요?"

세모눈을 뜨고 노려보는 여자 알바생의 태도를 보자 여기서 일자리를 구한대도 평탄하진 않을 듯했다. 브이는 깊은 한숨을 쉬며 입을 다물었다.

연이어 들어간 식당에서도 비슷비슷한 이유로 퇴짜를 맞았다. 어느덧 어둑해진 하늘을 올려다보며 터덜터덜 걸음을 옮겼다.

"빨리 돈 벌어야 하는데…."

운동만 하고 살아왔는데 일자리를 구하려니 막막하기만 했다.

'최근에 안 좋은 일로 얼굴이 알려졌어요?'

'솔직히 인터넷이랑 TV에 난리였잖아요. 저희로서는 고용하기 어렵죠.'

오늘 하루 동안 일자리를 구하기 위해 돌아다니면서 들었던 말들이 귓가를 맴돌았다. 힘없는 걸음을 걷던 브이가 제자리에 멈췄다. 허전한 왼손 네 번째 손가락을 내려다보았다. 반지 자국이 아직 선명했다. 목구멍부터 가슴 언저리가 답답하게 꽉 메여왔다. 눈물로 인해 시야가 금세 뿌옇게 흐려졌다.

두 눈에 힘을 주고, 울음을 쫓으려 고개를 저었다.

"권브이…. 언제까지 울래…."

혼잣말을 중얼거린 브이가 하늘을 올려다보며 심호흡을 했다.

새로운 예능프로그램 '전원일기'의 첫 촬영을 앞두고 사전미팅을 위해 서울 모처 식당에 모였다. 계약설과 사채설이 맞물리며 꽃뱀 이야기까지 나도는 바람에 박연의 출연계약 파기를 놓고 잠시 윗선들의 반대가 있었다. 그러나 모든 것은 루머로 무마되고, 결국 정 피디의 뜻대로 박연의 단독 출연으로 최종 결정이 났다.

연출팀에서는 정 피디와 조연출 소연이 메인작가 한 명을 대동하고 약속 장소에 나왔다. 새 프로그램의 유일한 출연자인 박연은 송 실장과 함께였다.

소연은 박연과 얼굴을 마주하기가 껄끄러워 미팅 내내 눈치만 살폈다. 정 피디와 송 실장만이 껄껄 웃으며 대화를 주고받았다.

"그 지역 어르신들께 농사일도 배우고, 자급자족하는 프로그램이니까 저희 생각에는 박연 씨가 잘하실 거라 생각해요. 우리 박연 씨의 인간적인 모습은 인도에서 봤잖아요."

정 피디는 술이 한두 잔 들어가자 굳이 꺼내지 않아도 될 이야기를 꺼냈다. 소연이 그런 정 피디의 옆구리를 쿡 찔렀다.

맞은편에 앉은 박연은 처음 식당에 들어설 때부터 오늘의 만남이 달갑지 않다는 듯 내내 손만 들여다보고 있었다. 한밤중 응급실행으로 사람 여럿 놀라게 만들었던 그 손이었다. 지금은 반창고 정도만 붙이고 있었다.

한 달이 지났다. 브이와 헤어진 후로.

소연의 시선이 박연의 왼손으로 옮겨갔다. 박연의 왼손은 이제 브이의 왼손처럼 깨끗했다. 반지 자국마저 사라지고 없었다.

송 실장이 웃으며 정 피디에게 악수를 건넸다.

"모쪼록 잘 부탁드립니다."

정 피디가 송 실장의 손을 마주잡기도 전에 박연이 드륵, 의자를 밀고 일어섰다. 무표정한 얼굴로 먼저 룸을 나가버리는 박연을 보며 송 실장이 한숨을 쉬었다. 벌떡 일어나 박연의 뒤를 쫓는 송 실장을 소연이 돌아보며 혀를 찼다.

"씨바견 인성 어디 안 갔네."

"힘들어서 저래. 원래 이별하고 나면 여자들은 금방 잊어도 남자는 이별 후유증이 오래 가. 권브이 씨랑 헤어지고 한 달 됐나? 이때가 한창 힘들 때지."

기사에 드러나지 않은 사정은 알지도 못하면서 속편하게 얘기하는 정 피디를 향해 소연이 눈을 흘겼다.

"선배님. 언젠가부터 은근히 씨바견 편드는 거 아세요?"

모르겠다는 듯이 어깨를 으쓱인 정 피디가 남은 술을 홀짝였다.

박연을 따라 식당 룸을 뛰어나온 송 실장이 머리를 벅벅 긁었다. 박연은 이미 주차장으로 나와 차 앞에서 문을 열기를 기다리고 있었다.

송 실장은 사전미팅을 올 때부터 참고 있던 말을 꺼냈다.

"기왕 찍는 거 좋게 하면 안 되냐? 좀 웃고?"

문이 닫힌 차만 보고 서 있던 박연이 송 실장을 향해 돌아섰다. 서늘한 눈동자가 송 실장을 똑바로 쳐다보았다.

"누가 좋아서 여기 있는 줄 알아? 누가 이딴 거 찍고 싶대?"

"찍기 싫으면 안 찍을 거야? 지금 들어오는 작품 하나도 없어. 그나마 이거. 일 터지기 전에 계약한 건이라 겨우겨우 잡은 스케줄이야. 근데 네가 그렇게 싫은 티 팍팍 내고 앉아 있으면 내가 뭐가 돼?"

송 실장의 말을 잠자코 듣고 있던 박연이 미간을 찌푸리며 소리쳤다.

"그냥 찍기 싫어! 여기 오기도 싫었어! 난 죽을 맛인데 다들 뭐가 좋아서 하하, 호호야? 내가 이렇게 된 게 좋아? 내가 이렇게 된 게 즐거워? 대체 뭐가 그렇게 좋은 건데?"

씨근대는 숨을 몰아쉬는 박연을 달래듯 송 실장이 팔을 잡았다. 그러나 박연은 송 실장의 손을 뿌리치고 말했다.

"그래, 이딴 개고생 예능? 찍을 거면 찍어. 망가지면 되는 거야? 그럼 저번처럼 사람들이 다시 나 좋아해준대? 그럼 찍어. 근데…!"

씩씩거리는 얼굴이 순간 일그러졌다. 박연이 울먹이며 중얼거렸다.

"걔가 없잖아…. 이젠 권브이가 없다고, 형."

박연은 송 실장에게 시선을 고정한 채 손을 뻗어 식당을 가리켰다.

"저기 앉아 있는 피디, 조연출 전부 다. 자꾸 걔 생각나게 만들잖아. 그래서 웃음이 안 난다고. 근데 왜 자꾸 웃으래!"

송 실장은 지끈대는 이마를 짚었다. 박연의 오른손에 난 상처처럼 전부 다 아물어가는 줄 알았다. 부쩍 말수가 없어지긴 했지만 잊어가는 중이라 생각했다. 아니면 죄책감에 그냥 그래주길 바랐던 건지.

다 내 업이다, 업.

송 실장은 열 받은 표정으로 서 있는 박연을 차에 태웠다.

트렁크 가방을 들고 아기자기한 원룸에 들어섰다. 맨발로 뛰어나온 소연이 브이의 트렁크 가방부터 받아들었다.

한 달 만에 도장을 정리하고, 브이는 당분간 소연의 자취방에서 신세를 지게 되었다. 빚 때문에 힘들어하는 브이에게 선뜻 돈을 빌려주지 못한 게 내심 마음에 걸렸다. 그러던 중에 잠시 신세를 지겠다는 브이를 소연은 두 팔 벌려 환영했다.

"잘 왔어."

환영 인사와 함께 브이의 엉덩이를 장난스럽게 두드렸다. 곧장 짐을 풀고 조촐한 환영식을 가졌다. 안주삼아 배달시킨 곱창볶음에 소주를 한 잔씩 넘겼다. 입에서 절로 크으, 하는 추임새가 터져 나왔다.

소연이 안주를 우물거리며 물었다.

"아부지는 어디서 지내신대?"

"당분간 지방에. 아는 분이 일자리 소개해주셨나 봐."

흘깃, 브이의 눈치를 살핀 소연이 잔을 채우며 물었다.

"너는? 일자리 구하는 건 잘 돼?"

브이는 소연이 채운 잔을 한 입에 털어 넣었다. 어깨를 움츠리고 몸을 부르르 떨었다. 콧잔등이 시큰해지도록 퍼지는 술기운이 좋은 듯, 싫은 듯 했다. 브이가 무릎을 품으로 끌어안으며 말했다.

"나이는 찼고, 운동 말고는 할 줄 아는 것도 없잖아. 그 흔한 컴퓨터 자격증도 없고…. 써주는 데가 없더라."

소연이 브이의 손을 잡았다. 부릅뜬 눈이 꽤 믿음직했다.

"걱정 마. 이 언니가 방송국에 알바 자리 한번 알아볼게."

소연은 피식 웃어버리는 브이를 안쓰럽게 바라보았다.

얘 괜찮은 건가? 박연은 날이 바짝 서 있던데….

소연은 얼마 전 사전미팅에서 박연을 만난 뒤로 마음이 뒤숭숭해졌다. 브이가 워낙 힘든 내색을 하지 않으니 어떤 일이 있었는지 한 달 만에 잊고 있었다. 내 일이 아니고서야 남의 일은 아무리 친한 친구 사이여도 금세 관심사에서 멀어지게 마련이었다. 사전미팅에서 박연의 얼굴을 보고 난 후에야 소연은 불현듯 또다시 브이가 걱정되기 시작했다. 박연과 일을 하게 되었다는 것도 차마 입에 올리지 못하겠는데, 마음 정리가 다 됐냐는 질문은 죽어도 못하겠다.

소연은 연신 소주만 들이켜는 브이를 말없이 지켜보았다.

아직 힘들겠지? 첫사랑이었는데 아무렴.

소연은 어떤 위로의 말 대신 브이의 잔에 제 잔을 부딪치는 것으로 마음을 전했다.

초저녁부터 술에 취한 박연은 브이네 도장을 찾았다. 그동안 꽤 잘 참았다. 찾아오지도 않고 전화도 걸지 않았다. 그런데 며칠 전 사전미팅에서 브이의 친구 소연을 본 게 화근이었다.

무슨 모진 말을 들을지 모르는데도 당장 안 보면 미칠 것 같아서 술에 취했단 핑계로 찾아왔다. 그러나 도장은 어쩐 일인지 텅 비어 있었다. 벽시계가 붙어 있던 자리에 못질을 한 흔적만이 남아 있었다. 그 외에는 아무것도 남아 있지 않았다.

없어졌어?

반창고가 붙은 주먹이 욱신거렸다. 욕실 거울을 깨던 날처럼 주먹이

가늘게 떨렸다. 손을 다쳤던 날, 기사가 그렇게 많이 떴는데도 연락 한 번이 없었다. 대표한테 돈 받은 건 해명도 제대로 안 했으면서 이젠 도장까지 없애고 사라졌다. 작정하고 떠났다고 볼 수밖엔 없었다. 이렇게 아무 말도 없이…. 아무런 흔적도 없이….

도장을 둘러보는 박연의 눈이 가늘어졌다. 물기 어린 눈동자가 잘게 움직였다. 크리스마스트리를 꾸미던 일. 함께 운동을 하던 일. 입을 맞추던 일까지. 도장에서 브이와 함께했던 지난날이 눈앞을 지나쳐갔다.

처음에는 브이의 입에서 헤어지자는 말이 나오게 만든 제 자신이 미웠다. 그 뒤에는 모든 것이 믿기지 않았다. 브이가 강 대표에게 돈을 받았다는 사실도, 그래서 저를 떠났다는 것도. 이 모든 상황에 미치도록 화가 나면서도 가슴 깊숙한 곳에서는 모든 것을 믿고 싶지 않았다.

그리고 이젠 네가 미워졌어.

빈 도장을 바라보던 박연이 눈을 감았다. 그는 눈꺼풀이 떨리도록 힘주어 감은 눈을 치켜떴다. 싸늘하게 굳은 얼굴로 돌아섰다. 박연은 복도를 걸으며 손등에 붙은 반창고를 거칠게 떼어냈다. 흉터가 남은 주먹을 힘껏 움켜쥐고 건물을 나왔다.

유리문에 비친 모습이 영 어색했다. 브이는 귓가에서 끝나버리는 짧은 단발머리를 만지작거렸다. 단발이라기에는 커트머리에 가까웠다.

"이 정도면 못 알아보겠지?"

브이는 유리에 비친 얼굴을 보며 걱정스럽게 혼잣말을 했다. 소연의 소개로 방송국 촬영보조 아르바이트를 구했다. '정보톡톡'이라는 교양 프로그램이었다. 촬영 전에 스튜디오를 세팅하고, 끝난 후에는 정리하는 단순한 업무였다. 일은 어렵지 않았지만 본의 아니게 얼굴이 알려진 탓에 신분이 노출되지 않도록 보안을 유지하는 것이 관건이었다.

목이 드러나도록 짧게 자른 머리에 모자를 눌러썼다. 안경과 마스크 착용까지 마친 브이가 스태프에게 달려갔다.

방송국 앞에는 이른 새벽부터 '정보톡톡'의 촬영을 위해 보조출연자들과 촬영보조 알바생들이 모여 있었다. 스태프가 인원을 확인을 시작했다. 브이도 촬영보조 팻말 뒤에 얼른 줄을 섰다.

차례를 기다리는 동안 심장이 미친 듯이 뛰었다. 소연의 사촌동생 이름까지 빌려 아르바이트를 지원했는데 일을 시작도 하기 전에 들켜버리면 큰일이었다.

브이의 차례가 서서히 다가왔다.

스태프는 피곤에 찌든 얼굴로 조명팀과 카메라팀으로 알바생들을 파견 보냈다. 브이의 앞에 서 있던 사람들이 하나 둘 사라지고 드디어 소연의 사촌동생 이름이 호명되었다.

"김수진 씨는…."

모자를 푹 눌러쓴 얼굴을 최대한 숙인 브이가 스태프를 곁눈질로 흘끔거렸다. 검지를 뻗어 조명팀을 가리키려던 찰나, 스태프가 동작을 멈추고 무전을 받았다. 무언가 문제가 생겼는지 스태프는 짜증이 난 얼굴로 무전기에 대고 몇 번이나 '정말요?'를 연발했다. 스태프가 긴 무전 끝에 귀에 꽂혀 있던 인이어를 빼내고 말했다.

"김수진 씨는 저거 타세요."

스태프가 가리킨 곳에는 45인승 좌석버스 한 대가 출발 직전에 놓여 있었다. 브이는 혹여나 정체를 들킬까 최대한 목소리를 깔고 물었다.

"저것도 정보톡톡 촬영인가요?"

스태프는 브이의 정체 따위는 관심 없는 듯이 대답했다.

"아뇨. 다른 프로그램인데, 갑자기 장비팀 일손이 부족하다고 그래서.

야외촬영이라 두세 배 받을 거예요. 싫으면 다음 분이…."

스태프의 말이 끝나기도 전에 쏜살 같이 버스로 달려갔다.

"와, 두세 배…. 두 배도 아니고 두세 배…."

브이는 연신 중얼거리며 좌석버스에 올라탔다. 앞 유리에 'CBC 전원일기 촬영 차량'이란 종이를 써 붙인 버스가 서울을 출발했다.

이른 새벽부터 스태프들을 싣고 달린 버스는 전라남도에 도착했다. 이동 내내 숙면 중이던 스태프들은 버스에서 내리자마자 분주하게 촬영 준비를 시작했다. 그 속에서 브이는 잠이 덜 깬 얼굴로 촬영 장소를 둘러보았다. 논밭으로 둘러싸인 평범한 시골집 마당에 카메라가 하나둘 설치되기 시작했다. 일당을 두세 배는 더 준다는 말에 무작정 따라왔는데 무슨 촬영인지 도통 모르겠다.

그때 산만 한 덩치를 소유한 남자가 모자를 뒤로 눌러쓰고 주위를 두리번거렸다.

"장비팀 알바!"

마당을 울리는 호명에 놀란 브이가 남자 앞으로 황급히 뛰어갔다. 남자는 브이를 위아래로 훑으며 탐탁지 않은 속내를 여과 없이 드러냈다.

"아이, 장비팀은 무거운 거 날라야 되는데 키도 잘고 덩치도 잘은 여자를 보냈어. 일을 어떻게 하는 거야?"

눈치를 살피던 브이가 고개를 꾸벅 숙였다.

"죄송합니다."

"아, 됐고. 잘잘이."

잘잘이? 괜스레 뒤를 한 번 돌아본 브이가 콧등으로 흘러내린 안경을 올리며 물었다.

"저요?"

"네, 키도 잘고 덩치도 잘은 잘잘이 알바 너요. 장비차에서 장비 좀 내리고, 특히 조명 발전기 옮길 때 조심하고. 뭐해? 빨리 움직여."

할 말을 끝내자마자 남자는 바쁘게 사라졌다.

나이도 어려 보이는데 나더러 잘잘이라니.

급여가 두세 배라고 했다. 잘잘이 따위가 문제 될쏘냐. 브이는 얼굴을 가리고 있는 마스크와 모자를 마지막으로 점검한 뒤 장비차를 찾아 움직였다.

스태프들은 큰 트럭에서 각종 장비와 소품들을 꺼내어 세팅하고 있었다. 브이도 그 행렬에 동참했다. 남자가 말했던 조명 발전기를 포함한 촬영장비들의 무게가 만만치 않았다. 서너 번 트럭을 오르내리니 금세 허리와 팔이 뻐근해졌다.

어느 정도 세팅이 끝나자 연출팀을 실은 스타렉스가 도착했다. 이번 프로그램의 연출을 맡은 피디들과 작가들이 차례로 내렸다.

구석에서 뻐근한 팔을 두드리며 한숨을 돌리고 있던 브이의 눈이 동그래졌다. 스태프들 사이로 낯익은 얼굴이 브이의 시선을 잡아챘다. 정피디와 소연이었다.

"소연이네 프로그램이었어?"

이런 우연이 또 있나 싶었다. 브이가 반가운 마음에 알은체를 하러 가기 위해 발을 떼는 찰나였다.

"박연은 왔대요?"

근처에서 예상치 못한 이름이 들려왔다. 브이가 카메라팀을 돌아보았다. 카메라 감독과 보조가 앵글을 잡아놓고 그 앞에서 노닥거리고 있었다.

"감독님, 박연이 오늘 촬영 어떻게 할지 궁금하지 않아요?"

"예전에 촬영 한 번 해봤는데 카메라 돌면 그래도 할 건 다 해."

브이는 두 사람의 대화를 듣는 순간, 잊고 있던 지난 기억이 불현듯 떠올랐다.

'전원일기요. 구두계약을 하셔놓고 전화를 안 받으시면 어떡하죠?'

정 피디와 소연이 박연의 집에 찾아왔던 일을 기억해낸 브이가 자책하며 머리를 때렸다.

미치겠네. 왜 이제 생각난 거야?

"미리 알았어도 그게 이 촬영인 줄은 몰랐겠지."

머리를 때리던 브이가 혼잣말을 중얼거렸다. 오늘 급작스럽게 아르바이트를 하기로 한 프로그램이 바뀌었으니 어찌 보면 이렇게 될 운명이었는지도 모르겠다. 그래도 박연이랑 2박 3일 촬영은….

브이는 마스크를 눈 바로 밑까지 끌어올렸다. 아무래도 일이 꼬여도 단단히 꼬인 것 같은 예감이 들었다.

한편, 밴 안에서는 영범이 룸미러로 박연의 눈치를 살피는 중이었다. 요즘 예민하기 그지없는 배우님은 좌석 시트에 기대어 앉아 눈을 감은 채 아무런 말도 없었다. 일개 로드매니저로서 자세한 내막은 알지 못하지만 돌아가는 상황 정도는 파악하고 있었다. 박연의 모친 전 여사가 빅엔터를 급습한 이후 브이 누님에게 차인 게 확실하다고 영범은 짐작 중이었다.

영범은 숨소리마저 죽이고 박연의 얼굴만 뚫어지게 보았다.

"최악이야."

박연이 중얼거리며 눈을 떴다.

"컨디션 많이 안 좋으세요?"

"내가 이딴 거 찍으러 서울에서 몇 시간이나 차로 이동했다는 거 자체가 기분 더러워."

"아, 그러시구나."

영범이 감정 없이 호응했다. 브이 누님과의 결별 이후 예민함과 변덕이 하늘을 찌르는 배우님에게는 과한 동조는 오히려 금물이었다.

짜증스럽게 이맛살을 구긴 박연이 눈을 치켜떴다. 권브이 때문에 하기로 했던 촬영이라는 사실이 열 받고, 억울하고, 자존심 상한다. 자꾸 권브이 생각이 나서 미치겠다. 정작 권브이는 날 버리고 사라졌는데. 여기 없는데.

박연은 매섭게 떴던 눈을 내리깔았다. 짜증스러움이 묻어 있던 눈동자는 금세 상처 받은 아이처럼 변했다. 그러다 또다시 주체하지 못할 분노를 담고 서늘하게 빛났다. 초마다 변하는 낯빛을 지켜보며 영범은 소리 없이 고개를 가로저었다. 연기에 몰입하기 직전만큼이나 꽤 오랫동안 마인드컨트롤이 필요했다.

한참 만에 박연이 차에서 내렸다. 때맞춰 FD가 슬레이트를 치고 대기 중이던 카메라가 일제히 돌기 시작했다.

스태프들 틈바구니에 몸을 숨긴 브이는 여행용 트렁크를 끌고 여유롭게 마당으로 들어오는 박연을 지켜보았다.

촬영은 박연이 마이크를 차는 모습부터 자연스럽게 진행되었다. 박연이 어색한 미소를 띠우고 스태프들을 향해 인사를 해보였다.

순간 브이는 박연에게 들킬까 노심초사했던 게 우습게 느껴졌다. 스태프들의 수가 백여 명쯤 되었다. 백여 명의 스태프들 앞에 서서 카메라 원샷을 받고 있는 박연에게 브이는 잘 보이지 않는 점 하나에 불과했다.

혹여나 눈에 띌까 잔뜩 움츠리고 있던 브이는 카메라를 보며 이야기 중인 박연의 목소리에 집중했다. 여전히 듣기 좋은 목소리였다. 다정하고 부드러웠다. 장난기 섞인 농담을 던지고 웃는 소리도 여전했다.

조금 전까지 스태프들 사이에 꽁꽁 숨어 있었다는 사실도 잊어버렸다. 브이는 박연의 눈짓과 손짓 하나도 놓치지 않으려 한 발 더 앞으로 다가갔다. 처음 인도에서 만났을 때로 돌아간 듯했다.

당신은 별처럼 빛나고 나와는 다른 세상에 사는 사람이야.

브이는 저도 모르게 떨어진 눈물을 손끝으로 빠르게 닦아냈다. 못 본 사이에 말랐다. 미치게 보고 싶었는데 막상 보려니 잘 못 보겠다. 안쓰럽고, 아프고, 미안해서. 안경을 벗어낸 브이가 손등으로 눈가를 훔쳤다. 가슴이 저려왔다. 빠르게 뛰는 심장이 더는 못 버티겠다고 호소를 해왔다.

브이는 서둘러 안경을 쓰고 뒤를 돌아섰다. 그때 브이의 운동화 발이 조명 라인에 걸렸다. 라인이 팽팽하게 당겨지며 조명기둥이 기울어졌다.

"어어…!"

누군가 위험을 감지한 듯 소리쳤다. 그러나 브이의 순발력은 만만치 않았다. 라인에 발이 걸려 넘어지는 와중에도 쓰러지는 조명대를 낚아챘다. 가까스로 조명은 살렸으나 브이는 바닥에 그대로 엉덩방아를 찧었다. 숨죽이고 박연의 촬영을 지켜보던 스태프들이 일제히 브이를 돌아보았다.

동시에 쏟아지는 백여 개의 시선을 한 몸에 받은 브이가 벌떡 일어섰다.

"죄송합니다! 죄송합니다!"

사방에 대고 연신 고개를 꾸벅였다. 그러다 고개를 든 곳에 박연이 있었다. 카메라 너머에서 촬영을 하던 박연 역시 소란이 일어난 스태프들 쪽을 쳐다보고 있었다. 박연과 눈이 마주쳤다. 잠시 숨을 쉬는 것을 잊었다. 브이는 시선을 피하지도 못하고 멍하니 서 있었다. 찰나의 1초 동안 만겁의 시간이 흐르는 듯했다.

브이를 빤히 쳐다보던 박연이 아무렇지 않게 고개를 돌렸다. 박연은 스태프들의 가장 앞에 앉아 있는 피디들을 향해 물었다.

"그래서 이제 뭐부터 하면 돼요?"

발밑으로 뚝 떨어졌던 심장이 다시 튀어 올랐다. 브이는 뒤늦게 콩닥콩닥 뛰는 가슴을 부여잡았다.

"하아… 못 알아봤어…. 들키는 줄 알았네…."

흘러내린 안경을 밀어 올리며 참았던 숨을 몰아쉬었다.

라이터로 불을 붙인 불쏘시개를 마른 장작에 던져 넣었다. 마당에 놓인 아궁이에 대고 부채질을 시작했다. 걷어붙인 팔뚝에 힘줄이 성이 나도록 부채질을 했지만 불은 좀처럼 붙지 않았다. 이를 악물고 20분째 부채질 중인 박연의 눈빛이 슬쩍 신경질적으로 변했다.

내가 지금 이딴 걸 왜…. 열 받게 이건 왜 이렇게 안 붙어?

정 피디가 불부터 피우라기에 하긴 하는데 왜 해야 하는지 알 길이 없었다. 박연이 부채질을 하며 스태프 쪽을 째려보았다. 카메라가 박연의 얼굴을 클로즈업했다. 줌이 당겨지는 것을 느낀 박연이 입술을 끌어올려 어색한 미소를 지어 보였다. 그 순간 당최 붙을 생각을 안 하던 불씨가 일순간 화르륵 타올랐다. 불이 점화되는 동시에 박연이 부채를 집어 던지고 아궁이 앞에서 일어섰다.

박연은 이마에 땀이 송골송골 맺힌 얼굴로 피디와 작가들을 향해 당당히 물었다.

"됐죠?"

"아침 안 드셨죠?"

정 피디가 반문했다. 무언가 이상한 낌새를 눈치 챈 박연이 소극적으로 고개를 끄덕였다.

"불 피우셨으니까 아침 간단하게 해 드시고 본격적인 전원일기 시작할까요?"

"해 드시고? 제가 해요?"

웃고 있지만 웃는 얼굴은 아니었다. 박연의 미묘한 표정을 캐치한 정 피디가 살짝 누그러진 말투로 말했다.

"전원일기 촬영 중에는 모든 전원생활을 박연 씨께서 스스로…."

"전 원래 아침 안 먹어요."

더 들을 필요 없다는 듯이 박연이 정 피디의 말을 잘라냈다. 정 피디의 옆에 앉은 소연은 고개를 푹 숙였다. 쉽지 않을 촬영이란 예감이 적중한 순간이었다.

한편 스태프들 사이에서 숨죽여 박연을 보던 브이는 그럴 줄 알았다는 듯이 고개를 끄덕였다.

정 피디가 당황한 듯 웃었다.

"안 드시면 오늘 일정 되게 힘드실 텐데…."

"안 먹을 건데요."

인도에서 겪은 바, 나름대로 면역이 되었다고 생각했던 정 피디의 얼굴에도 그늘이 지기 시작했다.

이런 씨바견….

입 밖으로 튀어나오려는 말을 간신히 삼키고 정 피디가 웃으며 말했다.

"그럼 바로 모내기 들어가죠."

박연이 인상을 쓰고 물었다.

"모내기? 내가 그걸 한다고요? 오늘?"

"네."

"왜 모를 전라남도까지 내려와서 심어요?"

생각지 못한 박연의 발언에 정 피디가 당황한 얼굴을 했다. 박연은 어이없다는 듯이 말했다.

"모내기를 할 거면 경기지역에서 해도 되잖아요. 프로그램 취지랑 촬영 장소가 딱히 소름 돋게 맞아떨어지고 그런 건 아니길래 무슨 의도인가 싶어서 묻는 거예요. 왜 그러는 거예요?"

순간 연출팀에 정적이 흘렀다. 피디들이 입을 다물었다. 작가들 역시 할 말을 잊은 듯 서로의 눈치만 살폈다. 박연 섭외를 강력하게 주장했던 정 피디가 애써 화제를 돌렸다.

"모판은 저희가 준비했습니다. 모 심으시면 됩니다. 심는 방법은 이장님께서 알려드릴 거예요."

"기계 있지 않아요?"

"농사는 손맛이죠."

재기발랄하게 받아치는 정 피디를 박연이 빤히 쳐다보았다. 박연은 잠시 허리에 손을 얹고 고개를 숙였다. 저 깊은 곳에서 올라오는 짜증을 가라앉히는 중이었다. 모내기는 송 실장에게 듣지 못한 일정이었다. 그냥 도시 남자가 전원을 만끽하는 내용을 시청자들한테 보여주면 된다고 말했다. 불을 직접 피운다든지, 밥을 직접 해먹는다든지, 모내기 따위의 이야기는 일절 없었다.

똥 씹은 표정으로 서 있는 박연을 멀리서 지켜보는 브이의 얼굴에 근심이 서렸다.

이 촬영… 잘 굴러가려나?

밀짚모자와 허벅지까지 올라오는 모내기용 물 장화로 패션을 완성시킨 박연이 착잡한 표정으로 논을 바라보았다. 물을 대놓은 논은 이번 촬영을 위해 자투리 공간을 활용했다. 넓진 않지만 박연 혼자 모를 심기에는 드넓었다. 게다가 모를 심는 방법을 알려주겠다던 이장은 보란 듯이 이앙기를 사용했다.

정 피디 이 인간.

박연이 등 뒤의 카메라를 홱 돌아보았다. 무어라 따지려던 박연은 제 얼굴을 정면으로 찍고 있는 카메라 렌즈 앞에서 미소를 띠우는 수밖에 없었다.

이앙기가 지나간 자리에 모를 심기 시작했다. 태어나 난생 처음 신는 장화도 짜증나 죽겠는데, 질척이는 논에 허리를 숙인 채 모를 심으려니 인내심이 바닥으로 치달았다.

씨, 이러다 허리 끊어지겠네.

허리를 숙인 박연이 모를 심다 말고 자체적으로 음소거한 욕지거리를 뱉었다. 논 밖에서 오디오를 녹음하던 오디오 감독이 헤드셋을 통해 적나라하게 들려오는 육두문자에 흠칫 놀라 어깨를 떨었다.

그때 서울 총각의 비뚤배뚤한 모심기 솜씨를 보다 못한 이장댁 사모님이 앙칼지게 소리쳤다.

"줄 맞춰서 심어야지!"

벼락같은 잔소리와 함께 방심하고 있는 엉덩이를 꼬집었다. 갑작스러운 손길에 놀란 박연이 몸을 뒤틀었다. 반나절이 넘게 허리를 펴지 못하고 모를 심느라 체력이 다한 다리가 휘청거렸다. 넘어지지 않으려 두 팔을 방방 휘젓던 박연은 결국 물이 차 있는 논바닥에 철퍽 엎어졌다.

'서울 탤런트'의 모내기를 구경나온 동네 할머니들이 깔깔 웃어재꼈다. 물이 찬 논바닥에 머리를 담갔다 빼낸 박연이 흙탕물이 흐르는 얼굴을 옷소매에 문질렀다.

박연은 양 손에 든 모를 으스러지도록 꽉 움켜쥐고 생각했다.

다 고소할 거야.

눈알을 부라리며 주위를 돌아보았다.

저 방송국놈들. 이장님. 웃고 있는 할머니들. 싹 다 내가…!

지미짚 카메라가 다가왔다. 진흙이 묻은 얼굴로 눈을 부라리던 박연은 코앞으로 다가오는 카메라 렌즈를 향해 손을 흔들어 보였다. 억지로 눈웃음을 짓는 눈가에 경련이 일어났다.

논 밖에서 촬영을 지켜보던 브이는 양손으로 머리를 감싸고 주저앉았다.

모내기가 끝나갈 즈음 베트남에서 시집온 이장댁 며느리가 소쿠리를 머리에 이고 나타났다.

"새참 드셔!"

외국인 며느리는 한국어를 능숙하게 외쳤다.

이장과 사모님이 논 밖으로 나와 길가에 앉아 새참으로 말아온 냉국수를 먹었다. 드디어 쉬는 시간이 찾아왔다. 박연도 들고 있던 모를 바닥으로 팽겨 치고 질퍽거리는 논을 가로질렀다. 그러나 박연에게는 논둑으로 나오는 것조차 쉽지 않았다. 진흙이 잔뜩 묻은 장화가 연신 논둑 비탈에 미끄러지며 의도치 않은 슬랩스틱을 선보였다.

박연은 올라오기를 포기하고 키 높이의 논둑을 주먹으로 내리쳤다.

하나같이 마음에 안 들어!

씩씩거리며 분을 삭이고 있는 박연의 팔을 이장이 잡아주었다. 가까스로 논 밖으로 기어 나온 박연은 탈진 직전의 얼굴로 주저앉아 하늘만 올려다보았다. 여긴 어디고 나는 누구인가. 그 탈 많고 말 많은 서울에서도 해본 적 없는 고찰이었다. 심각한 얼굴로 앉아 있는 박연의 앞에 이장이 사발을 불쑥 들이밀었다.

"막걸리 마셔."

"아, 괜찮습니다."

박연이 사양의 손짓을 해보였다. 어느새 다가온 카메라를 스윽 쳐다본 이장은 다시 박연을 돌아보았다. 박연은 이장의 눈을 빤히 쳐다보았다. 이장은 무언의 눈빛으로 술을 권하고 있었다. 한숨을 내쉬고 막걸리가 가득 담긴 사발을 받아들었다. 박연은 눈을 질끈 감고 사발째 들이부었다.

첫 번째 사발을 시작으로 이장의 막걸리 권유는 계속되었다. 빈속에 막걸리를 연달아 비워냈다. 노동 후 들이켜는 시원한 막걸리 맛에 빠져 금세 주전자 한 통을 비웠다.

눈 밑이 붉게 달아올랐다. 박연은 풀린 눈꺼풀을 느리게 깜박이며 논을 노려보았다.

"다 고소…."

말을 채 마치지 못하고 박연은 사발을 집어던지며 드러누웠다. 길바닥에 드러누워 잠든 박연을 보며 작가들이 키득거렸다.

"웬일이야, 박연 뻗었어."

"완전 떡실신했네."

얼굴이 새빨갛게 익어 열게 코까지 골아가며 정신을 잃은 박연을 그 누구도 깨우지 않았다. 술에 취해 잠든 박연의 얼굴을 카메라가 마음껏 클로즈업했다. 첫 촬영부터 묘하게 비협조적인 박연이 알미운 모양인지 스태프들 모두가 한통속처럼 깨울 생각이 없어 보였다. 수많은 사람들 중에 오로지 브이만이 안절부절못했다. 브이가 아는 박연은 배우라는 자존심이 엄청난 남자였다.

저기서 저러고 자면 안 되는데. 브이가 초조하게 입술을 깨물었다. 때마침 테이프를 가느라 카메라가 모두 꺼졌다.

브이는 어수선한 틈을 타 주위를 두리번거리며 박연에게 다가갔다. 바닥에 '大'자로 뻗어 잠든 박연의 옆에 웅크리고 앉았다. 브이는 마스크를 단단히 올려 쓰고 빠르게 주변을 살폈다. 이쪽에 신경을 쓰는 스태프는 없었다.

브이가 검지로 박연의 어깨를 콕콕 찔렀다.

"일어나요."

작게 속삭였다. 그러나 박연은 찔린 어깨를 움찔거릴 뿐 눈을 뜰 기미가 보이지 않았다. 브이가 팔을 흔들었다.

"일어나라구…."

술에 취한 눈꺼풀이 무겁게 열렸다. 풀어진 눈동자가 머리맡에 쪼그려 앉은 브이를 올려다보았다. 눈앞으로 쏟아질 듯이 가까운 거리에 있는 브이의 얼굴을 천천히 훑었다. 박연은 꿈속을 헤매는 얼굴로 낮게 중얼거렸다.

"가지 마…."

세 글자를 듣는 순간 브이의 눈에 눈물이 고여 들었다. 굵은 눈물방울이 누워 있는 박연의 뺨으로 후두둑 떨어졌다. 박연이 팔을 들어 올려 브이의 목을 끌어당겼다. 웅크리고 앉아 있던 브이가 그대로 박연의 품에 얼굴을 박았다. 오랜만에 안기는 품이었다. 사무치도록 그립던 가슴이었다.

누가 볼 텐데. 어서 일어서야 하는데 좀처럼 몸에 힘이 들어가질 않았다. 그런 브이를 도와주기라도 하듯이 귓가에 코 고는 소리가 들려왔다. 브이는 안도와 황당함이 섞인 한숨을 내쉬었다. 잠꼬대도 참 사람 간 떨어지게 한다. 브이가 벌떡 일어서서 박연의 팔을 발로 찼다.

"빨리 일어나라구요!"

박연에게 작게 소리친 브이가 서둘러 현장을 떠났다. 브이가 떠난 사건현장에 뒤늦게 나타난 소연이 주위를 두리번거리며 박연을 흔들어 깨웠다.

"저기 박연 씨? 방송 보고 후회하지 마시고 지금 일어나는 게 어떨까요? 내 입장이 박연 씨 챙겨줄 입장이 아니거든요?"

브이가 고생한 것만 생각하면 논두렁에 처박아도 시원찮은데. 소연이 이를 악물었다.

골이 흔들릴 정도로 거칠게 깨우는 손길에 박연이 부스스 눈을 떴다. 박연은 브이에게 차인 팔뚝을 움켜쥐고 소연을 올려다보았다.

"내 팔 나간 것 같은데. 원래 모내기가 이런 건가?"

깨자마자 주정을 해대는 박연을 소연은 어이없다는 듯이 쳐다보았다.

날이 어두워지고 새벽 한 시가 지나서야 촬영은 종료되었다. 전원생활은 고생의 연속이었다. 모내기를 끝내고 나서 저녁밥을 차려먹는 촬영만 세 시간이나 찍어야 했다. 가마솥 앞에서 안절부절못하는 박연을 보며 연출팀은 만족스럽게 웃었지만 당사자는 전혀 그렇지 못했다. 정 피디가 편집을 어떤 식으로 할지 불 보듯 훤했다. 인도 다큐에서 이미 겪어봤지 않은가. 조롱과 비아냥거림이 섞인 그의 자막들.

등짝에 파스 6개가 2열종대로 붙었다. 박연의 옷을 내려준 영범이 슬며시 눈치를 살폈다. 박연이 영범을 돌아보며 진지하게 말했다.

"실장님한테 서울 가면 다 죽는다고 전해."

영범은 조용히 고개만 주억거렸다.

자리에서 일어난 박연이 창호지를 바른 방문을 드륵 밀었다. 마루로 나오자 야간 촬영을 위해 마당에 세워둔 거치캠들이 보였다.

지긋지긋해.

눈살은 구긴 박연은 어딜 가느냐 묻는 영범을 두고 어둠속에서 마당을 가로질러 나왔다.

마을회관은 2박 3일 촬영기간 동안 스태프들의 숙소가 되었다. 작은 방에서는 여자 스태프들이 거실과 큰 방에서는 남자 스태프들이 잠을 자기로 했다. 브이는 작은 방 구석에 앉아 어깨와 팔을 두드렸다. 종일 무거운 장비를 들고 날랐더니 온몸이 쑤셨다.

"수진 씨 안 씻어? 모자 좀 벗어. 마스크도 좀 벗고. 보는 사람 답답하게."

메인작가가 한 소리를 했다. 브이는 지적당한 모자와 마스크를 만지작거렸다. 조연출인 소연은 밤을 샐 모양인지 방에는 얼씬도 하지 않아 다행이라 생각했는데 예상치 못한 복병을 만났다.

그때 막내작가가 메인작가 옆에 붙어 고개를 갸웃거렸다.

"작가님, 근데 수진 씨 어디서 많이 본 것 같아요. 몇 살이랬지? 동문인가?"

눈썰미 좋은 작가의 의혹 제기가 시작되었다. 브이가 자리에서 벌떡 일어섰다. 최대한 목소리를 굵게 내리깔고 말했다.

"바람 좀 쐬고 오겠습니다!"

쫓기듯 작은 방을 나왔다. 거실에서 잠잘 준비를 하던 남자 스태프가 브이에게 알은체를 했다.

"야, 잘잘이. 어디 가냐?"

브이를 '잘잘이'라 부르던 장비팀의 덩치 큰 남자였다. 브이는 고개만 꾸벅 숙이고 급히 회관을 나왔다. 심장이 터질 듯이 뛰었다. 어두운 골목까지 걸어 나와서야 모자를 벗어내고 땀으로 젖은 머리를 털었다.

아직 하루를 더 버텨야 하는데 안 들킬 수 있을까.

터덜터덜 어두운 밤공기를 가르며 걷던 걸음이 깜박이는 가로등 아래에 멈춰 섰다. 브이는 가로등 아래 서 있는 박연을 멍하니 바라보았다. 한 손에 들고 있는 모자를 꽉 움켜쥐었다. 브이의 눈동자가 불안하게 움직였다.

아니야. 안경도 쓰고 있고 마스크도 벗지 않았으니까….

박연은 마주쳤던 시선을 내리고 고개를 숙였다.

거봐, 못 알아보잖아. 다행이다.

브이가 속으로 안도의 한숨을 내쉬는 사이, 박연이 고개를 숙인 채 터벅터벅 걸어왔다. 그때였다. 무심하게 곁을 지나칠 것 같던 발걸음이 브이의 앞에 섰다. 안도했던 심장이 바짝 굳었다. 브이는 숨소리도 내지 못하고 서 있었다. 브이의 앞에 선 박연은 거침없이 마스크를 끌어내렸다. 브이가 눈을 질끈 감았다. 목소리가 차갑게 울렸다.

"내가 모를 줄 알았어?"

브이의 마스크를 바닥으로 던진 박연이 안경을 쳐냈다. 브이의 콧등에 걸려 있던 안경이 바닥으로 날아갔다. 박연은 고개를 숙이고 아무런 말도 않는 브이를 노려보았다. 박연의 눈시울이 뜨겁게 흔들렸다.

촬영장에 도착하자마자 알아봤다. 내가 어떻게 너를 못 알아보겠냐고. 이딴 걸로 가린다고 내가 너를….

박연은 떨려오는 목소리에 힘을 주고 물었다.

"네가 왜 여기 있어?"

오늘 하루 동안 브이를 보고도 삼키고 삼켰던 화를 터트렸다.

"왜 이딴 식으로 내 앞에 나타났냐고!"

발밑만 내려다보는 커다란 눈망울에서 눈물이 뚝뚝 떨어졌다. 박연은 말없이 우는 브이를 앞에 두고 터져버린 감정을 진정시키려 애썼다. 허공을 향해 떨리는 숨을 뱉은 박연이 낮아진 목소리로 물었다.

"궁금했어?"

내내 고개만 숙이고 있던 브이가 그제야 박연을 보았다. 딱딱하게 굳어 있는 얼굴에는 브이를 향한 미움과 야속함이 가득했다.

"한때 좋아한다고, 사랑한다고 따라다니던 놈. 어떻게 지내는지, 얼마나 망가졌는지! 그거 구경하러 왔어?"

냉정하던 목소리는 감정이 북받쳐 오른 듯 다시 격앙되었다.

아니다. 그런 게 아닌데….

뜨거운 눈물이 브이의 두 뺨으로 흘러내렸다. 작은 얼굴을 일그러트리고 도리질 쳤다. 그러나 박연은 분노에 찬 눈으로 비아냥거리듯 물었다.

"이번에도 네 친구한테 부탁했냐?"

"연아…."

"그렇게 부르지 마!"

박연이 몸을 떨며 소리쳤다.

날 버렸으면서. 떠났으면서. 사랑한다고 속삭였을 때처럼 부르지 마.

금방이라도 터질 듯한 울음을 참는 박연의 눈자위가 붉게 충혈 되었다. 브이는 턱 끝으로 흘러내린 눈물을 훔쳐 닦았다. 그리고는 꽉 메어버린 목울대에 힘을 주고 말했다.

"실수야."

분노가 서려 있던 눈빛이 도리어 흔들렸다. 얼굴이 굳어 있던 박연은 뒤통수라도 맞은 것처럼 순간 멍해졌다. 브이는 고개를 저었다.

"여기 온 거 실수야. 일이 꼬여서…. 당신 힘들라고 나타난 거 아니야. 구경하고 그런 거 아니야."

브이가 오늘의 재회에 대해 해명했다. 아프라고 나타난 게 아니라는 걸 알아줬으면 좋겠다. 아프지 않았으면 좋겠다.

헤어지자고 상처준 것도, 오늘 이렇게 마주친 것도 그냥 다 미안해. 다 내가 잘못했어.

브이는 차마 전하지 못하는 말을 가슴속으로 연신 되뇌었다. 조금 전 닦아낸 뺨이 금세 눈물로 다시 젖어들었다. 그러나 브이의 해명을 들을수록 박연은 얼굴을 구겼다. 비틀린 미간이 잘게 떨렸다.

일이 꼬여서? 한 달 동안 감쪽같이 사라져서 사람 미치게 만들어놓고, 다시 나타난 게 실수라고?

브이를 노려보는 눈에서 차갑게 식은 눈물이 툭 떨어졌다. 브이가 도리질 치며 말했다.

"이제 안 나타날 거야. 안 나타날게. 앞으로는 절대 이런 일 없을 거야. 눈에 안 띌 거야."

박연의 눈빛이 싸늘해졌다. 박연은 바지주머니에 떨리는 두 손을 꽂아 넣었다.

"그래, 제발 그래주라."

차갑게 가라앉은 목소리로 말했다.

"또 돈 필요한 거 아니면 내 앞에 나타나지 마."

냉정한 목소리를 들은 브이가 눈물로 젖은 얼굴을 일그러트렸다. 지금 박연은 강 대표한테 돈을 받고 자신을 깨끗하게 버렸다고 생각할 것이다. 그렇게 생각할 수밖에 없을 것이다. 그렇게 생각하도록 말했으니까.

'당신 대표가 빚 갚아줬어. 그래서 나 당신 못 만나.'

그래놓고 사라졌으니까. 브이는 아프게 쑤셔오는 가슴을 부여잡았다. 이게 맞는 건데 가슴이 너무 아프다.

옷깃을 움켜쥐고 눈물을 흘리는 브이를 노려보던 박연이 매몰차게 돌아섰다. 브이는 돌아서는 등을 보는 동시에 눈을 꾹 지르감았다. 턱끝으로 눈물이 흘러내렸다.

이틀째 촬영은 첫째 날보다 순조로웠다. 점심때까지는 그랬다. 하룻밤 새에 무슨 마법이 벌어진 것인지 박연도 첫 날보다 순순히 따라와 주었다. 정 피디는 첫 촬영 예감이 좋다고 생각했다. 그러나 어느 촬영이든 쉽게 풀리지만은 않는 것이 이 바닥 생리였다.

점심때가 지나서 갑자기 장대비가 쏟아지기 시작했다. 예고 없는 소낙비에 어제 모내기를 끝낸 논 앞에서 촬영을 하던 스태프들이 분주해졌다. 고가의 카메라부터 대피시키고 연출팀의 지시에 따라 야외 촬영은 철수하기로 했다.

카메라 앵글 밖에서 촬영을 지켜보던 영범이 장우산을 들고 뛰어와 박연의 머리에 씌웠다. 아침부터 저기압인 배우님의 심기를 거스르지 않기 위한 재빠른 동작이었다. 영범이 씌워준 우산 아래서 박연은 빗줄기를 퍼붓는 하늘을 올려다보았다.

"비…."

저도 모르게 중얼거린 목소리에 영범이 박연을 쳐다보았다. 박연은 촬영장비를 챙기는 스태프들을 둘러보았다. 카메라팀은 박연의 논에 방수비닐을 씌운 거치카메라를 설치 중이었다. 무인 촬영을 위해서였다. 비 때문에 제작진들이 잠시 대피하는 동안 첫 비를 맞는 논의 모습이 담길 것이었다.

모자를 눌러쓴 브이도 양쪽 어깨에 촬영장비를 이고 차량에 실었다. 그때 장비팀의 덩치 큰 남자 스태프가 다가왔다.

"야 잘잘이. 여기서 카메라랑 장비 좀 지켜보다가 문제 생기면 전화해."

"지금요?"

"그리고 작가님이 모가 너무 쓰러지거나 해도 연락 달랜다."

"아, 저기…!"

남자는 브이에게 비옷을 떠넘기고 사라졌다. 스태프들은 이 정도 소낙비는 아무것도 아니라는 듯이 빛의 속도로 촬영장비를 정리하고 사라졌다.

논 앞에 남겨진 브이는 멍하게 눈만 깜박이다가 빗물이 흘러내리는 모자를 벗었다. 모자를 비틀어 빗물을 짜내고 다시 눌러썼다.

알바라고 너무들 하네.

브이가 논둑에 설치된 카메라 옆에 쭈그리고 앉았다.

영범이 박연의 팔을 잡았다.

"형님, 집으로 가시죠. 실내 촬영 계속 한대요."

이장댁 용달차가 박연을 태우기 위해 기다리고 있었다. 박연은 논둑에 앉아 있는 브이에게서 눈길을 돌렸다.

'나 스페인 선수랑 경기하다가 다쳤거든요. 그날도 비가 엄청 왔는데.'

'아직도 비만 오면 아파요.'

머릿속에 맴도는 목소리를 무시한 채 차에 올라탔다. 비옷을 입고 웅크린 브이의 모습이 사이드미러에서 곧 사라졌다. 용달차 보조석에 앉은 박연은 사이드미러를 지켜보던 눈을 감았다. 빗소리가 시끄럽게 울리는 차창에 머리를 기대었다.

잠깐 지나가는 소낙비라 생각했는데 빗발이 가늘어질 기미가 보이지 않았다. 가마솥에 밥을 할 줄 몰라 어쩔 수 없이 감자를 먹는 박연의 모습이 방에 설치된 캠으로 촬영되는 중이었다.

박연은 먹던 감자를 내려놓고 녹화 중임을 알리고 있는 빨간불을 짜증스럽게 째려보았다. 방에도, 마루에도, 마당에도. 곳곳에 설치된 크고 작은 카메라들이 24시간 촬영하고 있었다.

창호지를 바른 방문을 벌컥 열고 밖으로 나왔다. 마루에 걸터앉아 남은 촬영분에 대해 이야기 중이던 피디들과 작가들이 알은체를 했다. 박연은 대꾸 없이 처마기둥과 댓돌 사이에 고여 놓은 우산을 집어 들었다.

정 피디가 심상치 않은 기운을 감지했다. 고분고분 잘 따라와 준다 했더니 이제 본색을 드러내고 삐딱선 타는 건가 싶었다.

"박연 씨 어디 가요?"

빗소리라도 못 들을 거리는 아닌데 박연은 눈길 한 번 주지 않고 운동화에 발을 욱여넣었다. 그리고는 쌩하니 우산을 펼쳐들고 마당을 가로질러 사라졌다.

"아, 저 씨바…."

본심이 참다못해 터져 나왔다. 옆에 앉아 있던 소연이 정 피디를 말렸다.

좁은 시골 동네 골목길을 걸어 나왔다. 집에서 멀지 않은 논에 도착했다. 시야가 부옇게 흐릴 정도로 세차게 들이 붓는 빗줄기 속에서 사람으로 추측되는 형태는 보이지 않았다.

'여기 온 거 실수야. 일이 꼬여서.'

'또 돈 필요한 거 아니면 내 앞에 나타나지 마.'

어젯밤, 브이와의 설전이 짤막하게 떠올랐다.

그런 말을 들어놓고. 그런 말을 해놓고….

"여길 왜 와…."

한숨 섞인 혼잣말을 중얼거렸다. 마지막으로 논둑을 한 번 훑어본 박연이 그대로 돌아서려는 때였다. 누군가 박연의 논으로 들어가 쓰러진 모를 세우기 시작했다. 거센 빗줄기에 뽑혀버린 모를 주섬주섬 주워들고 빗속을 헤매는 이는 브이였다.

브이를 알아보자마자 우산을 집어던지고 논으로 첨벙첨벙 뛰어들었다. 박연이 화가 난 얼굴로 소리 질렀다.

"지금 뭐하는 거야!"

고함소리가 빗소리에 파묻혔다. 인기척을 느끼지 못하고 모를 줍는데 몰두 중인 브이의 어깨를 거칠게 돌려세웠다. 그제야 브이가 뒤를 돌아보았다. 그곳에는 박연이 비에 흠뻑 젖어가고 있었다.

브이는 쏟아지는 빗줄기 때문에 눈도 제대로 뜨지 못하고 소리쳤다.

"고생해서 심은 거잖아요! 작가님들이 이거 망가지면 촬영 못 한다고…."

무섭게 얼굴을 일그러트린 박연이 브이의 팔목을 잡아챘다. 브이를 끌고 논 밖으로 나왔다. 바지와 운동화가 진흙으로 엉망이 되어 있었다.

논 근처의 큰 나무 아래 지어진 정자로 비를 피했다. 쏟아지는 비 때문에 아직 초저녁도 되지 않은 시각임에도 사방이 어두웠다. 정자 기둥에 붙은 스위치를 누르자 지붕에 매달린 조명에 불이 들어왔다. 여름밤 더위를 피해 나온 어르신들의 안전을 위해 달아놓은 간이조명이었다. 그나마 밝아진 곳에서 두 사람은 떨어져 앉았다.

박연은 비가 쉽게 그칠 듯 보이지 않는 하늘에 시선을 두었다. 비에 흠뻑 젖은 옷이 축축하게 몸을 감싸고, 사방은 빗소리로 시끄러웠다. 기분이 좋지 않았다.

옆에는 권브이가 있고.

하염없이 내리는 비를 바라보던 눈이 옆을 향했다. 웅크리고 앉은 브이가 눈에 보이도록 몸을 떨고 있었다. 달달 떠는 입술이 파랗게 질려 있었다. 박연의 시선이 추위에 몸을 떠는 얼굴에서 무릎으로 옮겨갔다. 빗물에 젖은 손이 연신 무릎을 주무르고 있었다.

박연이 반팔 티 바깥에 걸치고 있던 셔츠를 벗었다. 젖은 셔츠를 꽉 쥐어짜자 빗물이 주르륵 쏟아졌다. 물기를 짜낸 셔츠를 털어내고 브이의 곁으로 다가가 앉았다. 셔츠를 브이의 어깨에 둘러주었다.

아픈 무릎을 주무르며 추위에 떨던 브이가 눈앞에 있는 얼굴을 가만히 쳐다보았다. 브이에게 셔츠를 둘러주던 박연도 잠시 동작을 멈추고 브이의 젖은 얼굴을 들여다보았다. 속눈썹에 빗물이 맺힌 눈이 느리게 깜박이는 모습을 말없이 바라보던 박연은 나지막이 물었다.

"왜 그랬어?"

브이는 아무 말도 하지 않았다. 푹 젖어버린 머리칼 아래서 뜨겁게 떨리고 있는 눈동자만 쳐다보았다.

박연은 낮은 목소리로 중얼거리듯 말했다.

"처음에는 바보 같은 내가 미웠다가…."

박연의 눈동자에 물기가 차올랐다. 빗물은 아니었다. 박연이 말을 이어갔다.

"그 다음엔 우리가 헤어졌다는 게, 네가 나를 버렸다는 게 안 믿겼어. 그래서 도장에 갔는데… 없더라. 말도 없이 그냥 네가 사라졌어."

눈물이 차오른 박연의 눈을 바라보는 브이의 눈에도 눈물이 맺혔다. 박연은 자꾸 시야가 부옇게 흐려지는 눈에 힘을 주고 말했다.

"그래서 나는 네가 미워졌어."

가까운 얼굴을 쳐다보던 브이가 끝내 시선을 돌렸다. 대화가 끊긴 정자에는 잠시간 빗소리만이 울렸다. 그때 날벌레 한 마리가 정자 조명으로 날아들었다. 타닥거리는 소리와 함께 전등이 천천히 깜박이기 시작했다.

빗속에서 두 사람이 앉은 정자가 어두워졌다 밝아지기를 반복했다. 깜박이는 조명 아래서 박연은 여전히 브이에게 시선을 고정한 채 입을 열었다.

"하루에도 수십 번."

다시 들려오는 목소리에도 브이는 박연을 돌아보지 않았다.

"네가 미웠다가…."

박연은 고집스럽게도 저를 돌아보지 않는 옆얼굴을 보며 중얼거렸다. 어두워졌던 조명이 다시 켜졌다.

"네가 보고 싶고."

또다시 불이 나가자 사방이 어두워졌다.

"네가 미웠다가."

조명이 켜졌다.

"너를 안고 싶고."

조명이 꺼졌다. 어둠 속에서 브이가 미간을 좁혔다. 꾹 다문 입술이 가늘게 떨렸다.

"네가 미웠다가."

조명에 다시 불이 들어오는 순간, 박연이 브이의 얼굴을 돌려 입을 맞췄다. 비를 맞아 차가워진 입술이 눌렸다. 놀란 브이가 밀어내려 몸을 움직였다. 그러자 박연은 커다란 손으로 브이의 뒤통수를 잡고 입술을 집어삼켰다. 체온이 떨어진 입술이 따뜻한 입속으로 빨려 들어갔다. 브이는 다리가 아픈 것도 잠깐 잊을 만큼 가슴이 아파왔다. 숨을 쉬지도 않고 그동안의 그리움부터 채우는 절박한 입맞춤이었다.

박연은 어깨 밀어내는 브이의 손을 한 손으로 잡아채고 떨어지지 않았다. 저항하던 브이의 몸에 힘이 빠지자 박연이 미친 듯이 몰아붙이던 입술을 떼었다.

결국 깜박이던 조명은 완전히 나가버렸다. 두 사람은 어둠 속에서 서로를 쳐다보았다. 브이가 보란 듯이 입술을 손등으로 거칠게 닦았다. 그리고는 박연의 눈을 똑바로 쳐다보며 말했다.

"나 이제 당신 여자 아니야. 나한테 멋대로 굴지 마."

떨리는 목소리로 말한 브이가 어깨에 걸친 박연의 옷을 집어던지고 정자를 나왔다. 아픈 다리를 절뚝거리면서 빗속을 걸었다. 비 덕분에 울음소리가 들릴까 마음 졸일 필요가 없었다. 빗물 덕분에 눈물을 감출 필요도 없었다. 어린애처럼 서러운 울음을 터트렸다. 입을 크게 벌리고 엉엉 소리를 내며 울었다. 머리와 어깨에 떨어지는 빗줄기보다, 절뚝거리며 걸음을 옮기는 다리보다 가슴이 아팠다. 가슴을 쥐어짜는 듯한 통증이 느껴졌다.

늦게까지 회의를 하던 피디와 작가들마저 잠자리에 들었다. 그러나 브이는 마을회관의 방구석에서 웅크리고 앉아 밤을 지새웠다. 빨간불을 깜박이며 거치캠이 촬영 중인 박연의 방에도 잠들지 못한 뒤척임이 계속 되었다.

'안 나타날게. 앞으로는 절대 이런 일 없을 거야.'

'나 이제 당신 여자 아니야.'

박연이 귓가를 맴도는 브이의 목소리를 곱씹으며 눈꺼풀을 들어올렸다. 촬영장에서 브이를 보자마자 화가 났다. 그런데 이제 서울에 돌아가면 못 볼 거라 생각하니 그건 또 싫다. 권브이가 강 대표의 돈을 받고 날 버렸는데. 미치게 미웠는데. 겨우 다시 마주한 얼굴이 이제 또 사라질 거라 생각하니 잠이 오지 않았다.

머릿속만큼이나 마음이 복잡했다. 머리가 복잡하면 마음이라도 단순하든지. 마음이 복잡하면 머리가 단순하든지. 박연이 애써 눈을 감았다.

이른 아침, 2박 3일 첫 촬영의 클로징을 마쳤다. 연출팀의 철수 지시에 따라 브이는 이제 꽤 익숙하게 촬영장비를 차량에 실었다. 크고 무거운 것들부터 차량 안쪽으로 밀어 넣고 또다시 걸음을 옮기는데 뒤에서 팔을 잡아챘다.

언제 다가왔는지, 박연이었다. 분명히 클로징을 마치고 스태프들에게 둘러싸여 있었는데. 팔목을 꽉 움켜쥐고 성큼성큼 앞서 걷는 박연에게 끌려가며 브이가 주위를 두리번거렸다.

"왜 이래요? 이거 놔요!"

브이가 손아귀에서 빠져나오려 팔을 비틀었다. 박연은 브이를 밴 앞에 던지듯 놓았다. 밴의 문이 열렸다. 박연은 무표정한 얼굴로 명령했다.

"타."

브이는 갑자기 말도 안 되는 행동을 하는 박연을 못마땅하게 올려다보았다.

"미쳤어요?"

"그럴 것 같으니까 미치게 만들지 말고 타."

명령조로 말하는 박연에게서는 비켜날 기미가 보이지 않았다. 떠날 채비중인 다른 스태프들에게 들킬까 봐 더 반항하지 못하고 브이는 밴에 올라탔다. 브이를 태운 박연이 따라 올라탔다. 밴의 문이 닫혔다.

운전석에 앉은 영범은 그제야 브이를 알아보고는 눈을 동그랗게 떴다. 그러나 밴 안에 흐르는 냉랭한 기운에 인사도 건네지 못했다. 영범이 눈치껏 차를 출발시켰다. 서울로 가는 동안 아무런 대화도 오가지 않았다.

트루스토리 사무실에 매캐한 담배 연기가 가득 찼다. 강 기자가 머리를 긁적이며 꽁초를 재떨이에 눌러 껐다. 깊이 들이마셨던 담배 연기를 코끝으로 뱉었다.

빅엔터와의 머리싸움에서 지고 말았다. 회심의 '박연 연애계약' 특종은 그저 연예부 기자들의 괜한 의혹으로 묻혀버렸다. 단단히 준비하고 터트렸다 생각했는데 빅엔터의 여론 조작 솜씨를 간과했다.

풀이 죽어있는 강 기자의 눈치를 살핀 김 기자가 슬쩍 의자를 당겨 옆으로 다가왔다.

"강 기자님? 이것 좀 봐."

"나중에."

"일단 한 번 보라니까?"

김 기자가 착잡한 얼굴로 앉아 있는 강 기자에게 쪽지를 내밀었다. 쪽지에는 숫자들이 적혀 있었다.

"이게 뭔 줄 알아?"

김 기자의 물음에 강 기자가 고개를 저었다. 김 기자는 의기양양하게 말했다.

"계약서 제보한 이메일. 그거 발송한 아이디로 아이피 추적했거든. 기껏 제보 받았는데 묻힌 게 아까워서 메일만 들여다보다가 어떤 놈이 제

보했는지 궁금해지더라고."

"이게 그 아이피 주소야?"

"응. 저번에 취재하면서 친해진 동생이 하나 있는데, 걔 하는 일이 이런 거거든. 이메일 주소랑 아이피 주소 주니까 한 시간 만에 발송한 놈 신상이 뚝딱 나오더라."

강 기자가 눈을 빛냈다.

"그래서 빅엔터 내부고발자가 대체 누구데?"

김 기자는 잠시 뜸을 들이다 씩 웃으며 답했다.

"이민형."

검은 밴이 박연의 집 앞에 멈췄다. 박연은 강제로 차에 태웠을 때처럼 브이의 팔을 잡고 밴에서 끌어내렸다.

박연의 집은 오랜만이었다. 여전히 높은 담장으로 둘러싸인 집을 보며 브이가 팔을 붙든 손을 힘껏 쳐냈다. 대문 앞에 멈춰 선 박연이 브이를 돌아보았다. 브이는 박연에게 붙들렸던 팔을 움켜쥐고 소리쳐 물었다.

"지금 뭐하는 거예요?"

박연이 천천히 브이의 앞으로 다가와 섰다. 브이를 내려다보는 눈빛에 냉소를 띠우고 빈정거렸다.

"넌 내 덕에 사랑도 받아보고 돈도 챙겼는데. 나만 아프고 나만 당하는 건 억울하지 않냐?"

커다란 눈이 흔들렸다. 브이는 이를 악물고 박연을 노려보았다. 어느덧 박연의 눈은 냉소조차 지우고 서늘하게 얼어붙었다.

"네가 싫어하는 것만 할 거야."

붉은 입술이 브이를 향해 차갑게 뱉었다.

"네 앞에 나타나서 나 볼 때마다 네가 돈 받고 나 버렸다는 사실. 계속 생각나게 만들 거야. 네가 하지 말라는 것만 할 거야. 내 멋대로 굴 거야."

"대체 나한테 왜 이래요? 안 나타나겠다고 했잖아!"

"누구 맘대로 안 나타나!"

서로를 향해 악을 지른 두 사람이 거칠어진 숨을 몰아쉬었다. 박연은 흥분을 가라앉히려 아랫입술을 세게 깨물었다. 이마에 핏대를 세운 박연이 먼저 입을 열었다.

"내가 말했잖아, 네가 미워졌다고. 내가 당한 배신감, 상처, 다 갚아줄 거야."

박연이 악에 받친 얼굴로 말했다.

"그러니까 너 어디 못 가."

박연을 올려다보는 브이의 눈 끝에서 눈물이 떨어졌다.

'넌 내 덕에 사랑도 받아보고 돈도 챙겼는데.'

조금 전 들은 말을 되뇌던 브이가 힘이 탁 풀린 표정으로 박연에게서 물러났다.

"당신 마음대로 해."

브이는 뺨으로 떨어진 눈물을 닦고 돌아섰다. 박연의 가슴에서 들끓고 있는 분노가 기어코 브이의 가슴에 상처를 냈다. 가시 돋친 말을 뱉어내는 박연이 안쓰럽지만 가시는 가시였다. 찔리면 어쩔 수 없이 아팠다.

터덜터덜 골목을 걷는 브이의 뒤를 박연이 따라나섰다.

큰길로 나오자 길을 지나던 사람들이 걸음을 멈추고 박연을 쳐다보았다. 박연을 알아보고 수군거렸다. 멍한 얼굴로 걷는 브이의 뒤를 박연이 간격을 유지하며 쫓았다. 가는 길마다 사람들이 몰려들고 소란스러워져도 박연은 오로지 브이의 뒷모습에 시선을 고정한 채 걸었다.

젊은 여자들이 호들갑스럽게 말을 걸어왔다.

"사진 찍어주시면 안 돼요?"

그러나 웃지 않는 얼굴로 먼 곳만 바라보며 걸었다. 박연의 태도에 몰려든 인파의 웅성거림이 차차 잦아들었다.

브이는 뒤를 쫓아오는 박연을 한 번 돌아보지도 않고 소연의 집주변을 뱅뱅 돌았다. 그만 가겠지. 곧 가겠지. 그런 생각으로 날이 어두워질 때까지 쉬지 않고 의미 없는 발걸음을 옮겼다. 그러나 박연은 늦은 밤까지도 브이를 따라다녔다.

결국 CBC방송국에서 5분 거리에 있는 소연의 원룸 빌라에 도착했다. 브이는 빌라 계단을 올라 자취방 현관문 앞에 서고 나서야 비로소 얼굴을 가리고 있던 마스크를 벗었다.

초인종을 누르자 소연이 맨발로 뛰어나왔다. 소연은 문을 열어젖히고 말을 토해냈다.

"너 우리 촬영에 있었다며? 서울 올라오려는데 스태프 하나가 없어졌다고 난리 나는 바람에 알았어. 스태프 차량 안 탔다는데 어떻게 올라왔어? 촬영하는 동안 박연이랑 안 마주쳤어?"

종일 걱정스러운 마음을 졸였다. 소연은 대답을 않고 문밖에 서 있는 브이를 답답하게 보았다. 그때 브이의 등 뒤로 예상하지 못한 얼굴이 나타났다. 오늘 아침 전남에서 클로징을 찍고 헤어진 박연이었다.

소연은 브이를 향해 박연에 대해 더 물으려던 입을 다물었다. 피곤한 얼굴로 서 있던 브이가 집으로 들어가버렸다. 문 밖에 남은 박연을 흘끔 쳐다본 소연은 그대로 현관문을 닫았다.

그렇게 사라져놓고 여기 있었어?

박연은 닫힌 문을 꽤 오랫동안 물끄러미 쳐다보았다.

핸드폰 알람소리에 브이가 눈을 떴다. 소연의 원룸은 작업 공간이자 식사 공간인 주방을 제외하면 침대 하나와 침대 아래 깔린 러그가 눈에 보이는 전부였다.

러그 위가 브이의 잠자리였다. 소연의 침대는 비어 있었다. 조연출 소연은 새벽에 나간 듯했다. 첫 촬영을 끝냈으니 앞으로는 밤낮없이 바쁠 것이었다.

모자와 마스크를 챙기는 것으로 나갈 채비를 마친 브이가 현관문을 열고 나왔다. 소연이 소개시켜준 방송국 아르바이트를 나가야 했다. 첫 날은 어영부영 전원일기팀으로 지원을 나가게 되었지만, 오늘부터는 원래대로 방송국 스튜디오에서 실내 촬영을 보조하기로 했다.

빌라 계단을 내려오던 걸음이 제자리에 멈췄다. 빌라 입구에는 박연이 기다리고 있었다.

'내가 당한 배신감, 상처, 다 갚아줄 거야.'

박연이 했던 말을 떠올린 브이가 미간을 찌푸렸다. 브이는 부러 박연을 못 본 척 지나쳤다. 박연은 제 곁을 지나쳐 성큼성큼 멀어지는 브이의 뒤를 여유로운 발걸음으로 쫓았다.

CBC방송국의 한 스튜디오에 '정보톡톡'이란 세트 벽이 세워졌다. 곧 시작될 촬영 준비로 스튜디오 안이 분주해졌다. 모자와 마스크로 얼굴을 가린 브이도 피디의 지시대로 스튜디오를 뛰어다니며 촬영에 쓰일 소품들을 옮겼다.

박연이 스튜디오로 들어섰다. 스태프들 사이에서 일을 돕는 중인 브이를 보며 아직 비어 있는 방청석 의자에 앉았다. 한창 녹화 준비를 하던 제작진들은 박연의 등장으로 술렁거렸다. 박연은 교양프로그램 녹화 현장에 나타나기에는 어울리지 않는 배우였다.

가장 바쁘게 진두지휘하던 여자 피디가 곁으로 다가왔다.

"안녕하세요, 박연 씨? 근처에 촬영 있으세요?"

"아니요."

방청석에 앉은 박연이 브이에게 눈을 떼지 않은 채 대답했다. 여자 피디는 박연의 등장이 싫지 않은 내색이었다. 여자 피디가 얼굴을 들이밀며 물었다.

"그럼 누구 찾아오셨나?"

"구경해도 되죠? 제가 즐겨보는 프로라."

박연의 대답에 여자 피디의 입술이 기분 좋게 올라갔다. 여자 피디는 이전보다 더욱 힘이 실린 목소리로 세트 구성 중인 스태프들에게 지시를 내렸다. 그렇게 박연은 텅 빈 방청석에서 브이를 지켜보기 시작했다.

참 바쁘게도 움직인다. 쉬지도 않고. 앉지도 않고. 구석에서 뻐근한 팔다리 툭툭 쳐가면서.

브이를 지켜보는 눈동자에 뜨거운 감정이 일렁이기 시작했다.

화가 난다. 도장도 없애버리고, 어울리지도 않게 이런 곳에서….

흰 도복이 잘 어울리던 멋있는 여자는 여기에 없었다.

소품을 제자리에 두던 브이는 녹화 시작이 10분도 채 남지 않은 시각, 막바지 정리정돈에 들어갔다. 쓰레기를 주워 담고, 세트 바닥에 남아있는 스태프들의 발자국을 손걸레로 일일이 지웠다. 지저분한 발자국들이 카메라 앵글에 잡힌다는 이유에서였다.

그때 '정보톡톡'의 진행자인 여자 아나운서가 스튜디오에 들어섰다. 한 손에 테이크아웃 커피를 들고 작가와 인사를 나누었다. 진행자 자리에 앉은 아나운서가 들여다보던 손거울을 내려놓는 찰나였다. 옆에 놓아둔 커피컵이 바닥으로 쏟아졌다. 놀란 듯 꺅 소리를 친 아나운서가 브이를 향해 말했다.

"거기 걸레. 여기도 치워요."

마지막 발자국을 지운 브이가 손걸레를 들고 뒤를 돌아보았다. 조금 전 닦은 자리에 커피가 엎질러져 있었다. 브이는 서슴없이 아나운서 앞에 쭈그리고 앉았다. 사방으로 튄 갈색 얼룩을 지워내기 시작했다.

"아이, 뭐야? 쏟았어? 빨리 치워! 녹화 딜레이되잖아!"

"죄송합니다!"

크게 소리쳐 대답한 브이가 묵묵히 걸레질을 했다. 그 모습을 지켜보는 박연의 눈이 가늘게 떨렸다. 화가 난 사람처럼 미간이 뒤틀렸다.

녹화가 시작되었다. 스튜디오로 입장한 방청객들이 방청석을 채우기 시작했다. 한 번도 방청석으로 눈길을 주지 않던 브이가 그제야 박연이 앉아 있던 자리를 보았다. 박연은 보이지 않았다. 박연이 없는 것을 확인하자 드디어 숨이 쉬어졌다. 계속 자신을 향해 있는 시선이 느껴져 일을 하는 내내 숨도 제대로 쉬지 못했다. 실수만 연발했다. 온몸으로 쏟아지는 그 시선이 가슴 아프고 신경 쓰였다.

녹화하는 두 시간 동안 브이에게는 휴식시간이 주어졌다. 긴장했던 몸을 이끌고 스튜디오를 나왔다. 그러나 숨을 돌리기도 전에 다시 바짝 긴장해야 했다. 스튜디오 문밖에는 박연이 서 있었다.

'On Air'란 빨간 글씨가 붙어 있는 복도에 등을 기대고 서 있던 박연이 브이를 마주보고 섰다. 못마땅하게 다물고 있던 입술 사이로 비아냥거리는 목소리가 흘러나왔다.

"그동안 이러고 지냈어? 왜, 강 대표한테 받은 돈이 부족했어?"

브이는 대답하지 않고 지나쳤다. 커다란 손이 무지막지한 악력으로 브이의 팔뚝을 잡아챘다.

"그 돈, 날 버리는 값으로도 턱없이 부족했어."

애써 박연을 보지 않는 브이의 눈이 아프게 흔들렸다. 비아냥거리던 박연의 얼굴도 일그러졌다. 박연은 잘게 떨리는 눈으로 브이를 보며 물었다.

"왜 그렇게 값싸게 넘겼냐? 우리 사랑."

이를 악문 브이가 잡힌 팔을 비틀어 빼냈다. 아침에 빌라에서처럼 입을 꾹 다문 채 박연을 지나쳤다.

복도에 홀로 남겨진 박연이 벽을 걷어찼다.

민형은 상석에 앉은 강 대표를 흘끔 쳐다보았다. 그는 늘 그렇듯 찻잔을 손에 쥐고 덤덤한 표정이었다. 트루스토리에 계약서를 넘기고 박연의 기사가 실시간으로 터지던 그때 이후 지금까지 강 대표는 어떤 내색도 보이지 않았다. 그런데 이제와 자신을 불러내 독대하고 있는 이유는 무얼까.

민형은 계약서를 넘긴 범인이 자신이라는 것을 강 대표가 눈치 채지 못했으리라 생각하지는 않았다. 속에 늙은 여우가 백 마리쯤 들어앉은 자가 아니던가. 다만 자신을 불러낸 이유를 짐작하기가 어려울 뿐이었다. 다 지나가버린 일을 이제 와서 추궁하려는 걸까. 민형의 눈이 가늘어졌다.

계약서를 트루스토리에 넘긴 것은 박연과 강 대표를 동시에 엿 먹이기 위해서였다. 자신의 앞길을 가로막으면 누구라도 가만두지 않겠다는 경고였다. 위협을 느꼈을까. 그래서 타협을 위해 부른 걸까.

강 대표가 탁, 소리가 나도록 찻잔을 내려놓았다. 머릿속으로 온갖 생각에 잠긴 민형을 보며 입을 열었다.

"어떤 놈이 길고양이들한테 약을 섞은 사료를 먹이고 다닌다더라."

민형은 갑자기 엉뚱한 소리를 해대는 강 대표를 쳐다보았다. 강 대표는 턱을 문지르며 말을 이어갔다.

"먹은 고양이들은 하나 같이 가버렸지. 사람들 참 동물 예뻐하면서 길 고양이들한테는 야박해. 왜 그런 줄 알아?"

갑자기 무슨 말을 지껄이는 거야?

강 대표의 물음에 민형은 아무런 대답도 하지 않았다. 아무것도 모른다는 듯한 표정을 연기하는 민형에게 강 대표는 한층 낮아진 목소리로 말했다.

"골칫거리를 만드니까."

민형의 얼굴이 서서히 굳어졌다.

"음식물 쓰레기봉투 뒤져서 헤집어놓고 다니니 누가 좋아하겠어. 흔적이나 남기지 말든가."

자신의 이야기였다. 민형은 금고를 뒤진 제 이야기임을 알아들었다. 강 대표가 날카로워진 눈빛으로 민형을 보았다.

"저희들도 살겠다고 그랬으니 불쌍하게 생각하고 넘길 수 있어. 근데 그것들이 발정이 나서 밤새 울어대는 거야. 발정 난 고양이들 울음소리 들어봤어? 께름칙해서 잠이 안 와. 사람이 잠이 부족하면 미치거든. 잠이 보약이란 말도 있잖냐."

그가 내뱉는 말은 누구나 흔히 나눌 수 있는 내용이었지만 민형에게는 섬뜩하게 들려왔다. 눈에 띄게 어두워진 낯빛으로 앉아 있는 민형을 보며 강 대표는 나지막이 말했다.

"내가 요즘 잠을 못 잔다, 민형아."

민형이 떨리는 시선을 내리깔았다. 강 대표는 여유롭게 찻잔을 들어 올렸다.

"사람들도 처음에는 길 잃은 불쌍한 고양이들 살려두고 싶지 않았겠니. 근데 그 조그만 것들이 제 딴에 살아보겠다고 발버둥친 게 결국 죽음을 부른 거야."

찻잔을 입술에 붙이고 향을 음미하며 말했다.

"때로는 살고 싶으면 살고 싶은 만큼 가만히 있어야 해. 납작 엎드려서 숨소리도 내지 말고."

말을 마친 강 대표는 찻잔에 남아 있는 식은 찻물을 한 번에 들이켰다.

대표실을 나온 민형은 곧장 자신의 차로 향했다. 차 밖에서 기다리던 민형의 매니저가 웃으며 물었다.

"집으로 모실까요?"

민형은 매니저를 힘껏 밀쳤다. 무방비 상태로 민형에게 밀쳐진 매니저가 바닥으로 넘어졌다. 민형은 넘어진 매니저는 신경도 쓰지 않고 운전석에 올라타 직접 운전대를 잡았다. 차량은 흙먼지를 일으키며 빅엔터 주차장을 빠져나갔다.

매니저는 얼굴을 구기고 욕지거리를 뱉었다.

"씨발, 드러워서 진짜."

누가 이민형더러 사람 좋은 배우래? 저 새끼 만행을 인터넷에 확 다 뿌려버리고 사표나 써버릴까 보다.

씩씩대던 매니저가 미간을 찌푸렸다. 박연의 매니저 일을 하다가 민형에게 옮겨왔을 땐 소문처럼 정말 사람 좋은 배우라 생각했다. 이 업계에 드문 인성의 소유자였다.

분명히 괜찮은 놈이었는데…. 완전히 다른 사람처럼 굴기 시작한 게 언제부터더라. 그래, 이상한 영상을 받은 뒤부터다. 박연의 음주운전 당시 폐차를 맡겼던 폐차장 직원에게 받은 그 영상….

민형의 차가 사라진 곳을 보던 매니저가 눈을 부릅떴다.

박연은 며칠 째 아침마다 원룸 빌라를 계속 찾아왔다. 브이는 매일 같이 그런 박연이 눈에 보이지 않는 것처럼 곁을 지나쳤다.

오늘도 CBC방송국의 스튜디오까지 어김없이 따라왔다. 박연은 비어 있는 방청석의 같은 자리에 앉았다. 스튜디오 안을 분주하게 뛰어다니는 브이에게 시선을 고정했다. 그리고 오늘도 역시 여자 피디가 다가와 알은체를 해왔다.

"정말 맨날 오시네?"

박연은 아무런 대꾸도 않았다. 그때 소품이 가득 든 박스를 들고 브이가 방청석 앞을 지났다. 여자 피디는 무표정하게 앉은 박연에게 농담을 가장한 진담을 던졌다.

"누구 보러 오는 거 아냐? 혹시 우리 윤예진 아나운서?"

방청석 앞을 지나던 브이가 여자 피디의 말에 멈칫했다. 아직까지도 소연의 사촌동생 이름을 빌려 일하는 중이었다. 박연이 입만 벙끗하면 당장 일을 그만두어야 할 것이었다. 브이는 무거운 박스를 꽉 끌어안고 방청석 쪽으로 귀만 열어두었다.

방청석에 앉은 박연은 제 쪽은 보지 않은 채 말소리에만 귀를 기울이고 있는 브이를 보며 입을 열었다.

"돈이면 사랑도 버리는 여자가 있어서요. 그 여자 보러."

"하하, 세상에 그런 여자가 있어? 정말 별루다."

농담이라 생각했는지 깔깔거리던 여자 피디가 무언가 생각난 듯 얼굴을 굳혔다. 여자 피디는 박연의 눈치를 살피며 조심스레 물었다.

"지금 그 얘기, 혹시 전에 기사 났던…."

소품박스를 든 손이 떨렸다. 브이는 소품박스를 제자리에 내려놓고 스튜디오를 나갔다. 빠르게 시야에서 사라지는 브이를 눈길로 좇던 박연이 여자 피디를 밀치고 자리에서 일어섰다.

복도로 따라 나온 박연은 곧장 팔이 붙들렸다. 문밖에서 기다리고 있던 브이가 박연을 당겼다. 사람이 없는 비상계단으로 박연을 끌고 나온 브이가 소리쳤다.

"그동안 어디까지 하나 그냥 뒀는데, 도대체 왜 이래요? 나 얼굴도, 이름도 속이고 일하는 거예요. 들키면 여기 그만둬야 돼. 그렇게 만들려고 따라다니는 거야?"

박연을 올려다보는 브이의 얼굴이 붉게 달아올랐다. 울음기가 번진 얼굴을 내려다보던 박연이 차갑게 되물었다.

"넌 겨우 그게 무섭냐?"

브이를 노려보던 박연이 고개를 돌렸다. 울컥 치밀어 오른 감정을 참는 듯 보였다. 브이는 마른 옆얼굴을 안쓰럽게 바라보다가 일부러 더욱 독하게 말했다.

"돈 받고 헤어진 거 미안해. 근데 우리 끝났어. 나한테 이러면 당신한테 뭐가 남아? 그냥 당신대로 살면…!"

박연은 브이가 말을 끝내기도 전에 어깨를 벽으로 밀쳤다. 브이가 얼굴을 아프게 일그러트렸다. 얼굴로 쏟아지는 시선이 아팠다. 브이는 눈물을 참으면서 고개를 돌렸다. 그러자 박연이 돌아간 브이의 얼굴을 붙들고 자신에게로 고정시켰다.

"나 똑바로 봐. 내 얼굴 보면서 잊지 마."

브이의 턱을 움켜쥔 손에 힘이 들어갔다.

"넌 내가 준 진심을 팔았어. 넌 그런 여자야."

떨리는 두 눈에는 브이를 향한 분노로 가득 차 있었다. 브이는 박연의 손을 쳐내고 고개를 돌렸다. 참고 있던 눈물이 흘러내렸다.

박연이 뒤로 물러나며 말했다.

"볼 때마다 말해줄게. 너도 나만큼 아파봐. 나만큼 괴로워해봐. 그래야 공평해."

거칠어진 숨을 고르며 브이를 노려보았다. 핏발이 선 눈에 눈물이 고이기 시작했다. 박연은 눈물이 떨어지기 전에 차갑게 돌아섰다. 비상계단 출입문이 쾅, 소리를 내며 닫혔다.

헤어지지 않겠다고 울던 박연은 이제 변했다. 그가 뱉는 모든 말이 차갑고 아팠다. 한없이 다정하던 남자는 이제는 송곳 같은 말만 한다. 가시를 세운 눈빛은 이제 닿기만 해도 아프다.

브이는 비상계단에 주저앉아 소리 죽여 흐느꼈다.

박연의 집으로 들어서던 영범은 놀란 눈을 동그랗게 떴다. 집주인은 벌써 옷까지 챙겨 입고 나갈 준비를 마친 상태였다. 아니, 어제와 옷차림이 똑같은 걸 보니 아예 잠자리에 들지 않은 모양이었다.

"또 밤새 잠도 안 주무셨어요?"

영범은 현관으로 나와 신발을 신는 박연의 뒤통수에 대고 먹히지 않을 잔소리를 해보았다.

"요즘 계속 드시는 것도 제대로 안 드시고, 또 어딜 가세요?"

영범이 다급하게 팔을 붙들었다. 영범을 돌아보는 박연의 얼굴은 전날에 비해 눈에 띄게 창백했다. 푹 꺼져 들어간 눈 밑. 갈라진 입술. 누가 보아도 얼굴에 병색이 완연했다.

박연이 비틀거리며 영범의 손을 뿌리쳤다.

"가야 돼…."

가라앉아 잘나오지 않는 목소리로 중얼거린 박연은 결국 고집스럽게 현관을 나섰다. 영범은 현관에 서서 고개를 저었다.

"전원일기 촬영 갔다 오더니 병이 다시 도졌네."

안 먹고, 안 자고, 술만 마시고. 미친놈처럼 정신 팔고. 영범이 아는 한,

박연은 브이와 헤어지고 한동안 계속 그런 상태였다. 조금 괜찮아지는가 싶을 때 하필 전원일기 촬영장에서 브이를 마주치고 말았다. 사랑, 그 병이 또 도진 것이다. 영범은 혀를 찼다.

식은땀으로 푹 젖은 머리칼이 이마에 달라붙었다. 박연은 원룸 빌라 입구에 기대어 섰다. 두 다리가 후들거려 몸을 지탱하기 어려웠다. 손목에 찬 시계를 확인했다. 시간은 겨우 맞췄다.

빌라 출입문이 열리며 브이가 나왔다. 여느 때처럼 박연에게 눈길 한 번 주지 않고 지나치려는 찰나였다. 정신을 잃고 쓰러진 박연이 브이의 품으로 안겨들었다. 얼결에 박연을 떠안은 브이의 눈이 크게 벌어졌다. 추욱 늘어진 박연의 몸이 뜨거웠다.

브이는 며칠째 집에 들어오지 않는 소연의 침대에 박연을 눕혀놓고 근처 약국을 뛰어 다녀왔다. 땀으로 젖은 머리칼을 젖히고 열을 내리는 쿨패치를 붙였다. 차가운지 눈을 감은 얼굴이 인상을 찌푸렸다.

어쩌려고 이 몸으로 찾아온 건지.

달뜬 숨소리를 내는 얼굴로 조심스레 손을 가져갔다. 떨리는 손끝으로 젖은 이마를 쓸어내렸다. 눈썹과 눈가에 손가락이 머물렀다.

감겨 있던 눈꺼풀이 무겁게 뜨였다. 열기로 젖은 눈동자가 금방이라도 의식을 놓을 것처럼 흔들렸다. 박연은 자꾸 흐려지는 시야를 다잡으며 퍼석하게 마른 입술을 달싹였다.

"너… 용서 안 할 거야…. 다 갚아줄 거야…."

잠겨버린 목에서는 쇳소리가 흘러나왔다.

"미워…. 네 얼굴만 봐도… 화가 나서 죽겠어…."

박연은 눈이 감기는 순간까지 브이를 바라보려 애썼다. 결국 통제를 벗어난 눈꺼풀이 무겁게 내리 감겼다. 박연은 그대로 잠이 들었다. 가늘게 숨을 내쉬는 얼굴을 내려다보던 브이가 손바닥으로 마른 뺨을 감쌌다. 열감이 느껴졌다. 박연이 잇새로 앓는 소리를 내었다. 몸이 아픈 것인지, 아니면 꿈속이 아픈 것인지.

브이는 뺨을 매만지던 손으로 가슴을 토닥여주었다. 그러자 숨소리가 한결 편안해졌다.

눈을 뜨는 동시에 벌떡 일어나 앉았다. 주위를 두리번거릴 것도 없었다. 화이트톤의 침실은 자신의 방이었다. 박연은 죽이 담긴 그릇을 들고 들어오는 영범을 돌아보았다.

"어떻게 된 거야?"

"아침에 나가시려다 쓰러지셨잖아요. 지금이 벌써 4시에요. 계속 누워 계셨어요. 그러니까 잘 좀 챙겨 드시라니까."

영범의 잔소리를 들으며 박연은 한 손으로 무거운 머리를 움켜쥐었다. 그리고는 흐릿한 기억을 떠올려보았다. 브이의 얼굴. 뒤이어 기억보다 선명한 감촉 역시 떠올랐다. 브이의 손길. 그게 다 꿈이었나….

기억을 더듬던 박연을 어지럼증이 덮쳤다. 쓰러지듯 누웠다. 아침부터 지금까지 정신을 놓을 정도로 컨디션이 최악이니 그런 꿈을 꿀 만도 했다.

침실을 나온 영범은 핸드폰을 꺼내 브이에게 메시지를 보냈다.

'누님이 시키신 대로 말씀드렸어요.'

8장
드러나는
진실들

브이가 출근하지 않는 날은 박연에게도 휴일이었다. 헬스장을 찾은 박연은 블루투스 이어폰을 귀에 꽂고 러닝머신을 달리기 시작했다.

현재 박연의 유일한 공식 스케줄인 전원일기의 2박 3일 촬영날짜가 또다시 다가와 있었다. 몸살을 앓은 몸을 회복시켜야 했다. 미간이 짜증스럽게 구겨졌다.

그때 한 남자가 박연의 옆자리 러닝머신에 올라섰다. 흘끔거리는 시선이 박연의 옆얼굴로 고스란히 느껴졌다. 자신을 알아보고 말을 걸고 싶어서 던져오는 사람들의 시선은 박연에게 익숙했다. 그리고 그런 시선을 차단하는 방법은 간단했다. 박연이 무표정한 얼굴로 이어폰의 볼륨을 높였다.

운동을 마치고 샤워실로 향했다. 라커룸에서 땀에 젖은 운동복을 벗어내려는 찰나였다. 누군가 알은체를 해왔다.

“아이고, 박연 씨 아니세요? 팬입니다.”

러닝머신의 그 남자였다. 기어코 말을 건 남자는 옷에 손을 문질러 닦고 악수를 청했다. 박연이 마지못해 손을 잡았다.

"이야, 톱스타 박연 씨랑 악수를! 가문의 영광입니다. 지금 샤워하시는 건가? 이거 진짜 영광인데?"

박연은 악수를 마친 손을 쌀쌀맞게 빼냈다. 탕, 소리가 나도록 라커 문을 열고 입고 있던 반팔 티를 머리 위로 벗었다. 그런 박연을 옆에서 물끄러미 쳐다보던 남자는 이해한다는 듯이 고개를 주억거렸다.

"연예인이라는 게 참 고달픈 직업이죠잉? 인터넷에 이름만 쳐도 어느 헬스장을 다니는지 다 나오고. 뭐, 나 같은 빚쟁이한테는 좋지."

빚쟁이? 벗어낸 반팔 티를 라커 안으로 던져 넣은 박연이 남자를 돌아보았다.

"당신 누구야?"

날카로운 물음에 남자는 얼굴 높이로 손을 들어 보이며 웃었다.

"허헛, 총알대출 머니머니 변창모 이사입니다."

변 이사는 입을 가리고 낮은 목소리로 속삭였다.

"그쪽 여자친구가 돈도 안 갚고 사라졌어요."

브이의 이야기였다. 저 빚을 갚아주겠다는 강 대표의 말에 브이는 자신과 미련 없이 헤어졌다. 그런데 안 갚았다는 건 무슨 말인지. 왜 이 빚쟁이가 자신까지 찾아온 건지.

박연이 얼굴을 차갑게 굳히고 말했다.

"그 돈은 강 대표가 줬잖아."

"이거 사람 많은 데서 할 얘기인가 모르겠네."

변 이사가 능청스럽게 주위를 두리번거렸다. 그 순간 박연이 변 이사의 멱살을 쥐고 라커로 밀어붙였다.

"말해."

이를 악물고 말하는 박연을 보며 변 이사는 도리어 여유롭게 히죽거렸다.

"당신 대표가 안 줬어요. 대신 갚는 건 죽어도 안 된다고 매달리던 권브이도 사라지고. 그러니 내가 돈 받으러 톱스타 애인까지 찾아온 거 아니겠어요? 며칠 동안 헬스장에서 톱스타 기다리느라 하루에 이만 원씩 썼어요. 이것도 다 청구합니다잉."

변 이사를 노려보는 두 눈이 뜨겁게 흔들렸다. 그동안 강 대표에게 돈을 받고 미련 없이 자신을 떠난 줄로만 알고 있었다. 그런데 권브이가 매달렸다니 이게 무슨….

박연은 목에 핏대가 서도록 소리쳤다.

"무슨 말인지 똑바로 말해!"

변 이사가 도리어 비죽 웃으며 물었다.

"사람 많은 데서 정말 괜찮겠어요?"

곁눈질을 하는 변 이사의 시선을 따라가자 그곳에는 젊은 남자가 옷을 갈아입다 말고 박연을 빤히 쳐다보고 있었다. 젊은 남자의 손에 들린 핸드폰을 본 박연이 낮게 욕을 지껄이며 멱살을 놓았다.

헬스장을 나와 변 이사와 함께 집으로 돌아왔다. 기분 좋은 동행은 아니었다.

"이야, 으리으리하시네."

실내를 둘러보며 감탄하는 변 이사에게 본론부터 꺼냈다.

"이제 말해. 강 대표한테 돈을 왜 못 받았다는 건지. 권브이가 갚겠다고 매달렸다는 건 무슨 얘기인지."

박연을 흘끔 쳐다본 변 이사는 널찍한 소파에 다리를 꼬고 앉았다.

"내가 그런 것까지 설명해드려야 돼요? 나 같은 빚쟁이는 받을 돈만 받으면 그만이요."

갑자기 태세를 바꿔 뜸을 들이는 것을 보니 얕은 수작을 부리려는 모양이었다. 박연은 변 이사가 듣고 싶어 하는 말을 해주었다.

"그 돈, 내가 줄 테니까 당신이 아는 거 하나도 빠짐없이 말해."

"이야 역시. 내가 이래서 박연 씨 팬이라니까."

그제야 변 이사가 씨익 웃으며 이야기를 시작했다.

"권브이 꽃뱀설 돌았던 거 기억하죠잉? 본인 얘기였으니까 잘 알 거 아니에요? 거기 등장하는 꽃뱀 포주가 나요, 나."

박연은 아픈 기억을 되새기듯 힘주어 눈을 감았다 떴다. 그런 박연을 보며 변 이사가 말했다.

"그게 당신 대표 작품인 건 아시나?"

박연의 시선이 변 이사에게 날카롭게 꽂혔다. 트루스토리에서 브이의 사채빚을 터트리면서 꽃뱀설이 나돌았다. 계약연애로 대중을 기만했다며 박연을 질타하던 여론은 꽃뱀설로 인해 손바닥 뒤집듯 뒤집혔다. 어느덧 박연은 불쌍한 피해자가 되어 있었다. 그런데 그 여론을 강 대표가 만들어냈다고?

박연의 표정을 읽어낸 변 이사는 과장스럽게 물었다.

"설마 모르셨어? 이야, 연예계에 오래 계신 분이 나보다 눈치가 없으시네? 권브이도 알고 있더만. 그날 대표실 오자마자 따졌어요. 꽃뱀 역할 안 한다고 했잖아요! 이러면서."

변 이사가 가느다란 여자 목소리를 흉내 내며 웃었다. 그러나 박연은 그런 변 이사를 상대할 정신이 없었다. 지금 무슨 말을 들은 것인지 이해가 잘 가지 않았다.

강 대표가 권브이한테 꽃뱀 역할을….

변 이사를 향한 박연의 눈이 혼란스럽게 흔들렸다. 뒤통수라도 맞은 듯 멍하게 서 있는 박연에게 변 이사가 말을 이어갔다.

"그거 해명 안 하고 잠자코 있는 대신에 당신 대표한테 1억을 받기로 했어요. 권브이는 빚 청산하고, 나는 받을 돈 받고."

"그래서 권브이는…."

말끝을 흐리며 묻는 박연을 흘끔 쳐다본 변 이사가 자리에서 일어서며 답했다.

"권브이는 제발 자기가 갚게 해달라고 매달리고 빌었다니까. 근데 나 같은 빚쟁이는 누구한테 받든 빨리, 많이 주면 오케이거든."

순간 두통이 밀려들었다. 박연은 휘청거리며 이마를 짚었다. 뱃속 저 아래부터 뜨거운 용솟음치는 듯했다.

'네가 돈 받고 나 버렸다는 사실 계속 생각나게 만들 거야.'

브이에게 쏟아냈던 가시 같은 말이 뱃속을 찌르기 시작했다. 폐부를 찌르고, 심장을 찔렀다. 숨도 쉬지 못하고, 가슴이 아파왔다. 듣는 것만으로도 이렇게 화가 나는데. 아파서 미치겠는데 넌 어떻게 가만히 있을 수가 있었니.

꽃뱀 역할을 해달라, 가만히 있으면 돈을 주겠다, 그런 수모를 당하고도 어떻게 나한테 말 한마디 않고 혼자….

빅엔터 앞에서 팬들에게 날계란 테러를 당했던 날. 그날이었을 것이다, 강 대표를 만난 건.

'당신 얼굴 마주하기에는 지금 내 기분이 너무 비참해.'

박연은 그날 집에 데려다주겠다던 자신을 거부하던 브이가 떠올랐다. 이런 일을 겪은 줄도 모르고…. 이마를 짚은 손이 떨려왔다. 변 이사는 아무 말도 하지 못하고 서 있는 박연에게 다가오며 말했다.

"당신 대표가 머리가 좋더라고. 돈 받으러 다시 찾아갔더니 말을 싹 바꿔요. 결국에 단순 루머로 끝났으니까 돈을 못 주겠다 이거야. 우리 거래는 권브이가 꽃뱀하고, 내가 포주가 됐을 때만 유효하다네? 그러면서 돈은 권브이한테 받으라고 하는데 와아, 나도 나지만 당신 대표 그거 아주 무서운 놈이에요."

변 이사는 정장 바지 주머니에 손을 넣고 박연을 바라보았다.

"그런데 자기가 갚겠다고 그 난리를 치던 권브이는 도장이랑 집 다 팔아버리고 어디로 토껴버렸네? 우리 유명하신 톱스타 애인이 있었으니 망정이지 하마터면 나만 완전 새될 뻔했어."

변 이사가 생각만으로도 끔찍하다는 듯이 어깨를 떨었다. 그러더니 돌연 매섭게 변한 눈빛으로 물었다.

"돈 언제 줄 거요? 이번에도 말 바꾸고 안 주면 이거 싹 다 기자들한테 불어버리려는데?"

박연은 눈물이 고인 눈을 부릅뜨고 변 이사를 쳐다보았다. 이해가 가지 않는다. 그때도, 지금도 브이는 왜 자신에게 사실대로 말을 하지 않은 것인지. 박연은 '왜?'라는 의문이 머릿속을 괴롭힐 때, 단 한 가지만은 확실하게 알 수 있었다.

강 대표 이 개새끼…!

떨리는 손으로 주먹을 부르쥐었다.

박연은 빅엔터로 향했다. 순간순간 브이를 떠올릴 때마다 속이 뒤집어져 미칠 것만 같았다. 성난 걸음으로 빅엔터의 문을 열고 들어섰다. 회사 로비를 빠르게 지나쳤다. 대표실을 향해 거침없이 발을 내디뎠다.

때마침 사무실을 나오던 송 실장이 박연을 발견했다. 평소와는 다른 눈빛과 표정이었다. 송 실장은 박연의 얼굴만 보아도 심상치 않은 일이 벌어질 것을 예감했다. 송 실장이 서둘러 박연을 붙잡고 물었다.

"무슨 일이야?"

"강 대표 이 새끼 지금 어디 있어!"

송 실장은 순간 눈앞이 아득해지는 것을 느꼈다. 발밑이 낭떠러지라도 되는 듯이 느껴졌다. 박연의 팔을 끌고 방금 나온 사무실로 들어갔다. 문을 걸어 잠근 송 실장이 불안하게 제자리를 서성였다.

박연은 빈 사무실을 돌아보곤 잠긴 문을 열기 위해 손잡이를 잡았다. 지금 자신이 당장 만나야 할 사람은 강 대표였다.

송 실장이 빠르게 박연의 손을 제지했다. 박연은 송 실장을 향해 소리쳤다.

"브이 꽃뱀으로 몰고 간 거 강 대표 짓이래. 권브이도 다 알고 있었대. 그거 입 다물어주는 대신 빚 갚아줬대. 권브이가 싫다는데도 그 사채업자 새끼랑 강 대표가 억지로!"

결국 다 알았구나. 송 실장이 조용히 눈을 감았다. 씩씩거리던 박연은 아무런 대꾸가 없는 송 실장을 보며 믿기지 않는다는 듯이 물었다.

"형도… 알고 있었어?"

목소리가 배신감으로 떨리고 있었다. 송 실장이 결심한 듯 눈을 떴다.

"그래, 강 대표가 손을 썼어. 댓글 알바로 여론 조작했더라."

"왜… 권브이도 알고, 형도 알고 있었는데 왜! 왜 나만 몰랐는데!"

송 실장은 악을 지르는 박연의 앞에서 고개를 떨구었다. 아파하는 얼굴을 마주할 면목이 없었다. 송 실장은 고개를 숙인 채 감춰두었던 진실을 입에 담았다.

"브이 씨… 네가 생각하던 것처럼 돈 받고 너랑 헤어진 거 아니야."

송 실장을 바라보는 박연의 눈시울이 붉게 물들었다.

"네 어머니까지 오셔서 브이 씨한테 못 할 말, 못 볼 행동하셨어. 그래도 끝까지 돈 안 받겠다고 하는 걸 내가 설득했다. 브이 씨 위한 거라고. 브이 씨 아버님 위한 거라고. 그리고… 널 위한 거라고."

"형이 어떻게…."

차마 말을 다 잇지 못한 박연의 눈에서 눈물이 떨어져 내렸다. 송 실장은 여전히 바닥만 내려다보며 말했다.

"네 배우 인생 마지막 기회라고 무릎 꿇고 빌었다. 연이 한 번만 살려달라고. 나 좀 한 번만 살려달라고. 헤어져주기만 하면 내가 꽃뱀은 안 되게 해준다고 했어. 그래서 결국 마녀사냥으로 기사 나가고 루머로 무마된 거야."

커다란 두 손이 송 실장의 멱살을 휘어잡았다. 송 실장은 예감한 듯 박연이 쥐고 흔드는 대로 가만히 서 있었다.

"형이 나한테 어떻게 이럴 수 있어! 어떻게 브이한테…!"

악다구니를 쓰는 얼굴이 엉망으로 일그러졌다. 송 실장은 분노와 배신감으로 떨리는 눈동자를 피해 눈을 감았다. 묵묵부답인 송 실장의 옷깃만 쥐고 흔드는 박연의 두 눈에서는 쉴 새 없이 굵은 눈물방울이 떨어졌다.

브이가 왜 사실대로 말하지 않았는지 궁금했다. 많이 억울했을 텐데. 많이 아팠을 텐데 왜 자신에게 말하지 않은 걸까. 그런데 넌 말을 할 수가 없었구나. 그때도, 지금도.

박연이 울먹이며 소리쳤다.

"나 때문에…. 난 그것도 모르고 걔한테…!"

얼마나 상처를 줬는데.

'내가 당한 배신감, 상처, 다 갚아줄 거야.'

'강 대표한테 받은 돈이 부족했어? 그 돈, 날 버리는 값으로도 턱없이 부족했어?'

'왜 그렇게 값싸게 넘겼냐? 우리 사랑.'

얼마나 못되게 굴었는데.

'돈이면 사랑도 버리는 여자가 있어서요.'

'넌 내가 준 진심을 팔았어. 넌 그런 여자야.'

그런데도 아무 말도 하지 않았다. 버티고. 참고. 또 견디고….

송 실장의 옷깃을 틀어쥐고 있던 손에 힘이 빠져나갔다. 박연은 자리에 주저앉아 울음을 터트렸다. 그 모진 시간을 혼자 견뎠을 브이가 안쓰럽고 미안했다. 모든 짐을 브이가 짊어진 동안 아무것도 모르고 있던 제 자신이 한심했다. 브이와 자신을 이렇게 만든 모든 이들에게 억울하고 분했다.

그러쥔 두 손을 이마에 기대고 어린애처럼 소리 내어 울었다.

넌 내가 얼마나 미웠어. 대체 나를 얼마나… 사랑한 거야….

웅크리고 앉아 우는 박연의 앞에 송 실장이 무릎을 꿇었다.

"미안하다 연아…. 형이 정말 미안해…."

송 실장은 다섯 살 어린아이처럼 우는 박연에게 빌었다. 박연은 아무것도 들리지 않고 보이지 않는 사람처럼 울기만 했다.

박연이 드레스룸으로 들어서자 어두운 실내조명이 자동으로 밝아졌다. 각종 명품 브랜드 시계가 들어 있는 진열장의 서랍을 열었다. 케이스 없이 돌아다니고 있는 반지 두 개를 집어 들었다. 조명을 받아 하얗게 빛나는 반지는 계약연애를 시작할 당시 빅엔터에서 주었던 커플링이었다. 자신이 끼고 다녔던 남성용 반지는 물론, 헤어지던 날 브이가 바닥으로 집어던졌던 반지도 함께였다.

커플링을 만지작거리던 박연이 서랍 안쪽 깊숙이 넣어둔 사각 케이스를 꺼내들었다. 케이스 뚜껑을 열자 커플링이 나란히 금빛으로 빛났다. 브이에게 고백하기 위해 직접 샀던 반지였다.

케이스 안에 든 반지를 쓰다듬는 박연의 눈에 눈물이 차올랐다. 송 실장에게 모든 진실을 전해 듣고 처음에는 울분을 토해냈다. 그런 뒤에는 안도했던 것 같다. 브이가 자신을 버린 게 아니라는 사실에. 반지를 내려다보며 눈물을 떨어트린 박연이 손등으로 눈가를 훔치고 울음 섞인 미소를 지었다. 아무리 자신을 위하는 마음에 모든 아픔을 감내하려 했다지만….

"그래도 나한테 말을 하지…."

작게 혼잣말을 중얼거린 박연은 코를 훌쩍이며 반지를 제자리에 넣어두었다. 혹여나 반지가 어떻게 될까 두려운 사람처럼 진열장 서랍을 조심스럽게 닫았다.

드레스룸을 나가려 돌아선 박연은 별안간 미간을 구겼다. 브이가 자신을 버린 게 아니라는 사실을 알고 나니 서운함이 물밀 듯이 밀려들었다. 사람 마음이라는 게 참 간사했다. 어제까지만 해도 브이가 저를 버린 줄로만 알고 괴롭혔으면서. 괴롭히면서도 이제라도 거짓말이라고 말하길 빌었으면서.

박연은 드레스룸 문 앞에서 서서 허리에 손을 얹었다.

"아니, 나한테 언제까지 비밀로 할 셈인 거야? 그리고 마음먹는다고 넌 그게 되니? 한 달 동안 얼굴도 안 보이고, 목소리도 안 들려주고. 정말 나랑 평생 안 볼 자신 있었던 거야, 뭐야…."

태권브이. 진짜 독한 여자야, 너.

박연은 마음에 여유가 생기니 서운함을 핑계로 괜한 심술도 부려보았다. 미간을 구기고 서 있던 박연의 얼굴에 다시 물기 어린 미소가 번졌다.

늦은 저녁, 편의점에서 산 캔맥주를 들고 원룸 빌라로 들어서려던 브이가 몸을 숨겼다. 계단 위에서 말소리가 들려왔다. 소연의 목소리였다.

"죄송한데요, 사정 좀 봐주시면…."

신경질적인 목소리가 웅얼거리는 소연의 말을 싹둑 잘라먹었다.

"죄송한 거 아는데 이럴 수가 있어? 나한테 말도 안 하고 둘이서 살면 어떡해? 상도덕이 있는 거야?"

"정 그러시면 제가 방세를 더 낼게요."

"글쎄, 우리 빌라 룰이 1인 1실이라니까. 201호만 사정을 봐줄 수가 없어!"

브이는 층계 난간에 등을 기대고 섰다. 건물 주인의 성화가 대단했다. 말싸움으로 지는 법이 없는 소연이 한마디도 대꾸하지 못하고 있었다. 대화가 끝나기를 기다렸다. 그러나 일방적인 설전은 꽤 길어졌다. 층계에 쭈그리고 앉아 맥주 캔을 땄다. 어느새 미지근해진 맥주를 홀짝거렸다. 브이가 움직일 때마다 센서등이 밝아졌다 어두워지기를 반복했다.

아무래도 더는 소연의 자취방에서 신세를 지지 못할 것 같다. 집도 없고, 도장도 닫고. 가진 돈도 모두 사채 원금을 갚는 데 썼다. 입금된 방송국 알바비는 겨우 8만 원이 조금 넘는데.

맥주 한 캔을 다 비운 브이가 자리에서 일어섰다. 터벅터벅 계단을 내려와 빌라를 나왔다.

다 마셔버린 맥주를 사러 편의점으로 향하던 발걸음이 자리에 멈춰섰다. 골목 끝에 박연이 서 있었다. 방송국에 출근할 아침시간에 맞춰 나타나곤 했다. 지금은 벌써 꽤 어둑해진 시간이었다. 또 무슨 말을 하려고 나타난 것인지 알 수 없었다. 또 어떤 얼굴을 해서 가슴 아프게 만들 것인지도.

얼굴을 찌푸린 브이가 평소처럼 박연의 곁을 무심히 지나쳤다. 박연은 제가 보이지 않는 것처럼 옆을 지나쳐가는 브이를 돌아보았다. 입술 사이로 피식 바람 빠지는 소리가 났다. 브이 모르게 웃음을 터트린 박연이 얼른 얼굴을 굳혔다.

브이의 행동이 진심이 아니라는 걸 알고 나니 마냥 좋다. 아팠던 걸 까맣게 잊어버린 사람처럼. 그저 예쁘다. 귀엽다. 멀어지는 브이의 뒷모습을 바라보는 것만으로도 감정이 벅차올랐다. 미친놈처럼 피식거리다가 금세 눈시울이 뜨겁게 젖었다. 안쓰럽다. 당장 달려가 안아주고 싶을 만큼.

눈에 힘을 준 박연이 성큼성큼 브이의 보폭을 따라잡았다. 어느덧 브이의 곁으로 다가온 박연이 팔을 잡아챘다.

"뭐하는 거예요!"

반사적으로 팔을 빼내려는 브이를 더욱 꽉 붙들었다. 박연은 일부러 얼굴을 딱딱하게 굳히고 브이를 향해 말했다.

"여기서 큰 소리 내기 싫으면 따라와."

저항하던 브이가 주위를 둘러보더니 얌전해졌다. 원룸 빌라는 방송국과 5분 거리의 방송가였다. 박연과 이러고 있는 모습을 누군가에게 들켜봤자 좋을 것 없었다.

박연은 얌전해진 브이를 영범이 기다리고 있는 차로 끌고 갔다. 팔을 당기는 손길이 이전과는 다르게 조심스러웠다.

또 무슨 생각인 거야….

브이는 제 손목을 부드럽게 쥐고 끌고 가는 박연을 올려다보았다.

두 사람을 태운 차는 박연이 일전에 사두었던 오피스텔로 향했다. 영범은 운전을 하며 룸미러로 뒷좌석을 흘끔거렸다. 영범은 박연이 전 여사의 명의로 산 1702호 옆에 나란히 방을 얻었던 일을 기억했다. 분위기를 보면 화해를 한 것 같지는 않은데.

무슨 상황인지 영 파악이 안 된 채로 오피스텔에 도착했다.

박연이 1703호의 비밀번호를 눌렀다. 잠겼던 도어록이 해제되었다. 1703호의 문을 활짝 열고 브이를 돌아보았다.

"들어가."

"내가 왜요? 지금 뭐하는 건데?"

박연은 말없이 브이만 보았다. 브이는 말이 통할 것 같지 않은 강압적인 눈빛을 피하지 않고 마주보다가 결국 안으로 들어섰다.

누가 사는 집인 건지 아기자기하게 꾸며져 있었다. 거실 창에 달린 핑크색 커튼은 이제는 없어진 브이의 방에 달려있던 것과 비슷했다. 인테리어 소품들이 차지하고 있는 1703호는 아무리 보아도 여자의 방처럼 보였다. 브이는 영문을 모르겠다는 얼굴로 박연을 돌아보았다.

박연은 잠시 회상에 젖어 있었다. 같이 살자는 프러포즈를 꿈꾼 날이 있었다. 근사하게 알려주고 싶었는데 이렇게 말하게 될 줄은 몰랐다. 저도 모르게 흐뭇한 표정을 짓고 있던 박연은 브이와 눈이 마주치자 황급히 얼굴을 굳히고 말했다.

"앞으로 여기서 지내."

브이가 미간을 찌푸렸다. 부러 두 눈에 독기를 채우고 말했다.

"무슨 말을 하는 거예요? 우리 헤어졌어. 당신 대표가 내 빚 갚아줬다구."

아주 조금 심술을 부릴 생각이었다. 자신에게 말도 안 하고 한 달이나 헤어져 있던 브이의 마음이 고맙고 미안하면서도 서운해서. 그러나 일부러 차갑게 얘기하는 브이의 얼굴을 보니 안 되겠다. 더는 못하겠다. 빨리 안고 토닥여주고 싶다. 이제 나도 다 안다고. 그럴 필요 없다고.

박연은 사실대로 입을 열었다.

"안 줬어, 안 줬대."

브이의 커다란 눈이 흔들렸다.

"그게 무슨 소리에요?"

"사채업자 날 찾아왔어. 강 대표가 못 준다고 말 바꿨대. 그래서 내가 줬어."

브이가 떨리는 목소리로 물었다.

"당신이… 내 빚을 갚았다구?"

되묻는 브이를 보는 순간, 박연은 빚이 있다는 것을 알고 나서 갚아주겠다고 나섰을 때 불 같이 화를 내던 일을 기억했다.

'당신한테는 쉬운 돈인데 나한테는 아니니까. 대체 얼마나 잘나서 이렇게 큰돈을 서로 갚아주겠다는 거야?'

도리질 친 박연이 서둘러 말했다.

"잠깐 내 말 먼저…."

"대체 왜 그랬어? 그 돈을 당신이 왜 갚았냐구!"

예상대로 반응하는 브이를 보자 덜컥 겁이 났다. 떨어져 있던 시간을 거슬러 이제 겨우 다시 붙어보려는데 또다시 엇나가버리는 건 아닌지. 바보처럼 진심을 잘못 전달해 브이의 심기를 건드려버리는 건 아닌지. 그래서 이번에야말로 정말 영영 브이를 놓쳐버리는 건 아닌지. 이젠 화를 내는 것만 봐도 심장이 주저앉는다.

어젯밤 잠까지 설치며 브이와의 애틋한 재회만을 상상해왔던 박연은 생각지 못한 방향으로 전개되는 상황에 당황했다. 그래서였다. 입에서 제 스스로도 생각지 못한 말이 툭 튀어나온 것은.

"공, 공짜 아니야! 나한테 갚아!"

박연은 말을 뱉어놓고 얼굴을 구겼다. 사귀지도 않는 브이와 사귄다고 마음대로 지껄이는 바람에 이 지경까지 와놓고 또…. 박연 이 등신….

슬며시 브이의 눈치를 살폈다. 단단히 화가 난 얼굴이었다. 박연은 눈썹을 긁적이며 말했다.

"아니 갚으라는 게 무슨 말이냐면… 그래. 넌 이젠 강 대표가 아니라 나한테 빚을 진 거야. 앞으로는 강 대표 말 들을 필요 없어. 그냥 넌 여기서, 난 저기서."

박연이 팔을 곧게 뻗어 벽 너머를 가리켰다.

"내 눈 보이는 데. 내 옆에 있으라는 거야, 내 말은."

이렇게 말하는 게 맞나? 이 방을 얻으면서 브이에게 같이 살자는 말을 하려고 준비해두었던 근사한 대사 따위는 하나도 생각나지 않았다. 뭔가 잘못 말한 것 같은데.

박연이 당황해서 하얗게 질린 얼굴로 머릿속을 정리하는 동안 브이의 커다란 눈에는 눈물이 그렁그렁 차올랐다.

'네 앞에 나타나서 나 볼 때마다 네가 돈 받고 나 버렸다는 사실 계속 생각나게 만들 거야.'

'내가 당한 배신감. 상처. 다 갚아줄 거야.'

박연이 했던 말들을 떠올린 브이는 눈물을 떨어트리며 말했다.

"당신 옆에서, 당신이 시키는 대로 돈 갚아라 이거지?"

"아니, 저기 그게 아니라…."

눈물을 뚝뚝 떨구는 브이를 앞에 두고 박연이 어찌할 바를 몰랐다. 단단히 오해를 한 브이를 보자니 차마 눈물조차 닦아주지 못하겠다. 커다란 두 손이 안절부절 못하면서 허공을 맴돌았다.

브이는 눈물을 훔치고 박연을 야멸치게 쏘아보았다. 레이저보다 뜨거운 눈빛을 받은 박연이 쭈그러들었다.

"당신 뜻대로 해. 내가 아파하는 걸 봐서 속이 풀린다면 그렇게 해."

브이는 박연이 잡을 새도 없이 오피스텔을 나갔다. 오피스텔 방에 홀로 남은 박연이 머리칼을 쥐어 잡고 주저앉았다.

"이게 지금 무슨…."

넋이 나간 얼굴로 중얼거렸다.

며칠 뒤, 1703호 문 앞에 브이가 비장한 표정으로 섰다. 옆에는 커다란 트렁크 가방 한 개가 놓여있었다. 예정된 시간 이전부터 현관문에 귀를 바짝 대고 있던 박연이 1702호 문을 빼끔히 열었다. 1703호 앞에 선 브이가 고개를 홱 돌려 박연을 째려보았다. 문 뒤로 몸을 숨긴 박연이 다시 얼굴을 슬쩍 내밀었다.

브이는 붉어진 눈시울로 박연을 보며 말했다.

"안 도망가고 당신 뜻대로 여기서 갚을 테니까 그렇게 보지 마."

박연이 뒷머리를 긁적이며 문 밖으로 나왔다.

"저기 그게 오해가…."

그때 엘리베이터 문이 열렸다. 문이 열리자마자 기범이 달려 나왔다. 기범은 박연을 보자마자 멱살부터 잡았다.

"이 비열한 새끼야! 아무리 그래도 사랑했던 여자를…!"

옷깃을 틀어쥐는 악력에 박연이 캑, 기침을 터트렸다. 기범은 박연의 목을 짤짤 흔들어댔다.

"네가 이러고도 남자냐?"

기범은 박연의 귓가에 대고 낮게 속삭였다.

"이 병신 새끼야."

박연의 눈이 크게 벌어졌다. 기범은 박연의 멱살을 던지듯 놓고 브이에게 다가갔다. 눈물을 닦고 있는 브이의 어깨에 팔을 둘렀다.

"뭐, 뭐? 저 새끼가…!"

박연은 기범을 향해 소리치던 입을 다물었다. 기범은 제 눈앞에서 훌쩍이는 브이를 안고 토닥이고 있었다. 박연이 눈가를 거칠게 씰룩였다.

"야, 권브이. 너 방송국 그만둬."

눈물을 손등으로 문질러 닦은 브이가 박연을 돌아보았다. 박연의 두 눈에 불꽃이 튀고 있었다. 박연은 이를 악물고 말했다.

"시간당 5만원씩 깐다. 내 옆에 딱 붙어서 내가 시키는 것만 해."

기범은 어이가 없다는 얼굴로 박연을 보았다. 그 곁에 선 브이 역시 박연을 향한 눈빛이 곱지 않았다. 박연은 브이의 어깨에 얹어져 있는 기범의 손을 노려보며 말했다.

"불만 있어?"

한숨을 쉰 브이가 1703호 문을 열었다. 기범이 그 뒤를 따라 들어가며 박연을 노려보았다. 그대로 문이 닫혔다. 박연이 뒤늦게 달려가 문을 두드렸다.

"야! 둘이 왜!"

그러나 닫힌 문은 열리지 않았다. 급하게 뛰어나온 맨발로 복도에서 서서 1703호 문에 귀를 대었다. 고요한 적막 속에서 눈동자만 빠르게 굴러갔다. 아무런 소리도 들리지 않는다.

다급하게 1702호로 뛰어 들어온 박연이 브이의 집과 붙어 있는 벽에 얼굴을 바싹 붙였다.

"무슨 방음이 이렇게 잘 돼?"

하얀 얼굴이 불만스럽게 구겨졌다.

부엌부터 침실까지 벽에 귀를 댄 채 이동했다. 숨소리도 내지 않고 벽 너머로 들려오는 작은 소리에도 집중했다. 벽을 더듬어가던 박연이 침대 다리에 발가락을 찧었다.

"악…!"

말로 설명할 수 없는 고통이 엄지발가락에서부터 머리끝까지 타고 올라왔다. 새빨갛게 달아오른 얼굴로 발을 움켜쥐고 침대 위로 엎어졌다.

한편 1703호로 들어온 브이와 기범은 벽 너머에서 들리는 짧고 굵은 비명 소리에 동시에 옆을 돌아보았다. 그러나 벽 너머 1702호에서 무슨 일이 일어났는지 두 사람은 알 수 없었다.

식탁에 마주앉자마자 브이가 물었다.

"어떻게 알고 왔어?"

기범은 브이가 지낼 방을 둘러보며 대답했다.

"소연이한테 들었어. 근데 여기…."

말끝을 흐리는 기범을 따라 브이도 1703호 실내를 천천히 돌아보았다. 박연의 손에 이끌려 왔던 첫날보다 짐이 늘어난 듯 느껴졌다. 침실, 거실 나눌 것 없이 부담스러울 정도로 아기자기하게 꾸며져 있었다.

기범은 커튼부터 가구, 작은 인테리어 소품까지 신경 쓴 듯한 실내를 돌아보며 물었다.

"전에 누가 살던 집이래?"

"아무래도 그런 것 같아."

대답하는 브이를 보며 기범은 미간을 구겼다.

"도대체 박연은 어쩔 생각인 거래?"

브이가 방을 둘러보던 시선을 내리며 힘없는 미소를 지었다.

"저 사람… 내가 많이 미울 거야. 힘들게 했거든."

"넌 안 힘들었고?"

욱해서 따지는 기범에게 브이가 고개를 저으며 웃었다. 상황이 이런데도 괜찮다고 웃어 보이는 브이를 보자니 기범은 안쓰러운 마음이 들었다. 그토록 오래 마음에 두었던 여자인데, 또 오랜 친구이기도 한데 자신이 브이에게 해줄 것은 아무것도 없었다. 어쩌면 진짜 병신은 제 자신일지도 모른다고 스스로가 원망스러웠다.

기범의 눈이 1702호와 맞닿아 있는 벽으로 향했다. 정말로 브이더러 빚 갚으라고 옆에 두는 건 아닌 것 같은데….

뿔테 너머 작은 눈이 열심히 눈치를 살폈다. 영범은 로드매니저의 소명대로 전남 촬영지까지 운전을 하긴 했다. 그런데 브이까지 동행할 줄은 몰랐다. 브이를 오피스텔에 살게 하고, 촬영장까지 데려온 것을 보면 화해를 했나 싶다가도 쌩하게 찬바람이 부는 모습을 보면 화해는 아니지 싶었다.

지난 촬영에는 제작진의 스태프였던 브이는 오늘 촬영에는 박연의 스태프로 촬영장에 함께했다.

'시간당 5만원씩 깐다. 내 옆에 딱 붙어서 내가 시키는 것만 해.'

뱉은 말을 책임질 셈인지 전원일기 촬영장까지 브이를 끌고 왔다. 짧은 머리에 모자를 눌러 쓰고 마스크까지 챙긴 브이가 옆자리에 앉아 있는 박연을 흘끔 쳐다보았다. 브이를 연신 흘끔거리던 박연은 눈이 마주치자 창밖을 보며 딴청을 피웠다. 그러나 머릿속에서는 브이 생각뿐이었다.

일이 왜 이렇게 된 거야. 짜증나게…. 눈살을 구긴 박연이 순간 어금니를 악물었다. 어제 브이의 집에 들어가던 기범이 떠올라서였다. 얘는 겁도 없이 집에 남자를 들여. 그것도 심혈을 기울여서 꾸며놓은 우리의 스위트 홈인데….

브이는 꿈에도 모르겠지만 몇 날 며칠을 고심하여 영혼을 갈아 넣어 꾸민 집이었다. 외간 남자 따위가 들어갈 공간이 아니었다. 창밖을 보던 박연은 단단히 삐친 듯 입술을 이죽거리며 차에서 내렸다. 박연을 따라 차에서 내린 브이가 이미 촬영 준비가 끝난 촬영장을 건너다보았다. 마당에 설치된 카메라 앞에서 피디들과 작가들이 오프닝 들어갈 준비를 하는 중이었다. 멀리 소연의 얼굴도 보였다.

지난 촬영과는 달리 박연의 스태프 신분으로 찾은 촬영장에서 브이가 할 일은 딱히 없었다. 마이크를 차고 있는 박연을 흘깃 쳐다본 브이가 하릴없이 바닥을 툭툭 찼다. 그때 장비팀의 남자 스태프가 다가왔다. 덩치가 큰 남자는 지난 촬영에 브이를 '잘잘이'라 부르던 그 남자였다.

"잘잘이 저번에 갑자기 증발해서 알바 잘린 줄 알았는데? 용케 또 왔다?"

브이는 멀리서 저를 알아보고 말을 걸어오는 게 더 용하다 싶었다.

"여기서 뭐하고 있어? 왔으면 빨리 가서 일해."

남자가 브이의 팔을 잡았다.

"아니 저기…."

엉덩이를 뒤로 빼고 버티는 브이의 어깨에 팔이 둘러졌다. 남자 스태프와 브이의 시선이 동시에 옆으로 돌아갔다. 언제 나타났는지 브이의 어깨를 감싼 박연이 남자 스태프를 향해 말했다.

"내가 스카우트했어요. 일을 너무 잘해서."

남자 스태프는 박연을 보며 브이의 팔을 슬쩍 놓았다.

"그러니까 일은 내가 시키는 걸로."

말을 마친 박연이 이제 가보라는 듯이 남자를 빤히 쳐다보았다. 남자는 브이를 멋쩍게 쳐다보다가 사라졌다. 브이는 남자 스태프가 멀어지자마자 어깨에 둘러진 박연의 팔을 밀어내고 영범이 있는 쪽으로 가버렸다. 그런 브이의 뒷모습을 지켜보던 박연이 한숨을 뱉었다. 지금쯤 얼싸안고 그동안 얼마나 힘들었냐며 서로를 달래줘도 모자랄 판인데….

촬영은 축사에서 시작되었다. 끝이 보이지 않는 축사 안에는 여기저기서 소 울음소리가 울렸다. 휴지를 돌돌 말아 양쪽 콧구멍을 틀어막은 박연이 한 손에 삽을 들고 세상에서 가장 짜증스러운 표정을 지었다.

입으로 숨 쉴 때마다 입으로도 냄새가 느껴지는데 직접 똥을 퍼내라고? 내가? 박연이 소똥을?

멜빵으로 연결된 가슴장화를 입은 박연은 눈가에 핏대를 세우고 정 피디를 돌아보았다.

텃밭에 퇴비로 쓸 소똥을 얻기 위해 소똥을 치워야 한다는 게 말이 됩니까? 두 눈으로 무언의 의구심을 던졌다. 정 피디는 모른 척 고개를 돌렸다. 결국 박연이 카메라 렌즈를 손으로 막고 정 피디에게 속삭였다.

"어차피 축사에서는 하루에 똥을 몇 트럭씩 버린다는데 그거 주워다 쓰면 되지 않아요? 피디님은 원래 이렇게 융통성이 없어요?"

눈을 마주치지 않기 위해 애를 쓰던 정 피디가 결국 씨익 웃으며 박연을 돌아보았다.

"농촌생활에 공짜는 없다. 땀 흘린 만큼의 결실을 맺는다. 시청자들에게 좋은 메시지를 던지는…."

박연은 더는 듣기 싫다는 듯 삽머리를 신경질적으로 땅에 푹 꽂아 넣었다. 정 피디가 눈치껏 스태프들에게 촬영 재개의 손짓을 해보였다.

휴지로 코를 틀어막은 박연은 고개를 숙이고 깊은 한숨을 내쉬었다. 시키는 것을 하지 않으면 촬영은 끝나지 않는다. 17년간 연예계에 몸담으면서 익히 알고 있는 교훈이었다. 박연은 일륜차로 불리는 바퀴가 하나 달린 손수레를 끌고 축사 안으로 들어섰다.

일륜차를 세워두고 우리 안으로 들어간 박연이 열심히 소똥을 퍼내기 시작했다. 카메라는 냄새에 시달리는 박연의 얼굴을 생생히 담아냈다. 삽자루를 쥔 낯선 이의 방문이 거슬렸는지 새끼를 보듬던 어미 소가 머리로 들이받을 것처럼 박연에게 달려들었다. 사력을 다해 울타리를 넘어 뛰어내린 박연이 소똥을 퍼 담은 손수레 위에 안착했다.

"아악!"

소똥 위에 엉덩이를 깔고 앉은 박연은 두 주먹을 불끈 쥐고 악을 질렀다. 스태프들 뒤쪽에서 그 모습을 지켜보는 브이는 다른 생각에 빠져 있었다.

'앞으로 여기서 지내. 내 옆에 딱 붙어서 내가 시키는 것만 해.'

어쩌려는 걸까. 정말 돈을 빌미로 앙갚음이라도 하려는 걸까. 독기를 품은 박연이 안쓰러우면서도 그런 박연을 마주하는 것이 브이로서는 견디기 힘들었다. 저 남자의 눈앞에서 사라지려면 어서 돈을 갚아야 했다. 어떻게 갚지….

박연이 시키는 대로 오피스텔에 입주한 것은 순전히 오기였다. 저 대신 빚을 갚았다며 자신에게 갚으라는 박연의 말에 순간 자존심이 상해서 오기를 부렸다. 뒤늦게 후회가 되었다. 이렇게 끌려 다니면서 얼굴 마주하는 건 참기 힘들다. 아직까지 얼굴만 봐도 심장이 저릿저릿한데. 그러나 오피스텔에 들어오라는 박연의 말을 거스른다 해도 달리 갈 곳은 없었다. 소연이의 자취방도 더는 지내기 힘든 상황이었다.

이러니까 꼭 갈 곳 없어서 들어간 것 같네….

브이는 복잡은 머리를 두 손으로 감쌌다.

늦은 밤, 촬영이 마무리되고 지난 촬영 때처럼 스태프들은 마을회관에서 잠자리를 준비했다. 그러나 브이는 마을회관으로 향하는 대신 박연의 밴으로 향했다. 영범에게 받은 차 키를 내려다보았다. 스태프들과 같이 자기에는 위험부담이 컸다. 작가들에게 정체를 들킬 뻔했던 지난 촬영을 생각하면 조금 불편해도 밴에서 밤을 보내는 게 나을 듯했다.

밴에 올라탄 브이가 좌석 시트를 젖히고 누웠다. 어두운 차 안에서 불편한 몸을 이리저리 뒤척이는데 누군가 똑똑 창을 두드렸다. 차창 밖에서 박연이 나오라는 손짓을 해보이고 있었다. 브이는 작은 한숨과 함께 미간을 좁혔다.

촬영장까지 따라오라기에 대체 뭘 얼마나 괴롭히려는 모양인지 몰라 잔뜩 긴장했었다. 그러나 촬영 내내 브이는 하릴 없이 시간을 보내야 했다. 하루 종일 눈길 한 번 주지 않고 말도 걸지 않더니 왜 불러내는 걸까.

브이가 차 문을 열고 나왔다.

"따라와."

대뜸 명령조로 말한 박연은 등을 돌려 먼저 앞장섰다. 브이는 영문도 모른 채 박연의 뒤를 따라나섰다.

앞뒤로 나란히 서서 밤길을 걸었다. 서울 도심에서는 보기 힘든 밤하늘이었다. 별이 총총 박힌 까만 하늘 아래 풀벌레 우는 소리가 반주처럼 깔렸다. 시골길을 걷는 두 사람의 발소리가 자박자박 울렸다.

마을 입구까지 말없이 산책이나 하듯 걷던 박연이 걸음을 멈췄다. 이 정도면 촬영장에서도, 마을회관에서도 꽤 멀어졌다. 바지주머니에 한 손을 꽂아 넣은 박연이 브이를 돌아보았다. 그들은 마을을 몇 백 년 동안 지켜왔다던 커다란 나무 아래서 서로를 마주보고 섰다. 마스크를 쓰고 자신을 올려다보고 있는 작은 얼굴을 박연은 가만히 바라보았다.

말해야 할 시간이 왔다. 나 때문에 얼마나 힘들었니. 얼마나 외로웠니. 내가 미안해. 아무것도 몰랐어. 이젠 내 앞에서 그런 표정 짓지 않아도 돼. 그동안의 오해를 풀고 진심을 전해야 할 시간이 왔다.

박연은 브이의 앞으로 한 발 다가갔다. 박연을 올려다보는 커다란 눈에는 긴장감이 감돌았다. 무슨 말을 하려는 걸까. 또 어떤 가시 같은 말을 뱉으려는 걸까. 브이가 슬며시 미간을 찌푸렸다.

박연은 한참 만에 입을 열었다.

"내가 네 빚 갚은 거…."

널 괴롭히려거나 네가 미워서가 아니야.

그러나 마음처럼 말은 입술 밖으로 쉽사리 나오지 않았다. 박연은 당황한 듯 이맛살을 구겼다. 자꾸 입안에서만 맴도는 말을 뱉으려 빈 입술을 달싹였다. 그때였다. 멀지 않은 곳에서 인기척이 들려왔다. 어둠속에서 이쪽으로 다가오는 스태프들을 먼저 발견한 박연이 브이의 손을 끌어 잡았다. 재빠른 움직임으로 브이와 함께 나무 뒤로 몸을 숨겼다. 살아온 세월만큼 기둥이 굵은 나무는 두 사람이 몸을 숨기기에는 충분했다.

재잘대는 여자 스태프들의 말소리가 나무 너머로 들려왔다. 나무에 등을 붙이고 선 브이가 조심스럽게 시선을 들었다. 한 손으로 나무를 짚은 박연이 브이를 품에 가두듯 더욱 바짝 몸을 붙여왔다. 박연의 가슴팍이 브이의 눈앞을 가렸다. 브이는 나무에 운동화 뒤꿈치가 닿도록 뒤로 물러섰다. 등 뒤의 나무 때문에 더 벗어날 곳도 없는데 최대한 박연과의 공간을 벌리려 애썼다.

나무 너머로 스태프들의 동태를 살피던 박연이 품안에서 바르작거리고 있는 브이를 내려다보았다. 바지주머니에 꽂혀 있던 손을 꺼내어 턱 아래를 간질이는 브이의 머리칼을 건드렸다. 발밑만 내려다보던 브이가 천천히 고개를 들었다. 박연의 얼굴이 금방이라도 닿을 듯 다가와 있었다. 짧게 자른 머리칼을 건드리던 검지가 브이의 뺨을 따라 내려왔다. 브이는 제 얼굴을 간지럽게 쓸어내리는 박연을 멍하니 보았다. 어둠 속에서 마주친 눈빛은 달라져 있었다. 마치 예전으로 돌아간 듯한 착각을 불러일으키는 눈빛이었다. 브이는 내내 머릿속을 복잡하게 만들던 온갖 생각과 걱정들이 잠시 동안 하얗게 날아가는 것을 느꼈다.

당신이 나를 사랑하고, 내가 사랑이란 걸 처음 배울 때. 그때로 돌아간 듯한 착각에 빠지게 만드는 눈동자만 바라보았다. 뺨을 쓸어내린 검지가 얼굴을 가리고 있는 마스크로 내려앉았다. 박연은 손끝으로 마스크를 꾹 눌렀다. 마스크 안에서 브이의 입술이 부드럽게 눌렸다.

박연이 고개를 비스듬히 숙였다. 마스크를 쓰고 있는 얼굴로 입술이 다가왔다. 마스크 밖으로 나온 커다란 눈이 가늘게 떨렸다. 천천히 다가오는 얼굴을 보자 지난 촬영에서 비 오던 날, 억지로 했던 키스가 떠올랐다.

아니다. 이 남자는 예전의 그 남자가 아니다. 다가오는 입술도 이젠 사랑을 담고 있지 않다. 그저 상처주기 위한 입맞춤일 뿐이다. 나를 향한 미움이 가득한….

권브이, 착각하지 마.

제 스스로를 꾸짖은 브이가 눈물이 차오른 눈을 찡그렸다. 마스크 위로 입술이 닿을 듯 가까워진 박연을 밀쳐내고 나무 밖으로 뛰쳐나왔다.

길을 지나던 여자 스태프들이 브이에게 알은체를 했다.

"왜 거기서 나와요?"

"산책하다가 길을 잃어서요."

브이는 여자 스태프들에게 달려가 팔짱을 끼워 넣었다. 갑작스레 친밀하게 다가오는 브이를 보며 여자 스태프들은 어리둥절한 표정을 지었다.

인기척이 멀어질 때까지 박연은 나무를 짚고 서 있었다. 고개를 숙이고 조금 전까지 브이가 있던 품안의 빈 공간을 내려다보았다.

말이 나오질 않았다. 자신이 없었다. 겁이 났던 것 같다. 강 대표와 송 실장. 그리고 제 모친과 팬들에게까지 모진 수모를 겪었다. 이제 와서 네가 겪었던 모든 것을 알게 되었다고, 그렇게 말하면 네가 다시 돌아올까. 그렇게 아프게 했는데 다시 내게로 올까.

박연은 브이가 고했던 이별이 자신을 위한 마음에서 나온 행동이었음을 알고 안도했었다. 오해가 풀렸으니 이젠 다 잘될 거라고 생각했다. 우리 이별은 마음에 없는 이별이었으니 당연히 모든 것이 제자리로 돌아갈 거라고 생각했다.

그런데 일이 꼬이는 바람에 시간이 지나다보니 점점 자신이 없어졌다. 오해를 풀었는데도 네가 싫다고 할까 봐. 헤어져 있는 동안 짧게 잘라버린 머리카락처럼 정말로 날 잘라내 버린 건 아닐까. 그럼 우리 이번에는 진짜 끝인 거잖아.

그래서 모든 사실을 알게 됐는데도 박연은 선뜻 브이를 안을 수가 없었다.

2박 3일의 전원일기 촬영을 마치고 두 사람은 서울의 오피스텔로 돌아왔다. 그들은 1702호와 1703호로 각자 들어갔다.

브이는 피로한 몸과 마음을 가누지 못하고 곧장 현관에 쓰러져 누웠다. 두 팔을 벌리고 누워 눈만 깜박였다. 입술을 건드리던 박연의 눈빛이 머릿속에서 떠나지 않았다. 그때 전화벨 소리가 울렸다. 브이의 핸드폰 벨소리는 아니었다. 벌떡 일어나 앉은 브이가 실내를 돌아보았다.

운동화를 벗고 벨소리의 근원지를 찾기 위해 오피스텔 안을 뒤지기 시작했다. 소리를 따라 집 안을 서성거리던 브이가 침대 밑에 들어가 있는 전화기를 찾았다.

이 집에 전화기도 있었구나. 아직 남의 집처럼 낯선 것투성이였다. 브이는 괜스레 목을 가다듬고 통화버튼을 눌렀다.

"여, 여보세요?"

-넘어와.

집요하게 울린 벨소리와는 상반되게 통화는 제 할 말만 하고 뚝 끊겼다. 짧게 들었지만 박연의 목소리였다.

또 뭘 시키려구?

미간이 푹 들어가도록 인상을 쓴 브이가 1702호의 문을 두드렸다. 기다렸다는 듯이 문이 열렸다. 문을 활짝 열고 선 박연은 손목시계를 내려다보며 말했다.

"지금부터 잰다. 시간당 5만원. 일단 저기 앉아."

박연이 식탁을 가리켰다. 고분고분 신발을 벗고 안으로 들어서는 브이의 뒤통수를 쳐다보던 박연이 소리 없이 웃었다. 그렇게 1702호 문이 닫혔다.

어설픈 모양으로 자른 토스트가 접시에 담겨졌다. 박연은 요리를 하는 내내 식탁에 앉혀놓은 브이의 앞에 접시를 내려놓았다.

"먹어."

브이는 인상을 쓰고 못생긴 토스트와 박연을 번갈아보았다.

아무리 생각해도 이상해.

주스를 따라 부은 컵을 내미는 박연은 얼마 전까지 브이의 얼굴만 보면 아픈 말만 뱉던 남자라고는 믿기지 않았다. 브이는 머릿속을 떠돌던 장면을 되새겼다. 나무 아래서 자신의 얼굴을 바라보던 눈빛. 그리고 지금.

브이는 주스가 담긴 컵을 받아드는 대신 가라앉은 목소리로 물었다.

"왜 이러는 거예요?"

"난 혼자 밥 먹는 거 싫어해. 이건 밥 같이 먹어주는 노동이야."

무표정한 얼굴로 대답하는 박연을 빤히 쳐다보던 브이가 포크를 집어 들었다. 양 볼이 불룩해지도록 토스트를 씹어 삼키는 브이에게 시선을 고정한 박연이 저도 토스트를 크게 한 입 베어 물었다.

1702호에서 박연과 예상치 못한 식사를 마친 브이가 1703호로 돌아왔다. 씻고 나온 브이는 침대에 누워 수첩을 펼쳐들었다. 글씨를 적어 넣으며 중얼거렸다.

"시급 5만원…. 2박 3일 일정에다가 식사 1시간이면…. 이게 벌써 얼마야…."

셈을 해보던 브이가 수첩을 덮었다.

"이렇게 갚는 게 말이 돼?"

브이는 1702호와 맞닿아 있는 벽을 쳐다보았다. 무슨 생각인지 전혀 모르겠다. 벽을 노려보던 브이는 복잡한 머리를 신경질적으로 털고 침대에 벌러덩 누웠다. 침대에 누워 이런 저런 생각을 하던 브이가 무겁게 깜박이던 눈꺼풀이 완전히 닫으려던 찰나였다. 정적을 깨고 전화벨이 또다시 울렸다.

브이는 머리맡에 놓아둔 수화기를 들고 말했다.

"또 왜?"

-빨리 와!

수화기 너머로 다급한 목소리가 울리더니 그대로 끊겼다. 눈을 동그랗게 뜬 브이가 벌떡 일어나 현관으로 달려갔다. 잠기지 않은 문을 열고 들어가자 박연이 거실 소파에 웅크리고 앉아 TV를 보고 있었다. TV화면에는 머리를 풀어헤친 귀신이 주인공들에게 무시무시한 존재감을 뽐내고 있었다. 브이는 황당한 얼굴을 했다.

무슨 일이라도 생긴 줄 알고 놀라서 달려왔더니 겨우 공포영화 보는 중이었어?

박연은 팝콘을 들고 TV에 시선을 고정한 채 옆자리를 팡팡 두드렸다. 브이가 어이없다는 듯이 물었다.

"뭐해요, 지금?"

"빨리 앉아. 내가 꼭 보고 싶었던 영화인데 무서워서 혼자 못 보겠어. 옆에 앉아 있어. 그게 네 일이야. 시간당 5만원."

브이는 앞머리가 날리도록 깊게 숨을 뱉었다. 순간 욱했던 감정을 겨우 추스른 브이가 박연의 옆자리에 털썩 앉았다. 박연은 브이가 앉자마자 여고생이라도 된 듯이 꺅, 소리를 지르며 어깨에 얼굴을 파묻었다.

이 남자 정말 왜 이래? 브이는 저보다 큰 덩치로 안겨드는 박연을 밀쳐냈다.

시간이 흘렀다. 귀신은 쉬지 않고 이곳저곳에서 튀어나왔다. 못마땅하게 앉아 있던 브이도 어느덧 영화 내용에 집중하고 있었다. 이번에는 굉장한 귀신이 나올 모양이었다. 음악소리가 이전과 다르게 한껏 고조되었다. 대단한 귀신의 등장을 예감한 브이가 품에 안고 있던 쿠션으로 얼굴을 가렸다.

두 눈을 찡그려 감고 영화 소리에 귀를 기울이던 브이는 그제야 제 옆에 앉은 박연이 조용하다는 사실을 깨달았다. 감고 있던 눈을 떴다. 여전히 쿠션으로 얼굴을 가린 채 고개만 돌려 옆을 보았다. 다리를 꼬고 앉아 소파 등받이에 팔을 두른 박연이 영화 대신 브이를 보고 있었다. 언제부터 쳐다보고 있었던 것인지 눈이 마주쳤는데도 피할 생각을 않았다.

비명을 지르는 공포영화 소리가 아득해졌다. 브이는 자신의 눈을 지그시 바라보는 박연의 눈을 멍하게 쳐다보았다. 눈동자를 잘게 움직이며 브이의 얼굴을 훑어보던 박연이 커다란 나무 아래서처럼 천천히 다가왔다.

또다시 착각에 빠진다. 행복했던 그 언젠가로 돌아간 듯한.

브이는 손에 든 쿠션을 꽉 쥐었다. 코앞까지 다가온 얼굴이 비스듬히 각도를 틀었다. 애써 두 눈에 힘을 주고 있던 브이는 눈꺼풀이 저절로 감기는 것을 느꼈다. 벌어진 입술이 포개어지려는 순간, 초인종이 울렸다.

초인종이 연속으로 울렸다. 반쯤 감겨 있는 박연의 눈이 신경질적으로 움찔거렸다. 제정신이 돌아온 브이가 초인종 소리를 무시하고 입술을 포개려는 박연을 밀쳐냈다.

결국 자리에서 벌떡 일어났다. 현관으로 향하는 박연의 얼굴이 험상궂게 일그러졌다.

어떤 놈이야…!

문을 홱 열어젖혔다. 문을 열자 전혀 예상하지 못했던 얼굴이 서 있었다. 민형의 매니저였다. 음주운전 사고가 날 때까지만 해도 자신의 매니저이기도 했다. 민형의 매니저는 박연에게 꾸벅 인사부터 했다. 그리고는 불안하게 떨리는 눈으로 말했다.

"드릴 말씀이 있어요."

매니저는 누군가에게 쫓기는 사람처럼 연신 주위를 두리번거리며 안절부절못했다. 박연은 그런 매니저를 빤히 쳐다보았다. 민형의 매니저가 자신을 찾을 이유는 없었다. 용무가 있다면 회사에서, 혹은 전화로 처리했을 것이다. 바뀐 주소지까지 찾아왔다는 것은 분명 남들의 눈에 띄어서는 안 될 일이리라.

박연이 소파에 앉아 있는 브이를 돌아보았다.

"그만 가봐."

잠시 정신이 나갔다고 제 자신을 자책하며 앉아 있던 브이가 자리에서 일어섰다. 고개를 푹 숙이고 1702호를 나온 브이가 매니저의 곁을 지나쳤다.

매니저를 안으로 들이는 박연의 얼굴이 심각하게 굳어 있었다. 브이는 문이 닫힌 1702호 앞을 서성였다.

무슨 일이지? 짧은 찰나, 심상치 않은 분위기를 감지한 브이가 문짝에 귀를 붙였다.

"안 들려…."

1703호로 뛰어 들어온 브이가 1702호와 맞닿은 벽에 얼굴을 바짝 붙였다. 그러나 역시 그 어떤 말소리도 들리지 않았다.

무슨 문제라도 생겼나….

브이는 벽을 보며 걱정스러운 얼굴을 했다.

브이가 쳐다보고 있는 벽 너머 1702호에서는 박연과 매니저가 테이블을 사이에 두고 마주앉았다. 민형의 매니저는 박연이 내민 머그컵을 받아들었다. 따뜻한 커피를 들이켜는 손이 긴장한 듯 떨리고 있었다. 박연은 매니저 스스로 입을 열 때까지 기다렸다.

민형의 매니저는 커피를 몇 모금 더 마신 후에야 박연을 보았다. 그리고는 박연이 알아듣지 못할 말로 말문을 열었다.

"예전에 영상을 봤어요."

이야기를 듣는 박연의 눈이 가늘어졌다. 매니저는 바싹 타들어가는 입술을 축이며 말했다.

"어느 날 모르는 번호로 영상이 첨부된 메시지가 오더라고요."

"무슨 영상?"

"차량 블랙박스 같았어요."

블랙박스…. 박연의 눈이 흔들렸다. 매니저는 기억을 더듬으며 말했다.

"캄캄한 길을 달리다가 휘청거리더니 가로수를 들이받았어요. 그리고 운전석 열리는 소리가 나고 민형 형님이, 아니 이민형이 차 앞을 지나갔어요."

그날이다. 매니저가 본 영상은 이민형과 함께 사고가 나던 그 시간이 고스란히 찍힌 블랙박스 영상일 것이었다. 사고 후 바로 폐차를 맡겨버렸으니 블랙박스도 함께 폐기됐을 거라 생각했는데.

박연은 테이블에 상체를 바투 붙여 앉았다.

"그 영상 지금 어디 있어?"

"지웠어요."

"하아…."

박연은 긴 한숨을 내쉬며 무너지듯 고개를 숙였다. 깍지를 끼운 손으로 머리를 감싸 쥐었다. CCTV는 보관일자가 지나 당일의 사고 영상을 찾을 수 없었다. 그저 자신의 기억으로만은 주장할 수 없었던 결백. 어쩌면 마지막 증거가 될 수 있는 블랙박스 영상을 눈앞에서 놓치고 말았다.

차마 말을 잇지 못하고 마른세수만 하는 박연에게 매니저가 조심스럽게 물었다.

"그 영상, 진짜 맞아요? 그날 음주운전… 이민형이 한 거죠?"

"응."

짧게 답하는 박연을 보며 매니저는 죄스러운 얼굴을 했다.

"영상 받고 놀라서 이민형한테 보여줬어요. 그랬더니 합성영상이라고 했어요. 그땐 그렇게 믿고 지웠어요. …이민형이 그런 놈일 거라고는 의심조차 못했어요."

이민형은 블랙박스 영상이 존재한다는 걸 알고 있었어. 그러면서도 그렇게 태연하게…. 박연은 매니저의 말을 들으며 지끈거리는 눈을 세게 감았다 떴다.

"전에 이민형이랑 삼각관계 찌라시 돌았던 거, 그것도 이민형 짓이에요."

박연은 믿기지 않는 표정으로 매니저를 보았다. 브이를 가운데 두고 민형과 삼각관계라는 찌라시가 돌았던 일을 떠올리며 기억을 더듬었다.

매니저가 박연에게 물었다.

"혹시 사진 같은 거 못 보셨어요? 권브이 씨랑 이민형 사진이요."

"그 사진…!"

강 대표가 카페에서 마주앉아 웃고 있던 브이와 민형의 사진을 보여주며 노발대발하던 일을 마저 떠올린 박연이 주먹을 부르쥐었다. 그런 박연을 보며 매니저가 말했다.

"그 사진, 제가 찍어드렸어요. 무슨 용도로 쓰일지 모르고 시키는 대로 찍었어요. 그런데 얼마 안 있어서 찌라시가 돌더라고요. 사진이 유포되지는 않아서 이민형 짓일 거라 생각 못 했는데 이제 와 생각해보니 그 자식 짓인 게 분명해요."

매니저는 그동안 자신이 보았던 민형의 모습을 낱낱이 밝혔다.

"언제부터인지 제가 알던 이민형이 아니더라고요. 인터뷰하던 기자님 노트북에 커피를 일부러 부어놓고 미안한 척 굴고…. 꼭 전혀 다른 사람인 것처럼, 웃는 얼굴 뒤로 이상한 짓을 하는 걸 보고 확신이 들었어요. 그때 그 영상이… 진짜이겠구나."

1702호에는 잠시 침묵이 흘렀다. 길지 않은 침묵 끝에 박연은 사뭇 날카로워진 눈빛으로 매니저를 보았다.

"날 찾아온 이유가 뭐야? 강 대표나 경찰이나 다른 곳에 말할 수도 있었는데."

찌라시에 쓰일 사진을 찍는 것까지 도왔던 매니저였다. 불안에 떠는 얼굴은 거짓말이나 연기처럼 보이지는 않았지만, 오늘 찾아온 것 또한 민형의 지시가 아니란 보장이 없었다.

매니저는 질문의 의도를 간파한 듯 결백을 주장했다.

"저 여기 온 거 매니저일 그만둘 각오로 온 거예요. 형님한테도 불만 많았지만 이민형은… 달라요. 매니저로 지내다 보면 어딜 가나 까다로운 연예인들 있죠. 하지만 이민형은 기분 나쁘고 무섭기까지 했으니까…."

매니저는 민형의 두 얼굴을 목격하던 때를 떠올리는 듯 어깨를 가늘게 떨며 진저리쳤다. 박연은 여전히 경계가 풀리지 않은 눈빛으로 매니저를 빤히 쳐다보았다. 매니저는 박연을 눈을 똑바로 보며 말했다.

"형님한테 직접 말씀드리는 게 맞는 것 같아서 왔어요. 전에 제가 모시던 분이기도 하고, 그게 예의인 것 같아서…."

"일단 오늘 여기 온 건 이민형한테 말하지 마. 영상 얘기는 강 대표한테도 하지 말고."

매니저가 비장한 표정으로 고개를 끄덕였다. 박연은 들어올 때부터 매니저가 손에 쥐고 있는 핸드폰을 가리키며 물었다.

"그거 나한테 줄 수 있어?"

"제 핸드폰이요?"

"복구업체에 맡길 거야. 복구될 거라고 백퍼센트 확신은 못하지만 뭐라도 해봐야지."

민형의 매니저는 선뜻 핸드폰을 테이블에 내려놓았다.

"불편하겠지만 그래도 빌려드릴게요."

박연은 매니저의 핸드폰을 집어 들었다. 그 순간 수많은 감정이 교차했다. 핸드폰을 손에 쥐고 생각에 잠긴 박연에게 매니저가 불현듯 말했다.

"영상 보냈던 사람은 폐차장 직원이었어요. 그때 제가 형님 매니저였잖아요. 폐차 맡길 때 제 연락처로 남겨놨었거든요. 그래서 제 번호로 온 것 같아요."

매니저를 쳐다보는 눈빛이 잘게 떨렸다. 박연은 마른침을 삼키며 물었다.

"그 폐차장이 어디야?"

"일산이요."

"이민형도 알아?"

"그게… 제가 그 당시에 말했어요. 죄송합니다."

매니저는 조금 더 일찍 알아차리지 못한 죄책감에 고개를 꾸벅 숙였다.

민형의 매니저를 돌려보내고 박연은 손 안에 남겨진 핸드폰을 꽉 쥐었다. 민형이 음주운전뿐 아니라, 자신을 견제하기 위해 브이까지 건드려가며 찌라시를 만들어냈을 줄은 몰랐다.

두 얼굴을 가진 놈이란 것은 진즉 알았다. 이제 그 얼굴을 세상에 까발려야 할 때가 왔다.

영범을 시켜 전매니저의 핸드폰은 복구업체에 맡겼다. 예상대로 지워진 영상을 복원하는 것은 백퍼센트 장담할 수는 없다는 답변을 받았다. 그래도 희망을 걸어보기로 했다.

박연은 일산 폐차장을 찾았다. 영범을 운전석에 남겨두고 홀로 폐차장 안으로 들어섰다. 높이 쌓여 있는 폐차들 사이를 지나 컨테이너 박스의 문을 두드렸다. 사무실을 나온 폐차장 사장이 박연을 알아보고는 놀란 듯 인사를 해보였다.

"어유, 배우 박연 씨 아니세요? 어쩐 일로? 일단 안으로 들어오세요."

좁은 사무실 안으로 들어가자 점심식사 중이던 폐차장 직원들이 배달음식이 널브러져 있는 탁자를 치우기 시작했다. 직원들은 자리를 비우고, 사장이 박연을 독대했다. 사장은 믹스커피를 탄 종이컵을 공손히 내밀었다.

박연은 커피를 마시기 전에 본론부터 꺼냈다.

"작년에 저 사고 났을 때… 음주운전이요."

사장은 기억한다는 듯이 말했다.

"아, 그렇죠. 저희한테 폐차 맡기셨죠?"

"담당했던 직원 연락처를 알 수 있을까요?"

사장은 장부를 뒤져볼 것도 없다는 듯이 답했다.

"아, 태호. 주태호라고 일용직이었는데 얼마 전에 죽었어요."

"네?"

"산에 갔다가 실족사했대요. 뭐, 아직 수사 중인 것 같긴 한데. 그러길래 다리도 저는 놈이 산에는 왜 간 건지…."

넋두리를 하듯 중얼거리던 사장은 충격을 받은 얼굴로 멍하게 앉은 박연의 안색을 살폈다.

"많이 놀라셨어요? 근데 태호는 왜 찾으세요?"

사장의 물음에 박연이 다급하게 되물었다.

"혹시 주태호 씨한테 뭐 들으신 거 없습니까? 블랙박스라든가…."

"블랙박스? 폐차 맡길 때 블랙박스 안 떼셨어요? 보통 연락해서 돌려드리는데, 그거 중고 팔아서 용돈 해먹는 애들도 있어요."

"아…."

박연은 작은 탄식과 함께 고개를 숙였다.

폐차장을 나온 박연이 보조석에 올라탔다. 영범은 핏기 없는 얼굴로 옆자리에 앉은 박연을 돌아보며 물었다.

"괜찮으세요? 얼굴이 많이 안 좋으신데…. 그나저나 폐차장에는 왜 오신 거예요?"

박연은 영범의 물음에도 대꾸 없이 창틀에 머리를 괴었다. 뜨거운 눈물이 일렁이는 눈을 지르감았다. 늦었다. 또 늦었다. 한심하기 짝이 없다.

브이는 침대에 앉아 현수와 통화를 끝냈다. 지방 건설현장에 투입됐다는 현수의 목소리는 서울에 있을 때보다는 밝게 들렸다. 부러 꾸며낸 것인지 정말 기운을 차린 것인지 알 수 없었다. 브이는 핸드폰을 만지작거리다 협탁에 놓인 스탠드 불을 껐다. 분홍빛 갓등에 매달린 조그마한 인형이 딸랑거리며 흔들렸다. 누가 샀길래 사소한 소품까지도 이리 사랑스러운지.

그녀는 불 꺼진 침실에서 벽을 쳐다보았다. 벽 너머의 1702호가 보이기라도 하는 듯이 하염없이 바라보았다. 그때 전화벨이 울렸다. 집 전화기로 전화를 걸어올 사람은 한 명뿐이었다. 몰래 훔쳐보다 들킨 사람처럼 화들짝 놀란 브이가 옆을 더듬어 수화기를 들었다.

"여, 여보세요?"

-넘어와.

통화는 늘 그렇듯 짧게 끊겼다. 브이는 수화기를 쏘아보았다.

후드티 모자를 뒤집어쓰고 복도로 나왔다. 잠겨 있는 1702호 앞에 선 브이가 박연이 알려준 비밀번호를 누르고 들어갔다. 박연은 소파 옆에서 있는 스탠드 등만 밝혀놓은 채 캔맥주를 비워내고 있었다. 소파 근처까지 걸어간 브이가 후드티 앞주머니에 두 손을 꽂아 넣고 말했다.

"왜 불렀어요?"

맥주 캔을 테이블에 내려놓은 박연이 손을 뻗어 브이의 팔을 낚아챘다. 무방비 상태로 서 있던 브이가 힘없이 끌려갔다. 박연의 옆자리에 풀썩 주저앉았다. 브이를 옆에 끌어 앉힌 박연은 다시 일어서려는 브이의 팔을 눌러 앉혔다.

"옆에 있어줘. 시간당 5만원."

브이가 박연을 돌아보았다. 박연의 얼굴은 '시간당 5만원'을 외치던 평소보다 가라앉아 있었다. 브이는 무표정하게 자신을 쳐다보는 박연을 향해 마음먹고 있던 말을 꺼냈다.

"이러는 거 그만해. 당신이 왜 이러는 건지 모르겠어. 저 집에서도 어떻게든 빨리 나갈 거니까…."

"나 안 했어."

박연은 엉뚱한 말로 브이의 말을 끊었다. 브이는 입을 다물고 박연을 쳐다보았다. 박연은 고개를 젖히고 손에 들린 캔맥주를 모두 비워냈다. 빈 캔을 테이블에 내려놓고 브이를 돌아보았다. 박연의 눈동자는 어느새 물기가 어려 있었다. 오래도록 브이를 바라보던 박연이 떨리는 목소리로 말했다.

"나 음주운전 안 했어."

브이의 두 눈이 커다랗게 벌어졌다.

"이민형이 했어. 너랑 같이 사고 났던 날 기억났어. 분명히 그날 운전대 안 잡았어."

"그럼 빨리 진실을 알려야지!"

브이는 박연과의 냉전도 잠시 잊고 다급하게 대꾸했다. 그러나 박연은 조용히 고개를 저었다.

"증거가 없어. 계속 찾는다, 찾는다 해놓고 지금까지 아무것도 안 했어. 내가 그런 놈이야."

자조가 섞인 입술이 비틀리며 올라갔다.

"그날…. 눈을 떴을 때 내가 운전석에 앉아 있었어. 그래서 당연히 내가 한 줄 알았어. 운전대를 잡은 기억도 없으면서…. 나조차도 나를 의심 안 했어."

그날의 상황을 회상하듯 박연의 젖은 눈동자가 가늘게 흔들렸다.

"벌써 경찰들은 와 있고 기사는 터졌고…. 기억 안 난다고 말해봤자 욕만 더 먹을 거란 강 대표 말에 기억도 안 나면서 술 마시고 운전했다고 자백했어."

박연의 이야기를 듣는 브이의 커다란 눈망울에도 눈물이 고여 들었다. 박연은 손을 들어 이마를 문질렀다. 떨리는 손끝으로 눈가를 가리고 중얼거렸다.

"나는 이렇게 한심한 놈이야…."

목이 멘 듯 목소리가 짓눌려 있었다. 브이는 차마 아무 말도 하지 못하고 앉아 있었다. 박연이 음주운전 때문에 얼마나 마음고생을 했는지 누구보다 잘 알고 있었다.

소리를 죽여 흐느끼고 있는 박연을 지켜보던 브이가 조심스럽게 손을 뻗었다. 손가락이 먼저 박연의 머리에 닿았다. 브이는 울고 있는 박연을 달래듯 천천히 머리를 쓰다듬어주었다. 몸이 떨리도록 가까스로 울음을 삼키던 박연이 브이의 어깨에 머리를 기대었다. 브이는 말없이 안겨오는 머리를 끌어안았다. 많이 서러우면서도 억지로 참아내는 박연의 흐느낌을 듣고 있자니 브이도 눈시울이 뜨겁게 떨렸다.

머리를 쓰다듬는 손길이 따뜻했다. 미치도록 그리웠던 따스함이었다. 박연은 브이의 품에 안겨 북받쳐 오르는 감정을 눌러 삼켰다.

두 사람을 한 공간에 묶어놓았던 슬픔도 흐르는 시간 앞에서 점차 진정되기 시작했다. 안쓰러운 마음과 걱정스러운 마음으로 함께 눈물짓던 브이가 슬며시 벽시계를 보았다. 30분은 지난 것 같은데….

슬픔에 젖어 안겨드는 박연을 다독였지만 시간이 지날수록 지금 우리가 이러고 있는 건 아닌 것 같다는 생각이 강하게 들었다. 브이는 어느새 허리에 둘러져 있는 박연의 팔을 떼어냈다. 분명 처음에는 머리만 기댄 것 같았는데.

브이는 손바닥으로 품에 안겨 있는 머리를 밀어냈다. 그제야 박연이 마지 못하는 모양으로 품에서 떨어져나갔다. 아쉬운 듯 브이의 품을 흘끔거렸다. 술기운에 욱했던 감정은 가라앉은 지 오래였다. 물론 화나고, 슬프고, 억울하고, 안타깝고, 자책하고 다 했다. 그런데 시간이 흐르자 감정은 정리가 되고, 감정을 추스르고 나니 안겨있다는 사실이 좋고. 사람 마음이란 게 다 그런 건가 싶었다.

코를 훌쩍이며 브이를 흘끔거리던 박연은 멋쩍게 뒷머리를 긁적였다.

"너 운전할 줄 아니?"

어색해진 분위기를 어찌할 바 모르고 눈을 굴리던 브이는 화제를 바꿀 갑작스러운 물음이 달가운 듯 얼른 고개를 끄덕였다. 턱을 치켜든 박연이 툭 던지듯 말했다.

"그럼 운전 좀 해. 시간당 5만원."

이 밤에 운전을? 이렇게 울다 갑자기? 브이의 고개가 갸우뚱 기울었다.

두 사람은 함께 차를 타고 이동했다. '시간당 5만원'을 외친 박연의 지시대로 운전은 브이가 맡았다.

핸들을 잡은 두 팔에 힘이 바짝 들어갔다. 뻣뻣한 자세로 운전 중인 브이의 얼굴에는 필요 이상의 기합이 잔뜩 들어가 있었다. 보조석에 앉은 박연은 안전벨트를 수시로 확인하며 떨리는 목소리로 물었다.

"너 밤에 운전해봤니?"

"아니, 장거리도 처음이에요."

브이가 당당하게 대답했다. 도장 차량을 몰기 위해 운전면허는 소지 중이었다. 그러나 도장 근처만 빙빙 도는 차량 운행과는 달랐다. 한밤중 서울 근교의 밤바다를 향해 달리는 야간주행은 브이의 운전경력에서 가장 큰 고비였다.

박연은 운전 중인 브이를 흘끔거리며 안전벨트를 두 손으로 꽉 쥐었다. 믿을 건 안전벨트뿐이었다.

"지금이라도 영범이를 부르는 게 낫지 않겠니?"

"자꾸 말시키지 마요."

박연은 비장한 브이를 보며 마른침을 꿀꺽 삼켰다. 음주운전으로 1년간 취소된 운전면허 때문에 브이에게 운전을 맡기긴 했지만 이렇게 목숨을 걸게 될 줄은 몰랐다.

우여곡절 끝에 밤바다에 도착했다. 차에서 내리자마자 바람이 두 사람을 훑고 지나갔다. 브이는 두 팔을 벌리고 바람을 만끽했다. 우울했던 기분이 바닷바람을 타고 날아갔다.

두 사람은 바닷가를 조용히 걸었다.

"그래서 앞으로 어떻게 할 거예요?"

대화 없이 걷던 브이가 조심스레 물었다.

박연은 파도가 잘게 부서지는 바다를 등지고 브이와 마주섰다. 바람에 흔들리는 머리칼과 자신을 향한 걱정스러운 눈동자를 바라보았다.

박연이 나지막이 대답했다.

"이젠 바뀌려고."

브이는 눈앞의 남자가 까만 파도와 함께 밀려드는 것을 느꼈다. 어느덧 코앞까지 다가온 박연이 허리를 숙였다. 낮은 목소리가 브이의 귓가에 속삭였다.

"이젠 정말 뭐라도 해볼 거야."

속삭임이 그치자마자 입술을 겹쳤다. 바람과 함께 다가온 입술을 브이는 피할 재간이 없었다. 브이를 헷갈리게 만들던 착각 때문이었다. 마치 예전으로 돌아간 듯한 착각. 이 남자가 아직 나를 사랑하고 있는 것만 같은 착각. 그 착각의 파도 속에서 브이는 힘없이 부서져 내렸다. 브이는 입을 맞춰오는 박연을 밀어내지 못하고 멍하니 서 있었다.

입술을 가볍게 맞댄 채 숨을 죽이고 있던 박연이 다물고 있던 입을 벌렸다. 브이의 아랫입술을 부드럽게 빨아들였다. 심장은 가슴이 저리도록 세게 뛰었다. 쿵. 쿵. 가슴을 내리찧는 심장박동소리가 귓가의 파도소리보다 커졌다.

박연은 두 팔을 들어 올려 브이의 등과 허리를 감쌌다. 비스듬히 기울인 얼굴을 더욱 밀착하며 입맞춤을 이어갔다. 마른 턱이 부드럽게 움직였다. 박연은 브이의 눈꺼풀이 닫히는 것을 확인한 후에야 눈을 감았다.

맞물렸던 입술이 살며시 떨어졌다. 감고 있던 눈을 뜨는 브이를 바라보고 있자니 박연은 가슴 저 밑바닥에서 뜨거운 감정이 벅차오르는 것을 느꼈다. 받아주었다. 정말로 브이의 마음이 떠났을까 봐 무서웠다. 그런데 키스를 받아주었다. 지금이야말로 오해를 풀어야 할 때다. 사실대로 말하자. 네가 날 위해 헤어졌다는 거, 다 알고 있다고. 그러니까 우리 이제 헤어지지 말자.

벅찬 감정과 함께 눈시울이 뜨거워졌다. 박연은 브이를 바라보며 입을 열었다.

"사실은…."

그때 예상치 못한 차가운 목소리가 박연의 말을 가로막았다.

"미안."

순간 벅차올랐던 가슴이 나락으로 쿵, 떨어졌다. 박연의 눈동자가 크게 흔들렸다. 브이는 차마 말을 잇지 못하는 박연을 올려다보며 말했다.

"예전에 당신 많이 좋아했어. 이런 데까지 와서 당신 힘들어하는 거 보니까 잠깐…. 잠깐 예전 생각나서 실수했어."

박연에게 말하고 있었지만 스스로에게 하는 말이었다. 착각에 빠져 박연과 키스를 한 순간, 브이는 도리어 착각 속에서 빠져나왔다. 불현듯 현실이 차갑게 와 닿았다. 이 남자를 어떻게 떠났는지. 왜 떠났는지. 어떤 마음으로 떠났는지. 그때와 달라진 건 아무것도 없었다. 박연은 여전히 빛나야 할 별이고 자신은 사라져주어야 할 그림자였다.

키스를 하고 나니 제정신이 들었다. 시간당 5만원이라느니, 옆집에 지내라느니. 자신을 달라진 눈빛으로 바라보고 키스를 할 때까지도 이 남자가 도대체 무슨 생각을 하는지 모르겠다는 핑계로 마음껏 휘둘렸다. 박연이 휘두르는 대로 휘둘리면서 꼭 예전 같다는 착각에 빠져서 헤어나올 생각을 안 했다. 더는 안 된다. 이제 현실로 돌아와야 할 때였다.

브이가 손등으로 입술을 문질러 닦았다. 남아 있던 박연의 감촉이 지워졌다. 브이의 얼굴은 조금 전 키스를 받아줬다고는 믿기지 않을 정도로 차가웠다. 냉정한 시선으로 박연을 향해 말했다.

"당신도 실수한 거라 생각해. 앞으로는 이런 일 없어."

말을 마친 브이가 먼저 돌아서서 바닷가를 빠져나갔다. 한밤중 파도소리가 박연의 등 뒤를 훑고 지나갔다. 벅찼던 가슴이 서늘하게 가라앉았다. 조금 전의 포근함과 따뜻함은 모두 사라져버렸다.

브이가 차로 돌아갈 때까지 박연은 바닷가에 서서 아무 말도 하지 못했다. 말할 수가 없었다. 실수였다는 브이에게, 나는 아직 너를 사랑한다고 그러니 우리 다시 시작하자는 말 따위는 도무지 입 밖으로 꺼낼 자신이 없었다. 네가 정말로 나를 떠나버렸으면 어쩌지? 브이를 보며 가졌던 막연한 두려움이 이제는 현실이 되어 눈앞에 다가온 듯했다.

아니다. 아닐 거야…. 잘게 눈을 굴리던 박연은 애써 고개를 저었다.

서울로 돌아오는 차 안에서 그 안을 가득 채운 어색한 공기가 두 사람을 짓눌렀다. 한마디 대화도 없이 돌아와 각자 집으로 들어갔다. 브이는 1703호로 들어오자마자 문을 걸어 잠그고 주저앉았다. 겨우 참고 있던 눈물이 서럽게 터져 나왔다. 혹여나 벽 너머로 울음소리가 새어나갈까 입을 꾹 다물고 흐느꼈다.

소리 죽여 눈물짓던 브이가 고개를 들고 뺨을 톡톡 두드렸다.

"정신 차려라…. 권브이 정신 차려…."

브이가 현관에 웅크리고 앉아 마음을 다잡는 동안, 1702호로 들어온 박연은 등 뒤로 문이 닫히기 전에 다시 복도로 나왔다.

'미안. 잠깐 예전 생각나서 실수했어.'

도저히 안 되겠다. 다시 묻고 싶다. 정말 그게 네 진심이냐고. 1703호 앞에 섰다. 그러나 문을 두드리려 들어 올린 주먹은 허공에서 멈칫한 채 쉽사리 움직이지 못했다. 결국 두드리지 못한 문에 등을 기대고 섰다.

'당신도 실수한 거라 생각해. 앞으로는 이런 일 없어.'

단호하게 말하던 얼굴이 눈앞에서 지워지지 않았다. 자신의 어머니와 대표, 팬들에게까지 모진 수모를 겪었을 브이의 모습이 머릿속을 떠나지 않았다. 커다란 손으로 머리칼을 헝클였다. 발밑만 내려다보는 눈시울이 붉게 물들었다.

다음날, 아침부터 박연은 핸드폰을 집어 들었다. 1703호의 집 전화가 울렸지만 받지 않았다. 아직 침대에서 일어나지도 않은 채 브이에게 전화를 걸던 박연은 문득 어제 보았던 얼굴이 떠올랐다. 차갑고 냉랭하던 눈빛 역시 생생했다. 브이의 목소리까지 기억해낸 박연이 벌떡 일어나 복도로 튀어나왔다.

1703호의 문을 두드렸다. 벨을 누르고 노크를 해봐도 안에서는 아무런 대답도 들려오지 않았다. 문을 두드리는 손이 거칠어졌다.

"권브이!"

쾅쾅, 몇 번을 더 재촉했지만 결국 브이는 집 밖으로 나오지 않았다. 브이의 핸드폰으로 전화를 걸어도 받지 않는 것은 마찬가지였다.

없다. 안 받는다. 미간을 찌푸린 채 복도에 서서 제자리를 서성이던 박연이 순간 멍하게 표정이 풀어졌다.

사라졌다…. 그때처럼. 나를 떠났을 때처럼.

멍한 얼굴이 일그러졌다. 박연이 급하게 오피스텔의 엘리베이터를 잡아탔다.

택시를 타고 곧장 소연의 자취방을 찾았다. 원룸빌라의 층계가 울리도록 문을 사정없이 두드렸다. 한참 동안 기척이 없던 현관문이 뒤늦게 열렸다. 고된 야근을 끝내고 단잠에 빠져 있던 소연이 잘 떠지지 않는 눈으로 박연을 보았다.

"이 시간에 무슨 일이에요?"

"권브이 어디 있어요?"

소연은 한숨을 쉬며 박연을 째려보았다.

"브이를 왜 여기서 찾아요? 치사하게 돈으로 협박하면서 오피스텔로 데려간 게 누군데?"

소연을 밀치고 안으로 들어갔다. 한눈에 실내 전경이 다 들어올 정도로 원룸은 작았다. 브이가 숨을 곳은 없었다. 텅 비어 있는 소연의 방을 둘러본 박연은 쳐들어왔을 때와 마찬가지로 막무가내로 나가버렸다.

"야, 이 씨바견아!"

소연은 계단을 내려가는 박연의 등에 대고 빽 소리를 질렀다.

박연은 소연의 자취방을 나와 5분 거리에 있는 CBC방송국으로 직행했다. 방송국의 모든 스튜디오를 뒤지기 시작했다. 빈 스튜디오부터 녹화 중인 곳까지 빼놓지 않았다. 녹화를 마치고 빠져나가던 방청객들이 박연을 알아보고 소란을 떨기도 했다. 그러나 박연은 알은체를 해오는 팬들과 피디들을 본 체 만 체했다.

넓은 방송국을 뛰어다니며 오로지 한 사람만을 찾아 헤맸다. 턱까지 숨이 차도록 방송국 안을 뛰어다니던 박연의 발걸음이 1층 로비로 돌아왔다. 어느새 땀에 젖은 셔츠가 등에 달라붙었다. 허리를 숙인 박연이 밭은 숨을 뱉으며 눈을 질끈 감았다.

정말… 없어졌어?

무릎을 짚은 손이 떨렸다. 그 떨림은 불안과 두려움이었다. 브이가 곁에 없던 시간들이 떠올랐다. 무섭도록 아프고 외로웠던 악몽이 다시금 시작되려는 것인지. 박연이 이를 악물었다.

너 두 번 다시는 못 놓쳐.

그는 후들거리는 다리에 힘을 주고 다시 방송국을 돌아다녔다.

힘없는 발걸음을 옮기며 브이는 긴 한숨을 내쉬었다. 하루 종일 돌아다녔다. 지낼 곳을 알아봤지만 브이가 가진 돈으로 얻을 수 있는 방은 없었다. 그나마 대리운전 아르바이트를 구했다는 것에 위안을 삼았다. 당장 내일 면접을 보고 일을 시작하기로 했다. 더 이상 박연과 지금처럼은 지낼 수 없다. 이렇게 지내다간 또 흔들릴 거고, 또 실수할 거고, 또 착각에 빠질 거다. 까마득한 액수지만 어떻게든 서둘러 갚아야 했다. 오피스텔에서도 나와야 했다.

밤늦게 오피스텔로 돌아온 브이가 엘리베이터에 올라탔다. 17층에 멈춘 엘리베이터 문이 열렸다. 브이가 엘리베이터에서 내리기도 전에 복도에 서 있던 박연이 성난 걸음으로 불쑥 들어왔다. 브이의 팔을 잡아채 엘리베이터에서 끌어내렸다. 박연은 1702호 문을 열고 브이를 밀어 넣었다.

브이는 아프게 잡혔던 팔목을 문지르며 박연을 돌아보았다.

"지금 뭐하는…."

"어디 있다가 지금 와!"

눈이 마주치자마자 버럭 소리를 질렀다. 온종일 가슴을 짓누르던 두려움과 불안이 무섭게 터져 나왔다. 브이는 얼굴이 빨개지도록 소리치는 박연을 멍하게 쳐다보았다.

"너 미쳤어? 전화는 왜 안 받아!"

박연을 올려다보던 브이가 고개를 숙이고 가방을 뒤적였다. 가방에서 흰 봉투를 꺼내 내밀었다.

"일 구했어요. 정식으로 시작하면 꼬박꼬박 갚을게. 이건 방송국에서 받은 돈인데 이거라도 먼저…."

봉투를 내려다보는 박연의 눈가가 파르르 떨렸다. 사라진 줄 알았다. 또 떠나버린 줄 알았다. 온종일 뛰어다녔다. 울컥 터지려는 울음을 가까스로 참으면서 권브이 하나만 찾아 헤맸다. 얼마나 걱정했는데. 얼마나 무서웠는데 지금 이딴 걸 내밀어.

박연은 브이가 내민 봉투를 받아들었다. 봉투를 열자 만 원짜리 지폐들이 들어 있었다. 봉투가 손 안에서 구겨졌다. 박연은 목에 핏대를 세우고 소리쳤다.

"내가 너한테 돈 받자고 네 빚 갚은 줄 알아!"

브이는 거친 숨을 몰아쉬며 자신을 노려보는 박연에게 힘주어 말했다.

"여기도 곧 나갈 거야."

"누구 마음대로?"

비아냥거리듯 묻는 목소리가 떨렸다. 박연은 자신의 얼굴을 똑바로 올려다보는 차가운 두 눈을 바라보며 손에 든 봉투를 흔들었다.

"그래, 갚아. 근데 나갈 거라고? 그걸 왜 네 마음대로 정해? 어제 키스는 네 말대로 나도 실수였고, 아직 너 용서 안 했어. 네 마음대로 할 수 있는 거… 하나도 없어."

눈에 힘을 주고 애써 박연을 냉랭한 시선으로 쳐다보던 브이가 주먹을 꽉 움켜쥐었다. 말없이 자신을 쏘아보는 브이를 지나치려던 박연이 홱 돌아섰다.

"너, 이번에 또 사라지면 나 진짜…."

죽을지도 몰라. 채 말을 잇지 못했다. 금방이라도 울음을 토해낼 것처럼 목울대가 떨려왔다. 더 이상 아무 말도 하지 못하고 브이만 노려보았다. 지난밤, 바닷가에서처럼 브이가 먼저 등을 보였다. 브이가 나간 문을 바라보고 서 있던 박연은 봉투를 비틀어 쥐고 있던 손에 탁, 힘이 풀리는 것을 느꼈다. 동시에 붉게 핏발이 선 눈시울이 뜨겁게 젖어들었다. 손에 들린 봉투가, 아닐 거라고 애써 부정하던 브이의 진심을 확인시켜 주고 있었다. 차가운 눈으로 봉투를 내밀던 브이는 정말로 제게서 마음이 떠나간 듯 보였다.

복도로 나온 브이는 그제야 떨어지는 눈물을 훔쳐 닦고 도망치듯 1703호로 들어왔다. 이게 현실이다. 더 나아질 수도, 돌아갈 수도 없는데 착각을 했다. 아프게 눈을 감은 브이가 곧장 침실로 달려가 침대에 엎어졌다. 베개에 얼굴을 파묻고 울음을 터트렸다.

소파에 놓인 핸드폰이 울렸다. 영범에게 온 문자메시지였다.

'형님 수고하셨어요. 본방 사수중입니다. 시청자 게시판에 반응이 벌써….'

영범의 메시지에 뒤이어 송 실장에게서도 메시지가 도착했다.

'연아, 미안하고 면목이 없다. 아프고 고생한 만큼….'

박연은 핸드폰을 엎어놓고 전원이 꺼져 있는 TV를 쳐다보았다. 오늘은 전원일기의 첫 방송이 방영되는 날이었다. 심야에 시작하는 프로그램임에도 방송시간이 지나자마자 지인들에게서 연락이 쏟아졌다. 그러나 정작 박연은 TV조차 켜지 않고 맥주를 들이켜는 중이었다.

온 신경이 문밖으로 향해 있었다. 늦은 저녁, 브이가 집을 나가는 소리를 들었다. 그런 뒤로 돌아오는 기척은 듣지 못했다.

'아직 너 용서 안 했어. 네 마음대로 할 수 있는 거 하나도 없어.'

브이와 다툰 후로 일주일 동안 냉전 상태가 이어지고 있었다. 박연의 시선이 테이블에 놓인 탁상시계로 향했다. 벌써 11시가 넘었는데….

맥주가 반쯤 남은 캔을 내려놓고 자리에서 일어섰다. 그는 의미 없는 발걸음만 제자리에서 서성였다.

그 시각, 대리운전 아르바이트를 나온 브이는 번화가에 서서 핸드폰만 노려보고 있었다. 밤거리에서 첫 콜을 기다리는 중이었다. 일주일을 기다려 대리운전업체의 면접을 통과하고 곧장 실전에 투입되었다. 도장 차량운행으로 지리에 밝은 것이 플러스 요인이 되었다.

핸드폰으로 대리운전업체의 시스템에 접속하자 주위에 포진되어 있는 대리기사의 수가 보였다. 장소가 장소인지라 대기 중인 대리기사들의 수가 어마어마했다. 도무지 차례가 돌아올 기미가 보이지 않았다. 브이는 새로운 콜 장소를 물색하기 위해 걸음을 옮겼다.

금요일의 늦은 밤, 번화가는 술을 마시며 웃고 떠드는 사람들로 넘쳐

났다. 모자를 눌러쓴 브이는 환하게 켜진 간판들 밑을 지났다.

정처 없이 걷던 걸음이 멈춘 곳은 야외 스크린이 설치된 고깃집 앞이었다. 스크린에서는 심야 예능프로그램 '전원일기'가 방송되고 있었다. 브이는 그제야 오늘이 전원일기의 첫 방송 날이라는 것을 깨달았다. 브이는 잠시 멈춰 서서 스크린을 보았다. 첫 촬영에 함께했던 일이 떠올랐다.

'한때 좋아한다고, 사랑한다고 따라다니던 놈. 어떻게 지내는지, 얼마나 망가졌는지! 그거 구경하러 왔어?'

'하루에도 수십 번. 네가 미웠다가 네가 보고 싶고. 네가 미웠다가 너를 안고 싶고.'

핸드폰에서 콜을 알리는 진동이 울리는데도 멍하니 서서 스크린 속 박연만 바라보았다.

'내가 당한 배신감, 상처, 다 갚아줄 거야.'

스크린 속에서 우스꽝스러운 모습으로 망가지는 박연을 지켜보던 브이가 얼굴을 일그러트리고 흐느끼기 시작했다. 울먹임이 섞인 목소리로 애틋한 이름을 불렀다.

"연아…."

브이는 눈물로 부옇게 시야가 가려진 눈을 얼른 닦아냈다. 한 장면이라도 놓칠까 눈물을 닦아가며 스크린을 보았다. 그곳에 눈도 깜짝하지 않고 스크린만 바라보고 있는 사람은 오로지 브이뿐이었다. 고깃집의 손님들은 술을 마시며 안주 삼아 이따금 한 번씩 스크린을 흘끔거릴 뿐이었다.

전원일기의 첫 방송 시청률은 대박이라 부를 수 있을 정도는 아니었지만 순조롭게 출발했다. 빅엔터로 불려나온 박연은 대표실에서 강 대표와 마주앉았다. 강 대표를 노려보는 박연의 눈가에 살기가 가득했다. 브이에게 어떤 짓을 했는지, 브이와 자신을 어떻게 떨어트려놓았는지 송 실장에게 들은 이후 처음 대면하는 자리였다.

이를 드러내고 살기를 풍기는 박연의 모습은 강 대표의 눈에는 어린 맹수처럼 보였다. 호기롭지만 위협적이진 않았다. 강 대표가 찻잔을 내려놓으며 말했다.

"배우 소리 들어가며 잘나가던 놈이 남들 앞에서 망가지는 거 수치스러울 거야."

박연은 대꾸 없이 강 대표의 손짓, 숨소리 하나까지 씹어 삼킬 것처럼 지켜보았다. 강 대표는 태연한 얼굴로 박연을 돌아보았다.

"근데 그게 그렇게 억울하냐?"

강 대표의 물음에 박연이 미간을 뒤틀었다.

"이 바닥에서 지내면서 가진 거 하나 포기하는 일, 처음도 아니잖아? 뭐 그리 유난을 떨고 쳐다보냐?"

"내가 뭘 포기했는데요?"

박연은 강 대표가 말속에 심어놓은 의중을 물었다. 포기했다는 게 배우의 자존심인지. 권브이인지. 제 말뜻을 알아듣고 정확한 의중을 묻는 박연을 보며 강 대표는 픽 웃었다.

"내가 집 나가면 고생이니 빨리 돌아오라고 경고했지 않았니. 남은 계약기간 동안 몸 험하게 안 굴리려면 그깟 사랑놀음보다는 현실을 봤어야지."

"내 몸 걱정해주는 건 고마운데 한 번도 여기를 내 집이라고 생각한 적 없거든요. 그러니까 돌아오란 말은 좀 듣기가 그렇네."

억지로 입술을 끌어올린 박연이 자리에서 일어섰다.

"나랑 결별할 때는 여론 조작해서 루머 퍼트리고 그런 건 하지 맙시다. 너무 뻔해서 두 번 당하겠어요?"

강 대표를 지나쳐 대표실 문으로 향하던 박연이 생각난 듯 뒤를 돌아보았다.

"아, 그리고. 변 이사 화가 많이 났어요. 그러게 왜 주기로 한 걸 안 줘요?"

천천히 고개를 돌린 강 대표가 박연을 보았다. 박연은 강 대표의 눈을 똑바로 쳐다보며 말했다.

"나 더 건드리면 변 이사랑 얘기 좀 해보려고. 내 팬이래."

싸늘한 표정으로 말을 마친 박연이 대표실을 나왔다. 마지막까지 가까스로 분노를 참았지만 문을 닫는 손길이 상당히 거칠었다. 복도를 걸어 나와 빅엔터 로비를 지나던 박연은 또 다른 얼굴을 마주해야 했다. 때마침 빅엔터로 들어오던 민형은 박연을 보자마자 웃음을 터트렸다.

"방송 잘 봤다. 너 몸개그에 소질 있더라?"

민형은 천연덕스럽게 웃으며 다가왔다. 트루스토리에 연애계약서를 보내고 온갖 루머가 연속으로 터지던 그때 박연의 얼굴을 꼭 보고 싶었다. 그러나 박연이 집에서만 은신하는 바람에 민형은 좋은 구경을 놓치고 말았다. 그래서인지 오늘 마주친 박연의 얼굴이 이토록 반가울 수가 없었다.

박연은 생글생글 웃고 있는 민형의 면전을 향해 같은 미소로 화답했다.

"재밌게 봤다니 다행이네."

박연의 대응에 웃고 있던 민형의 얼굴이 어이없다는 듯이 변했다. 뭐가 좋다고 웃어? 모자란 새끼. 민형의 눈동자가 박연을 훑었다. 박연은 입만 웃고 있는 민형에게 낮게 속삭였다.

"내가 준비한 다른 것도 재미있으면 좋겠다."

민형의 눈이 미세하게 가늘어졌다. 민형은 빅엔터 건물을 나가는 박연을 돌아보며 중얼거렸다.

"뭐라고 지껄이는 거야, 한심한 새끼가…."

코웃음을 친 민형이 그대로 돌아서는데 핸드폰이 울렸다. 민형은 혼잣말을 중얼거릴 때와는 전혀 다른 부드러운 목소리로 전화를 받았다.

"예, 여보세요."

-경찰서 강력1팀 임태정 형사입니다. 이민형 씨 되십니까?

형사? 순간 얼굴에서 웃음기가 가신 민형이 딱딱하게 되물었다.

"무슨 일이시죠?"

약간의 소음 뒤에 형사의 목소리가 들려왔다.

-주태호 씨 아시죠?

민형의 동공이 커졌다. 마른침이 꿀꺽 넘어갔다. 형사가 왜 죽은 주태호의 이름을 대며 자신을 찾는 걸까. 블랙박스를 찾아낸 건가. 아니다. 블랙박스 원본은 강 대표에게 있을 텐데….

민형은 임 형사와 몇 마디를 주고받고 통화를 끝냈지만 자신이 무어라 대답했는지 기억나지 않았다. 그저 경찰서에서 만나기로 한 약속밖에는.

임 형사가 등지고 앉은 창으로 한낮의 볕이 쏟아졌다. 형사와 마주앉은 민형은 눈자위가 수축되는 것을 느꼈다. 며칠 전 임 형사의 전화를 받은 민형은 강력1팀을 찾았다.

주위의 시선을 차단하기 위해 모자를 쓴 민형은 임 형사를 빤히 쳐다보았다. 노트북 모니터를 보고 있는 형사의 눈 깜박임까지 놓치지 않고 지켜보았다. 경찰들이 무엇을 알고 있는 것인지, 어디까지 의심 중인지 짐작해보려는 노력이었다.

모니터에 시선을 고정하고 있던 임 형사가 민형을 보았다. 형사 특유의 또렷하고 날카로운 눈빛이었다.

"주태호 씨가 관악산에서 변사체로 발견된 건 알고 계시죠?"

"이번에 전화 받고 알았습니다. 뉴스에서 본 것 같긴 한데 그분일 줄은 몰랐어요."

민형은 미간을 좁히고 고개를 저었다. 유감이라는 제스처였다. 임 형사는 표정 변화 없는 얼굴로 말했다.

"주태호 씨 죽음에 타살 정황이 있어서 수사 중입니다."

"타살이요? 뉴스에서는 실족사라고 본 것 같은데…."

말끝을 흐린 민형의 눈이 가늘어졌다. 언젠가 주태호의 집에서, 빅엔터에서 스치듯 마주친 수상쩍은 남자의 얼굴을 떠올리고 있었다.

'지금 주태호 집에 왔습니다. 예, 수색한다고 해도 경찰 눈에 띌 만한 물건은 없는 것 같습니다.'

강 대표 그리고 그와 통화를 하던 남자. 그 두 사람은 단순히 주태호의 죽음과 긴밀한 연관이 있는 게 아니라 어쩌면 주태호를… 죽였나?

민형은 '타살 정황'에 대해 묻고 싶은 눈치를 보였다. 용케 알아차린 임 형사가 말했다.

"아직 수사 중에 있어서 말씀드릴 수는 없고, 일산 폐차장에 가신 적 있죠?"

민형이 곧장 답했다.

"글쎄요."

"가서 주태호 씨 찾지 않으셨어요? 동료 직원의 진술이 있었습니다. 주태호 씨가 시신으로 발견되기 한 달 전부터 폐차장에 출근을 안 했습니다. 동료 직원 말로는 주태호 씨가 출근을 안 한 날, 이민형 씨께서 주태호 씨를 찾아오셨다는데요?"

"제가요?"

민형은 둥글게 처진 눈을 깜박이며 물었다. 임 형사가 책상에 두 손을 모으고 말했다.

"그날은 이민형 씨를 못 알아봤는데 다음날 TV에 이민형 씨가 나오길래 알았답니다."

늦은 밤, 주태호를 찾아간 폐차장 앞에서 직원과 나누었던 대화가 민형의 머릿속에 불현듯 떠올랐다.

'실례합니다. 혹시 여기 일하는 사람 중에 몸이 조금 불편한….'

'아, 태호요? 태호 왜 찾아요? 누구세요?'

빌어먹을…. 임 형사와 마주앉은 책상 아래로 두 주먹을 불끈 쥔 민형이 고개를 끄덕이며 연기했다.

"네, 자세히 말씀해주시니 기억나네요."

임 형사는 무미건조하게 물었다.

"주태호 씨는 왜 찾으셨어요?"

"폐차장이니까 폐차 때문에 찾았겠죠?"

"기록 보니까 폐차 맡기신 적 없던데."

민형은 담담하게 대답했다.

"상담하러 갔어요."

"직원 말로는 주태호 씨한테 폐차를 맡겼다고 말씀하셨다는데요? 그런 적 없으세요?"

민형의 눈가가 미세하게 움찔거렸다.

'폐차를 맡겼는데 벌써 일주일째 연락이 없잖아요.'

민형은 폐차장 직원에게 했던 거짓말을 기억해냈다.

씨발, 별걸 다 말했네. 얼굴도 기억나지 않는 폐차장 직원을 향해 욕을 지껄이고 있는 속내와는 달리 민형은 기억을 더듬는 표정으로 말했다.

"상담 받았던 것까지만 기억하네요. 지인 부탁으로 폐차 상담을 연결해준 것까진 기억하는데…. 폐차까지 맡겼었나 봐요. 폐차를 맡겼다면 지인 차니까 지인 이름으로 맡겼겠죠."

"그 지인이라는 분 성함이?"

민형이 고개를 저었다.

"연예인이라 아는 분들 부탁을 거절하기가 쉽지 않습니다. 이름도, 얼굴도 잘 모르면서 식사하는 데 불려나가기도 하고…. 저는 잘 모르는 분의 사적인 모임에 얼굴 비추러 나갈 때도 있습니다. 어떤 분이셨는지 기억이 잘 나지 않네요."

"예에, 그렇겠네요."

임 형사는 민형의 이야기를 들으며 노트북에 타이핑을 했다. 그 뒤로 몇 번의 질문과 대답이 더 오갔다. 참고인 조사를 마친 민형이 일어서며 안타까운 얼굴을 했다.

"제가 도움을 드릴 수 있는 한 많이 돕고 싶은데 아는 게 별로 없네요. 더 말씀드릴 게 있을까요?"

민형을 따라 자리에서 일어선 임 형사가 무표정한 얼굴로 말했다.

"아닙니다. 도움이 필요하면 그때 또 연락드리죠. 오늘 협조해주셔서 감사합니다."

민형은 임 형사를 향해 손을 내밀었다.

"뉴스에서 봤던 안타까운 사고가 저랑 안면 있던 분이었다는 사실이 충격이네요. 거기다 타살의혹까지 있다니 마음이 무겁고…. 꼭 잘 해결됐으면 좋겠습니다."

임 형사가 악수를 청한 민형의 손을 가볍게 쥐었다.

"예, 해결되도록 최선을 다해 수사할 겁니다."

민형은 감정 연기를 잘하는 배우였다. 게다가 몸담고 있는 연예계도 눈치장사였다. 상대방의 의중이나 속내를 파악하는 일은 민형에게 그리 어렵지 않았다. 그러나 임 형사는 어떤 생각을 하는지 쉽게 읽히지 않았다. 형사라 이건가.

경찰서를 나오는 민형의 얼굴은 임 형사 앞에 앉아 있을 때와는 정반대로 사납게 일그러져 있었다.

경찰들은 주태호가 블랙박스 영상을 가지고 있었다는 사실은 아주 모르는 듯했다. 단지 주태호의 죽음에 타살의혹을 갖고 있을 뿐이었다. 그러나 수사가 진척되면 곧 어떤 실마리를 찾게 될 것이었다. 물론 그 실마리는 민형 자신이 아닌 강 대표를 향해 있을 것이었다. 하지만 마음을 놓고 있을 순 없었다. 강 대표가 꼬리를 잡힌다면 블랙박스 영상의 존재도 세상에 드러날 것이었다.

민형의 매니저는 뒷좌석에 앉아 눈만 굴리고 있는 민형을 룸미러로 흘끔거렸다. 박연을 만난 사실을 눈치 채진 않았을까. 매니저는 불안하게 핸들을 잡았다.

경찰서 밖으로 나온 임 형사는 담배를 꺼내 물며 주차장을 빠져나가는 민형의 차를 쳐다보았다. 임 형사는 그제야 민형의 앞에서는 숨기고 있던 속내를 얼굴에 드러냈다. 머릿속에서 민형을 저울질하던 임 형사의 저울 눈금이 단순 참고인에서 용의자 쪽으로 기울었다.

"다 왔습니다!"

브레이크 기어를 채운 브이가 뒷좌석을 돌아보았다. 브이에게 대리운전을 맡긴 50대 중년 남자는 거나하게 술에 취해 곯아떨어져 있었다. 운전석에서 내린 브이가 시간을 확인했다. 새벽 3시. 컴컴하지만 낯익은 동네였다. 박연과 함께 지내고 있는 오피스텔 바로 옆 아파트 단지였다.

브이는 핸드폰을 꺼내어 대리운전업체 시스템에 접속했다. 다른 콜은 들어와 있지 않았다. 주변의 다른 대리기사들의 수가 늘어난 걸 보니 앞으로도 콜이 들어올 가능성은 희박해 보였다.

“집 근처까지 온 김에 오늘은 여기서 접어야겠네….”

혼잣말을 중얼거린 브이가 뒷좌석 문을 열고 씩씩하게 외쳤다.

“사장님! 말씀해주신 곳에 도착했습니다. 대리비 2만 5천원입니다.”

남자는 미동이 없었다. 브이가 부축해줄 요량으로 뒷좌석에 널브러져 있는 남자의 팔을 잡았다.

죽은 듯 늘어져 있던 남자가 돌연 브이의 손을 홱 뿌리치고 소리쳤다.

“야, 이 새끼야! 내가 편의점 들리랬지? 나 무시하냐? 빨리 편의점으로 안 가냐?”

“댁까지 가신다고 하셨는데요.”

“이 새끼가….”

브이를 향해 한 대 치기라도 할 것처럼 손을 들어올렸다. 녹슬지 않은 운동신경으로 가볍게 남자의 손찌검을 피한 브이는 하도 취해서 택시로 착각하나 싶었다. 대리운전업체에서 대리운전 초보인 브이에게 강조한 것은 ‘똥은 최대한 상종 말라!’였다. 이마를 향해 훅, 입김을 불은 브이가 다시 운전석에 올랐다.

아파트 단지를 나와 편의점 맞은편에 차를 세웠다. 남자는 브이에게 숙취해소제를 사오라며 만 원짜리 지폐를 던졌다. 결국 편의점에서 숙취해소제를 사들고 나온 브이는 건너편에 세워둔 차를 쏘아보며 미간을 구겼다.

대리운전 기사가 이런 것까지 해야 돼?

불만 가득한 얼굴로 횡단보도를 건넜다. 브이가 차로 돌아왔을 때, 남자는 바깥으로 나와 헛구역질 중이었다. 몸을 가누는 것을 보니 술이 어느 정도 깬 듯 보였다. 브이는 숙취해소제의 뚜껑을 열어 내밀었다. 남자는 브이가 내민 숙취해소제를 받아들며 고개를 갸웃거렸다.

"머리도 짧고 하고 있는 꼬라지 봐서 남자인 줄 알았는데 이제 보니 여자네?"

남자가 위아래로 훑었다. 브이는 머리에 눌러쓴 모자를 만지며 남자의 눈을 피했다. 남자는 일부러 대꾸를 않고 못 들은 척 서 있는 브이에게 집요하게 말을 걸었다.

"젊은 아가씨가 왜 이런 일을 해? 위험하게?"

"괜찮습니다. 대리비 2만 5천원입니다."

브이가 목소리를 깔고 사무적으로 대답했다. 남자는 차 지붕에 팔을 얹고 비딱하게 서서 브이를 보며 웃었다.

"어차피 야간에 일하는 거면 다른 편한 일도 많잖아, 여자는. 대리는 남자나 뛰는 거지. 여자들은 다른 걸 뛰어야지."

남자의 시선을 피해 다른 곳만 보고 있던 브이가 기분 나쁜 얼굴로 남자를 돌아보았다.

그 시각, 바지주머니에 두 손을 꽂고 거실을 서성이던 박연이 벽에 붙은 시계를 올려다보았다. 브이는 며칠째 늦은 밤에 집을 나가 새벽에 들어오고 있었다. 발소리를 죽이고 문밖, 벽 너머에 귀를 기울였지만 브이가 돌아온 기척은 아직 없었다.

마른 입술을 축이며 불안한 마음으로 브이를 기다리던 박연은 매일 새벽 그러했듯, 결국 기다리다 못해 밖으로 나왔다. 오피스텔 주변을 거닐었다. 기다리다 못해 밖으로 나와 한참을 서성이다 보면 새벽 4시쯤 오피스텔 단지로 들어오는 브이를 볼 수 있었다. 오늘도 어제와 같은 기다림을 반복 중이었다.

어디서 뭘 하고 다니는 건지. 왜 늦게 다니는 건지. 묻고 싶고, 화내고 싫고, 못하게 하고 싶은데 그럴 명분도, 자격도 없었다.

박연은 브이와 다투었던 일을 떠올렸다.

'어디 있다가 지금 와!'

'일 구했어요. 여기도 곧 나갈 거야.'

뭐라고 한마디라도 더 했다간 당장 눈앞에서 사라질 것 같다. 피곤한 얼굴로 오피스텔 단지 안을 어슬렁거리던 박연이 맥주를 사러 편의점으로 향했다.

오피스텔 근처 편의점에서 캔맥주를 들고 나온 박연이 돌아가기 위해 발걸음을 돌렸을 때였다. 새벽녘, 한산한 건널목 맞은편에서 날카로운 목소리가 울렸다.

"왜 이러세요!"

소리가 나는 쪽으로 고개를 돌린 박연이 손에 들린 캔맥주를 바닥으로 집어던지고 곧장 차도로 뛰어들었다. 건너편 길가에 세워진 차 앞에서 중년 남자와 실랑이를 벌이고 있는 여자는 제가 그토록 기다리던 브이였다.

브이의 손목을 끌어 잡은 남자가 뒷좌석으로 브이를 당겼다.

"대리비보다 더 준다니까?"

차가 다니지 않는 새벽 차도를 단숨에 건너온 박연이 남자를 향해 주먹부터 휘둘렀다. 갑작스러운 박연의 등장에 놀란 브이가 눈을 크게 떴다. 브이는 바닥에 나뒹구는 남자와 씩씩대고 서 있는 박연을 번갈아보았다.

지구대에서 합의를 하고 나오자 바깥은 해가 뜨고 있었다. 서로 아무런 대화도 하지 않고 오피스텔까지 걸었다. 오피스텔 단지에 들어섰을 때 결국 폭발한 박연이 먼저 큰소리를 냈다.

"미쳤어? 여자가 겁도 없이 이 새벽에 대리를 뛰어?"

브이를 향해 따져 물었다. 모자를 눌러쓴 브이는 여전히 아무런 반응도 보이지 않고 시선을 내리깐 채 서 있었다. 박연은 허공을 보면서 씨근대는 숨을 뱉었다. 허리에 손을 얹고 감정을 눌러 삼키려 애를 썼지만 수포로 돌아갔다. 브이를 돌아보며 떨리는 목소리로 물었다.

"돈 갚고 오피스텔 나가겠다더니 이런 식으로 갚으려고 했어?"

이런 식으로? 내내 발밑만 쳐다보던 브이가 고개를 들었다.

"술 취한 새끼가 엉겨 붙어서…!"

말을 채 끝맺기도 전에 얼굴이 세차게 돌아갔다. 박연의 뺨을 올려붙인 브이는 가늘게 떨리는 손을 움츠렸다.

겨우 참고 있었다. 얼굴을 보는 것만으로도 터져 나갈 것 같은데. 사랑하는데, 사랑하고 싶은데 그 마음 꾸역꾸역 참아가며 현실을 직시하려 노력하고 있다. 그런데 이 남자는 속앓이 하고 있는 자신을 하나도 모르면서 헷갈리는 얼굴을 하고, 착각에 빠지게 만드는 눈빛을 한다. 그러다 상처를 이렇게 잔인한 말들로 내버린다. 어떻게든 갚아서 아픈 얼굴 더는 안 보려 노력 중인데 제 마음은 하나 알지도 못하면서 자꾸만….

브이는 붉은 손자국이 남은 박연의 뺨을 보며 소리쳤다.

"갚으라며. 그래놓고 왜 따라다니면서 훼방을 놓는데! 당신이 이러지 않아도 힘들다구!"

"권브이!"

브이는 지지 않고 소리치는 박연을 쏘아보며 말했다.

"방송국도 못 다니게 했으면 이거라도 하게 내버려둬. 당신이 나 미워하는 거 아는데, 정도껏 괴롭히라구."

"누가 괴롭혔다고 그래? 누가 널 미워하는데!"

브이의 커다란 눈동자가 깊게 일렁였다. 박연은 자신을 향해 흔들리고 있는 브이의 눈을 보고서야 흥분하는 바람에 생각지도 못하게 진심이 튀어나온 것을 자각했다.

그래, 더는 못 참겠다. 네가 나 싫대도 이젠 말해야겠어.

박연은 누구를 향한 것인지 모를 화가 가득 담긴 눈을 하고 말했다.

"돈 갚을 필요 없어."

그간 입 밖으로 내지 못했던 말들이 비로소 터져 나왔다.

"현우 형한테 들었어. 사채업자도 얘기하더라. 네가 나 때문에…!"

박연은 잠시 말을 끊었다. 목이 메어 목소리가 잘 나오지 않았다. 그런 박연을 올려다보며 브이는 눈만 깜박였다. 지금 눈앞의 남자가 무슨 말을 하는 것인지 믿기 힘든 얼굴이었다. 박연이 따끔거리는 목울대를 억지로 움직여 말했다.

"네가 나 때문에 어떤 일 겪었는지… 나도 다 알아."

박연의 이야기를 듣자마자 브이의 눈에서는 눈물이 툭 떨어졌다. 손이 박연의 뺨을 올려붙였을 때보다도 더욱 떨렸다. 말을 이어가는 박연의 눈시울이 뜨겁게 젖어들었다.

"네가 나한테 했던 말, 내 앞에서 사라진 이유…. 다 나 때문이었잖아."

브이는 쉴 새 없이 눈물을 떨구며 크게 숨을 몰아쉬었다. 박연에게 들켰다. 박연이 알아버렸다. 브이는 덜덜 떨리는 두 손으로 입을 가렸다. 잇새로 북받쳐 오른 울음이 거칠게 새어나왔다. 박연의 눈에서도 고여 있던 눈물이 떨어졌다. 박연은 브이의 앞으로 한 걸음 다가섰다.

"미안해. 내가 못나서 네가 아팠어…. 아무것도 모르고 널 미워하는 나 때문에… 얼마나 미웠어? 얼마나 아팠어?"

울먹이는 목소리를 들으며 브이가 눈을 감고 어린애처럼 울음을 터트렸다. 심장에 꽈앙, 꽈앙 못을 박았다. 심장이 뛸 때마다, 숨을 쉴 때마다 가슴 언저리가 뻐근했다.

박연은 흐느껴 우는 브이를 보며 말했다.

"우리 그만하자. 서로 미워하는 척 밀어내는 거 그만해."

브이는 어깨가 들썩이도록 흐느끼며 통증을 호소하는 가슴을 주먹으로 두드렸다. 가슴에 주먹질을 해댈 때마다 눈앞의 남자를 애써 떠나보내고, 잘라내고, 상처 내던 지난날이 떠올랐다.

박연은 주먹을 꽉 쥐고 서서 흐느끼고 있는 브이에게 손을 뻗었다.

"사랑해, 브이야…."

큰 손이 모자를 눌러쓴 머리를 향했다. 그 순간 브이가 눈물로 얼룩진 얼굴을 털어내며 뒤로 물러섰다. 박연은 눈물을 흘리면서도 브이가 자신의 손길을 피한 이유를 몰라 당황한 얼굴을 했다. 자신이 우려하던 상황이 현실이 되어버리는 것인지 덜컥 겁이 났다. 박연이 겁먹은 목소리로 말했다.

"왜 그래…. 너 진짜로 마음 떠난 거 아니잖아. 다 안다고. 이제 이러지 않아도 돼."

애타는 손이 다시 한 번 브이를 향했다. 브이가 울면서 고개를 저었다.

"그런 게 아니야…. 당신이 내 마음 다 안다니까 나 지금 너무… 놀라서…. 기쁘면서도 슬프고… 아픈데…."

"그럼 피하지 마."

"근데… 우리 달라진 게 없어…."

브이는 눈물을 닦고 박연을 올려다보았다. 그러나 눈물이 금세 뺨을 적셨다. 박연은 브이를 보며 물었다.

"그게 무슨 소리야?"

"맞아. 당신 사랑해서 헤어졌어. 당신이 나 안 놔줄 것 같아서 당신 미워하는 척 헤어졌고, 나도 아직 당신 사랑해…."

아직 자신을 사랑한다는 말에 박연은 깊이 안도했다. 그러나 가로로

젓는 브이의 고갯짓이 안도만 할 수는 없게 만들었다.

브이는 울음기 섞인 목소리로 말했다.

"근데… 우리가 오해를 풀었다고 해서 달라지는 게 없어. 우리 다시 만날 수가 없다구…."

"왜 못 해."

박연이 곧장 물었다. 브이는 연신 고개를 저었다.

"세상 사람들은 우리 헤어진 줄 알아. 그런데 우리가 어떻게 다시 만나? 이렇게 다시 만날 수 있는 거면 내가, 우리 그렇게 안 헤어졌어."

박연이 떨리는 눈동자로 애먼 주위를 두리번거리다 브이를 돌아보았다.

"무슨 소리 하는지 모르겠네…. 다른 사람들이 무슨 상관이야?"

"상관있지. 당신 많이 상관있어."

배우 박연은 사람들의 시선으로부터 벗어나지 못하는 사람이다. 분명히 사람들의 입에 오르내릴 것이다. 아직 대중들에게 신뢰도 회복하지 못한 처지였다.

울먹이던 브이가 감정을 추스르며 말했다.

"그리고… 당신이 날 괴롭히려고 갚아줬든, 날 사랑해서 갚아줬든 난 당신한테 빚이 있는 거야. 그것도 달라진 거 없어. 차라리 당신이 날 미워서 갚은 게 나아. 날 사랑해서 갚았는데 내가 당신하고 다시 만나면 사람들이 손가락질하던 거랑 뭐가 달라? 당신하고 나는 그게 아니어도 사람들 눈에는 결국 똑같아."

박연은 헤어질 당시, 브이를 사채 빚 때문에 자신에게 접근한 꽃뱀 취급을 하던 여론을 떠올렸다. 박연이 얼굴을 구기고 떨리는 목소리로 물었다.

"진짜로 나한테서 마음이 떠났을까 겁났는데 나를 아직 사랑한대. 근데 넌 사랑한다면서도 나랑 다시 못 만나겠대. 그럼 내가 이제 뭘 더 어떻게 해야 돼?"

박연은 무릎이라도 꿇고 싶었다. 눈앞의 브이든, 눈에 보이지 않는 신이 되었든. 무릎이라도 꿇고 간절히 묻고 싶은 말을 브이에게 물었다.

"내가 어떻게 해야 달라지는데?"

브이는 젖은 눈가를 문질러 닦고 답했다.

"당신이 어떻게 해도 안 달라질 것 같아. 그래서 당신이 내 마음 다 알았다고, 날 아직 사랑한다고 말하는데도 당신 손 못 잡겠다구…."

끝자락에서는 결국 또 울먹였다. 당신이 나를 미워하든 미워하지 않든 나는 당신을 빛내줄 수가 없잖아. 내가 옆에 있으면 당신은 빛날 수가 없는데.

게다가 박연이 갚아준 1억은 돈의 부채에서 마음의 부채가 되었다. 사랑하는 남자에게 빚을 진 기분은 고마움보다는 비참함과 미안함이 앞섰다. 차라리 자신을 괴롭히기 위해 갚았다고 말하는 편이 나았다.

브이는 눈물이 그렁그렁한 눈으로 박연을 바라보다가 먼저 걸음을 떼었다. 브이가 곁을 지나치는데도 박연은 잡지 못하고 멀거니 서 있었다. 브이가 쏟아낸 말들을 한참 동안 되새기고, 되씹었다. 잘근잘근 토막이 나고 가루가 될 때까지 되뇌었다.

박연은 어느새 해가 떠오른 하늘을 올려다보다가 자리에 주저앉았다.

"서로 사랑하는데 뭐가 이렇게 안 되고 어려워…."

혼잣말을 중얼거리고 나니 숨이 턱 막혀왔다. 웅크리고 앉은 박연의 등이 크게 오르내렸다.

브이는 벽 너머 박연과 가장 가까운 침대에 누워 하루 종일 꼼짝하지 않았다. 아파하는 두 사람의 머리 위로 떠올랐던 해가 지고 다시 어둠이 찾아들었다. 브이는 그때까지도 벽 너머로 들려오는 작은 기척에 귀를 기울인 채 누워 있었다. 몇 시인지, 배가 고픈지, 몸이 아픈지. 청각 외에는 감각이 모두 죽은 듯했다.

느리게 깜박이던 눈에 물기가 어렸다. 브이는 눈물을 훔치고 침대에서 일어나 앉았다. 그때, 1703호의 초인종이 울렸다. 1703호의 벨을 누를 사람은 단 한 명뿐이었다.

브이는 제 방을 찾아온 박연과 식탁에 마주앉았다. 식탁등만 겨우 밝혀놓은 실내가 어두컴컴했다. 박연은 그늘진 얼굴로 앉아 있는 브이를 조용히 바라보았다. 빨갛게 헐어버린 눈언저리를 보고 있자니 입이 썼다. 쓴 입맛을 다시며 입을 열었다.

"생각 좀 해보자."

낮게 갈라지는 목소리를 들은 브이가 시선을 들어 박연을 보았다. 저만큼이나 지쳐 보이는 얼굴이 차분하게 말을 이어갔다.

"네가 한 말들… 전부는 아니어도 이해해. 그래도 우리 서로 사랑하는 거 맞잖아."

브이는 울컥, 치미는 울음을 삼키고 고개를 끄덕였다. 저를 사랑하는 게 맞다는 고갯짓에 박연은 반나절 동안 짓눌려 있던 숨통이 조금이나마 트이는 것을 느꼈다.

"그러니까 달라질 거 없다고 선 긋지 말고 생각 좀 해보자."

박연은 마주앉은 브이를 달래듯 천천히 말했다.

"내가 말했지? 이젠 뭐라도 할 거라고. 우리 달라질 수 있게 만들게. 죽을힘 다해서 해볼게."

브이를 바라보는 눈동자가 이전에는 없이 단단하게 빛났다.

"그러니까 그때까지 도망가지 말고. 밀어내지 말고. 너는 여기서. 나는 저기에서."

박연은 브이에게서 조금도 눈길을 돌리지 않고 말했다.

"서로만 보면서 생각 좀 하자."

말없이 앉아 있는 브이의 눈에서 눈물 한 줄기가 흘러내렸다. 단단하게 빛나던 박연의 눈빛이 안쓰럽게 변했다. 박연이 자리에서 일어섰다. 식탁을 한 손으로 짚고 브이에게 다른 손을 뻗었다.

"그만 울어."

아침에 그랬듯이 브이는 눈물을 닦아주려는 손을 피했다. 허공에 남겨진 손을 거두려던 박연이 브이의 턱을 잡고 들어올렸다. 젖은 눈이 더욱 커다래져 박연을 올려다보았다. 놀란 눈으로 자신을 올려다보는 브이에게 더욱 몸을 기울였다. 식탁을 넘어갈 듯이 상체를 숙인 박연이 깊어진 눈빛으로 브이를 바라보았다.

브이의 눈 속으로 빠져들 듯이 들여다보던 박연이 입을 열었다.

"너."

나지막한 목소리로 말했다.

"아직 내 거 아니지만 여전히 내 거야."

턱을 움켜쥐고 있던 커다란 손이 브이의 뺨에 닿았다. 박연은 엄지로 눈물을 부드럽게 닦아냈다. 브이는 박연의 얼굴만 멍하니 바라보았다.

날 미워하지 않는다. 날 사랑한다. 착각이 아니라. 아직 이 남자에게 갚아야 할 빚이 있고, 우리를 향한 세상 시선들은 여전하고, 달라진 건 없는데도 가슴 언저리의 통증이 가라앉았다. 심장이 뛸 때마다 아프다고, 아파죽겠다고 아우성이던 가슴이 몽글몽글 풀어졌다. 신기하게도, 이 남자가 자신을 아직 사랑한다는 사실 하나만으로도. 그러나 요동치는 가슴과 차가운 현실은 여전히 서로 다른 곳을 바라보고 있었다.

브이는 뺨에 얹어진 박연의 손을 밀어냈다.

"당신 돈 갚을 거야."

박연은 제 시선을 피한 채 말하는 브이를 말없이 지켜보았다.

"당신한테는 못 가."

브이가 자리에서 일어섰다. 박연은 조용히 침실로 들어가 버리는 브이를 바라보았다. 한참 동안이나 닫힌 침실 문에서 시선을 떼지 못하던 박연이 한 손으로 얼굴을 거칠게 쓸어내렸다.

네 마음이 내게서 떠나지 않았다는 것. 그거면 됐다, 우선은. 나머지는 내가 바로 잡을게. 기다려만 주라.

문밖에서 들려오는 소리에 귀를 기울이고 있던 박연이 급하게 현관으로 뛰쳐나왔다. 현관에 내다놓았던 쓰레기봉투를 들고 문을 박차고 나왔다. 1703호 문을 열고 복도로 나온 브이와 눈이 마주쳤다. 운동화 뒤축을 구겨 신은 박연이 쓰레기봉투를 들어보였다.

"쓰레기 버리려고."

브이는 묻지도 않은 말을 꺼내는 박연을 보며 미간을 좁혔다. 어젯밤, 각자의 자리에서 생각 좀 해보자던 목소리를 떠올린 브이가 박연을 향해 구겼던 얼굴을 느슨히 풀었다.

'우리 그만하자. 서로 미워하는 척 밀어내는 거 그만해.'

박연의 말처럼 서로에게 마음이 남아 있는 걸 알았으니 전처럼 부러 밀어낼 필요는 없지만 마냥 다시 사랑에 빠질 수도 없는 애매한 사이가 되었다. 브이는 옆으로 다가오는 박연을 흘끗거리며 엘리베이터 앞에 섰다.

두 사람은 대화 없이 나란히 서서 엘리베이터를 기다렸다. 어색했다. 만나면 사랑하거나 혹은 싸우거나. 이렇게 이도 저도 아닌 상태에서 한 공간에 있기는 처음이었다. 딱히 나눌 대화도 마땅치 않았다. 17층을 향해 올라오고 있는 고속 엘리베이터는 오늘따라 천천히 움직이는 듯 느껴졌다.

쓰레기봉투를 들고 브이 곁에 선 박연은 트레이닝바지 주머니에 한 손을 꽂아 넣으며 말했다.

"아침은 먹었어?"

브이는 어색한 말투로 묻는 박연을 돌아보았다. 브이의 눈치를 살피던 박연은 눈이 마주치자 마른기침을 뱉었다.

"아직이면 나랑 먹을래?"

"아니."

신속한 거절의 대답과 함께 엘리베이터 문이 열렸다. 절묘한 타이밍이었다. 박연이 먼저 엘리베이터에 탔다. 열림 버튼을 누른 박연이 아직 엘리베이터 밖에 서 있는 브이를 보며 물었다. 최대한 태연한 표정을 지었다.

"그냥 물어본 거야. 안 타?"

박연을 빤히 쳐다보던 브이가 엘리베이터에 올라탔다. 박연은 1층으로 내려가는 엘리베이터 속도로 자신 역시 땅속으로 꺼져 들어가는 기분이었다. 혼자 썸 타다 까인 기분이 이럴까. 겁나 쪽팔린다. 브이에게 보이지 않도록 고개를 돌린 박연이 얼굴을 일그러트렸다.

속절없이 내려간 엘리베이터는 1층에서 문이 열렸다. 브이가 먼저 앞장섰다. 쓰레기봉투를 들고 브이의 뒤를 따라 오피스텔을 나왔다.

근데 쟤는 밤새 대리운전하고 들어왔으면서 아침부터 어딜 가는 거야?

쓰레기 버리는 곳으로 향하려던 발걸음이 계속 브이의 뒤를 따라 밟았다. 앞서 걷던 브이가 박연을 돌아보았다.

"그거 안 버려?"

박연은 표정변화 없이 대답했다.

"버려. 버릴 거야."

"근데 왜 따라와?"

대꾸할 말이 사라진 박연이 입을 다물었다. 브이는 아무런 말도 하지 못하고 자신의 눈만 빤히 들여다보고 있는 박연을 두고 돌아섰다.

브이가 찾은 곳은 CBC방송국이었다. 방송국 로비에 있는 카페에서 소연과 마주앉았다. 편집실에서 며칠 밤을 샜다더니 소연의 몰골은 말이 아니었다. 기름진 머리를 올려 묶고 안경을 걸친 얼굴이 고등학생 때를 떠오르게 만들었다.

브이는 박연에게 그랬듯이 흰 봉투를 꺼내들었다.

"며칠 신세졌던 방세."

빨대를 빨던 소연이 눈을 동그랗게 뜨고 말했다.

"얘 좀 봐? 왜 이런 걸 줘? 넌 가끔 너무 구부러지지 않아서 문제야. 네가 운동해서 남한테 기대는 거 못 견디고, 책임감도 끝내주는 거 아는데 그러다 꺾일라. 사람이 살면서 어떻게 신세 안 지고 살아?"

소연은 서운한 얼굴로 브이에게 돈 봉투를 도로 밀어냈다. 브이의 성격을 잘 아는 소연은 다시 자신에게 봉투를 쥐어줄세라 얼른 화제를 돌렸다.

"박연이랑은 어때? 아직도 지랄해? 저번에 내 자취방까지 찾아와서 너 어디 있냐고 난리, 난리, 그런 난리가 없었다. 안 괴롭혀?"

브이가 푹 한숨을 쉬었다. 영문을 모르는 얼굴로 앉아 있는 소연에게 그간의 일을 설명했다. 모든 진실을 알게 된 박연과 그런 박연을 밀어낼 수밖에 없는 속사정까지. 브이의 이야기를 들은 소연은 고개를 저었다.

"참 복잡하다. 서로 마음은 있는데 사귀지는 않고. 이건 뭐 썸 타는 것도 아니고."

"썸은 무슨."

브이가 영 아니라는 듯이 받아치자, 소연이 빨대를 우물거리며 말했다.

“왜, 내 거인 듯 내 거 아닌 내 거 같은 너. 딱 그거잖아.”

‘아직 내 거 아니지만 여전히 내 거야.’

브이는 순간 박연이 했던 말이 떠올랐다.

그래도 ‘썸’은 우리가 쓸 단어가 아니지. 브이는 혼자 생각하며 고개를 저었다. 그런 브이를 앞에 두고 소연이 기지개를 켰다. 일거리에 치이느라 찌뿌드드한 몸을 이리저리 뒤틀며 말했다.

“그나저나 1억을 턱, 하고 대신 갚은 것도 모자라서 안 돌려줘도 된다니…. 부럽다, 부러워.”

소연을 향해 브이가 눈을 째렸다. 소연은 도리어 뻔뻔한 표정을 지었다.

“반은 농담이지만 반은 진담이다? 그렇게 보지 마. 세상에 어떤 사람이 안 부럽겠어?”

브이는 소연이 몰라서 하는 소리지 싶었다. 그 돈 때문에 사랑하는데도 사랑할 수가 없는데. 이런 걸 부러워할 사람이 있을까. 브이의 얼굴이 씁쓸하게 굳어졌다.

브이는 밤새 대리운전을 하고 돌아와 오후 1시가 되어서야 눈을 떴다. 때마침 초인종이 울렸다. 헝클어진 짧은 머리칼을 쓸어 넘기고 현관으로 나갔다. 문을 열자 복도에 서 있던 박연이 어색하게 손을 들어 보였다.

소연이 했던 말이 불현듯 생각났다.

‘서로 마음은 있는데 사귀지는 않고. 이건 뭐 썸 타는 것도 아니고.’

우린 그런 달달한 게 아닌데.

덩달아 어색해진 브이가 굳은 표정으로 박연을 올려다보았다. 저를 향한 빤한 시선을 알아차린 박연이 들고 있던 손으로 옆머리를 긁적이며 말했다.

"전원일기 첫 방송 안 봤지?"

박연에게 차마 가던 길을 멈추고 울면서 봤다는 말은 할 수 없었다. 브이는 고개만 끄덕였다. 박연은 곤란한 상황이라도 처한 사람처럼 몇 번, 애먼 복도를 두리번거리다가 말했다.

"재방송 같이 볼래?"

반응이 없는 브이를 흘끔 쳐다본 박연이 서둘러 둘러댔다.

"아니 뭐, TV 켜니까 딱 재방송을 하더라. 꼭 같이 봐야 된다는 건 아니고…. 할 일 없으면. 그래, 할 거 없으면 보자는 거야. 같이…."

말끝을 흐린 박연이 눈치를 보듯이 브이를 쳐다보았다. 그 순간 브이의 귓가에 소연의 목소리가 맴돌았다.

'내 거인 듯 내 거 아닌 내 거 같은 너. 딱 그거잖아.'

소연은 잘 알지도 못하면서 괜한 소리를 했다. 괜한 소리를 들으니 괜한 민망함과 어색함이 브이를 괴롭혔다. 괜스레 박연의 시선을 피해 고개를 숙이고 말했다.

"내가 왜 당신이랑 봐."

브이의 눈치만 살피던 박연이 문틀을 한 팔로 짚고 비딱하게 섰다. 짙은 눈썹이 못마땅하게 비틀렸다.

"아직 나 사랑한다며. 우리 미워하는 척, 싫어하는 척은 그만 하자니까."

직구를 던지는 목소리에 브이가 고개를 들고 박연을 보았다. 브이를 내려다보는 따뜻한 눈동자. 눈 깜박임마저 다정했다. 부드러운 목소리가 확인하듯 물었다.

"건너와?"

브이는 거절의 말을 꺼내는 대신에 박연만 바라보았다.

결국 1702호에 박연과 나란히 앉았다. 작지 않은 소파가 오늘따라 왜 이리 비좁게 느껴지는지. 바깥은 왜 이리 조용하기만 한 건지. 브이는 손에 들린 맥주 캔을 내려다보았다. TV에서는 전원일기의 첫 방송이 재방영되고 있었다. 거리에서 울면서 보느라 눈에 제대로 들어오지 않았던 방송 내용은 오늘도 역시 제대로 이해하긴 글렀다.

박연은 아무렇지 않은지 옆에서는 큭, 하고 가끔씩 짧은 웃음소리가 터졌다. TV를 보며 웃는 박연을 흘끔 곁눈으로 쳐다본 브이가 맥주를 한 모금 들이켰다.

방송이 중반부에 들어섰을 즈음 바깥은 비가 내리기 시작했다. 방송은 눈에도 귀에도 들어오지 않아 다른 생각 중이던 브이는 창을 두드리는 빗소리를 금세 알아차렸다. 부상당했던 무릎이 슬슬 시큰거리기 시작했다. 브이는 TV와 비가 내리는 창밖을 번갈아보면서 아픈 무릎을 주물렀다.

박연은 TV에 푹 빠져 크큭 웃음을 터트렸다. 첫 방송을 하던 날은 TV조차 켜지 않았던 주제에 오늘은 사소한 장면도 배가 간지러울 정도로 웃기게 느껴졌다. 어느새 비어버린 캔을 내려놓고 새 맥주 캔을 찾아 소파 옆 테이블을 더듬던 박연이 조용해도 너무 조용한 옆을 돌아보았다. 브이가 불편한 얼굴로 무릎을 주무르고 있었다. 박연은 그제야 창밖을 내다보았다. 비가 내리고 있었다. 가느다란 빗줄기가 소리 없이 유리창을 타고 흘렀다.

박연은 손에 들었던 새 맥주 캔을 내려놓고 자리에서 일어섰다. 브이는 박연이 자리를 뜨자마자 주먹으로 무릎을 두드렸다. 아픈 티를 내지 않으려 겨우 참고 있었다.

비만 오면 말썽이야….

미간을 찌푸린 브이가 창밖을 야속하게 쳐다보았다. 그때 자리를 비웠던 박연이 돌아왔다. 화장실에 갔을 거라 생각했던 박연의 양손에는 보온물주머니와 수건이 들려 있었다. 브이는 제 옆에 바투 앉는 박연을 경계하듯 보았다. 그러나 박연은 그런 시선은 개의치 않는 듯 브이의 발목을 잡아채 자신의 허벅지에 올려두었다.

"뭐해요."

"비 오잖아."

짧게 대답한 박연은 브이의 바지를 무릎 위로 걷었다. 브이가 순식간에 드러난 맨다리를 빼내려 움츠렸다. 박연은 예상했다는 듯이 발목을 단단히 잡고 놔주지 않았다.

"아플 때는 말 좀 들어라, 응?"

박연은 부탁이나 하듯 물었다. 연신 다리를 빼내려 힘을 주던 브이는 다정한 물음에 어쩔 수 없이 얌전해졌다. 박연은 그제야 뜨끈뜨끈한 보온물주머니를 수건으로 감쌌다. 브이의 무릎에 올렸다.

묘한 분위기가 연출되었다. 빗소리와 작게 틀어놓은 TV 소리. 물주머니로 무릎을 둥글게 문지르며 마사지해주는 따스한 손길. 브이는 꼼짝없이 박연의 손길을 받으며 눈만 굴렸다. 이 남자와 이러고 있을 때가 아닌데….

브이의 생각을 읽은 듯 박연이 나지막이 말했다.

"돈을 꼭 갚아야 네 마음이 편하면 갚아. 근데 브이야."

저를 부르는 목소리에 시선을 들어 박연을 보았다. 박연은 한껏 진지해진 눈빛으로 브이를 바라보고 있었다.

"내가 널 미워하는 게 낫다는 말은 하지 마. 나는 널 미워하는 게 죽을 만큼 힘들었어."

브이는 박연에게 했던 말을 기억했다.

'차라리 당신이 날 미워서 갚은 게 나아.'

브이가 박연을 보며 말했다.

"내가 비참하거든. 사랑하는 남자 앞에 설 자리가 없더라구."

"그럼 그냥 거기 있어. 내가 네 앞에 설게."

박연은 최선을 다해 설득하는 중이었다. 우리 다시 사랑해도 괜찮을 거라고. 그러니까 나와 다시 사랑해주면 안 되겠느냐고.

브이는 자신을 향해 지긋한 눈길을 보내는 눈을 보며 소연의 목소리를 떠올렸다.

'넌 가끔 너무 구부러지지 않아서 문제야. 네가 운동해서 남한테 기대는 거 못 견디고, 책임감도 끝내주는 거 아는데 그러다 꺾일라.'

그래도 어떻게 그래. 어떻게 아무 일도 없는 듯이 전처럼 다시 사랑할 수가 있겠어.

고개를 저은 브이가 무릎에 얹어진 박연의 손을 밀어냈다. 말려 올라간 바짓단을 내리고 자리에서 일어섰다.

"그만 갈게."

낮은 목소리로 대화를 끊어버린 브이가 현관으로 향할 때였다. 초인종이 울렸다. 예고 없이 찾아온 정체불명의 방문객은 서슴없이 쾅쾅, 문을 두드렸다. 방문객은 큰소리로 집주인을 불러재꼈다.

"연아!"

문밖에서 들리는 목소리는 송 실장의 것이었다. 자리에서 일어선 박연이 어두워진 얼굴로 현관문을 돌아보았다. 브이에게 저지른 일을 듣고 송 실장과는 아무런 연락도 하지 않았다. 믿었던 만큼 배신감이 컸다. 얼굴도 보고 싶지 않아 피해 다녔다.

박연은 브이를 돌려세웠다.

"잠깐 방에 들어가 있어. 형이 봐서 좋을 거 없으니까."

브이는 박연이 시키는 대로 침실 안으로 몸을 숨겼다. 그런 후에야 박연이 현관문을 열고 얼굴을 내밀었다. 송 실장에게서는 술 냄새가 풍겼다. 만취는 아니더라도 얼굴이 상당히 붉었다.

"무슨 일이야?"

낮은 목소리로 묻는 박연에게 송 실장은 눈물부터 보였다.

"내가… 연아, 내가 미안하다…."

"그럼, 미안해야지. 평생 미안해하면서 살아."

송 실장은 냉정하게 닫히려는 문을 가로막았다.

"연아…."

"손 치워."

차가운 목소리에도 쉽게 비켜서지 않는 송 실장을 노려보았다.

"형은 그러면 안 됐어. 강 대표? 우리 엄마? 내 팬들? 다 그래도 형은 브이한테 그러면 안 되지. 네가 사람이냐?"

침실 안에서 박연과 송 실장의 대화를 듣던 브이가 아프게 눈을 감았다. 곧 현관문이 거칠게 닫히는 소리가 들렸다. 침실에서 나온 브이는 현관에 서 있는 박연의 뒷모습을 가만히 지켜보았다. 닫힌 문에 머리를 기대고 서서 두 주먹을 불끈 쥔 모습이 씩씩거리며 분을 참는 어린아이 같았다.

우리가 다시 사랑할 수 없는 이유가 이렇게 곳곳에 도사리고 있는데 내가 어떻게 당신 손을 잡겠어. 어떻게 뻔뻔하게 사랑할 수 있겠어.

농사일을 쉬는 시간이 곧 촬영 쉬는 시간이었다. 전원일기를 찍으러 전남으로 내려온 박연은 이장댁 텃밭에서 감자를 캐던 호미를 발밑에 던졌다. 며칠 전 오피스텔을 찾아온 송 실장의 얼굴이 어른거렸다. 송 실장이 그렇듯 박연 역시 누구보다 송 실장을 잘 알았다. 그렇게 모질거나 이기적이지도 못한 사람이 왜 브이한테 그런 말을 했는지.

착잡한 얼굴로 밭둑에 걸터앉았다. 그때 영범이 먼 곳에서부터 박연을 부르며 텃밭을 가로질러 달려왔다.

"형니임…!"

박연이 세 시간 동안 열심히 캐놓은 감자가 영범의 발에 사정없이 짓밟혔다. 박연이 부릅뜬 눈을 씰룩거렸다. 제 앞으로 달려온 영범에게 눈빛으로 욕을 하는 중이었다. 주위 스태프들 때문에 차마 육성으로는 뱉지 못했다.

평소 같으면 금세 꼬리를 내리고 깨갱해야 할 영범이 박연의 어깨를 쥐었다.

"미쳤냐?"

박연이 영범의 손을 쳐냈다. 영범은 다시 박연의 어깨를 쥐고 흔들었다.

"형님, 됐어요! 됐다구요!"

감격에 겨워 외치는 영범을 박연이 못마땅하게 쳐다보며 물었다.

"뭐가 됐든 넌 죽는다."

"죽어도 좋아요, 형님! 방금 연락 왔는데요, 영상 복구했대요!"

영범을 노려보던 박연의 눈이 흔들렸다.

"핸드폰 찾아가라고 연락 왔어요, 형니임…."

박연의 어깨를 흔들던 영범이 울음을 터트렸다. 박연은 제 옷깃을 쥐고 매달려 우는 영범을 멍하게 쳐다보았다.

블랙박스 영상이 복원됐다고?

눈시울이 뜨겁게 젖었다. 박연은 아랫입술을 깨물었다. 붉게 충혈된 눈에서 눈물이 떨어지는 동시에 얼굴이 일그러졌다. 꽉 깨문 입술 사이로 흐느낌이 흘러나왔다. 박연은 얼굴을 찡그리고 울다가 실소와 같은 웃음을 터트렸다.

"하…."

이번에도 실패할 줄 알았다. 이번에도 바보처럼 놓쳐버릴 줄 알았다. 기쁨의 웃음과 울음이 뒤섞였다.

영문을 모르는 전원일기팀 스태프들은 서로를 부둥켜안고 우는 두 남자를 의아하게 쳐다보았다.

소리를 죽여 눈물짓던 박연은 분노가 담긴 눈을 하고 민형의 얼굴을 떠올렸다. 달라질 수 있다. 모든 걸 제자리로 돌려놓을 수 있다. 두 눈을 힘주어 감았다. 뺨으로 뜨거운 눈물이 흘러내렸다.

'내가 어떻게 해야 달라지는데?'

'당신이 어떻게 해도 안 달라질 것 같아.'

브이와의 대화를 떠올린 박연이 젖은 눈꺼풀을 들어올렸다. 젖은 눈빛이 날카롭게 빛났다.

브이야. 달라질 수 있어.

오피스텔 지하주차장에 차를 세운 민형이 엘리베이터를 향해 걸었다. 어둠 속에서 밝은 불빛이 민형의 눈을 쏘았다. 걸음을 멈춘 민형은 자신의 얼굴을 저격하는 불빛을 손바닥으로 가로막았다. 다른 차량의 헤드라이트라고 생각했던 불빛은 헤드라이트보다는 작았다. 민형의 눈이 가늘어졌다. 하얀 불빛은 작은 직사각형 상자에서 뿜어져 나오고 있었다.

민형은 주차되어 있는 세단의 보닛 위에 놓인 상자로 다가갔다. 멀리서 보았을 때 상자처럼 보인 것의 정체는 크기가 작은 휴대용 빔프로젝터였다. 불빛의 정체 역시 프로젝터에서 뿜어져 나온 빔이었다. 빔은 정확히 지하주차장 반대편 벽면을 쏘고 있었다.

누가 두고 갔을까. 민형은 주위를 두리번거렸지만 인기척은 느껴지지 않았다. 휴대용 프로젝터로 손을 뻗었다. 그때, 지하주차장 벽면에 화면이 나타났다. 어둠 속에서 빔을 쏘아올린 프로젝터의 화면은 더없이 선명하게 보였다. 화면을 보는 민형의 눈이 커다랗게 벌어졌다. 화면 귀퉁이에 표기된 날짜와 시간은 그날, 그 시각이었다. 박연의 음주운전 기사가 터지던 날.

새벽 차도를 달리던 화면이 크게 흔들리며 가로수를 들이박았다. 곧 화면 속에는 비틀대는 민형의 모습이 나타났다. 쓰러진 가로수와 차를 확인한 화면 속 민형은 프레임에서 사라졌다. 그리고 곧 무언가를 질질 끌며 보닛 앞을 지나쳤다. 힘에 부치는 듯 질질 끌던 무언가를 보닛에 엎어두었다. 늘어져 있는 것은 사람이었다.

숨을 돌린 후 민형이 보닛에 걸쳐두었던 사람을 다시 어깨에 짊어지었다. 그 순간, 민형이 어깨에 짊어진 사람의 얼굴이 정면으로 화면에 잡혔다. 박연이었다. 눈을 감은 채 미동이 없는 박연은 민형에 의해 운전석으로 운반되었다. 그날의 진실이 고스란히 담겨있었다.

민형은 휴대용 프로젝터를 집어 들었다.

"으아악!"

괴성을 지르며 바닥으로 힘껏 내던졌다. 작은 부품들이 부서졌다. 그러나 프로젝터를 짓밟는 발길질은 멈추지 않았다.

"어떤 새끼야! 씨발!"

연신 혼잣말을 지껄이며 프로젝터를 산산이 조각낸 민형이 거칠게 숨을 몰아쉬었다. 쥐죽은 듯 조용하던 지하주차장에 뚜벅뚜벅 구둣발 소리가 울렸다. 금세 땀에 젖은 민형은 뺨이 떨리도록 얼굴에 힘을 주고 소리가 나는 방향을 돌아보았다. 박연이 어둠 속에서 걸어 나왔다. 박연의 얼굴을 확인한 민형이 입술을 비틀고 억지웃음을 끌끌거렸다.

"박연 미친 새끼…. 장난이 심하다?"

민형은 허리를 펴고 숨을 고르며 웃었다. 태연한 척 구는 민형에게 천천히 다가온 박연이 걸음을 멈추었다. 거리를 두고 제자리에 멈춰선 박연은 시선을 내리깔았다가 민형을 똑바로 응시했다.

"이민형, 애쓰지 마."

박연은 섬뜩하도록 낮은 목소리로 말했다.

"다 끝났어, 개새끼야."

민형이 박연을 향해 달려들었다. 멱살을 쥐고 주먹을 휘둘렀다. 그러나 극렬한 두려움으로 긴장한 몸은 마음처럼 따라주지 않는 듯했다. 주먹은 목표물을 빗겨나갔다. 주먹을 피한 박연이 민형의 얼굴을 쳤다. 민형은 다부지게 휘두른 주먹을 맞고 나가떨어졌다. 주차장 바닥에 엎어진 민형이 비틀대며 일어섰다.

박연은 민형에게로 다가가며 말했다.

"내가 무대에 세워준댔지?"

민형의 멱살을 잡아 일으켜 세웠다. 어둠 속에서 박연의 두 눈은 분노와 증오로 번들거렸다.

"네 가면 내가 벗겨준다고 했지?"

박연에게 멱살을 쥐어 잡힌 민형이 큭큭 낮은 웃음소리를 흘렸다. 둥글게 처진 눈이 박연을 보며 비아냥거렸다.

"겨우 저 영상으로 뭘 어쩌려고?"

"뭐?"

"그래서 네가 저 영상을 가지고 뭘 어쩔 건데? 누가 네 말 믿기나 하겠어? 네가 저런 영상 가지고 있다 한들 누가 네 말을 믿어?"

빈정거리는 미소를 띠운 민형의 얼굴이 싹 굳었다. 민형은 박연을 향해 쐐기를 박았다.

"사람들이 내 말을 믿을까, 아니면 네 말을 믿을까?"

"증거를 믿겠지."

박연은 자신을 자극해오는 민형을 차분하게 받아쳤다.

"대중들은 가십을 믿어."

부러 태연한 척 굴던 민형의 눈동자가 흔들리기 시작했다. 민형이 느끼고 있는 불안과 공포가 박연의 얼굴까지 닿았다. 박연은 민형의 멱살을 놓고 말했다.

"트루스토리에 제보할 거야."

민형이 눈을 커다랗게 떴다. 손발이 경련이 온 것처럼 미세하게 떨렸다. 그런 민형을 보며 박연은 냉정한 목소리로 말했다.

"세상 사람들이 다 알려면 강 대표 손이 안 닿는 곳에 보내야지. 그래서 너도 트루스토리에 내 계약서 제보한 거잖아?"

민형이 휘청거렸다. 작은 움직임도 놓치지 않은 박연은 눈을 가늘게 뜨고 주먹을 움켜쥐었다. 조금 전 민형의 얼굴을 친 주먹이 금방이라도 다시 뻗어나갈 것만 같았다.

혹시나 해서 떠봤는데 사실이구나. 너였구나, 개자식….

가까스로 눌러 삼켰다. 이전 같았으면 이미 민형의 비아냥거림을 듣고 흥분해서 다른 사고를 만들어냈을 것이었다. 그러나 이젠 달랐다.

달라져야 했다. 마지막 기회. 섣부른 행동이나 말로 날려버릴 순 없었다. 당장 달려가 민형의 목이라도 조르고 싶은 것을 간신히 참아낸 박연이 돌아섰다.

멀어지는 박연을 지켜보던 민형이 발밑에 놓인 프로젝터의 잔해를 집어 들었다.

씨발… 감히 누굴 협박해…. 누굴 앞길을 막아?

떨리는 손으로 프로젝터를 꽉 움켜쥔 민형이 박연의 뒤통수를 향해 걸음을 떼었다. 성큼성큼 큰 보폭으로 박연의 뒤를 밟으며 프로젝터로 가격할 타깃에서 눈을 떼지 않았다. 이를 악문 민형이 프로젝터로 박연의 뒤통수를 휘두르려는 찰나, 지하주차장으로 차가 들어왔다. 헤드라이트가 민형과 박연을 향해 번쩍였다. 민형은 반사적으로 팔을 들어 얼굴을 가렸다. 주차장으로 들어온 차량은 그대로 민형을 지나쳐 갔다. 차량이 완전히 시야에서 사라진 후에야 민형은 박연을 돌아보았다. 그러나 박연은 주차장 어디에도 없었다.

"씨발…!"

욕지거리를 뱉은 민형이 손에 들고 있던 망가진 프로젝터를 신경질적으로 바닥에 내던졌다.

밖이 어두워지면 브이의 일이 시작되었다. 모자를 쓰고 1703호를 나왔다. 대리운전을 하기 위해 오피스텔을 나서는 브이는 복도로 나오자마자 길이 가로막혔다. 복도에서 브이를 기다리던 박연이 앞을 막고 서서 물었다.

"그만두면 안 돼? 걱정 돼."

브이는 박연을 보자 송 실장과 다투던 목소리가 떠올랐다.

'다 그래도 형은 브이한테 그러면 안 되지. 네가 사람이냐?'

혼자 흐느끼던 뒷모습까지 떠올려보던 브이는 박연을 무시하고 지나치려던 발걸음을 제자리에 붙였다. 그리고는 박연을 돌아보며 말했다.

"이게 편해. 이렇게라도 갚아야 당신한테 마음의 짐이 덜 생길 것 같아."

"짐이 아니라 사랑이라고 생각하면 안 되는 거야?"

오늘도 박연의 설득은 계속 되었다. 브이는 우리 그냥 사랑하자고 말하고 있는 남자에게 고개를 저었다.

"내가 당신한테 받고 싶은 사랑은 이런 게 아니야."

설득은 여전한데 브이 역시도 넘어올 생각을 안 했다. 아직도 안 된다고만 하는 브이를 보며 박연은 코끝으로 묵직한 한숨을 뱉었다.

브이는 더 이상 할 말이 없는 듯 보이는 박연을 지나쳤다. 그러나 몇 걸음 걷지 못하고 뒤에서 잡아채는 손길에 붙들렸다. 브이를 잡아 세운 박연이 애틋한 목소리로 말했다.

"지난번에 그런 꼴 봤는데 내가 널 어떻게 보내. 대리운전 그만해."

브이는 주머니에서 핸드폰을 꺼내어 박연에게 들어 보였다.

"시스템에 GPS가 등록돼 있어서 나한테 무슨 일이 생기면 업체에서 다 알아. 그러니까 당신이 걱정 안 해도 돼."

"내가 걱정하는 것도 짐이야?"

잘게 흔들리는 눈동자로 물었다. 브이는 붙들린 팔을 빼내었다.

"응, 그냥 당신이 다. 나한테는 당신이란 사람이 너무 버거워."

브이를 바라보는 박연이 눈시울을 가늘게 떨었다. 브이는 눈물이 맺힌 눈을 올려다보며 말했다.

"당신 보면 빚진 것부터 생각나고, 혹여나 우리 둘이 이러고 있는 걸 다른 사람들이 보면 어쩌나. 당신한테 또 짐이 되는 건 아닌지 걱정돼. 그래서 나는 이제 당신이 부드럽고, 달콤하고, 두근거리는 게 아니라… 무겁고 아파."

말을 마친 브이가 때마침 문이 열린 엘리베이터에 올라탔다. 박연은 브이를 잡지 못하고 복도에 우두커니 서 있었다. 브이가 말하는 것들이 무슨 말인지 다 알 것 같아서 잡지 못했다.

음주운전 누명. 말도 안 되는 루머들. 다 바로 잡으면 된다. 영상은 복구됐고, 이민형과 강 대표는 이제 두렵지 않다. 지지 않을 자신이 있다. 그러나 무겁고 아프다는 브이의 마음은 어떻게 되돌릴 수 있을까.

큰 손으로 머리를 감싸 쥔 박연은 문이 닫힌 엘리베이터 앞에 주저앉왔다.

트루스토리 사무실에는 긴장감이 흘렀다. 취재를 나갔어야 할 시간에 강 기자와 김 기자는 사무실을 지키고 있었다. 갑작스럽게 잡힌 약속 덕분이었다. 김 기자가 손목시계를 톡톡 두드렸다. 오늘 오후 2시에 나타나겠다던 문자메시지를 보낸 상대방은 과연 나타날 것인가. 시계바늘이 2시 정시를 가리켰다. 째깍, 초침이 숫자 '12'를 지나는 순간 사무실 문이 열렸다. 트루스토리 사무실에 나타난 사람은 멀끔하게 차려입은 박연이었다.

진짜 왔네? 강 기자와 김 기자는 서로를 쳐다보며 고개를 끄덕였다. 강 기자가 먼저 자리에서 일어나 박연을 맞이했다.

"우리 얼굴 보고 싶지 않을 텐데 어떻게 여기까지 오셨어요?"

웃으며 건네는 인사말에는 지난 '연애계약서 특종'에 대한 박연의 반응을 살피려는 의도가 들어 있었다. 계약서 파문을 일으킨 후로 박연과 트루스토리는 서로 처음 만나는 자리였다.

박연이 강 기자를 따라 씨익 웃으며 대꾸했다.

"연예인이 보기 싫다고 기자님들 안 보고 사는 게 말이 돼요?"

아역배우 출신, 연예계 종사 17년차의 만만치 않은 내공이었다. 김 기자가 의자를 끌어다 테이블 앞에 놓았다. 박연이 의자에 다리를 척 꼬고 앉아 사무실을 두리번거렸다.

"내 기사 터트리고 사무실 기둥 하나는 세우셨나?"

"비데 설치했어요."

강 기자가 웃으며 받아쳤다. 김 기자는 역시 말싸움은 이 여자를 따라갈 수 없다는 생각을 했다. 아군이라 다행이었다.

강 기자가 어느새 정색을 하고 앉아 있는 박연을 향해 물었다.

"서로 간은 그만 보고, 여기까지 찾아온 이유가 뭐예요?"

"기자님이 보기에는 뭘 것 같아요?"

"내가 점쟁이에요? 관상 보고 찾아온 이유를 맞히게."

꽤 길어지는 박연과 강 기자의 기 싸움을 보다 못한 김 기자가 나섰다.

"연애계약서 제보자 물으러 온 거면 헛걸음하셨습니다. 언론사에는 취재원 보호 의무라는 게 있거든요."

박연이 생각지 않게 손뼉을 쳤다.

"와, 다행이다. 나도 오늘 제보하러 온 건데. 내 신변보호는 걱정 안 해도 되겠네요?"

박연의 돌발행동에 두 기자의 표정이 의아하게 변했다. 강 기자는 미간을 좁히고 물었다.

"무슨 제보죠?"

냄새를 맡은 듯 자신을 경계하는 눈빛에서 호기심 어린 눈빛으로 쳐다보기 시작한 두 기자를 보며 박연은 테이블에 상체를 붙였다.

두 기자 역시 박연을 따라 테이블 가까이로 몸을 바투 당겨 앉았다. 박연은 몸을 한껏 숙이고 강 기자와 김 기자에게 나지막이 속삭였다.

"내 계약서를 제보한 제보자에 대한 아주 중대한 제보."

박연의 속삭임을 들은 강 기자와 김 기자가 서로를 바라보며 마른침을 꿀꺽 삼켰다. 제보자에 대한 제보? 두 기자는 동시에 예감했다.

이거 대박이다!

박연은 두 눈을 빛내고 있는 강 기자와 김 기자 앞에 USB를 꺼내놓았다. 복구된 블랙박스 영상을 옮겨놓은 USB였다.

"이거 적당한 때에 터트려주세요."

강 기자는 저도 모르게 USB에 손을 뻗었다. 그러나 그보다 빠르게 박연이 USB를 집어 들었다.

"여기서 적당한 때라는 건 강 대표나 이민형이 반격할 여지조차 없을 때를 말하는 거예요. 지난번처럼 강 대표 여론조작에 놀아나지 말고 확실하게 터트려야 됩니다."

강 기자는 연애계약 건과 사채설까지 한낱 루머로 취급당했던 치욕스러운 기억을 떠올렸다. 열심히 취재했음에도 불구하고 빅엔터의 여론조작으로 완패하고 말았다.

강 기자는 박연의 눈을 응시한 채 말했다.

"특종을 두 번 말아먹으면 기자 때려치워야죠."

당당한 얼굴을 빤히 쳐다보던 박연이 강 기자에게 USB를 건넸다.

두 기자들과 이야기를 끝내고 트루스토리 사무실을 나왔다. 차를 타고 오피스텔로 돌아가는 내내 박연은 표정이 좋지 못했다. 복잡한 생각에 빠져 있는 얼굴을 흘끔거리던 영범이 오피스텔 단지로 들어서다 말고 차를 정차했다.

"저기 브이 누님인 것 같은데요?"

오피스텔 건물을 나오는 브이를 알아보고 박연이 차를 세우라는 손짓을 해 보였다. 박연의 차가 브이 앞에 섰다. 덕분에 걸음을 멈춘 브이가 눈에 익은 벤츠 차량을 쳐다보았다. 차창이 내려가며 박연의 얼굴이 나타났다.

"어디 가?"

브이는 저를 올려다보며 묻는 박연에게 아무런 대꾸도 하지 않았다. 박연은 창틀에 머리를 괴며 말했다.

"말 안 해주면 따라간다?"

"엄마 기일이라 엄마 보러."

순간 박연의 얼굴이 당황한 듯 굳었다. 운전석에 앉은 영범마저 숙연해졌다. 브이를 흘끔 쳐다본 박연이 턱짓으로 뒷좌석을 가리켰다.

"타."

"왜."

"데려다줄게."

"됐어."

대화가 짧고 신속하게 오갔다. 순순히 말을 들을 것 같지 않았는지 브이의 얼굴을 올려다보던 박연이 안전벨트를 풀고 보조석에서 내렸다. 직접 뒷좌석 문을 열었다. 박연은 문을 열고 서서 브이를 보았다.

"몰랐으면 몰랐지 알고 어떻게 넘어가?"

"그 정도로 예의 차리는 사람 아니잖아요. 그냥 혼자 갈게."

"네 어머니께는 차려야지."

벤츠를 지나쳐 가려던 브이가 박연을 돌아보았다. 얼굴에는 장난기 같은 건 보이지 않았다. 진지했다.

박연은 더 이상 거절을 못 하고 서 있는 브이의 손을 잡아끌었다. 뒷좌석에 태우고 문을 닫았다.

박연의 차는 경기도 양주에 위치한 수목장으로 향했다. 매년 현수와 오던 길을 올해는 박연과 함께했다. 빚을 갚기 위해 지방에서 돈을 버는 중인 현수는 올라오지 못했다.

참나무와 전나무, 소나무 등 다양한 나무들로 조성된 수목장의 나무길을 따라 올라갔다. 브이가 앞장서서 숲속을 산책하듯 가벼운 걸음을 옮겼다. 얕게 흐르는 계곡물이 흐르다 잠시 고이는 곳. 브이는 그곳에서 있는 참나무 아래 멈췄다.

분양사무소에서 사들고 온 리스를 가지에 걸었다. 장미와 데이지 생화를 둥글게 엮은 리스의 각도를 반듯하게 잡았다.

박연은 조금 떨어진 곳에 위치한 벤치에 앉아 브이를 지켜보았다. 나무 앞에 서서 한참을 떠나지 못하고 있던 브이가 벤치로 다가왔다. 박연의 옆에 앉았다.

"교통사고였대요. 난 기억 안 나. 내가 너무 어렸거든."

박연은 옛일을 떠올리는 브이의 옆얼굴을 가만히 바라보았다.

"아빠는 혼자서 딸을 키우려니까 너무 미안했대요. 딸한테는 엄마가 있어야 하는데 싫어서. 그래서 아빠는 더 책임감이 막중하게 느껴진 거예요."

브이가 말을 이어가며 고개를 들었다. 우거진 나무 사이로 쏟아진 햇살이 브이의 얼굴을 따스하게 비췄다.

"그 아래서 커서 그런지 나도 책임감이란 게 남들보다 커요. 남들은 요만한데 나는 이만해. 운동을 해서 그럴 수도 있지만."

눈부신 햇살을 받던 브이가 눈을 찡그렸다. 그리고는 박연을 돌아보았다.

"그래서 나는 당신이 이렇게 아무리 다가와도 갈 수가 없다구."

브이를 가만히 바라보던 박연이 미간에 힘을 주었다. 인상을 구기는 박연에게 브이가 차분한 목소리로 말했다.

"현실이 눈앞에 뻔히 보이는데 그걸 모른 척 무시하는 건 내가 용서 안 돼."

"우리 현실이 어떤데?"

"당신이 더 잘 알잖아."

분명 눈앞의 남자는 알고 있다. 알면서도 사랑하자, 할 수 있을 거라 설득하려 드는 박연에게 브이는 대답을 넘겼다. 박연은 가늘어진 눈으로 제가 던진 질문에 답했다.

"사람들 시선? 내 직업? 네 빚? 그것들 감당하는 게 그렇게 무겁고 아파서 나랑 다시 시작 못하겠다면…."

울컥한 감정을 삼키는 목울대가 크게 일렁였다. 말을 잇지 못하고 커다란 눈을 들여다보던 박연이 겨우 입술을 달싹여 말했다.

"내가 할게. 감당하고 책임지는 거 내가 한다고."

바람이 불었다. 나뭇잎 흔들리는 소리가 두 사람의 귓가를 간질였다. 브이의 얼굴을 비추던 햇살이 더욱 강렬하게 번졌다.

박연을 바라보던 브이가 눈자위를 찌르는 빛을 견디지 못하고 눈을 찡그려 감았다. 그때 커다란 손바닥이 다가와 브이의 얼굴에 그늘을 만들었다. 브이에게 쏟아지는 햇살을 한 손으로 가린 박연이 깊어진 눈빛으로 브이의 얼굴을 천천히 훑었다. 오랫동안 눈길로만 브이의 얼굴을 더듬던 박연이 입을 열었다. 나지막한 목소리가 진심을 다해 물었다.

"내가 너 책임지면 안 돼?"

귓가를 스치는 바람처럼 부드럽게 열린 입술이 브이를 향해 속삭였다.

"이젠 내가 감당할게. 우리 사랑."

두 눈을 빤히 들여다보는 눈빛에 매일 밤, 굳게 다짐하고 다짐한 결심이 순간 흔들렸다. 사랑하는 남자가 사랑을 지키겠다고 말하는 모습은 감동적이었다. 콧잔등이 시큰해질 정도로. 브이는 박연과 시선을 맞추던 눈을 내리깔았다. 저 눈을 당해내는 것이 더 이상은 자신 없었다. 발밑을 내려다보며 말했다.

"먼저 내려갈게."

짧은 말 한마디를 남기고 브이는 도망치듯 자리를 벗어났다. 더 앉아 있다간 눈앞의 남자가 내민 손을 냉큼 잡아버릴 것만 같았다. 염치도 없이.

멀어지는 브이의 뒷모습을 지켜보던 박연이 벤치에서 일어섰다. 조금 전까지 브이가 서 있던 참나무 앞으로 다가갔다. 브이가 걸어두고 간 리스를 손끝으로 더듬어보았다.

박연은 브이 모친의 나무를 보며 낮게 중얼거렸다.

"초면에 이런 부탁드려서 죄송한데요."

화답이라도 하듯 나무들 사이에서 불어온 서늘한 바람이 산들거렸다. 박연은 머리칼을 흩트리는 바람을 맞으며 나무를 향해 말했다.

"제가 책임질 수 있게 브이 마음 돌려주세요. 제가 지킬 수 있게 한 번만 기회주세요. 부탁드립니다…."

나무를 바라보는 박연의 눈동자가 아련하게 젖어들었다. 이렇게라도, 누구에게라도 부탁하고 싶었다. 제발 한 번만. 저 여자 붙잡을 수 있는 방법 좀 알려주세요.

강 대표의 자택을 찾은 민형은 얼굴에 짙은 불안과 흥분이 서려 있었다. 늘 여유로운 태도로 일관하던 강 대표도 오늘만큼은 경직된 얼굴을 했다. 민형이 먼저 안달난 목소리로 입을 열었다.

"이제 어떻게 하실 거예요? 박연 그 새끼가 지금 당장이라도 경찰에 영상을 넘길지도 모른다구요."

"가만있어봐라."

강 대표는 지끈대는 이마를 눌렀다. 박연이 블랙박스 영상을 어디서 구했을까. 원본은 자신에게 있는데.

눈을 감고 생각에 잠긴 강 대표를 힐끗 쳐다본 민형이 기다리지 못하고 재촉했다.

"덮어준다고 했잖아요. 내가 운전한 거 밝혀지면 대표님도 공모죄예요!"

강 대표가 감고 있던 눈꺼풀을 들어올렸다. 눈시울이 서늘하게 번뜩였다.

"이미 박연이 음주운전했다고 기사 다 터진 뒤에 네가 울면서 말했지? 사실 네가 한 거라고."

강 대표의 말을 듣고 민형은 그날로 돌아간 듯 눈앞에 그때의 상황이 그려졌다. 사고가 났던 날, 박연과 자리를 바꾸고 의식을 잃은 척 뒷좌석에 앉아 있었다. 얼마 지나지 않아 레커차가 도착했고 경찰이 왔다. 의식이 없는 박연과 그런 척 연기중인 민형이 나란히 병원에 실려 갔고, 정신이 없는 와중에 기사가 먼저 터졌다. 급박하게 돌아가는 상황 속에서 두려움을 느낀 민형은 강 대표에게 사실을 털어놨다.

"이미 박연이 벌인 짓으로 기사까지 나간 마당에, 사실은 다른 소속배우가 자리까지 바꿔치기 한 거다, 진범은 따로 있다. 이따위 말로 빅엔터 이미지 더 깎아먹느니 차라리 박연이 한 짓으로 놔두자고 판단한 거야. 절대 널 보호하려거나 네가 예뻐서가 아니었어."

민형을 향한 강 대표의 눈이 매섭게 빛났다.

"기억 안 난다는 박연 겨우 구슬려서 자백시키고 지금까지 묻어줬으면 목숨은 못 내놔도 날 위해 죽는 시늉은 해야지. 감히 나한테 큰소리 칠 자격이 있냐?"

'나는 그때그때 내 손해 안 나는 선택지를 택할 뿐이야. 너 하기에 따라서 내 선택은 언제든 바뀔 수 있지.'

민형은 언젠가 강 대표가 했던 말을 떠올렸다.

그래서 지금 나를 버리겠다는 거야?

민형의 손이 파르르 떨려왔다. 지금 민형으로서는 블랙박스 영상을 갖고 있는 박연을 대항할 카드는 오로지 강 대표뿐이었다. 그런데 강 대표의 태도는 너무 미온적이었다.

강 대표는 불안에 떠는 민형을 보며 말했다.

"내가 널 덮어줬다는 증거가 어디 있어? 지금 누구더러 공모죄 운운하는 거냐. 깝치지 말어."

"당신 사람 죽였잖아. 형사가 날 찾아왔어. 주태호 타살이라던데?"

형사가 찾아왔다는 민형의 말을 듣자 강 대표의 얼굴에 잠시 당혹스러움이 파도쳤다. 그러나 곧 담담한 표정으로 물었다.

"형사?"

"그래, 내가 형사한테 입 열면 당신 끝이야. 나야 그깟 음주운전이지만 당신은 살인교사야!"

잠시 동안 말없이 민형을 빤히 쳐다보던 강 대표가 낮게 웃음을 터트렸다.

"증거 있니?"

"주태호 죽인 남자랑 당신이랑 통화하고 만나는 거 다 봤어."

"그래서 증거가 있느냔 말이야. 나랑 만났다던 그놈이 주태호를 죽였다는 증거."

뻔뻔하게 묻는 강 대표의 태도에 민형은 이를 악물고 몸을 떨었다. 강 대표가 비위 상한 표정을 지었다.

"난 증거가 없어. 근데 넌 증거가 있잖아. 나더러 이제 어떻게 할 거냐고 물었어? 그건 내가 물어야지. 너 이제 어쩔 거야?"

민형은 말을 잇지 못했다. 게임의 턴은 강 대표에게 돌아갔다. 대화의 주도권을 잡은 강 대표는 느긋한 말투로 물었다.

"너 내가 시키는 대로 할래, 아니면 이대로 매장 당할래?"

9장

내일의 우리, 지금의 우리

침대에 누운 브이는 천장을 올려다보며 박연의 목소리를 가만히 떠올려보았다.

'내가 너 책임지면 안 돼? 이젠 내가 감당할게. 우리 사랑.'

눈을 굴리던 브이의 뺨이 발그레하게 물들었다. 벌떡 일어나 앉은 브이가 주먹으로 가슴을 콩 쳤다.

"야, 권브이. 이럴 때가 아닌데 왜 두근거리고 난리야? 왜 설레는데?"

혼잣말을 중얼거려보았지만 얼굴은 여전히 따끈따끈 열이 올라 있었다. 현실과 심쿵은 별개란 말인가. 사랑하는 남자에게서 책임지겠단 말을 듣는 건 생각보다 가슴 떨리는 일이었다. 진심으로 부러워하던 소연의 얼굴이 머릿속에 나타났다.

'세상에 어떤 사람이 안 부럽겠어?'

뒤이어 자신을 향해 애틋하게 말하던 박연의 얼굴이 나타났다.

'짐이 아니라 사랑이라고 생각하면 안 되는 거야?'

브이는 절레절레 고개를 저었다. 염치없이 어떻게 그래. 사람들 시선은 또 어떻고…. 자신과 다시 만난다는 걸 대중들이 알면 박연은 또 욕을 먹을 것이다. 그 사람이 하지 않은 일로 욕먹는 일은 더는 못 본다. 다시 만난다 해도 우린 전혀 나아질 게 없는데….

침대에 앉아 고민에 빠져 있던 브이가 베개를 끌어안고 힘없이 쓰러졌다. 그때 마침 바깥에서 초인종이 울렸다. 현관문을 열자 역시나 박연이 있었다. 박연은 브이를 내려다보며 자연스럽게 말했다.

"준비하고 나와."

하도 아무렇지 않게 얘기해서 하마터면 시키는 대로 할 뻔했다. 브이는 커다란 눈에 힘을 주고 물었다.

"내가 왜요? 왜 당신이 나오라면 나오고 그래야 돼?"

"너 아직 나 사랑하잖아."

순간 말문이 막혔다. 브이가 둘러댈 말을 찾는 동안 박연이 치고 나왔다.

"그리고 너. 내가 너 사랑하고, 네가 나 사랑하는 거 다 아는 마당에 자꾸 눈에 힘주고 대들래? 미워하고 싫어하는 척 그만하자고 했지?"

어린아이라도 혼내듯 쓰읍, 입맛을 다신 박연이 브이의 이마에 아프지 않게 꿀밤을 먹였다. 브이가 이마를 짚고 황당한 얼굴로 박연을 보았다. 박연은 브이의 어깨를 돌려세웠다.

"15분 기다린다?"

박연은 브이를 집 안으로 밀어 넣고 손수 문을 닫았다. 복도에 남은 박연이 닫은 현관문에 등을 기대고 서서 씁쓸한 미소를 지었다. 아무리 설득해도 안 넘어오니 무작정 들이대는 수밖에 더 있나. 둔한 태권브이한테는 이 방법이 제격일지도 모른다.

약속한 15분이 지나자 알람이라도 맞춰놓은 듯 정확하게 문이 열렸다. 모자를 눌러쓰고 안경에 마스크까지 단단히 얼굴을 가린 브이가 박연을 올려다보며 물었다.

"도대체 오늘은 또 무슨 용건인데요?"

박연은 무슨 꿍꿍이인지 묻는 브이를 탐탁지 않은 얼굴로 내려다보았다. 예쁜 얼굴 참 꽁꽁도 가렸다. 박연이 브이의 모자를 홱 벗겨냈다.

"엇, 뭐하는…!"

브이는 눈 깜짝할 새에 벗겨진 모자를 되찾으려 머리 위로 손을 뻗었다. 그러나 박연은 재빠르게 안경마저 벗겨냈다. 브이의 안경을 제 콧등에 걸치고, 마스크마저 빼앗아 썼다. 순식간에 브이의 안경과 마스크로 얼굴을 가린 박연이 덤덤하게 말했다.

"이런 건 이젠 내가 감당한다니까."

'이젠 내가 감당할게. 우리 사랑.'

브이의 얼굴이 또다시 발그레하게 물들었다. 고개를 숙이고 얼굴을 감췄다. 박연은 그런 브이의 손을 잡아챘다.

"따라와."

저항할 틈도 주지 않고 커다란 손은 브이를 끌어당겼다.

영범을 차에 남겨두고 두 사람이 내린 곳은 서울 근교의 놀이공원이었다. 놀이공원의 테마파크에서는 장미축제가 열리고 있었다. 온통 울긋불긋한 장미로 꾸며놓은 공원을 돌아본 브이는 주위 시선을 먼저 신경 썼다.

초여름에 마지막 봄꽃을 구경 나온 연인들, 가족들, 친구들. 북적이는 사람들은 아직 박연을 알아보지 못한 듯했다. 모자, 안경, 마스크. 동원할 수 있는 모든 도구를 사용해 얼굴을 완전히 가렸으니 그럴 만도 했다. 그러나 몇몇 여자들은 박연을 흘끔거렸다. 그녀들도 알아보진 못한 듯했지만 브이는 흘끔거리는 게 당연하지 싶었다.

이 남자는 얼굴을 다 가렸는데도 왜 멋있어?

옆에 서 있는 박연을 흘끔 쳐다본 브이가 인상을 썼다. 브이는 괜히 퉁명스러운 목소리로 물었다.
"지금 여길 왜 온 거예요?"
박연은 날 좋은 공원을 둘러보며 대답했다.
"내가 너랑 헤어지고 나서 무슨 생각을 제일 많이 한 줄 알아? 우리가 안 해본 게 너무 많구나."
"지금 우리 다시 만나는 거 아니거든?"
"알아."
"근데 왜 이래요?"
박연이 따져 묻는 브이를 내려다보며 답했다.
"우리가 다시 만나는 건 아니지만 서로 사랑은 하잖아? 틀려? 사랑하는 사람끼리 꽃 좀 구경한다는데 그게 왜? 뭐 잘못됐나?"
"그게 무슨 억지야?"
"우와, 저거 봐."
순식간에 화제를 돌렸다. 박연은 어딘가를 손가락질하며 브이의 손을 잡아끌었다. 이 남자가 정말. 얼렁뚱땅 이게 뭐하는 짓인지….
브이는 박연에게 끌려가며 미간을 찌푸렸다. 무작정 손을 잡아끌고 온 박연은 화단 안에 장미꽃으로 하트 모양을 만들어놓은 포토존을 가리켰다.
"너도 저기 서봐."
"왜 이래요?"
"내가 너랑 헤어지고 네 사진이 없어서 얼마나 힘들었는지 알아?"
브이는 '너랑 헤어지고' 시리즈에 진력이 난 표정을 했다. 이곳에 도착한 후로 모든 말머리의 첫 문장은 '내가 너랑 헤어지고'였다.
앞서 사진을 찍던 연인들이 자리를 떠났다. 박연은 잽싸게 브이를 포토존 안으로 등 떠밀었다. 얼떨결에 화단 안으로 들어온 브이가 얼굴을 찌푸렸다.

"얼른 웃어봐!"

어느새 핸드폰을 꺼내들고 사진 찍을 준비를 마친 박연이 소리쳤다. 그냥 나오려는 브이를 막아선 박연이 턱짓으로 등 뒤를 가리켰다.

"뒤에 사람들 안 보여?"

박연의 등 뒤로 사진을 찍기 위해 줄을 선 사람들은 화단에 서서 버티고 있는 브이를 향해 따가운 눈총을 보냈다.

"빨리 찍으세요."

대기 줄을 선 사람들이 웅성거렸다. 사람들의 눈치를 살피던 브이가 어쩔 수 없이 화단 안으로 들어가 섰다.

"웃어보라니까."

박연의 요청에도 브이는 증명사진이라도 찍듯 무표정한 얼굴로 버텼다. 브이에게 갖가지 포즈를 권유하던 박연을 보다 못했는지 뒷줄에 서 있던 남자가 말을 걸었다.

"두 분 같이 찍어드릴까요?"

박연은 기다렸다는 듯이 핸드폰을 넘기고 화단 안으로 냉큼 뛰어 들어왔다. 브이의 허리에 팔이 둘러졌다. 훅 들어오는 스킨십에 놀란 브이가 목을 움츠렸다. 긴장한 얼굴이 이전보다 더욱 경직되었다. 커다란 눈만 동그랗게 뜨고 서 있는 브이와 그런 브이의 허리를 가깝게 당겨 안는 박연. 두 사람의 모습이 핸드폰 카메라에 담겼다.

키를 낮추고 브이에게 얼굴을 맞댄 박연이 작게 속삭였다.

"웃어, 빨리."

"내 마음이거든요?"

"나 아직 사랑한다며. 넌 사랑하는 사람이랑 사진 찍는데 그렇게 무섭게 하고 찍니?"

박연의 핸드폰으로 사진을 찍을 준비를 마친 남자가 수신호를 보냈다. 온 신경이 박연의 팔이 닿은 허리로 쏠려서 웃을 수가 없다. 브이는 긴장해서 잘 올라가지 않는 입술에 힘을 주고 억지미소를 지었다. 사진을 찍어주는 남자가 셋을 세는 순간 박연이 외쳤다.

"브이!"

마스크로 가린 얼굴이 찍힐 리 만무한데도 박연은 찰칵, 소리를 내는 핸드폰을 향해 만족스럽게 웃어보였다.

이후로도 사진에 대한 박연의 열정은 계속되었다. 처음에는 비협조적이던 브이도 어느새 모든 것을 자포자기의 심정으로 박연이 시키는 대로 포즈를 취했다. 향긋한 꽃밭에서 박연과 웃고 떠들다 보니 잠시 현실을 잊고 말았다. 정신이 쏙 빠져 놀다보니 오피스텔로 돌아왔을 때는 밤늦은 시간이었다.

박연과 복도에 마주선 브이가 큼큼, 멋쩍게 마른기침을 했다. 박연의 눈치를 살피다가 브이는 표정을 굳히고 말했다.

"앞으로 이러지 마요. 오늘은 어, 어쩌다가 따라갔지만 이젠 그럴 일 없어. 장난으로 말하는 거 아니에요."

"나도 장난으로 이러는 거 아니야."

어느새 박연의 얼굴이 진지해졌다.

"내가 말했잖아. 이젠 내가 너 책임지고 감당하겠다고."

브이는 진지한 얼굴로 말하는 박연을 아무런 대꾸도 하지 않고 가만히 바라보았다.

"나한테 와달라고 설득도 해봤어. 근데 넌 싫대. 그럼 내가 뭘 할 수 있어? 이렇게라도 보여줘야지. 우리 다시 만나도 괜찮다는 거, 직접 보여줘야지."

박연을 바라보던 브이의 눈이 흔들렸다. 박연은 동요하는 눈동자를 보며 말을 이어나갔다.

"네가 그랬잖아. 상대가 아니라고 하면 보여줘야 한다고."

브이는 언젠가 도장에서 박연과 나누었던 대화를 기억했다. 자신이 박연에게 했던 말이었다.

'남들이 생각하는 박연 씨 모습에 박연 씨가 나서서 맞출 필요 없어요. 그 사람들이 틀렸다고 생각하게 만들어야지. 그래야 사람들은 아, 내가 틀렸구나. 박연의 진심은 그게 아니었구나. 그렇게 안다구요.'

박연은 그날의 기억을 떠올리는 작은 얼굴을 향해 나지막이 말했다.

"네가 가르쳐줬잖아."

쿵. 쿵. 심장이 뛰었다. 위험한 신호였다. 심장이 말하고 있었다. 이 남자에게 가고 싶다고. 당장 안기고 싶다고.

브이는 박연을 두고 급히 1703호 안으로 들어왔다. 화장실로 뛰어 들어가 뜨거워진 얼굴에 물을 끼얹었다. 도망치는 사람처럼 급하게 씻고 침대에 누웠지만 시간이 늦도록 잠을 이루지 못하고 뒤척였다.

눈앞에 놓인 현실은 박연이란 남자의 곁으로 다시 돌아갈 수 없다고 말하는데, 심장은 심장대로 뛴다. 여전히 사랑하는데 함께할 수는 없다. 그런데도 박연은 자신에게로 오라고 자꾸 손을 내민다. 이럴 때는 어떻게 해야 하는 것인지 사랑도, 연애도 처음인 브이에게는 남들보다 더욱 어렵고 복잡한 문제였다.

한숨을 쉬며 뒤척이는 브이의 머리맡에서 핸드폰 진동이 울렸다. 박연이 메신저를 통해 브이에게 보낸 사진이었다. 놀이공원에서 함께 찍은 사진이었다. 나란히 찍은 사진과 브이의 독사진, 박연의 셀카까지 연달아 도착했다. 핸드폰으로 사진을 확인하던 브이가 볼멘소리를 했다.

"이 남자는 왜 또 이렇게 멋있구 난리야…."

이러니까 골치가 더 아프잖아…!

베개에 얼굴을 파묻고 엎어진 브이가 침대를 팡팡 두드렸다. 그때 손에 쥔 핸드폰이 다시 한 번 부르르 떨렸다.

'어떤 게 꽃인지 모르겠어♥'

박연이 보낸 메시지를 읽은 브이가 울상을 지으며 발을 동동 굴렀다.

"왜 애교를 부리고 난리야? 하트는 왜 까만 건데?"

사랑하는 마음을 겨우 참고 있는데 이러면 곤란하다구.

핸드폰을 두 손으로 꼭 쥔 브이가 침대 위에서 파닥거렸다. 짜증난다. 머리는 터질 듯이 복잡한데 가슴에는 왜 살랑살랑 꽃바람이 부는 건지.

그때 벨소리가 울렸다. 집 전화였다. 수화기를 들어 귓가로 가져갔다. 브이는 일부러 무뚝뚝한 목소리를 내었다.

"뭐예요."

-사진 봤어?

"뭐…."

브이는 말끝을 흐리고 눈만 굴렸다. 사진 때문에 방금 전까지 몸부림치고 있었다는 말은 하지 못했다.

수화기 너머로 낮지만 부드러운 목소리가 들려왔다.

-우리 잘 어울리지?

역시나 대답하지 못했다. 아무 말도 하지 못하는 브이에게 박연은 다정하게 속삭였다.

-우리 이렇게 잘 어울려. 그러니까 나한테 와. 이번에는 아프게 안 할게.

귓가를 간질이는 목소리를 들으며 브이의 눈동자가 깊게 가라앉았다. 가고 싶다, 정말로. 아무것도 안 보이고 당신만 보이는 것처럼 그렇게 달려가고 싶다.

고르게 숨만 내쉬던 브이가 한참 만에 입을 열었다.

"이 세상에 당신만 있었으면 좋겠어. 당신만 보고 살게."

수화기 너머로 들려오는 숨소리가 낮아지는 게 느껴졌다. 브이는 1702호와 맞닿아 있는 벽을 바라보며 말했다.

"근데 현실은 그게 아니잖아."

-브이야.

"당신이 생각해보자고 했지? 당신은 거기서, 나는 여기서."

브이는 가만히 이야기를 듣는 박연에게 말했다.

"아무리 생각해도 당신한테 못 가겠어. 우리 안 되나 봐."

브이는 귓가에 들려오는 거칠어진 숨소리를 들으며 수화기를 내려놓았다.

침대에 웅크리고 앉아 침실 벽만 바라보았다. 벽 너머의 박연이 보이기라도 하는 듯이 하염없이 바라보았다. 더 흔들리기 전에 이곳을 떠나야겠다. 저 남자가 더 힘들어지기 전에, 가슴이 더 뛰기 전에. 이 사랑을 접어야겠다.

브이는 세운 무릎에 머리를 기대고 눈을 감았다. 이젠 서로 사랑한다는 걸 다 알아버렸는데 계속 이런 식으로 곁에 머무는 건 말도 안 되는 거야….

브이는 술을 마시고 나오는 손님들을 붙잡기 위해 고깃집 앞을 서성거렸다. 핸드폰을 들여다보았다. 대리운전업체 시스템에 접속해서 확인해보니 오늘도 주변에는 베테랑 대리기사들이 잔뜩 포진되어 있었다. 직접 호객행위라도 하지 않으면 시스템을 통해 콜이 들어오는 행운은 없을 듯했다.

핸드폰을 주머니에 넣고 주위를 두리번거렸다. 그때 길 건너편에서 가로수에 몸을 숨긴 채 브이를 주시하던 남자가 머리에 모자를 눌러썼다.

마른 얼굴에 광대뼈가 불거져 나온 남자는 길을 건너 브이에게 다가갔다.

술에 취한 손님을 잡기 위해 열심히 주위를 살피는 브이 앞으로 걸어온 남자가 먼저 말을 붙였다.

"혹시 대리기사예요?"

브이는 말을 걸어온 남자를 돌아보았다. 얼굴이 가려지도록 검은 모자를 눌러쓴 남자는 브이만큼이나 주위를 살피고 있었다.

브이는 고개를 끄덕였다.

"맞아요."

"지금 대리운전 가능하나요?"

오늘의 첫 손님! 브이의 눈이 번뜩 뜨였다. 브이는 웃으며 말했다.

"네! 어디까지 가세요?"

"이 근처요. 차는 저쪽에 있는데…."

남자가 길 건너를 손짓했다. 브이는 앞장서는 남자를 따라나섰다. 길 건너편에 차가 있다던 남자는 꽤 먼 거리를 걸었다. 남자의 뒤를 쫓아가는 브이는 어느새 번화가에서 벗어났다. 번화가 불빛이 손가락만큼 작아졌을 때 남자가 방향을 틀어 불 꺼진 상가 건물 사이로 들어섰다.

군말 없이 남자의 뒤를 쫓던 브이가 걷는 속도를 늦추며 물었다.

"차를 어디에 세워두셨어요?"

등을 보이고 걷던 남자가 상가 주차장을 손가락질했다.

"회사 앞에 세워놓고 술을 마셔서요."

"아아…."

남자의 설명을 이해한 듯 고개를 끄덕이던 브이의 눈이 일순간 가늘어졌다. 술을 마셨다던 남자에게서는 술 냄새가 나지 않았다. 브이는 어둠 속에서 남자를 빤히 들여다보았다. 남자의 입술이 비스듬히 올라갔다.

지금… 웃는 거야?

무언가 이상한 낌새를 알아차린 브이가 뒷걸음질 치려는 순간 등 뒤에서 우악스러운 손길이 브이를 덮쳐왔다. 단단한 팔이 브이의 목을 휘감고 입을 틀어막았다. 브이는 등 뒤에서 자신을 제압하려드는 괴한의 팔을 단단히 붙들었다. 그리고는 힘껏 허리를 돌려 엎어쳤다. 브이를 뒤에서 제압하던 괴한의 몸이 허공을 날았다. 괴한의 손아귀에서 벗어난 브이가 고개를 들고 앞을 보았다. 대리운전을 빌미로 자신을 이곳까지 유인했던 남자는 보이지 않았다. 빠르게 주위를 두리번거리는 브이의 머리가 퍽, 소리와 함께 앞으로 확 꺾였다.

브이를 유인했던 남자는 힘없이 쓰러진 브이를 어깨에 들쳐 멨다. 그리고는 어딘가에 전화를 걸어 핸드폰을 귓가로 가져갔다.

"강 대표님, 지금 출발합니다."

주태호의 일로 빅엔터의 강 대표와 인연을 맺은 청부업자는 두 번째 거래를 성사시키기 위해 브이를 차에 실었다. 브이에게 엎어치기를 당했던 괴한도 몸을 털고 일어났다. 두 남자는 능숙하게 브이의 손발을 묶고 현장을 떠났다.

박연은 스탠드 불빛만 번지고 있는 거실을 서성이다가 오피스텔을 나왔다. 시간은 어느덧 새벽 3시가 넘어 있었다.

늦어도 3시까지는 들어오곤 했는데.

오피스텔 단지 입구로 나온 박연은 골목을 향해 섰다. 브이가 나타날 곳에 시선을 두었다. 그만두게 하고 싶은 마음은 굴뚝같은데, 브이는 그마저도 싫다고 하니 걱정하며 기다리는 수밖에는 없다.

먼 곳을 보며 제자리를 거닐던 박연이 결국 손에 쥔 핸드폰에서 브이의 전화번호를 찾았다.

브이는 익숙한 소리에 눈을 떴다. 핸드폰 벨소리였다. 푹 숙이고 있던 머리를 들고 주위를 돌아보았다. 머리 위를 비추는 백열전구와 근처에 버려져 있는 농기구들이 차례로 시야에 들어왔다. 비닐하우스 안인 것 같았다.

일어서려 다리에 힘을 주었다. 그러나 몸은 움찔거릴 뿐 말을 듣지 않았다. 두 팔과 다리가 의자에 묶여 있었다. 몸이 자유롭지 못한 것을 자각하자 잠시 정지되었던 사고회로에도 천천히 불이 들어오기 시작했다. 모자를 쓴 남자의 얼굴이 끊긴 기억 속에서 단편적으로 지나갔다.

'지금 대리운전 가능한가요?'

'회사 앞에 세워놓고 술을 마셔서요.'

곧이어 뒤통수에서 느껴지는 묵직한 통증과 함께 필름이 끊기기 전의 모든 기억이 되살아났다. 커다래진 눈이 금세 눈물로 젖어들었다. 브이는 목에 핏대가 서도록 소리를 질렀다.

"으으읍…!"

그러나 청테이프로 틀어 막힌 입에서는 비명이 새어나오지 못했다. 브이는 눈물이 차오른 눈을 세게 감았다 떴다. 자신이 왜 이곳에 있는 건지, 어떻게 된 영문인지. 그런 생각들보다도 이곳에서 나가야 한다는 생각이 앞섰다. 그녀는 침착하게 주변을 살피기 시작했다. 비닐하우스의 문이 반쯤 열려 있었다.

저기까지만 가보자.

소리를 지르는 대신에 묶인 몸을 힘껏 흔들었다. 의자가 앞뒤로 삐걱거렸다. 그러는 사이 핸드폰 벨소리가 끊겼다. 비닐하우스 안은 조금이라도 문 가까이로 자리를 옮겨보려 애쓰는 브이의 신음만이 울렸다. 그때, 비닐하우스의 문 반대편에서 인기척이 들려왔다. 브이가 하우스 안쪽을 돌아보았다.

브이를 유인했던 깡마른 남자와 브이에게 엎어치기를 당했던 남자가 걸어 나왔다. 브이는 모자를 눌러쓴 깡마른 남자를 겁먹은 눈으로 올려다보았다.

도대체 뭐하는 사람들일까. 왜 자신을 이곳으로 데려온 걸까. 뭘 하려는 걸까. 커다란 눈망울에 수십, 수백 가지의 공포가 스쳤다.

의식을 잃은 브이를 운반하기 전, 강 대표와 통화를 했던 깡마른 청부업자가 브이의 입에 붙어 있는 청테이프를 떼어냈다. 브이의 입에서 떨리는 목소리가 터져 나왔다.

"당신들 누구야? 살려주세요! 사람 살려요!"

브이는 반쯤 열린 하우스 문을 향해 소리쳤다. 청부업자는 감정이 없는 사람처럼 무심하게 말했다.

"여긴 우리 작업장이라 소리쳐도 아무도 안 와."

의자에 묶인 몸을 흔들며 비명을 지르던 브이가 청부업자를 돌아보았다. 커다란 눈에서 눈물이 떨어졌다.

"저한테 왜 이러세요…."

"안녕하세요, 브이 씨."

울먹이던 브이는 소리가 나는 쪽을 돌아보았다. 두 남자가 나왔던 하우스 안쪽에서 또 다른 인물이 등장했다. 이번에 등장한 남자는 브이도 잘 알고 있는 얼굴이었다. 웃으며 다가오는 민형을 알아보고 브이가 몸을 떨었다.

"이게… 무슨…, 상황이에요?"

여유로운 걸음걸이로 다가온 민형은 브이의 앞에 쪼그리고 앉았다. 그리고는 예의를 차리는 목소리로 말했다.

"잠깐 실례 좀 할게요."

민형이 브이의 다리를 서슴없이 더듬었다. 곧 바지 주머니에서 핸드폰을 찾아냈다. 때마침 핸드폰이 다시 한 번 울렸다.

"박연. 타이밍 좋네."

민형은 브이의 핸드폰 화면에 나타난 이름을 보며 입술을 끌어올렸다. 브이는 코앞에서 핸드폰을 만지작거리고 있는 민형에게 소리쳤다.

"지금 뭐하는 거예요! 당장 풀어요!"

브이의 외침은 들리지 않는 듯이 민형은 태연하게 영상통화버튼을 눌렀다.

한편, 오피스텔 단지 입구에서 브이를 기다리던 박연은 갑작스럽게 통화가 연결된 핸드폰을 내려다보았다.

내내 신호음만 울리더니 웬 영상통화야?

박연은 핸드폰 화면을 들여다보았다. 화면에는 브이의 얼굴이 가까이 잡히고 있었다. 무언가 이상한 낌새를 눈치 챈 박연이 화면에 대고 브이를 불렀다.

"브이야?"

핸드폰 화면이 줌 아웃을 하듯 브이에게서 점차 멀어졌다. 그러자 생각지 못한 몰골이 드러났다. 결박당한 채 의자에 앉아 있는 브이의 모습을 확인한 순간, 하마터면 핸드폰을 떨어트릴 뻔했다. 박연이 경직된 목소리로 중얼거렸다.

"뭐야…. 뭔데, 지금?"

당황스러운 나머지 말이 잘 나오지 않았다. 그런 박연을 비웃듯이 민형의 웃는 낯짝이 핸드폰 화면에 불쑥 나타났다. 민형은 묶여 있는 브이를 배경 삼아 핸드폰 카메라로 자신의 얼굴을 비췄다.

-안녕?

민형이 태연하게 인사를 건네자마자 박연이 버럭 소리 질렀다.

"지금 뭐하는 거야!"

악을 지르는 박연의 반응이 만족스러운지 민형은 웃으며 말했다.

-네가 날 무대에 세워준다길래 여자주인공을 구해봤어. 어때? 마음에 드나?

"미친 새끼야!"

새벽의 오피스텔 단지가 쩌렁쩌렁 울리도록 소리쳤다. 화면 속의 브이를 살피는 박연의 눈시울이 뜨겁게 떨렸다.

두려움에 얼어붙어 있던 브이가 자신을 비추고 있는 핸드폰을 돌아보았다. 핸드폰 화면으로 보이는 박연의 얼굴을 뒤늦게 발견했다.

-연아…!

핸드폰을 통해 들려오는 브이의 울음소리에 박연의 얼굴이 일그러졌다. 조금 전까지 악을 지르던 목소리는 애원으로 바뀌었다.

"이민형! 거기 어디야? 나랑 얘기해. 너랑 내 문제야."

화면 속 민형은 박연의 애원에도 거드름을 피웠다. 박연은 금방이라도 터져 나오려는 울음을 간신히 참아내며 다시 한 번 말했다.

"걔 건드리지 마. 네가 원하는 건 영상 아니야? 다 지울게. 돌려줄게. 아무것도 안 할게. 그러니까 권브이 건드리지 마."

핸드폰 너머에서 박연의 애원을 잠자코 듣고 있던 민형이 고개를 갸웃거렸다.

-권브이를 곱게 돌려보내면 영상 지우겠다고? 아무것도 안 하겠다고?

"그래, 너 지금 생각 잘해야 돼. 브이한테 무슨 짓이라도 하면! 너 진짜 큰 죄 짓는 거야. 되돌릴 수 없어. 이민형, 정신 차려. 제발…!"

민형을 달래던 박연은 몸이 떨리도록 소리쳤다. 그 순간, 민형이 두 눈을 매섭게 뜨고 물었다.

-내가 어떻게 믿지?

"뭐?"

-아무것도 안 하겠다는 말을 어떻게 믿어?

지금 일어난 상황이 믿기지 않는 듯 박연의 눈동자가 심하게 흔들렸다. 민형은 흔들리는 박연을 보며 말했다.

-내가 바보냐? 넌 권브이 돌려받고 신고하면 그만인데 내가 미쳤어?

민형의 얼굴을 잡던 핸드폰 카메라가 브이에게로 돌아갔다. 두 명의 남자들에게 둘러싸인 브이가 보였다. 남자들은 두려움에 떨고 있는 브이의 턱을 잡아 올렸다. 남자들의 손이 브이의 어깨를 따라 내려가는 모습을 보자 박연이 소리쳤다.

"손대지 마!"

민형의 얼굴이 다시 핸드폰 화면을 채웠다.

-박연, 착각하지 마. 내가 재를 데려온 건 너랑 영상 따위 교환하려고 그런 게 아니야. 재는 내 보험이야, 보험.

"제발… 제발…."

박연은 덜덜 떨리는 핸드폰을 두 손으로 쥐었다. 잔뜩 일그러진 눈에서 굵은 눈물방울이 떨어졌다.

민형은 핸드폰 너머에서 고개를 숙이고 흐느끼는 박연을 향해 말했다.

-네가 내 영상을 절대로 퍼트리지 못하는 이유를 만들 거야. 서로 약점 하나씩 가지고 있어야 공평하지 않겠어?

"하아… 제발! 개새끼야! 거기 어디야!"

박연이 화면 속 민형을 향해 울부짖었다. 그러나 영상통화는 그대로 끊겨버렸다. 다시 통화버튼을 눌렀지만 받지 않았다. 자리에 털썩, 무릎을 꿇고 주저앉은 박연은 핸드폰을 쥔 손을 떨었다.

어떻게… 뭘 어떻게….

그때 브이의 전화번호로 문자메시지가 도착했다.

'신고하면 권브이 영상 인터넷에 바로 뿌린다.'

내용을 확인하자마자 박연은 바닥에 이마가 닿도록 몸을 웅크렸다. 바닥에 머리를 박고 울음을 터트렸다. 꽉 힘주어 감은 눈에서 눈물이 쉴 새 없이 떨어졌다.

지금 신고하면 이민형이 죗값을 치를 수 있을까. 신속하게 브이가 있는 곳을 알아내 일이 터지기 전에 구해낼 수 있을까. 배우 박연의 가십거리로 의혹 기사들이 양산되기만 하진 않을까. 기자들이 꼬여 수사가 지체되는 동안 이민형이 영상을 찍어버릴 텐데. 더구나 영상이 인터넷에 한 번 퍼졌다간 평생 지워지지 않을 것이다.

바닥에 웅크리고 있던 박연이 고개를 들었다.

내가 찾아내야 한다. 내가 가야 한다. 권브이는 내가 지켜야 한다. 경찰의 도움 없이 지금 브이가 있는 곳을 어떻게 찾아낼 수 있을까.

벌겋게 충혈된 눈동자가 잘게 움직였다. 방법을 찾던 박연의 머리에 짧은 찰나 희미한 기억이 지나갔다.

'시스템에 GPS 등록돼 있어서 나한테 무슨 일 생기면 업체에서 다 알아. 그러니까 당신이 걱정 안 해도 돼.'

대리운전을 그만두라던 자신에게 핸드폰을 내밀어 보이던 브이. 그때를 떠올린 박연이 자리에서 일어섰다.

"대리운전업체…."

작게 중얼거린 박연은 더 지체할 시간 없이 오피스텔로 달려갔다.

1703호의 비밀번호를 누르고 들어왔다. 박연은 브이의 방을 뒤지기 시작했다. 업체명을 알아야 했다. 서랍이란 서랍은 모두 열었다. 조급한 손길로 브이의 소지품을 헤집었다. 브이의 방 안을 우왕좌왕하던 박연이 침실 옆 협탁을 열었다. 수첩을 꺼내들었다. 간단한 메모들이 적힌 종잇장을 넘겼다. 빠르게 수첩을 훑던 손이 달력 페이지에서 멈추었다. 브이가 대리운전을 시작했을 무렵의 날짜에 '스마트 대리운전 면접'이란 글귀와 함께 업체의 주소지가 적혀 있었다.

수첩을 손에 쥐고 1703호를 뛰쳐나왔다. 박연은 곧장 지하주차장으로 향했다. 늘 영범이 대신 운전해주던 벤츠에 올라탔다. 민형과 얽힌 음주운전 사건으로 취소된 면허를 재취득하지 못했지만 그런 사실은 지금 박연에게 중요치 않았다.

거의 1년 만에 운전대를 잡은 박연이 이를 악물고 엑셀러레이터를 밟았다. 끼익, 타이어 마찰소리를 내며 박연을 태운 차가 주차장을 급하게 빠져나왔다.

민형이 조금 전에 바닥으로 던져버린 브이의 핸드폰은 볼품없이 망가져 있었다. 민형은 울먹이며 앉아 있는 브이를 보았다. 그런 동시에 강 대표와 나누었던 대화를 떠올리고 있었다.

'너 내가 시키는 대로 할래, 아니면 이대로 매장 당할래?'

브이를 납치해 불순한 영상을 찍는 것. 그 영상으로 박연이 음주운전의 진실을 세상에 밝히지 못하도록 발목을 잡는 것. 모두 강 대표가 내놓은 비책이었다.

청부업자까지 붙여준 걸 보면 강 대표도 박연이 블랙박스 영상을 가지고 있다는 사실을 알고 많이 초조했던 것이다.

민형은 억지로 입술을 끌어올리고 비릿한 미소를 지었다. 살인교사죄를 폭로하겠다는 자신에게 강 대표는 증거가 없다고 배짱을 부렸지만 사실 걱정됐을 것이다. 강 대표는 누구보다 부와 명예에 집착하는 사람이었다. 빅엔터를 향한 그의 애착을 민형은 잘 알고 있었다. 증거가 없더라도, 의혹 제기만으로도 강 대표와 빅엔터는 곤욕을 치를 것이었다.

게다가 날 참고인 조사에 부른 임 형사라면 강 대표를 끈질기게 캐낼 테지.

강 대표는 절대로 자신을 버릴 수가 없다. 민형의 눈가에 푸른 독기가 어렸다. 그런 민형의 뒷모습을 소형 카메라 렌즈가 빠짐없이 담아냈다. 비닐하우스의 농기구 더미에 숨겨진 초소형 카메라는 녹화중임을 알리는 빨간 불을 깜박였다.

초소형 카메라가 영상을 전송하는 곳은 비닐하우스 뒤편의 컨테이너 박스였다. 허름한 가죽 소파에 앉은 강 대표는 노트북 모니터로 전송되는 민형의 뒷모습을 지켜보며 종이컵을 들어올렸다. 종이컵 안에는 싸구려 믹스커피가 담겨져 있었다.

청부업체의 김 사장이 강 대표의 맞은편에 앉으며 말했다.

"화질 좋죠?"

"화질 좋아서 뭐하나. 지난번처럼 일처리 더럽게 하면 다 소용없어."

더러운 일처리란 주태호의 시신이 발견된 것을 의미했다. 김 사장은 넉살을 부렸다.

"산짐승이 파헤친 걸 내가 어쩌겠어요. 이번에는 어려운 일도 아닌데. 영상 하나 몰래 찍는 것 가지고 예민하게 굴지 맙시다."

강 대표는 종이컵에 담긴 커피를 한 모금 넘겼다.

그는 민형에게 덫을 놓아라 지시했다. 박연을 옴짝달싹 못하게 만들 쥐덫. 그러나 민형이 모르는 한 가지가 더 있었다. 쥐덫을 놓은 민형 역시 강 대표의 덫에 걸렸다는 것. 권브이의 영상에 민형은 출연하지 않겠지만 강 대표의 영상은 민형이 주인공이었다. 민형이 브이의 영상으로 박연을 협박하듯, 강 대표는 브이를 위협하는 민형의 영상을 찍어 민형을 협박할 계획이었다.

주태호를 살인교사한 것에 대해 민형이 증거를 갖고 있진 않은 듯 보였지만 기자나 경찰에 떠들었다간 진위조사가 들어올 것이었다. 골치

썩일 것 같으면 애초에 싹을 없애는 게 낫다.

강 대표는 믹스커피가 든 종이컵을 탁자에 내려놓으며 나지막이 중얼거렸다.

"살고 싶었으면 살고 싶은 만큼 가만히 있었어야지. 납작 엎드려서 숨소리도 내지 말았어야지."

민형의 뒷모습이 전송되고 있는 노트북 모니터를 주시하는 강 대표의 눈이 빛났다.

새벽어둠을 뚫고 달려온 벤츠의 운전석 문이 열렸다. 브이의 수첩에서 찾은 주소지에 도착한 박연이 차에서 내렸다. 스마트 대리운전 건물로 들러선 박연은 상황실로 무작정 향했다. 대리운전업체 특성상 새벽시간에도 상황실은 꽤 바쁘게 돌아가고 있었다. 상황실 직원들이 대리운전을 요청한 고객과 가장 근접한 위치의 대리기사를 배정해주고 있었다.

박연의 방문을 가장 먼저 알아챈 사람은 상황실 여직원들을 관리하는 책임자였다. 박연을 알아본 책임자가 휴게실로 그를 데려갔다.

통유리로 된 휴게실에 책임자와 마주앉아 있자 곧 유리 벽면으로 여직원들이 몰려들었다. 박연에게 간단하게 사정설명을 들은 책임자가 난처한 표정을 지었다.

"여자친구 분이 우리 기사님이셨단 말이죠?"

"네, 안 좋은 일을 당한 것 같아요. 대리기사 위치가 GPS로 전송된다고 들었어요. 마지막 위치만 알려주시면…."

다급하게 대답하는 박연의 말을 책임자가 끊었다.

"아니 근데, 이게 함부로 알려드릴 수가 없어요. 법이 그래요. 정 그러시면 경찰하고 같이 오셔야…."

이번에는 박연이 책임자의 말허리를 끊고 사정했다.

"제발 부탁드립니다."

박연이 의자에서 일어나 책임자 앞에 무릎을 꿇었다. 책임자뿐 아니라 유리 벽면 너머로 구경하던 여직원들도 눈을 동그랗게 떴다. 갖은 루머 속에서도 여전히 대한민국에서 손에 꼽히게 잘나가는 배우 박연이 덜컥 무릎을 꿇다니.

책임자 앞에 무릎을 꿇은 박연이 눈물이 차오른 눈으로 호소했다.

"법적 책임은 제가 다 지겠습니다. 이 방법밖에는 없어요. 경찰을 기다릴 수가 없어요. 위치만 알려주세요, 제발…."

"이러지 마시고, 일단 일어나서…."

"한 번만…. 제발 한 번만…."

휴게실 문이 열렸다. 아르바이트 중인 젊은 여대생들과 나이 지긋한 여직원들이 우르르 몰려들어 왔다.

"지금 사람이 위험에 처했다는데, 책임님! 그냥 알려줘요!"

그녀들은 드라마의 한 장면 속에 들어와 있는 듯이 애달픈 표정으로 책임자를 닦달했다. 그녀들의 성화에 책임자는 골치 아픈 표정을 지었다. TV에 나오는 연예인이 새벽에 찾아와 울면서 매달리는데 거짓말은 아닐 테고. 몰래카메라인가? 눈을 굴리던 책임자가 짜증스럽게 머리를 긁적이며 자리에서 일어섰다.

결국 브이의 마지막 위치를 알아낸 박연은 건물을 뛰쳐나와 차에 올라탔다. 차에 올라탄 박연은 시간부터 먼저 확인했다. 브이에게서 영상통화가 걸려온 후로 30분이 지나 있었다.

제발 아직 아무 일도 없어야 할 텐데. 초조함과 긴장으로 경직되어 있던 박연의 얼굴에 분노가 일었다. 핸들을 틀어쥐고 두 눈을 부릅떴다. 눈물이 고인 눈동자가 뜨겁게 일렁였다. 이를 악물고 중얼거렸다.

"손가락 하나라도 건드렸다간 다 죽어…."

박연은 대리업체에서 알아낸 브이의 마지막 GPS 위치를 향해 거칠게 핸들을 꺾었다.

남양주시의 야산 아래. 체험농장으로 쓰이던 비닐하우스들은 비닐이 죄다 뜯겨나간 채 버려져 있었다. 그 중 유일하게 온전히 남아 있는 비닐하우스 안에서 높다란 비명소리가 울렸다.

"놔…!"

모자를 쓴 청부업자가 브이의 다리를 묶고 있던 끈을 풀었다. 브이에게 엎어치기를 당했던 남자는 분풀이라도 하듯 브이의 멱살을 쥐고 흙바닥으로 내던졌다.

청부업자가 삼각대에 캠코더를 설치했다. 전원이 들어온 캠코더 화면에 브이가 담기도록 각도를 맞췄다. 민형은 캠코더의 앵글 밖에 자리를 잡고 섰다. 박연의 약점으로 삼을 불순한 영상에 당연히 자신의 얼굴은 나오면 안 되었다. 가슴팍에 팔짱을 끼고 선 민형이 버둥거리는 브이를 지켜보았다.

바닥에 눕혀진 브이가 소리쳤다.

"연이랑 나한테 왜 이러는 거야!"

흐느낌이 섞인 외침을 듣던 민형은 잠시 캠코더의 정지버튼을 눌렀다. 녹화를 중지시킨 민형이 브이에게 다가가 한쪽 무릎을 꿇고 앉았다. 눈가를 씰룩이며 브이를 향해 지껄였다.

"박연 그 새끼가 가만히 있었으면 나도 이렇게까지는 안 했어."

브이는 고개를 저으며 떨리는 목소리로 말했다.

"당신이 잘못한 거잖아. 처음부터 당신 잘못을 연이한테 뒤집어씌운 거잖아. 남의 탓을 한다고 당신이 벌인 일이 수습되진 않아. 그러니까 지금이라도…."

"네가 뭘 안다고 날 가르치려 들어!"

민형이 브이의 멱살을 잡아채듯 움켜쥐고 소리쳤다.

"그딴 한심한 새끼가 사사건건 내 앞길을 막지만 않았어도 나는 지금…!"

더 대단한 자리에 있었을 텐데.

브이의 얼굴에 대고 고함을 치는 민형의 얼굴이 붉게 달아올랐다. 민형은 관자놀이에 핏대를 세우며 말했다.

"음주운전을 한 내 잘못이라고? 그날 박연이 나한테 어떻게 했는지 알기나 해?"

브이는 아직 열려 있는 비닐하우스의 문과 민형의 얼굴을 번갈아보았다.

"그날 다른 배우들, 관계자들 앞에서 그 새끼가 날 얼마나 무시했는데. 그 새끼는 내가 데뷔할 때부터 날 무시한 새끼야."

민형이 브이의 멱살을 단단히 쥐었다. 목이 졸린 브이는 얼굴을 찌푸리면서도 등 뒤로 묶인 손을 비틀었다. 결박당한 손목이 아팠지만 풀릴 것 같지 않던 끈이 조금씩 헐거워지고 있었다.

"그날 내가 왜 운전대를 잡았는데!"

민형은 그날의 술자리를 떠올리며 치를 떨었다. 그날도 역시 박연은 평소처럼 다른 사람들 앞에서 자신을 철저하게 무시했다. 사람들은 동조하듯 웃었다. 제 아무리 사람 좋은 척 굴어도 그들은 늘 마지막에는 박연의 편에 서곤 했다. 그날도 마찬가지였다.

저딴 한심한 새끼가 뭐가 좋다고.

모두가 돌아갈 때까지 술을 퍼마시고 깜박 잠이 들었다. 잠에서 깨자

민형은 제정신이 어느 정도 돌아왔지만 박연은 아직도 만취상태였다. 그날, 잠든 박연을 업고 나왔다. 평소 박연과 라이벌 구도에 서서 신경전을 벌였지만 모두가 취한 그날 밤, 민형은 평소와는 다른 마음이었다.

그래, 이 새끼랑 날 세우는 짓은 이제 그만하자.

아직 남아 있는 술기운 때문이었을까. 오로지 둘만 남은 새벽 분위기 때문이었을까. 아니면 지쳐 있었을까. 박연과 잘 지내지는 못하더라도 남들 앞에서 신경전을 벌이는 일은 그만해야겠다는 생각을 했다. 그래서였다. 취한 박연을 직접 데려다주기로 마음을 먹은 것은.

박연을 뒷자리에 욱여넣고 운전대를 직접 잡았다. 그런데 그게 화근이 되었다. 가로수와 충돌사고 후 정신을 잃은 박연과 자리를 바꾸며, 민형은 생각했다. 역시나 박연 이 새끼는 내 인생에 도움이 되지 않는 놈이구나. 내가 저딴 한심한 새끼랑 화해할 생각을 하다니.

그날의 기억을 떠올리며 브이를 노려보는 민형의 뺨에 경련이 일어났다. 브이는 눈앞에 얼굴을 들이밀고 있는 민형과 주위를 둘러싼 청부업체 남자들의 눈치를 살폈다. 등 뒤에서 열심히 비비던 손목이 순간 자유로워졌다.

…풀렸다. 브이는 세 남자가 눈치 채지 못하도록 손에 묶여 있던 끈을 끌어내렸다.

기회는 한 번이야.

눈치를 살피던 커다란 눈을 질끈 감았다. 브이가 이를 악물고 민형의 머리를 세게 박았다.

"아악…!"

둔탁한 소리와 함께 뒤로 나자빠진 민형을 밀치고 브이가 자리에서 일어났다. 청부업체 남자들이 곧장 브이에게 달려들었다. 빠르게 제자리에서 뛰어오른 브이가 달려오는 남자의 머리를 돌려 찼다. 예상치 못한 일격을 받은 남자가 비틀거리며 물러섰다. 이번에는 모자를 눌러쓴 청부업자가 브이에게 달려들었다. 허리를 숙인 브이가 얼굴을 향해 들어온 주먹을 가볍게 피했다. 빠른 속도로 몸을 돌린 브이는 청부업자의 팔을 잡고 그대로 턱을 올려 찼다. 억, 소리를 내며 턱이 들린 청부업자의 가슴을 밀쳤다. 순식간이 두 남자에게 발차기를 먹인 브이는 반쯤 열려 있는 비닐하우스의 문을 향해 달렸다.

"잡아!"

모자를 쓴 청부업자가 외쳤다. 덩치 큰 남자가 뛰쳐나간 브이의 뒤를 쫓았다. 민형은 브이가 들이받은 코를 부여잡고 욕지거리를 뱉었다. 코밑으로 뜨끈한 피가 흘러내렸다.

비닐하우스를 나온 브이는 캄캄한 사방을 둘러보았다. 골조만 남은 비닐하우스들을 빼면 탁 트인 농장 부지에는 브이가 몸을 숨길 만한 곳이 없었다. 전직 운동선수답게 빠르게 결단을 내렸다. 브이는 농장 부지를 둘러싸고 있는 야산을 향해 무작정 내달렸다.

어둠 속에서 벤츠가 뻥 뚫린 새벽도로를 전속력으로 질주했다. 도착할 때까지 아무 탈 없어야 할 텐데. 박연은 더욱 속력을 올리며 제발 늦지 않기를 빌고 또 빌었다.

비탈을 오른 브이가 수풀 사이에 몸을 숨겼다. 그녀는 턱밑까지 차오른 숨소리가 새어나가지 않도록 입을 틀어막았다. 두 손이 파르르 떨렸다. 새파란 달빛이 야산 군데군데를 비췄다. 멀지 않은 곳에서 발자국소리가 들려왔다. 브이는 눈을 질끈 감았다. 머릿속에는 한 사람밖에 떠오르지 않았다.

연아. 연아. 연아…. 자신을 지켜주는 주문이라도 되는 듯 박연의 이름을 되뇌었다.

점차 가까워지던 발소리가 뚝 끊겼다. 잠시간 정적이 흘렀다. 브이는 야산 수풀에 웅크리고 앉은 자신의 심장박동 소리만이 울리는 듯했다.

시간이 얼마나 지났을까. 질끈 감았던 눈을 슬며시 떴다. 브이는 수풀 사이로 비탈을 살폈다. 달빛이 쏟아지고 있는 등산로에는 인기척이 느껴지지 않았다. 조심스럽게 몸을 일으키려는 찰나였다. 수풀 사이로 불쑥 들어온 손이 어깨를 우악스럽게 잡아챘다. 수풀 속에서 브이를 찾아낸 사람은 엎어치기를 당했던 덩치 큰 남자였다. 브이가 어깨를 꽉 잡고 있는 남자의 손목을 재빠르게 꺾었다.

"으악!"

남자의 굵은 비명이 울렸다. 브이는 남자의 손을 던지듯 놓고 수풀 밖으로 달아났다. 그러나 풀려버린 다리는 말을 듣지 않았다. 얼마 벗어나지 못해 발을 헛디딘 브이가 비탈 아래로 굴러 떨어졌다. 빠르게 구르던 몸이 나무에 허리를 부딪치며 비탈 중턱에 멈췄다.

"아윽…."

브이는 부딪힌 허리를 만지며 고통스러운 신음을 흘렸다. 그 사이 비탈을 미끄러져 내려온 남자가 커다란 덩치로 브이의 위로 올라탔다.

"비켜! 살려주세요! 사람 살려요!"

남자의 아래에 깔린 브이가 두려움에 질린 비명을 지르며 발버둥 쳤다.

"얌전히 있으면 금방 끝나."

협박조로 말한 남자가 브이의 셔츠 단추로 손을 가져갔다. 그때였다. 어둠 속에서 누군가 남자를 제지하듯 어깨를 짚었다. 소리를 지르던 브이가 일말의 희망을 가지고 올려다보았다. 남자를 제지한 사람은 모자를 쓴 청부업자였다. 브이의 얼굴에 절망이 드리워졌다.

청부업자는 덩치 큰 남자에게 훈계하듯 말했다.

"카메라 앞에서 해. 사장님이 시킨 대로만 한다."

"예, 선배."

모자 쓴 청부업자를 선배라 부른 남자가 브이의 멱살을 쥐고 일으켜 세웠다. 두 남자는 브이를 어깨에 짊어지고 야산을 나왔다. 야산과 농장 부지를 가로지르는 도로를 건너려던 때였다.

어둠 속에서 커다란 헤드라이트가 번쩍였다. 두 남자는 브이의 입을 틀어막고 도로변 풀숲에 몸을 숨겼다. 브이는 가까워지는 헤드라이트를 보며 남자들의 손아귀에서 벗어나려 몸부림쳤다.

"흐읍!"

화물트럭이 세 사람 앞을 쌩하니 지나갔다. 브이가 힘껏 내지른 짧은 비명은 차 소리에 묻혀 허무하게 사라졌다. 멀어지는 화물트럭의 뒤꽁무니를 바라보는 브이의 눈에서 굵은 눈물방울이 떨어졌다.

남자들은 브이를 끌고 차도를 건넜다. 비닐하우스 바깥에서 민형이 세 사람을 기다리고 있었다.

GPS는 정확한 위치를 가리키지 못했다. 어둠을 뚫고 한적한 시골도로에 진입한 박연은 초조한 얼굴로 주위를 살폈다. 이 부근 어디일 텐데. 도대체 어디인 거야….

박연이 타고 있는 벤츠 옆을 화물트럭이 지나갔다. 밝은 헤드라이트 불빛에 눈을 찡그리며 고개를 돌린 박연은 어둠에 가려져 있던 낡은 팻말을 보았다.

'유기농 체험농장 500m'

박연은 무언가에 이끌리듯 팻말이 가리키는 방향으로 차를 몰았다. 500m를 달려 넓게 펼쳐진 농장 부지 앞에서 차를 세웠다. 달빛을 맞은 농장 부지에 뼈대만 남은 비닐하우스들이 듬성듬성 흉물스럽게 서 있었다. 그리고 그중 유일하게 온전한 모습을 갖춘 비닐하우스 하나가 눈에 들어왔다. 비닐하우스는 안에서 조명을 켜놓은 듯 은은한 불빛을 뿜어내고 있었다.

무섭도록 예리한 직감이 찾아들었다. 등골이 서늘해지고 반대로 심장은 빠르게 뛰었다. 박연은 핸드폰을 꺼내들었다. 곧장 송 실장에게 전화를 걸었다. 모두 잠든 새벽 시간, 긴 신호음이 이어지도록 받지 않던 송 실장은 통화가 끊어지려는 찰나 박연의 전화를 받았다.

-연아.

술에 취해 오피스텔에 찾아가 사죄하던 날 이후로 처음으로 걸려온 박연의 연락이었다. 송 실장은 그동안 자신을 절대 용서하지 않겠다던 박연이 먼저 전화를 걸어주기를 기다리고 또 기다렸다.

"난 형 용서 못해."

-알아, 연아. 내가 정말 너한테 할 말이 없다….

"그럼 아무 말 말고 내가 하는 얘기 들어."

박연은 비닐하우스에 시선을 고정한 채 말했다.

"앞으로 30분 내로 나한테 연락 없으면 경찰에 전화해."

-그게 무슨 말이야? 무슨 일 있어?

"닥치고 내 말만 들어. 위치 보낼 테니까 30분 후에 신고해. 배우 박연이 감금되어 있다고."

-그게 무슨…!

"형이 날 속였는데도 난 믿을 사람이 형밖에 없어. 시간 잘 봐. 30분이야."

박연은 핸드폰을 귀에서 떼었다. 통화가 끊긴 핸드폰으로 송 실장에게 현재 위치를 전송했다. 크게 심호흡을 한 박연이 비닐하우스를 향해 걸음을 떼었다. 분노에 찬 두 눈은 어둠 속에서 하얗게 안광을 뿜어냈다.

녹화가 중단되었던 캠코더가 다시 녹화를 시작했다. 동영상을 촬영 중인 캠코더 앞으로 끌려온 브이가 눈물에 젖은 얼굴로 도리질 쳤다. 덩치 큰 남자가 마스크를 쓰고 캠코더 앵글 안으로 들어왔다. 그는 엉덩이 걸음으로 물러나는 브이에게 다가섰다.

코피가 터졌던 코를 휴지로 누른 민형이 캠코더 화면 밖에서 상황을 지켜보았다.

덩치 큰 남자의 손이 우악스럽게 브이의 셔츠를 잡아챘다. 첫 번째 셔츠 단추가 힘없이 뜯겨나갔다. 토르륵, 떨어진 단추가 멀리 굴러가지 못하고 멈춰 섰다. 그때, 비닐하우스의 문을 벌컥 열렸다. 청부업자와 민형이 동시에 하우스 문을 돌아보았다. 브이의 옷깃을 쥐고 있던 남자 역시 동작을 멈추었다. 브이만이 두 눈을 감은 채 몸을 떨며 흐느꼈다.

열린 하우스 문으로 박연이 들어섰다. 분노로 일그러진 얼굴이 버럭 소리쳤다.

"손대지 말라니까!"

박연의 등장에 민형이 휴지뭉치를 던지고 억지 웃음소리를 내었다.

"하하, 용케 찾아왔네. 하여간 끈질긴 새끼…."

흐느끼고 있던 브이는 그제야 박연을 발견했다.

"연아…!"

내내 가슴속으로만 부르던 이름을 울부짖었다. 브이를 쳐다본 박연이 곧장 민형에게 달려들었다. 그러나 청부업자가 박연을 가로막았다. 박연은 모자를 푹 눌러쓴 청부업자의 얼굴이 눈에 익다는 느낌을 받았다. 그러나 어디서 본 얼굴인지 기억을 떠올릴 시간은 없었다. 청부업자를 향해 주먹을 휘둘렀다. 얼굴로 정직하게 내지른 주먹질을 가볍게 피한 청부업자가 복부를 걷어찼다. 박연이 배를 움켜쥐고 물러났다. 브이를 제압하고 있던 덩치 큰 남자도 박연과의 몸싸움에 가담했다.

두 남자를 상대로 주먹을 휘둘렀지만 몸싸움은 금세 일방적인 주먹질로 이어졌다. 두 남자는 박연을 연달아 걷어찼다. 금세 흙투성이가 된 박연은 턱을 걷어차는 발길질에 나가떨어졌다. 흙바닥을 뒹군 박연이 비틀거리며 힘겹게 일어섰다.

연신 걷어차이면서도 두 눈은 민형을 노려보았다. 박연은 찢긴 입술을 달싹여 말했다.

"이민형… 다시 생각해…!"

청부업자들에게 흠씬 두들겨 맞는 박연을 지켜보고 있는 민형의 얼굴에 갖가지 감정들이 오묘하게 뒤섞였다. 박연을 향한 증오. 지금 이 순간의 희열. 또다시 찾아드는 분노. 민형이 박연에게 다가갔다. 두 사람을 상대로 얻어터진 박연의 얼굴이 망가져 있었다. 민형은 휘청거리는 박연의 앞에 서서 한쪽 입술을 끌어올렸다.

"그러니까 왜 자꾸 내 앞길을 막아?"

천진한 아이처럼 묻는 민형을 보며 박연이 눈을 떨었다.

"너 그거 피해망상증이야…. 피해망상이 왜 생기는 줄 알아? 열등감…."

민형은 힘없이 중얼거리는 박연의 뺨을 내려쳤다. 박연은 바닥으로 고꾸라졌다. 바닥에 쓰러져 움찔거리는 박연을 민형이 발끝으로 툭툭 차며 말했다.

"피해망상? 열등감? 야. 박연. 너 따위 새끼가 뭘 알아? 나에 대해 뭘 안다고 내 얼굴 볼 때마다 다 안다는 듯이 쳐다보는 건데!"

악에 받친 민형이 박연의 가슴을 연신 걷어찼다.

"내 가면을 벗겨주겠다고? 가면 쓰고 있는 게 얼마나 힘든 줄 알아? 너 같은 새끼가 알기나 하겠냐? 뭘 하든지! 어떤 쓰레기 같은 짓을 하든지! 항상 용서 받고! 사랑 받고…!"

발길질이 복부로 쏟아졌다. 내장이 꼬이는 듯한 격통을 느낀 박연은 눈을 감은 채 정신을 차리지 못했다.

"왜! 왜 너만! 난 이렇게 노력하는데! 아무것도 모르는 이딴 한심한 새끼만…!"

민형은 박연에게 거친 발길질을 쏟아내느라 차오른 숨을 씨근거렸다. 고통스러운 표정으로 배를 움켜쥐고 바닥을 기어 다니는 박연을 내려다보던 민형이 홱 뒤를 돌아보았다. 숨죽이고 기회만 엿보던 브이가 기습적으로 내지른 주먹이 민형의 얼굴에 꽂혔다. 멎었던 코피가 다시 터졌다. 흐르는 피를 손등으로 문질러 닦은 민형이 눈을 부라렸다.

"이것들이…!"

부릅뜬 눈이 주위를 두리번거렸다. 브이는 그런 민형을 밀치고 박연에게 달려갔다. 쓰러져 있는 박연의 앞에 무릎을 꿇어앉았다. 브이는 청부업자들과 민형을 경계하며 박연을 일으켰다. 비닐하우스 기둥에 등을 기대어 앉혀놓고 박연의 앞을 가로막았다. 청부업자들은 두 주먹을 불끈 쥐고 경계태세를 갖춘 브이에게 쉽사리 접근하지 못하고 있었다. 빠른 발놀림을 겪어본 탓이었다.

브이는 떨리는 주먹에 힘을 주었다. 죽도록 무서운데 죽어도 지켜야 했다. 눈물이 가득 고인 눈을 세게 감았다 떴다.

피가 흐르는 코를 훔쳐 닦고 민형은 브이와 대치 중인 청부업자들을 밀치고 나왔다. 민형의 손에는 비닐하우스의 뼈대를 세우다 남은 파이프가 들려 있었다. 민형은 브이를 보며 중얼거렸다.

"누가 피해망상이야…? 누가 열등감을 느껴…?"

하얗게 뒤집힌 눈이 브이 뒤에 쓰러져 앉아 있는 박연을 향했다.

"내 앞에서 꺼지라고!"

악을 지르며 브이에게 달려든 민형이 파이프를 크게 휘둘렀다. 브이의 얼굴을 겨냥한 파이프는 순간, 자리에서 일어나 브이를 끌어안은 박연의 뒤통수를 가격했다. 비닐하우스 안에 커다란 소리가 울렸다. 브이를 끌어안고 있던 팔이 힘없이 툭 떨어졌다. 초점을 잃은 브이의 눈이 커다랗게 벌어졌다. 동시에 박연이 털썩 주저앉았다. 박연과 함께 무너지듯 자리에 주저앉은 브이는 제 품에 머리를 기댄 채 미동이 없는 등을 끌어안았다. 차마 얼굴을 보지 못하고 이름만 조심스럽게 불러보았다.

"연아…?"

그러나 품에 안겨 있는 박연은 대답이 없었다. 박연의 등에 손을 얹은 브이가 몸을 떨었다. 브이는 옆으로 쓰러지려는 박연의 몸을 품으로 끌어당겼다. 그러나 무겁게 늘어진 몸은 자꾸만 옆으로 기울었다.

"안 돼…! 연아…. 연아…."

박연의 이름만 중얼거리던 브이의 눈동자가 잘게 흔들렸다. 인정하기 싫은 상황을 예감한 눈물이 뺨으로 떨어져 내렸다. 브이는 작은 얼굴을 일그러트리고 울부짖었다.

"연아…!"

브이의 울음소리에 그제야 제정신이 돌아온 민형은 파이프를 집어던졌다. 민형이 울부짖는 브이와 꿈쩍 않는 박연을 보며 뒷걸음질 쳤다. 떨리는 입술이 혼잣말을 중얼거렸다.

"이러려던 게 아닌데…. 난 그냥…."

그날도 난 그냥 앞으로 잘 해보려고 했던 건데. 네가 날 무시해도 앞으로는 참아보려고… 잘해보려고 노력한 건데…. 사람들 앞에서 싫어도 좋은 척, 친절하게 군 것도 다 잘해보려고 그런 거란 말이야. 노력하는 게 뭐가 나빠? 난 잘못이 없는데…. 그러니까 왜 자꾸 내 앞을 막는 건데…!

캠코더 화면 밖으로 벗어나는 민형의 뒷모습이 노트북을 통해 전송되었다. 컨테이너에서 모든 상황을 지켜보던 강 대표는 노트북을 챙겨 들었다.

"일을 망쳐도 정도가 있지. 멍청한 새끼."

서둘러 자리를 뜰 준비를 마친 강 대표가 컨테이너를 나와 자신의 차로 향했다. 강 대표와 함께 있던 김 사장이 비닐하우스로 들어왔다. 청부업체의 김 사장은 청부업자들을 향해 소리쳤다.

"야! 빨리 떠!"

모자를 쓴 청부업자와 덩치 큰 남자가 김 사장과 사라졌다. 민형이 뒤늦게 캠코더를 챙겼다.

브이는 박연을 품에 안고 울기만 했다. 브이 어깨에 머리를 기댄 박연은 눈을 감고 조금의 움직임도 보이지 않았다. 흐느끼는 어깨가 떨릴 때마다 박연의 머리도 힘없이 흔들렸다. 박연의 머리를 떠안은 손으로 뜨거운 감촉이 느껴졌다. 깨진 뒤통수에서 흘러내린 선혈이 브이의 손을 붉게 물들였다.

"흐윽… 살려주세요…. 사람이 다쳤다구요…. 살려주세요…!"

브이는 숨이 잘 쉬어지지 않는 입을 커다랗게 벌리고 목 놓아 울었다.

'짐이 아니라 사랑이라고 생각하면 안 되는 거야?'

'이젠 내가 감당할게. 우리 사랑.'

"연아…. 안 돼, 연아…."

핏자국이 번진 손으로 품에 안겨있는 박연을 떼어냈다. 의식이 없는 박연은 힘없이 바닥으로 쓰러졌다. 브이는 눈을 감은 채 반듯하게 누워있는 박연의 가슴에 얼굴을 묻었다.

사랑하면서도 곁에 있을 순 없다고 밀어냈다. 마음의 빚, 사람들의 시선, 당신이 겪을 시련, 그런 것들을 핑계로. 왜 바보처럼 굴었을까. 난 당신이 없으면 안 되는데. 다른 이유는 필요 없는데.

"그냥 난 당신이 필요하다구…!"

박연의 옷자락이 브이의 눈물로 뜨겁게 젖어들었다.

'인정할게. 내가 너 좋아해.'

'사랑해, 브이야.'

박연의 가슴에 얼굴을 파묻은 브이가 도리질 치며 소리쳤다.

"나도 사랑해…. 그러니까 눈 떠…!"

어린아이처럼 엉엉 우는 브이의 머리 위로 가늘게 떨리는 손이 얹어졌다. 긴 손가락들이 간지럽게 머리칼을 헤집었다. 박연의 옷깃을 꽉 쥐고 울던 브이가 고개를 들었다. 박연은 여전히 눈을 감고 있었다.

"연아?"

브이의 부름에 닫혀 있던 입술이 작게 달싹였다.

"사랑해…."

힘겹게 새어나온 목소리를 들은 브이의 얼굴이 다시 일그러졌다. 눈을 감고 울음을 터트렸다. 그때 비닐하우스 밖에서 사이렌소리가 들려왔다. 송 실장의 신고를 받고 출동한 경찰들이 비닐하우스 안으로 뛰어들어왔다. 박연의 머리를 끌어안은 브이가 경찰들을 향해 소리쳤다.

"다쳤어요! 살려주세요, 제발…!"

경찰들은 두 사람을 제외하고는 인기척이 느껴지지 않는 비닐하우스를 수색하기 시작했다. 위험한 상황이 없음을 확인한 경찰이 진입을 허락하는 사인을 보냈다. 경찰차와 함께 출동한 응급대원들이 바로 투입되었다. 브이는 들것에 실려 나가는 박연을 따라 걸음을 옮겼다. 절뚝거리는 브이에게도 응급대원들이 달라붙었다.

비닐하우스 주위가 경찰차와 응급차의 사이렌 소리로 요란하게 울리는 모습을 지켜보던 민형이 마른침을 삼켰다. 캠코더를 든 손이 벌벌 떨리고 있었다.

이러려던 게 아닌데….

땀에 젖은 얼굴이 불안하게 두리번거렸다. 농장 부지를 벗어나 수풀에 몸을 숨겼던 민형은 다시 어둠 속을 달리기 시작했다. 어깨 높이까지 자라 있는 이름 모를 풀들이 달리는 민형의 얼굴을 스쳤다. 땀내와 함께 풋내가 진동했다. 토악질이 날 것처럼 역겨웠다.

망쳤다. 박연이 그 새끼가 다 망쳐버렸다. 모든 게 끝났다. 경찰들에게 모든 것을 말할 것이다. 참고인 조사를 했던 그 형사. 그 형사도 한몫 거들겠지. 왜 날 가만두지 못해서 안달인 거야…!

수풀을 빠져나와 근처에 위치한 작은 초등학교까지 내려왔다. 몸을 숨길 곳을 찾는 민형의 눈이 번들거렸다.

박연은 내상을 살피기 위한 여러 가지 검사와 치료를 마치고 중환자실로 옮겨졌다. 브이도 나무에 부딪혔던 허리에 타박상 진단을 받고 VIP병동으로 옮겨졌다. 브이의 입원 수속을 대리로 마친 송 실장이 병실 침대로 다가왔다. 박연과 헤어져달라며 빌던 그날 이후 송 실장이 브이와 마주하는 것은 처음이었다. 심각하게 굳어 있던 얼굴이 겸연쩍게 바뀌었다.

"괜찮아요?"

무어라 말문을 열어야 할지 몰라 머뭇거리던 송 실장이 겨우 건넨 말이었다. 송 실장은 브이가 괜찮다는 고갯짓을 해보이기도 전에 말했다.

"늦었지만… 미안했어요. 두 사람 마음 아프게 해서…."

송 실장은 지난 자신의 과오에 대해 사과 중이었지만 브이에게 중요한 것은 그것이 아니었다. 브이가 떨리는 목소리로 물었다.

"연이는요?"

쿨쩍, 시큰해진 콧잔등을 훔쳐 내린 송 실장이 대답했다.

"두 사람 모두 다행이에요. 빗맞았다네요. 보통 두부외상은 아주 위험한데 다행히 연이 뇌에 큰 문제는 없대요. 의사선생님 말로는 쇠파이프로 맞고도 뇌진탕 정도로 끝난 건 후려친 놈이 병신이거나 맞은 놈이 기적이라고 하던데 아마 둘 다겠죠."

브이는 그제야 눈을 감고 한시름 놓았다. 송 실장은 브이의 안색을 살피며 말했다.

"오후에 일반 병실로 옮긴다니까 브이 씨도 마음 놓고 쉬어요."

송 실장이 고개를 꾸벅이고 병실을 나갔다. 널찍한 병실에 홀로 남은 브이는 침대를 내려왔다. 걸음을 옮길 때마다 허리가 욱신거렸다. 내내 긴장하고 있던 탓에 느껴지지 않던 통증이 마음을 놓으니 온몸 곳곳에서 느껴졌다.

링거거치대를 밀고 창가로 다가섰다. 블라인드를 열자 바깥은 어느새 아침이었다. 참으로 긴 밤, 아찔한 새벽이었다. 아무 일도 없었다는 듯이 태평한 바깥 하늘을 바라보는 브이의 눈시울이 뜨겁게 젖었다.

닫혔던 병실 문이 다시 열렸다.

"브이야!"

소연이 울면서 뛰어 들어왔다. 창밖을 보던 브이는 소연의 얼굴을 보자 참고 있던 울음을 터트렸다. 소연과 얼싸안고 서럽게 울었다. 브이의 머리를 끌어안은 소연이 흐느끼며 말했다.

"내가 아침에 뉴스 보고 얼마나 놀랐는지 알아? 핸드폰은 연락도 안 되지…."

소연의 품에 안겨 울던 브이가 눈물을 닦고 물었다.

"뉴스도 나갔어?"

소연은 훌쩍이며 TV를 켰다. VIP 병실의 커다란 TV 화면이 박연의 사진으로 채워졌다. '연예 속보'란 타이틀로 간밤에 벌어진 사건에 대해 보도 중이었다.

-지난 새벽, 유명배우 박연 씨가 전 연인 권 씨와 함께 청부업체에 의해 납치, 감금된 사실이 밝혀져 충격을 주고 있습니다. 배우 박연 씨의 지인으로부터 신고를 받은 경찰은 남양주시의 야산 인근에서… 경찰은 피해자들이 안정을 되찾는 대로 수사에 착수할 것이라고….

아직 세간에는 이민형이 가담했다는 사실이 알려지지 않은 듯했다. 소연은 브이를 침대에 눕히며 말했다.

"방송국 완전히 뒤집어졌어. 우리 전원일기팀은 당장 내일 방송을 뭘 내보내야 할지 긴급회의 들어갔어. 난 네 생각밖에 안 나서 회의고 뭐고 박연 매니저한테 전화해서 여기로 달려온 거야."

영범에게서 병원을 알아냈다는 소연은 침대 곁으로 의자를 끌어다 앉으며 물었다.

"도대체 어떻게 된 거야? 청부업체에서 두 사람을 왜 납치해? 박연은 그렇다 치고 넌 왜?"

브이는 지난 새벽에 겪었던 일을 떠올리자 머리가 지끈거렸다. 평범한 사람이 살면서 평생에 겪을까 말까 한 일들을 어제 모두 겪은 기분이었다. 브이는 피로한 얼굴로 소연을 보았다.

"나중에 얘기할게. 지금은 너무 피곤해."

"그래, 일단 잠 좀 자."

소연이 이해한다는 듯이 고개를 끄덕이며 브이의 머리를 쓰다듬었다. 그러나 잠은 잘 수 없었다. 누군가 바깥에서 병실 문을 두드렸다. 문을 열고 들어온 남자는 소속을 밝히며 자신을 형사라 소개했다.

브이는 병실을 방문한 형사에게 지난 새벽에 일어난 모든 일을 설명했다. 어떻게 해서 끌려가게 됐는지, 끌려간 곳에서 누굴 보고 어떤 이야기를 들었는지 상세한 진술을 마쳤다. 형사가 돌아가고 난 자리에 소연이 다시 앉았다. 형사와 브이의 대화를 잠자코 듣고 있었던 소연이 물었다.

"이 모든 게 블랙박스 동영상 때문이란 말이야?"

브이가 고개를 끄덕였다. 소연은 입이 다물어지지 않는 얼굴로 중얼거렸다.

"작년에 난리 났던 음주운전 사건 때 운전을 한 게 박연이 아니라 이민형이었다는 반전도 놀라운데, 현직 배우가 청부업체를 이용해서 이런 어마무시한 일을 벌였다니…. 이건 정말 방송가에 길이 남을 전대미문의 사건이다."

소연은 사람 좋기로 방송가에서 소문이 자자했던 배우 이민형의 실체에 대해 적잖이 충격을 받은 듯했다. 한동안 아무런 말도 하지 못하고 멍하니 앉아 있었다. 그때 병실 문이 열렸다. 문틈으로 얼굴을 빠끔히 내민 영범이 브이에게 꾸벅 인사를 했다. 영범은 브이의 안부부터 물었다.

"누님, 몸은 괜찮으세요? 형사님은 만나셨어요?"

브이에게 다가온 영범이 심각한 표정으로 말했다.

"저도 진술했어요. 블랙박스 영상을 복원한 사람이 저예요. 제가 연이 형님 심부름으로 업체에다가 맡겼다니까요."

목소리를 낮게 깔고 말하는 영범은 흡사 중요한 임무를 완수해낸 비밀요원 같은 얼굴이었다. 한 손으로 입을 가린 영범은 브이와 소연에게 속삭였다.

"이민형은 아직 도주 중이래요. 금방 잡힐 거래요. 얼굴이 워낙 알려져서."

"연이는요?"

브이의 물음에 영범이 아차 하는 투로 말했다.

"안 그래도 지금 브이 누님 모시러 온 거예요. 연이 형님, 조금 전에 일반 병실로 옮겼어요."

브이의 커다란 눈이 잘게 흔들렸다. 응급차 안에 누워 의식이 없던 박연의 모습이 어른거렸다. 브이는 소연의 도움을 받아 휠체어에 올라탔다.

영범이 박연의 병실로 앞장서며 브이를 돌아보았다.

"머리 상처는 꿰매는 정도였는데, 오히려 다른 데를 많이 다치셨어요. 갈비뼈도 부러지고, 복부타박상도 입는 바람에 지금 꼼짝도 못하고 누워 계세요. 그래도 금방 회복할 거래요. 아, 갈비뼈는 예전에 금 간 적이 있어서 붙는 게 조금 더딜 수도 있대요."

영범의 설명을 들으며 복도를 지났다. 세 사람은 박연의 병실 앞에 도착했다. 영범이 병실 문을 열어주었다. 소연은 브이가 탄 휠체어를 병실 안으로 밀어 넣어주고 조용히 문을 닫았다.

영범과 소연이 자리를 피해준 덕분에 병실에 박연과 둘이 남은 브이는 휠체어를 밀며 침대 곁으로 다가갔다. 침대에 누워 있는 박연은 가까이 다가가 볼수록 몰골이 말이 아니었다. 눈가와 입가, 턱까지 울긋불긋한 상처와 멍 자국이 보였다.

휠체어가 침대 아래 멈췄다. 붕대가 감겨 있는 머리로 손을 뻗어보던 브이가 차마 만지지 못하고 거두었다. 커다란 눈망울에서 눈물방울이 뚝 떨어졌다.

미동 없이 누워 있던 박연이 훌쩍이는 소리에 눈꺼풀을 들어올렸다. 무겁고 느린 동작으로 눈꺼풀을 깜박이던 박연이 눈동자를 굴려 옆을 돌아보았다. 한 손으로 입을 가리고 흐느끼는 작은 얼굴을 보는 순간 박연의 얼굴에 희미한 미소가 번졌다.

박연은 낮게 가라앉아 있는 목소리로 물었다.

"괜찮아?"

브이는 북받쳐 오른 감정을 추스르지 못하고 고개만 연신 끄덕였다.

"울지 마. 안아주지도 못하는데."

브이는 말 잘 듣는 아이처럼 얼른 눈물을 손등으로 비벼 닦았다. 그런 브이를 보며 박연이 붉게 찢어진 입술을 끌어올렸다.

"기억이 잘 안 나. 충격 때문에 기억이 날아갔대. 오피스텔에서 너 기다리던 것까진 기억이 나는데…."

"기억 안 해도 괜찮아."

간신히 울음을 그친 브이가 말했다. 박연은 힘없이 늘어져 있던 팔을 들어올렸다. 커다란 손이 브이를 향해 내밀어졌다.

"손 좀 잡아줄래?"

브이는 나지막이 묻는 박연을 바라보았다. 브이는 파이프를 휘두르는 민형으로부터 자신을 끌어안던 커다란 손을 기억했다. 브이가 조심스럽게 박연의 손을 끌어 잡았다. 따뜻했다. 순간 다행이라는 생각이 들었다.

박연은 맞잡은 손에 힘을 주는 브이를 보며 말했다.

"현우 형한테 듣긴 했는데… 무슨 일 생기기 전에 막은 거 맞지?"

목소리가 불안하게 떨렸다. 브이는 얼른 고개를 끄덕여주었다. 불안해하지 말라는 의미로 서둘러 대답하는 브이를 보니 도리어 박연은 턱 밑으로 뜨거운 울음이 울컥 치밀어 올랐다. 휠체어에 앉아 침대에 누운 자신을 올려다보고 있는 브이를 말없이 바라보던 박연이 입술을 달싹였다.

"미안해…."

숨길 수 없이 울먹임이 흘러나왔다. 박연은 브이와 맞잡고 있던 손을 빼내었다. 브이를 바라보던 눈동자가 애먼 천장으로 향했다. 머리 위만 올려다보며 눈물이 흐르려는 눈에 힘을 주고 말했다.

"나 때문에 네가… 네가 겪지 않아도 될 일을…. 그냥 다 미안해…."

박연은 가늘게 떨리는 입술을 깨물었다. 울음을 참느라 붉게 달아오른 얼굴을 브이는 가만히 지켜보았다.

“너 이렇게 만든 이민형 그 새끼. 그리고 너 이런 일 겪게 만든 내 자신한테 화가 나고…. 이런 와중에도 제일 열 받고, 억울하고, 슬픈 건… 이젠 널 못 붙잡는다는 거야. 내 옆에 있어달라고 말할 수 없게 되어버린 이 상황이 정말 엿 같고….”

박연은 얼굴을 일그러트리고 끝까지 말을 잇지 못했다. 조용히 박연을 지켜보던 브이가 휠체어에서 절뚝이며 일어섰다. 침대헤드를 한 손으로 짚고 허리를 숙였다. 욱신거리는 통증은 참아낼 수 있었다. 그러나 이 남자를 향한 마음은 도무지 참아낼 수가 없었다. 울먹이며 누워 있는 박연의 입술에 브이의 입술이 내려앉았다. 브이는 가볍게 맞닿은 입술을 힘주어 눌렀다. 울먹이던 박연은 당황한 듯 눈만 동그랗게 뜨고 있었다.

브이는 움직임이 없는 입술에 서툴게 입을 맞췄다. 박연의 아랫입술을 부드럽게 삼켰다 놓은 브이가 얼굴을 떼었다. 미간을 찌푸린 채 굳어 있는 박연을 내려다보며 말했다.

“당신이 내 눈앞에서 쓰러졌을 때, 미치도록 무서웠어. 그리고 미치게 후회했어.”

말을 이어가는 브이의 눈시울이 붉게 달아올랐다.

“이 남자랑 사랑할걸.”

브이가 읊조리는 순간, 박연의 눈에 고여 있던 눈물이 귓가로 흘러내렸다.

“당신이 내 빚 갚아준 거? 자존심이 뭐 그리 대수인데? 사람들 시선? 그래서 어쩌라구.”

“브이야….”

“내가 사랑한다는데. 지금 당장 숨이 안 쉬어질 정도로 이 남자를 사랑한다는데. 다른 게 무슨 상관이야."

브이는 조금 전 박연이 빼내었던 손을 다시 끌어 잡고 말했다.

"당신이 맞아. 다 상관없어."

'다른 사람들이 무슨 상관이야?'

'상관있잖아. 당신 많이 상관있어.'

박연은 브이와 실랑이를 벌였던 일을 떠올렸다. 다시 사랑하자던 자신에게 결코 안 된다던 여자가 드디어 마음을 바꾸었다. 모든 것이 제자리로 돌아온다. 이제야.

브이를 올려다보는 박연의 눈동자가 감격에 겨운 듯 잘게 흔들렸다. 브이는 맞잡은 손을 꼭 그러쥐고 속삭였다.

"내일의 난 어떨지 모르겠는데 지금의 난, 당신이 필요해."

박연은 잡은 손을 끌어당겼다. 브이의 몸이 침대 위로 엎어졌다. 조금 전 떨어졌던 입술이 다시 겹쳐졌다. 박연은 그리웠던 입술을 함빡 물었다. 두 사람은 가슴이 벅차도록 키스를 나누었다.

두 사람은 서로를 잃을 뻔한 후에야 깨달았다. 달라져야 하는 건 우리를 둘러싸고 있는 현실이 아니라 '나'라는 것을.

브이의 입술을 부드럽게 빨아들이던 박연이 씨익 미소 지었다. 입술을 맞댄 채 웃는 박연의 뺨을 브이가 다정하게 어루만졌다.

10장

시들지 않는 수국처럼

병문안을 온 기범은 복도에 등을 기대고 서서 어이없는 표정을 지었다. 그 곁에 선 소연의 표정도 같았다. 소연은 기범의 옆구리를 툭 쳤다.

"야, 난 이만 방송국 들어가 본다. 고생 좀 해라."

"어, 내가 고생 좀 많이 하게 생겼네."

두 사람은 한곳에 시선을 고정한 채 대화를 나누었다. 소연과 기범의 시선이 고정된 곳은 VIP병동 휴게실 테이블이었다. 브이가 휠체어 없이 자유롭게 돌아다니는 대신에 박연이 휠체어 신세를 지게 되었다. 부러진 늑골 때문에 복대를 두른 박연은 테이블 맞은편에 앉은 브이의 손을 잡고 실실 웃고 있었다. 박연이야 원래 그런다지만 소연과 기범이 어이가 없는 이유는 10년이 넘도록 알고 지내온 브이의 이상행동 때문이었다. 자신들이 알고 있던 권브이라고는 믿기지 않도록 브이 역시 박연 못지않게 두 눈이 하트모양으로 바뀌어 있었다.

테이블 위로 두 손을 마주잡고 서로 눈을 찡끗거려가며 눈빛으로 대화 중인 박연과 브이를 지켜보던 소연이 고개를 절레절레 흔들었다.

"난 안 볼란다."

소연이 어깨를 떨며 VIP병동을 나갔다. 복도에 남겨진 기범은 여전히 충격에서 헤어 나오지 못했다.

내 첫사랑 브이는 저렇게… 오글거리지 않았는데. 지금 눈앞에 있는 여자는 자신이 좋아하던 권브이가 아니었다.

브이의 손을 맞잡은 박연이 어깨를 으쓱이며 말했다.

"병실 들어가면 보고 싶어서 어쩌지?"

기범의 이마에 굵직한 핏대가 돋아났다. 브이는 입술을 비죽거렸다.

"아쉬워도 꾹 참아봐."

"어떻게 참아? 못 참아."

박연이 토라진 표정을 지었다. 브이는 턱을 괴며 난처한 듯 고개를 저었다.

"연이가 그러니까 나도 못 참겠잖아요."

오글거리는 대사를 뻔뻔하게 뱉는 브이를 보며 기범은 아연실색했다.

권브이 재 도핑테스트 해야 되는 거 아니야?

기범이 브이의 상태를 걱정하는 동안 박연이 새끼손가락을 내밀며 말했다.

"그럼 우리 딱 다섯 시간만 코 자고 만나자?"

브이가 박연의 손가락에 새끼손가락을 걸었다. 손도장까지 야무지게 찍은 후에야 자리에서 일어선 브이는 박연의 휠체어를 밀고 기범의 앞으로 다가왔다. 브이는 평소와 다름없는 얼굴로 알은체를 했다.

"기범아, 왔어?"

조금 전 10미터 앞 테이블에서 보여주었던 모습과는 달라도 너무 달랐다. 다른 건 박연도 마찬가지였다.

"문병 오면서 빈손으로 왔니? 너도 참."

짙은 눈썹을 치켜 올리고 재수 없는 표정을 짓는 폼이 평상시와 같았다. 기범은 방금 전까지 어깨를 으쓱거려가며 혀 짧은 소리를 해대던 두 사람을 멍하니 쳐다보았다. 아무 일 없었다는 듯이 태연한 얼굴로 기범을 지나쳤다. 휠체어를 탄 박연과 브이가 깔깔대며 복도 끝으로 사라졌다. 기범은 두 사람의 뒷모습을 보며 중얼거렸다.

"둘 다 머리를 맞았다더니 어떻게 된 거 아냐?"

얼이 빠진 기범을 복도에 남겨두고 두 사람은 박연의 병실로 들어왔다. 박연은 브이의 도움을 받아 침대에 누웠다. 잠자리를 챙겨준 브이를 올려다보며 손을 끌어 잡았다. 박연은 눈도 깜박이지 않고 브이를 다정하게 바라보았다. 하염없이 브이의 얼굴만 바라보던 박연이 한참 만에 입을 열었다.

"고마워."

나지막한 목소리를 들은 브이가 빨개진 얼굴을 숙였다. 박연은 손 안에 쥐고 있는 브이의 손가락을 천천히 쓰다듬었다.

"내 앞에 나타나줘서. 내 곁에 있어줘서."

"나도 그래."

"아니야, 내가 그래."

발끝만 내려다보던 브이가 고개를 들고 박연을 보았다.

"사랑해. 사랑한다, 권브이."

브이는 진실하게 다가오는 고백을 멍하니 듣고 서 있었다. 사랑한다는 말, 이 남자에게서 꽤 많이 들었는데 오늘따라 가슴이 벅찼다. 괜스레 눈가가 시큰해졌다. 그녀는 창피하게 눈물이 나려는 바람에 얼른 병실을 나왔다.

브이가 돌아간 병실에서 손 안에 남은 브이의 감촉을 되새겨보던 박연이 핸드폰을 꺼내들었다. 어디론가 전화를 건 박연은 브이 앞에서 보여주지 않았던 표정을 지었다. 미간을 좁힌 얼굴은 금세 심각해져 있었다.

신호음이 끊기고 상대방의 목소리가 들리자마자 박연이 낮은 목소리로 말했다.

"블랙박스 영상, 내일 아침에 터트려요. 토끼를 잡으려면 몰아야죠."

핸드폰을 귀에 붙인 얼굴이 날카로운 눈을 했다. 박연은 두 눈을 세게 감았다 뜨며 말했다.

"시작할 겁니다, 토끼몰이."

트루스토리에서 보도한 '박연의 음주운전 진실'에 대한 내용은 인터넷을 넘어 아침 뉴스에까지 흘러나왔다. TV 속 기자는 신원불명의 제보자에 의해 밝혀진 블랙박스 영상과 음주운전의 진범으로 지목당한 이민형에 대해 떠들었다.

침대에 비스듬히 누운 박연의 시선은 TV 화면을 예리하게 향해 있었다. 이른 아침부터 병원을 다녀간 담당 형사가 들려준 이야기를 떠올리는 중이었다. 형사의 말에 의하면 작년 음주운전 사건은 블랙박스 영상을 토대로 재수사에 들어갔다. 동시에 도주 중인 이민형과 청부업자들의 행적을 쫓고 있다고 했다. 블랙박스 영상을, 음주운전의 진실을 세상에 알리기에는 지금이 최적기였다. 겁에 질린 토끼를 몰기에 아주 좋은 최상의 시기.

민형은 박연의 취약점을 잘 알고 있었다. 그 취약점을 건드려 흥분한 박연이 사고를 일으키도록 유도하곤 했다. 그러나 박연 역시 민형의 취약점을 잘 알고 있었다. 두 얼굴로 여태까지 쌓아온 평판이 무너지는 것을 절대 못 견딜 새끼다. 그렇게 꽁꽁 감춰두었던 민낯이 세상에 까발려졌으니 지금쯤 극도의 흥분 상태에 돌입했을 것이다. 이미 쫓기고 있는 상황에서 자신의 치부가 밝혀졌으니, 끝에 끝까지 몰린 이민형은 어떤 형태로든 모습을 드러내게 될 것이었다.

차갑게 빛나는 눈으로 TV를 보던 박연이 침대에서 내려섰다. 두 발로 서자 복부로 통증이 전해졌다. 박연은 불편한 기색을 숨기지 못하고 얼굴을 찌푸렸다. 아직 두 발로 걷기에는 무리인 몸을 휠체어에 맡기고 병실을 나왔다.

복도를 지나 브이의 병실 앞에 도착은 박연이 발로 문을 쿵쿵 찼다. 병실 문을 열고 얼굴을 내민 사람은 기범이었다. 휠체어에 앉아 기범을 올려다보는 박연의 눈이 불만스럽게 일그러졌다.

"여기서 잤냐?"

"잤으면 어쩔래?"

눈에 불꽃이 튀기며 아침 안부를 묻는 두 남자에게 브이가 소리쳤다.

"둘 다 얼른 들어와!"

침대에 앉아 소리치는 브이의 목소리에 박연이 눈을 흘기며 안으로 들어섰다. 기범을 향해 도끼눈을 뜨고 있던 박연이 브이를 돌아보며 눈웃음을 지었다.

"잘 잤어?"

기범은 한순간에 태도가 싹 변하는 박연을 기가 막힌다는 듯이 보았다. 브이는 걱정스러운 눈으로 박연에게 말했다.

"뉴스 봤어."

"걱정 마. 이제야 제자리로 돌아가는 거야."

휠체어에 앉은 박연이 손을 뻗어 브이의 머리칼을 어루만졌다. 브이는 도리어 자신을 안심시키듯 머리를 쓰다듬는 박연을 말없이 바라보았다.

이 남자의 심정이 어떨지 감히 상상도 되지 않는다. 하지도 않은 잘못으로 온갖 비난을 받고, 위험한 상황까지 내몰린 이후에야 세상에 진실을 알린 그 심정을.

두 사람은 다정한 눈길로 서로를 바라보았다. 소리 없이 서로의 생각을 헤아리는 중이었다.

밤새 떨어져 있던 박연과 브이가 애틋한 재회를 마치기도 전에 식사 시간이 되었다. 박연의 아침식사 역시 브이의 병실로 들어왔다. 병실 안 테이블에 마주 앉아 아침식사 중인 두 사람을 멀찍이서 지켜보던 기범이 참다못해 한마디를 했다.

"식사는 각자 병실에서 먹는 게 병원규칙 아니야?"

브이의 숟가락에 반찬을 얹어주던 박연이 기범을 돌아보았다. 박연과 눈을 맞추고 웃던 브이의 시선도 기범을 향했다.

동시에 두 사람에게 못마땅한 눈총을 받은 기범이 고개를 저으며 병실 문으로 걸음을 옮겼다. 어젯밤, '안 볼란다!'를 외치며 방송국으로 가버린 소연의 마음이 십분 이해가 되었다. 기범이 문을 여는 동시에 병실 바깥에서도 생각지 못한 방문객이 안으로 들이닥쳤다. 크게 뜬 밥숟가락을 입에 밀어 넣던 브이가 얼빠진 목소리로 중얼거렸다.

"아, 아빠…."

병실에 들이닥친 방문객은 다름 아닌 브이의 부친, 현수였다. 현수는 환자복을 입은 브이 앞으로 뛰어가 어찌할 줄을 몰라 했다.

"브이야, 이게 무슨 일이야? 응?"

"아빠가 어떻게…."

"소연이한테 물어봤어. 밤낮으로 TV에 네 얘기가 나오더라. 내가 어떻게 모를 수가 있어. 아빠한테 말도 안 하고 여기서 혼자…."

현수는 차마 말을 잇지 못하고 눈물지었다. 쿨쩍, 울음을 삼킨 현수는 브이를 머리부터 발끝까지 살펴보았다.

"몸은 괜찮아? 도대체 무슨 일인데 네가 이런 고초를 겪어?"

당황해서 멍하게 있던 브이의 커다란 눈에도 눈물이 고였다. 빚을 갚겠다고 지방에 내려가 고생을 얼마나 했는지 오랜만에 본 아빠의 얼굴은 핼쑥해져 있었다. 엄마의 기일에도 보지 못하고, 민형에게 납치되어 두려움에 떨 때도 그토록 보고팠던 얼굴인데 막상 마주하니 어떤 말도 할 수 없었다. 무섭고 아팠다는 이야기도, 왜 그런 일을 겪었는지도. 사랑하는 남자 때문이었다는 설명을 할 수가 없었다.

잠자코 두 부녀를 지켜보던 박연이 브이를 대신해 입을 열었다.

"아버님, 제가 말씀드릴게요."

병실에 들어와 오로지 제 딸의 안부만 살피던 현수가 그제야 박연을 돌아보았다.

휠체어를 밀고 휴게실로 들어온 박연이 테이블 앞에 멈췄다. 박연을 따라 휴게실로 들어온 현수가 맞은편 의자에 앉았다.

"어떻게 된 거야? 뉴스에서는 자네한테 앙심을 품은 사람이 벌인 짓이라던데, 자네가 말해봐."

박연은 현수를 향해 고개를 숙였다.

"맞습니다. 저 때문에 브이가 이런 일을 당했습니다."

"뉴스에 나온 말들이 다 맞단 말이지?"

현수는 한 번 더 확인하듯 물었다. 박연은 긍정의 의미로 침묵했다. 현수는 생각을 정리하는 듯 머리 위를 올려다보며 한숨을 쉬었다. 몇 번 눈을 깜박이며 아득한 표정을 짓더니 현수가 마침내 입을 열었다.

"앞으로 우리 브이 만나지 말아줘. 자기 자식이 또 위험해지는 거 원하는 부모 없어."

고개를 숙이고 있던 박연이 현수를 보았다. 박연은 다급하게 대꾸했다.

"브이, 제가 지킬 겁니다. 이번에 지켜냈듯이 앞으로도 계속 제가 지키게 해주세요."

그러나 현수의 표정은 더욱 단호해졌다. 현수는 흔들림 없는 눈으로 말했다.

"지키는 건 중요하지 않아. 지킬 일이 없게 만들어야지. 아홉 번을 지켜도 한 번 못 지키면 끝이야. 사람은 언젠가는 실수하게 되어 있어."

"아버님…!"

"내 마누라…. 브이 엄마 보내봐서 내가 알아."

생각지도 못하게 들은 브이의 모친 이야기에 박연은 말을 잇지 못했다. 그때 휴게실로 들어온 기범이 눈물 고인 눈으로 앉아 있는 박연과 단호한 표정의 현수를 번갈아보았다. 이럴 줄 알았다. 기범은 현수의 팔을 잡아 일으켰다.

"안 그래도 브이 안정 찾는 중인데 아저씨가 밖에 오래 있으면 걱정해요. 오늘은 그만하고 일어나세요."

현수를 일으킨 기범이 브이의 병실로 데려갔다. 휴게실에 홀로 남은 박연이 눈을 감으며 이마를 짚었다. 문제였다. 헤어져달라는 현수의 말이 납득이 되어 문제였다. 딸이 납치까지 당했는데 어느 아버지가 허락하랴 싶었다. 브이의 부친과는 첫 대면부터 그 이후로도 쭉, 만날 때마다 상황이 좋지 못했다. 게다가 이번에는 정말로 최악인데.

다시 만날 수 없다고 완강하게 말하던 브이를 목숨 바쳐 설득했더니 이제는 그녀의 아버지가 버티고 서 있었다. 어떤 말로 현수의 마음을 돌려야 할지 눈앞이 깜깜했다. 그때 복도 끝에서 부산스러운 발소리가 들려왔다. 박연은 휠체어를 밀고 휴게실 밖으로 나왔다.

오늘따라 양가 부모님이 날을 잡으셨나. 박연은 복도 끝에 나타난 익숙한 실루엣을 보며 미간을 좁혔다. 다름 아닌 자신의 어머니, 전 여사였다. 복도를 두리번거리던 전 여사는 자신의 아들을 발견하자 발걸음이 더욱 빨라졌다. 박연은 벌써부터 호들갑을 떨 것처럼 입을 벌리고 달려오는 전 여사를 향해 선수를 쳤다.

"걱정 안 해도 돼. 뼈만 붙으면 아무 이상 없대. 병원은 어떻게 알았어? 현우 형이 알려줬지?"

박연은 귀찮은 표정을 지었지만 싫지 않은 내색이었다. 교통사고가 났을 때도 괜찮냐는 연락 한 번 안 한 어머니였다. 그래도 이번에는 사건 스케일이 제법 크긴 컸던 모양이다. 그런 전 여사가 제주도에서 한달음에 달려온 걸 보면.

전 여사는 박연의 휠체어 앞에 무릎을 굽히고 앉았다. 긁힌 상처가 아직 아물지 않은 아들의 손을 잡았다.

"송 실장이 브이 양도 같이 입원했다던데?"

브이 이야기에 박연이 얼굴을 확 찌푸렸다. 꽃뱀설이 터진 직후, 빅엔터에서 마주친 브이에게 자신의 모친이 못되게 굴었던 일화가 자연스레 떠올랐다. 이번에는 브이 대신 머리를 맞고 이만큼이나 몸이 상했으니 얼마나 큰 사달이 날지 몸서리쳐졌다.

박연은 전 여사에게 붙잡혀 있던 손을 빼내고 말했다.

"브이 탓 아니니까 걔한테 한마디도 하지 마. 저번에 브이한테 몹쓸 짓 한 것도 나 아직 용서 안 했어."

미리 못 박아두는 박연에게 전 여사는 도통 모르겠다는 표정을 지었다.

"무슨 소리야, 아들. 내가 브이 양을 왜 탓해? 브이 양은 몸 좀 괜찮니?"

예상과는 정반대의 반응이었다. 이건 또 무슨 상황이야? 의아하게 여긴 박연의 얼굴이 일그러졌다.

뒤늦게 송 실장과 영범이 복도로 뛰어 들어왔다. 영범이 허둥지둥 전 여사를 붙들었다. 전 여사는 영범을 돌아보며 물었다.

"브이 양 병실이 어디라고 했지?"

영범의 부축을 받으며 일어선 전 여사가 복도를 두리번거렸다.

"어머, 저기네!"

브이의 병실 호수를 확인한 전 여사가 호들갑스럽게 달려갔다. 영범이 어찌할 바를 몰라 하며 따라 들어갔다. 무슨 상황인지 파악이 되지 않아 멍하게 있는 박연에게 송 실장이 골치 아픈 얼굴로 설명했다.

"지금 대중들 반응이 난리거든."

"당연히 난리 날 만하지. 현직 배우들 간에 음주운전 누명을 씌우고 납치극까지 벌였으니. 근데 엄마가 저러는 이유는 뭔데?"

송 실장은 박연의 눈치를 살폈다.

"이민형 그 자식이 벌인 짓 밝혀지면서 이민형 영구 제명해라, 빨리 잡아들여라 난리지만 더 난리는 박연이거든. 네 이미지가 싹 바뀌었어. 위험에 처한 연인을 구해낸 백마 탄 왕자님 내지는 히어로."

"하…!"

송 실장의 말이 끝나기 무섭게 박연이 짧은 헛웃음을 터트렸다.

그거였어?

브이와 결별한 후 배우 박연은 연민의 아이콘이었다. 겨우 복귀한 드라마판에서도 더 이상 거론되지 않고 전원일기 같은 예능프로그램이나 찍고 있었다. 그런데 이번 일로 음주운전 누명까지 벗고 애인을 목숨 바쳐 구해낸 영웅 이미지로 격상되었으니 전 여사가 좋아할 법했다.

브이에게 모진 말을 했다던 자신의 모친이 하루아침에 브이를 반기는 이유가 그 때문이라니. 아무리 배우 아들 이미지에만 관심 있는 어머니라지만 이번엔 너무한 게 아닌가. 말마따나 정말 목숨이 간당간당했는데. 제 아무리 아들 명성이 가장 중요한 사람이라지만 어딜 다쳤는지 얼마만큼 아픈지 상관도 않고….

박연의 눈 밑이 가늘게 떨렸다. 박연은 이를 악물고 휠체어를 밀었다.

브이의 병실로 향하는 박연을 송 실장이 머리를 벅벅 긁으며 뒤따랐다. 브이의 병실 문을 열자 현수 앞에서 사근사근한 미소를 짓고 있는 전 여사가 보였다.

"따님하고 우리 아들이 교제한 지 오래됐는데 이렇게 안 좋은 일로 인사를 하게 되네요. 정말이지 면목이 없습니다."

먼저 악수를 청하는 전 여사를 현수는 탐탁지 않은 얼굴로 보았다. 병실 문밖에서 그 모습을 지켜보던 박연이 소리 질렀다.

"당장 나와!"

박연을 돌아본 전 여사가 입을 비죽거렸다.

"어머 왜? 인사 드려야지. 자녀가 교제 중인데."

옆에서 안절부절못하던 영범이 전 여사의 어깨를 감싸고 억지로 끌어당겼다. 송 실장이 병실 문을 닫았다.

박연은 전 여사가 복도로 끌려 나오자마자 다그쳤다.

"엄마 눈에는 나 안 보여? 아들 다친 거 안 보여요?"

"보여. 많이 안 다쳤다며."

대수롭지 않다는 듯한 대꾸에 박연의 눈시울이 붉어졌다. 박연은 눈시울만큼이나 얼굴이 붉어질 정도로 소리쳤다.

"엄마 진짜 무서운 사람이야. 내가 아픈지, 괜찮은지, 그런 것들보다 내 이미지가 중요하지? 엄마한테는 박연이라는 브랜드 가치가 더 중요해. 아들 박연이 아무리 다쳐도, 배우 박연이 다시 사람들 입에 오르내리면 엄마한테는 그게 더 좋은 일이잖아!"

전 여사가 지지 않고 목소리를 높였다.

"네가 많이 다쳤으면 나도 걱정하지! 울었지! 근데 안 다쳤다며. 그럼 다행인 거지, 넌 왜 그런 식으로 걸고 넘어져? 네 엄마 계모 만들면 좋아?"

눈물이 고인 눈으로 전 여사를 올려다보던 박연이 질린 표정을 지었다. 나지막한 목소리로 중얼거렸다.

“오늘에서야 아버지 말이 이해가 간다.”

전 여사가 빽 소리쳤다.

“어디 내 앞에서 네 아버지 얘기를 꺼내? 그 남자는 나 혼자 너 배우로 성공시키겠다고 고군분투할 때 하나 도와준 게 없는 사람이야!”

“도와주기 싫었겠지! 나도 가끔은 엄마 뜻대로 하기 싫었으니까!”

“네가 어떻게 나한테…!”

충격을 받은 듯 입을 가리는 전 여사의 손이 파르르 떨리고 있었다. 매번 어머니에게 지고 말던 박연은 오늘만큼은 이를 악물고 말을 이어갔다.

“그래, 엄마 고생한 거 다 알아. 그래서 방송일 한다는 이유로 엄마랑 날 떠난 아버지가 미웠어. 겨우 그런 이유로 우리를 버려야 했나? 그런 생각이 들어서 지금도 야속해. 근데 오늘만큼은! 지금 이 순간만큼은! 아버지가… 이해가 간다.”

파르르 떨던 손이 박연의 뺨을 때렸다. 전 여사는 손찌검을 한 손을 움켜쥐고 복도를 빠져나갔다. 전 여사의 뒤를 영범이 따랐다. 송 실장은 붉게 달아오른 박연의 뺨을 씁쓸한 눈으로 바라보았다.

돌아간 얼굴을 바로 세우지 않고 그대로 앉아 있는 박연을 브이는 병실 문틈으로 지켜보았다. 안쓰러운 마음에 커다란 눈이 잘게 흔들렸다. 브이는 조용히 병실 문을 닫고 뒤돌아섰다. 문틈으로 들려오는 대화를 브이와 함께 들은 현수가 병실 창밖으로 시선을 두고 있었다.

“아빠.”

자신을 부르는 목소리에도 현수는 브이를 돌아보지 않았다.

“저 사람 옆에 내가 있어줘야 해요.”

"안 돼."

"저 사람이 나 대신 맞고 쓰러졌어. 저 사람이 내 빚도 갚아줬어."

꿋꿋하게 창밖만 보던 현수는 빚 이야기를 듣고서야 브이를 보았다.

"그걸 왜 저 사람이 갚아? 우리가…!"

브이는 조용히 고개를 저었다.

"내가 다 했어요. 자존심 세우고, 염치 찾고. 근데 아빠, 중요한 건 그게 아니더라구요."

브이의 눈이 어느 때보다도 단단하게 빛났다. 운동을 가르칠 때나 보던 눈빛에 현수는 잠시 말을 잃었다. 어린 시절, 자신을 따라 태권도장을 찾았던 열두 살 어린 딸. 그 딸아이에게서 보았던 눈빛이었다. 단단하고 빛나는.

브이는 말없이 자신을 바라보는 아빠에게 또박또박 진심을 담아 말했다.

"나, 저 남자 사랑해요. 저 남자가 내 대신 맞고 쓰러지는데… 세상이 다 없어지는 것 같았어. 후회했어. 그냥 사랑할걸. 조금 이기적이라도, 염치없어도 그냥 사랑할걸."

울먹이는 목소리가 서서히 떨려왔다.

"이 남자 없으면 다 소용없는데. 염치, 자존심, 양심. 그딴 거 다 소용없는데. 이 사람 없으면 내가 살 수가 없는데."

결국 울음이 터진 브이가 손등으로 눈을 가리고 흐느꼈다. 덩달아 눈시울이 축축하게 젖어든 현수가 끝내 매정하게 고개를 돌렸다.

"그래도 안 돼. 너 위험하게 만든 놈이랑 만나는 건 안 돼. 절대 안 돼."

단호한 아빠의 목소리에 흐느끼는 브이의 울음소리가 더욱 커졌다.

병실 밖 복도에 남겨진 박연 역시 전 여사가 떠난 자리를 보며 뜨거운 눈물을 삼키는 중이었다. 박연은 커다란 손으로 얼굴을 쓸어내렸다. 아무리 마른세수를 해도 착잡하고 속상한 마음이 씻기지 않았다.

수화기를 귀에 붙인 민형은 떨리는 손끝으로 다이얼을 눌렀다. 병원이 내다보이는 공중전화박스 안에 신호음이 울렸다. 며칠 간 밝은 낮에는 상가건물에 몸을 숨기고, 밤에만 이동을 했다. 민형의 몰골은 배우 이민형이라고 짐작하기 어려울 정도로 형편없었다.

신호음이 끊기고 역한 목소리가 들려왔다. 민형이 전화를 건 상대는 강 대표였다. 민형은 속삭이듯 말했다.

"당신이 시키는 대로만 하면 해결될 거라며…."

민형의 목소리를 알아들은 강 대표가 다급하게 대꾸했다.

-너 어디야? 일단 나랑 만나서 얘기하자.

"지금 박연이 있는 병원 앞이야. 난 다 끝났어…. 자수할 거야. 더 이상 달아날 데도 없고…."

제정신이 아닌 듯한 민형의 목소리를 수화기 너머로 전해들은 강 대표는 핸드폰을 붙잡고 초조한 얼굴을 했다. 민형의 목소리는 정말 자수라도 할 듯 들렸다. 민형이 자수한다면 이 일에 가담한 자신의 이야기는 물론, 주태호의 이야기까지 다 밝혀질 위험이 있었다. 어떻게 해서든 민형은 경찰에 잡혀서는 안 되었다. 방법은 두 가지였다. 대한민국을 뜨게 만들든지, 아예 세상을 뜨게 만들든지.

강 대표가 목소리를 낮추고 침착하게 말했다.

-형사들이 나까지 찾아왔다. 지금 나 아니면 네 뒷수습해줄 사람 없어. 나 찾아와. 내가 해결해줄게.

민형이 버석하게 마른 입술을 수화기에 대고 중얼거렸다.

"해결? 나도 주태호처럼 죽이려고…?"

-야, 이 새끼야! 증거도 없는 주제에 그딴 소리 한 번만 더 입 밖에 내봐!

수화기 너머로 흥분한 목소리가 들려왔다. 넋 놓은 얼굴로 수화기를 붙들고 있던 민형이 이를 악물고 쏘아붙였다.

"당신 말만 듣지 않았어도 난 그냥 음주운전 떠넘긴 것밖에는 죄가 없었을 거야. 그런데 당신 때문에!"

수화기를 쥔 손에 힘이 들어갔다. 민형이 주위를 빠르게 살피며 목소리를 낮췄다.

"이젠 징역까지 살게 될 텐데 내 인생에 남은 게 뭐가 있어?"

-그러니까 정신 똑바로 차리고 날 찾아와.

"내가 자수하면 당신 얘기도 나오겠지?"

민형을 달래던 강 대표가 정색하며 소리 질렀다.

-네까짓 게 감히 누구 발목을 잡고 늘어지려고 해! 술집에서 술이나 따르던 새끼 주워다 키워줬더니 은혜를 모르고 어디 주인한테 덤벼들어?

과거를 입에 올리는 강 대표의 목소리를 들은 민형의 눈이 거칠게 흔들렸다. 박연이 터트린 음주운전 동영상을 민형도 보았다. 억울하고 분했지만 이제 더 이상 어쩔 도리가 없었다. 이미 자신은 대중들에게 납치범으로 낙인찍혔다. 사람들의 시선을 피해 도망 다니는 것도 지치던 차였다. 모든 상황이 민형을 자포자기의 심정으로 몰고 갔다. 그런데 강 대표의 목소리가 민형의 가슴속에 불을 점화시켰다. 다 꺼져버린 줄 알았던 분노가 다시금 활활 타오르기 시작했다.

박연이 잘 알고 있는 민형의 취약점이었다. 조금만 건드려도 가슴속과 머릿속이 불 같이 뜨거워져 앞뒤 분간조차 되지 않게 만드는 취약점.

"나 같은 놈은 사랑 좀 받으면 안 돼…?"

떨리는 목소리로 묻는 민형에게 강 대표가 이성을 잃고 소리쳤다.

-너 같은 새끼들은 태생부터가 다른 거야. 네가 자수한다고 상황이

바뀔 것 같던? 증거도 없는 네 말을 누가 믿어준다고 감히 협박질이야?

"바뀌는 게… 없어?"

민형의 눈이 길 건너 병원을 향했다. 눈동자가 섬뜩하게 빛났다.

"왜 없어? 내가 다 망쳐놓을 건데."

수화기를 내려놓았다. 공중전화박스에서 나온 민형이 모자를 푹 눌러 쓰고 길을 건넜다.

태생이 달라? 니들이 나보다 잘났다고? 내가 못한 게 뭔데?

민형이 병원 주차장을 향해 달렸다.

브이가 현수를 보내고 안 좋은 마음으로 누워 있는 동안 박연 역시 자신의 병실에 누워 생각에 잠겨 있었다. 전 여사가 휘몰아치고 간 폭풍의 여파가 꽤 컸다. 어느덧 바깥이 어두워질 때까지 꼼짝 않고 침대에 누워 있는 박연의 등 뒤로 병실 문이 열렸다. 등을 지고 누운 박연은 문을 돌아보지 않은 채 말했다.

"오영범, 나가. 내가 부를 때까지 들어오지 말라니까."

영범인 줄로만 알고 누운 박연의 뒤통수를 분노에 차오른 두 눈이 노려보았다. 민형은 침대를 향해 저벅저벅 걸음을 떼었다.

저 새끼랑 내가 뭐가 달라?

지금 박연이 있어야할 자리는 자신의 자리였다. 사람들에게 사랑 받고, 관심 받고, 추앙 받는 자리. 박연은 자신이 수년간 쌓아온 모든 노력을 물거품으로 만들었다. 단 하나의 노력도 없이 너무도 손쉽게 자신의 것을 탈취했다.

내가 이렇게 망가졌는데 당연히 너는 나보다 더 망가져야지. 내가 끝나면 넌 사라지는 거야.

민형은 강 대표의 얼굴을 떠올렸다.

왜 바뀌는 게 없어? 당신이 나보다 아끼던 상품에 흠집 내줄게. 박연, 빅엔터. 다시는 누구도 일어서지 못할 것이다.

침대 곁으로 다가선 민형이 박연의 뒷덜미로 두 손을 뻗었다. 목을 조를 각도를 맞춰보던 손이 가늘게 떨리며 목울대를 향해 직진했다. 그 순간 뒤를 돌아본 박연은 민형인 줄 알고 있었다는 듯이 곧바로 주먹부터 휘둘렀다. 얼굴을 빗맞은 민형이 포기하지 않고 목울대를 짓눌렀다. 손톱이 박연의 턱밑을 파고들었다.

"크윽…."

누운 채로 목을 눌린 박연이 괴로운 소리를 내었다. 민형의 눈에는 시퍼런 광기가 어려 있었다. 민형은 빰을 부들부들 떨며 말했다.

"왜 나만 끝장나야 되는데? 난 잡혀 들어가고 너랑 강 대표는 아무 일 없는 듯이 그대로? 그건 너무 억울하지 않아?"

민형의 두 손이 목울대를 더욱 깊게 파고들었다. 박연은 목을 조르는 민형의 손목을 붙들고 발버둥 쳤다. 그러나 몸부림칠수록 숨통은 더욱 조여들었다. 박연의 얼굴이 붉어졌다. 입을 벌렸지만 목소리는 나오지 않았다. 눈가에 핏대가 올라섰다. 붉게 피가 몰렸던 얼굴은 하얗게 질리기 시작했다.

목을 움켜쥐고 괴로워하는 박연의 얼굴을 내려다보며 민형은 번뜩이는 눈으로 중얼거렸다.

"피해망상? 열등감? 내가 너 같은 새끼한테 왜 열등감을 느껴? 세상이 불공평한 거라고는 생각 안 해봤어? 누군 죽어라 노력해도 받지 못하는 사랑을 당연하다는 듯이 누리는 거. 그게 얼마나 귀한 건지 알지도 못해, 넌. 자격도 없는 새끼야…!"

악을 지르는 민형의 가슴팍을 박연이 발로 걷어찼다. 순간 짓눌렸던 숨통이 트였다. 박연은 헛구역질을 하며 급하게 숨을 들이 쉬었다. 붉게 손자국이 남은 목을 움켜쥐고 침대에서 굴러 떨어졌다. 바닥에 떨어진 충격으로 통증이 느껴지는 복부를 감싸고 뒹굴었다.

그때 박연의 발길질에 뒤로 밀려났던 민형이 다시 달려들었다.

"뒤져, 이 새끼야!"

사정없이 박연의 배를 걷어찼다. 박연의 입에서 비명 섞인 신음이 터져나왔다. 눈을 뒤집고 박연의 위에 올라탄 민형은 두 손으로 목을 졸랐다.

"이렇게 내가 위에 있는데 누가 누구보다 못났다는 거야?"

극도의 흥분상태에 빠져 있는 민형이 온몸을 떨었다. 그때 박연이 민형의 멱살을 자신의 얼굴로 끌어당겼다. 민형의 팔이 굽혀지며 목을 조르는 힘이 일순간 약해졌다. 박연은 가까워진 민형의 얼굴에 주먹을 날렸다. 나가떨어진 민형이 재빨리 테이블에 놓인 화분을 집어 들었다.

한 팔로 복부를 감싼 박연은 침대 옆에 있는 비상호출 벨을 향해 기었다. 팔을 뻗은 박연이 빨간색 버튼을 누르려는 동시에 민형이 화분을 높이 치켜들었다. 박연의 머리를 향해 들어 올린 화분이 빠른 속도로 내려왔다.

"동작 그만!"

병실 문이 벌컥 열리며 우렁찬 목소리가 울렸다. 박연의 머리를 내리찍으려던 민형이 문을 돌아보았다. 총을 든 형사가 민형을 겨누고 있었다. 피해자 신변경호 중이던 형사의 등장에 한시름 놓은 박연이 숨을 거칠게 몰아쉬었다.

총을 겨눈 채 다가온 형사가 민형의 팔을 꺾었다.

"이민형, 도주운전 혐의, 협박 및 폭행 혐의로 긴급체포합니다. 묵비권을 행사할 수 있고, 또 당신이 하는 말은 불리한 증거가 될 수 있습니다. 변호사를 선임할 권리가 있습니다. 자, 가시죠."

등 뒤로 수갑이 채워졌다. 민형은 침대를 짚고 일어서는 박연을 보며 몸을 떨었다.

"왜 나만! 왜 나는 안 되는데!"

박연을 향해 달려들려는 민형을 형사가 우악스럽게 끌고 나왔다. 문 밖에서 소리만 듣고 있던 브이는 병실 밖으로 끌려 나온 민형과 맞닥뜨렸다. 살기 어린 눈을 마주하자 브이는 비닐하우스에서의 공포가 다시 되살아나는 듯했다. 떨리는 두 손을 가슴께로 모았다. 형사가 민형을 끌고 브이 옆을 지나쳐갔다.

브이는 민형이 지나가고 한참 후에야 후들거리는 다리를 움직여 병실 안으로 들어섰다. 병실에는 박연이 침대에 걸터앉아 있었다. 민형과 싸울 때와는 달리 넋이 빠진 표정이었다. 가늘게 떨리는 손끝으로 졸렸던 목덜미를 더듬어보았다. 민형을 자극시키기 위해 트루스토리를 이용해 기사를 터트렸지만 이렇게까지 나올 줄은 몰랐다.

"연아."

이 상황에서도 반응하게 만드는 목소리에 박연이 고개를 들었다. 병실 문 앞에 선 브이가 달려와 박연의 머리를 끌어안았다. 브이가 품에 안은 머리를 쓰다듬으며 아이를 달래듯 속삭였다.

"이제 괜찮아…. 연아, 괜찮아…."

얼굴에 닿는 얇은 환자복 너머의 체온. 손끝에 느껴지는 감촉. 콧속으로 흠뻑 빨려 들어오는 향기. 머리 위로 쏟아지는 흐느낌. 박연은 뜨겁게 젖은 눈을 감고 브이의 배에 얼굴을 문질렀다. 꽉 다문 잇새로 짓눌린 울음이 터져 나왔다. 이제야 다 끝났다는 안도감이 들었다.

그날 밤, 브이는 박연의 병실에서 잠을 청했다. 간이침대에 누워 잠을 청하던 브이가 돌아누웠다. 병실 침대에 누운 박연은 이미 브이를 바라보고 있었다. 아직 불편한 몸을 돌려눕지는 못하고 고개만 겨우 돌려 브이를 바라보던 박연이 나지막이 말했다.

"이제 정말 다 끝났다. 그렇지?"

확인 받고 싶어 하는 아이처럼 묻는 박연에게 브이가 고개를 끄덕였다.

"너 없었으면 난 아직도 그 자리였을 거야."

브이는 가만히 박연의 이야기를 들어주었다.

"자기 자신도 믿지 못하고, 그래서 해결해보려는 생각은 절대 못하고. 그런 스스로를 또 탓하고…. 누가 봐도 한심한 놈으로 남아 있었을 거야."

"나도."

조용히 듣고만 있던 브이가 말했다.

"당신 아니었으면 사랑 받는 게 얼마나 행복한 건지 몰랐을 거야."

브이를 바라보는 박연의 눈동자가 따스하게 일렁였다. 말소리를 대신해 사랑을 보내오는 눈동자를 마주 바라보던 브이가 생각난 듯 물었다.

"아까 어머님이랑 싸운 건… 괜찮아?"

조심스러운 물음에 박연이 시선을 천장으로 올렸다.

"그런 분인 줄 알면서도 매번 기대를 해. 엄마가 이번에는 나를 봐줄까 싶어서. 사랑 받고 싶나 봐. 내가 어릴 때부터 일을 시작해서 남들하고는 조금 다른 환경에서 컸잖아. 항상 사랑이 고프지. 더구나 부모님 사랑은…."

머리 위를 올려다보던 시선이 브이를 향했다.

"나, 늘 아버지가 그리우면서도 엄마랑 나를 버리고 가버린 게 밉고 야속했어. 그런데 아까 엄마랑 싸우고 나서 그런 생각이 들더라. 내가 모르는 아버지의 이야기가 있지 않을까. 나도 모르게 하루 종일 나랑 붙어있던 엄마의 입장을 더 많이 이해했던 건 아닐까…."

가만히 듣던 브이가 물었다.

"아버지를 제대로 찾아뵙는 건 어때?"

박연은 브이의 제안에 눈을 깜박였다.

"예번에 당신이 부모님 얘기 들려주면서 말했잖아. 가끔씩 멀리서만 보고 온다구. 아버지랑 제대로 얘기해봐."

제대로….

박연은 그동안 겪어왔던 부친 태식과의 만남들을 떠올려보았다. 늘 멀리서 바라보다가 마주치기라도 하면 불 같이 서로 화를 내거나 상처 주는 말만 주고받고 돌아섰다. 제대로 얼굴을 보거나 대화를 하기 위해 찾아간 적은 한 번도 없었다. 과연 반길까. 제대로 찾아간다고 해서 마주쳤을 때와 뭐가 크게 다르기나 할까.

브이를 빤히 바라보던 박연은 고개를 끄덕였다.

"네가 그러라고 하면 그럴게."

음주운전의 진실을 밝히고, 떠나간 브이를 되찾았듯이 아버지와의 문제 역시 언젠가는 해결해야 할 일이었다. 상황만 탓하며 손 놓고 앉아 있는 한심한 놈. 이제 박연은 그런 놈이 아니었다. 적어도 눈앞의 여자와 함께라면.

박연을 보며 부드러운 미소를 짓던 브이가 잠이 쏟아지는 눈을 느리게 깜박였다. 곧 눈꺼풀이 무겁게 닫혔다. 박연은 브이가 잠든 후로도 긴 시간 동안 깨어 있었다. 어둠 속에서 잠든 얼굴을 하염없이 지켜보았다. 눈에 넣으면 넣을수록 부족하다. 마음에 담으면 담을수록 간절해진다.

밤이 깊어가는 병실에 잠든 브이의 숨소리가 곤히 울려 퍼졌다. 박연은 밤을 잊은 사람처럼 브이만을 바라보았다.

민형이 체포된 후로 청부업자들이 줄줄이 잡혔다. 민형은 자신의 음주운전과 관련하여 강 대표를 공모자라 주장했지만 그는 범인은닉 혐의를 부인했다. 그러나 청부업자들의 진술에 따라 주태호 살인교사 혐의가 추가되면서 빅엔터는 압수수색에 들어갔다. 그들이 살기 위해 서로를 물고 뜯으면서 스스로의 목을 죄는 동안, 몸을 어느 정도 회복한 박연의 퇴원 날짜가 다가왔다.

영범이 짐을 챙겼다. 박연은 송 실장의 경호를 받으며 병원을 나왔다. 병원 앞에는 팬들이 제작한 '박연! 꽃길만 걷자!'라는 응원 현수막이 걸려 있었다. 연예계에 전대미문의 사건이 터진 후로 병원에서 얼굴을 내보이지 않던 박연의 등장은 기자들을 불러 모으기에 충분했다.

차량으로 이동하는 길에 몰려든 기자들이 질문을 던졌다.

"지금 심경이 어떤지 한마디만 해주세요!"

밴에 오르려던 박연이 기자들이 내민 마이크를 받아들었다. 송 실장은 인터뷰를 막으려 했지만 박연은 제지하는 손동작을 해보였다.

박연이 기자들을 향해 단호한 목소리로 말했다.

"지금 제 심경이 어떻다, 말로 표현할 수 없는 것은 기자님들과 대중 여러분도 이해해주시리라 생각합니다. 아직 수사 중인 그날의 일에 대해 제가 함부로 말을 꺼내도 어렵습니다. 제가 말씀드릴 수 있는 한마디는."

박연은 기자들을 둘러보았다.

"이번만큼은 어떠한 루머나 거짓 없이 모든 진실이 밝혀지기를 바랍니다."

과거에 브이와 관련되었던 루머를 겨냥한 박연의 한마디에 카메라 플래시가 연달아 터졌다.

기자들에게 다시 마이크를 넘긴 박연이 밴에 올라탔다. 함께 탄 송 실장이 밴의 문을 닫았다. 문이 닫히고 소음과 시선으로부터 차단되자 그제야 박연은 깊은 한숨을 내쉬며 시트에 등을 편히 기대었다. 운전석에 오른 영범이 시동을 걸었다.

박연을 태운 밴은 오피스텔이 아닌 박연의 원래 자택으로 향했다. 몸조리를 하기에는 오피스텔보다는 넓은 자택이 편할 것이라는 송 실장의 의견이 받아들여졌기 때문이었다.

정원을 지나 현관문을 열자 맛있는 냄새가 코를 자극했다. 송 실장의 부축을 받으며 거실로 들어온 박연이 주방을 돌아보았다. 식탁에는 이른 아침부터 브이가 준비한 박연의 퇴원기념 밥상이 차려져 있었다.

식탁 밑에 숨어 있던 브이가 짠 모습을 드러냈다.

"퇴원 축하해."

박연보다 부상이 경미했던 브이는 일찌감치 퇴원한 상태였다. 생각지 못한 퇴원 축하를 받은 박연의 얼굴에 미소가 번졌다. 짐을 바리바리 들고 뒤따라 들어온 영범이 덩달아 군침을 삼켰다.

"우와, 갈비에 헉! 전복삼계탕!"

식탁이 좁게 느껴질 정도로 한상 가득 차려져 있는 음식들을 보며 영범은 감탄을 연발했다. 송 실장의 부축을 받고 서 있던 박연이 천천히 걸어가 브이를 끌어안았다. 감격한 박연이 이마에 입을 맞추기도 전에 브이는 박연의 손부터 끌어당겼다. 한시라도 빨리 먹이고 싶은 마음이었다.

박연을 식탁 앞에 앉힌 브이가 젓가락을 쥐어주었다.

"얼른 먹어. 이것도 먹고, 또 이것도!"

브이는 음식 그릇을 박연 앞으로 끌어다 놓았다. 그러자 박연이 젓가락을 내려놓고 투정을 부리듯 어깨를 크게 들썩였다.

"아파서 젓가락질 못하겠어. 먹여줘."

식탁 의자에 앉아 발을 동동 구르는 박연을 보며 송 실장이 어두워진 안색으로 고개를 돌렸다. 병원에서 박연의 간호를 도맡았던 영범은 두 사람을 익숙하다는 듯이 쳐다보았다.

브이가 삼계탕의 닭다리 살을 발라 입 앞에 내밀었다. 고개를 홱홱 저은 박연이 입술을 부루퉁하게 내밀었다.

"뜨거워. 불어줘."

브이가 후우, 입김을 불어 식혀주었다. 그제야 박연이 입을 벌려 받아 먹었다.

"맛있어?"

브이의 물음에 박연이 히죽 웃으며 고개를 끄덕였다.

송 실장은 깨가 쏟아지는 두 사람을 보며 고개를 갸웃거렸다. 헤어지라고 말했던 거 아직까지 마음에 담고 있는 건가? 죄책감 느끼라고 내 앞에서 일부러 저러는 건가? 송 실장은 그동안 박연을 아주 가까이에서 오래도록 지켜봐왔다. 자기 잘난 걸 너무 잘 알아서 싸가지 없게 구는 일은 다반사고, 감당 못할 사고치고 뻔뻔하게 구는 것도 보았다. 그러나 저렇게 혀 짧은 소리를 내며 애교를 부리는 모습은 본 적이 없는 것 같다. 분명히 뇌에는 이상이 없다고 했으니 이건 명백한 복수다. 등골이 오싹했다. 몸서리친 송 실장은 고개를 저으며 영범을 끌고 나갔다.

송 실장과 영범이 나가든 말든 오붓한 식사는 계속되었다. 박연이 밥을 한 숟가락 떠올릴 때마다 브이가 반찬을 얹어주었다.

밥공기를 비워갈 때쯤 박연이 말했다.

"현우 형도 가고, 영범이도 갔어."

반찬을 올려주던 브이는 갑작스레 엉뚱한 말을 하는 박연을 물끄러미 쳐다보았다. 어느새 박연의 얼굴은 웃음기 없이 진지해져 있었다.

"씻을래. 씻겨줘."

브이는 웃으며 고개를 끄덕였다.

"응, 내가…."

응, 내가 세수랑 면도는 도와줄게. 입 밖으로 뱉으려던 말이 목구멍 뒤로 넘어갔다. 브이는 진지하게 말하고 있는 남자를 멍하게 쳐다보았다. 브이의 얼굴이 서서히 달아올랐다. 금방이라도 터질 듯이 빨개진 얼굴에 하얀 손이 닿았다. 브이의 뺨에 손등을 가져다댄 박연이 중얼거렸다.

"이번에는 면도 말고 진짜로."

어느새 뜨겁게 달아올라 있는 눈빛을 알아차린 브이가 마른침을 꿀꺽 삼켰다.

박연의 셔츠 단추가 차례로 풀렸다. 긴장한 손가락이 더뎠다. 박연의 몸에 손을 대는 건 오랜만이었다. 긴장을 안 할 수가 없다. 단추를 풀던 브이가 흘끔 머리 위를 올려다보았다. 자신을 내려다보고 있는 눈과 시선이 마주쳤다. 턱을 당겨 고개를 숙이고 있는 박연의 얼굴은 평소보다 눈빛이 더욱 도드라져 보였다. 브이를 향한 눈빛은 다듬어지지 않고, 거칠고, 뜨거웠다.

박연은 브이에게서 눈을 떼지 않은 채 단추가 모두 풀린 셔츠에서 두 팔을 빼내었다. 구겨진 셔츠가 발밑에 떨어지는 동시에 박연이 브이의 입술을 덮쳐왔다. 급하게 맞물린 입술이 아무렇게나 뭉개졌다.

박연은 욕실 벽으로 밀어붙인 브이를 단단한 두 팔로 안아 올렸다. 미처 회복하지 못한 복부에서 통증이 느껴졌다. 브이를 안은 채 키스를 퍼붓던 박연의 반듯한 미간이 일그러졌다. 벽과 너른 가슴팍 사이에 갇혀 허공에 떠오른 브이가 자연스럽게 박연의 허리에 다리를 감았다.

박연은 브이를 안고 욕실에서 침실로 들어왔다. 침대에 던지듯 눕혀진 브이가 자신의 위로 올라타며 입술을 찾아드는 박연에게 서둘러 말했다.

"아직 몸도 불편하면서…."

브이의 입술을 삼키려던 박연이 멈칫했다. 입을 맞추려 비스듬히 고개를 기울였던 박연은 브이를 똑바로 내려다보았다. 조금 전의 키스로 붉어진 입술이 브이를 향해 달싹였다.

"죽을 만큼 아파도 너랑 하는 건 뭐든 할 수 있어."

흥분으로 가라앉은 목소리가 나지막이 속삭였다.

"내가 왜 죽어라 재활치료 했는데."

말을 마친 박연은 여유 없이 입을 맞췄다. 그러나 입맞춤이 격렬해질수록 박연은 다친 곳이 아픈 듯 신음을 흘렸다.

정신을 못 차릴 정도로 입속을 헤집는 키스를 따라가던 브이가 돌연 박연의 어깨를 쥐고 몸을 일으켰다. 두 사람의 몸이 뒤집혔다. 순식간에 브이의 밑에 깔린 박연은 자신의 허리 위에 올라앉은 브이를 놀란 얼굴로 쳐다보았다. 브이가 빨개진 얼굴로 작게 말했다.

"내가… 해줄게."

박연은 예상하지 못한 상황에 당황한 듯 미간을 비틀고 웃었다. 그러나 웃음은 금세 그쳤다. 박연의 위에 올라탄 브이가 허리를 숙여 목덜미에 입술을 묻었다. 박연이 굳은 얼굴로 인상을 썼다. 스킨십을 할 때면 수줍어하기 바쁘던 브이가 적극적으로 돌변하니 더 죽겠다. 그렇잖아도 오랜만이라 여유가 없는데.

브이의 아래에 누운 박연은 목을 쭈욱 빼고 곤란한 표정을 지었다. 목덜미 근처에 간지러운 입맞춤을 하던 브이의 입술이 쇄골을 지나 가슴팍으로 향했다. 박연은 자신의 가슴팍에 얼굴을 파묻고 쪽, 소리가 나도록 열심히 뽀뽀 세례를 퍼붓는 중인 브이의 머리꼭지를 내려다보았다. 아랫입술을 질끈 깨물었다. 반응은 오래전에 왔으니 이제 그건 그만해도 된다고 말하고 싶은 걸 간신히 참고 있었다.

"미치겠네…."

결국 참다못해 혼잣말이 터져 나왔다. 박연이 자신에게 해주었던 입맞춤을 떠올리며 흉내 내던 브이가 고개를 들었다.

"응?"

커다란 눈을 동그랗게 뜨고 영문을 몰라 묻는 얼굴을 보니 한계에 치달은 아랫배가 살살 아파왔다. 사실은 옆구리에서 곰지락거리는 손가락도 한몫 했다.

"브이야."

"응."

"열심히 해주는 건 너무 고맙고 너 지금 굉장히 섹시하고 귀여운데… 우리 그만 본론으로 들어갈까?"

말끝이 떨렸다. 제안이라기보다는 부탁에 가까웠다. 진지한 표정으로 눈을 굴린 브이가 알았다는 듯이 고개를 끄덕였다. 매사에 열심인 브이의 성격이 여기서도 나오는 듯했다. 입고 있던 티를 벗어던질 듯이 들춰 올리던 브이가 멈칫했다. 흥분으로 붉어진 얼굴로 브이를 올려다보던 박연이 잘록한 허리만 겨우 드러난 옷자락에서 눈을 떼지 못하고 물었다.

"왜?"

브이가 목을 움츠리고 자신 없는 목소리로 대답했다.

"당신 쓰러졌을 때 그동안 내 마음을 다 표현 못한 게 후회되고, 바보같이 느껴지구…. 그래서 이젠 마음껏 다 표현하려고 그랬는데."

"그랬는데?"

"갑, 갑자기 왜 부끄럽지이…."

얼굴을 붉히며 눈을 굴리는 브이를 박연이 멍하게 쳐다보았다. 적극적으로 자신을 눕히고 올라탔던 여자가 맞나 싶게 쭈구리 모드가 되었다. 박연은 브이가 벗다 만 옷자락을 움켜쥐고 들추었다.

"너 여기서 부끄러워하면 나 진짜 죽어, 브이야."

다시 결심이 선 듯 브이가 반팔 티를 머리 위로 벗어던졌다. 품에 안으면 쏙 들어오는 동그란 어깨와 뽀얀 가슴이 드러났다. 아찔하게 들어간 허리부터 부드럽게 나온 골반까지, 박연이 사랑해마지 않는 완벽한 콜라병이었다.

몸에 걸치고 있던 옷가지들을 모두 벗어낸 두 사람은 참으로 오랜만에 서로를 끌어안았다. 누워 있는 박연의 위에 올라앉은 브이가 조금씩 몸을 움직였다. 양손으로 박연의 가슴팍을 짚고 허리를 움직일 때마다 등줄기를 타고 찌릿찌릿한 전기가 흐르는 듯했다.

서툴던 움직임이 금세 부드러워졌다. 박연은 교감을 이끌어가는 브이를 지켜보며 묵직하게 가라앉은 숨을 코끝으로 뱉었다. 가느다란 신음을 흘리며 스스로 허리를 움직이는 브이를 보는 것만으로도 박연은 이미 희열의 바다에 도달해있었다.

얼마나 그리웠던 따스함인지. 얼마나 고팠던 부드러움인지. 네가 나를 떠나고, 따뜻하고 부드러웠던 네가 한순간도 잊히지가 않아서, 죽을 것 같았어.

브이를 올려다보던 박연이 눈을 찡그렸다. 커다란 손으로 브이의 등과 허리를 받치고 몸을 뒤집었다. 박연의 위에 올라앉았던 브이가 침대로 풀썩 눕혀졌다.

브이를 내려다보며 깊숙이 넣었다. 작은 손이 박연의 팔뚝을 세게 움켜쥐었다. 순간 박연은 온몸의 모든 혈관이 팽팽하게 부풀어 오르는 듯했다. 몸속에서 달아오른 피가 뜨겁게 솟구쳤다. 이를 악물고 허리를 움직였다.

밑바닥의 밑바닥에 남아 있던 이성마저 완전히 날아가 버렸다. 그러자 복부와 옆구리에서 느껴지던 통증마저 일종의 쾌락으로 깨어났다.

박연의 움직임이 빨라질수록 브이의 입에서도 달뜬 숨소리가 빠르게 터져 나왔다.

땀이 맺힌 살이 서로 차지게 부딪쳤다. 부딪쳤다 떨어지는 그 순간마저도 아쉬웠다. 브이는 어느새 물기가 어린 눈을 꼭 감고 박연에게 매달렸다. 이 남자를, 이 여자를 참아야 했다. 사랑을 참았다. 그러나 이제는 두 사람을 속박하는 무엇도 없었다.

두 사람은 참았던 시간만큼 서로를 벅차게 안았다.

강 대표가 구속되고 빅엔터는 새로운 대표가 이끌어갔다. 아수라장이 되었던 모든 일들이 서서히 제자리를 찾았다. 거동에 불편이 없어진 박연 역시 전원일기의 촬영장에 복귀했다. 대신에 전원일기의 콘셉트가 조금 바뀌었다. 프로그램의 유일한 출연자인 배우 박연의 '개고생 농촌라이프'라는 콘셉트는 박연의 부상으로 인해 '농촌 유지(有志) 박연과 게스트의 개고생 농촌라이프'가 되었다. 박연이 도맡아하던 개고생은 매주 바뀌는 게스트의 몫이 되었다.

이번 주 게스트인 신인배우가 마당에서 불을 지피느라 쩔쩔 매는 동안 박연은 마루에 누워 낮잠을 청했다. 발밑에서 선풍기가 탈탈탈 소리를 내며 시원하게 돌아갔다.

새롭게 태어난 전원일기는 호평 일색이었다. 호평은 신선한 프로그램 콘셉트 때문이기도 했지만, 대부분은 박연에 대한 대중들의 호감 때문이었다. 그동안 악플과 각종 루머에 시달린 끝에 음주운전의 누명을 벗고 사랑하는 여자를 목숨 걸고 구한 남자. 박연은 대한민국 역사상 가장 드라마틱하고 로맨틱한 배우로 불렸다.

마루에서 낮잠을 자던 박연이 몸을 뒤척이며 눈을 떴다. 슬리퍼를 질질 끌고 마당으로 나온 박연이 고전 중인 신인의 곁으로 다가갔다.

"넌 그래서 불이 붙겠니?"

헐렁한 추리닝 바지를 입은 박연은 신인배우의 손에 들린 부채를 빼어들었다. 아궁이 앞에 쭈그리고 앉은 박연이 부채 끝에 기를 모았다. 파닥파닥, 정열의 부채질이 시작되었다. 아궁이에서 금세 불꽃이 타올랐다. 카메라가 떨떠름한 표정을 짓는 신인배우를 타이트하게 잡았다. 그 모습을 보며 정 피디는 만족스러운 미소를 지었다.

1박 2일의 촬영을 끝내고 서울로 올라온 박연은 브이가 기다리는 자택으로 향하는 대신 다른 곳을 찾았다. 박연이 찾은 곳은 경인태권도장이 있던 건물이었다. 건물로 들어서기 전 잠시 연다슈퍼를 돌아보았다.

제대로 찾아가보라는 브이의 말을 따르긴 할 거지만 아직은 두려웠다. 제대로 찾아가 이야기를 나눠보아도 아버지가 자신을 밀어내면 그땐 어떻게 해야 할까. 두 번 버려질지도 모르는 상황을 상상하면 쉽사리 용기가 나지 않았다.

연다슈퍼에서 눈길을 돌린 박연이 건물 계단을 올랐다. 브이네 태권도장이 있던 공간에는 작업복을 입은 남자들이 드나들고 있었다. 영범이 손에 든 비닐봉지에서 꺼내들었다.

"이것 좀 드시고 하세요!"

영범이 인테리어 시공업체 인부들에게 음료수를 돌렸다. 브이네 태권도장이 있던 공간을 새롭게 단장하는 중이었다.

브이가 자신을 버리고 도장까지 팔고 떠나버렸을 때. 반 미친놈이었을 때 무슨 생각에서인지 브이네 도장이 있던 자리를 계약해버렸다. 브이는 곁에 없고, 찾을 수도 없는 상황에서 브이의 흔적이 남은 곳은 이곳뿐인데 다른 누가 들어오는 게 싫었던 것 같다. 자신을 버린 브이에게 분노하면서도 그리워하다가. 밉다가도 사랑하다가. 그렇게 하루에 열두 번도 더 변덕을 부리던 미친놈이었지만 지금 생각하니 계약해두길 잘했다.

음료수를 마저 돌린 영범이 박연의 옆에 섰다. 어느덧 태권도장다워진 실내 인테리어를 돌아보며 영범은 기분 좋게 웃었다.

"브이 누님이 빨리 보시면 좋겠어요."

"나도."

짧게 대답한 박연이 씨익 웃었다.

네가 얼마나 좋아할까.

브이의 얼굴을 상상하던 박연이 얼굴에서 미소를 지우고 중얼거렸다.

"그전에 해결할 일이 있어."

영범은 영문을 모르는 얼굴로 박연을 돌아보았다.

지방의 한 아파트 건설현장에는 인부들이 바쁘게 움직이고 있었다. 건설장비들이 움직이는 소리가 요란하게 울렸다. 헬멧을 벗은 현수는 생수를 벌컥벌컥 들이켰다. 생수를 마시는 것으로는 한여름의 더위가 해결되지 않았다. 땀에 젖은 얼굴에 물을 들이부었다. 잠시나마 열을 식힌 현수가 목에 걸치고 있던 수건으로 젖은 얼굴을 훔쳐냈다.

사채 빚은 박연이 갚았다는 말을 들었지만 돈은 계속 벌어야 했다. 딸이 사랑한다는 남자에게 빚을 질 순 없었다. 게다가 둘의 교제 역시 절대 허락하지 않을 셈이었다. 그러기 위해서는 더더욱 한시라도 빨리 빚을 갚아야 했다.

현수가 다시 기운을 냈다. 현장으로 돌아가려는데 멀리서 달려온 동료 인부가 숨을 돌리며 말했다.

"권 씨! 누가 찾아왔어! 지금 사무소로 가봐."

"누가 나를…."

말을 채 끝마치기도 전에 누군가 현수를 향해 다가왔다. 많이 본 얼굴이지만 이곳에 나타나리란 생각은 못했던 얼굴이었다. 하나뿐인 딸이 울먹이며 사랑한다고 말하던 남자였다. 흙먼지가 이는 공사현장으로 성큼성큼 걸어온 박연이 현수 앞에 섰다. 병원에서 마주친 후로 첫 대면이었다. 현수는 박연을 머리부터 발끝까지 훑어보았다. 병원에서와는 다르게 멀끔했다. 박연은 격식을 차리는 자리에라도 가는 사람처럼 단정히 차려입고 있었다.

현수는 모난 목소리로 물었다.

"자네가 웬일이야?"

현수의 퉁명스러운 태도에도 당황하지 않은 듯 박연은 두 눈을 똑바로 쳐다보며 답했다.

"아버님 모시러 왔습니다."

현수는 경계하는 눈을 했다. 그러나 박연은 물러서거나 수그러드는 기색이 없었다. 결국 현수는 박연과 사무소에 마주앉았다. 요즘 가장 이슈로 떠오른 연예인의 등장에 소장은 기꺼이 사무소를 내어주었다.

현수가 종이컵에 따라 부은 찬물을 벌컥벌컥 들이켰다. 빈 종이컵을 탁, 소리가 나도록 탁자에 내려놓았다.

"이렇게 찾아와도 교제 허락 안 해. 난 내 딸이 위험한 남자랑 만나는 꼴 절대 못 봐. 자네 돈도 갚을 테니까 브이랑 헤어져."

브이와 똑같다. 박연은 부녀지간 아니랄까 봐 브이와 꼭 닮은 현수를 빤히 쳐다보았다. 현수의 눈은 병원에서처럼 단호했다. 쉽지 않을 거라 예상했다. 박연은 현수의 눈을 피하지 않고 똑바로 보며 말했다.

"교제 허락 받으러 온 거 아닙니다."

"그럼 뭐야?"

눈을 가늘게 뜨고 묻는 현수를 향해 박연이 자세를 고쳐 앉았다. 멀끔한 얼굴이 진지한 표정으로 말했다.

"브이랑 결혼할 겁니다."

커다래진 현수의 눈이 당혹스러움을 감추지 못했다. 박연은 놀라서 아무런 말도 하지 못하는 현수를 보며 차분하게 말을 이어갔다.

"브이 생일에 프러포즈할 생각입니다. 브이는 아직 몰라요. 아버님께 먼저 말씀드리러 온 겁니다."

현수는 교제도 허락 안 하겠다는 자신에게 프러포즈 예고를 하러 왔다는 박연을 도무지 이해 못 하겠다는 표정으로 보았다.

"그동안 곁에 있으면서 권브이란 여자에 대해 잘 알게 됐어요. 아버님이 이러고 계시면 제 프러포즈 못 받을 여자입니다."

우리 딸이 그렇긴 하지. 현수는 브이의 성정에 대해 이야기하는 박연을 보며 저도 모르게 마음속으로 동조했다.

"저는 브이가 세상에서 가장 설레고 행복한 프러포즈를 받길 원해요. 차이고 싶지도 않고요. 그러려면 아버님이 절 도와주셔야 됩니다."

"그러니까 지금… 성공적인 프러포즈를 위해서 도와달라고 찾아온 거야?"

박연은 뻔뻔한 얼굴로 고개를 끄덕였다. 현수는 이마를 탁 짚었다.

뭐 이런 놈이 다 있지? 그러고 보니 처음부터 예사 놈은 아니었지?

현수는 박연과의 첫 대면이 자연스럽게 떠올랐다. 처음에는 후배라 거짓말을 치더니, 도장에서 자신의 딸과 민망한 장면을 연출해 연인 사이인 게 들통 났었다. 그 뒤에도 술에 잔뜩 취해 기범에게 끌려 들어오질 않나. 빚을 대신 갚질 않나. 앙심 품은 놈한테 두들겨 맞고 다니질 않나. 이제는 프러포즈 할 거니까 도와달라고? 뭐 이런 놈이….

복잡해진 머리를 흔드는 현수를 보며 박연이 말했다.

"아버님, 저랑 서울로 가요. 따님, 세상에서 가장 설레고 행복한 여자로 만들 수 있게 같이 도와주세요."

현수가 얼빠진 표정으로 박연만 쳐다보았다. 박연의 얼굴은 여전히 뻔뻔하다고 느껴질 정도로 진지했다.

웨딩홀로 들어선 브이는 소연과 하객석에 나란히 앉았다. 식장에는 식전 영상이 스크린을 채우고 있었다. 신랑, 신부의 사진들이 클래식음악에 맞춰 지나갔다. 식장의 주인공은 진희였다. 소연과 브이의 고교동창으로 소연에게 '여우'라 불리는 진희는 동창회에 나타난 박연에게 신경전을 펼친 인물이기도 했다.

소연은 하객석 테이블에 놓인 물을 벌컥벌컥 들이켰다. 그러고 나서도 속이 후련하지 않은 얼굴로 말했다.

"나야 동창회에 매년 나갔다지만 넌 생전 딱 한 번 갔는데 청첩장을 보내? 속이 딱 보이지?"

브이는 영 감이 잡히지 않는다는 듯이 물었다.

"무슨 속으로 나를 초대한 건데?"

"으이구, 권브이! 저번 동창회 때 박연이 딱 나타나서 진희 그 기집애 코를 납작하게 해줬잖아. 기억 안 나?"

"그랬나…."

"그래! 그때 다른 애들한테 얘기 들으니까 박연이 무슨 드라마 남자 주인공처럼 골든벨 울리면서 이 여자가 내 여자다! 아주 광고를 했다며."

'브이 어디가 그렇게 좋아요?'

'말하고, 생각하고, 쳐다보는 거 전부 다. 화장을 안 해도 예쁘고, 하면 섹시하고. 싸울 때는 멋있는데, 얼굴 빨개지는 건 귀엽고. 마음은 착하고, 목소리는 당차고.'

브이는 동창들의 질문 공세에 눈 하나 깜짝하지 않고 당당하게 대답하던 박연을 어렴풋이 떠올렸다. 브이가 발그레하게 뺨을 붉히며 피이, 웃었다.

소연은 탐탁지 않은 표정으로 말했다.

"그날 구긴 자존심 회복하려는 심보인 거야. 저기 들어오는 신랑 얼굴 봐. 그때 만나던 공무원이 아니래. 꽤 유명한 사업가래. 더 좋은 데로 시집가는 거 너한테 자랑하고 싶어서 부른 거야."

브이는 고개를 돌려 소연이 가리키는 곳을 보았다. 곧 식이 시작되려는지 신랑이 입장을 준비 중이었다. 소연의 말처럼 그때 보았던 공무원 남자친구가 아니었다.

내가 연이랑 얽히고설키는 동안 진희는 결혼할 남자가 바뀌었구나.

고개를 끄덕이는 브이를 보며 소연이 옆구리를 툭 쳤다.

"내가 그 기집애 괘씸해서 오늘 너 아주 빡세게 꾸며놓은 거야."

"옷까지 빌려준 이유가 그거였어?"

소연이 흥, 콧소리를 내며 턱을 치켜들었다. 브이는 그런 소연을 보며 못 말린다는 듯이 웃었다. 소연이 빌려준 핑크색 정장 원피스에 플랫슈즈. 평소에는 해본 적 없는 머리띠와 귀걸이까지. 오늘의 패션은 '풀 세팅'이 콘셉트인 듯했다. 브이는 커트머리에 가까운 짧은 단발머리에 앙증맞게 꽂혀 있는 머리띠를 괜스레 만지작거렸다.

오늘 예쁘게 꾸몄는데 연이랑 데이트하면 좋겠다.

박연과 오랜만에 바깥에서 저녁을 먹고 산책이나 하자고 할까 생각 중인 브이에게 예상하지 못한 질문이 날아왔다.

"그나저나 너희는 결혼 언제 해?"

"응?"

"박연이랑 너."

브이는 턱이 빠진 사람처럼 입을 쩍, 벌렸다. 소연이 브이의 턱을 닫아주며 말했다.

"뭘 그렇게 놀래? 결혼, 미래. 둘이 그런 얘기 한 번도 안 해봤어? 하긴 그동안 연애사가 파란만장해서 그런 얘기는 할 시간이 없었나?"

대수롭지 않다는 듯 말하는 소연에게 브이가 빨개진 얼굴로 되물었다.

"갑, 갑자기 무슨 결혼? 무슨 미래?"

"갑자기는…. 죽을 고비 끝에 다시 만난 커플이면 당연히 결혼까지 가는 거 아니야? 거기다 그 죽을 고비를 전 국민이 뉴스로 다 전해들은 국민커플인데. 그리고 둘이 이미 동거도 하고 있잖아?"

"동, 동거 아니야!"

놀란 브이가 소리치며 소연의 어깨와 팔을 연달아 때렸다. 그러나 소연은 도리어 어이가 없다는 얼굴로 반격했다.

"박연 퇴원한 뒤로 그 으리으리한 집에서 같이 지내고 있잖아."

"그건 연이가 몸이 불편해서 내가 도와주느라…."

"지금은 거의 다 나았거든요? 촬영장에서 네 남친이 얼마나 날아다니는 줄 아니?"

브이는 할 말이 없어졌다. 퇴원한 박연이 몸조리를 하는 동안만 같이 지내면서 돌봐준다는 게 어느새 오늘까지 이어졌다. 박연의 상태는 소연의 말처럼 거의 다 나았는데도 요즘 서로 좋아죽는 사이라 이제 그만 그 집에서 나와야 한다는 사실을 깜박했다. 브이가 미간을 좁혔다.

내가 지금 달리 지낼 집이 없는 처지지만 연이가 얻어준 오피스텔도 있는데…. 이렇게 되면 진짜 동거잖아?

전혀 자각하지 못한 채 박연과 동거 중이었다. 브이의 얼굴이 빨갛게 달아올랐다. 그 모습을 보며 소연이 쯧, 혀를 찼다.

“넌 연애도 처음이라 결혼까지는 생각도 안 해봤겠지만 박연은 해봤을걸?”

“아니야. 그런 얘기 한 번도 안 했다니깐….”

“둘이 세기의 커플인 거 세상에 다 알려졌겠다, 동거까지 하고 있겠다. 박연은 연예인인데 결혼 생각도 없이 그럴까? 물론 동거한다고 다 결혼하란 법은 없지만 우리나라 정서상 동거는 결혼을 생각하는 사이에서나 하는 거지.”

“우린 그런 동거… 아니야.”

자신 없는 목소리로 대꾸하는 브이에게 소연이 열을 올렸다.

“사귀는 성인남녀가 한 지붕 아래 한솥밥 먹고 한 이불 덮는데 이런 동거, 그런 동거 따로 있어?”

“그래도 이건 그냥!”

“그냥 뭐?”

식의 시작을 알리는 사회자의 멘트가 흘러나왔다. 소연과의 대화는 그대로 일단락되었지만 브이는 심란한 표정을 지었다.

박연과 결혼이라…. 그런 쪽으로는 생각도 안 해봤다. 좋아한다. 사랑한다. 지금으로서는 앞으로도 계속 옆에 있고 싶다. 보통은 이러면 결혼하는 건가?

기분이 한껏 좋아 보이는 신랑과 웨딩드레스를 입은 진희가 식장 안으로 동시에 입장했다. 브이는 축하의 박수를 치며 하객석 옆을 지나가는 신랑, 신부를 멍하니 바라보았다. 진희의 얼굴이 어느새 브이, 자신의 얼굴로 바뀌어 있었다. 바닥에 옷자락이 끌리도록 풍성한 웨딩드레스를 입은 자신의 곁에 손을 잡고 걷는 신랑은 박연의 얼굴이었다. 브이는 주례사를 듣는 신랑, 신부를 보며 박연과 자신의 모습을 상상해보았다. 반짝반짝 빛나는 조명 아래서 사람들의 축하를 받으며 서로를 바라보는 박연과 권브이. 멍했던 브이의 얼굴에 희미한 미소가 번졌다.

어릴 적 엄마를 잃은 탓에 보통 가정에서 볼 수 있는 부부의 모습은 본 적 없지만 그래서 더 두근거렸다. 부재했던 엄마의 모습을 자신이 채운다고 생각하니 기분이 이상했다. 그것도 다른 이가 아닌 박연과 함께. 낯설지만 싫지 않은 기분이 들었다. 소연이 말한 것처럼 지금껏 결혼 같은 건 생각도 안 해봤지만 그 남자라면 결혼이란 게 하고 싶다. 싫지 않을 것 같다. 아니 오히려 좋을 것 같다. 너무도 행복할 것만 같다.

신랑, 신부가 하객들을 향해 인사를 했다. 브이가 자리에서 벌떡 일어서서 기립박수를 쳤다. 다른 하객들이 웅성거리며 브이를 쳐다보았다. 창피함은 제 몫인 듯 소연은 핸드백으로 얼굴을 가리기에 급급했다.

브이의 제안으로 두 사람은 오랜만에 밖에서 외식을 했다. 동창의 결혼식을 다녀왔다더니 평소랑 다르게 한껏 꾸민 브이의 모습을 박연은 흐뭇하게 바라보았다. 브이가 벗은 플랫슈즈를 한 손에 든 박연이 나머지 손으로 브이의 손을 잡았다. 브이는 박연과 맨발로 정원 풀밭을 밟으며 흘끔 눈치를 살폈다.

맞아. 소연이 말처럼 이게 통상 말하는 연인들의 동거란 거겠지?

어둠이 내려앉은 정원에 외등 불빛을 따라 거닐던 박연은 걸음을 멈추고 브이를 돌아보았다. 자꾸 제 얼굴을 올려다보는 게 할 말이 있는 모양이었다.

"왜? 할 말 있어?"

"아, 아니. 전혀."

"그럼 왜 자꾸 봐? 사람 설레게."

브이는 자신의 앞머리를 사랑스럽게 만지작거리는 박연을 빤히 올려다보며 말했다.

"오늘 결혼식 갔는데 동창들 대부분이 결혼했더라."

"그래?"

"소연이는 결혼은 아직 생각 없는데, 독신주의는 아니라서 마음에 드는 남자만 나타나면 바로 결혼할 거래."

박연은 조연출의 얼굴을 떠올리며 의외라는 듯이 말했다.

"목에 칼이 들어와도 결혼은 안 할 것 같은 독신주의자처럼 생겼는데."

"서른다섯 전에는 시집갈 가고 싶대. 연이 넌?"

"어?"

"TV 보면 남자연예인들은 늦게 결혼하던데…."

예전 같으면 '나랑 결혼할 생각 있어?'라고 대놓고 물어봤을 일을 나름대로 떠보는 중이었다. 소연이 봤다면 연애 스킬이 많이 늘었다고 박수라도 쳤을 일이었다. 그러나 연애 초급자의 떠보기 스킬을 눈치 챈 박연은 흠칫 어깨를 떨었다.

뭐야? 갑자기 결혼 얘기는 왜 물어? 얘 설마 내가 프러포즈하려는 거 눈치 챈 거야?

박연은 브이가 자신을 떠보고 있다는 사실은 정확히 눈치 챘지만 떠보기의 의도는 잘못 파악했다.

프러포즈는 무조건 서프라이즈로 해야 하는데…. 오영범이 흘렸나? 설마 아버님이…!

당황해서 눈알만 굴리던 박연이 턱을 치켜들었다.

"난 결혼 그런 건 생각도 안 해봤어. 지금 난 일에 미친 남자거든."

괜스레 헛기침을 한 박연이 브이의 손을 놓았다. 그리고는 팔을 어색하게 붕붕 돌렸다.

"어우, 왜 이렇게 갑자기 피곤하냐…."

몸을 풀 듯 브이의 플랫슈즈를 들고 팔을 돌리던 박연이 눈치를 살피며 테라스로 들어갔다. 먼저 집 안으로 들어가 버리는 박연의 뒷모습을 지켜보며 브이는 망연자실 서 있었다. 그녀의 커다란 눈이 혼란스럽게 흔들렸다.

결혼 생각이 없다구?

정수리 위에서 번개가 치는 듯했다. 흔히 쓰는 말로 멘탈 붕괴. 그 현상을 겪는 중이었다.

연다슈퍼 앞을 서성이던 박연이 주먹을 불끈 쥐었다. 브이의 조언대로 제대로 된 대화를 하려고 찾아왔지만 아무래도 못 들어가겠다. 수년간 제대로 된 대화가 단절된 아버지에게 하루아침에 정상적인 말을 걸 수 있을 리 없었다.

뭐 마려운 강아지처럼 제자리만 서성이는 박연을 보며 영범이 측은한 표정을 지었다.

"안 되겠다. 오늘은 그냥 가자."

"형님, 오늘만 벌써 세 번째예요."

"아니야, 오늘은 진짜 아니야."

차에 올라타려고 뒷좌석 문을 연 박연이 동작을 멈추고 영범의 앞으로 걸어왔다.

"도장에서 프러포즈 준비 중이라고 브이한테 귀띔해준 거 진짜 너 아니야?"

"저 아니라니까요! 이 질문도 오늘만 벌써 세 번째거든요?"

영범은 억울해죽겠다는 표정으로 펄쩍 뛰었다. 박연이 영범과 티격태격하는 사이 연다슈퍼의 문이 열렸다. 슈퍼 문밖으로 얼굴을 빠끔히 내민 유다가 발을 구르며 목청 높여 말싸움 중인 박연과 영범을 구경했다. 유다의 커다란 눈망울이 박연을 뚫어져라 보았다. 박연을 지켜보며 무언가 생각에 잠겨 있던 유다는 잠시 뒤를 돌아보았다. 슈퍼 안쪽에서는 유다의 부친 태식이 새로 들어온 물건을 정리 중이었다.

발소리를 죽이고 슈퍼를 빠져나온 유다가 박연의 차로 다가왔다. 자신의 얼굴이 비치도록 잘 닦인 벤츠 주위를 서성이던 유다는 문이 열린 뒷좌석에 올라탔다. 뒷좌석에 배를 베고 엎드려 시트 밑에 떨어져 있는 잡지를 들어올렸다. 주르륵, 종잇장을 넘기던 유다가 한 페이지에서 손을 멈추었다.

"어? 도장 사범님이다."

페이지 귀퉁이에 브이의 사진이 작게 실려 있었다. 예전에 브이가 함께 참석했던 의류브랜드의 바자회 내용이 실린 잡지로 박연이 시간이 날 때마다 뒤져보는 애장품이었다. 단체사진에 찍힌 브이의 얼굴을 용케 알아본 유다가 재미있다는 듯이 킥킥 웃었다.

유다가 차에 올라탄 줄은 꿈에도 모르는 박연은 영범에게서 의심을 거두지 않은 눈빛으로 말했다.

"아무튼 내 일생일대의 프러포즈에 초치면 넌 죽어."

"아니라고 말씀드렸잖아요! 제가 그동안 형님한테 보여드린 신뢰도가 겨우 이 정도예요?"

영범은 정말 의가 상한 표정으로 박연에게 얼굴을 들이밀었다. 뒤늦게 멋쩍어진 박연이 영범을 보며 어색한 미소를 지었다.

"뭐 그렇게까지 삐치냐?"

뒷걸음질 치는 박연의 등에 눌린 뒷좌석 문이 부드럽게 닫혔다. 차에 기대어 서 있는 박연에게 영범이 꾸벅 고개를 숙였다.

"전 이만 택시 타고 퇴근합니다."

영범은 매몰차게 돌아섰다. 정말로 택시를 타고 갈 셈인지 뒤도 돌아보지 않고 골목을 빠져나갔다. 박연은 미간을 찌푸리고 운전석 문을 열었다.

"많이 컸어, 오영범. 삐치기까지."

박연은 고개를 저으며 안전벨트를 둘렀다. 핸드폰을 만지작거리자 블루투스로 연결된 카오디오에서 음악이 크게 울렸다.

면허도 다시 땄겠다, 매니저가 삐쳤다고 해서 아쉬울 거 없지.

삐친 영범은 금세 잊은 듯 박연은 노래를 흥얼거리며 핸들을 돌렸다.

그 시각, 브이는 핸드폰을 붙잡고 하소연을 중이었다. 빨간 입술을 못마땅하게 비죽거렸다.

"어떻게 결혼은 생각 없다는 얘기를 내 면전에 대놓고 해?"

손에든 맥주 캔이 우지끈 구겨졌다. 수화기 너머로 혀가 단단히 꼬인 브이의 술주정을 듣는 소연은 피식 웃음이 났다. 그런 동거는 절대 아니라고, 결혼은 생각도 안 해봤다고 펄쩍 뛰더니 갑자기 결혼 타령을 하며 박연에게 서운해 하는 브이가 소연의 눈에는 그저 귀여웠다.

권브이답다, 권브이다워.

-브이야, 나 지금 들어가 봐야 되거든? 2절은 남친한테 해?

"내 얘기 좀 들어보라구우!"

브이가 핸드폰에 대고 소리쳤다. 그러나 핸드폰 너머의 소연은 단호했다.

-다음 촬영 게스트 섭외 일정 잡혀서 회의 들어가야 돼. 우리 프로그램, 개고생 프로그램이라고 소문나서 섭외도 잘 안 된단 말이야.

소연의 단호한 목소리에 주정을 하던 브이가 단념한 듯 물었다.

"게스트가 누군데 회의까지 해?"

-박연이랑 같은 회사에 조수아라고, 같은 회사라 섭외 겨우 했대. 납치사건 이후로 빅엔터가 이미지 개선하는 데 열심이잖아.

수아의 이름을 듣는 순간 브이의 눈이 커졌다. 브이는 취기로 인해 빨개진 얼굴을 흔들었다.

구여친이랑 1박 2일 촬영?

분명 예전에는 수아를 봐도 아무렇지 않았다. 예상보다 괜찮은 성격이라는 생각만 들었는데….

갑자기 내 기분이 왜 이러지?

박연은 자신과 결혼할 생각이 없다는 이 와중에 전에 사귀던 여자와의 1박 2일 일정을 들으니 가슴에서, 눈에서 동시에 불이 난 듯 뜨거웠다.

아무리 촬영이라도 싫어…!

구겨진 캔을 움켜쥔 브이가 얼굴을 찌푸렸다. 처음으로 제대로 된 질투를 느끼는 중이었다.

박연의 차가 차고에 들어왔다. 차고에 주차를 마친 박연이 시동을 끄려는데 정원과 이어진 차고 자동문이 열렸다. 자동문이 다시 닫히지 않도록 손을 짚고 불량스럽게 서 있는 실루엣의 주인은 바로 브이였다. 어둠 속에서 갑작스럽게 나타난 브이 덕분에 박연은 시동도 끄지 못하고 창밖만 쳐다보았다.

브이가 다가와 운전석 창을 톡톡 두드렸다. 박연은 선팅된 차 안에서 브이만 쳐다보았다. 바깥에 선 브이가 문을 벌컥 열었다. 그리고는 운전석 안으로 머리를 쑤욱 집어넣었다. 브이의 돌발행동을 지켜보던 박연이 피식 웃었다.

"술 마셨어?"

코끝으로 술 냄새가 사랑스럽게 풍겼다. 박연은 술 냄새마저 사랑스럽게 느껴지니 이 여자를 어쩌면 좋을까 싶었다. 실없이 웃는 박연을 브이는 마음에 들지 않는다는 듯이 쳐다보았다.

"야, 박연! 왜 웃어?"

"야?"

"너! 누나가 물어볼 게 있다!"

불분명한 발음이었지만 대단한 포부가 느껴졌다. 박연은 술주정을 하는 브이를 가만히 내버려두었다. 평소에는 커다랗던 눈이 게슴츠레했다. 눈을 무겁게 깜박인 브이가 돌연 박연의 멱살을 잡아끌었다.

브이는 얼결에 차 밖으로 끌려 나온 박연이 당황할 새도 없이 차에 밀어붙였다. 차 지붕을 손으로 짚고 박연을 가둔 브이가 눈을 흘겼다. 박연은 브이의 안색을 살피며 말했다.

"태권브이, 오늘따라 왜 이렇게 박력 넘쳐? 너무 내 스타일이라 당황스러운데?"

다시 한 번 멱살이 잡혔다. 브이는 박연이 말릴 새도 없이 움켜쥔 멱살을 끌어당겼다. 입술이 세게 부딪쳤다. 아픔을 호소할 틈이 없었다. 브이가 급하게 아랫입술을 깨물어왔다. 갑작스럽게 이어지는 입맞춤에 박연의 눈이 동그랗게 커졌다. 그러고 보니 브이는 술에 취하면 적극적으로 변하곤 했다. 예전에도 사람이 많은 포장마차에서도 먼저 입을 맞춰왔지 않은가. 사귀기 전에는 술에 취해 집까지 찾아와 잠들기도 하지 않았나.

박연은 놀랐으면서도 입술은 어느새 브이의 입맞춤에 호응 중이었다. 무슨 일로 술을 마셔서 이렇게 사랑스러운 주정 중인지 모르겠지만 귀엽다고 웃고 있을 만한 여유가 사라졌다.

차에 기대어 키스를 하던 박연이 브이와 자세를 바꾸었다. 취한 브이를 차에 기대어 세워놓고 차 지붕을 한 손으로 짚었다. 고개를 숙여 브이의 키에 맞춘 박연이 포개어진 입술을 더욱 깊게 밀착시켰다. 턱을 움직여 촉촉한 입술을 거칠게 빨아들였다. 술에 취해 둔한 움직임으로 입속을 파고드는 브이를 집어 삼키며 손으로는 허리를 더듬었다. 마른 허리를 쓰다듬던 손이 엉덩이를 그러쥐었다. 벌어진 입술 틈사이로 뜨거운 숨이 터져 나왔다. 미끄러지는 혀를 섞던 박연이 낮은 목소리로 속삭였다.

"그래서 묻고 싶은 게 뭔데?"

브이는 고열에 시달리는 것처럼 더위를 느꼈다. 술기운 때문인지, 키스 때문인지. 그도 아니면 허벅지 안쪽을 스치는 손길 때문인지 모르겠다. 묻고 싶은 것, 물으려고 했던 것. 결혼에 관한 것이었는지, 동거에 관한 것이었는지, 다음 촬영은 안 가면 안 되겠냐는 투정이었는지. 기억이 나질 않는다. 브이가 박연을 올려다보며 고개를 저었다. 박연은 고개를 기울이며 말했다.

"그럼 하던 거나 마저 하자, 누나."

장난처럼 부른 '누나'란 호칭이 귀에 들어오지 않았다. 다시 입술이 겹쳐졌다. 그때였다. 지잉, 차창을 내리는 소리가 어두운 차고에 울렸다. 브이의 입술을 삼키려던 박연은 등골이 서늘해지는 것을 느꼈다. 차고에는 브이와 자신뿐일 텐데 이 기척은 누가 내는 것인가. 박연은 동작을 멈추고 어둠 속에서 천천히 내려가는 뒷좌석 창문을 돌아보았다.

차창이 완전히 내려가자 동그란 머리통이 드러났다. 자다 깼는지 눈을 비비며 창밖으로 얼굴을 내민 유다가 박연을 향해 말했다.

"나 배고파요."

그 순간 어느새 곯아떨어진 브이가 박연의 품으로 쓰러졌다. 잠든 브이를 끌어안은 박연은 뒷좌석에서 나타난 유다를 멍하게 쳐다보았다.

유다는 야채볶음밥을 허겁지겁 퍼먹었다. 곯아떨어졌던 브이가 만든 것이었다. 갑작스러운 유다의 등장은 만취해 잠든 브이마저 단숨에 깨워버렸다.

볼이 빵빵하게 미어지는 모습을 지켜보던 브이가 박연에게 속닥거렸다.

"연다슈퍼 사장님이 당신 아버지란 거 그동안 왜 말 안 했어?"

"누구한테 말할 만한 사이가 아니라서 미루다 보니까."

박연의 짧은 대답을 들으며 브이는 턱을 괴었다. 예전에 이 집 어딘가에서 보았던 액자 속 가족사진을 떠올리고 있었다. 그러고 보니 사진 속 아버님 얼굴이 꽤 낯이 익다고 느껴졌었는데.

한 그릇을 금세 비워낸 유다는 아쉬운 듯 입맛을 다시며 고개를 까닥였다.

"잘 먹었습니다, 브이 사범님."

맞은편에서 유다를 빤히 쳐다보고 있던 박연이 물었다.

"네가 이 누나 이름을 어떻게 알아?"

유다는 큰 눈을 동그랗게 뜨고 대답했다.

"태권도 다니는 형아들이 브이 사범님이라고 그랬는데."

"기범이 말로는 유다가 도장에 자주 구경 오고 그랬대요."

유다의 대답에 설명을 덧붙인 브이가 다정한 미소를 지으며 말했다.

"우리 전에도 도장 앞에서 만난 적 있지? 내가 간식 사러 갈 때마다 슈퍼에서도 가끔씩 봤잖아."

"네."

"근데 유다는 왜 이 형아 차에 있었어?"

브이의 물음에 유다의 눈이 박연에게로 향했다.

"그냥요. 궁금해서요."

"뭐가 궁금했는데?"

"형님이요."

유다의 눈높이에 맞춰 대화를 나누던 브이가 박연을 돌아보았다. 두 사람의 대화를 지켜보던 박연의 얼굴이 놀란 듯이 굳어졌다. 분명히 형님이라고 했다. 박연은 미간을 좁히고 유다를 향해 물었다.

"나에 대해 알아?"

"아빠가 말했어요. 유다네 형님이라고 했는데."

"아버지가… 내 얘기를 했다고?"

유다를 바라보는 눈동자가 잘게 떨렸다. 아버지가 그랬을 리가 없는데. 박연은 아버지 태식이 새 가족, 그것도 어린 아들에게 제 이야기를 했다는 게 믿기지 않았다. 혼란스러운 얼굴로 앉아 있는 박연을 보며 유다는 야무지게 말했다.

"연이랑 유다. 그래서 연다슈퍼라고 아빠가 그랬어요."

유다의 이야기를 듣던 박연이 돌연 자리에서 일어섰다. 뒤를 돌아 테라스로 나온 박연은 허리에 손을 얹은 채 캄캄한 하늘을 올려다보고 있었다. 눈에는 눈물이 그렁했다. 뒤따라 나온 브이가 박연의 등을 부드럽게 쓸어주었다.

"우선 아버님한테 연락해. 유다 찾고 계실 거야."

"아버지 연락처… 몰라."

낮은 목소리로 대답한 박연은 감정을 애써 누르려는 듯 이맛살을 구겼다. 부친 태식이 차갑게 내뱉었던 말들을 되새겼다.

'한동안 안 보여서 숨 좀 트이나 했더니 왜 다시 나타나?'

'네가 그 바닥에서 나오면 네 엄마는 아니더라도 네 얼굴은 보고 사마.'

제 얼굴만 봐도 치가 떨린다던 아버지였다. 그러나 유다가 들려주는 이야기는 너무도 달랐다.

'연이랑 유다. 그래서 연다슈퍼라고 아빠가 그랬어요.'

박연은 시큰거리는 눈에 힘을 주고 브이를 보았다.

"분명히 아버지는 내가 다가갈 엄두도 나지 않을 정도로 날 미워했어. 대체 뭐가 뭔지 모르겠는데, 근데…. 꼬맹이 말 듣자마자 눈물부터 나냐, 바보같이…."

박연의 너른 등을 쓸어주던 브이가 허리를 꼭 끌어안았다.

"아버지한테 직접 물어봐."

브이는 조용히 박연을 위로하는 동시에 용기를 북돋아주었다. 박연은 브이의 머리칼에 입술을 묻으며 작게 중얼거렸다.

"아무래도 직접 데려다줘야 할 것 같아."

유다를 태운 벤츠가 연다슈퍼 앞에 멈춰 섰다. 운전석에서 내린 박연이 뒷좌석에서 잠이 든 유다를 두 팔로 안아들었다.

연다슈퍼는 불이 꺼져 있었다. 문을 두드려 보았지만 안에서 기척은 들려오지 않았다. 이를 어쩐다, 고민하던 차에 골목을 두리번거리며 유다를 부르짖는 태식이 보였다. 갑자기 사라진 유다를 찾아 동네를 몇 번이고 돌아다닌 참이었다. 애타게 유다의 이름을 부르던 태식은 박연이 안고 있는 유다를 본 순간 자리에 주저앉았다. 힘이 풀린 듯 움직이지 못하는 태식을 대신해 박연이 다가갔다. 태식은 제 앞에 멈춰 선 박연을 올려다보며 물었다.

"왜 네가 유다를 데리고 있어?"

"저도 모르게 제 차에 탔더라구요. 집에 도착해서야 알았어요."

태식은 놀란 마음이 진정되지 않았는지 벌떡 일어서며 언성을 높였다.

"그럼 연락을 미리 해줬어야지! 여태 찾다가…!"

"제가 모르더라고요, 아버지 전화번호를."

애꿎은 박연에게 따지던 태식의 표정이 씁쓸하게 변했다. 태식은 더 이상 다른 말은 않고 박연의 품에 안겨 있던 유다를 안았다. 그대로 슈퍼로 향하는 태식을 돌아보며 박연은 고개를 숙였다.

역시 제대로 된 대화는 무리인 건가. 묻고 싶은 게 많은데. 듣고 싶은 이야기도 많은데. 왜 아버지와 자신은 얼굴을 맞대면 감정적인 말부터 터져 나와 진짜 나눠야 할 대화를 가로막아버리는 것인지. 예전 같았다면 이대로 돌아섰을 것이다. 그러나 오늘은 다르다.

박연이 결심한 듯 고개를 들고 태식의 등에 대고 입을 열었다.

"저, 아버지…."

첫 마디를 떼자마자 생각지 못한 말이 들려왔다.

"잠깐 들어와라."

태식은 여전히 등을 보인 채였다.

태식이 잠든 유다를 슈퍼 안쪽에 눕혀놓고 나왔다. 카운터 테이블에 앉은 박연은 서먹한 얼굴로 슈퍼 안을 살폈다. 매번 밖에서만 서성거렸지 슈퍼 내부에 들어온 것은 이번이 처음이었다. 지금 벌어지고 있는 모든 것이 꿈처럼 어색하고 낯설었다.

맞은편에 앉은 태식이 먼저 입을 열었다.

"뉴스 봤다."

무미건조한 목소리였다. 박연은 미간을 찌푸렸다. 잠깐 기대를 했다. 어린 유다의 말만 듣고. 피식, 헛웃음을 터트린 박연이 말했다.

"그럴 줄 알았다. 그러니까 그 바닥은 사람 망가트리는 곳이다…. 또 그런 말씀하시게요?"

자조적이던 얼굴이 북받쳐 오른 감정으로 인해 일그러졌다.

"엄마랑 저를 왜 그렇게 미워하세요. 왜 저까지 미워하시냐구요."

태식은 눈물이 고인 눈으로 묻는 박연을 말없이 쳐다보았다. 고요하던 태식의 얼굴에도 해묵은 감정의 물살이 일렁이기 시작했다. 건조했던 목소리가 가늘게 떨렸다.

"나한테는 네 엄마와 지낸 그 몇 년이 너무 힘들었어."

박연의 눈동자가 흔들렸다. 속마음을 이야기하는 아버지의 모습은 박연에게는 너무도 낯설었다. 태식은 제 스스로도 낯선 얼굴로 말을 이어갔다.

"네 엄마, 정말 뭐에 미쳐버린 사람처럼 불물 안 가렸어. 돌아가신 내 형님 돈까지 건드려서 영화감독이란 놈한테 갖다 바쳤을 때는 더 이상 같이 살 수가 없었어."

태식의 말을 듣는 박연은 아버지가 떠나던 그 시절 어린 박연으로 돌아가 있었다. 어린 박연은 알지 못했던 어른들의 이야기. 어린아이처럼 울먹이며 물었다.

"그런 얘기를 왜 이제야 하세요?"

"내가 해준 건 없어도 그래도 아버지인데 어떻게 네 앞에서 네 엄마 흉을 보겠냐…."

박연이 고개를 저었다. 그 시절 전 여사가 얼마나 독한 사람이었는지 아버지 태식만큼은 아니어도 박연 역시 알고 있었다. 지금의 전 여사도 많이 유약해졌다 뿐이지 그때와 다를 바 없으니. 하지만 그것만으로는 어린 자신을 두고 떠난 아버지를 이해할 수 없었다.

"저한텐 왜 그러셨는데요? 엄마가 미워서 떠났어도 전 만나주실 수 있었잖아요. 내가 얼마나…, 멀리서 바라보기만 했는데…!"

미처 억누르지 못한 감정이 터져 나왔다. 태식은 원망스러운 눈으로 자신을 쳐다보는 아들을 보면서 함께 묵은 감정을 터트렸다.

"처음엔 네 얼굴을 보면 그 끔찍했던 여자가 떠올랐어. 끔찍하면서도 덜컥 겁이 났다. 너마저 그 여자를 닮아갈까 봐. 무슨 사고를 쳤다더라, 음주운전을 했다더라. 그런 안 좋은 소식 들려올 때마다 그럼 그렇지, 연예계는 몹쓸 곳이니까!"

태식은 마주한 박연을 향해 참아왔던 말들을 쏟아냈다.

"그런데도 좋다고 그 여자 옆에서, 그 바닥에서 계속 붙어있는 널 보니까 답답하고 화가 나서! 그런데 그 몇 년 후부터는…."

격앙된 감정을 몰아내듯 태식은 잠시 말을 끊은 태식이 박연을 향했던 시선을 내리 깔았다. 그리고는 나지막한 목소리로 중얼거렸다.

"유다 엄마… 애 낳자마자 자기 나라로 도망갔다. 있는 돈 다 들고 날라버려서 슈퍼 하나 겨우 남았는데…."

잠자코 태식의 이야기를 듣던 박연이 미간을 비틀었다. 그러고 보니 아버지를 멀리서 지켜볼 때마다 유다는 몇 번 마주쳤지만 유다의 모친은 본 기억이 없었다.

"난 두 번째 가정도 실패했어. 첫 실패는 네 엄마 때문이라고 철썩 같이 믿었는데, 세월이 지나고 또다시 실패하고 보니…. 그냥 내가 못난 놈인 거야."

태식이 두툼한 손으로 눈가를 훔치며 말했다.

"훌쩍 커버린 네 앞에서 부끄럽고…. 내 스스로도 괴롭고…. 그래서 매번 하던 말로 네 얼굴 보는 거 피했다. 배우 그만둘 거 아니면 찾아오지 말라고 그렇게…. 눈앞에 나타나지 말라고 일부러 더 큰소리 낸 거였지…."

박연은 눈물이 흐르는 뺨을 문질러 닦았다. 혼란스러웠다. 갑작스럽게 알게 된 어머니와의 문제. 아버지의 사정. 이해가 될 듯하면서도 오랜 세월 사무쳐온 야속함은 아버지를 쉽게 이해해주고 싶지 않아 했다.

박연은 떨리는 목울대에 힘을 주고 물었다.

"왜 갑자기 마음이 변하신 거예요? 아버지가 갑자기 이런 말들을 하는 게…."

"뉴스, 그거 보고 가슴이 철렁 내려앉아서."

태식이 내리깔고 있던 시선을 들어 올려 박연을 바라보았다. 늘 박연의 앞에서 화가 차 있던 뜨거운 혹은 차가운 눈빛이 아니었다. 태식의 눈에는 미안함과 자책감이 담겨 있었다.

"내가 잘못했다는 생각이 들었어. 네가 그렇게 큰일을 당했다는데 네 연락처도 모르니 어디가 얼마나 아픈 건지 알지도 못하고…. 가정도 못 지키고… 자기 자식 앞에 떳떳하지도 못하고…."

고개를 숙인 박연은 손을 들어 눈을 가렸다. 이를 악물었다. 잇새로 흐느낌이 새어나갔다. 이렇게 털어놓으면 그만인 것을 그동안 왜 그리 감추고 돌아섰는지. 박연은 아이처럼 울었다.

"내가 얼마나 사랑 받고 싶었는데…. 아빠가… 얼마나 필요했는데…."

저보다 훌쩍 커버린 아들이 아이처럼 우는 모습을 바라보며 태식도 손등으로 연신 눈물을 훔쳐냈다.

남이었다면 달랐을까. 진즉에 모든 것을 털어버리고 다시는 안 보면 그만이었을까. 때로는 가족이란 이름이 더욱 쉽게 오해의 벽을 쌓는 듯했다. 단단하고 높게. 그러나 또 가족이란 이름 때문에 허무할 정도로 쉽게 오해의 벽은 무너져버렸다.

밤이 깊어가는 연다슈퍼에는 다 큰 사내들의 울음소리가 낮게 울렸다. 이를 악물고 숨 죽여 우는 울음소리마저 부자는 닮아 있었다.

건설 장비들이 내는 소음이 가득한 공사현장을 가로질러 달려온 동료 인부가 현수를 향해 소리쳤다.

"사무소 가봐! 누가 권 씨 찾아!"

현수는 분명 또 박연이 찾아왔으리라 직감했다. 현장에 자신을 찾아올 이는 박연뿐이었다. 더구나 최근 며칠 사이에 두어 번은 더 찾아왔었으니. 올 때마다 하는 이야기는 한결 같았다. 프러포즈를 위해 서울로 올라가자는 황당한 제안이었다. 따님을 달라고 무릎 꿇고 빌어도 모자랄 판에 너무도 당당했다. 난놈이라고 해야 할지, 그저 뻔뻔스럽다고 해야 할지. 운동만 해온 현수로서는 그 또래 남자라고 하면 묵직하고 건실하고 보수적인, 딱 기범 같은 녀석들만 봐왔다. 박연이란 놈은 현수에게는 너무도 낯설고 요상했다.

안전모를 벗어낸 현수는 얼굴을 근엄함으로 단단히 무장하고 사무소 문을 열었다. 그러나 사무소에서 현수를 기다리고 있는 사람은 브이였다. 당황한 현수가 브이의 맞은편에 앉으며 물었다.

"어떻게 이 먼데까지 왔어? 무슨 일 있어?"

지방까지 찾아온 딸을 걱정하던 다정한 아빠는 순간 머릿속을 스치는 생각에 눈을 가늘게 떴다.

"그놈이 보냈어? 너더러 나 좀 설득하라든?"

현수는 브이의 등장이 박연의 꿍꿍이가 아닐까 의심 중이었다. 그러나 브이는 눈을 깜박이며 되물었다.

"그놈이 누군데요?"

정말 모르는 얼굴이었다. 현수는 박연이 했던 말을 떠올렸다.

'브이 생일에 프러포즈할 생각입니다. 브이는 아직 몰라요.'

브이는 프러포즈 계획을 모른다더니 자신을 찾아온 것도 비밀로 한 모양이었다. 현수가 화제를 돌렸다.

"왜 왔어?"

"아빠, 나랑 서울 올라가요."

브이가 현수의 옆으로 자리를 옮겼다. 그리고는 아빠의 고된 손을 잡았다.

"그 사람 돈 나랑 서울에서 같이 갚아요. 아빠 여기서 혼자 고생하는 거 못 보겠어요."

“이게 다 누가 벌인 일인데…. 내가 고생해야지.”

현수는 빚더미에 앉게 만든 자신을 자책했다. 그런 현수를 바라보는 브이의 눈에 눈물이 그렁그렁해졌다.

“여기서 위험한 일하다가 다치기라도 하면 난 어떡하라구….”

평소 잘 울지 않는 딸의 울먹임에 현수가 적잖이 놀란 얼굴을 했다.

“나한테는 아빠가 아빠고, 엄마고, 친구잖아요….”

일찍이 엄마 없이 안고 키운 딸이 운동을 하겠다고 선언했을 때 느꼈던 감정을 다시금 느꼈다. 안쓰럽고 미안했다. 눈가가 금세 시큰거렸다. 현수가 재빨리 고개를 돌려버렸다. 입을 꾹 다물고 있지만 그 마음이 고스란히 브이에게로 전달되었다. 운동할 때는 무섭지만 집에서는 한없이 다정했던 아빠. 말하지 않아도 아빠의 마음을 알 수 있었다. 브이는 눈물을 참는 아빠의 목을 와락 끌어안았다.

가슴팍에 팔짱을 낀 기범은 못마땅한 표정을 지었다. 그런 기범의 앞에서 허리를 잔뜩 웅송그린 브이는 오로지 한 곳만을 주시 중이었다. 그곳에는 박연이 있었다. 산을 건너듯 수많은 스태프들과 카메라 대열을 지나면 보이는 마당. 박연은 그 한가운데 접이식 의자를 놓고 앉아 따분한 표정을 짓고 있었다.

전원일기의 촬영은 이번 주의 새로운 게스트 수아의 비명소리로 시작되었다. 두 손으로 식칼을 쥐고 도마 위의 생선과 난투극을 벌이는 수아를 박연이 흘끔 쳐다보았다.

“생선보다 네가 더 무섭다니까? 생선보다 네 덩치가 백 배는 크거든?”

수아가 서늘하게 대꾸했다.

"입 조심해. 나 칼 들었어."

티격태격하는 두 사람을 스태프들 뒤에서 지켜보던 브이가 잔뜩 움츠린 허리를 폈다.

"아이씨…. 잘 안 보이네…."

인상을 쓰고 중얼거리는 브이의 어깨를 기범이 톡톡 두드렸다.

"촬영장 구경시켜준다고 안 궁금하다는 나를 힘으로 끌고 온 이유가 저거야?"

기범이 턱짓으로 박연과 수아를 가리켰다. 브이는 고개를 저으며 손사래를 쳤다.

"아니! 소연이 촬영하는 것도 구경하고…."

"왜? 저 여자 뭔데? 박연 저 자식이 바람 피워?"

브이는 키가 큰 기범의 어깨를 눌러 내려 재빨리 입을 틀어막았다. 그리고는 주위 스태프들을 살폈다. 며칠 전, 소연에게서 수아가 게스트란 말을 듣고 활활 타오른 질투심이 가라앉지 않아 촬영장까지 따라오고야 말았다. 기범의 촬영장 구경은 핑계에 지나지 않았다.

브이는 기범에게 목소리를 낮추고 속삭여 물었다.

"티 나?"

기범이 브이의 손을 떼어내고 대답했다.

"엄청. 네 얼굴에 쓰여 있어. 감. 시. 중."

기범의 검지가 브이의 이마를 콕, 콕, 콕 찍었다.

저 자식이 왜 남의 걸 만져? 다리를 꼬고 접이식 의자에 앉은 박연의 눈썹이 불만스럽게 씰룩였다. 촬영 중이라 촬영장에 놀러온 브이를 발견하고도 아직 알은체를 못했다. 촬영 중간에 틈틈이 브이를 흘끔거리며 눈이 마주치기를 기다리는 중이었다.

박연이 보기에 브이는 오늘따라 유난히 기범과 딱 붙어서 속닥거리며 장난을 쳤다. 아무리 생각해도 브이가 먼저 촬영장을 구경 오고 싶어 했을 리는 없다.

왜 왔을까. 촬영 내내 브이와 기범이 촬영지에 나타난 이유를 추리했다. 그러는 사이 촬영장소가 바뀌었다. 박연은 수아와 함께 차를 타고 읍내를 나왔다. 수아가 생선을 난도질하다가 마당으로 던져버린 탓이었다. ENG카메라를 들고 소수의 스태프들이 동행했다. 브이와 기범 역시 소연의 도움으로 스태프들의 차를 얻어 타고 읍내로 향했다.

스태프를 실은 차가 읍내 마트에 도착하자 박연과 동행했던 카메라 보조가 비보를 알려왔다.

"피디님, 조수아 씨가 없어졌어요."

수아의 증발 소식을 들은 정 피디의 얼굴이 하얗게 질렸다.

"어쩌다 없어져?"

"마트 도착해서 박연 씨가 장보는 거 찍고 있는데 조수아 씨가 갑자기 안 보이더라구요."

카메라 보조는 순식간에 일어난 일이라는 듯이 머리를 긁적였다. 정 피디는 머리를 감싸 쥐고 자리에 주저앉았다.

사라진 수아 덕분에 잠시 촬영이 중단되었다. 긴급회의에 들어간 스태프들과 촬영 구경을 나온 주민들로 인해 읍내 마트 앞이 어수선해졌다.

트럭 뒤에 웅크리고 앉아 길 건너의 마트를 지켜보던 수아가 몸을 숨겼다. 양손을 코끝으로 가져가 킁킁 냄새를 맡아보았다. 네일아트를 받은 손톱에서 비린내가 풍겼다.

"짜증나."

수아가 인상을 썼다. 빅엔터의 새 대표는 강 대표의 구속으로 이미지가 망가진 회사를 다시 살려보겠다며 가리지 않고 스케줄을 돌려댔다. 그 탓에 고생하기로 악명 높은 예능까지 출연하게 되었다. 수아의 눈에 눈물이 고였다.

"내가 뉴욕에서 런웨이 걷던 게 엊그제 같은데…."

훌쩍이는 수아의 머리맡에 그림자가 졌다. 수아가 고개를 들었다. 머리 위에서 자신을 내려다보고 있는 남자를 확인한 순간, 울상이었던 얼굴이 멍해졌다.

"지금 여기서 뭐합니까? 다른 사람들이 본인 찾는 거 안 보여요?"

큰 키와 넓은 어깨가 먼저 눈에 들어왔다. 낯선 남자는 헐렁한 티셔츠를 입고 있는데도 몸매가 역삼각형에 가까워보였다. 수아가 멍한 얼굴로 입술만 겨우 달싹여 물었다.

"누구세요?"

"제가 관계자는 아닌데, 지금 숨어계시는 거잖아요. 다들 찾고 있으니까…."

"그러니까 이름이 뭐냐구요."

수아가 말을 잘라 물었다. 남자는 미간을 좁히고 대답했다.

"김기범입니다."

기범을 멍하게 올려다보던 수아가 자리에서 일어섰다.

이 남자 일어서서 보니까… 더 잘생겼어?

수아가 기범에게 넋을 놓은 사이, 스태프들이 혼란스러워진 틈을 타 브이는 마트 주변을 살폈다. 수아가 갑자기 사라졌다더니 박연도 보이질 않았다. 브이의 작은 얼굴이 일그러졌다. 질투란 감정은 브이에게는 너무도 괴로웠다. 머릿속은 복잡하고 심장은 불안하게 뛰었다.

먼 데 시선을 둔 채 읍내 거리를 살피던 브이가 마트 옆 골목으로 들어섰다. 그때 커다란 손이 브이의 팔목을 감아쥐었다. 골목에 숨어 있던 박연이 브이를 품으로 당겼다. 가슴팍에 닿는 머리통을 꼭 끌어안았다. 놀란 브이가 눈을 동그랗게 뜨고 물었다.

"나 여기 온 줄 어떻게 알았어?"

"내가 너 못 알아본 적 있어?"

대답이 당연하게 들려왔다. 브이는 너른 품속에 얼굴을 묻은 채 고개를 저었다. 박연은 품속에 가둔 브이를 내려다보았다.

"촬영 방해하러 왔지?"

미간을 찌푸린 브이가 도리질 쳤다. 혹여나 질투 때문이라는 걸 들킬까 서둘러 말했다.

"그냥 당신 얼굴 보러."

"그러니까 촬영 방해하러 온 거 맞네."

"그게 어떻게 방해야?"

"방해야. 그거 엄청난 방해야."

내가 너 쳐다보느라 뭘 할 수가 있어야지.

박연은 가까스로 뒷말을 삼켰다. 박연의 품속에서 나온 브이가 입술을 부루퉁하게 내밀었다.

"그래, 방해해서 굉장히 미안하네."

촬영에 방해됐다는 말이 수아와의 시간에 방해가 됐다는 말처럼 들렸다. 기분이 단단히 상한 얼굴로 토라져 있는 브이를 빤히 쳐다보던 박연이 허리를 기우뚱하게 숙였다. 브이를 유심히 쳐다보던 박연이 혼잣말처럼 중얼거렸다.

"어어? 반응이 이상한데?"

괜스레 찔린 브이가 박연의 시선을 피했다. 그러나 얼마 못 가 제 발 저린 브이가 박연을 홱 돌아보며 소리쳤다.

"게스트 수아 씨인 거 왜 말 안 했어? 당신은 아무렇지도 않아? 어떻게 그럴 수가 있어? 하, 참. 아무리 헤어진 사이라고 해도 남녀 사이에 막 엄청나게 쿨하고 그런 사이는 없는 거 아닌가? 내가 연애 안 해봤다고 그런 것도 모를 것 같아?"

브이는 쉬지 않고 종알거리면서도 눈을 제대로 쳐다보지 못했다. 그런 브이를 뚫어져라 보던 박연이 입술을 씨익 올렸다.

"너 질투하는구나."

"그래 뭐! 질투하는데 왜!"

"뭐는, 왜는."

미치겠으니까 그렇지. 웃고 있던 박연의 얼굴이 난감하게 구겨졌다. 박연은 브이의 앞에서 양 팔을 들고 어찌할 바를 몰라 했다.

"이걸 어떡하지? 얘를 지금 어떻게 해야 돼? 하, 씨…. 진짜 미치겠다."

커다란 손이 허공을 맴돌다 브이의 머리를 덥석 부여잡았다. 박연은 손바닥에 볼이 잔뜩 눌린 얼굴을 내려다보며 낮게 속삭였다.

"너 집에 가면 죽어."

협박성 짙은 대사였지만 브이를 보는 눈동자는 안달 난 사람처럼 뜨겁게 떨리고 있었다. 금방이라도 잡아먹을 듯이 쳐다보는 눈을 올려다보던 브이의 얼굴이 새빨갛게 달아올랐다. 그러자 인상을 구긴 박연이 이를 악물고 중얼거렸다.

"빨개지지 마. 상상되잖아."

박연의 귀 끝이 불이라도 붙을 듯이 붉게 물들었다. 박연은 브이의 뺨을 감싸 쥐고 아쉬운 대로 쪽, 소리가 나도록 입을 맞췄다.

큰일이다. 1박 2일 촬영은 너무 긴데….

수아의 복귀로 끝나지 않을 것 같던 1박 2일 촬영이 순탄하게 끝났다. 박연 개인적으로는 순탄하지만은 않았다. 클로징을 찍을 때는 잠깐 별도 보였던 것 같다.

현관문이 닫히자마자 입술부터 부딪쳤다. 불도 켜지 않은 집 안으로 브이와 서로를 부둥켜안고 걸음을 옮겼다.

박연이 숨 돌릴 틈 없이 밀어붙이는 탓에 브이는 거실을 지나서야 남은 운동화 한 짝을 겨우 벗었다. 너른 거실을 지나치며 박연은 셔츠를 벗어던졌다. 잠시 떨어졌던 입술을 다시 겹치며 커다란 손으로 브이의 등 뒤를 더듬었다. 블라우스 지퍼를 내렸다.

침실 문에 등을 기대고 선 브이를 박연이 내려다보았다.

"너 끝내주게 죽여주려다가 내가 죽겠다."

나지막하게 속삭인 박연이 하반신을 붙여왔다. 브이의 하복부에 박연이 단단하게 닿았다. 박연은 고개를 비틀어 입술을 눌렀다. 브이의 어깨에 걸려 있던 미니 핸드백이 발치로 툭 떨어졌다. 혀를 얽으며 빈틈없이 입을 틀어막는 키스에 브이가 코끝으로 거칠게 숨을 뱉었다. 그때 발치에 떨어진 핸드백에서 핸드폰 진동소리가 울렸다. 입술을 떼고 핸드백으로 시선을 내리는 브이의 턱을 박연이 잡아 올렸다.

박연은 브이의 블라우스를 머리 위로 벗겨내고 입술을 집어삼켰다. 속옷을 끌어내린 손이 부드러운 가슴을 움켜쥐었다. 그러는 사이에도 진동소리는 계속 이어졌다. 브이는 입술을 핥는 박연의 어깨를 슬며시 밀었다. 그리고는 달뜬 숨을 내쉬며 말했다.

"전화… 누군지만 확인하고…."

그러나 박연은 들어줄 생각이 없는지 브이의 앞에 무릎을 꿇어앉았다. 브이의 청바지 버클을 풀고 그대로 바지를 끌어내렸다. 곧장 얇은 속옷 위에 입술을 묻었다. 눈을 감은 박연이 가늘게 떨리고 있는 허벅지를 쓰다듬으며 입을 벌렸다. 얇은 속옷으로 가려진 은밀한 곳까지 뜨거운 숨결이 스며들었다.

이 남자… 집에 가면 죽인다더니 정말 죽일 셈인가 봐….

브이가 턱을 치켜들며 박연의 머리칼을 움켜쥐었다.

핸드백 속에서 끈질기게 울리고 있는 진동소리는 입술을 움직이느라 바쁘던 박연의 귀에도 상당히 거슬렸다. 신경질적으로 이맛살을 구긴 박연이 브이의 허벅지에 얼굴을 묻은 채 옆으로 손을 뻗었다. 탄탄하면서도 부드러운 살결에 입을 맞추며 핸드백을 더듬었다. 거칠어진 숨을 몰아쉬는 브이를 대신해 핸드폰을 꺼내들었다. 박연은 감고 있던 눈을 뜨고 핸드폰 화면을 확인했다.

브이의 허벅지를 아프지 않게 깨물던 입술이 미끄러졌다. 발신자를 확인한 박연의 얼굴이 멍해졌다. '아빠'라는 글자가 박연의 뺨을 후려쳤다. 어디선가 브이의 부친이 지켜보고 있는 듯한 무서운 착각이 들었다. 박연은 진심으로 몸서리쳤다.

전화가 끊겼다. 고개를 저은 박연이 하던 일을 마저 이어가려던 때였다. 짧은 진동과 함께 브이의 핸드폰에 문자메시지가 도착했다. 발신자는 이번에도 '아빠'였다.

'지금 서울이다.'

문자메시지 내용을 확인하자마자 자리에서 벌떡 일어서던 박연이 핸드백 끈에 발이 걸려 넘어졌다.

"아윽!"

바닥에 찧은 무릎을 쥐고 뒹구는 박연을 브이는 영문을 모르는 얼굴로 내려다보았다.

"왜?"

브이가 괴로운 표정으로 뒹구는 박연을 보며 핸드폰을 주워들었다. 영문을 모르던 브이도 발신자를 확인한 순간 얼굴이 붉게 달아올랐다.

"아, 아빠가…!"

"그래, 그러니까 빨리 옷부터 입자."

웅크리고 앉아 핸드폰만 보고 있는 브이에게 박연이 블라우스를 입혔다. 박연이 블라우스 지퍼를 단단히 올려주는데 눈물이 찔끔 날 뻔했다. 현수에게 서울로 올라와 달라 말한 건 자신이었지만 때가 맞지 않았다. 무려 1박 2일을 참았는데 하필 지금….

현수는 브이를 터미널에서 기다리고 있었다. 박연이 같이 나타날 줄 몰랐던 눈치였다. 박연을 보자마자 조금 놀라는가 싶더니 탐탁지 않은 표정을 지었다.

뒷좌석에 두 부녀를 태운 박연은 오피스텔로 향했다. 얼마 전까지 브이와 함께 살던 오피스텔이었다.

박연이 내어준 1702호를 둘러본 현수가 말했다.

"앞으로 지낼 거처를 구할 때까지만 신세 좀 지겠네."

박연이 서둘러 대답했다.

"예, 그러세…."

"넌 아직도 소연이네서 지낸다고?"

박연의 말허리를 자른 현수가 브이를 돌아보았다. 브이는 고개를 세차게 끄덕였다. 아빠에게 거짓말하는 법이 거의 없었지만 박연과 한집에서 동거중이란 말은 절대 할 수 없었다.

현수는 브이의 어깨를 다독였다. 아무리 친한 친구라지만 남의 집에 얹혀사는 게 얼마나 불편했을지 말하지 않아도 알 수 있었다.

"방 얻을 돈 마련해왔으니까 브이 너도 이제 소연이한테 더는 신세 안 져도 돼."

현수의 말을 들은 박연과 브이가 서로를 돌아보았다. 동그랗게 눈을 뜬 박연이 미간을 찌푸렸다. 현수가 방을 얻으면 두 사람의 동거는 끝이란 소리였다. 박연이 머리를 긁적이며 말했다.

"요즘 친구끼리 같이 사는 여자들 많아요. 혼자 살기 위험하니까."

"맞, 맞아요! 소연이가 그랬어요! 혼자는 무섭대요. 같이 있어줘야 될 것 같은데…."

박연의 옆에서 브이도 거들었다. 순간 가늘어진 현수의 눈이 박연과 브이를 번갈아보았다. 브이는 아빠의 예리한 눈빛을 피해 오피스텔을 나갔다. 먼저 자리를 뜬 브이의 뒤를 따라가려는 박연의 뒷덜미를 현수가 우악스러운 손길로 잡아챘다.

"브이 때문에 서울에 올라온 거야. 자네를 허락한 게 절대 아니야. 자네 프러포즈를 도우려고 올라온 건 더더욱 아니야. 명심해. 자네 돈도 갚을 거니까."

박연은 현수의 이글거리는 눈을 보았다. 금방이라도 잡아먹을 듯이 쳐다보는 현수의 눈빛에 박연이 조용히 고개를 끄덕였다.

집으로 돌아가는 차 안에서 운전대를 잡은 박연은 깊은 생각에 빠져 있었다.

'자네를 허락한 게 절대 아니야.'

현수의 목소리와 얼굴을 떠올리자 골이 아팠다. 뻔뻔함으로 밀고 나갈까 싶었지만, 상대는 답답하리만큼 원칙을 따지는 권브이의 상위버전인 외골수 권현수가 아니던가. 이 부녀는 정말 만만치가 않다. 박연은 핸들을 쥐고 있던 손으로 지끈거리는 미간을 긁적였다.

그런 박연의 옆자리에 앉은 브이는 다른 생각에 빠져 있었다. 현수가 새로운 집을 구한다면 자연스럽게 박연의 집에서 나와야 할 것이었다. 함께 눈을 뜨고 밥을 먹고, 웃고 떠들다가 함께 잠드는 일. 그 모든 일상이 이젠 끝이라 생각하니 아쉬웠다.

문득 브이의 시선이 박연을 향했다. 핸들을 쥐고 운전 중인 박연의 옆얼굴을 빤히 쳐다보았다.

'요즘 친구끼리 같이 사는 여자들 많아요.'

현수에게 둘러대던 걸 보면 박연도 자신과의 동거가 이대로 끝나는 것은 원치 않는 듯 보였다. 브이가 슬쩍 미간을 좁혔다. 얼마 전 결혼에 대해 떠보는 질문에 박연이 들려준 대답을 떠올렸다.

'난 결혼 그런 건 생각도 안 해봤어. 지금 난 일에 미친 남자거든.'

그럼 나랑 동거는 OK, 결혼은 NO란 말이야?

운전을 하던 박연이 옆통수로 느껴지는 강렬한 시선에 고개를 돌렸다. 자신을 쳐다보는 브이의 커다란 눈이 새치름해져 있었다. 그런 브이를 바라보는 박연의 눈도 가늘어졌다.

어떻게 해서든 브이의 생일 전까지는 허락을 받아야 하는데.

두 사람은 서로 다른 생각을 하며 서로를 빤히 쳐다보았다.

브이는 CBC방송국 1층의 카페테리아에서 소연과 마주앉았다. 현수의 상경 소식을 들은 소연은 브이의 머릿속이라도 들여다본 것처럼 물었다.

"아저씨 올라오셨으니까 잠깐 같이 살았던 걸로 끝? 박연은 별 말 없어?"

브이가 고개를 저었다. 소연은 의자 등받이에 팔을 걸치고 놀랍다는 듯이 말했다.

"내 촉으로는 박연이 당장 프러포즈는 안 하더라도 결혼 얘기는 슬쩍 흘릴 것 같았는데. 의외네."

"나도 결혼할 생각 없어."

퉁명스럽게 대꾸하는 브이의 반응에 소연이 능글맞게 웃었다.

"진짜?"

"네가 갑자기 동거니, 결혼이니 그런 얘기 꺼내니까 그 남자 생각은 어떤지 궁금했던 거야. 나도 딱히 결혼 같은 거 엄청 하고 싶지 않거든?"

브이는 절대 아니라는 듯이 고개를 절레절레 저었다. 이 모습을 박연이 본다면 웃겨죽으려나, 귀여워죽으려나. 소연은 피식거리며 아이스커피를 마셨다. 그때 CBC방송국 1층에 요란스러운 구둣발소리가 울렸다. 아찔한 힐의 굽 높이만큼 짧은 원피스 아래로 드러난 두 다리는 보통 사람들과는 비교되지 않을 정도로 길었다. 방송국을 지나는 사람들의 시선을 사로잡으며 등장한 이는 모델 수아였다.

수아는 카페테리아에 앉아 있는 브이와 소연에게 달려와 알은체를 했다. 과장스럽게 손뼉을 치는 모양새가 우연히 두 사람을 발견했다기보다는 알고 찾아온 느낌이었다.

"어머, AD님! 우리 브이 언니도 여기 있었네? 맞다, 두 분 친구 사이라고 하셨죠?"

수아는 소연과 브이의 손을 덥석 잡고 자연스럽게 착석했다. 수아에게 손이 잡힌 브이는 경계하는 얼굴을 했다. 한 번 타오른 질투는 눈에 보이지 않는 불씨로 브이의 가슴에 살아있었다.

소연과 브이의 손을 양손에 잡은 수아가 잘잘 흔들었다.

"브이 언니 친구니까 AD님도 언니라고 부를게요? 언니들, 이것 참 인연이지 않아요?"

소연이 친분이라고는 전혀 없는 수아에게 잡힌 손을 슬그머니 빼내며 중얼거렸다.

"뭐가 인연이라는 건지 잘 모르겠는데요."

수아는 다시 소연의 손을 잡아챘다.

"지난 촬영 때 우리 브이 언니랑 같이 왔던 남자 분."

"기범이요?"

"네, 김기범 씨. 그분, AD언니랑도 아는 사이 같던데…. 무슨 사이?"

소연은 눈을 깜박이며 묻는 수아를 물끄러미 쳐다보았다.

요 기집애가 지금 뭐하자는 거지?

눈치가 빤한 소연이 머리를 굴리는 동안 질투란 감정도 최근에서야 경험해본 브이가 정직하게 대답했다.

"셋이 친구예요."

바로 그 대답을 기다렸다는 듯이 수아가 물었다.

"혹시 이중에 엑스 걸프렌드는 없는 거죠?"

브이와 소연이 차례로 고개를 저었다. 만족스러운 미소를 지은 수아가 테이블을 짚고 일어섰다.

"언니들, 오늘 우리의 우정을 돈독히 쌓아보아요."

소연은 속이 훤히 보이는 수아의 말에 어이없는 표정을 지었다. 그 옆에 앉은 브이는 경계를 풀지 않은 눈초리로 수아만 쳐다보았다.

우정을 쌓자던 수아는 친목에 술이 빠질 수 없다며 갑작스러운 술자리를 마련했다. 자리가 없어 못 들어간다는 청담동의 라운지 바에 테이블 예약이 걸려 있는 것을 보고 대놓고 계획적이었다고, 소연은 생각했다. 게다가 다 같이 친해지자는 의미로 기범을 부르라는 대목에서는 그럼 그렇지 싶었다.

소연이 수아의 계산을 때려 맞추는 동안 브이는 각자 앞에 놓인 칵테일을 쭉 둘러보았다. 색색의 칵테일이 곱기도 고왔다. 열린 창밖으로는 시내 야경이 내려다보이고 클럽 못지않게 신나는 음악이 쾅쾅 울리는 탓에 괜스레 가슴이 두근거렸다. 그때 브이에게 찰싹 붙은 수아가 귀에 대고 소리쳐 물었다.

"언니, 친구 분은 부른 거 맞아요?"

브이가 무어라 대답하기 전에 라운지 바 입구로 여성 손님들의 눈길이 일제히 쏠렸다. 박연과 기범의 등장 덕분이었다. 어두운 조명 아래서도 눈에 띄는 슬림한 몸매를 자랑하며 나타난 박연이 한눈에 브이를 알아보고는 테이블로 다가왔다.

"아직 많이 안 마셨지?"

박연은 고개를 끄덕이는 브이의 머리를 쓰다듬으며 자리에 앉았다. 박연의 뒤를 따라 들어온 기범이 적응 안 된다는 표정으로 주위를 두리번거렸다. 브이의 옆에 앉아 있던 수아가 기범의 옆자리로 옮겨갔다. 기범은 테이블에 턱을 괴고 얼굴을 빤히 쳐다보는 수아를 본 척 만 척했다.

그 모습을 지켜보며 소연은 떨떠름한 수아의 얼굴을 캐치했다. 둔치라면 여자대표는 권브이, 남자대표는 김기범. 과연 기범에게 수아가 작업을 걸 수나 있을까 싶었다. 두 사람을 오랫동안 봐온 소연이 장담하건데, 아무리 그래도 확실히 기범이 브이보다는 쉽겠지 싶다. 그런 의미에서 브이와 연애 중인 씨바견이 오늘따라 대단해 보였다.

시간이 흐르고 칵테일 몇 잔이 비워졌다. 그러는 동안, 수아의 무던한 노력에도 기범은 꿈쩍도 하지 않았다. 두 사람 사이에 오간 대화는 겨우 통성명 정도였다. 기범은 수아가 처음 만나보는 유형의 남자였다. 콕 찌르면 홱 넘어오게 되어 있는데 이 남자는 도통 찔러도 찌른 줄도 몰랐다.

수아가 자포자기의 심정으로 잔을 연달아 비우다 테이블에 널브러졌다. 안주만 깨작거리던 소연도 정 피디의 호출을 받고 오래전에 방송국으로 돌아갔다. 술에는 손도 대지 않은 박연이 옆에서 빈 칵테일 잔을 들고 콧노래를 흥얼거리는 브이를 챙겼다.

눈치로 보아하니 수아는 기범에게 다른 맘이 있는 것 같았다. 온갖 수작을 부리다가 안 먹히니 망했다 싶어 과하게 달린 것 같은데, 브이는 왜 이렇게 취한 건지 모르겠다. 콧노래에 이어 혼잣말을 중얼거리기 시작한 브이의 팔을 목에 둘렀다. 박연은 맞은편에 앉은 기범에게 말했다.

"브이랑 먼저 갈 테니까 부탁한다."

"뭘 부탁해?"

정말 모르겠다는 듯이 묻는 기범에게 박연은 정확히 수아를 턱짓으로 가리켰다 기범은 그제야 취한 수아를 돌아보았다. 포니테일 스타일로 묶은 머리로 헤드뱅잉 중이던 수아가 기범의 어깨에 살포시 기대어왔다. 화들짝 놀란 기범이 수아를 옆으로 밀치고 일어섰다.

"내가 브이를…."

"말도 안 되는 말인 거 알지?"

박연이 말을 자르고 물었다. 기범이 동의하는 듯 입을 다물었다. 브이를 부축한 박연이 라운지 바를 나갔다. 테이블에 수아와 둘이 남겨진 기범이 흘끔 옆을 보았다. 테이블에 엎어져 꼼짝 않던 수아가 벌떡 고개를 들었다. 게슴츠레해진 눈이 기범을 쏘아보았다.

"야아… 너 되게 잘생겼다? 너어… 나랑 저기서 쉬다 갈래?"

수아의 손가락이 열린 창밖을 가리켰다. 'MOTEL'이라 적힌 간판을 발견한 기범의 두 눈이 커다래졌다.

취한 브이를 들쳐 업은 박연이 주차장으로 내려왔다. 차를 찾아 걸음을 옮기는 박연의 머리가 돌연 뒤로 홱 젖혀졌다. 박연의 등에 업힌 브이가 머리칼을 쥐고 흔들었다.

"우리 멍뭉이! 너무 귀여워!"

"브이야, 권브이! 아악!"

주차장에서 난데없는 실랑이가 벌어졌다. 차를 빼던 사람들이 동작을 멈추고 한쪽에서 머리털을 쥐어뜯기고 있는 박연을 구경했다. 박연은 브이가 머리채를 잡아당기는 방향대로 속수무책으로 휘청거렸다.

"브이야, 박력 넘치는 매력은 집에서만 뽐내자."

"집? 그래, 말 잘했다!"

브이는 쥐어뜯던 머리칼을 놓았다. 박연이 따끔거리는 머리를 만지며 한숨 돌릴 새도 없이 이번에는 브이가 목을 와락 끌어안았다. 박연의 목을 꽉 안은 브이가 귓가에 대고 작게 웅얼거렸다.

"사귀는 남녀가 한집에 살면 '그런' 동거라던데…."

박연은 브이의 귀여운 주정에 피식 웃음이 터졌다. 그러자 브이가 머리칼을 잡아당겼다. 박연의 얼굴이 다시 일그러졌다.

"아아, 브이야…."

"웃지 마. 난 너랑 동거 말고 결혼하고 싶단 말이야…!"

아픈 소리를 내며 잔뜩 찌푸려졌던 얼굴이 멍해졌다.

이 여자가 또 사람 심장 아프게….

박연은 멍하게 눈만 깜박이던 얼굴을 흔들고 등에 업힌 브이를 불렀다.

"브이야, 다시 말해봐. 어? 나랑 뭐가 하고 싶다고?"

그러나 등 뒤에서는 대답이 돌아오지 않았다. 대신에 박연의 머리칼을 쥐고 있던 손에 힘이 스륵 빠졌다. 잠이 들었는지 브이의 두 팔이 툭 늘어졌다. 박연은 잠든 브이를 업고 주차장에 서서 자꾸만 웃음이 새어 나오는 입술을 깨물었다. 얼마 전 동창의 결혼식을 다녀오고 난 뒤로 자꾸만 결혼 얘기를 꺼내던 브이가 떠올랐다. 그때부터 오늘까지 혼자 이런저런 생각이 많았을 브이를 생각하니 박연은 안쓰러우면서도 사랑스러워 미칠 뻔했다. 며칠 전에는 질투하는 모습으로 사람 미치게 만들더니.

"미쳤어, 권브이. 왜 이렇게 예뻐 진짜…."

프러포즈 디데이인 브이의 생일까지는 일주일이 남았다. 어떻게 참을까. 박연은 등으로 느껴지는 사랑스러움을 만끽하며 제자리를 서성거렸다.

잠든 브이를 침대에 눕히고 침실을 나오려는데 핸드폰이 울렸다. 브이가 깨지 않도록 조심스럽게 침실 문을 닫은 박연은 거실로 향하며 핸드폰을 내려다보았다. 저장되어 있지 않은 번호였다. 통화버튼을 누르자 의외의 목소리가 들려왔다. 현수였다.

-나야. 브이한테 말하지 말고 자네만 여기로 와.

박연은 통화로도 느껴지는 현수의 비장함에 굳은 얼굴로 눈만 굴렸다. 무슨 일인지는 몰라도 예비 장인어른의 호출이었다. 오피스텔로 급하게 달려온 박연은 1702호 앞에 섰다. 브이의 사랑스러운 취중진담을 들은 지 한 시간도 되지 않아 호랑이굴로 불려온 꼴이 되었다. 긴장되는 가슴을 손바닥으로 쓸어내렸다.

"쫄지 마라, 박연. 뻔뻔하게 나가자, 뻔뻔하게."

혼잣말을 중얼거린 박연이 1702호의 문을 열었다. 안으로 들어서자 탁자 앞에 양반다리를 하고 앉은 현수가 근엄한 표정으로 박연을 기다리고 있었다. 탁자에는 초록색 술병들이 줄지어 서 있었다. 박연은 지금 이 상황이 어떤 상황인지 단박에 이해가 갔다. 결혼 승낙을 두고 예비 장인어른과 예비 사위가 벌이는 대작(對酌)일 것이었다. 박연은 단연한 표정으로 현수를 보았다.

뒤척이던 브이가 잠에서 깨어났다. 사방이 어두운 것을 보니 아직 아침은 아닌 듯했다. 소연이가 방송국으로 돌아가 보겠다며 자리를 뜨던 찰나까지만 기억에 남아 있었다. 얼마나 마셨는지, 어떻게 잠이 들었는지, 집까지는 어떻게 왔는지 도통 기억나질 않았다. 머리맡을 더듬어 핸드폰을 확인했다. 시간은 새벽 2시가 넘어 있었다. 지끈거리는 머리를 만지작거리던 브이는 문득 옆자리가 허전한 것을 깨달았다. 침실을 나왔지만 박연은 집 안 어디에도 보이지 않았다. 물을 마시기 위해 주방으로 향한 브이는 냉장고에 붙은 메모지를 떼어냈다.

'아버님 허락 맡고 올게.'

박연의 필체를 확인한 브이는 그렇잖아도 큰 눈이 더욱 커다래졌다. 두 사람의 교제는 절대 안 된다던 부친의 허락을 맡고 오겠다니…. 그것도 이 밤에. 아빠의 고집을 꺾는 게 그렇게 수월하지가 않을 텐데. 아마 사달이 나도 크게 났을 거라 생각한 브이는 하얗게 질린 얼굴로 서둘러 집을 뛰쳐나왔다.

택시를 타고 곧장 오피스텔로 향했다. 그러나 1702호의 비밀번호를 누르고 들어섰을 때, 브이의 눈에는 예상치 못한 그림이 전개되고 있었다. 우려와는 달라도 너무 달랐다.

현수의 팔을 품에 끌어안은 박연이 술에 취해 빨개진 얼굴로 히죽거렸다.

"아, 좋다. 브이는 좋겠다. 아버님 사랑 듬뿍 받고 자라서."

현수의 어깨에 뺨을 기댄 박연은 브이도 보이지 않는지 배시시 웃었다. 제자리에 그대로 굳은 브이는 현수의 눈치를 살폈다. 낯빛이 싸늘했다. 아무래도 탁자에 줄 세워놓은 빈 술병은 모두 박연의 뱃속으로 들어간 모양이었다. 브이가 현수를 흘끔거리며 박연을 흔들었다.

"연아, 그만해!"

박연은 현수에게서 자신을 떨어트리려는 브이를 홱 돌아보았다. 현수의 팔에 더욱 찰싹 붙으며 소리쳤다.

"나도 아버지 사랑을 받았으면! 더 좋은 남자로 컸을 텐데!"

브이의 속도 모르고 고래고래 소리를 지르던 박연이 갑자기 울먹이며 얼굴을 일그러트렸다.

"내가… 어릴 때 아버지랑 헤어지고… 화해를 했는데…. 이제 내 폰에도 아버지 번호가 저장돼 있다구요!"

주섬주섬 바지에서 핸드폰을 꺼내든 박연이 현수의 눈앞에 핸드폰을 들이밀었다.

"저리 치워."

현수가 묵직한 경고를 날렸다. 브이는 아버지의 화를 더 돋우기 전에 재빨리 박연을 저지했다. 브이의 품속에서 박연이 몸부림쳤다.

"이것 좀 보세요! 우리 아빠 번호가 공일공…!"

브이가 박연의 팔을 잡으려는 순간이었다. 딱, 소리가 경쾌하게 울렸다. 몸부림치던 박연이 핸드폰으로 현수의 이마를 내려찍었다. 무서운 표정으로 앉아 있던 현수가 통증을 참아내듯 이마를 짚으며 고개를 숙였다.

"아, 아빠…."

입을 틀어막은 브이가 안절부절 못하고 현수만 쳐다보았다.

"방으로 데려가."

현수의 나지막한 목소리에 브이가 박연의 팔을 끌어당겼다.

"연아, 그만 들어가서 자자."

달래는 브이를 밀쳐낸 박연이 술 냄새를 풍기며 현수에게 들러붙었다.

"아버님이랑 잘 거야!"

흥, 콧방귀를 끼며 자신을 노려보는 박연을 보자니 브이는 이 남자가 원래 이렇게 새침했던가 싶었다. 단단히 술에 취한 박연의 모습은 브이마저도 낯설었다. 인내심이 바닥에 치닫는 듯 눈을 지르감은 현수가 깊게 심호흡을 했다. 브이는 박연의 등짝을 때렸다.

"정신 좀 차리라구!"

"아빠! 사랑합니다!"

어린애처럼 소리친 박연이 현수의 얼굴을 붙들고 이마와 뺨에 뽀뽀세례를 퍼부었다. 박연에게 붙들린 현수가 인상을 쓰고 허우적거렸다. 브이는 필사적으로 박연의 등짝을 연달아 때리며 소리쳤다.

"박연!"

브이의 목소리가 메아리처럼 울렸다. 현수에게 뽀뽀를 퍼붓던 박연이 그제야 가물가물한 눈동자로 브이를 돌아보았다.

"어? 브이야…. 내 사랑 태권브이…."

이번에는 브이에게 달려드는 박연의 뒷덜미를 현수가 재빨리 잡았다. 캑, 소리를 내며 바닥에 '大'자로 뻗은 박연이 그대로 코를 골았다. 브이는 눈치껏 무릎을 꿇어앉았다.

"아빠…. 연이가 원래 이런 스타일이 아니구요…."

"치워."

"네."

바닥에 뻗어 있는 박연을 안간힘을 써서 질질 끌어당겼다. 브이는 꼼짝도 않는 박연을 끌어당기며 절로 나오는 깊은 한숨을 몰아쉬었다. 교제 허락은커녕 다신 얼굴도 안 볼 것 같은데. 브이의 얼굴이 울상으로 일그러졌다.

베개를 끌어안고 몸을 뒹굴던 박연이 목을 긁적이며 눈을 떴다. 낯이 익으면서도 낯선 천장을 멍하게 바라보던 얼굴이 서서히 굳어졌다.

'브이는 좋겠다. 아버님 사랑 듬뿍 받고 자라서.'

"하아…."

지난밤의 기억이 되살아난 박연은 머리를 짚고 일어나 앉았다. 예비 장인어른에게 프러포즈하겠다고 선전포고해놓고 술에 취해 주정을 부리는 놈은 아마 몇 없지 않을까.

"박연… 이 한심한…."

스스로에게 자조적인 멘트를 날리는 순간, 기억이 더욱 또렷해졌다.

'아버님이랑 잘 거야!'

등줄기를 따라 식은땀이 흘렀다.

"나… 미쳤던 거야?"

혼잣말을 중얼거린 박연이 몸서리쳤다.

"여기까지겠지? 뭐가 더 있진 않겠지? 설마…."

설마 하는 순간 눈앞이 번뜩였다.

'아빠! 사랑합니다!'

소름 돋는 대사가 귓가에 메아리쳤다. 제 부친에게도 해본 적 없는 사랑 고백과 함께 뽀뽀를 퍼붓던 모습도 뒤이어 떠올랐다. 박연은 이불 위에서 무릎을 경건하게 꿇어앉았다.

"제발… 제발 없던 일로…. 이건 알코올에 의한 기억조작이거나…."

방문이 열렸다.

"연아…."

두 손을 그러모으고 꿇어앉아 있던 박연이 문을 돌아보았다. 브이가 안쓰러움과 착잡함이 섞인 표정으로 박연을 향해 그만 나오라는 손짓을 해보였다. 박연은 브이의 눈빛에서 알아차릴 수 있었다. 떠올린 기억이 모두 사실이라는 것을.

브이를 따라 잘 떼어지지 않는 발걸음을 옮겼다. 방밖으로 나오자 주방에서 현수가 아침을 준비 중이었다. 오피스텔 안의 공기가 어느 때보다도 무거웠다. 현수의 눈치를 살피던 박연은 눈을 질끈 감았다.

무조건 잘못했다고 빌자. 그래도 술 먹고 '개'되는 것보단 '애'되는 게 낫지 않겠냐고 말해보자. 먹힐까 모르겠다만.

단단히 결심한 박연이 눈을 부릅뜨고 현수를 보았다.

"아버님."

비장한 목소리로 불렀다. 국이 끓는 냄비를 식탁에 옮기던 현수가 박연을 돌아보았다. 싸늘한 눈을 마주하자 입술이 파르르 떨렸다.

"그러니까 제가 애… 아니 개가…."

"뭐하고 서 있어?"

"네?"

"와서 앉아."

현수는 턱짓으로 식탁을 가리켰다. 생각지 못한 반응에 박연이 상황을 파악하려 눈동자를 굴렸다. 끓고 있는 해장국. 싸늘하지만 아직 날아오지 않은 예비 장인어른의 주먹. '와서 앉아'라는 대사. 이건 꽤나 긍정적인 반응인 건가…?

반신반의하며 서 있는 박연에게 현수의 마지막 말 한마디가 정확히 훅을 꽂아 넣었다.

"식기 전에 해장해, 박 서방."

박연의 입이 멍하게 벌어졌다. 그런 박연의 옆에서 덩달아 긴장한 표정으로 서 있던 브이가 커다란 눈을 끔벅거렸다. 제 귀를 의심케 한 단어를 속으로 되뇌어보았다.

박 서방…?

굳은 듯 꼼짝 못하고 있는 박연을 빤히 쳐다보다 현수가 먼저 아침상 앞에 앉았다. 현수는 숟가락을 들어 올리며 말했다.

"앉아, 얼른. 마음 변하기 전에."

멍하게 서 있던 박연이 후다닥 식탁으로 달려가 앉았다.

박연과 브이의 눈동자가 빠르게 굴러갔다. 박연은 현수의 눈치를, 브이는 '박 서방'이라는 요상한 단어가 오간 두 남자의 눈치를 살피느라 밥을 제대로 넘기지 못했다. 먹는 둥 마는 둥 젓가락만 빨고 있던 박연이 미간을 좁혔다.

와아, 세상에서 가장 불편한 아침식사다….

박연은 결심한 듯 젓가락을 내려놓고 자세를 고쳐 앉았다. 식탁에 둘러앉은 세 사람 중 유일하게 식사에 전념하고 있던 현수가 해장국을 떠먹던 숟가락을 내려놓았다. 박연이 기다렸다는 듯이 입을 열었다.

"저 허락하신 겁니까?"

허리를 곧추세우고 앉은 얼굴이 진지했다. 현수는 심각한 표정으로 대답을 기다리고 있는 박연을 빤히 쳐다보며 말했다.

"딸, 다 먹었으면 먼저 나가봐."

밥알을 깨작거리던 브이가 벌떡 일어섰다. 두 남자가 도대체 무슨 이야기를 나눌지 궁금증이 가득했지만 분위기상 고분고분 오피스텔을 나갔다. 복도로 쫓겨난 브이는 손톱을 물어뜯으며 제자리를 서성거렸다. 도대체 무슨 얘기를 하려고 듣지도 못하게 하는 거야? 현관문에 귀를 가져다대었다. 그러나 이미 이전에 경험해 알고 있듯이 안에서 나누는 말소리는 절대로 들리지 않았다.

박연과 단둘이 남은 현수는 물 한 잔을 시원하게 비워냈다. 그런 뒤에야 입을 열었다.

"우리 브이, 내 눈에는 항상 어린애야."

예상외의 첫 마디에 심각했던 박연의 표정이 누그러들었다.

"어느 부모가 안 그렇겠어. 하지만 우리 브이…. 엄마 없이 키우면서 곱게만 키워도 모자랄 판에 나부터가 운동한 놈이라 다정하게 대한다는 게 노력해도 늘 부족하고…. 브이가 운동 시작한 뒤부터는 엄하게 군 것 같아서 항상 미안해."

말을 이어가는 현수의 눈에는 박연이 감히 헤아려볼 수 없는 세월 속에서 쌓여온 진심이 담겨 있었다.

"해준 것도 없는데 건강하고 바르게 자라서 고맙기만 한데… 그런 딸을 내 실수로 고생시키고…. 내가 아버지로서 우리 브이가 하고 싶다는 사랑… 그걸 막을 자격이 있나 싶었어."

"브이는 그렇게 생각 안 할 거예요."

박연이 위로하듯 말을 건넸다. 현수는 시큰거리는 콧등을 찡그리고 답했다.

"당연하지. 우리 브이는 어릴 때부터 아빠가 가장 멋지다고 하던 딸인데."

박연은 자신에게는 없는 아버지와의 추억이 느껴지는 이야기를 들으며 작게 미소 지었다. 현수가 희미한 미소를 띠운 얼굴을 향해 말했다.

"그런 딸이 사랑한다니까."

박연은 미소를 거두고 현수를 바라보았다.

"그런 딸이 사랑하는 남자라니까, 자네가 아니라 우리 딸을 믿어보는 거야."

"그럼 결혼 허락하시는 겁니까?"

"허락 같은 거 필요 없는 것처럼 말하더니 어째 많이 기다린 표정이네?"

농담 섞인 현수의 말에 박연이 자리에서 벌떡 일어나 허리를 숙였다.

"감사합니다."

박연 인생에서 손에 꼽을 일이었다. 진심을 다해 감사의 인사를 전하는 것은. 정수리가 다 보이도록 꾸벅 고개를 숙인 박연을 흐뭇하게 쳐다보던 현수가 생각난 듯 물었다.

"근데 프러포즈는 어떻게 할 생각이야?"

박연이 고개를 들고 답했다.

"비밀이에요."

조금 전 허락해줘서 감사하다고 고개를 숙였다고는 믿기지 않게 능청스러운 얼굴이었다. 현수는 허, 하고 어이없는 웃음을 터트렸다.

"세상에서 가장 행복한 여자로 만들 수 있게 도와달라더니."

"브이는 아버님이 허락해주신 것만으로도 세상에서 가장 행복한 여자가 될 거예요. 그런 마음을 가진 여자니까요."

어이없는 웃음을 짓고 있던 현수의 얼굴이 진지해졌다. 현수는 박연이 무슨 말을 하는지 충분히 알아들을 수 있었다. 자신의 딸은 다른 무엇보다 진정한 사랑과 진심 어린 축하를 바랄 것이었다. 현수는 브이에 대해 정확히 알고 있는 박연이 다시 보였다.

이만하면 믿을 만하겠다. 이만하면 됐지. 현수가 조용히 고개를 끄덕였다.

1702호 문이 열렸다. 현수와 대화를 마치고 나온 박연은 문에 귀를 대고 있던 브이와 부딪쳤다. 부딪친 이마를 감싸 쥔 브이가 눈을 동그랗게 뜨고 물었다.

"아빠가 뭐라셔?"

"교제 허락하신대."

브이에게 프러포즈는 아직 비밀이었다. 결혼 승낙까지 받았다는 말은 아껴두기로 했다. 브이는 애꿎은 뒷머리를 긁적였다.

아빠는 겨우 교제 허락하면서 박 서방이 뭐야, 민망하게….

눈을 찡그리고 머리칼을 만지작거리던 브이는 의아한 표정을 지었다.

"어제 당신 주사를 생각하면 절대 허락 안 할 텐데, 이상하네…."

브이가 중얼거리는 걸 들은 박연이 헛웃음을 터트렸다.

"내 주사가 애교로 먹힌 거지. 나 완전 귀여웠잖아. 아버님이 너처럼 걸크러시한 딸만 키우셔서 내 애교에 넘어가신 거야."

"에이, 애교 수준이 아니었는데."

브이가 떠올리기도 무섭다는 듯이 입꼬리를 내리고 손을 저었다. 반대로 입꼬리를 올린 박연이 물었다.

"어제 네가 부린 주사는 생각 안 나니?"

"내가 무슨 주사를…."

브이는 말을 채 끝맺지 못했다.

'난 너랑 동거 말고 결혼하고 싶단 말이야!'

박연의 등에 업혀 라운지 바를 나오며 쏟아냈던 취중진담을 떠올린 브이의 얼굴이 빨갛게 달아올랐다. 박연은 도통 결혼할 생각이 없어 보이는데 질투의 대상 수아를 앞에 두고 앉아 있자니 술이 술술 넘어갔다. 그 바람에 진탕 취해 최근 며칠 동안 앓고 있던 고민을 입 밖으로 실토하고 말았다.

허리를 숙인 박연이 새빨개진 얼굴을 들여다보며 물었다.

"생각나지?"

"아니, 생각 안 나는데?"

"얘 되게 뻔뻔해졌네? 어제 네가…."

결혼하자며. 그렇게 말하려던 입을 다물었다. 박연은 잠시 뜸을 들였다. 얼굴이 터질 것처럼 달아올랐으면서도 아닌 척 고개를 빳빳이 들고 있는 브이가 귀여웠다. 브이의 반응을 즐기느라 박연이 뜸을 들이는 동안, 브이는 열심히 머리를 굴렸다.

지금에 와서 발뺌하기에는 늦은 것 같구…. 그래, 차라리 얘기 나온 김에 솔직하게 물어보는 것도 나쁘지 않을 것 같다. 나랑 결혼할 생각이 없는 거냐고 대놓고 물어보자. 권브이, 네가 언제부터 뱅뱅 돌려서 떠보고 간 봤다구.

브이가 직구를 날리려 입을 떼는 순간, 박연이 씨익 웃으며 말했다.

"나더러 멍뭉이라며. 내가 구로케 귀여워?"

양손으로 턱밑에 꽃받침을 만든 박연이 과장되게 눈을 깜박였다. 기합이 잔뜩 들어가 있던 브이는 피시식, 바람 빠진 풍선처럼 심장이 쪼그라드는 것을 느꼈다. 엉뚱한 소리를 하는 박연을 보자니 다행이다 싶으면서도 짜증이 났다. 분명히 어제 결혼하고 싶단 주정을 들었을 텐데 말 돌리는 건가? 나랑 결혼 생각 없으니까 일부러? 브이는 미간을 찌푸렸다. 우리가 결혼 전제로 사귀기 시작한 것도 아니고. 그래, 연이는 나랑 결혼할 마음 없을 수도 있지. 잔뜩 찌푸려진 미간이 살살 떨렸다. 그럴 수도 있겠지만, 그럴 순 없어! 양립하는 마음이 결국 부딪치며 폭발했다.

눈에 띄게 토라진 얼굴을 하고 있는 브이를 보며 박연은 모르는 척 말했다.

"아버님한테 허락도 받았는데 기념으로 오늘 데이트 찐하게 할까?"

"됐어. 아빠랑 데이트 할 거거든?"

차갑게 쏘아붙여 대꾸한 브이가 1702호로 들어가 버렸다. 복도에 홀로 남겨진 박연이 장난스럽게 짓고 있던 표정을 얼굴에서 지우고 피식 웃었다. 브이가 들어간 1702호의 문을 쳐다보는 눈빛이 다정하게 물들었다.

사랑스럽다. 하루라도 빨리 네 남자로 평생 살게 해달라고 빌고 싶다, 정말.

박연의 바람대로 기다리던 소식이 들려왔다. 브이 몰래 시공 중이던 인테리어 공사가 끝이 났다. 도장 실내를 주욱 둘러본 박연이 만족스럽게 중얼거렸다.

"완벽해."

흐뭇하게 고개를 끄덕이며 손뼉을 쳤다.

기억을 되살려 예전 경인태권도장의 실내 디자인과 가장 유사하게 공사했다. 브이의 추억이 담긴 도장을 돌려주고 싶었다. 박연을 만나기 전의 권브이가 살아온 곳, 그곳에서 앞으로 함께 살아가고 싶다고 프러포즈 할 생각이었다.

프러포즈 할 생각을 하자 박연의 얼굴이 실전이라도 된 듯 진지해졌다. 아무도 없는 도장에서 무릎을 꿇는 자세를 이리저리 취해보았다. 눈앞에 브이가 있기라도 한 것처럼 얼굴을 비스듬히 들어올렸다.

45도 각도가 좋겠지? 하긴 어느 각도든 겁나 잘생겨서 문제없지.

그때 쿵쿵쿵, 도장을 뛰어다니는 발소리가 울렸다. 도장 사물함에 들어 있던 헤드기어를 머리에 쓴 유다가 박연의 주위를 뱅뱅 돌았다. 빠르게 제자리를 뱅글뱅글 돌고 있는 유다의 뒷덜미를 잡아챘다.

어찌 보면 유다가 뒷좌석에 올라탄 덕분에 부친 태식과 오해를 풀 수 있었다. 고맙게는 생각하지만 나이 차이가 많이 나는 이복동생과 아직은 친밀한 관계가 아니었다. 박연은 헤드기어를 쓰고 있는 유다의 커다란 눈을 쏘아보았다.

"누가 맘대로 들어오래?"

헤드기어 속 커다란 눈이 박연을 향해 당당하게 말했다.

"여기 권브이 사범님 도장인데?"

유다의 뒷덜미를 잡고 있는 박연의 눈가에 핏대가 섰다.

"원래 권브이 건데 권브이가 내 거니까 여기도 내 거야."

이를 악물고 대꾸한 박연이 프러포즈 당일의 계획을 가만가만 되짚어 보았다. 돌연 좋은 생각이 뇌리를 스쳤다.

브이의 생일에 브이를 이곳까지 데려오는 일은 영범의 몫이었다. 생일 기념으로 바깥에서 데이트를 할 듯이 굴다가 도장으로 데려와 프러포즈를 할 계획인데 뭔가 하나가 부족했다. 폭죽. 브이가 도장 문을 여는 순간 팡. 폭죽을 터트릴 적임자를 찾은 듯했다.

박연은 한쪽 무릎을 굽히고 앉아 유다의 눈높이에 맞췄다.

"내가 네 형인 건 알지?"

"네, 형님."

유다가 순순히 대답했다. 박연은 뒷덜미를 잡고 있던 손을 놓고 구겨진 옷을 털어주었다.

"너 폭죽 알지? 생일파티에서 터트리는 거."

고개를 끄덕이는 유다의 머리를 쓰다듬었다.

"형님이 시키면 폭죽 터트리는 것쯤은 할 수 있지?"

살살 달래며 묻는 박연을 빤히 쳐다보던 유다가 곧장 물었다.

"도와주면 은혜 갚을 거예요?"

"뭐 인마?"

당황한 박연이 이맛살을 구겼다. 인상을 쓰는 박연을 보고도 무섭지 않은 듯 유다가 또박또박 말했다.

"다른 사람한테 도움 받으면 꼭 은혜를 갚아야 한다고 우리 아빠가 그랬는데."

"그건 네가 다른 사람한테 도움을 받았을 때 얘기고. 네가 다른 사람한테 도움을 줄 때는 뭘 바라고 도우면 안 되지."

"형님은 나한테 도움 받을 거잖아요."

분명 자신이 한 말도 맞는 말인데 듣다보니 논리는 유다 쪽이 더 들어맞는 듯했다.

누구 닮았는지 어디 가서 말싸움으로는 안 지겠는데?

말문이 막힌 박연은 고개를 저었다.

"됐다, 말을 말자. 원하는 게 뭐야? 장난감? 로봇 사줘? 자동차 조종하는 거 사줄까? 아니면 게임기?"

유다가 헤드기어를 벗었다. 까맣고 큰 눈동자가 박연을 물끄러미 바라보았다.

뭘 사달라고 하려고 이래?

유다의 빤한 시선을 받으며 박연이 눈을 가늘게 떴다. 유다는 순진무구한 눈을 끔벅거리며 말했다.

"태권도 하게 해줘요."

"태권도?"

"유다는 태권도 하고 싶은데, 아빠가 안 된대요."

박연은 브이가 해준 말을 기억했다.

'기범이 말로는 유다가 도장에 자주 구경 오고 그랬대요.'

아버지는 아들들이 하겠다는 거 반대하는 게 취미인가. 박연이 새끼손가락을 내밀었다.

"약속. 형님 여자친구가 태권도 엄청 잘해."

"권브이 사범님만큼이요?"

박연이 잠시 눈을 굴렸다.

"그래, 그런 셈이지. 그러니까 네가 형님을 도와주면 형님이 너 태권도 배우게 해줄게."

과연 지켜질 약속인지 예측이라도 해보듯 박연을 유심히 들여다보던 유다가 마침내 새끼손가락을 걸었다. 형제의 첫 약속이자 비밀스러운 거래가 성사되었다.

햇볕이 드는 카페 창가에 앉은 박연의 모습은 화보 같았다. 카페 여직원을 비롯해 테이블마다 앉아 있는 여자 손님들의 시선이 박연에게 쏠려 있었다. 창밖을 바라보던 박연이 옷소매를 살짝 걷어 손목에 채워진 시계를 확인했다. 브이를 데리러 갔던 영범이 도착할 시간이 가까워져 있었다.

오늘은 브이의 생일이자 프러포즈 디데이였다. 자신은 스케줄을 핑계로 미리 집에서 나왔다. 집에 남아 있을 브이를 영범이 카페로 데려오기로 했다. 브이가 오면 생일 데이트를 하는 척하다가 도장으로 데려가 프러포즈를 할 생각이었다.

몇 번이고 되새겼던 오늘의 계획을 다시 한 번 체크했다. 그러다 불현듯 왼쪽 가슴을 쓸어내렸다. 심장이 쿵쾅대고, 자꾸만 입술이 말랐다.

청심환이라도 먹을 걸 그랬나.

사랑하는 여자에게 평생을 함께하자는 말을 전하는 게 이토록 가슴 떨리고 피가 마르는 일인지 처음 알았다.

머리칼을 반듯하게 넘긴 이마가 슬쩍 구겨졌다. 박연은 인상을 쓰고 손끝으로 테이블을 톡톡 두드렸다. 초조하게 영범의 연락을 기다리던 그때, 핸드폰 벨소리가 울렸다. 채 세 번이 이어지기 전에 통화버튼을 눌렀다.

"출발했어? 오는 중이야? 다 왔어?"

급하게 브이의 위치부터 물었다. 그러나 핸드폰 너머에서 들려오는 영범의 목소리는 전혀 생각지 못한 이야기를 했다.

-그게… 브이 누님이 없어졌어요.

"뭐?"

-브이 누님이 집에 안 계시는데요? 약속시간 제대로 말씀하신 거 맞아요?

박연은 입을 벌린 채 눈만 깜박였다. 분명히 몇 시에 영범이 데리러 갈 거다, 카페에서 기다릴 테니까 생일 기념으로 외식이나 하자. 그렇게 포석을 깔아놓았다. 영범이 올 걸 알면서도 브이가 집을 비우고 어딘가로 나갔다는 말인데….

프러포즈 준비는 끝났는데 프러포즈 상대가 없어진 게 말이 돼?

박연은 영범과의 통화를 종료하고 급히 브이에게 전화를 걸었다. 그러나 브이는 몇 번이나 전화를 다시 걸어도 받지 않았다. 순간 덜컥 가슴이 내려앉았다. 민형과의 일이 떠오르면서 심장이 불안하게 뛰었다. 자리를 박차고 일어난 박연이 카페를 나오며 소연에게 전화를 걸었다.

곧 통화가 연결되고, 소연이 '여보세요' 한마디를 뱉기도 전에 물었다.

"지금 브이랑 연락 돼요?"

다급한 박연의 목소리에 핸드폰 너머의 소연이 잠시 뜸을 들였다.

-아, 그게….

"아는 거 있으면 말해요!"

통화로도 느껴지는 불안감을 알아차린 소연이 서둘러 진정시켰다.

-별일 아니니까 흥분은 하지 마시구요.

박연은 귓가에 붙인 핸드폰에 대고 소리쳤다.

"애가 갑자기 없어져서 연락이 안 되는데 어떻게 별일이 아닌…!"

-프러포즈 하러 갔어요!

박연이 말을 마치기도 전에 소연이 내질러버렸다.

뭘 하러 가? 듣고서도 이해가 가지 않았다. 카페 밖으로 나온 박연은 씨근거리는 숨을 돌리며 눈만 굴렸다. 귓가에서 소연의 한숨소리가 들려왔다.

-이게 어떻게 된 거냐면요…. 아침에 찾아왔어요. 오늘 박연 씨한테 프러포즈 할 거라면서. 오늘 브이 생일이라고 두 사람 데이트하기로 했다면서요. 그 김에 프러포즈 할 거래요.

박연은 이해를 못하겠다는 듯이 말했다.

"프러포즈? 그걸 왜 자기가 해? 내가 할 건데."

소연이 반문했다.

-브이한테 프러포즈 할 거였어요? 브이가 몇 번이나 떠봤는데 결혼

같은 거 안 한다고 했다면서요. 추진력 끝내주는 권브이가 또 사고 쳤나 보네. 프러포즈는 하는 게 아니라 받는 거라고 그렇게 말렸는데, 여자가 먼저 하면 뭐 어떠냐면서 대체 들어먹을 생각을 안 하더니….

"하, 미치겠다."

일이 꼬였다. 아니면 타이밍이 꼬인 것인지. 박연이 이마를 짚으며 돌아섰다. 그때 박연의 앞으로 택시 한 대가 멈춰 섰다. 택시의 뒷좌석 문이 열리는 것을 보며 박연은 귓가에 핸드폰을 대고 있던 손을 내렸다.

분홍빛 수국으로 만든 꽃다발을 한 아름 안고 택시에서 내린 브이가 박연을 향해 섰다. 순간 박연은 사방에 꽃잎이 드날리는 듯했다. 분홍빛 꽃잎이 살랑살랑 바람결을 타고 흩날리는가 싶더니 가슴속으로 세차게 불어 닥쳤다. 꽃잎이 심장에 부딪쳐 부서졌다. 그러자 가슴이 뻐근할 정도로 심장이 거칠게 두근댔다.

누가 나를 이토록 미친놈으로 만들었을까. 실제인지 허구인지 구분도 못하는 미친놈. 심장에는 꽃잎이 드날리고 코끝으로 달큰한 향이 느껴지고 눈앞에는….

수국 꽃다발을 든 브이가 박연에게로 천천히 걸음을 떼었다. 구두를 신은 발을 옮길 때마다 하늘색 원피스 자락이 흔들렸다. 느린 걸음으로 다가와 걸음을 멈춘 브이가 미소를 머금은 얼굴로 박연을 올려다보았다.

카페 안에 있던 사람들이 모두 밖으로 나와 두 사람을 구경 중인데도 박연은 넋이 나간 듯 브이만 내려다보았다. 갑작스레 사라졌다가 사랑스럽게 나타난 얼굴을 바라보는 박연의 눈동자가 잘게 떨렸다.

"너…."

겨우 한마디를 꺼낸 박연의 얼굴은 거의 울 듯했다. 뭔지 몰라도 가슴속에서 순간 뜨거운 것이 울컥했다. 정말로 울리기라도 할 셈인지 브이가 수국 꽃다발을 내밀며 물었다.

"연아, 나랑 결혼할래?"

권브이란 여자는 정말…. 이런 너를 어떻게 사랑하지 않을 수 있을까.

박연은 무어라 말을 꺼내려던 입을 다물었다. 박연이 교차하는 수만 가지 감정에 일일이 치이는 동안 브이는 커다란 눈을 굴렸다. 박연에게 먼저 프러포즈를 해야겠다는 생각이 들었다. 박연은 처음으로 자신에게 사랑이란 감정을 알려주고, 사랑해준 남자였다. 사랑을 피하고 돌아설 때마다 끝까지 자신의 손을 놓지 않고 매달려준 남자였다. 브이는 결혼 이야기를 꺼내지 않는 박연에게 서운해하던 스스로를 반성했다.

내가 먼저 표현하면 되는 건데.

눈앞에서 쓰러진 박연을 끌어안고 울던 날, 이미 깨달은 것이었다. 사랑하는 동안에는 오로지 이 남자만 생각하는 것.

브이는 여전히 아무런 반응도 보이지 않는 박연을 올려다보며 웅얼거렸다.

"드라마에서 봤는데, 이렇게 하는 거 아닌가…. 무릎이라도 꿇을까?"

진지하게 묻는 브이의 손목을 커다란 손이 잡았다.

"따라와."

박연은 브이를 도로 택시에 태웠다. 옆자리에 올라타는 박연을 흘끔거리는 브이의 얼굴이 시무룩해졌다. 박연이 집을 나가자마자 소연에게 달려가 화장도 부탁하고, 옷도 빌려 입었다. 꾸민다고 꾸몄는데 마음에 안 드는 건지, 아니면 프러포즈를 거절당하는 중인 건지 모르겠다. 브이가 애꿎은 꽃다발만 만지작거리는데, 박연이 택시 기사에게 주소지를 불렀다. 주소지를 들은 브이가 놀란 얼굴로 박연을 돌아보았다.

택시가 도장 앞에 멈춰 섰다. 박연을 따라 택시에서 내린 브이는 사채 빚을 갚느라 팔아버린 도장을 올려다보았다. '경인태권도장'이라는 간판이 뜯겨나간 자리가 여전히 허전했다. 브이는 박연을 돌아보며 물었다.

"여긴 왜?"

브이에게서 프러포즈를 들은 후로 묵묵부답이던 박연이 돌연 손을 내밀었다. 무표정하던 얼굴은 어느새 다정하게 변해 있었다. 브이는 영문을 모른 채로 박연이 내민 손을 잡았다. 에스코트를 하듯 브이의 손끝을 가볍게 쥔 박연이 걸음을 옮겼다. 브이는 얼떨떨한 얼굴로 박연의 손을 잡고 도장 건물로 들어섰다. 계단을 올라 복도를 걸었다. 오랜만에 찾아온 도장 건물은 떠나갈 때와 변함이 없었다.

도장 앞에서 브이의 손을 놓은 박연이 문을 열어젖히며 옆으로 비켜섰다. 문 뒤에 숨어 있던 유다가 폭죽을 터트렸다. 조촐한 폭죽소리와 함께, 새로이 단장한 도장이 브이 앞에 모습을 드러냈다.

브이는 펼쳐진 풍경을 눈에 다 담기도 전에 입부터 틀어막았다. 입을 가린 손 틈으로 울음소리가 터져 나왔다. 도장은 브이네가 빚에 쫓겨 떠났던 그때 그대로 재현되어 있었다. 부친 현수의 세월이 고스란히 녹아 있는 경인태권도장이었다. 어린 브이가 아빠를 따라 태권도를 재미있어할 즈음의 그 태권도장이었다.

"나 어떡해…."

어린애처럼 히잉, 소리를 내고 울음을 터트린 브이가 얼굴을 일그러트렸다. 이미 터진 폭죽을 만지작거리던 유다가 박연의 사인에 맞춰 헤드기어를 들고 도장을 뛰쳐나갔다.

박연은 도장 문 앞에서 차마 발을 떼지 못하고 있는 브이의 손을 잡았다. 커다란 수국 꽃다발을 한 손에 든 브이가 박연에 끌려 도장 안으로 들어왔다.

"최대한 비슷하게 꾸몄는데…. 괜찮아?"

브이가 흐느끼며 고개를 끄덕였다. 울음의 의미를 알기에 박연은 말없이 부드러운 미소만 지었다.

"선수는 뺏겼지만."

박연이 브이의 왼손을 끌어다 반지를 끼웠다. 우느라 정신없던 브이가 훌쩍이며 손을 내려다보았다. 왼손 네 번째 손가락에서 반짝이고 있는 반지를 알아본 브이의 눈이 커졌다.

"이 반지…."

박연이 브이에게 처음 고백했던 날, 정원에서 잃어버린 그 반지였다. 눈물이 가득 맺혀 있는 눈망울이 박연을 올려다보며 물었다.

"찾았어요?"

"응, 찾았어. 내가 그때는 길을 잃고 방황했거든."

박연은 브이의 손가락에 끼운 반지를 만지작거리며 말했다.

"뭐가 맞는 건지, 뭐가 틀린 건지 아무것도 모르고. 내가 널 좋아하는지, 사랑하는지 그런 것도 모르고. 이리저리 방황했어."

박연은 주머니에서 두 번째 반지를 꺼내들었다. 브이의 손가락에 반지를 끼워 넣었다. 두 사람의 계약연애를 위해 빅엔터에서 나눠준 커플링이었다.

"그래도 네 앞에서 가짜였던 적은 없어. 네가 가르쳐줬어, 진심이라는 거."

이미 두 개의 반지가 끼워져 있는 손가락에 마지막 반지가 끼워졌다. 골드링 위에 눈꽃 모양으로 장식된 다이아가 하얗게 반짝였다. 나지막한 목소리가 머리 위에서 다정하게 울렸다.

"그래도 나 아직 멀었어. 그러니까…."

반지들을 내려다보던 브이가 고개를 들었다. 브이와 눈을 맞춘 박연이 옅은 떨림이 깃든 목소리로 물었다.

"평생 가르쳐줄래? 잘 배울게."

브이가 흐느낌이 새어나오려는 입술을 꽉 깨물고 고개를 끄덕였다. 박연은 눈물이 번진 브이의 뺨을 손등으로 살며시 눌러 닦아주었다.

"사랑해. 사랑해, 브이야."

사랑 고백을 속삭인 박연이 고개를 숙여 입을 맞췄다. 울음을 참느라 짓눌려 있던 입술이 박연의 입속으로 부드럽게 빨려 들어갔다. 박연은 브이의 허리를 끌어당겼다. 브이가 들고 있던 수국 꽃다발이 두 사람의 품속에서 바스락거리며 눌렸다. 분홍빛 수국 꽃잎이 아래로 떨어졌다. 살랑거리며 떨어진 꽃잎들이 두 사람의 발등과 발밑으로 흩어졌다.

어둠 속에서 침대에 누운 브이를 내려다보는 박연의 눈가에 다정한 빛이 서렸다.

"많이 서운했어?"

낮은 목소리가 부드럽게 물었다. 브이는 오늘 프러포즈를 하겠다고 무작정 꽃다발을 내밀고 결혼하자고 말했던 제 자신이 떠올랐다. 얼굴이 발그레해진 브이가 애먼 원피스 치맛자락을 만지작거리며 중얼거렸다.

"당신이 프러포즈 준비 중인 걸 몰랐으니까…."

"그래도 네 입에서 먼저 나오게 해서 미안."

두 뺨이 붉게 물든 브이의 머리칼을 박연이 간지럽게 쓸어 넘겼다.

"아무리 그래도 그렇지. 어떻게 먼저 프러포즈 할 생각을 다했어?"

"당신한테 받기만 했잖아. 그리고 나 이젠 당신만 봐. 현실, 다른 사람 시선, 남자, 여자…, 그런 거 안 따져."

"어우, 기특해."

박연이 히죽 웃으며 브이의 입에 쪽, 입을 맞췄다. 브이는 커다란 눈을 깜빡이며 말했다.

"꽃가게에 꽃 사러 가서 프러포즈 할 거라고 꽃 좀 추천해주세요, 했어. 사람들은 수국이 빨리 지고, 빨리 살아나서 꽃말이 변덕이라는데 그 꽃가게 사장님은 그렇게 생각 안 한대. 시들지 않게 계속 마음을 쏟아부어줘야 하는 꽃이라고 생각한대."

"그랬어? 어우, 귀여워."

브이의 뺨을 아프지 않게 꼬집은 박연이 다시 입을 맞췄다. 브이가 박연의 뺨을 두 손을 그러쥐고 말했다.

"그래서 수국처럼 당신한테 내 마음 다 줄 거야."

"어우… 이젠 못 참겠다."

박연은 돌연 심각해진 얼굴로 브이의 목덜미에 입술을 묻었다.

"잠깐 나 할 말 더 있어."

"응, 이따 하자."

아직 할 말이 남은 듯한 브이를 박연이 어르고 달랬다.

"아니, 잠시만…."

종알거리던 브이의 말소리가 잦아들었다. 박연의 품속에서 버둥거리던 움직임도 흐릿해졌다. 어디선가 진한 꽃향기가 나는 듯했다. 두 사람은 서로에게서 풍기는 향기에 흠뻑 젖어들었다.

박연은 작고 부드러운 몸을 끌어안고 가장 진하고 달콤한 곳을 찾아 움직였다. 가슴이 벅차오르도록 긴 밤이었다.

라떼가 담긴 머그잔을 만지작거리던 소연은 핸드폰으로 시간을 확인했다.

"얘가 올 때가 지났는데…."

브이를 기다리는 중이었다. 며칠 동안 편집실에 처박혀 있다가 잠시 짬을 내서 만나기로 했다. 그런데 브이는 약속시간이 지나도 나타날 기미가 보이지 않았다. 시간 약속이라면 칼 같이 지키는 타입인데 이상하네. 소연은 고개를 갸웃거리며 창밖을 보았다.

머그잔을 들어 올려 입으로 가져갔던 소연이 카페 창밖으로 보이는 광경에 잔을 그대로 내려놓았다. 카페 앞 버스 정류장에는 사람들이 무언가를 구경하기 위해 몰려 있었다. 그리고 그 구경거리의 주인공은 브이였다.

재가 저기서 왜 저러고 있지?

소연은 카페 창문에 얼굴을 붙이고 눈만 끔벅거렸다. 곧 경찰이 나타나면서 구경꾼들은 흩어졌다. 브이가 카페로 들어왔다. 소연은 반가운 얼굴로 맞은편에 앉는 브이를 멍하게 쳐다보았다.

"내가 좀 늦었지?"

"늦은 게 문제가 아니라 밖에서 무슨 일 있었어?"

"아아…."

브이는 방금 전 실랑이가 벌어졌던 창밖 정류장을 내다보며 말했다.

"어떤 학생이 할머니 가방에 손을 대잖아. 도망가려는 거 잡고 경찰 올 때까지 버티느라…. 경찰이 대번에 얼굴을 알아볼 정도로 일대에서 유명한 애래."

목소리를 낮추고 말하는 브이를 보며 소연은 고개를 가로저었다.

"어제 온종일 TV에서 떠들었던 소문의 예비 신부 맞아? 인터넷에는 아직까지도 '박연 결혼 발표'가 실시간 검색어 1위인데, 네가 지금 소매치기 잡을 때야?"

어제 박연은 기자회견으로 결혼발표를 했다. 두 사람의 파란만장한 연애 스토리가 재조명되면서 대한민국이 떠들썩했다. 그런데 정작 본인은 자각이 없는 건지, 천성이 어디 가질 않는 건지. 어떻게 이럴 때 소매치기 잡을 생각을 했을까.

소연이 이해 못하겠다는 표정으로 쳐다보자 브이는 그제야 생각난 듯 핸드백에서 선글라스를 꺼내 썼다.

"연이가 나갈 때마다 쓰라고 했는데 깜박했네."

뒤늦게 선글라스를 쓰고 헤헤, 웃는 브이를 소연은 어이없다는 듯이 웃었다. 자각이 없든, 천성이 그렇든. 어느 쪽이든 권브이답다고 해야겠다.

브이는 웃고 있는 소연에게 청첩장을 내밀었다. 청첩장을 보자 소연은 격세지감을 느꼈다.

"정말 가긴 가네. 운동 그만두고 우울해하던 게 엊그제 같은데 모태솔로 권브이가 연애를 하더니 시집까지 가는구나. 이제 실감나."

"난 실감 안 나."

소연의 중얼거림을 받아친 브이가 쑥스러운 듯 웃었다. 수줍게 웃는 얼굴을 보니 너무 좋아 실감이 안 나는 모양이지 싶었다. 브이를 따라 흐뭇한 미소를 짓고 있던 소연이 불현듯 물었다.

"그나저나 시어머니는 여전해? 아들한테 삐친 뒤로 여태까지 찬바람 분다며."

수줍어하던 얼굴이 곤란한 표정으로 바뀌었다. 브이는 선글라스를 벗고 한숨을 쉬었다. 민형의 납치극으로 인해 박연과 브이가 나란히 입원했을 당시. 전 여사와 박연이 병원이 떠나가도록 소리를 지르며 다툰 건 벌써 한참 지난 일이 되었다. 하지만 전 여사의 서운함은 꽤 오래갔다.

결혼 준비로 몇 차례 얼굴을 보고 함께 일정을 소화했지만 전 여사는 여전히 퉁명스러웠다. 소연의 말처럼 찬바람 그 자체였다.

"결혼식 전까지는 기분 푸시고 화목해지면 좋겠는데…."

브이의 말에 소연이 반기를 들었다.

"그 아줌마, 방송국에도 소문이 파다해. 전설의 전 여사! 안 삐쳤으면 지금쯤 혼수, 예단 할 거 없이 사사건건 간섭하면서 너 못 살게 굴고 있었을걸. 지금 아들이랑 사이 안 좋아서 잠잠한 게 천만다행인 거야."

브이 역시 전 여사를 겪어봤기에 소연의 말이 단번에 이해가 갔다. 그러나 동의하는 것은 아니었다. 브이가 고개를 저으며 말했다.

"그래도 식 전까지는 연이랑 어머님 화해시킬 거야. 오늘 같이 저녁 먹기로 했어."

"넌 참 피곤하게 산다."

소연은 물이라도 마시듯 라떼를 벌컥벌컥 들이켰다.

브이는 소연과 헤어지고 미리 예약해둔 한정식 음식점으로 향했다. 박연도 함께였다. 식사룸은 크지 않아 오히려 대화하기에 안성맞춤이었다.

브이가 핸드폰 화면에 얼굴을 비춰가며 머리를 매만졌다. 옆자리에 앉은 박연은 턱을 괴고 그 모습을 구경했다. 따분한 표정으로 브이를 바라보던 박연이 눈이 마주치자 씨익 억지웃음을 지었다. 브이는 어린아이에게 일러두듯 말했다.

"어머님 오시면 오늘은 꼭 잘못했다고 말해. 알았어?"

"알았어, 알았어."

"건성으로 대답하지 말구."

브이의 말에 박연이 턱을 괴고 있던 팔을 내리고 열심히 고개를 까딱거렸다. 그러나 얼굴은 전혀 내키지 않는 표정이었다.

자신의 모친과 화해를 시키겠다고 저녁식사 자리를 마련해주는 여자. 다른 사람의 일이라면 그 여자 참 지혜롭다고 칭찬했겠지만 자신의 일이 되니 싫다. 브이가 싫은 게 아니라 이런 자리에 나온다고 해서 화해하고 반성할 위인이 못 되는 자신의 어머니가 싫었다. 어머니가 어떻게 나올지 훤히 보이는데, 아무것도 모르고 잘 해결해보겠다고 애쓰는 넌 오늘도 예쁘기만 하고.

박연이 손을 뻗었다. 짧았던 머리칼이 제법 길었다. 옆머리를 어깨 뒤로 넘겨주자 가느다란 목선이 드러났다.

아, 뽀뽀하고 싶다.

애꿎은 브이의 머리칼만 만지작거리며 눈만 굴리는데 룸의 미닫이문이 열렸다. 전 여사의 등장에 브이가 자리에서 벌떡 일어서서 허리를 숙였다.

"오셨어요?"

전 여사는 브이의 인사에도 들은 척 만 척 두 사람의 맞은편에 앉았다. 테이블 아래로 툭툭 차는 브이의 발길질에 마지못해 자리에서 일어선 박연이 전 여사에게 먼저 말을 걸었다.

"사람이 인사하면 얼굴은 쳐다봅시다."

시비조로 말하는 아들의 목소리에 전 여사의 표정이 더욱 못마땅해졌다. 브이가 이를 악물고 박연의 엉덩이를 꼬집었다. 박연은 순간 비명이 터져 나오려는 입을 꾹 다물고 허리를 비틀었다.

하여간 이 여자 손맛 화끈한 건 알아줘야 한다.

박연은 눈물이 찔끔 난 눈을 깜박이며 자리에 앉았다. 브이는 박연의 옆자리에 착석하며 전 여사를 향해 사근사근한 미소를 지었다.

"어머님, 여기 어떠세요? 연이가 예약했어요."

"뭐 하려고 했니? 키워준 엄마보다 저 버린 아빠가 더 좋다던 놈이."

빈정거리는 전 여사에게 박연이 눈 하나 깜짝 않고 팩트를 전달했다.

"정확히 말하면 내가 제일 좋아하는 건 얘야. 여기 이러고 있는 것도 얘가 좋아서야."

브이가 그만하라는 의미로 테이블 아래에서 박연의 손을 잡았다. 그러나 박연은 브이의 손을 맞잡고 테이블 위로 불쑥 들어올렸다.

"그러니까 엄마가 좋아, 아빠가 좋아? 그런 거 그만합시다. 그런 건 그 시절에 끝내셨어야지. 아직까지 나한테 물어보면 어떡해?"

박연을 향한 전 여사의 눈이 흔들렸다. 박연은 들어 올렸던 브이의 손을 테이블에 살며시 내려놓았다.

"아들은 벌써 이만큼 컸다구요. 한 여자를 책임지고, 지켜주고 싶은 남자가 됐어요. 근데 엄마랑 아빠는 아직도 예전 그대로야."

여차하면 박연을 말리려던 브이는 고개를 숙이고 박연의 말을 가만히 듣고 있었다. 이제는 엇나가거나 빗나가지 않고 진심을 전하는 일 정도는 박연 혼자서도 해낼 수 있다는 것을 알기 때문이었다.

"병원에서 엄마 속상하게 만든 거 잘못했습니다."

브이가 시킨 대로 순순히 사죄를 한 박연은 눈물을 글썽이고 있는 전 여사를 보며 말을 덧붙였다.

"그러니까 엄마도 아들 속 좀 그만 상하게 해. 그렇게 삐친 거 티 안 내도 매번 엄마한테 지는 거 다 알면서."

"브이야, 재는 지 아빠 닮아서 아주 못된 놈이야!"

전 여사가 결국 울음을 터트리며 브이에게 고자질했다. 브이는 동그랗게 뜬 눈으로 두 모자의 눈치만 살폈다.

"그래도 날 닮아서 지 아빠처럼 널 버리고 그러진 않을 거야. 내가 저 못된 놈 지금까지 키운 거 봐. 내가 책임감 하나는 강하다니까?"

"엄마!"

울면서도 제 입장에서만 떠드는 전 여사의 말을 박연이 가로막았다.

"며느리 앞에서 못하는 말이 없어."

"시엄마랑 똑같은 길 안 걸을 테니까 안심하라고 말해준 건데 뭐가 불만이야?"

전 여사가 훌쩍이며 밉지 않게 쏘아붙였다. 그런 전 여사를 말없이 바라보던 브이가 피식 웃었다. 티격태격하는 두 모자의 말소리를 듣고 있자니 브이는 행복감에 젖어들었다. 소연이 말했던 '실감'이 이제야 난다. 아빠뿐이던 내 일상에 새로운 가족들이 생겨나는구나, 그런 실감.

저녁식사 내내 두 사람이 꼬리에 꼬리를 무는 말싸움에 열을 올리는 바람에 앞접시에 음식을 덜어주는 일은 브이의 몫이 되었다.

신부 의자에 앉은 브이가 소연을 올려다보았다.

"어떡하지? 대회 나갈 때보다 더 떨려."

소연은 가방에서 꺼낸 알사탕을 브이의 입에 넣어주었다. 긴장을 덜기 위해 입속의 사탕을 굴려가며 단맛에 집중하고 있는 브이는 소연이 여태껏 봐온 중에 가장 아름다웠다. 어깨에 닿은 웨이브 머리. 그 위에 꽂힌 티아라. 비즈로 장식된 반짝이는 상체 아래로 확 퍼진 튤(Tull) 스커트 자락까지. 웨딩드레스는 브이와 꼭 어울렸다. 소연이 브이를 부러운 눈으로 바라보는 그때, 신부대기실에 뚜벅뚜벅 구둣발소리가 울렸다. 검은색 턱시도를 입은 박연이 신부대기실로 천천히 걸어 들어왔다.

박연은 대기실에 앉아 있는 브이의 곁으로 다가갔다. 신부 의자에 앉은 브이의 앞에 한쪽 무릎을 꿇고 눈높이를 맞췄다. 브이에게서 눈을 떼지 않은 채 부케 뒤에 감춰진 손을 더듬어 잡았다.

"예뻐. 어제도 예뻤고, 내일도 예쁠 거지만 오늘 정말 예쁘다…."

저도 모르게 중얼거린 박연이 얼굴을 내밀어 브이의 입술을 향했다. 입을 맞추려는 박연을 소연이 필사적으로 저지했다. 박연과 브이가 소연을 올려다보았다.

“에헤이, 입술화장 지워져. 굴뚝같은 마음은 알겠는데 식 끝나고 실컷 하세요.”

가장 예쁜 날, 화장이 지워질 수 있다니 참는 수밖에 없었다. 박연이 하는 수 없이 입맛을 다시며 일어섰다. 그때 신부대기실로 수아와 기범이 함께 들어왔다. 소연이 눈을 가늘게 뜨고 촉을 세웠다.

“왜 둘이 같이 들어와?”

기범이 서둘러 답했다.

“앞에서 만났어.”

그러나 기범의 철벽이 무색하도록 수아가 팔짱을 껴왔다. 썩 마뜩잖은 조합을 보며 박연은 얼굴을 일그러트렸다. 팔짱을 단단히 낀 수아가 기범에게 눈을 흘겼다.

“우리 모텔도 왕래한 사이인데 철벽 좀 그만 치죠?”

“그날 거기서 아무 일도 없었다고 벌써 몇 달째 말하고 있는데요? 그리고 그런 얘기를 원래 이렇게 아무 데서나 막 합니까?”

기범이 벌게진 얼굴로 따졌다. 수아는 들리지 않는 척 기범의 팔짱을 풀고 브이에게 달려갔다.

“어머, 언니. 너무 예뻐요. 웬일이야. 빨리 사진 찍어주세요!”

브이의 옆자리에 앉은 수아가 눈을 크게 뜨고 예쁜 표정을 지었다. 대기실에 함께 있던 사진기사가 카메라에 두 사람을 담았다. 박연은 브이와 사진 찍는 데 심취한 수아를 향해 말했다.

“대충 찍지? 브이가 웨딩앨범에서 너 나온 사진은 다 뺄 거라고 했거든?”

질투에 눈을 뜬 브이가 당신의 전 여친 사진은 웨딩앨범에 담지 않겠다고 선전포고한 내용을 눈치 없이 고스란히 떠드는 중이었다. 수아는 박연의 말을 믿지 않는 듯 콧방귀도 뀌지 않았지만 브이의 얼굴은 새빨갛게 달아올라 있었다.

재잘거리던 수아와 묵묵히 축하를 건넨 기범이 나가고 대기실로 마지막 방문객이 들어왔다. 식 전부터 통곡을 할 것 같다며 신부대기실 근처는 얼씬도 하지 않던 현수였다. 현수는 브이를 보자마자 눈물부터 훔쳤다. 브이의 눈에도 눈물이 고여 들었다. 소연은 화장이 번질 새라 브이의 눈에 대고 부채질을 했다.

"딸, 정말 예쁘네."

"아빠…."

"네 엄마가 봤으면…."

소연은 현수의 어깨를 주무르며 넉살을 떨었다.

"에이, 아부지. 다 보고 계실 거예요. 아부지, 뚝! 브이 울면 안 된단 말이에요."

소연이 현수를 달래는 동안 박연은 브이의 옆자리에 앉아 허리를 다독였다. 브이가 울지 말라는 손길에 알았다는 듯이 고개를 끄덕였다.

두 부녀가 가까스로 울음을 참는 것으로 식이 시작되었다. 브이가 현수의 손을 잡고 식장으로 들어섰다. 머리 위로 쏟아지는 조명을 받으며 천천히 걸어오는 브이를 박연은 하염없이 바라보았다. 눈이 멀어버린 것 같았다. 세상이 흐려지고 오로지 저를 향해 걸어오는 브이만이 반짝이고 있었다.

두 사람은 하객들 앞에서 서로를 마주 바라보았다. 떨리는 눈빛이 브이를 향했다. 시선을 내리깔고 있던 브이도 고개를 들고 박연을 올려다보았다.

식이 진행되는 동안 두 사람은 서로의 눈동자 속에서 그동안 함께 보낸 시간들을 하나씩 떠올렸다.

네가, 당신이 아니었다면 내가 감히 어떻게 이런 사랑을 할 수 있었을까.

마지막으로 사회자가 '진실한 입맞춤'이라는 멘트를 뱉자 하객들이 환호했다. 어느새 붉어진 눈시울로 브이를 바라보던 박연이 허리를 숙여 입을 맞췄다. 부케를 손에 꼭 쥔 브이가 눈을 감으며 포개어진 입술을 힘주어 눌렀다. 컴컴한 하객석에서 플래시가 터졌다.

"허니문베이비 기원합니다!"

하객석에 앉아 있던 영범의 외침에 입술을 맞대고 있던 두 사람이 동시에 웃음을 터트렸다.

식이 끝나고 하객들의 사진촬영이 이어졌다. 가족사진의 구성원이 단출했다. 신랑, 신부를 제외하고도 양가 가족은 둘 뿐이었다. 전 여사와 현수가 박연과 브이의 곁에 섰다.

사진기사가 현수의 어색한 포즈를 고쳐주는 동안 박연은 씁쓸한 눈으로 하객석을 돌아보았다. 식 전에도, 식 중에도 태식은 보이지 않았다. 전 여사와 마주치기 싫어 오지 않았을 거라고 생각했지만 마음 한구석이 씁쓸한 것은 어쩔 수가 없었다.

그때 브이가 박연의 어깨를 두드렸다. 브이가 손가락으로 가리킨 곳을 보았다. 식장 문 앞에서 유다를 안고 있는 태식이 보였다.

왔다. 안 온 줄 알았는데….

박연의 눈가에 물기가 잔잔히 일렁였다. 태식은 박연이 자신을 발견한 줄은 모르는지 그대로 돌아섰다. 전 여사가 자신을 발견하기 전에 떠나는 편이 낫다고 생각한 모양이었다. 식장을 나가는 태식에게 안긴 유다가 박연을 향해 손을 흔들었다. 곧 태식과 유다가 시야에서 사라졌다. 씁쓸함이 남아 있던 박연의 얼굴이 부드럽게 누그러졌다. 브이는 그런 박연을 올려다보며 미소 지었다.

가족사진 촬영이 끝나고 지인들이 두 사람의 곁에 섰다. 브이는 사진을 찍기 위해 올라온 하객들을 돌아보았다. 소연과 기범, 수아는 물론, 정 피디의 얼굴도 보였다. 송 실장과 영범도 박연의 뒤에 섰다. 촬영을 알리는 사진기사의 손짓에 웅성거리던 하객들이 일제히 입을 다물고 카메라를 보았다.

"자, 찍습니다. 전부 웃으세요!"

마지막 플래시가 터졌다.

11장

함께여서 다행인도 2

브이는 겐지스강을 따라 늘어선 계단, 가트(Ghat)에 올라섰다. 디아(Dia)를 손에 든 브이의 등을 너른 가슴이 끌어안았다. 꽃으로 장식한 촛불을 내려다보고 있는 브이를 등 뒤에서 안은 박연이 눈앞에 펼쳐진 겐지스강을 바라보았다.

신혼 여행지로 찾은 인도의 겐지스강은 처음 만났던 그때처럼 축제 기간이었다. 어둠이 내려앉은 겐지스강에는 수많은 인파가 소원을 담은 촛불을 띄웠다. 두 사람도 디아를 띄웠다.

넘실거리며 멀어지는 디아를 바라보던 브이가 등 뒤의 박연을 돌아보았다. 박연은 브이의 뺨을 감싸 쥐고 말했다.

"내 인생이 너랑 함께여서 다행이야. 고마워."

잘게 떨리는 눈동자를 올려다보는 브이의 눈도 떨리기 시작했다. 브이는 생각만으로도 가슴이 벅차는 말을 뱉었다.

"사랑해, 연아."

"사랑해."

곧장 화답한 박연이 고개를 숙여 입을 맞췄다. 힘주어 맞물린 입술이 부드럽게 떨어졌다가 다시 포개어졌다. 키스를 나누는 두 사람의 머리 위로 펼쳐진 밤하늘에 불꽃이 터졌다. 수 천 개의 촛불이 검은 강물을 수놓고, 오색 불꽃이 밤하늘을 적셨다.

처음 만난 그날 밤, 너무도 멀었던 별나라 남자는 오늘 똑같은 밤하늘 아래 가장 가까이에 있었다.

매년 연말마다 열리는 연예대상 시상식에 올해는 배우 박연도 참가하게 되었다. '전원일기' 때문이었다. 덕분에 집에 홀로 남은 브이는 소파에 덩그러니 앉아 본방사수 중이었다. 카메라가 시상식 테이블에 앉아 있는 박연을 간간히 비출 때마다 객석에서는 팬들의 비명과 같은 함성이 터져 나왔다.

TV 속 시상식 진행자가 정면을 보며 말했다.

-자, 이제 영예의 대상만이 남았는데요. 뜸들이지 않고 빨리 발표하겠습니다.

뜸을 들이지 않겠다던 진행자는 시상자와 함께 만담을 나누며 시간을 끌었다. 올해는 누가 타려나, 브이는 눈을 굴리며 발표를 기다렸다.

시간 끌기가 도를 지나친다고 생각되어질 때쯤 한참 동안 뜸을 들이던 시상자가 박연을 호명했다. TV를 보던 브이의 눈이 크게 벌어졌다. 동시에 TV 속 박연도 놀란 듯 눈을 커다랗게 떴다. 얼떨결에 자리에서 일어선 박연이 무대로 올라가는 모습이 TV 화면에 나왔다. 진행자의 목소리가 들려왔다.

-올 한 해 박연 씨에게 우여곡절이 굉장히 많았습니다. 그럼에도 불구하고 전원일기에서 가식 없고 소탈한 모습으로 시청자들을 즐겁게

했는데요. 배우로서 연예대상을 받으신 소감, 어떠신지요?

소감을 묻는 진행자를 한 번 쳐다본 박연이 마이크 앞에 서서 애꿎은 이마를 문질렀다. 당황스럽고 놀란 감정이 고스란히 전해졌다.

-어… 죽어도 안 하겠다는 제 집까지 찾아와 설득해주신 정재연 피디님, 김소연 조연출님 감사합니다.

박연의 소감을 들은 객석에서 웃음이 터졌다. 마른 입술을 축인 박연이 소감을 이어갔다.

-겉만 번지르르하던 배우가 실수하고 실패하는 모습을 보면서 위안 얻으셨으리라 생각됩니다. 사실 저는 드라마 속의 박연보다는 전원일기 속 박연에 가깝습니다. 찌질하고 겁 많고, 예, 못났습니다.

박연은 잠시 객석을 둘러보았다. 양손에 꽃다발과 트로피를 든 박연의 눈시울이 살짝 붉어졌다. 마이크를 통해 떨리는 목소리가 흘러나왔다.

-그럼에도 그런 나도 꽤 괜찮은 사람이라는 걸 알게 해준 나의 태권브이에게 이 상을 바칩니다.

TV를 보던 브이가 옆에 놓인 쿠션을 끌어다 얼굴을 파묻었다. 눈에서는 눈물이 터져 나오는데 입술은 미소를 머금었다. 쿠션 밖으로 얼굴을 들자 박연은 TV 속에서 축하를 받으며 자리로 돌아가고 있었다.

시상식이 끝나고 박연은 늦은 새벽에서야 돌아왔다. 그는 기다리다 소파에서 웅크리고 잠이 든 브이를 안아들었다. 박연의 품에 안긴 브이가 눈을 떴다. 뒤풀이를 했는지 술 냄새가 풍겼다.

"축하해."

잠이 덜 깬 얼굴로 웅얼거리는 브이를 내려다보며 박연이 미소 지었다.

"축하는 침대에서 해주라."

낮게 속삭이고는 곧장 침실로 향했다. 브이가 박연의 등을 때렸다. 브이를 두 팔로 안은 박연이 능청스럽게 말했다.

"이젠 너한테 맞으면 더 흥분돼."

"이상해."

"아니, 섹시할걸?"

브이를 안은 박연이 닫혀 있는 침실 문을 박차고 들어섰다.

1년 후.

국기원의 승급시험장에서는 품띠 승급심사가 한창이었다. 도복을 입은 꼬맹이들이 2열 횡대로 서서 열심히 외운 품새 동작을 선보였다. 관중석에 앉은 브이는 주먹을 쥔 손에 더욱 힘을 주었다. 시험장에서 눈을 떼지 못하는 브이의 곁에는 태식이 같은 자세로 앉아 있었다.

자판기에서 마실 것을 뽑아온 박연은 숨도 쉬지 않고 시험장을 주시 중인 두 사람의 옆에 앉았다. 그는 태식에게 캔커피를, 브이의 손에는 오렌지주스를 쥐어주었다. 유다를 가르친 브이야 그렇다 치고, 태권도를 배우는 걸 극구 반대했던 아버지는 왜 저렇게까지 긴장을 하나 싶었다. 배우를 그만두라고 했던 아버지가 혹시 남 몰래 TV에 나오는 날 보면서 저랬을까. 상상하니 픽 웃음이 새어나왔다. 박연은 웃으며 브이의 머리를 쓰다듬었다.

오로지 유다에게 모든 신경을 집중한 브이는 작게 중얼거렸다.

"잘한다, 조금만 더…."

누가 보면 올림픽이라도 내보낸 줄 알겠다. 유다보다 더 긴장한 브이를 구경하던 박연도 시험장으로 눈을 돌렸다.

절도 있게 품새 동작을 하며 승급시험을 치르던 유다가 마지막 동작까지 완벽하게 마치자마자 태식과 브이가 환호하며 일어섰다. 덩달아 벌떡 일어선 박연은 기뻐서 방방 뛰는 브이를 어쩔 줄 몰라 하며 소리쳤다.

"브이야, 뛰지 마! 조심해! 조심…!"

"도련님 잘했다, 잘했어!"

브이는 안절부절 못하는 박연을 끌어안고 뛰었다. 박연은 목에 매달려 폴짝거리는 브이를 내려다보며 미간을 찌푸렸다.

"그만 뛰어. 너 그러다 큰일 나."

커다란 손이 브이의 배를 감쌌다. 원피스에 가려진 볼록한 배를 부드럽게 문질렀다. 임신 5개월째인데도 여전히 박력이 넘치는 태권브이를 대신해 마음을 졸이는 중이었다.

"너 아프면 누구 고생이야? 내 심장 고생. 자기 아프면 난 심장이 아프다니까."

과장스럽게 발을 구르며 말하는 박연을 본 체 만 체하며 브이가 관중석 아래의 시험장을 향해 손을 흔들었다. 브이를 발견한 유다가 그제야 긴장한 얼굴 표정을 풀고 웃었다.

나 홀로 심각한 박연은 브이의 배를 문지르며 중얼거렸다.

"난 벌써 찬밥이네. 애 태어나면 서열 3위로 밀리겠는데?"

그때 대답이라도 하듯이 뱃속에서 박연의 손을 툭 찼다. 박연과 브이가 동시에 서로를 쳐다보았다. 첫 태동이었다. 배를 감싸고 있던 박연의 손이 떨렸다.

"와아…."

박연은 입을 틀어막고 자리에 주저앉았다. 감격한 얼굴이 새빨개졌다. 브이는 배에 대고 있는 박연의 손등을 감싸 쥐었다. 브이의 얼굴에 행복한 미소가 번졌다. 자리에서 일어선 박연이 두 손으로 브이의 얼굴을 쥐고 입을 맞췄다.

시험장에는 승급시험 종료를 알리는 안내 방송이 울렸다. 두 사람은 소란스러움 속에서 포갠 입술로 전해지는 서로의 진심에만 집중했다. 이제 서로의 마음을 전하는 일은 입맞춤만으로도 충분했다.

외전

괜찮아, 가족이야

“두 분의 연애는 전 국민이 알 정도로 떠들썩했는데요. 그에 비해서 결혼생활은 공개되지 않아서 시청자분들이 많이 궁금하실 것 같아요. 박연 씨에게 아내분은 어떤 아내인가요?”

아내에 대한 질문을 받은 박연이 멋쩍은 미소를 지었다.

“매순간 저를 반하게 만드는 여자?”

“육아예능 첫 인터뷰에서 이렇게 말씀하시는 걸 보면 아직도 신혼이신가 봐요.”

인터뷰 장소로 잡아놓은 카페에 스태프들의 웃음소리가 번졌다. 박연은 미소를 잃지 않은 채 인터뷰를 마쳤다.

카페를 나오자 밖에서 기다리던 영범이 테이크아웃 커피를 건넸다. 영범을 돌아본 박연이 눈썹을 못마땅하게 씰룩였다.

“방금 카페에서 인터뷰하면서 커피 마시는 거 못 봤니?”

“아, 이건 라떼에요. 안에서는 아메리카노 드셨잖아요.”

“난 아메리카노만 먹잖아. 넌 나랑 몇 년째 일하는데….”

박연의 핀잔에 영범이 억울한 표정을 지었다.

"어제까지는 요즘 당이 필요하다면서 라떼, 초코, 휘핑크림 잔뜩 올라간 것만 드셨잖아요."

말문이 막힌 박연이 괜스레 바퀴를 한 번 걷어차고 차에 올라탔다. 보조석 시트에 등을 기대고 앉아 차내 에어컨부터 켰다.

"짜증나."

더위는 더위대로. 상황은 상황대로. 불쾌지수가 한계치에 도달해있었다.

"신혼은 무슨."

술김에 출연을 약속한 육아예능을 해야 하는 것도 억울해 죽겠는데 '아직도 신혼이신가 봐요'하는 작가의 말은 꼭 저를 놀리는 듯 들렸다.

그때 누군가 밖에서 똑똑 차창을 두드렸다. 창을 내린 박연이 심드렁한 표정으로 턱을 괴었다. 차 밖에 서 있는 사람은 소연이었다.

"기왕 하기로 한 거 표정 좀 풀었으면 즐거운 촬영이 될 텐데요."

박연이 소연을 위아래로 흘겨보며 받아쳤다.

"김 피디님. 술김에 기분 좋아서 농담한 걸 녹취까지 하고. 진짜 무서운 사람이야."

"내가 조연출 때 선배님한테 배운 게 많아서요."

웃으며 대답하는 소연이 '선배님'이라 부른 이는 정 피디였다. 그는 박연과의 마지막 예능프로그램인 '전원일기' 이후 돌연 유학을 떠나며 방송계에서 사라졌다. 그러나 정 피디의 분신인 김소연 피디가 박연의 발목을 놓지 않고 있었다.

도대체 이 방송국놈들은 나한테서 뭘 더 빼먹어야 성에 차는 거야?

석 달 전, 소연이 갑자기 홍삼액 한 박스와 아기용품을 사들고 찾아왔을 때 눈치를 챘어야 했다. 조카가 보고 싶어 왔다며 '우루룽 까꿍!'을 외치던 표정이 자신을 섭외하기 위한 것이었다니. 그날 밤에 쉬지 않고 따라주던 술을 마시만 않았어도 술김에 출연을 승낙하는 일은 없었을 텐데.

소연을 쳐다보는 박연의 눈빛이 날카로워졌다. 그러나 소연은 눈 하나 깜짝하지 않았다. 조연출에서 이제는 피디가 된 소연은 개편을 앞두고 파일럿 프로그램의 기획을 맡았다. 사생활이 고스란히 드러나는 육아예능에서 화제성을 감당할 만한 출연자는 배우 박연 뿐이었다.

눈싸움을 하던 두 사람 중 박연이 먼저 눈길을 돌리며 창문을 올렸다.

어찌나 철두철미한지, 딴 말하지 못하도록 녹취해놓은 음성파일까지 들이미니 박연으로서는 어쩔 도리가 없었다. 거기다 브이의 친구라는 이유도 한몫을 했다. 정작 태권브이는 이제 자신에 대한 사랑이 식어버렸는데.

박연의 낯빛이 급격히 어두워졌다. 운전석에 올라탄 영범이 박연의 눈치를 살폈다.

"형님, 라떼 사온 게 그렇게 큰 죄는 아니지 않아요?"

박연은 시무룩한 얼굴로 영범을 돌아보았다.

"너까지 나 무시하냐?"

신입 매니저였던 오영범은 이제 머리 좀 컸다고 배우한테 대들질 않나. 태권브이는 이제 남편은 거들떠보지도 않고.

"제가 왜 형님을 무시해요! 제가 형님 따라서 빅엔터에 사표 딱 내고 당당하게 나온 사람이에요! 이제 형님이 세우신 V엔터에 뼈를 묻을 각오를 하고 있는데 정말 서운하네요!"

영범의 항변을 들은 박연은 됐다는 듯 손사래를 치며 깊은 한숨을 내쉬었다.

뱃속의 천사가 빛을 본 순간, 권브이의 사랑을 빼앗겼다. 벌써 8개월째. 아들 박라오가 엄마의 사랑을 받고 무럭무럭 자라는 동안 박연은 애정결핍에 허덕이는 중이었다.

집으로 돌아온 박연이 가장 먼저 한 일은 잠든 라오를 침대에 눕히고 있는 브이를 끌어안는 것이었다. 등 뒤에서 스윽 둘러온 팔을 내려다본 브이가 픽 웃으며 속삭였다.

"인터뷰 잘했어?"

"어, 기가 막히게."

잠든 라오가 깨지 않도록 소곤거리던 박연이 브이의 목덜미에 입술을 묻었다.

"김 피디가 네 친구만 아니었어도 육아예능 같은 거 절대 안 해."

"알아, 소연이가 고맙대."

브이의 입에서 소연의 이야기가 나오자 박연의 표정이 떨떠름하게 굳었다. 박연은 골치 아픈 일은 다 잊게 만들어줄 살갗에 코를 파묻었다. 긴 머리칼을 올려 묶은 목덜미에서 풍기는 향기가 콧속을 간질였다. 본래 자신이 사랑해마지않는 브이의 체향에 아기냄새가 섞여 오묘했다.

브이의 허리를 안은 채 제자리를 서성이던 박연이 중얼거렸다.

"안 되겠다…."

끌어안은 허리를 번쩍 들어올렸다. 놀란 브이가 저도 모르게 비명이 터져 나오려는 입을 틀어막았다.

잠든 라오를 두고 침실을 나왔다. 두 팔로 안아든 브이를 소파에 내려놓았다. 브이는 소파 등받이를 짚고 저를 내려다보는 박연의 뺨을 붙들었다.

"촬영할 때 라오랑 하루 동안 같이 있어야 한다며? 난 밖에 나가있어야 한대."

"가지 마. 안 돼."

"라오 괜찮을 거야. 라오가 아빠 좋아하잖아."

박연은 아이를 달래듯 말하는 브이의 입술에 쪽, 소리가 나도록 입을 맞췄다.

"내가 안 괜찮아. 너 없으면 안 돼."

떨어졌던 입술을 다시 붙이며 브이를 쓰러트렸다. 소파에 눕혀진 브이가 침실을 흘끔거리다가 박연의 목을 끌어안았다. 장난스럽게 입술을 깨물던 박연의 표정이 진지해졌다. 최근까지 드라마 촬영을 했고, 그 때문이 아니더라도 아들에게 브이를 빼앗긴 탓에 오붓한 시간을 가질 일이 그리 많지 않았다. 떨어진 당을 보충할 기회가 찾아온 것은 실로 오랜만이었다. 라떼, 초코 따위로는 채워지지 않을 달콤함. 브이의 손길이 필요했다.

키스를 나누며 서로의 옷자락을 들춰내던 때였다. 침실에서 애앵, 하는 경보가 울렸다. 흐트러진 블라우스 옷깃 사이로 가슴골에 입을 맞추던 박연이 그대로 얼굴을 파묻었다. 브이는 자신의 위에 올라탄 채 꼼짝 않고 있는 박연의 어깨를 두드리며 말했다.

"라오 깼나 봐."

"그냥 안 가면 안 돼?"

박연은 벗기다만 옷자락을 쥐고 어린애처럼 졸랐다. 어림도 없다는 듯이 등짝으로 매운 손바닥이 날아왔다. 태권브이의 화끈한 손맛에도 박연은 이를 악물고 버텼다. 브이가 작게 소리쳤다.

"애 울잖아. 왜 이래, 진짜!"

끝까지 꼼짝 않는 박연의 밑에 깔려 바르작거리던 브이가 결국은 발을 들어올렸다. 망설임 없이 박연의 배를 발로 밀었다. 안간힘으로 버티던 박연은 소파 아래로 나동그라졌다. 바닥에 웅크리고 누워있는 박연을 뛰어넘은 브이가 침실로 달려가 울고 있는 라오를 안아 올렸다.

그새 울음을 그친 라오를 토닥이며 거실로 나왔다. 박연은 그대로 굳어버린 듯 여전히 바닥에 웅크리고 누워있었다.

"연아, 괜찮아? 다쳤어?"

브이가 뒤늦게 박연을 챙겼지만 매몰차게 걷어차인 자존심은 회복되지 않았다. 박연은 천장을 보고 누웠다. 이렇게 처량할 수가….

다가온 브이가 삐친 듯 누워있는 박연의 가슴에 라오를 올려놓았다. 박연은 방끗거리고 있는 아들을 보며 눈을 가늘게 떴다.

좋냐? 밤마다 내 여자 뺏어가니까 좋아? 아빠는 네가 부럽다!

8개월짜리 아들에게 무언의 시기심을 표출하던 박연의 얼굴에 돌연 희미한 미소가 번졌다.

"아빠엄마 골고루 닮아서 매력 쩔어. 아우, 귀여운 내 새끼."

시기하던 아들에게 홀딱 마음을 빼앗긴 박연이 포동포동하게 젖살이 오른 볼에 뽀뽀를 퍼부었다. 그러자 귀찮은 듯 라오가 칭얼거리기 시작했다.

"하지 마, 울잖아."

박연에게 핀잔을 준 브이가 다시 울음을 터트리는 라오를 안아 올렸다. 엄마의 품에 안기자 라오의 얼굴에 또다시 웃음꽃이 피었다. 박연은 바닥에 누운 채 두 모자(母子)를 올려다보았다. 박연의 입술이 못마땅하게 내려갔다.

"나만 빼고 애틋하네, 참 애틋해."

인터뷰를 진행하던 작가는 대중들이 배우 박연의 결혼생활을 궁금해한다고 말했다. 아마 대중들은 상상도 못할 것이었다. 아내에게서도, 아들에게서도 사랑받지 못하는 천덕꾸러기가 된 박연을 누가 상상할 수 있으랴. 한때 하루 종일 침대에서 서로를 끌어안고 뒹굴던 시절이 있었는데.

박연이 꿈같았던 신혼을 추억할 때, 핸드폰 벨소리가 울렸다. 라오를 안고 서성이던 브이가 발신번호를 확인했다. 흘끔 박연을 쳐다본 브이가 품에 안은 라오를 건넸다. 몸을 일으켜 앉은 박연이 라오를 받았다.

브이는 뒤도 돌아보지 않고 테라스로 나가 전화를 받았다. 라오를 한 팔로 안고 자리에서 일어선 박연은 테라스 유리창 너머로 보이는 브이를 빤히 쳐다보았다. 그러다가 곧 라오에게 시선을 돌리며 대수롭지 않게 중얼거렸다.

"그냥 받지, 뭘 나가서 받아?"

품에 안은 라오의 볼에 입을 맞췄다. 브이를 닮아 커다란 눈을 깜박거리던 라오가 금방 앵, 울음을 터트렸다. 아무래도 엄마의 생각과는 달리, 아들은 아빠를 그리 좋아하지 않는 듯했다. 얼마 남지 않은 예능 촬영을 생각하니 머리가 지끈거렸다.

그날 밤, 단잠에 빠져있던 박연이 진동소리에 눈을 떴다. 머리맡에 놓인 브이의 핸드폰이 메시지 도착을 알리며 진동하고 있었다. 라오를 사이에 두고 잠들어 있는 브이는 깨어날 기미가 보이지 않았다. 라오까지 깰세라, 박연은 서둘러 브이의 핸드폰을 집어 들었다.

잠결에 알람을 끄기 위해 고군분투하던 박연의 눈에 도착한 메시지의 미리보기 내용이 들어왔다.

'목요일, 오전 11시 K호텔에서 만나요.'

활자를 읽고도 내용이 이해가 되지 않았다. 핸드폰 화면만 바라보던 박연의 눈이 브이에게로 향했다. 곤하게 잠든 브이의 얼굴을 가만히 바라보던 박연이 조심스럽게 메시지 보관함을 눌렀다. 그러나 운명의 장난처럼 핸드폰은 잠겨있었다. 박연이 기억하기로는 브이는 단 한 번도 핸드폰을 잠가놓은 적이 없었다.

라오의 생일, 자신의 생일, 브이의 생일, 결혼기념일. 모든 경조사를 숫자로 조합해 입력해보았지만 잠긴 핸드폰은 풀리지 않았다.

조용히 핸드폰을 내려놓았다. 어둠속에서 두 눈을 감았다. 머릿속에는 '목요일'과 'K호텔'이란 단어가 둥둥 떠다녔다. 목요일은 소연의 육아예능 촬영날이었다. 프로그램의 콘셉트상 촬영하는 동안 브이는 집밖에 있어야 했다.

친구. 그래. 친구를 만나는 것일 수도 있다. 하지만 박연이 아는 한 브이의 친구 중에 '김정훈'이란 남자는 없었다.

여전히 눈을 감은 박연이 미간을 찌푸리며 몸을 돌아누웠다.

이름이 김정훈이면 누가 들어도 남자 아니야?

애써 감고 있던 눈이 번쩍 뜨였다. 저도 모르게 이가 갈렸다.

남자면 친구여도 호텔에서는 만나면 안 되지…!

침대에서 벌떡 일어나 앉았다. 침대가 흔들리자 곤히 잠들어있던 브이와 라오가 뒤척였다. 박연은 눈에 넣어도 아프지 않을 아내와 아들을 돌아보았다.

매초마다 수십 가지 생각이 뇌리를 스쳤다. 제 앞에서 전화를 받지 않던 모습, 잠긴 핸드폰, 메시지의 내용까지.

박연은 쉽사리 잠들 수 없었다.

권브이가 어떤 여자이던가. 브이를 의심하는 게 절대 아니었다. 권브이란 여자는 너무나도 믿음직한데, 권브이를 제외한 모든 것이 박연을 의심의 구렁텅이로 몰아넣었다.

일주일 내내 박연을 괴롭히던 목요일이 밝았다. 이른 아침부터 라오를 안고 거실을 서성였다. 아기띠를 멨을 뿐, 비주얼만으로는 아빠보다는 삼촌에 가까웠다. 집안 곳곳에 카메라를 설치 중인 스태프들 사이에서 박연은 기계적인 손동작으로 라오의 엉덩이를 토닥였다. 입술을 질끈 깨문 얼굴은 온통 딴생각에 빠져있었다.

일주일 전 한밤중에 갑작스럽게 알게 된 '김정훈'이란 존재. 메시지에 적혀있던 목요일이 되도록 브이에게 그가 누구인지, 왜 한밤중에 호텔에서 보자는 메시지를 보냈는지 묻지 못했다. 괜한 의심을 하는 것일까, 쉽사리 물을 수 없었다. 의문이 풀리지 않자, 박연은 저도 모르게 브이의 사소한 행동 하나하나를 지켜보며 의미를 부여하고 있었다.

왜 자꾸 내 앞에서 전화를 안 받아? 화장실에 핸드폰은 왜 들고 가? 누구한테 메시지를 보내길래 저렇게 웃어? 운동 다녀온다면서 왜 예쁘게 하고 가? 아니 예쁜 건 늘 예뻤지.

그렇게 일주일을 남몰래 고통 받았다. 그리고 대망의 목요일이 밝았다.

분명히 오늘 11시라고….

아기띠로 안은 라오의 엉덩이를 토닥이던 손을 들어 손목에 찬 시계를 내려다보았다. 9시 반. 앞으로 1시간 반. 여기서 K호텔까지 30분….

박연이 머릿속으로 자신의 집에서부터 K호텔로 가는 길을 그려 넣고 있을 때, 드레스룸에서 브이가 나왔다. 박연은 브이를 훑어보며 미간을 좁혔다. 브이가 걸음을 옮길 때마다 하늘거리는 원피스 원단이 몸에 착 감겼다. 가느다란 허리에 볼륨이 살아있는 몸매가 고스란히 드러났다. 웨이브를 넣어 길게 늘어트린 헤어와 핑크빛으로 반짝거리는 입술을 확인한 박연이 브이의 앞으로 걸어갔다.

박연은 습관처럼 라오부터 들여다보는 브이의 턱을 잡아 올렸다. 브이는 무언가 못마땅한 듯 구겨져있는 남편의 얼굴을 올려다보았다. 브이가 알겠다는 듯이 속삭였다.

"소연이가 24시간 꽉 채워서 촬영하지는 않을 거래. 조금만 고생해."

남편의 얼굴 표정이 삐딱한 이유가 촬영 때문이라고 단정 지은 브이는 힘을 내라는 의미로 입술을 내밀어 보였다. 입을 맞추라는 행동이었지만 박연은 뽀뽀를 하는 대신 엄지손가락으로 브이의 입술을 박박 문질렀다. 핑크색 립글로스가 박연의 엄지에 아무렇게나 묻어났다.

브이는 애써 바른 립글로스를 닦아내는 박연을 보며 얼굴을 찌푸렸다.

"뭐하는 거야?"

"이런 거 왜 바르고 나가? 내가 집에 있는데."

심술 가득한 박연의 목소리에 브이는 자신의 턱을 잡고 있는 손을 쳐냈다. 그때, 브이의 핸드백에서 핸드폰이 울렸다. 핸드폰을 꺼내든 브이가 슬쩍 박연의 눈치를 살폈다. 그리고는 어색한 동작으로 돌아서는 순간, 박연은 핸드폰 화면에서 '김정훈'이라는 이름을 발견했다. 통화버튼을 누른 브이가 급하게 현관으로 달려 나갔다.

도대체 김정훈이 누군데 라오한테 인사도 안 하고 저렇게 나가?

얼굴을 구긴 박연이 브이를 향해 손을 뻗었다.

"잠깐…!"

"촬영 시작합니다! 제작진은 다 나갈게요."

타이밍 좋게 스태프가 외쳤다. 브이를 따라 현관으로 향하려던 박연은 발이 묶인 채 제자리에 멈춰 섰다. 브이와 스태프들이 모두 빠져나간 집에 남겨진 박연은 아기띠에 매달려있는 라오와 함께 제자리에 멍하니 서 있었다. 사각지대 없이 설치된 카메라 화면에는 망부석처럼 서 있는 박연의 모습이 녹화되고 있었다.

굳어버린 것처럼 꼼짝 않던 박연이 흘끔 손목시계를 내려다보았다. 오전 10시. K호텔까지의 이동 시간을 제외하면 이제 남은 시간은 30분뿐이었다. 라오가 멀뚱멀뚱 아빠를 올려다보았다. 박연은 자신을 찍고 있는 카메라를 의식해 명연기를 펼쳤다.

"라오야. 뭐? 엄마 보고 싶다고? 아빠도 보고 싶다. 전화해볼까?"

핸드폰으로 거침없이 브이의 번호를 눌렀다. 통화연결음이 들려오는 동안 박연은 초조하게 입술을 잘근잘근 씹었다. 신호음만 들려오던 전화가 한참만에 연결되었다.

"브이야? 여보?"

-아, 잠깐만….

통화는 짧게 들려온 목소리와 함께 그대로 끝이 났다.

잠깐? 뭐가 잠깐인데?

눈썹이 파르르 떨렸다. 박연은 끊긴 핸드폰을 보며 중얼거렸다.

"아들, 아빠는 여기까지다."

파일럿이고 뭐고. 박연은 아기띠를 두른 채 카메라를 벗어났다. 드레스룸으로 들어가 모자와 마스크로 얼굴을 가리고 지갑을 챙겨들었다.

주방에서 아기용품을 패브릭가방에 되는대로 쓸어 담았다. 눈 깜짝할 사이에 라오와의 외출 준비를 마친 박연이 눈을 빛냈다. 품에 안은 라오의 머리를 쓰다듬으며 나지막이 말했다.

"엄마 찾으러 가자."

쾅, 소리가 나게 문이 닫혔다. 촬영을 위해 설치해놓은 수십 대의 거치카메라에는 썰렁한 빈 집만 찍혔다.

모자를 푹 눌러쓰고 마스크로 얼굴을 가린 젊은 남자가 아기띠를 메고 아기를 안고 있는 모습은 사람들의 시선을 사로잡았다. 그러나 품에 매달려있는 아기 때문인지 배우 박연일 것이라고는 생각하지 못하는 듯했다.

박연은 지체 없이 택시를 잡아타고 K호텔로 향했다. 아기띠를 멘 젊은 남자의 등장이 낯선지 택시기사는 연신 뒷좌석을 흘끔거렸다.

박연은 이동하는 택시 안에서 품에 얌전히 안겨있는 라오의 머리에 입을 맞췄다.

“라오야, 걱정 마. 아빠가 연애할 때도 경쟁자를 한두 명 물리쳐본 게 아니거든.”

머릿속에 기범과 데이빗의 얼굴이 주마등처럼 지나갔다.

택시가 K호텔 앞에 섰다. 박연은 라오와 함께 택시에서 내렸다. 아기용품이 든 가방을 어깨에 둘러메고 당당하게 K호텔로 들어갔다.

그러나 막상 로비에 들어서서는 주위를 두리번거리며 제자리만 서성였다. 호텔 직원에게 투숙객 명단을 묻자니 신원노출의 위험이 컸다. 그 고 넓은 호텔을 무작정 찾아다닐 수도 없고….

박연이 애꿎은 1층 로비만 배회하며 돌아다니기를 십여 분, 운이 좋은 건지 나쁜 건지 익숙한 뒷모습을 발견했다. 익숙하다 못해 눈을 감고도 그릴 수 있는 뒤통수. 브이였다.

브이는 호텔 카페에 낯선 남자와 마주 앉아 있었다.

저 자식이 김정훈….

박연은 가방으로 얼굴을 가리고 카페에 발을 들였다. 브이가 앉은 테이블과는 멀찍한 곳에 자리를 잡았다. 대각선으로 브이의 얼굴이 보였다. 연애하던 시절, 박연의 심장을 자비 없이 털어대던 미소를 그대로 짓고 있었다.

“라오야. 엄마는 저렇게 웃으면 너무 예쁜데, 왜 다른 아저씨 앞에서 웃고 있냐….”

박연의 얼굴이 못마땅하게 굳어졌다. 그때 박연의 핸드폰이 울렸다. 브이와 김정훈의 테이블을 흘깃흘깃 건너다보던 박연이 핸드폰을 확인했다. 브이가 오늘의 촬영을 위해 맞춰준 ‘라오 식사시간’ 알람이었다. 하필이면 지금….

박연은 라오를 내려다보았다.

"배고파?"

말을 알아듣기라도 한 듯 라오는 입을 비죽거리며 칭얼거릴 기미를 보였다. 울음이 터지기 전에 급히 가방을 열어젖혔다. 젖병을 꺼냈다. 브이가 양을 맞춰놓은 분유에 카페 직원이 가져다준 뜨거운 물을 부었다.

라오에게 젖병을 물리면서도 박연의 시선은 브이에게 가있었다. 무슨 이야기를 하는지 브이의 얼굴에서는 웃음이 끊이질 않았다. 김정훈이란 남자는 얼굴이 보이지 않았지만 옷을 보면 꽤나 신경 써서 차려입은 듯했다.

뭐하는 놈일까. 브이와는 어떻게 아는 사이일까. 박연이 두 눈을 매섭게 떴다. 눈에서 불꽃이 튀는 아빠의 얼굴을 올려다보며 라오는 젖병을 맛나게 빨았다.

라오가 젖병을 말끔히 비우고 트림을 할 때까지도 브이와 김정훈은 끊이지 않는 대화를 나누었다. 벌써 30분째였다.

도대체 어떻게 아는 사이길래 30분이나 수다를 떨어?

너무 멀리 앉았다. 말소리가 하나도 들리지 않으니 무슨 대화 중인지 알 수가 없다. 한 자리만 더 앞으로 가볼까. 박연이 자리를 옮길 심산으로 빈 젖병을 가방에 넣으려는 찰나였다. 브이와 김정훈이 자리에서 일어섰다.

박연은 두 사람을 따라 급하게 짐을 챙겼다. 허겁지겁 서두르는 손길에 놀란 듯 라오가 히잉, 소리를 냈다. 김정훈과 카페를 나가려던 브이가 뒤를 돌아보았다. 간발의 차이로 테이블 아래로 몸을 숨겼다. 바닥에 아무렇게나 주저앉은 박연은 칭얼거리는 라오를 달랬다. 수상한 건 저 두 사람인데 왜 자신이 숨어야 하는지 알 수 없었다.

라오가 잠잠해진 후에야 테이블 밖으로 나왔다. 로비를 지나 호텔을 나가는 두 사람의 뒷모습이 보였다.

박연은 한쪽 어깨에 가방을 들쳐 메고 두 사람을 따라 호텔을 나왔다. 브이와 김정훈은 호텔 앞에 서 있는 세단에 나란히 올라탔다. 박연은 호텔 앞에서 대기 중인 택시를 잡아탔다. 여유롭게 호텔을 빠져나가는 세단을 따라 택시가 출발했다.

이동하는 택시 안에서 한숨을 돌리며 이마에 맺힌 땀을 닦아냈다.

내가 대체 왜 이래야 하는 거야? 억울함에 가득 찬 질문을 스스로에게 던졌다. 일주일 내내 전전긍긍 고통 받은 것도 모자라 이젠 미행까지. 그래도 호텔 카페에서 수다만 30분을 떨다 자리를 옮긴 걸 다행이라고 해야 할지. 푹 눌러썼던 모자를 벗어내고 신경질적으로 머리를 흩트렸다.

브이와 김정훈이란 남자가 자리를 옮긴 곳은 서울 시내의 한 이탈리아 레스토랑이었다. 창가에 자리를 잡고 식사 중인 두 사람을, 박연은 길 건너 편의점 앞에서 지켜보고 있었다. 편의점 앞 테이블에 앉으니 2층 레스토랑 창가가 훤히 올려다보였다. 편의점 김밥을 입 안 가득 물고 우물거리면서도 건너편의 레스토랑 창가에서 눈을 떼지 못했다. 그때, 편의점을 나오던 여자 손님들이 박연을 흘끔거렸다. 저희들끼리 속닥거리던 여자들은 확신한 듯 박연에게 다가왔다.

"혹시 박연 씨…."

박연은 김밥을 먹느라 턱 아래로 내렸던 마스크를 눈 밑까지 끌어올리며 답했다.

"아닌데요."

"맞죠? 사진 한 장만 찍어주세요."

레스토랑 창가와 얼굴 앞으로 들이밀어진 핸드폰 카메라를 번갈아보던 박연이 하는 수 없이 먹다만 김밥을 내려놓았다. 여자들은 박연을 가운데 두고 돌아가며 셀카를 찍었다. 덩달아 박연의 품에 안겨있는 라오의 뒤통수도 카메라에 담겼다.

찰칵거리는 소리가 연달아 서너 번이 울리고 나서야 그녀들은 만족한 얼굴로 사라졌다. 박연이 다시 레스토랑을 올려다보았다. 브이가 보여야 할 창가는 텅 비어있었다.

"뭐야, 어디 갔어? 놓쳤나?"

박연은 당장이라도 길을 건너 레스토랑으로 뛰어 들어갈 기세로 가방을 챙겨들었다. 그때, 브이가 김정훈의 에스코트를 받으며 레스토랑 건물을 나오는 모습이 보였다. 두 사람은 누가 보아도 다정한 분위기를 연출하고 있었다.

앙다문 입술이 비틀렸다. 박연은 모자를 눌러쓰고 결연한 표정으로 짐을 챙겼다.

점심을 해결한 두 사람이 향한 곳은 가까운 곳에 위치한 공원이었다. 산책로를 따라 천천히 걷는 두 사람의 뒤를 소리 없이 밟았다.

대체 네 옆에 있는 남자는 누구야? 왜 그런 얼굴을 하는데?

당장이라도 브이를 잡아 세우고 묻고 싶었다. 머리가, 눈가가, 가슴이 데인 듯 화끈거렸다. 등짝은 어느새 땀으로 흥건했다. 종일 라오를 아기띠로 메고 돌아다닌 탓에 땀으로 샤워를 한 것은 물론, 어깨가 빠질 듯이 뻐근했다. 그러나 박연은 아무것도 느껴지지 않는 사람처럼 브이에게 시선을 고정한 채 걸었다.

호텔 카페에서 커피 한 잔. 분위기 좋은 레스토랑에서 식사. 공원산책. 이것은 완전한 데이트코스였다. 두 눈으로 보고 있는데도 믿을 수가 없었다.

박연의 얼굴이 딱딱하게 굳었다. 뜨겁게 타들어가던 가슴속이 이제는 차갑게 굳어가고 있었다. 라오도 그것을 느꼈는지 얌전해졌다.

두 사람의 뒤를 따라 걷던 박연이 핸드폰을 꺼내들었다. 익숙한 번호를 누르고 핸드폰을 귓가로 가져갔다. 뚜르르, 하는 신호음이 어느 때보다도 차갑게만 들렸다. 걸음을 멈춘 브이가 핸드백을 뒤져 핸드폰을 꺼내는 모습이 보였다. 박연은 핸드폰 너머의 브이에게 낮은 목소리로 물었다.

"어디야?"

-촬영 잘하고 있어? 라오는? 엄마 안 찾아? 밥 먹였어?

박연은 몇 미터 앞에 있는 브이를 보며 낮게 되물었다.

"어디냐고."

핸드폰을 들고 주위를 두리번거리던 브이가 옆에 서 있는 김정훈에게 물었다. 그 목소리가 핸드폰을 타고 박연의 귓가에 울렸다.

-여기가 어디에요?

김정훈은 브이에게 대답하지 말라는 듯이 고개를 저었다. 그리고는 핸드폰을 들고 있는 브이의 팔목을 잡아 내렸다. 낯선 남자의 손이 브이의 팔목에 감기는 순간, 박연은 뒷덜미에서 무언가가 뚝 끊어지는 것을 느꼈다. 그것은 인내 혹은 이성이었다.

마주보고 서 있는 두 사람을 향해 거침없이 직진했다. 브이의 팔목에 감긴 김정훈의 손을 쳐내고 소리쳐 물었다.

"당신 뭐야?"

"연아?"

브이가 놀란 눈으로 박연을 돌아보았다. 박연의 품에 매달려있는 라오도 아빠를 따라 동그란 눈을 부릅뜨고 있었다.

김정훈이라는 남자는 대꾸하지 않았다. 그 옆에 서서 박연의 눈치를 살피던 브이가 어색한 동작으로 슬쩍 주위를 돌아보았다. 박연이 김정훈을 향해 한 번 더 윽박지르려는 찰나였다. 공원 수풀 너머에서 '와아!' 하는 환호 소리가 들렸다.

박연은 수풀에서 튀어나오는 치어리더들을 돌아보았다. 금색수술을 든 치어리더들이 박연의 주위를 에워쌌다.

"…뭐야?"

박연의 얼빠진 목소리에 동그란 눈을 굴리며 연신 눈치를 살피던 브이가 웃음을 터트렸다. 김정훈도 피식 웃으며 뒤로 물러났다. 수풀 속에서 마지막으로 모습을 드러낸 사람은 유명 코미디언이었다.

"네, 지금까지 박연 씨의 몰래카메라였습니다!"

코미디언의 외침에 치어리더들이 환호하며 박연의 주위를 빙글빙글 돌았다. 박연은 미간을 일그러트리며 브이를 돌아보았다. 웃고 있던 브이가 그제야 걱정스러운 얼굴로 작게 속삭였다.

"연아, 미안해. 내가 안 한다고 했는데 소연이가 하도 부탁해서…."

"하아, 내가 진짜…."

망할 방송국놈들…!

박연은 아버지 태식의 말이 틀린 게 없다고 생각했다. 방송국놈들은 다 똑같다. 가까이해서 좋을 게 없다.

어느새 제 얼굴을 정면으로 찍고 있는 카메라를 의식한 박연이 목구멍 뒤로 욕지거리를 삼켰다. 여태까지 숨어서 박연의 행동을 모니터하며 카메라에 대고 낄낄거렸을 코미디언이 질문을 던졌다.

"한밤중에 문자메시지 봤을 때 기분이 어떠셨어요? 정말 몰랐어요?"

박연은 대답을 하는 대신 입술을 부자연스럽게 끌어올리고 웃는 얼굴을 해보였다. 간신히 성질을 참고 있는 박연을 눈치 챈 듯 브이가 등 뒤로 손을 잡아왔다. 방송국놈들과 짜고 남편을 속인 것을 속죄하는 애처로운 손길이었다. 박연은 손바닥을 간질이는 브이의 손가락을 꽉 움켜줘었다.

브이야. 집에 가면 혼날 줄 알아.

등 뒤로 무언의 수신호를 주고받는 부부에게 코미디언은 신이 난 얼굴로 방송이 얼마나 재미있게 나올지에 대해 떠들었다.

클로징멘트와 함께 카메라 전원이 꺼지고 스태프들 사이에 서 있던 소연이 다가왔다. 먼발치에서 라오를 안고 입을 맞추는 브이를 흘깃 쳐다본 박연이 소연을 향해 뇌까렸다.

"김 피디님, 감 없어요? 언제 적 몰래카메라야? 이 기획안이 통과됐다는 게 놀랍다."

"요즘 복고가 유행이에요. 패션도, 예능도."

아무렇지 않게 되받아친 소연이 라오의 앞으로 쪼르르 달려가 '우루룽 까꿍!'을 외쳤다. 박연은 이제 '까꿍' 소리만 들어도 눈앞이 어질어질했다. 김소연 피디는 사라진 정 피디보다 더 독하고 악랄하게 컸다.

라오는 집으로 돌아오는 차 안에서 잠이 들었다. 종일 아빠와 함께 엄마를 미행하느라 피곤했던 모양이었다. 브이가 곤히 잠든 라오를 침대에 눕혀놓고 나왔다. 거실로 나오자마자 커다란 손이 브이를 그대로 낚아챘다.

드레스룸으로 끌려 들어온 브이가 영문을 물을 새도 없이 입술을 덮쳐왔다. 드레스룸 문짝에 브이의 등이 눌렸다. 브이는 입술을 거칠게 깨물며 입을 맞춰오는 박연의 어깨를 밀어냈다.

브이가 금세 붉게 부어오른 입술을 달싹여 물었다.

"왜 이래, 갑자기?"

"잡은 물고기한테 밥 안 줄래? 잡았으면 제때제때 밥 주면서 사랑으로 돌봐줘야지. 이러다 굶어 죽겠다."

브이는 갑자기 덮쳐온 박연이 재미있다는 듯이 웃기만 했다.

"재미있어? 네 눈에 이제 난 남자도 아니다, 이거야?"

"그래서 왜 갑자기 남자가 하고 싶어졌는데?"

심통이 난 아이를 대하듯 묻는 브이의 말투에 박연은 뱃속에서 아직 가라앉지 않은 질투를 토해냈다.

"아까 그 자식 앞에서 막 웃고, 부끄러워하고, 살랑살랑. 난 오늘 사람이 어디까지 참을 수 있는지 경험했어."

"그건 대본대로 한 거잖아. 그나저나 말이 나와서 말인데…!"

브이가 박연을 문으로 밀어붙였다. 브이와 자리가 바뀐 박연이 드레스룸 문에 등을 기대고 섰다. 자신을 올려다보는 아내의 예리한 눈빛에 박연은 저도 모르게 흠칫 어깨를 떨었다.

브이는 경직되어있는 박연을 빤히 쳐다보며 말했다.

"날 의심했어?"

"뭐?"

"나야 대본대로 한 거지만 연이 넌 진심으로 날 의심한 거네?"

"그건 여보. 브이야, 그건 모든 상황이…."

브이의 동그란 눈이 가늘어졌다. 바뀐 자세처럼 순식간에 바뀌어버린 입장이 박연을 곤란하게 만들었다. 관자놀이에서 땀이 삐질, 흘렀다. 그런 박연을 보며 브이는 눈을 더욱 부릅떴지만 속으로는 터져 나오려는 웃음을 겨우 참고 있었다.

소연이 말하던 연하 남편과 사는 재미는 이런 걸까. 의심을 살 만한 행동을 짜놓은 대본에 따라 행동에 옮겼으니, 박연이 정말로 자신을 의심했다고 한들 그것에 대해 브이는 추궁할 마음이 없었다. 그저 당황한 남편의 얼굴을 오랜만에 보니 귀여워 죽을 지경이었다. 이런 표정은 연애할 때 이후로는 처음 보는 것 같은데.

박연을 밀어붙이고 선 브이가 손가락을 까딱거렸다. 무서운 누나에게 뒷골목으로 끌려온 학생처럼 박연이 얌전히 허리를 숙여 브이에게 얼굴을 가져갔다.

하얀 뺨에 입술을 짧게 닿았다 떨어졌다. 박연의 뺨에 입을 맞춘 브이가 입술을 덮었다. 갑작스럽게 입을 맞추는 것인데도 박연은 자연스럽게 브이의 입술을 힘주어 맞물었다. 뺨에 뽀뽀를 할 때보다는 오랫동안 맞물려 있던 입술이 떨어져나갔다.

연하 남편은 기습 입맞춤이 어리둥절하면서도 한편으로는 감동받은 얼굴을 했다. 브이는 박연의 머리칼을 만지작거리며 말했다.

"드라마 찍느라 얼굴도 자주 못보고, 피곤한데 내가 요즘 못 챙겨줬지? 라오 때문에 피곤하다고 우리 연이는 맨날 뒷전이구…."

"알긴 알고 있었구나."

"알지, 다 알지."

"그럼 이것도 알아?"

머리를 쓰다듬는 브이의 손을 잡았다. 눈 깜짝할 사이에 브이를 안아 허리 높이까지 오는 서랍장 위에 앉혔다. 박연은 오늘 아침 외출하는 브이를 보면서 위험하다고 생각했던 원피스 자락을 만지작거렸다. 몸에 감기는 원피스 원단이 박연의 손짓을 따라 허벅지 위로 말려 올라갔다.

"지금 내 인내심 바닥난 것도 알아?"

서랍장에 걸터앉은 브이는 저를 올려다보는 박연을 향해 씨익 미소를 지었다. 서랍장 아래로 흔들거리는 다리에 박연의 앞섶이 닿았다. 남편의 절절한 갈구가 브이의 맨다리에 고스란히 전해졌다.

박연이 고개를 숙였다. 옷자락이 말려 올라간 허벅지 안쪽에 입을 맞추는 동안 브이는 거추장스러운 원피스를 머리 위로 벗어냈다. 흐트러진 머리칼을 쓸어 넘기며 앉아있는 슬립 차림의 브이를 소리 없이 바라보았다. 박연은 끈적이는 달콤함 속에서 허우적거리는 중이었다. 당이 충전되다 못해 흘러넘쳐버렸다.

당장이라도 끌어안고 싶다. 브이를 격정적으로 몰아붙이고 싶었다. 내 마음과 몸은 연애를 할 때와는 비교도 되지 않게 너만 보고, 너만을 향해 서 있다고. 그렇게 다 알려주고 싶었다. 그러나 생각과는 달리 쉽사리 손을 댈 수가 없었다. 간만에 찾아온 기회를 후다닥 써버리기에는 아깝다.

마른침을 삼킨 박연이 브이를 향해 한 걸음을 떼었다. 그때였다. 밖에서 애앵, 하는 울음소리가 터졌다. 라오의 단잠이 끝나버렸음을 알리는 경보소리를 듣는 순간 박연은 심장에 돌덩이가 쿵, 떨어졌다.

"브, 브이야!"

당황한 박연이 브이의 이름부터 부르고 보았다. 브이는 단숨에 서랍장에서 펄쩍 뛰어내렸다. 브이는 두려움에 바들바들 떨고 있는 박연을 안심시켰다.

"연아, 걱정 마. 금방 재우고 올게. 조금만 참아."

"안 될 것 같은데…."

남편의 레벨 7짜리 건강을 믿어 의심치 않는지 브이는 박연을 남겨두고 침실로 달려갔다. 홀로 드레스룸에 남겨진 박연은 브이가 앉아있던 서랍장에 얼굴을 파묻었다. 잇새로 묵직한 한숨을 내쉬었다.

뜨거운 피가 잔뜩 몰린 단전이 살살 아프다 못해 이제는 무릎이 후들거리는데 가긴 어딜 가….

브이의 온기가 남은 서랍장을 쓰다듬어보았다. 청승맞게 눈물이 찔끔 났다. 갓난아기가 있는 부부에게는 시간이 금이라는 것을 뼈저리게 깨닫는 중이었다.

“기회는 또 와, 인마. 같이 사는데 조만간, 어? 당장 오늘밤이라도….”

당 충전의 기회가… 오겠지?

스스로 말을 던져놓고도 확신이 서지 않았다. 박연은 낮게 중얼거리며 힘없이 주저앉았다.

“괜찮아, 가족이야….”

박라오가 금방 잠들기를, 바라오. 박연은 드레스룸에서 뜨거운 열기가 가라앉기를, 브이가 돌아오기를 기다렸다. 그러나 기다리다 지친 박연이 처량 맞게 웅크리고 잠이 들 때까지도 브이는 드레스룸으로 돌아오지 않았다.

〈끝〉